외국인의 한국고전학 논저 선집 3

일본인의 한국고전학 선집

― 제국 일본과 한국의 고전 ―

역 주 자

김채현 명지대학교 방목기초교육대학 객원조교수
박상현 경희사이버대학교 일본학과 교수
이상현 부산대학교 인문학연구소 HK 교수

이 책은 2011년도 정부(교육과학기술부)의 재원으로 한국학중앙연구원
(한국학진흥사업단)의 지원을 받아 수행된 연구임(AKS-2011-EBZ-2101)

외국인의 한국고전학 논저 선집 3

일본인의 한국고전학 선집
― 제국 일본과 한국의 고전 ―

초 판 인 쇄 2017년 11월 20일
초 판 발 행 2017년 11월 30일

역 주 자 김채현·박상현·이상현
감 수 자 정출헌·권순긍·강영미
발 행 인 윤석현
발 행 처 도서출판 박문사
책 임 편 집 최인노
등 록 번 호 제2009-11호

우 편 주 소 서울시 도봉구 우이천로 353 성주빌딩 3층
대 표 전 화 02) 992 / 3253
전   송 02) 991 / 1285
홈 페 이 지 http://www.jncbms.co.kr
전 자 우 편 bakmunsa@hanmail.net

ⓒ 김채현 외, 2017. Printed in KOREA

ISBN 979-11-87425-61-8 94810   정가 42,000원
      979-11-87425-58-8 94810(set)

외국인의 한국고전학 논저 선집 3

일본인의 한국고전학 선집
─ 제국 일본과 한국의 고전 ─

김채현·박상현·이상현 역주
정출헌·권순긍·강영미 감수

박문사

　한국에서 외국인 한국학에 대한 연구는 지금까지 주로 외국인의 '한국견문기' 혹은 그들이 체험했던 당시의 역사현실과 한국인의 사회풍속을 묘사한 '민족지(ethnography)'에 초점이 맞춰져 왔다. 하지만 19세기 말~20세기 초 외국인의 저술들은 이처럼 한국사회의 현실을 체험하고 다룬 저술들로 한정되지 않는다. 외국인들에게 있어서 한국의 언어, 문자, 서적도 매우 중요한 관심사이자 연구영역이었기 때문이다. 또한 그들 역시 유구한 역사를 지닌 한국의 역사·종교·문학 등을 탐구하고자 했다. 우리가 이 책에 담고자 한 '외국인의 한국고전학'이란 이처럼 한국고전을 통해 외국인들이 한국에 관한 광범위한 근대지식을 생산하고자 했던 학술 활동 전반을 지칭한다.

　『일본인의 한국고전학 선집－제국 일본과 한국의 고전』은 1880~1920년대 사이 출판된 단행본 혹은 국내 및 재외학술지에 수록된 일본의 대표적인 한국고전학 논저들을 엮은 것이다. 조선총독부의 구관제도 조사(1906), 사료조사(1911) 이전부터 일본의 민간학술단체는 존재했었다. 예컨대 사학자이자 교육 관료이며 후일 타이베이 제국대학의 초대 총장을 역임했던 인물이며 또한 대한제국 시대에 한국에 입국하여 관립 경기중학의 외국인교사와 학부의 학정 참여관으로 활동했던 시데하라 다이라(幣原坦, 1870~1953)는 1902년 한국주재 일본인의 본격적인 학문연구단체인 한국연구회를 설립한 바 있다. 하지만 본격적으로 한국고전을 간행한 대표적인 한국주재 일본 민간학술단체는 조선고서간행회, 조선연구회, 자유토구사라고 볼 수 있다.

그들의 한국학은 단지 외국인이자 타자의 업적으로 규정할 수 없다. 그 이유는 무엇보다도 근대 한국학 창생의 역사적 실상 그 자체가 서양인, 일본인 그리고 한국인이란 연구주체들의 활동의 장이었기 때문이다. 사실 외국인들의 한국고전학 속에는 오늘날 우리가 성찰해야 될 중요한 지점이 내재되어 있다. 그것은 한국의 과거문헌들 중 일부를 선택/배재하며, 서구의 근대적 학술분과에 재배치시키는 담론의 형성과정과 그 속에 개입된 번역이라는 문화현상이다. 나아가 일본인들의 한국고전학을 펼쳐볼 때, 우리는 한국고전의 새로운 존재방식과 더불어 한국고전이 놓여 있던 당시의 문화생태가 변모되는 역사를 살펴볼 수 있다.『일본인의 한국고전학 선집』은 이렇듯 한국고전의 근대적인 소환이자 재배치, 그 변모과정을 보여줄 수 있도록 구성된 것이다.

1부는 일본인들이 한국의 구술문화전통에 주목한 한국시가 및 고소설 관련 연구논저를 엮은 것이다. 한국의 시가와 고소설이 "시·소설·희곡 중심의 언어예술", "작가의 창작적 산물"이라는 근대적 문학개념에 부합하는 장르적 속성과 한글이라는 표기문자로 인해 한국민족 전체를 포괄할 수 있는 국민문학으로 재조명되는 모습을 발견할 수 있다. 2부는 1910년대 한국주재 일본인의 한국고전학논저로, 특히 한국고전을 대량 출판했으며 한문고전을 주목한 조선고서간행회와 조선연구회의 서발문을 엮었다. 이들의 작업을 통해서 '정전'화된 한국고전의 모습을 엿볼 수 있으며, '구전설화'가 아니라 한 편의 문학작품으로 소환되는 고소설의 모습도 함께 살펴볼 수 있다.

3부는 1920년대 한국고전을 번역한 자유토구사의 서발문과 경성제국대학 교수 다카하시 도루(高橋亨, 1878~1967)의 한국고소설론을 묶었다. 이를 통해 한국의 고소설이 과거와 달리 한국문학의 정전이자 문학연구의 대상으로 변모된 모습을 발견할 수 있을 것이다.

목차

1. 저자명, 논저명, 간행물명, 권수, 호수, 출판지, 출판사, 출판연도 등 원문의 서지사항은 장제명 뒤에 병기했다.

2. 외국인명 또는 지명 표기는 외래어 표기법과 국립국어원 홈페이지에서 제공하는 '외래어 표기 용례'를 따랐다. 서양인명의 경우 해당 인명이 본서의 처음 나올 때에만 전부 ( )안에 병기하여 생몰년과 함께 모두 밝혀 적었고, 이후에는 생략했다. 다만, 해당 저술의 논자의 경우에는 각 논저의 첫 머리에 약식으로 다시 반복하여 밝혔다.

3. 서양서나 잡지가 거론될 때, 번역서 내지 일반화된 번역명이 있는 경우에는 이를 제명으로 제시했다.

4. 각 논저에 대한 이해를 제공하기 위해, '해제'를 수록했다. '해제'는 저자 소개, 논저의 전반적인 내용과 학술사적 의의, 저술 당시의 상황 등을 밝히도록 노력했다. 더불어 해당 논저를 상세히 분석한 논문을 참조문헌으로 제시했다.

5. 원문의 띄어쓰기, 들여쓰기, 행갈이 등은 가급적 변개하지 않았으며, 원문 자체에 포함된 오탈자, 오식 등은 수정하지 않은 채, 정정 내용을 주석으로 제시했다. 원문 저자의 각주는 각주에서 영어, 번역문 순으로 배치하고 [원주]라고 표시했다. 나머지 각주는 모두 역주자들의 것이다.

6. 원문의 번역은 직역을 원칙으로 했지만, 원문의 의미를 해치지 않는 범위에서 국문 문장에 가깝게 의역했다. 번역문의 ( )는 저자의 것(원문)이고, 번역문의 [ ]는 역주자가 추가한 것이다. 다만 프랑스어 번역문의 경우, 병기된 한자는 모두 역주자의 것이다.

제1부

한국고전의 발견과 언어 간
번역의 형성

┃ 해제 ┃

1부는 1880년부터 1910년 사이 일본어로 된 한국고전학 논저들을 엮은 것이다. 그 시기적 특징을 보면, 한문과 국문의 언어가 공존하는 전근대 언어질서에 외국인의 언어가 개입하는 시기라고 볼 수 있으며, 외국인들에게 한국어, 한국고전세계가 발견되며 '언어 간 번역'이라는 구도 속에서 한국고전이 재배치되는 시기라고 말할 수 있다. 한국학의 담당주체란 측면에서 본다면, 한국의 문호개방과 함께 파리외방전교회나 중국 및 일본 등지 재외의 동양학자들에서 한국주재 외국인들로 그 중심이 변모되는 시기이다. 이 시기 가장 주목되는 집단은 물론 한국 개신교선교사와 그들의 학술 네트워크라고 말할 수 있다. 그렇지만 한일합방(경술국치) 이후 주도적인 한국학 연구 집단이 되는 한국주재 일본인 지식층의 초기논저 및 연구경향을 이 시기에도 충분히 발견할 수 있다. 그 특징은 크게 2가지로 요약된다.

첫째, 이인직(李人稙, 1862~1916)이 『미야코신문(都新聞)』이란 매체를 통해 당시의 조선을 일본에 적극적으로 소개하고 있다는 점이다. 둘째, 한국인의 사회생활과 풍속과 같은 주제를 탐구하는 민속연구의 일환으로 민간전승물에 대한 관심이 컸으며 국문시가와 국문고소설에 대한 연구가 그 중심을 이루고 있는 사실이다. 특히 두 번째 특징은 1910년경 출판되는 다카하시 도루 및 호소이 하지메의 저술로 이어지는데, 이는 동시기 개신교 선교사들의 한국고전학과도 부응되는 현상이다. 즉, 조선의 시가 및 민요, 설화 연구라는 맥락에서 고소설이 번역, 소개되는 모습을 들 수 있다. 우리는 이러한 경향을 대표하는 논저를 엄선하여 엮었다. 즉, 모리스 쿠랑(Maurice Courant, 1865~1935)이 『한국서지』「서설」에서 한국의 국문문학을 서술하는 데, 크게 참조한 오카쿠라 요시사부로(岡倉由三郎, 1868~1936)의 논저를 비롯하여, 근대 초기 일본인이 <춘향전>을 비평한 큰 의미를 지니는 논저, 한국인의 민족성 연구를 위해 고소설을 주목한 다카하시 도루, 호소이 하지메(細井肇, 1886~1934)의 서발문을 번역하여 수록했다.

┃참고문헌

구인모, 「조선연구의 발산과 수렴의 교차점으로서 민족성 연구 - 다카하시 도루[高橋亨]의 『朝鮮人』과 조선연구」, 『한국문학연구』 38, 2010.

권혁래, 『일제 강점기 설화·동화집 연구』, 고려대 민족문화연구원, 2013.

신주백, 「식민지기 새로운 지식체계로서 '조선사'·'조선문학'·'동양철학'의 형성과 고등교육」, 『동방학지』 160, 2012.

박상현, 「제국일본과 번역 - 호소이 하지메의 조선 고소설 번역을 중심사적 함의」, 『일본문화연구』 50, 동아시아일본문화학회, 2014.

윤소영, 「호소이 하지메의 조선인식과 제국의 꿈」, 『한국 근현대사 연구』 45, 2008.

윤수안, 「제국 일본과 영어교육 - 오카쿠라 요시사부로를 중심으로」, 『식민지 시기 전후의 언어문제』, 소명출판, 2012.

이상현, 『묻혀진 한국문학사의 사각, 외국인의 언어·문헌학과 조선후기-식민지 언어문화의 생태』, 박문사, 2017.

이상현, 『한국 고전번역가의 초상, 게일의 고전학 담론과 고소설 번역의 지평』, 소명출판, 2013.

이상현, 김채현, 윤설희, 「오카쿠라 요시사부로 한국문학론의 근대 학술사적 의미」,『일본문화연구』50, 2014.

이상현, 윤설희,『주변부 고전의 번역과 횡단 1, 외국인의 한국시가 담론 연구』, 역락출판사, 2017.

최혜주, 「한말 일제하 재조일본인의 조선고서 간행사업」,『대동문화연구』66, 2009.

최혜주,『근대 재조선 일본인의 한국사 왜곡과 식민통치론』, 경인문화사, 2010.

다카사키 소지(高崎宗司), 최혜주 역,『일본 망언의 계보』(개정판), 한울아카데미, 2010.

이나바 쯔기오(稻葉繼雄), 홍준기 역,『구한말 교육과 일본인』, 온누리, 2006.

제1장

〈춘향전 일역본〉(1882)을 통해, 한국의 풍토와 인정을 소개하다

- 『오사카아사히 신문』특파원 나카라이 도스이, 『계림정화 춘향전』서문

半井桃水, 「鷄林情話 春香傳」, 『大阪朝日新聞』, 1882.6.25.

나카라이 도스이(半井桃水)

▌해제 ▌

　나카라이 도스이(半井桃水, 1861~1926)는 쓰시마 태생의 한 의원의 집안에서 태어나 아버지를 따라 어린 시절 부산에 머물렀던 경험이 있어 한국문학에 친숙했다. 또한 동아시아 한문맥을 공유한 한국어와 일본어의 관계는 한국어와 서구어와의 관계보다는 번역하는 데 훨씬 더 수월한 것이었다. 따라서 그의 일역본이 이른 시기에 이렇듯 나올 수 있었다. 나카라이는 『오사카아사히신문(大阪朝日新聞)』의 특파원으로 1882년 한국에 입국했다. 그는 이 시기 한국의 사랑이야기라고 할 수 있는 <춘향전>을 입수했고 이를 번역했다. 그리고 나카라이의 「계림정화 춘향전(鷄林情話 春香傳)」은 『오사카아사히신문』 1882년 6월 25

일에서 7월 23일까지 20회로 나누어 연재되었다. 그는 한일 양국의 무역 교류와 한국의 풍토와 인정을 알리기 위해 <춘향전>을 번역했다. 여기서 <춘향전>은 외국문학이자 한국을 알기 위한 하나의 민족지였다.

▌참고문헌 ─────

김신중, 김용의, 신해진, 「나카라이 도스이 역, 『계림정화 춘향전』 연구」, 『일본어문학』 17, 2003.

노경희, 「20세기 초 일본인의 <춘향전> 번역작업에 관한 일고」, 『국문학연구』 34, 2016.

이상현, 『한국 고전번역가의 초상, 게일의 고전학 담론과 고소설 번역의 지평』, 소명출판, 2013.

이응숙, 김효숙, 「『계림정화 춘향전(鷄林情話 春香伝)』의 번역 양상」, 『일본언어문화』 27, 2014.

전상욱, 「<춘향전> 외연의 한 양상」, 『열상고전연구』 34, 2011.

전상욱, 「<춘향전> 초기 번역본의 변모양상과 의미 - 내부와 외부의 시각 차이」, 『고소설연구』 37, 2014.

니시오카 켄지(西岡建治), 「일본에서의 『춘향전』 번역의 초기 양상-半井桃水 譯, 「계림정화 춘향전」을 대상으로」, 『어문논총』 41, 2004.

　我国の朝鮮[と]関係あるや年已に久しといへども、未だ、彼國の土風人情を詳細に描寫して、世人の覧観に供せしものあるを見ざりしは、常に頗る遺憾とせし所なるが、近日、偶彼の國の情話を記せし一小册子を得たり。亦以て、その土風人情の一斑を知るに足るべくして、今日、彼國と通商貿易、方に盛んならんとするの時に當[り]、尤も必須なるものなれば、訳して追号の紙上に載す。[1]

우리나라와 조선과의 관계가 이미 오래되었다고는 하지만 아직 그 나라의 풍토와 인정을 상세하게 묘사하여 세상 사람들에게 볼 것을 제공할 만한 것이 없음을 항상 몹시 유감이라고 생각하던 바였는데, 최근에 우연히 그 나라의 사랑이야기를 기록한 한 소책자를 얻었다. 또한 이로써 그 지방의 고유한 풍속이나 습관과 인정의 일부분을 알기에 충분하다. 오늘날 때마침 그 나라와 통상무역을 왕성하게 하려는 때에 이르러 더욱 더 반드시 필요한 것이라면 번역하여 덧붙여 지면에 올리겠다.

---

1 일본어 원문은 구한자체로 되어 있다. 원문을 존중하는 입장에서 그대로 인용한다. 또한 일본어 원문을 우리말로 옮길 때도 최대한 원문을 존중하고자 했다. 번역문에 단문이 아니라 복문이 많은 것은 그 때문이다. 이렇게 번역한 것은 번역문을 읽는 독자에게 가능한 한 원문의 느낌을 전달하고 싶었기 때문이다.

제2장

『남훈태평가』를 통해,
한국의 국민성과 시조를 알리다

- 한성 일어학당 교사 오카쿠라 요시사부로, 「조선의 문학」(1893)

岡倉由三郞, 「朝鮮の文學」, 『哲學雜誌』 8(74-75), 東京, 1893. 4~5.

오카쿠라 요시사부로(岡倉由三郞)

┃ 해제 ┃

　　오카쿠라 요시사부로(岡倉由三郞, 1868~1936)는 일본의 영어학자로, 또한 메이지시대 저명한 '미술사가'이자 '미술교육자'인 오카쿠라 덴신(岡倉天心, 1862~1913)의 동생으로도 잘 알려진 인물이다. 그는 1868년 일본 요코하마에서 태어나, 1887년 도쿄제국대학 문과대학 선과에 진학한 후 1890년 졸업했다. 또한 1891~1893년 사이 서울에서 일본어를 가르친 후 귀국하여, 1896년 동경고등사범학교의 강사가 되어 이듬해부터 영어 및 영문학을 담당했다. 1902년부터 3년간 영국, 독일, 프랑스에 유학했으며, 1925년 릿쿄(立敎)대학 교수를 역임했다. 1926년 일본에서 처음으로 NHK라디오에서 영어강좌를 담당했다. 이후 영어발음 연습카드를 고안하고, 또한 라디오와 통신교육에 의한 영어 강좌를 처음 실시하여, 영어 학습 열풍을 일으킨 인물이기도 하다. 1921년 이치카와 산키(市河三喜, 1886~1970)와 함께 총 100권에 이르는 연구사 간행 『영문학총서』의 주간이었으며, 1926년 『신영화대사전(新英和大辭典)』을 편찬한 인물이다. 사전과 함께 그의 대표저술로는 영국을 중심으로 널리 읽힌 바 있는 『The Japan Spirit』(1905), 자신의 영어교육론을 집대성한 고전적 명저인 『영어교육』(1911) 등을 들 수 있다.

우리가 번역한 논문은 오카쿠라가 1893년 『철학잡지』 8권 74-75호에 발표한 「조선의 문학(朝鮮の文學)」이란 글이다. 「조선의 문학」은 19세기 말을 대표하는 외국인의 한국문학논저로 고소설 혹은 설화를 번역하거나 살핀 다른 한국문학논저들과 달리 '한국의 국문시가'를 거론한 차별성을 지닌 글이기도 하다. 이 글에서 오카쿠라는 당시의 재외 외국인 학자들의 한국문학에 관한 통설이라고 말할 수 있는 '한국문학 부재론'을 주장하였다. 그의 한국문학 부재론은 근대적 문학개념과 국문으로 된 한국의 텍스트 사이의 불일치를 이야기하는 방식으로 귀결되는데, 그가 문학개념과 한국문학 사이 공통/차이점을 살피려고 한 대상이 바로 국문고소설이었다. 하지만 한국문학 부재론을 펼친 다른 외국인의 저술들과 달리 그는 한국도서의 실제 모습과 한국사회에서의 유통현장을 묘사했다는 변별점을 보여준다. 즉, 그의 서술은 한국 도서의 외형 및 표기문자, 이야기책의 유통양상, 한국의 세책문화와 관련된 중요한 증언이었고, 특히 한국도서와 한국문학의 발견이라는 점에서 의의가 있다. 나아

가 오카쿠라의 논문은 고소설로 제한되던 당시 외국인 한국고전학의 지평을 시가집으로 넓혀『남훈태평가』를 소개했고 국문시가의 유통과 향유를 살피는 데까지 나아갔다. 물론 작품의 내용이나 주제의식과 관련한 단 한 번의 서술과 번역에서 조선에 대한 일본의 민족성 담론이 개입된 폄하의 시선이 엿보인다. 그럼에도 불구하고 그의『남훈태평가』번역은 언문을 인쇄하는 것조차 어려웠던 시기에 출현한 최초의 국문 시가 번역이자 시가 담론이었다는 점에서 그 의의를 찾을 수 있다.

┃ 참고문헌 ━━━━━━

윤수안,『제국과 영어, 영문학』, 소명출판, 2014.

윤수안, 「제국 일본과 영어교육-오카쿠라 요시사부로를 중심으로」,『식민지 시기 전후의 언어문제』, 소명출판, 2012.

이상현, 김채현, 윤설희, 「오카쿠라 요시사부로 한국문학론의 근대 학술사적 함의」,『일본문화연구』50, 2014.

이상현, 윤설희,『주변부 고전의 번역과 횡단 1, 외국인의 한국시가 담론 연구』, 역락출판사, 2017.

한용진, 「갑오개혁기 일본인의 한국교육 개혁안 고찰 : 근대화 교수용어 선택을 중심으로」,『교육문제연구』33, 2009.

이나바 쯔기오(稻葉繼雄), 홍준기 역,『구한말 교육과 일본인』, 온누리, 2006.

朝鮮には名づけて文学と云ふべき者不幸にして殆ど皆無の様なり古来漢文をのみ尊み用ゐ今より四百年程以現朝鮮第四代の君主世宗大王の朝に於て諺文と稱ふる一種精巧の假字を製し(朝鮮の歷史には諺文の世宗の朝に創作せられし者の如く記しあれど三国の頃巳に其初めを起

したるを世宗の時に當り之を多少改造せし者と見傚す方稱正しきに近きが如し)たれども其用ゐらるる範圍至って狹く常に賤めらるる傾あり今日に至るまで諺文の用ゐられたる場合は重に左の如し

(一)經書等に附けたる漢字の音義
(二)女子其他漢文を知らぬ者の尺牘
(三)物語及び謳歌

　　조선에는 문학이라고 이름 붙여 말할 수 있는 것이 불행하게도 거의 전무한 실정으로 예로부터 한문만을 높여서 사용하였다. 지금으로부터 400년 정도 이전 조선 제4대 군주인 세종대왕 대에 이르러서 언문이라고 부르는 일종의 정교한 가차자가 만들어(조선 역사에는 언문이 세종조에 창작되어진 것처럼 기록되어 있지만 삼국시대에 이미 시작하였던 것을 세종 때에 이르러 이것을 다소 개조한 것으로 보는 것이 다소 올바른 견해에 가깝다)지긴 하였지만 그 사용되는 범위는 지극히 좁고 항상 사회적으로도 지위가 낮은 사람들이 사용하는 경향이 있어서 오늘날에 이르기까지 언문이 이용되는 경우는 주로 다음과 같다.

　　(一)경서 등에 붙이는 한자의 음과 뜻
　　(二)여자 그 밖의 한문을 모르는 사람들의 서간
　　(三)소설 및 구가

而して稍重立ちたる事柄には假令ひ誤謬多くとも敢て漢文を用ゐる

が習はしなれば何一つ満足に仕立てたる事物なき朝鮮には信せられぬ
まで巧者に出来しかも国王の肝煎りたる諺文も惜むべし世人に蔑視せ
られ折角の道具も世に充分の用をなさずして遂に今日に至れり

　　　그리고 점차 중요한 핵심으로는 가령 오류가 많더라도 일부러 한
문을 사용하는 것이 풍습이 되었다. 어느 것 하나 만족스럽게 만들
어진 물건이 없는 조선에서는 믿을 수 없을 정도로 정교한 것이 만들
어졌다. 그럼에도 불구하고 국왕이 애간장을 태우며 만든 언문이 애
석하게 세상 사람들에게 멸시받으며, 애써 만들어진 도구도 세상에
충분히 이용되지 못한 채 마침내 오늘날에 이르렀다.

かかる次第なれば朝鮮人の考へは諺文の出来し後も依然として大概
漢文に宿され文学上の思想は調ふ迄もなく詩賦散文の形にてのみ傳は
せられたれば自然朝鮮固有の気韻を帶びたる作に乏しく、構想も著筆
も殆ど文那風と成り学んぬ故に児女其他文字なき者の為に作れる物語
の類は諺文にて書きてはあれど諺文書きは云はば曾て耕したる事なき
土地の如く唯口より出まかせに本来趣向もなき愚にも附かぬ事がらを
假字にて写し出せしまでにて固より修辞の方法を施せしにも非ざれば
到底文学など云ふ名稱を下し之が評論をなすべうも非ざるなり我が国
の稚児に語り聞かする猿蟹合戰さては桃太郎物語を其侭無造作に筆寫
して之を文学と云ふ事正しからずとせば其見解の正しからざらん限り
朝鮮の物語に文学の稱呼を與ふるは同じく不正なるべきなり

　　　이와 같은 상황에 이르자 조선인의 생각은 언문이 나오고 나서도

여전히 대체적으로 한문을 고수하였다. 문학상의 사상은 말할 것도 없고 시부(詩賦)와 산문의 형태로 전해지는 것도 자연히 조선 고유의 기품을 띠고 있는 작품이 부족하고 구상도 창작도 거의 중국풍이 되었다. 그런 까닭으로 아이들이나 여인들, 그 밖의 문자 없이 지내온 사람들을 위하여 만들어진 이야기 종류에만 언문으로 쓰여 진 것이 있었다. 그러나 언문으로 쓰였다고는 하지만 경작한 적이 없는 토지와 같이 그저 입에서 나오는 대로 본래의 고아한 취향도 없이 얼토당토않게 서로 덧붙인 이야기들을 표음문자로 써낸 것이다. 말할 것도 없이 수사의 방법을 사용한 것도 아니다. 도저히 문학이라는 명칭을 붙여 이것을 논평하는 것 자체가 말이 되지를 않는다. 우리나라의 유아들에게 들려주는 원숭이·게 싸움[1]이나 모모타로 이야기[2]를 그럴듯하게 꾸며 놓지 않고 그대로 써놓고는 이것을 문학이라고 말하는 것은 옳지 않다. 그 견해가 틀리지 않다면 조선의 이야기에 문학의 칭호를 붙이는 것도 마찬가지로 마땅히 옳지 않다

然はあれど之を除きては朝鮮に所謂固有の文学なる者殆ど皆無と云はざるを得ず此朝鮮固有の文学の命脈を保持すども云ふべき物語は世間にて如何なる待遇を受け居るかと云ふに之が愛読者は婦女子に非ざれは即ち下等社会の男子のみ少しく文字ある者努めて之を好まさる真

---

1 일본 민화(民話)의 하나로 전체적인 스토리는 교활한 원숭이가 게를 속여서 살해하였는데 나중에 죽은 게의 자녀들에게 원숭이가 복수를 당한다는 이야기다.
2 일본 동화로 전체적인 스토리는 모모타로가 할머니로부터 수수경단을 받아서 개와 원숭이 그리고 꿩을 거느리고 도깨비를 퇴치하기 위해서 오니가시마(鬼ヶ島, 동화 모모타로에 등장하는 곳으로 도깨비가 살고 있다는 섬)에 가서 도깨비를 무찌른다는 이야기다.

似す其記す所は勧善懲悪の主義に出で假令へは無慈悲の兄と悌順の弟
ありて始めは兄卑吝の性根を逞し一時の我慾を貪り終りには弟千辛万
苦を甞めつくして遂に永久の安楽を得と様なるが常なり行文の流暢は
記者の敢て求めざる所の如く隨って修辭の跟稱なりと知るべし製本の
躰栽を云へば坊間に鬻けるはいづれも板本にて極めて粗悪なる紙の我
が散り紙ほど黒く吉野紙ほど薄き者故べろべろとして觸れなば破れな
んず心地す文字は皆例の諺文とて我が國の假字の如く寧ろ彼のローマ
字の如く父音母韻を代表する文字にてのみ掇りあれど其中十が六乃至
八は漢語なり以て朝鮮の俗語に漢語の多く入りこみたるを卜すべし書
き方は右の上に始め竪に一行づづ漸次に左の方へ進むと更に我のと異
なる所なし一冊大概三四錢位にて册舎と稱し書籍を鬻くるを本業とす
る家には漢文にて書けるのみ有りて諺文本なきが常なれば荒物屋の如
き家の店頭に晒されたるを購ふ事なるが近来購読者めつきり減少せし
由にて店さきに恥面されす諺文本の数も種類も日一日と少うなり行く
様子なり斯く云ふ時は諺文本の命脈且幕に逼りたる様なれどもまんざ
らさにも非ず朝鮮には貰冊家として我が貸冊屋の如き者ありそこには
諺文にて記せる物語本大概あり只に朝鮮人の作に係る者のみならず西
遊記、水滸傳、西廂記、等支那の物語を諺文に翻訳せしものも大方あ
るなり之を借りむと思ふ者は何にてもあれ稍價ある物(鍋釜の類にても
可なり)を其家に携へ行き己の見むと思ふ本を借り来る其見料は一冊二
三日の割りにて二三厘に止まる貰冊家にて貸す本は坊間にて売れる者
の如く悪からず厚き紙の幅広く縦長きに鮮明に筆記してあり閲読に甚
だ便なり。因に云ふ册舎も貰冊家も常京城にのみありて京城以外には
假令ひ平壌松都の如き処にも絶えてこれなしとの事なり

그렇다고 해도 이것을 제외한다면 조선에는 이른바 고유의 문학이 아예 없다고 말할 수 있다. 이러한 조선 고유 문학의 명맥을 보존하고 있다고 말할 수 있는 이야기가 세상에서 어떠한 대우를 받고 있는가 하면 이것의 애독자를 보면 부녀자가 아니면 하층사회 중에서 글을 아는 남자들이 주요 독자층이다. 곧 하층사회의 남자로 문자를 조금 아는 자가 겨우 즐겼다는 것이 진실에 가깝다. 그것에 기록된 것은 권선징악이 주된 주제이다. 가령 무자비한 형과 순종적인 동생이 있었는데 처음에는 구두쇠인 형이 저열하고 인색한 성격을 마음대로 부리며 한때 자기 욕심대로 탐욕을 부린다. 하지만 끝에는 아우가 천신만고를 겪다 드디어 영원한 안락을 얻게 되는 것이 보통이다. 작문에 익숙한 작자가 결코 구할 수 없는 것이니 수사라 이름 붙일 만한 것은 찾을 수 없다. 제본의 체제를 말한다면 시중에서 팔고 있는 것은 어느 것이나 판본으로 극히 조잡한 종이로 우리나라의 휴지처럼 검고 요시노 종이[3] 정도로 얇은 것이다. 따라서 하늘하늘하여서 만지면 찢어질 듯하였다. 글자는 모두 앞에서 언급하였던 언문으로 우리나라의 가나와 같지만 글자의 형태는 오히려 로마자와 같이 부음(父音)과 모운(母韻)을 대표로 하는 글자만으로 구성되었다. 하지만 그 중 열에 여섯 심지어 여덟이 한어로 조선의 속어에 한어가 많이 들어가 있는 것을 살펴 볼 수 있다. 글쓰기 방법은 오른쪽 위에서 시작하여 세로로 한 행씩 점차 왼쪽으로 나아간다. 이는 우리나라 말과 다른 점은 없다. 책 한 권은 대체로 3~4 전(錢) 정도이며 책사(冊舍)라고 부르는 서적을 파는 것을 본업으로 하는 집에는 보통 한

---

3 나라현(奈良県)의 요시노(吉野)에서 생산하는 닥나무의 백피로 만든 얇은 종이. 흰색으로 보석이나 귀금속 등의 포장지 혹은 옻이나 기름을 거르는 데 이용된다.

문으로 써져 있는 것만 있고 언문본이 없다. 잡화상과 같이 가게 앞에 놓여있는 것을 사게 되는데 근래에는 구독자가 현저히 감소하였다. 그래서 가게의 입장에서 부끄러워하는 언문본의 수도 종류도 하루하루 줄어드는 실정이다. 이렇게 말하면 언문본의 명맥 또한 다한 듯하지만 반드시 그런 것만도 아니다. 조선에는 세책가(貰冊家)[4]라고 하는 우리나라의 세책방과 같은 곳이 있다. 그곳에는 대체로 언문으로 쓰인 이야기책이 있다. 다만 조선인의 작품으로 되어 있는 것뿐만 아니라 서유기, 수호전, 서상기(西廂記) 등 중국의 이야기를 언문으로 번역한 것도 보통 있다. 이것을 빌리려고 생각하는 사람은 어떤 경우라도 얼마라도 값이 나가는 것(솥 같은 종류도 가능하다)을 그 집에 맡겨두고 자신이 보고 싶은 책을 빌려온다. 그 보는 값은 책 한 권을 이삼 일 빌린다면 2~3리(厘)에 지나지 않는다. 세책가에서 빌리는 책은 시중에서 사는 책과 같이 나쁘지 않고 두꺼운 종이에 폭이 넓고 세로로 기다랗고 선명하게 필기되어 있어서 열람하기에 매우 편리하다. 참고로 말하면 책사도 세책가도 당시의 경성에만 있었다. 경성 이외에는 가령 평양과 송도와 같은 곳에도 아예 없었다.

諺文書きの物語は文学の名に堪へぬ者とせば其以外に文学とし観るべき者絶えて朝鮮には存せざるか。余が見る所にては朝鮮人の事物に感じ音調に因り謡ひ出だせる謳歌こそ先づは最も文学的の趣味を含める者と思はる。然れ共其構思の方に至りては純然たる朝鮮風を顕はさずして反って支那流の者多し是れ養し眼中片時も支那てふ景見を失は

---

4 세를 받고 책을 빌려주는 집.

ざる朝鮮人にして寔に免れ難き事なりとす。朝鮮にて謳歌を作るには
楽器に依り之に適ふ様に仕組むが故に我が五七の如く一定の字数なく
韻を押まさる一點は我が国歌に於けると同様なり歌を作る時其中に如
何程漢語を用ゐるも不可ならぬ定めにて実際支那の詩文を假字雑りに
し之に曲折を附けて吟じたるが如き物と心得て可なり。又朝鮮にては
言文殆ど一致なれども語尾などの俗語には既に無くなり文にのみ存す
るあり俗語に生せし者にて文に知られぬ語格なしとせず言文の間に多
少の異同ありて特に謳歌には句調を整ふる為め省略、轉置等の文飾行
はれ且今は口に云はずなりし語も多少其中に用ゐこまるれば俗語に精
通しても慣れねば一寸読みにくき所ありされど我が國の言文の如く甚
しく隔たりたらざるは勿論なり」謳歌を蒐めて出版せし書ここ朝鮮には
甚だ稀なり。名作と稱へらるる程の者はひとりひとり轉借筆寫せられ
秘藏せらるるが故に之を借り出ださん事甚だ容易ならず余幸にして此
頃「南薫太平歌」と題したる一部の歌集を手に入れたればいつか之を世
に公にせんず志あり今寸暇ありしを以て其中朝鮮謳歌の代表者たるに
足るべき者数首を抄出し之を読者に示すに當り豫め朝鮮文学の有機を
記し之れが總序とはなしつ。朝鮮の物語其他の小話の外国文に手引き
せられて世に顯はれたる事はフランスの宣教師等が手に成れる韓佛字
典(Grammaire Coreenne)の附録及びドクトル、アレンの「朝鮮物語」
(Corean Tales)等あれど朝鮮謳歌の其生國を出で外国人に面接するは
実にこれが最初なりとす。これらの謳歌はいづれも現に女楽の類に依
り唱謠せらるる者と知るべきなり。

　言문으로 적힌 이야기를 차마 문학이라고 할 수 없다면 그 외에 문학이라고 볼 수 있는 것은 아예 조선에 없지 않는가? 내가 보는 바로는 조선인이 사물에 느끼는 음악과 곡조에 따라서 나오는 노래야말로 아마도 무엇보다도 가장 문학적인 취미를 머금은 것이라고 생각된다. 그렇기는 하나 그 구상에서는 모두 순수한 조선풍을 나타내지 못하고 도리어 중국풍의 것이 많다. 이렇게 길러진 안목으로 한시라도 중국의 그림자를 잃어버릴 수 없는 조선인에게는 이것이 면하기 어려운 일일 것이다. 조선에서 노래를 지을 때에는 악기에 따라 이것에 들어맞도록 구성한다. 그래서 우리의 5·7조와 같이 일정한 글자 수대로 운을 다는 부분은 우리나라의 노래와 같은 모습이긴 하나 노래를 지을 때 그 안에 어느 정도든 한어를 사용하는 것은 불가피하게 정해져 있다. 실제로 중국의 시문에다 표음문자를 섞어 이것에 곡을 붙여서 노래한 것으로 이해할 수 있다. 또한 조선에서는 언문이 거의 일치하기는 하지만 어미 등에서 보이는 것처럼 요즘 말에서는 이미 없어졌지만 글에는 아직 존재하는 것도 있고, 요즘 말에는 생겨난 것이 글에는 알려지지 않은 어격도 있어 언문 사이에는 다소 다른 것과 같은 것이 있다. 특히 노래에는 구절과 곡조를 정리 정돈하기 위해 생략 혹은 전치(轉置) 등으로 문장을 꾸민다. 또한 지금은 입으로 말하지 않는 말도 다소 그 속에 포함되어 있어서 요즘 말에 정통했다고 하더라도 익숙하지 않으면 잠시 읽기 어려운 부분도 있어 우리나라의 언문과 같이 상당히 차이가 나는 것도 있음은 물론이다. 노래를 모아서 출판한 책은 이곳 조선에서는 매우 드문 일이다. 명작이라고 일컬을 수 있을 정도의 작품은 하나하나 돌아다니는 것을 빌려서 필사하여 비밀스럽게 간직한 것이므로 이것을 빌리는 것조차 매우 용이하지 않다. 나는 다행히 이즈음 『남훈태평가』라

는 제목의 한 가집(歌集)을 손에 넣고 언젠가 이것을 세상에 알리고
자 하였다. 지금 시간이 있어서 그 중에서 조선 노래의 대표작이라
고 말할 수 있는 몇 수를 골라내었다. 이 노래들을 독자들에게 보여
주기에 앞서 미리 조선 문학의 모습을 기록하고 이것으로 서문을 삼
고자 한다. 조선의 이야기와 그 밖의 작은 이야기가 국어로 번역되
어 세상에 나타난 것은 프랑스의 선교사 등의 손에 의해서 이루어진
것으로『한불자전』(Grammaire Coreenne)의 부록 및 알렌의 '조선이
야기'(Corean Tales) 등이 있지만 조선의 노래가 그 생겨난 나라를 벗
어나서 외국인에게 알려지는 것은 실로 이것이 처음이다. 이 노래들
은 모두 다 현재 여악(女樂)⁵에 의해 불린 것이라는 것을 알려둔다.

謳歌を出すに當り先づ諺文にて本文を示し之にローマ字にて読みを付
け且つ字句一一の解釋をも添へたり諺文は之を印刷するに決して容易な
らざるべければ全く出さざるも宜し原文に添へたる訳文は唯其本文の字
句と意味とを失はざらんとをのみ努めたれば日本文としては実に銭一文
の價なきは自らも認めて甚だ恥とするな所なり。別に註をも加へ発音其
他の事項に係る注意を録したり読者これ等により朝鮮の文学の一璀なり
とも察知せられなば余が深く栄譽とし感する所なるべし」

　　노래를 나타내는 데에 우선 언문으로 본문을 표시하고 이것에 로
마자로 읽는 방법을 붙였다. 또한 자구 하나하나의 해석을 덧붙였
다. 언문은 이것을 인쇄하는 것이 결코 손쉬운 일이 아니었으니 완

---

5 무악(舞楽)을 연주하는 여자.

전히 나타낼 수 없는 것은 당연하다. 원문에 덧붙인 언문은 진실로 그 본문의 자구와 의미를 잃지 않도록 하기 위해서 노력하였다. 일문(日文)으로는 실로 한 푼의 가치도 없는 것은 스스로도 인정하고 매우 부끄러워하는 바이다. 따로 주를 덧붙여 발음과 그 외의 사항에 관계하는 주의를 기록하였다. 독자들이 이러한 것들로 조선 문학의 한 부분을 살펴볼 수 있다면 나는 깊은 영예를 느끼게 될 것이다.

(一)原文

간　　밤 에 부든 바 람
Kan Pain ei putun param
行キシ 夜 ニ 吹キシ 風

만　　뎡　　도 화 다 지거다
Man tshyeng to hwa tu tshiketa
萬　　庭(ノ)桃 花 皆 散レリ

이희 는 뷔 를 들 고
Ahui nun pui rul tul ko
童子　ハ 箒 ヲ 採リ テ

쓰 로 랴 ᄒ 느 고 야

Sau ro rya ha nun go ya
掃　カ　ン　ト　爲　ル　ヨ

락　화　를　꽃　이 아니랴
Nak hwa tul kkot(sh) i anirya
落　花　等(モ) 花　二ハ 有ラヌカ

쓰 러 무 삼
Ssu re mu sam
掃カントスルハ何ノ心ゾ

(一)원문
간　밤 에 부든 바람
Kan Pain ei putun param
지난 밤 불던 바람

만　명　도 화 다 지거다
Man tshyeng to hwa tu tshiketa
온뜰의 복숭아꽃 다 떨어졌다

이희 는 뷔 를 들 고
Ahui nun pui rul tul ko
동자는 비를 들고

쓰 로 랴 ᄒ 느 고 야

Sau ro rya ha nun go ya
쓸려고 하거늘

탁 화 를 꼿 이 아니랴
Nak hwa tul kkot(sh) i anirya
낙화인들 꽃이 아니랴

쓰 러 무 삼
Ssu re mu sam
쓸어 무엇 (하리오)

(一)訳文
よむべ吹きにし風の爲て
にはの面のもも皆散れり
童子は箒掃へて
散りにし花を振かむとす
落花とて花ならずやは

ははく心ぞいぶかしき

(一)번역문
지난밤 불어온 바람 때문에

정원의 복숭아꽃 모두 떨어지니
동자는 비로 쓸어서
떨어진 꽃을 없애버리려 하는데
낙화인들 꽃이 아니냐

쓸려는 마음 의아하다

(註)

　原文にローマ字を宛てたる中eo　uとは朝鮮語にあり日本語に無き韻なれば之を発音する方法を示すべし此二韻はこれまで出版せられたる外国文の書共に未だ充分明示せられたるとなく之を解釋するに甚だ困難なる者の様考へられ来りし者なりeoは唇をエ韻を発する位置にしなから才韻を発し試みば得らるる韻なり又ロは唇をイ韻の位置にしウ韻を発言せば得らるる韻なり。朝鮮語にはフランス語に所謂父母音の結抱(Liaison)と云ふ者行はれpamのmを次のeiに懸けpa-meiの如く読む事あり之を示さん為めへ標を添へ置けり。現今の朝鮮人は語の初めに於けるr音を発するに苦む、故に之をnに易ふるが常なり或は全く之を除く事もあり。即ち落花はRakhwaと云はずNakhwaと云ふを善しとす。原文に添へたる譯語の内圏を加へたるありこれは原文に其漢字の存するとを示さんとてしかせしなり。此歌の如きは漢字の最も少く用ゐられたる者の一とし見て可なり。

(주)

원문에 로마자로 표시한 것 중에서 'eo'와 'u'는 조선어에는 있지

만 일본어에는 없는 모음이다. 이것을 발음하는 법을 나타낼 만한
것으로 이 두 모음은 지금까지 출판된 외국어 서적도 아직 분명하게
보여주지 못했다. 이것을 알아내는 것은 매우 어려운 것으로 생각되
었다. 'eo'는 입술을 'エ' 음을 발음하는 위치에 두면서 'オ' 음을 발
음하듯이 시도하면 얻을 수 있는 음이다. 또한 'u'는 입술을 'イ' 음
의 위치에 두고 'ウ' 음을 발음하면 얻을 수 있는 음이다. 조선어에는
프랑스어에 이른바 연음(liaison) 이라고 말하는 것을 발음할 때처럼
'pam'의 'm'을 다음의 'ei'에 걸고 'pa-mei'와 같이 읽는 것도 있
다. 이것을 나타내기 위해서 ⌒표를 붙여 두었다. 오늘날 조선인은
어두에 있어서 'r' 음을 발음하는 것을 힘들어한다. 그래서 이것을
'n'으로 바꾸는 것이 보통이다. 하지만 어떤 때는 완전히 이것을 없
애는 것도 있다. 즉 낙화는 'Rakhwa'라고 발음하지 않고 'Nakhwa'
라고 발음하는 것이 옳다고 한다. 원문에 첨부한 번역한 글 안에 주
요 부분의 설명을 더하였다. 이것은 원문에 그와 같은 한자가 존재
하는 것을 나타내고자 한 것이다. 이 노래와 같은 것은 한자를 가장
적게 사용한 것 중의 하나라고 보는 것이 좋다.

(二)原文

인　싱　이　둘　아　셧　가
Iu　saing　i　tnl　ka　syeit　ka
人　生　　ハ　二ッ　カ　三ッ　カ

이　몸　이　네　　다섯　가
I　mom　i　nei　　tasyet　ka

此　身　ハ四ッ(カ)　五ッ　カ

비러온　　인셩　이
Pirean　　in saing　i
憐レナル　　人生　ハ

꿈　에 몸　가 지 구 셔
Kkum ei mom ka dshi ku syg
夢　二 身(ヲ) 持 チ ナガラ

일 싱 에슬 풀 일 만 ᄒ고
Il saing ei sul p'ul il man ha ko
一　生　二 悲シキ 事 ノミ 為テ

언　제 놀 녀
En dshyei nol lye
何　時　遊ブ ベキ

(二)원문
인　싱　이 둘 아 셋　가
Iu saing i tnl ka syeit ka
인생이 둘이냐 셋이냐

37

이 몸 이 네   다섯   가
I mom i nei   tasyet ka
이몸이 넷[이냐] 다섯이냐

비러온   인셩   이
Pirean   in saing i
빌어온 인생이

꿈   에 몸 가 지 구 셔
Kkum ei mom ka dshi ku syg
꿈속에 몸 가지고서

일 싱 에 슬 풀 일 만 ᄒ 고
Il saing ei sul p'ul il man ha ko
일생에 슬픈 일만 하고

언   계   놀   녀
En dshyei nol lye
언제 놀려 [하느냐]

(二)訳文
いのちは二つ三つやある
此身とて四つ五つつかは

憐れはかなき人の身の
夢見る心地する物を
悲しみてのみ過ぐしなば
いつの世かまた楽しまん

(二)번역문
목숨이 두셋 있고
이 몸 또한 네다섯인가

가련한 이내 몸은
꿈에 뵈는 물건인 걸
슬퍼만 하며 보내노니
어느 때에나 즐겨보려나

(註)
　此歌にも又漢字極めて少し。其構思に至りては善く朝鮮人の思想を顕はせる者にして未来に対する希望全く無く四面悲惨の物象に囲まれ万事に失望の餘、ままよ如何なる物かと云ふが如き一種の悟りを開きたる有様これにて充分に知らるるなり此の如き歌はこれのみに止まらずこの歌集中にも尚ほおほくあり。これ実に朝鮮人の心事として見べき物と信ず。P'ulは猶p-hulの如し。又s音の次のyは常に読まぬ例なり。

(주)
　이 노래에도 또한 한자가 매우 적다. 그 구상에서는 조선인의 사

상을 잘 드러내며 미래에 대한 희망이 전혀 없이 사방이 비참한 모습
으로 둘러싸여 만사에 희망을 잃은 나머지 무슨 놈의 세상인가 하고
말하는 것 같다. 일종의 깨달음을 열어주는 모습을 여기서 충분히
알 수 있다. 이와 같은 노래는 이것만으로 그치지 않고 이 가집 중에
더 많이 있다. 이것은 실로 조선인의 마음으로 보기에 마땅한 것이
라고 생각한다. 'P'ul' 는 오히려 'p-hul'과 같다. 또한 's' 음 다음에
오는 'y'는 항상 읽지 않는 것이 일반적이다.

(三)原文

록	쵸	쟝	졔	샹	에
Nok	tsh'yo	tshyang	tshyei	sgang	ei
緑	草	長	堤	上	二

독	긔	황	독	져	목	동	아
To(k)	kui	hwang	tok	tsho	mok	tong	a
独	騎	黄	犢(ノ)	彼ノ	牧	童	ㅋ

셰	샹	시	비	사	를
Syei	syaug	shi	bi	sa	rul
世	上(ノ)	是	非	事	ヲ

네	아느냐	모르냐

Ne-i   anunya   morunya
汝ハ   知レリヤ   知ラズヤ

그 아희 단 적   믄 불면셔
Ku ahui tan tsyek mau bul myen sye
其 童子   短   笛 ノミ 吹キナガラ

쇼 이 부 답
Syo i   pu   tap
笑 而   不   答(ナリ)

(三)원문
록   쵸   쟝   제   샹   에
Nok tsh'yo tshyang tshyei sgang ei
녹초장 제상에

독 긔 황 독 져 목 동 아

To(k) kui hwang tok tsho mok tong a
홀로 누렁 송아지 탄 저 목동아

셰   샹 시 비 사 를
Syei syaug shi bi sa rul
세상[의] 시비사를

네　　아느냐　　모르냐

Ne-i　anunya　　morunya

너 아느냐 모르냐

그　아희　단　적　　믄　불면셔

Ku ahui tan tsyek　mau bul myen sye

그 동자 작은 피리만 불면서

쇼　이　　부　　답

Syo i　　pu　　tap

소이부답 [하더라]

(三)訳文

草みどりなる岡の上

あめ牛に乗りり 行く

彼の牧童に物問はむ

浮き世の中の事の是非

汝知りてか知らずてか

童子は笛のみ吹きすさび

ほほゑみしのみ答へせず

　(三)번역문

　푸르러지는 언덕 위에

　저 소에 걸쳐 타고 가는

저 목동에게 물어보노니

덧없는 세상사의 시비를

너는 아느냐 모르냐

동자(童子)는 피리만 불면서

웃기만 하고 대답 않네

(註)

此歌には嚮の二首に反し漢字夥く入りたり構思も甚だ支那じみたれ
ばそを示さんとて出しつ。

(주)

이 노래에는 앞의 두 수와는 반대로 한자가 많이 들어가 있다. 구
상도 매우 중국풍이여서 그것을 나타내고자 올렸다.

(四)原文

달	밝고	셜	이	치는	밤	에
Tal	palk-ko	syel	i	tsh'i-nun	pam	ei
月	明カニテ	霜ガ		降リタル		夜ニ

울고	가는	기러기	야
Ul-ko	ka-nun	kiregi	ya
鳴キ			

쇼	샹	동	뎡	여듸두고

Syo syag tong tshyeng edui tu-ko
瀟   湘   河   庭(ヲ)   何処ニ置キラ

료 관 한 등 에 잠든 나
yo kwan han tung ei tsham-tun na
旅 館 寒 燈(ノ下) ニ 眠リ入リシ 余

를 씨 우느냐
rul kkai ununya
ヲ 覚マシテ 鳴クゾ

밤 즁 믄 네 우는 소릭
Pam tshung man nei un-un sorai
夜 中 汝ノ 鳴ク声(ニテ)

잠 못 니러
Tsham mat nire
眠リ 成テズ

(四)원문
달 밝고 셜 이 치는 밤 에
Tal palk-ko syel i tsh'i-nun pam ei
달 밝고 서리가 치는 밤에

울고   가는   기러기 야
Ul-ko   ka-nun   kiregi   ya
울고 가는 기러기야

쇼   썅   동   뎡   여듸두고
Syo   syag   tong   tshyeng   edui   tu-ko
소상강 동정호 어디에 두고

료   관   한   등   에 잠든   나
yo   kwan   han   tung   ei   tsham-tun   na
찬 등불 [아래]에 잠든 나

를   씬   우느냐
rul   kkai   ununya
를 깨우느냐

밤   즁   믄   네   우는 소릭
Pam   tshung   man   nei   un-un   sorai
밤에 너의 우는 소리[에]

쟘   못 니러
Tsham   mat   nire
잠 못 이루어 [하노라]

(四)訳文

月冴へ霜のおける夜半

空鳴きわたるかりがねよ

瀟湘河庭訪ひもせで

旅寝の枕かたふくる

我をしもなぞ鳴きさます

夜もすがら爾が鳴く声に

夢も結はずあなうたて

    (四)번역문

    달이 밝고 서리가 치는 한밤중에

    공중에서 울며 지나가는 기러기야

    소상강 동정호 찾아가지 않고

    여행지에서 잠을 자고 있는

    나를 깨우느냐

    밤새도록 네가 우는 소리에

    꿈을 잇지를 못하네

(五)原文

창	밧긔	가사	솟막이	쟝수	야
Tsh'ag	patkei	ko-sa	sot-mag-i	shgang-sa	ya
窓	外ヲ	行ク	イカケヤ		ヨ

리	별	나는	공	도	네	잘

I pyel na-nun koy ts nei tshal
離 別(ノ) 起コル 孔 モ 汝ハ 能ク

막일 소냐
magil so-nya
塞キ得ルカ

그 쟝 싀 듸 답 ᄒ 되
Ku tshyang sai tai tap ha doi
其 商 人(ノ) 対 答 スルニハ

초 한 젹 항 우 라 도
Tsh'o han tshyek hang u ra to
楚 漢(ノ) 時(ノ) 項羽トテモ

력 발 산 ᄒ 고
Nyek pal sau ha ko
力(ハ) 抜 山 キ

긔 기 셰 로 되
Kui kai syei ro dor
気(ハ) 盖 世 ヒシカド

심 긔 능 히 목막엿고

Sim ura nuny hi mot-magyet-ko
力   ニテ 能   ク 塞キ得ザリキ

삼   국   적   며   갈   량   도
Sam kuk tshyek tshye kal lyang to
三   国(ノ) 時(ノ) 諸   葛   亮   モ

샹   통   텬   문   쟝
Syag tog tsh'yen mun ei
上(ハ) 通   天   文   ヲ

하   달   디 리 로 되
Ha   tal tshi ri ro doi
下(ハ) 達   地 理 ゼシカド

지   쥬   로   능   히   못막엿고든
Tshai tshyu ro nung hi   mot-mag-yet-kotun
才   藻   ニテ 能 ク   塞ギ得ザリシモノヲ

하물며   날   쟡튼   쇼   갓   부   야
Ha-iul-mye nal katt'un syo tshang pu ya

況ンヤ   余   如ギ   小丈夫   ヲヤ

일 러 무 슴

Il le mu sam

云フニヤ及フベキ

(五)원문

창　　　밧긔　가사　솟막이　　쟝ᄉ　　야

Tsh'ag patkei ko-sa sot-mag-i shgang-sa ya

창 밖에 가는 [솥] 땜장이 장사야

리 별　　나는　공　도　네　잘

I pyel na-nun koy ts nei tshal

이별[이] 나오는 구멍도 너는 잘

막일　　소냐

magil so-nya

메울 수 있느냐

그　　쟝　시　디　답　ᄒ　되

Ku tshyang sai tai tap ha doi

그 장사 대답하기를

초　　한　　젹　　항 우 라 도

Tsh'o han tshyek hang u ra to

초한[의] 때[의] 항우라도

력　　발　산　흐　고
Nyek　pal　sau　ha　ko
힘[은] 산을 뽑고

긔　기　셰　로　되
Kui　kai　syei　ro　dor
기세[는] 세상을 덮더라도

심　기　능　히　목막엿고

Sim　ura　nuny　hi　mot-magyet-ko
힘으로 막지 못했고

삼　국　적　며　갈　량　도
Sam　kuk　tshyek　tshye　kal　lyang　to
삼국[의] 때[의] 제갈량도

샹　통　텬　문　쟝
Syag　tog　tsh'yen　mun　ei
위로 천문을 통하고

하　달　디　리　로　되
Ha　tal　tshi　ri　ro　doi
아래로 지리에 [통]달했어도

지　　쥬　로　능　히　　못막엿고든
Tshai tshyu ro nung hi　mot-mag-yet-kotun
재주로 막지 못했거든

하 물 며　　날　쟝튼　쇼　갓　부야
Ha-iul-mye nal katt'un syo tshang pu ya

하물며 나같은 소장부야

일 러 무 슴
Il le mu sam
말해 무엇 [하리오]

(五)訳文
窓した通るいかけやさん
つらい別れを続ぎとめる
おまへにてだては無いものか
いかけや答へて申すやう
漢楚の時の項羽でも
力は山を抜く位
気は一世を呑んだれど
力づくではゆかなんだ
三国きつての孔明も

かみは天文下は地理
何事も能く知りながら
智慧分別でも行かなんだ
ましてわしらが文際は
云ふも愚で御坐ります

    (五)번역문
    창밖을 지나가는 땜장이씨
    괴로운 이별을 이을 수 있니
    너에게 방법이 없는 것이냐
    땜장이 대답하여 말하기를
    초한 싸움 때의 항우(項羽)라도
    힘은 산을 뽑을 정도이고
    기운은 한 세상을 삼킬 듯해도
    힘을 쓰더라도 막지 못했고
    삼국 제일가는 공명(孔明)도

    위로는 천문(天文) 아래로는 지리
    무슨 일이든 알 수 있었어도
    지혜와 분별로도 하지 못하였는데
    하물며 나 같은 주제는
    말할 필요도 없습니다.

(註)

此訳文あまりに卑俚なるに似たれども、本來いかけ師どの問答なれ
ば反って此の如く訳せむ方原文の趣に近からんかとて、わざと俗謠の
句調に直せしなり読者之を諒せよ。但し朝鮮の謳歌は我がはやり歌の
やや卑猥ならざるか如き者なれば、之を古雅の歌に直さむより寧ろ俗
謠に訳せむ方大に其本躰を示す事と知るべし

(주)

이 번역문은 너무나도 속된 것 같지만 본래 땜장이와의 문답이기
에 오히려 이와 같이 번역하는 것이 원문의 취지에 가까울 것이라고
생각하여 일부러 속요(俗謠)의 구절과 곡조로 고친 것이니 독자들은
이것을 양해해 주길 바란다. 단 조선의 노래는 우리 쪽 유행가의 저
속한 것과 같은 것이니 이것을 예스럽고 우아한 노래로 고치기보다
는 차라리 속요로 번역하는 편이 더욱 그 본체(本體)를 보여주는 것
이라는 것을 알아야 한다.

(六)原文
각 셜 현 독 이
Kak syel hyen tog i
却 説(ス) 玄 德 ハ

관 공 쟝 비 거나리시고

Kuan kong tshag pi kenri-si-ko

關　　公(ト)　張　飛ヲ　連レラレテ

제　　갈　　량　　보랴고
Tshyei　kal　lyag　po-rya-ko
諸　　　葛　亮(ヲ)　訪ハントテ

와　　룡　　강　　건너
Ma　ryong　kag　kenne
臥　　龍　　江(ヲ)　渡リ

와　　룡　　산　　넘머
Ma　ryong　san　nemme
臥　　龍　　山(ヲ)　越エ

남　　양　　디　를　　달라져
Nom　gang　tshi　rul　tatara-sye
南　　陽(ノ)　地　ニ　　到リ着キ

시　문　　을　두다러니

Si　munul　ul　tudari　ni
柴　　門　　ヲ　叩キケレバ

동　　직　나　와　　욧듐는　　말　이

Tong tshai na wa yettyom-nun mal i
童 子(ノ) 出デ 來テ 告グル 語ニ

션 싱 님 이
Syen saing nim i
先 生 樣 ハ

뒤 초 당 에 잠 드러 계오
Tui tsh'o tong ei tsham ture kyei-o
後ロノ草 堂 ニ 眠 リテ オハス

동 자 야
Tong tsha ya
童 子 ヲ

네 션 싱 씌시거든
Nei syen saing kkai-si-ketun
爾ノ 先 生 覚メ給ハ

유 관 쟝 삼 인 이
Yu kwan tshang sam in i
劉 關 張(ノ) 三 人(ガ)

왓두라고   엿쥬어라
Wattura-ko   yettshyue-ra
來リシト   告ゲ知ラヒヨ

(六)원문
각   셜   현   독   이
Kak syel   hyen tog i
각설하고 현덕은

관   공   쟝   비   거나리시고

Kuan kong tshag pi   kenri-si-ko
관공[과] 장비를 거느리고

제   갈   량   보랴고
Tshyei kal lyag   po-rya-ko
제갈량[을] 만나려고

와   룡   강   건너
Ma ryong kag   kenne
와룡강[을] 건너

와   룡   신   넘머
Ma ryong san   nemme

와룡산[을] 넘어

남 양 디 를 달라져
Nom gang tshi rul tatara-sye
남양[을] 땅에 도착하여

시 문 을 두다러니

Si munul ul tudari ni
사립문을 두드리니

동 지 나 와 욧뚐는 말 이
Tong tshai na wa yettyom-nun mal i
동자가 나와서 하는 말이

션 싱 님 이
Syen saing nim i
선생님은

뒤 초 당 에 잠 드러 계오
Tui tsh'o tong ei tsham ture kyei-o
뒤 초당에 잠들어 계시오

동 자 야

Tong tsha ya
동자야

네 션 싱 씌시거든

Nei syen saing kkai-si-ketun
너의 선생 깨시거든

유 관 쟝 삼 인 이
Yu kwan tshang sam in i
유관장 삼인이

왓두라고 엿쥬어라
Wattura-ko yettshyue-ra
왔다고 고하여라

(六)訳文
かくて玄德は
關羽、張飛を從へて
諸葛亮をば訪はんとて
臥龍江をうち渡り
臥龍山をもかつ越えて
南陽の地に到り着き

柴のとぼそをおとなへば
一人のおらは出で來り
先生今しも、あなたなる
草堂に眠り給ふと告ぐ
さらばことばを殘すなり
諸葛先生覺め給はば
劉關張の三人の者
訪ひ來りし由傳ふべし

(六)번역문
이리하여 현덕은
관우, 장비를 거느리고
제갈량을 방문하고자
와룡강을 건너고
와룡산을 넘어서
남양의 땅에 도착하였다
사립문의 문짝을 두드리니
동자 하나 나와서
선생님은 지금 건너편의
초당(草堂)에서 주무신다 하네
그렇다면 말을 남기겠다.
제갈 선생이 깨시거든
유관장 세 사람이
왔다고 전하여라

(註)

此歌は故に物語文の體裁に擬して作りし者なれば物語文を読者に知らする便あらんと信じて兹には採り出だしつ以上の六首にて朝鮮文学の命眠を維持する謳歌の如何なる者なるかを知らする事を得ば余が大幸なり(完)

(주)

이 노래는 일부러 이야기 투 문장의 체재를 모방하여서 만든 것으로, 이야기 투 문장을 독자들에게 알리는 데에 편리하다고 생각한다. 이곳에 채택하여 내놓은 이상의 6수로 조선 문학의 명맥을 유지하는 노래가 어떠한 것인가를 알릴 수 있다면 나는 다행이라고 생각한다.(완)

제3장

〈토끼전〉 번역을 통해, 조선의 옛날이야기를 소개하다

– 이인직, 〈토끼전 일역본〉 서문(1904)

이인직 역, 「龍宮の使者」, 『世界お伽噺』, 1904.

▌해제 ▌

　신소설작가이자 언론인으로 유명한 이인직(李人稙, 1862~1916)은 1900년 관비유학생 신분으로 일본 동경의 정치학교에 수학하고, 1903년 졸업한 것으로 알려져 있다. 그의 도일(度日) 시점을 비롯한 전기적 상황에 대해서는 아직 분명한 합의가 이루어진 것은 물론 아니다. 그렇지만 이인직이 비교적 이른 시기부터 『미야코신문(都新聞)』이란 매체를 통해 당시 조선을 일본에 적극적으로 소개했다는 사실은 분명하다. 그는 조선의 호랑이, 경상도의 물, 조선의 고가 특산물, 남남북녀, 일본어 사투리와 중국어 사투리, 조선의 명산명승, 장수국 여호도(女護島) 등과 조선의 농, 공, 상, 시골 풍경, 노동자, 오늘은 충청·내일은 경상 <속어> 등을 소개했다. 특히 「과부의 꿈(寡婦の夢)」은 이인직이 쓰고 여수(麗水)가 보충한 소설인데, 여기서 이인직은 일본인

61

독자를 위해 조선에서 하는 3년상(喪)을 소개하기도 하고, 한국 지명인 용산, 조선 여인이 외출할 때의 모습, 조선에서는 부부 끼리 존칭어를 쓴다는 것을 자세히 소개하고 있었다. 한국인의 사회생활과 풍속과 같은 주제를 탐구하는 민속연구의 일환으로, 민간전승물에 대한 관심이 컸으며 국문시가와 국문고소설에 대한 소개 역시 동일한 맥락을 지니고 있었다. 이와 궤를 같이하며, 조선의 고전인 <수궁가(토끼전)>가 이인직이 번역하고 이와야 사자나미(巖谷小波)가 윤문을 하여, 비교적 이른 시기인 1904년에 『세계 옛날이야기(世界お伽噺)』 제64편에 포함되어 일본에 소개되었다. 우리의 책에서는 그 서문을 번역하여 수록하였다.

┃참고문헌 ────────

강현조, 「이인직 소설의 창작배경연구」, 『우리말글』 43, 2008.
구장률, 「신소설 출현의 역사적 배경」, 『동방학지』 135, 2006.
유봉희, 「이인직 연구에 대한 몇 가지 재고찰」, 『현대소설연구』 48, 2011.
이진오, 「이와야 사자나미(巖谷小波)의 <龍宮の使者> 연구」, 『판소리연구』 40, 2015.
함태영, 「이인직의 현실인식과 그 모순」, 『현대소설연구』 30, 2006.
다지리 히로유키(田尻浩幸), 『이인직 연구』, 국학자료원, 2006.
다지리 히로유키(田尻浩幸), 「이인직 재론」, 『어문연구』 39(2), 2011.

世界お伽嘛第六十四編　朝鮮の部

龍宮の使者

　　세계의 옛날이야기 제 64편 조선편

　　용궁의 사자

是わ朝鮮に有名な話で、曾て日本に留学して居た、李人植と云う朝鮮人が、日本文で綴った物を土臺として、新たに書き直したものであります。

その話の筋が、『日本昔嘛』の中の、『猿と海月』によく似て居ります。思うに源わ同しでありましょう。

　　이것은 조선에서 유명한 이야기로 일찍이 일본에 유학하였던 이인직이라고 불리는 조선인이 일본어로 적은 것을 토대로 하여 새롭게 다시 적은 것입니다.

　　그 이야기의 줄거리는『일본 옛날이야기』중에서『원숭이와 해파리』[1]와 아주 비슷합니다. 생각건대 기원은 같을 것입니다.

---

[1] 일본의 옛날이야기의 하나다. 병을 치유하는 묘약으로 원숭이의 생간을 구해오라는 용왕의 명을 받은 해파리가 원숭이를 속여서 데리고 오던 중 그 목적을 원숭이에게 말하는 바람에 재치 있는 원숭이는 자신의 생간을 나무 위에 두고 왔다고 말하여 해파리를 속이고 달아난다. 이에 원숭이의 생간을 가지고 오지 못한 죄로 인해 해파리는 두들겨 맞아서 뼈가 없어졌다는 내용의 이야기다. 등장인물이 조금 다를 뿐 전체적인 이야기는 조선고소설의 수궁가(토끼전)와 같음을 알 수 있다.

제4장

〈춘향전〉의 줄거리를 통해,
한국문학을 소개하다
- 다카하시 부츠엔, 「춘향전의 개관」(1906)

高橋仏焉, 「春香傳の梗概」, 『太陽』211, 1906.

다카하시 부츠엔(高橋佛焉)

> ▌해제 ▌
>
> 다카하시 부츠엔(高橋仏焉)의 「춘향전의 개관」은 1906년 6월
> 1일에 발간한 『태양』12(8)에 수록된 글이다. '高橋仏焉'이라고
> 했으나, 목록에는 '高橋仏骨'이라고 달리 적었다. '仏焉'과 '仏
> 骨'은 일종의 필명이기도 하기에, 실제로는 <춘향전>을 축약
> 번역했던 인물인 다카하시 도루(高橋亨)가 이 글의 저자로 추론
> 되기도 한다. 이 글은 모두 5개 부분으로 나누어져 있는데, (一)
> 은 서론에 해당되며 (二) ~ (五)는 <춘향전>의 줄거리 요약부분
> 이다. 저자는 글의 도입 부분(一)에서 당시 서양문학에 의해 가
> 려진 동양문학을 그 중에서도 조선문학을 재조명하고 연구하
> 는 것은 정치상의 의미에서 그들이 당연히 해야만 하는 의무라

고 기술하고 있다. 이러한 목적 아래 <춘향전>을 비평하고 그 줄거리를 제시했다. 그는 <춘향전>이 폭넓게 애호되는 작품이며, 가정의 교훈을 담은 소설이란 점, 한국의 풍습과 문물이 잘 드러나는 점, 원본의 언어가 한글인 점을 지적했다. 또한 글의 말미(五)에서 <춘향전>이 전기이기에 놀라울만한 구상을 지닌 작품은 아니지만 그 개략적인 내용을 통해 조선문학을 가늠할 수 있다고 말했다. (二) ~ (五) 부분에서는 경판본 및 안성판을 저본으로 <춘향전>의 줄거리를 요약 제시하였다. 줄거리 개관을 제시한 차원이지만 1906년 대만에서 발행된 신문인『한문대만일일신보(漢文臺灣日日新報)』에 이일도(1876~1921)가 각색한 한문본 ≪춘향전≫의 저본이 된 글이기도 하다.

▌참고문헌 ─────────
박현규, 「1906년 대만 이일도 한문본 ≪춘향전≫ 고찰」, 『열상고전연구』 37, 2013.
니시오카 켄지(西岡建治), 「高橋仏焉.高橋亨の「春香傳」について」, 『福岡縣立大學 人間社會學紀要』 14, 2005.

泰西文学東漸の勢は、大なる水渦を画いて、爲めに東洋文学の艶麗繊細なる意匠も、豪放雄大なる文字も、暁の星の如く其の影の次第に薄らぐの趨勢となったが、稍再び光輝を放たんとして来た、殊に朝鮮文学に至っては、僅かに史家が史料の編纂に資せん爲め諸書を漁りつつあるに止って、而も文学の研究とは意味を異にして居る、尚ほ且つ其れすらも記録の止むるもの少なく、充分の研覈に苦んで居る有様で

ある、況や稗史小説傳記等只に一時の感興を買売し或は贈呈物とせる
風習ある彼の地に於てをやで、実に取って觀る可きの書に乏しくなっ
て居る、要するに缺本となるも之れを填補するの意志もなく、又大體
に於て保存の方法が無いからであるが、併し盡く無いと云ふでもな
く、假し無いとするも従来の如く不問には附せられぬ事を感ずるので
ある、要は政事上の意味に於て、朝鮮文学の研究は、吾が徒が當然為
すべき義務ある者として、其の趣味と特色とを広く紹介する事に力め
たいのである、由って先づ手を觸るるに至ったのは、即朝鮮の名花と
稱せらるる春香の傳である、一は青年男子に誦せられ、一は深窓の淑
女に愛観され、一は家庭の教訓として賞揚さるる処の春香傳である、
其の内容は、詩歌、遊興、地理、建築、衣食、調度、を明にし又諷世
嘲俗笑譃する所に至っては本文に入るにあらざれば尽す事を得ぬ、只
恨むらくは此の原本が漢訳でなく、漢半島一種の文字、即ち諺文に
由って書かれて居る、事其れが、既に珍らしいのみならず其の册子す
ら餘りに多くない、殊に破れた処もあり摺れた処もある位で、之れを
遺憾なく訳するは我が力の遠く及ばざるを憾みとするのである、故に
妥當缺く事もあるべく、又澁晦に陥る事も多々ある、开は広く識者の
教へを待つの外はない、

　　　서양문학이 점차 동쪽으로 옮기어 가는 기세는 커다란 소용돌이
　　를 일으키며 그로 인해 동양문학의 요염하고 아름다우며 섬세한 의
　　장(意匠)도, 호방하고 웅대한 문자도, 새벽녘의 별과 같이 그 그림자
　　의 움직임대로 희미해지는 추세이다. 재차 빛을 발하고자 하는 것
　　도, 특히 조선문학에서는 간신히 역사가가 사료의 편찬을 위해서 여

러 책을 찾는 것에 그칠 뿐이고, 게다가 그것은 문학 연구와는 그 의미가 다르다고 할 수 있다. 또한 그것조차도 기록으로 남아 있는 것이 적어서 충분한 연구를 하기에 힘든 상황이다. 더구나 야사, 소설, 전기 등 단지 일시적인 감흥을 매매하거나 혹은 증정하는 것도 있지만 풍습이 있는 그 지역에 있어서 실로 주목해 볼 만한 책이 부족한 실정이다. 즉 결본이 생기더라도 그 부족한 것을 메워서 채우려는 의지가 없고, 또한 대체적으로 보존 방법이 없기 때문이다. 하지만 전부 없다는 것을 말하고자 함이 아니라 가령 없다는 것도 종래와 같이 불문에 붙일 수 없다는 것을 이야기하고자 하는 바이다. 요점은 정치상의 의미에서 조선문학의 연구는 우리들이 당연히 해야만 하는 의무로서 그 멋과 특색을 널리 소개하는 것에 힘을 기울이고 싶다는 것이다. 따라서 우선 살펴보고자 하는 것은, 즉 조선의 미녀라고 칭할 수 있는 춘향의 이야기이다. 한편으로는 청년남자들에게 읽혀지고, 다른 한편으로는 규중의 숙녀들에게 사랑받으며, 또 다른 한편으로는 가정의 교훈으로서 칭찬할 만한 점이 있는 춘향전이다. 그 내용으로 시가와 유흥, 지리, 건축, 의식, 가재도구를 명확히 하며 세상을 풍자하고 조롱하며 희롱하는 점에서는 본문에 들어있는 내용이 아닌지라 전부 표현할 수 없었다. 다만 유감스러운 것은 이 원본이 한역이 아니라 한반도의 한 종류의 문자 즉 언문에 의해서 쓰인 것이라는 점이다. 그것은 신기할 뿐만 아니라 그 책자조차 그다지 많지가 않다. 특히 찢어진 부분도 있고 닳은 부분도 있을 정도여서, 이것을 유감없이 번역하기에는 나의 힘이 멀리 미치지 않음을 한탄할 따름이다. 그런 까닭으로 타당성이 결여되는 부분도 당연히 있을 수 있으며, 또한 난해함에 빠져들 수 있는 부분도 많이 있다. 그러한 것은 널리 식자의 가르침을 기다리는 방법밖에 없다.

(一)

全羅道南原府使の息子に李鈴と云ふのがあった、府使と云ふと日本
での県知事であるが、風習が變って居るから権勢共に偉大なものであ
る、其の嫡男丈に家庭の教育も充分なるが上に頗る俊才で而も眉目秀
麗、時の婦女子をして見ぬ恋にあこがれしむる、若し一晒を與へらる
れば無前の光栄として喜ばるる程であった、如何に清秀にして如何に
艶麗であったかが推定さるる。

　時に艶容清和の春、李鈴は一書生を具して光漢樓に遊んだ、光漢
樓は關東八景の一で而も風光絶佳の勝地である、殊に花樹麗を尽し艶
を極め、春景の雅趣を粧ふのであるから、殆んど仙境に在るかの思ひ
で春を賞して居ると、前面桃櫻の一小丘に神女が降って来た、頻りに
鞦韆の遊びを為して居る、元来朝鮮の風習として五月五日は男女を問
はず各々盛装して各所の勝地に集って鞦韆の遊びをする、之れを定日
として他の日でも風温かに日うららかな日は必ず此の遊びをするので
ある。彼の神仙女は四邊に人の在ざるを好機とし己がじじに鞦韆をし
て居る、紅裳翩々と風を起せば、桜も桃も花吹雪、揚れば花の雲を為
し、下れば花の滝となる、金鑚盤上に落ちて音を起せば、黄鳥梢を替
へて音を忍ぶ、尚ほ他の多くの景物を添へたる神仙女、寧ろ彩霞の裡
を飛揚するの清高には勝らずと雖ども、此の濃艶なる一畫圖は又類べ
きものもない眺めである。

　頻りに吟魂を悩まして居た李鈴は、彼の神仙女を認むるが否や胸
中如何なるものをも止めぬ、只惚として見て居った、何者ぞと書生に

問へば即ち真の神仙女、揄揶一番す、終に妓姓春香なる事が明り、直
ちに之れを光漢樓にめさしめた、年を聞けば二八と云ふ、二八なら十
六だが然ると李鈴と同年であった、併し自分は二八とは云はぬ、私は
四四だと言葉を替えて、両々相対して終に愛恋の切情を説いて、ここ
に百年の約を為した。

(1)

전라도 남원부사의 자제에 이령(李鈴)이라고 불리는 사람이 있었
다. 부사(府史)라고 하면 일본에서의 현지사(懸知事)[1]에 해당하지만,
풍습이 다르기에 권세 또한 대단하다고 볼 수 있다. 그 가문의 적자
답게 가정교육이 충분한 것은 말할 것도 없는 뛰어난 수재로 게다가
용모가 뛰어나고 수려하였는데, 당시의 부녀자들로 하여 보지도 못
한 사람을 사랑하고 동경하게 할 정도였다. 혹시 한 번 흘낏 보는 것
만으로도 무한한 광영으로 생각하며 기뻐할 정도이니, 얼마나 용모
가 맑고 빼어나며 얼마나 우아하고 아름다운지를 미루어 짐작해 볼
수 있다.

때마침 따스하고 화창한 봄 날, 이령은 하인 한 명을 거느리고 광
한루에서 놀고 있었다. 광한루는 관동팔경의 하나로 게다가 경치가
대단히 아름다운 명승지이다. 특히 꽃나무의 아름다움과 요염함이
극에 달하고, 봄 경치의 고상함을 취하여 단장하였기에 거의 선경에
있는 것처럼 생각하며 봄을 즐기고 있었더니, 앞쪽에 복숭아나무와
앵두나무가 있는 작은 언덕에 신녀(神女)가 내려와서 끊임없이 그네

---

1 일본의 지방공공단체는 도도부현(都道府懸)으로 나뉘는데 그 중에서 현의 수
장을 의미한다.

69

놀이를 하였다. 원래 조선의 풍습으로 5월 5일은 남녀를 불문하고 각각 화려한 옷차림을 하여 각처의 승지에 모여서 그네를 타는 놀이를 한다. 이것을 지정 날짜로 하여 다른 날에도 바람이 따뜻하거나 화창할 때면 반드시 이 놀이를 하는 것이다. 이 신선녀(神仙女)는 주변에 사람이 없는 것을 좋은 기회라 여기고 마음껏 그네를 타고 있었는데, 붉은 치마가 펄럭이며 바람을 일으키자 복숭아도 앵두도 꽃잎이 흩날리며 위로는 꽃구름을 이루고 아래로는 꽃 폭포가 되어 금찬반상(金鑽磐上)에 떨어져서 소리를 내니 꾀꼬리가 자리를 바꾸어 가며 소리를 즐기었다. 또한 다른 많은 경치를 돋우는 신선녀는 아름다운 노을 속을 날아오르는 고결함에는 이길 수 없다고 하더라도 이 농염한 한 폭의 그림은 또한 비교할 바가 없는 경치였다.

끊임없이 마음이 혼란스럽던 이령은 이 신선녀를 발견하자마자 가슴 속에 있는 모든 것이 멈추어 버리고 단지 홀연히 바라보기만 하였다. 누구인가 하고 하인에게 물어 보니, 신선녀는 바로 이곳 제일의 기생 춘향이라는 것을 알게 되었다. 곧 이 사람을 광한루에 불러와서는 나이를 물으니 이팔이라고 대답하였다. 이팔이라면 십육인데 그러하다면 이령과 같은 나이였다. 그러나 자신은 이팔이라고 말하지 않고 나는 사사라고 말을 바꾸어서 대답하였다. 두 사람은 서로 마주 대하고 마침내 간절한 사랑의 마음으로 이에 백년가약을 맺었다.

(二)

書も読まず習字もせず、人の言葉も耳に入らず、食事すらも忘れて明る日の夕を待つ李鈴、全性情が一變したかの様、日が暮るるが否や

邸を脱け出して、前に春香に教へられた小丘畷途を夢の如く飛んで行
くと、春香の声がする、琴の音もする、我れを待つかと扉を敲くと、
春香の母の月梅を云ふのが出た、大に歡迎するで有らうと思ひの外、
入る事を斷はられた、李鈴大に度を失なって却って自ら頭を下げてひ
たぶるに会ふを願ふのである、此の容易入れぬ事の実を云へば、自誘
ふて入るる事になると高貴の道領を誘惑したと云ふ廉で重い刑に処せ
らるるのである、故に無理に押し込んで来たかの様に月梅の老怪先き
の先まで慮ぱかって居るからであった、漸くに入れて貰ふと、斷はっ
た様子にも似ず、人を待つべき裝飾の具備、酒肴、結構、容易に得べ
からざる物のみである、其の上に命にも代ゆべき春香の侍するので、
大に興に入って詩歌談笑、終に曉の鐘に驚かされて其の夜は別れ、尙
ほ幾夜を重ねて熱情次第に加はるに際し、此の両伯が間に一大波乱が
生じて来た、煩悶悃惱ほとんど施すべき手段もない、ト云ふのは父の
李登が京城に戶曹大臣となって榮轉する事となったのである、実に一
門の大光栄であるが李鈴は却って之れを恨んだ、寧父が乞食にでも
なって呉れたらば宜いにと、斯う思ふのであった、併し仕方がない自
分ばかり此の土地に残るべき理由がない、何うあっても全戶盡く京城
に移らねばならぬ、移るとすれば春香と別れねばならぬ、自分はまだ
部屋住みの身で、公然は無論の事内々にした処で春香一家を連れて行
く資力もない、其れかと云って別るるのは忍び得られぬ、互の一命に
も関はる様な気もするのである、が仕方がないので賺し宥めて一時の
別れを告ぐる事とした、茲に自分の栄達を計らねばならぬ事を決心し
た、父の位が人臣の栄を極めても、自分には何んの関係も持たぬ、自
分は自分で勉学して資力を造らねば迚も春香と苦楽を與にする譯には

行かぬ事を確に認めた、京城に入って以来昼夜を問はず勉学して只之
れにのみ精力を注ぐのであった。

(2)

　책도 읽지 않고 글씨기도 하지 않고 사람들의 말도 귀에 들어오지
않고 식사조차도 잊고서 밝은 날이 저녁이 되기를 기다리던 이령은
완전히 다른 사람이 된 것처럼 날이 저물자마자 저택을 빠져나가서
앞서 춘향이 가르쳐 준 작은 언덕의 논두렁길을 꿈과 같이 날아갔다.
그러자 춘향의 소리가 나고 거문고의 소리도 들리기에 문을 두드리
면 자신을 기다렸다는 듯이 춘향의 어머니 월매라는 사람이 나와서
크게 환영해 주리라고 생각했는데 뜻밖에 들어가는 것을 거절당하
였다. 이령은 법도도 잊고 오히려 스스로 머리를 숙이고 한결같이
만나게 해 줄 것을 애원하였다. 쉽게 들여보낼 수 없는 이유를 말하
자면, 자신이 꾀어내어서 들어온 것이 되면 고귀한 도령을 가벼이
유혹하였다는 이유로 중한 벌을 받게 될 것이다. 그런 까닭으로 무
리하게 침입해 온 것처럼 하는 것은 노괴(老怪) 월매가 앞으로의 일
을 걱정하여 그러한 것이다. 겨우 들어가게 되자 거절하였던 모습과
는 다르게 사람을 기다렸다는 듯 장식을 구비하고 있었으며 술과 안
주 등 상당히 손쉽게 얻을 수 없는 물건뿐이었다. 게다가 목숨과도
바꿀 수 있는 춘향이 시중을 드니 크게 흥에 빠져서 시가를 읊조리고
담소를 나누다가, 마침내 새벽종에 놀라서 그날 밤은 헤어졌다. 또
한 몇 날 밤을 거듭하여 사랑하는 마음이 차차 더해가고 있을 때 이
두 사람 사이에 커다란 파란이 생겼다. 번민읍뇌(煩悶悒惱)는 거의 풀
수 있는 방법이 없었다. 그도 그럴 것이 아버지 이등이 호조대신(戶

曹大臣)이 되어 경성으로 영전하게 되었기 때문이다. 실로 한 가문의 커다란 광영이지만 이령은 오히려 이것을 고민하였다. 차라리 아버지가 거지라도 되어 주신다면 좋을 것을 하고 생각하기까지 했다. 그러나 어찌할 수 없었다. 자신만 이 지역에 남아 있을 이유가 없었다. 어떤 일이 있어도 온 집안 모두가 경성으로 이동하지 않으면 안 되었다. 이동하려고 하니 춘향과는 헤어지지 않으면 안 되었다. 자신은 아직 상속을 하지 않은 장남의 신분으로 공식적으로는 물론 은밀한 곳에 춘향의 일가를 데리고 갈 재력도 없다. 그렇다고 해서 헤어지는 것은 참을 수 없는 일이다. 서로의 목숨에 관계되는 것과 같은 생각도 들었다. 하지만 어찌할 수 없어서 달래고 얼러서 한때의 헤어짐을 고하기로 하였다. 이에 자신은 영달을 이루지 않으면 안 된다고 결심하였다. 아버지의 지위가 신하가 할 수 있는 영화를 다 한다고 하더라도 자신에게는 어떠한 관련도 없는 것이다. 자신은 자신 나름대로 공부를 열심히 하여 재력을 만들지 않으면, 아무리해도 춘향과 고락을 함께 할 수 없음을 분명히 인식하였다. 경성에 들어온 이후로 밤낮으로 학문에 힘쓰고 오직 그것에만 힘을 기울일 뿐이었다.

(三)

李登の栄転と共に南原の府使として新官が入府する事となった、此の新官なる者が既に春香の名を聞き傳へて居った、のみならず春香に対し満腔の希望を抱いて入府すると云ふ、実に怪しからぬ府使が交られたのである、さう云ふ事は人は知らぬ、新官の来ると云ふので一定の式に従がって夫々準備をし、多くの屬僚を始めとし藝者雛妓に至る

まで列を正して迎ゆるのである、新官は乗物の中から此の盛なる歡迎
を眺めて居るか、旌旗武具の壯嚴が目につくでもなく、瀏亮たる音楽
に耳を傾くるでもなく、只彼の綠衣紅裳花の様な美人の一隊にのみ心
を奪はれて居るのである、厨に入って座に着くや美人の出迎ひは其の
労を多とする、由って連名々薄を出せとの命である、属官は何んの気
もなく一々認めて出すと、新官は民情具申の書類を見るよりも、一層
熱心に一層巨細に而も打ち返へし打ち返へして見るのであったが、其
の何十名の中に春香の名が見えぬ、耐らなくなって自ら春香なる者は
何うしたかと問ひを発した、人は新官が花柳に通じて居る事に驚かさ
れ有體にお答えをした、実は春香もお迎へ申す可きであるが前府使の
嫡男李鈴の為めに守節して居る、為めにお迎えの中に加はらぬのであ
ると答えた、此の守節と云ふ事は朝鮮の美風として行なふので、其夫
に別るる時は紅粉を廃し美衣を撤し一室に籠って人と語らず殆んど世
外の身となって日を送るのである、新官は守節と聞いて頗る不満をい
だいた、手がつけられぬ、併し此の侭では勿々済さぬ、元来守節なる
事は身分ある者の行なふべきで、春香如きは即ち路傍の花柳である、
折るに任せ引くに任すれば足る者なり、然るを守節などとは其の意を
得ぬ、要するに之れを名として我れを迎へざるは鄙賤の身にして府使
を侮辱する者で其の罪免す可らざるものである、と之れを口実として
速かに召連れて来いと命じた、随分無理な事を云ふが府使の命で止む
なく羅卒が出張した、春香親子は意外に驚いたが、其処は朝鮮何分か
を羅卒に掴ませたので素手で引取り、春香當時大病で動かさば一命に
も障ると復命に及んだが、奸人は奸に悟るで新官容易に其の手には乗
らぬ、更に警部を差し向けた、而も同伴せぬ時は使ひを負びた警部に

重き刑を行なふと云ふ条件を附して命じた斯うなっては何うなっても召し連れねばならぬ、泣くを引き立てて其の厨に突き出した。

　新官は始めて春香に接したが、其の嬋妍たる容貌、其の閑雅なる容儀、而も才調清婉なる実に譬へ様がない、噂より百倍し聞いたより千倍して居る、之れを見た新官の心は愈堅くなって耐えぬまで彼れを愛するの情が起って来た、やや久しうして春香の意中を問ひ始めると、春香は最明晰なる語調を以て守節何人にも見えざる旨を答えた、而して新官の態度の嫌焉たるものあるを喝破した、新官や、燋って来た、終に暴威を振っても其の守節を破らしめんとした、春香もやや激して来た、假しや身は死するとも節は破らじ、且つ守節を破らしめんとする新官の没道義を、最も明白に公衆の面前に於て嘲俗罵倒した、新官大に怒って春香を刑盤の上に縛し刑幾十棒、盗罪と同一の科に処した、春香柳眉をさかだてて争ふ、益打つ事甚だしく玉肌破れて鮮血ほとはしる、此の酷薄無惨の悲痛に耐えず、罵る声は次第に幽に遂に絶息し了った。

(3)

　이등의 영전과 함께 새로운 관리가 남원 부사(府史)로 오게 되었다. 이 신관(新官)이라는 자는 이미 춘향의 이름을 전해 듣고 있었을 뿐만 아니라, 춘향에 대해 만강(滿腔)의 희망을 품고 부(府)로 들어왔다고 한다. 실로 당치않은 부사가 온 것이다. 그러한 것을 모르고 사람들은 신관이 온다고 하기에 일정한 격식에 따라서 각각 준비를 하고, 많은 소속 관리를 시작으로 기생과 아이기생에 이르기까지 열을 바로하여 맞이하였다. 신관은 가마 안에서 이 성대한 환영을 바라보고 있었는데, 의장기와 갑옷의 장엄함은 눈에 들어오지도 않고 낭랑한 음악에 귀를 기울이지도 않고, 오직 그 녹의홍상의 꽃다운 미인들에게만 마음을 빼앗기고 있을 뿐이었다. 관청에 들어가서 자리에 앉자마자 미인들은 그를 맞이하여 그 노고를 치하하였다. 그러하자 연명부를 내 놓으라고 명하였다. 속관(屬官)이 대수롭지 않게 일일이 정리하여 꺼내 놓자, 신관은 민정(民情)의 형편을 살피는 서류를 보기보다는 한층 열심히 한층 상세하게 게다가 보고 또 보고 하였다. 그 수십 명 중에 춘향의 이름이 보이지 않자 이것을 참지 못하고 스스로 춘향이라는 자는 어찌되었는지를 묻기에 이르렀다. 사람들은 신관이 화류에 능통한 것에 놀라며 있는 그대로를 말하였다. 실은 춘향도 신관을 맞이할 준비를 해야 하지만 전부사의 적자 이령을 위해서 수절을 하고 있으며, 그로 인해 맞이하는 인원 중에는 들어가지 않았다고 답하였다. 이 수절이라고 하는 것은 조선의 아름다운 풍속으로 그 남편과 헤어질 때는 화장을 하지 않고 아름다운 옷을 걸고 한 방에 들어가서 다른 사람과 말을 섞지 않으며 거의 세상 밖의 몸이 되어 세월을 보내는 것이다. 신관은 수절이라고 듣고서는 굉장히 불만을 품었다. 자신의 것으로 취할 수 없다고 하지만 좀처럼 이대로는 끝낼 수가 없었다. 원래 수절이라는 것은 지위가 있는 자가 행하는 것으로 춘향과 같은, 즉 길가의 화류는 꺾이면 꺾이는 대로 뽑히면 뽑히는 대로 하기에 충분한 자이다. 그리하기에 수절을 행할 수가 없는 것이다. 즉 이것을 명분으로, 자신을 맞이해야만 하는 비천한 몸으로 부사에게 굴욕을 안겨 준 것은 그 죄를 면할 수가 없는 것이라고 하며, 이것을 구실로 하여 조속히 불러 오게 명하였다. 매우 무리라는 것을 알지만 부사의 명령이 멈추지 않으니 나졸들이 출장을 나갔다. 춘향 모녀는 뜻밖의 일에 놀랐지만, 그곳은 조선이기에 나졸들에게 얼마간을 쥐어 주었다. 그러자 소매로 받아들고는 춘향은 때마침 큰 병으로 움직이지 못하는 것이 목숨까지 위험해 보인다고 보고하였다. 하지만 교활한 사람은 그 교활함을 잘 알기에 신관은 쉽게 그 수에는 넘어가지 않았다. 한층 더 경부(警部)를 보내고는 게다가 동반하지 못했을 때는 분부를 받든 경부에게 중벌을 내린다는 조건을 붙이어 명령하였다. 이렇게 된 이상 데리고 오지 않을 수 없게 되어 우는 것을 강제로 끌고 와서 관청에 떠밀어 넣었다.

신관은 처음 춘향을 접하였다. 그 자태가 아름다운 용모와 그 우아하고 고상한 몸가짐, 게다가 재주가 맑고 유연한 것이 실로 비유할 데가 없었다. 소문보다 백배 들은 것보다 천배이었기에, 이것을 본 신관의 마음은 점점 완고해져서 참을 수 없을 정도로 그녀를 사랑하는 마음이 생겨났다. 얼마 있다가 춘향의 의중을 묻기 시작했는데, 너무나 명석한 춘향은 말의 어조를 고르며 수절하는 사람답게 대답을 하였다. 그러자 자신의 태도를 싫어한다는 것을 간파한 신관은 조급해졌다. 마침내 거칠고 사나운 위세를 떨치며 그 수절을 깨뜨리려고 하였는데 이에 춘향도 다소 격해졌다. 가령 몸이 죽는다고 하더라도 절개를 깨뜨리지 않을 뿐만 아니라 수절을 깨뜨리려고 하는 신관의 도의에 어긋나는 행동을 명백하게 민중 앞에서 조소하고 매도하였다. 신관은 크게 화를 내며 춘향을 형반(刑槃) 위에 묶어 형을 수십 차례 도둑과 동일한 형벌에 처하였다. 춘향은 고운 눈썹을 곤두세우며 투쟁하였지만 더욱 때리기를 심하게 하여 옥 같은 피부는 찢어지고 선혈이 세차게 흘러내렸다. 이 무자비하고 잔인함에 비통하여 견디지 못하고 욕설을 퍼붓던 목소리도 차츰 희미해지고 결국은 숨이 멎었다.

(四)

獄に下して爾来十年、如何なる判決をも與えず徒に苦しめらるる春
香、日一日として忘る間なき李鈴よりは夢にだも雁信に接せぬ、李鈴
は既に此の世には在らぬならんと思ひ臻っては、身も世にあるを憂し
として、免さるる事なしに一日も早く死刑に処せられんを願ふに至っ
た、折柄或夜不思議の夢、吾が家に帰りて見れば門に大きな面を懸け
あり、見つつ庭を振り返れば咲き匂ふ桜一時に散り、室に入って鏡に
向へば忽破れた、此の夢の三つながら何う思ふても慰むべきもの一も
なく一層の悲觀に夜を明すと、其処を売卜者が通りかかった、之れを
獄舎に呼び入れて夢占を聞いて見ると、落花は実を結ぶのである、門
上の面は萬人仰ぐ、破鏡必ず声を放つ、斯う解を與えて置いて更に斷
じて曰ふに、必ず近きに李鈴来たり罪は免されて白日の身なるべし
と、春香却って之れを疑ひ只夢とのみ観じ去た、而して昔に變ったる
枯槁の體躯を重い桎梏に凭せつつ尚ほ幾日をか泣くのであった。

(4)

옥에 갇힌 이후 10년 어떠한 판결도 없이 공연히 괴롭힘을 당하는
춘향이었는데 하루하루 잊지 못하는 이령에게서는 꿈에서 조차도
서신을 받지 못하였다. 이령은 이미 이 세상에는 존재하지 않는 것
이라고 생각하기에 이르러서는 자신의 몸이 세상에 있는 것도 근심
이기에 용서받는 것 없이 하루라도 빨리 사형에 처해질 것을 바라기
에 이르렀다. 때마침 어느 날 밤 수상한 꿈을 꾸었는데, 자신의 집에

돌아가서 보니 문에 커다란 가면이 걸려 있었다. 주시하면서 정원을 돌아보니, 아름답게 피어 있는 앵두꽃이 떨어져 있고, 방에 들어가서 거울을 마주하였더니 갑자기 깼졌다. 꿈에 본 이 세 가지 중에서 아무리 생각해도 위로받을 만한 것이 하나도 없기에 한층 비관에 빠져 밤을 지세우고 있었더니, 그곳을 점을 치는 사람이 지나갔다. 이 사람을 옥사로 불러 들여서 해몽을 들어보니, 떨어진 꽃은 열매를 맺고 문 위에 가면은 만인을 쳐다보며, 거울을 깨뜨리면 반드시 소리가 난다. 이러한 해몽을 들려주고는 더욱 강조하여 말하기를, 반드시 가까운 시일 안에 이령이 오거나 죄를 용서받아 결백한 몸이 될 것이라고 하였다. 춘향은 오히려 이것을 의심하여 단지 꿈이라고만 보고 넘겼다. 그리고 옛날과는 다르게 야위어가는 몸을 무거운 형틀에 기대어서 더욱 몇 날 며칠을 울었다.

(五)

李鈴は精励学を力めて進士の試験を受くる事になり、其の定日には國中の学者も多く集って、今日を浮沈の定る処と各々問題を見守って答案に考慮を費やして居る、其の中に李鈴のみは態度平常と少も變らぬ、問題の出る毎に一つの考案をも用いぬものの如く、筆を下すや一気呵成而も金玉の章を為す、実に洪才奥学肩を比ぶる者もない、忽ち一天に級第した、此の大なる光栄を荷って、拝謁を賜り、其の望みに由って暗行御使の重任を受けた、之れは国中を視察して行賞刑罰を明かにする役である、此の命を受くるが否や即日四五の從者を具し、何れも鄙賎を装いて京城を発程した。郡村部落一々に視察し終に彼の南原に着いたが、耳に入るものは新官の暴戻と、春香の清烈と、李鈴自

身の軽薄を罵る者ばかりである、李鈴は事を叮重に取調べ、而して其
の穢れたる旅装のまま、春香の家を訪ふた、母月梅は殆んど驚倒する
ばかりに身を支え其の落魄に呆れ果て、同時自分の失望と落膽とが伴
なふた、李鈴は蹉跌に蹉跌が重なって終に乞食となって仕舞った、故
に疾くにも死すべきであるが、一旦春香と百年の約を結びしが為め生
前一度会ふて別れん為め来たのであると、強て春香に会はん事を求め
た、月梅は半ば怒り半ば恨んで李鈴を罵り、春香の長き悲痛は皆此の
狐狸の仕わざであると、御使を狐狸とまで罵倒した、李鈴は尚ほ身を
ひくうして言葉を尽し、兎もあれ一度会せよと迫り、共に獄舎に行っ
て見ると、見る影もない春香の姿、胸ふさかり口言ふ能はず只うなだ
れて居るのみである、春香は夢かとばかり獄窓より差覗いて嬉し泣き
に泣くのみであったが、其の穢はしき姿を見て益々悲みの度を増し
た、李鈴は苦しい胸を押えて身の乞食とまでなったのを説いた、春香
は其の栄苦を聞いて、吾が十年の悲痛何んかあらん、只々貴郎の痛苦
こそ痛はしけれ、天に浮雲あり人に浮沈あり、今逢ふ上は聊かも心を
煩はし給ふ勿れ、幸い明日は新官の誕生日と聞けば、必ず免さるる事
もあらん、身のここを出るを得ば此の髪の毛を売り払ふても、世に指
買ふ人のあらば一本一本切って売っても、屹度貴郎を世に在る人とお
させ申さでは置きませぬと、天を覆ふの赤誠を以て迎へたのである、
此の熱誠に觸れた李鈴は恰も腸を寸断せらるるの思ひ、世にも得がた
き貞淑と覚えず熱涙滝の如くであった、其の心を確と見ぬいて李鈴は
之れを救ふべく着手した。

　けふは新官の祝日として義式張て多くの人を招待し、美酒佳肴至れ
り尽せりで大宴会を催して居る、李鈴は従者に意を含めて、自ら例の

乞食の扮装で其の席に入り込んだ、酒たけなはなるに及んで、暗行御
使之れに在りで忽ち暴戻の官吏を縛し、而して多くの罪人を庁に出
し、快刀亂麻を断つが如く、立ろに判決を與へて賞罰を明かにし、春
香を免し新官を罰し、最も乱れたる南原を処理し、春香一家を具して
目出度京城に引揚たのである。

　春香傳の梗概たる是の如くである、傳記なるが故に殊に警抜なる構
想なしと雖ども、此の一編を見来れば彼れが文学の程度をも知るを得
べきを信ずるのである。(完)

(5)

　　이령은 학업에 전념하여 진사 시험을 치르게 되었다. 그 정해진
날에는 나라 안의 학자도 많이 모여서, 오늘은 흥망이 정해지는 때
라며 각각 문제를 주시하면서 답안에 생각에 생각을 거듭하였다. 그
중에 이령만은 평상시와 조금도 다르지 않는 태도로, 문제를 낼 때
마다 힘들여 생각하지 않고 글을 쓰자마자 단숨에 써갔다. 게다가
금옥의 문장을 이루었다. 실로 뛰어난 재능과 학문의 깊음이 견줄만
한 자가 없었다. 바로 급제하여 이 커다란 광영을 입고 임금을 알현
하였는데, 그 바람대로 암행어사의 중임을 맞게 되었다. 이것은 나
라 안을 시찰하여 행상형벌(行賞刑罰)을 분명히 하는 역할이다. 이 명
을 받자마자 바로 4-5명의 하인을 거느리고 모두 비천한 복장을 하
여 경성을 출발하였다. 군촌(郡村) 부락(部落)을 일일이 시찰하며 마
침내 이곳 남원에 도착하였는데, 들리는 소문은 신관의 포악함과 춘
향의 청렬(清烈), 이령 자신의 경박함을 욕하는 이야기들뿐이었다.
이령은 사정을 정중하게 조사하였다. 그리고 그 더러워진 여장(旅裝)

그대로 춘향의 집을 방문하였다. 어머니 월매는 거의 쓰러질 듯한
몸을 지탱하고 실의에 빠져 기막혀 했다. 동시에 실망과 낙담이 동
반하였다. 이령은 엎친 데 덮친 격으로 결국은 거지가 되어 버린 까
닭에 죽어 마땅하지만, 하룻밤 춘향과 백년가약을 맺었기에 생전에
한 번은 만나고 헤어지려고 왔다고 하였다. 무리해서 춘향을 만나기
를 바랐다. 월매는 반은 화를 내고 반은 고민하며 이령을 욕하였다.
춘향의 오랜 비통함은 모두 이 여우의 소행이다. 어사를 여우라고까
지 매도하였다. 이령은 더욱 자세를 낮추고 말을 다하여, 어찌 되었
든 한 번 만나게 해 달라고 하였다. 함께 옥사에 가서 보니 볼품없는
춘향의 모습에 가슴이 막혀 말을 할 수가 없어 오직 고개를 숙이고
있을 뿐이었다. 춘향은 꿈인가 하고 옥의 창틈으로 엿보며 기쁨의
눈물을 흘릴 뿐이었다. 그러나 그 누추해진 모습을 보고 더욱 슬픔
이 더하였다. 이령은 괴로운 가슴을 누르고 거지가 된 것에 대하여
설명하였다. 춘향은 그 노고를 듣고, 자신이 겪은 10년의 비통함은
아무것도 아니라며, 오직 그대의 고통이야말로 아픈 것이라고 하였
다. 하늘에는 뜬구름이 있으며 사람에게는 흥망이 있는 법, 지금의
만남으로 조금도 마음이 번거로워지지 않았음을 말하였다. 다행히
내일은 신관의 생일이라고 들었는데 반드시 용서받는 일이 있을 것
이니, 몸이 이곳을 나갈 수 있다면 이 머리를 팔아서 지불할 것이고,
세상에 손가락을 사는 사람이 있으면 하나하나 잘라서 팔 것이라고
하였다. 그대가 세상에서 살아갈 수 있도록 하겠다고 하늘을 덮는
정성으로 맞이하였다. 이 열성을 접한 이령은 마치 창자가 토막토막
끊어질 듯하고, 세상에서 얻기 어려운 정숙함에 뜨거운 눈물이 폭포
처럼 흘러내렸다. 그 마음을 명확하게 꿰뚫어 본 이령은 춘향을 구

하기 위하여 일에 착수하였다.

이날은 신관의 축일로 의식을 펼쳐서 많은 사람들을 초대하고, 좋은 술과 좋은 안주를 다하여 대연회가 개최되었다. 이령은 하인에게 뜻을 전달하고 스스로 이전의 거지 분장으로 그 자리에 들어갔다. 술기운이 어느 정도 무르익자 자신이 암행어사라고 말하고 난폭한 관리를 포박하고 그리고 나서 많은 죄인을 관청으로 불러내어 쾌도난마(快刀亂麻)로 즉시 판결을 내리어 상벌을 분명히 하였다. 춘향을 풀어주고 신관을 벌하여 몹시 흐트러져 있는 남원을 처리하고 춘향 일가를 데리고 경사스럽게 경성으로 되돌아갔다.

춘향전의 개요는 이와 같다. 전기이기에 특히 기발한 구성이라고는 하지만 이 한 편을 보는 것으로 그들의 문학의 정도를 알 수 있을 것이라고 생각한다.(완)

제5장

한국구술문화 연구를 통해, 한국민족성을 논하다

– 한성고등학교 학감 다카하시 도루,『조선의 이야기집과 속담』(1910) 서문

高橋亨 譯,『朝鮮の物語集附俚諺』, 日韓書房, 1910.

| 해제 |

다카하시 도루(高橋亨, 1878~1967)는 1902년 도쿄제국대학 지나(支那) 철학과를 졸업하고, 후쿠오카의『규슈(九州)일보』의 주필을 역임했다. 1904년 한국 정부의 초대를 받아 관립중학교 외국인 교사가 되었으며 1908년 관립 한성고등학교의 학감으로 승진했다. 즉, 이러한 한국에서 교육활동을 기반으로 그는 한국어문법서를 1909년 간행한 후, 1910년 일한서방 출판사를 통해『조선의 이야기집과 속담』(1910)을 발행했다.『조선의 이야기집과 속담』은 근대 초기에 간행된 설화·고소설집으로 한국 구전문학연구의 시발점으로 볼 수 있다. 1910년판 다카하시의 저술에는 547편의 속담, 28편의 설화(고소설 4편)가 수록되었다. 이러한 다카하시의 한국 속담 및 설화 연구 목적은 어디까지나 식민통치를 위해 조선인의 민족성을 탐구하는 것에 있었다.

『조선의 이야기집과 속담』의 개정판인『조선의 속담집과 이야기』(1914)의 서문에서 (1) 사상의 고착성, (2) 사상의 무창견, (3) 무사태평, (4) 문약, (5) 당파심, (6) 형식주의라는 다카하시 조선민족성 담론의 주조가 드러나며, 후일 그의 저술인『조선인』(1917)에 수렴된다. 우리는 이러한 시원을 엿볼 수 있는『조선의 이야기집과 속담』의 서문을 번역하여 엮었다.

┃ 참고문헌 ─────

구인모, 「조선연구의 발산과 수렴의 교차점으로서 민족성 연구─다카하시 도루[高橋亨]의『朝鮮人』과 조선연구」,『한국문학연구』 38, 2010.
권혁래,『일제 강점기 설화·동화집 연구』, 고려대 민족문화연구원, 2013.
박미경, 「다카하시 도루의 조선속담연구 고찰」,『일본문화학보』, 2006.
이상현,『묻혀진 한국문학사의 사각, 외국인의 언어·문헌학과 조선후기-식민지 언어문화의 생태』, 박문사, 2017.
이상현,『한국 고전번역가의 초상, 게일의 고전학 담론과 고소설 번역의 지평』, 소명출판, 2013.
장경남, 「「숙영낭자전」의 漢文本「再生緣」의 存在」,『어문연구』 44(3), 2016.
정장순, 「다카하시 도루의『조선의 모노가타리』의 편찬의도와 배경」,『고전과 해석』 21, 2016.

[1] 하기노 요시유키의 서문

하기노 요시유키(萩野由之)

韓国の現状を調査して、我が中古史の半面と比較せんが為に、昨年の冬、韓国に出張しつる時、多くの人に会見して、様々の事どもを見

聞しけるが、其國の俗間に傳はれる說話又は俚諺に関しては、文学士
高橋亨君に益を得たる所多かりき。

高橋君は、我が東京帝國大学文科大学漢学科の出身にして、久しく韓
京に在り、彼地の高等学校の學監として、数多の韓人子弟を教育し善く
韓語に通じ、其國情に熟せり。其監理せる学校の子弟は、諸方より來り
学ぶものなるが故に、從って広く各地の俗話俚諺を調査するの便あり、
此を以て多年採訪蒐輯せるもの頗衆く、これ此編著ある所以なり。

抑日韓は同邦にして、其古傳説には同型なるが多かりしに、政教共に
分れ、年代又遷りて、各自變化したる所に、其国民性を露はせり。今此
書について其一二の例を言はば、鬼に瘤取らるる話の如きは、殆ど宇治
拾遺物語の傳説と同一なれども、羽衣傳説の如きは、彼我によりて其国
民性の異同を表白したり、即ち我はこれを海濱の事となしつるに、彼は
山間の事となし、彼は天女の昇天を追跡して雲に入らんとせるに、我に
はさる執着なく、澹泊なる所に国民性は窺ひ知らるべし。

韓国は大陸に接して利病ともに支那影響を受くること一方ならず、中
にも科擧の制の如き最其弊習を存せり、日本にも科擧に類すること、中
古にはありつれども、早く廢したるに、韓国には近年まで行はれて、士
人は皆科擧に及第して高官に昇り、美人を得て配偶となし、福祿身に餘
るといふが唯一の理想なりき、さればこれに関する俗話は極めて多し、
此に收めたる春香傳の如き最よく此意味を表明し、殆ど支那小説を読む
の面影あるも、亦韓国が日本に似たると共に支那にも似たる所あるを證
するものなり。此両國の影響以外に、韓国の真面目の存する所果して幾
何なるかは、亦興味ある調査ならずや。其諺語に於けるも亦同じ。

本書はこれらの俗傳諺語を蒐輯せるのみならず、又其事実の解し難

きものには解説をも付し、批評をも加へたれば、読む者をして善く民情を知り國俗を辨へしむるに便なり、書中に挿める上中流の紳士の家屋の挿圖の如きは、高橋君が余の囑を納れて特に調査せられしものなり。凡かくの如き類は、高橋君の如き、韓語に通じ其國情に熟したる人にして、始めて能くする所ならん。

されば余は本書によりて、歴史上より日韓古今の比較を為すに便利を得たるを感謝するのみならず、更に広く一般の文学に携はる人士に薦めて、諸方面より日韓文野の異同を比較すべき材料にも備へたらんには必幾多の発明あるべきを信ず、豈ただ一部の御伽譚として娯樂的の読本に供すべきものならんや。

明治四十三年八月
莉野由之識す

한국의 현상을 조사하여 우리나라 중고사(中古史)의 한쪽 면과 비교하기 위해서 작년 겨울 한국에 출장을 갔을 때 많은 사람들을 만나서 다양한 것들을 보고 들었는데, 그 나라의 일반 서민들의 사회에 전해 오는 설화 또는 속담에 관해서는 문학사 다카하시 도루(高橋亨)에게 도움을 얻는 것이 많았다.

다카하시 군은 우리나라 동경제국대학 문과대학 한학과 출신으로 오래도록 한경(韓京)에 체재하며, 그 지역 고등학교의 학감(學監)으로 수많은 한인(韓人) 제자를 교육하였으며, 한어(韓語)에 능통하고 그 나라의 사정에 익숙하였다. 그 감독하고 관리하는 학교의 제자는 여러 지방에서 와서 배우는 사람들이었는데 따라서 널리 각 지역 세속의 속된 이야기와 속담을 조사하는 데 편리했다. 이로써 다년간 탐방하여 수집한 것이 상당히 많았는데 이것이 이 편저가 있는 이유이다.

원래 일본과 한국은 같은 나라로 그 옛날 전설에는 동일한 형태의 것이 많았다. 정치와 종교를 함께 나누고 연대 또한 옮기어서 각각 변화한 부분을 보면 그 국민성이 드러날 것이다. 지금 이 책에 대해서 그 하나 둘의 예를 말하자면 도깨비에게 혹을 떼이는 이야기와 같은 것은 거의 『우지슈이 이야기(宇治拾遺物語)』[1]의 전설과 동일하지만, 천녀의 옷 전설과 같은 것을 보면 우리나라와 그들의 작품을 통해서 그 국민성의 다름과 같음을 분명히 할 수 있다. 즉 우리들은 이것을 바닷가 지방의 것으로 생각하는데 그들은 산간의 것으로 생각한다. 그들은 천녀가 하늘에 오르는 것을 추적하여 구름에 들어가고자 하나 우리나라에는 그러한 집착이 없고 담박한 점에서 국민성을 짐작할 수 있을 것이다.

한국은 대륙에 접하여 이로운 일과 병폐가 되는 일을 모두 중국에게서 영향을 받았는데 그 정도가 보통이 아니다. 그 중에서도 과거제와 같은 가장 큰 폐습이 존재한다. 일본에도 과거와 비슷한 것이 중고(中古)시대에는 있었지만 일찍이 폐하였는데 한국에는 최근에까지 시행되었다. 양반은 모두 과거에 급제하여 고관에 오르고 미인을 취하여 배우자로 삼으며 더할 나위 없이 복되고 영화로운 삶을 누리는 몸이 되는 것이 유일한 이상이라고 할 수 있다. 그러하기에 이것에 관한 세속의 속된 이야기는 매우 많다. 이에 꼽을 수 있는 것이 춘향전과 같은 것인데, 이러한 의미를 가장 잘 나타내는 것이라 할 수 있다. 거의 중국소설을 읽는 것 같은 모습이 있기는 하지만 또한

---

1 13세기경에 성립된 일본 설화집. 설화문학의 결작으로 평가된다.

한국이 일본과 닮아 있으면서도 중국에도 닮은 점이 있다는 것을 증명하는 것이 된다. 이 두 나라의 영향 외에 한국의 진면목이 존재하는 바가 과연 얼마나 될 것인지 또한 흥미 있는 조사가 아닐 수 없다. 그 속담에서도 마찬가지이다.

본서는 이러한 세간에서 입으로 전해져 온 속담을 수집하였을 뿐만 아니라, 또한 그 사실을 해석하기 어려운 부분에는 해설을 붙이고 비평을 더하였으니, 읽는 사람이 민정을 잘 알고 나라의 풍속과 습관을 분별하기에 편리하다. 책 속에 들어있는 상중류(上中流)의 신사가 사는 가옥을 그린 삽화와 같은 것은 다카하시 군이 나의 부탁을 받아들여서 특별히 조사한 것이다. 무릇 이와 같은 유례는 다카하시 군과 같이 한어에 능통하고 그 나라의 사정에 익숙한 사람이기에 비로소 가능한 것이다.

그러하기에 나는 본서를 통해서 역사상의 관점에서 일한고금(日韓古今)을 비교하는데 편리를 얻었음을 감사할 뿐만 아니라 더욱 널리 일반적으로 문학에 종사하는 인사들에게 추천하여 여러 방면에서 일한의 문명과 야만의 다름과 같음을 비교하기에 적합한 교재를 만드는 것에 대비하고자 한다. 틀림없이 수많은 발견과 깨달음이 있을 것이라고 믿는다. 결코 그저 일부 오토기이야기(御伽話)[2]로 오락적인 독본(讀本)[3]을 제공하고자 하는 것이 아니다.

메이지 43년(1910) 8월

하기노 요시유키 적다

---

2 부모나 어른이 아이에게 들려주는 옛날이야기나 전설을 말함.
3 일본어로는 '요미혼(読本)'이라고 읽는다. 에도시대 후기에 유행했던 전기(伝奇)소설을 가리킨다.

[2] 다카하시 도루의 서문

다카하시 도루(高橋亨)

鴨綠、豆滿の両江源を長白山頭の靈湖に発し谿を縫ひ谷を穿ち東西に分流するや。河床の級をなす処に到りて輒ち急下して激潭を成し、渦を捲き、輪を作し、洄瀠するもの無数、或は淺く或は深く、或は小に或は大なり。聞く嘗て人あり、其の一潭を浚ひしに拳大の金塊燦として現はれたりと。蓋し長白山は東亞の大金山にして、其の密林深塾金気翁勃たり。されば鴨綠豆滿の水急瀬矢の如く走る中、何時か両岸河床の金を奪ひ去り、其の墮ちて潭を成すや、流波停回して其の抱ける所の金を放つ。金と金相率き相合して何時か團塊をなして沈澱したるものあり。

予は各種の民族の構成せる社会が、間斷なく源々発達の大生活を営みつつある間に於て、時に其特色と精神とを沈澱せしむること、猶長白山の金気鴨綠豆滿の激潭々底の金塊となる如き者あるを信ずるものなり。若し吾人能くこの社会生活の洗練せる沈澱物を浚ひ挙ぐるを得ば、即ち其社会生活の精神の真を獲たるものなり。即ち其國の文学美術が、幾百千年間斷續的に出現せる天才に依りて情操化され具象化されたる社会精神と社会理想とを傳ふる。歴史傳記が過去を語りて而して其の中に隠さざる時代精神と理想の音響を傳ふる。其他舊習慣好尚の其々其時代に於ける重要なる意味を教ふる等、皆何れも其の中に社会生活の流れの停回して作成せる沈澱物を含有するものなり。彼の物語及俚諺の研究が社会学的価値あるは亦た実に此に在りて存す。蓋し俚諺は社会的常識の結晶にしていつの世にか或人之を創稱して萬人之に和し、遂に社会に風行

し、其の或るものは今日猶用ひられて千萬無量の意味を一句半語に寓
し。物語は社会生活の精髓的縮圖にして、或は極めて上代に、或は下り
て中世に若くは近き過去の人の手に成り、善く社会の興味を刺戟して
口々相承けて長く傳はり來れるものなり。社会を唯だありの儘に看過す
れば一枚の写真を見るが如し、何等の意義をも尋む能はず。社会観察者
はありの儘の生活の中に動かぬ風俗習慣の特色あるを認識せざるべから
ず。風俗習慣を究むるは猶不充分なり。更に其の風俗習慣を一貫する所
の精神を看取し、而して其の社会を統制する所の理想に歸納して、始め
て社会研究の能事畢れりとなすべし。是の社会精神と理想とを完全に発
見し得たらんには、これ網の大網を提げたるにて、為政者社会政策者の
經營施設にも多大の貢献を與ふ。直ちに民衆の心泉を尋みて此に陶冶の
工夫を着くるを得せしむればなり。

　予客歳以来如上の目的を以て朝鮮の物語と俚諺とを蒐集し、積むて
本書を成せり。され共未た以て朝鮮社会の精神と理想との真音を傳へ
得たりといふ能はさるは勿論なり。更に研究を各方面に推攘して、正
史、野史、法律、文学、及現在生活状態等をも究めて漸次此に及ばん
とするものなり。されども本書の中に既に其の社会真相の微露するこ
と、金竜の鱗甲黑雲間に閃くが如きものなきにしもあらざるは蓋し亦
た読者の首肯する所なるべし。

　若し其れ朝鮮の物語と我の其れと及び支那の其れとの間に気脈の辿
るべきある。俚諺の同工異曲なるものあるを知りて。更に進むで日韓
風俗好尚の比較をなさんは読者の自ら默契する所に任す。

庚戌梅雨節

於京城　著者識

91

자서(自序)

압록과 두만의 양 강의 근원은 장백산 꼭대기의 영험한 호수에서 시작하여 개울을 꿰매고 골짜기를 꿰뚫어 동서로 분류되었다. 강바닥의 경계를 이루는 곳에 다다라서 갑자기 급하게 내려가 격담(激潭)을 이루고 소용돌이를 이루어 원을 만들고 거슬러 올라가기를 수없이 한다. 어떤 때는 얕게, 어떤 때는 깊게, 어떤 때는 작게, 어떤 때는 크게, 듣자니 일찍이 어떤 사람이 있었는데 그 일담(一潭)을 제거하였더니 주먹크기만한 크기의 금괴가 찬연하게 나타났다고 한다. 생각건대 장백산은 동아시아의 커다란 금산으로, 그 나무들이 빽빽한 숲과 깊은 골짜기는 금의 기운이 왕성한 곳이다. 그러니까 압록과 두만의 급뢰(急瀨)는 화살과 같이 달리면서, 언젠가 양쪽 기슭과 강바닥의 금을 빼앗아 사라져서는 이로써 담(潭)⁴을 이룰 것이다. 흘러가는 파도는 머물다가 소용돌이치며 그 안기는 곳에 금을 풀어줄 것이다. 금과 금이 잇달아 서로 합치되어서는 언젠가 덩어리를 이루어 침전될 것이다.

나는 각종 민족이 구성하고 있는 사회가 잠시의 끊어짐 없이 근원이 발달하여 커다란 생활을 영위하고 있는 데에, 때로는 그 특색과 정신을 침전시킨 것이 있으며 또한 장백산의 금 기운과 압록과 두만의 격담의 바닥에 금덩어리와 같은 것이 있다는 것을 믿는다. 만일 우리들이 능히 이 사회생활의 세련된 침전물을 제거할 수 있다면 바로 그 사회생활의 정신의 참됨을 획득하는 것이 될 것이다. 즉 그 나라의 문학과 미술이 몇 백 년 몇 천 년 간 단속적으로 출현한 천재에

───────────

4 물이 괴어 깊은 곳.

의해서 정조(情操)화되고 구상(具象)화된 사회정신과 사회이상을 전하게 될 것이다. 역사와 전기는 과거를 이야기하고 그리고 그 속에 감추어져 있는 시대정신과 이상의 음향을 전한다. 그 밖에 옛 습관의 기호와 취향은 각각 그 시대에 중요한 의미를 일러주는 등 어느 것이나 모두 그 속에서 사회생활의 흐름이 머물다가 소용돌이치면서 작성된 침전물을 함유하는 것이다. 그 이야기 및 속담의 연구가 사회학적 가치가 있다는 것은 또한 실로 그러한 점에 존재한다. 생각하건데 속담은 사회적 상식이 만든 결정(結晶)으로, 어떤 세상에서 어떤 사람이 이것을 만들어서 부른 것을 많은 사람들이 이것에 익숙해지고, 결국에는 사회에 유행하며, 그 어떤 것은 오늘날 여전히 이용되어져 천만무량(千萬無量)의 의미를 일구반어(一口半語)로 함축시킨 것이다. 이야기는 사회생활에 정수를 축도로 하여, 어떤 것은 지극히 상대(上代)의, 어떤 것은 이후 중세의, 혹은 가까운 과거의 사람들의 손에 의해서 이루어진 것으로, 사회의 흥미를 자극하여 많은 사람의 입에 오르내리며 계승하여 오래도록 전해져 온 것이다.

　사회를 단지 있는 그대로 간과한다면 한 장의 사진을 보는 것과 같이 조금도 의의를 짐작할 수가 없을 것이다. 사회 관찰자는 있는 그대로의 생활 속에서 움직이지 않는 풍속과 습관의 특색이 있는 것을 인식하지 않으면 안 된다. 풍속과 습관을 연구하는 것만으로는 또한 불충분하다. 더욱 그 풍속과 습관을 일관하는 정신을 깨달아서 그 사회를 통제하는 이상에 귀납한다면, 비로소 사회연구가 해야 할 일을 마쳤다고 할 수 있겠다. 이 사회정신과 이상을 완전히 발견하여 그것으로 망라하여 대강을 제시하였던 것에서 위정자와 사회정책자의 경영 시설에도 커다란 공헌을 하게 되었다. 바로 민중의 심정을 헤아려서 이에 몸과 마음을 닦아 노력하게 되었다.

　나는 지난해 이후로 위와 같은 목적으로 조선의 이야기와 속담을 수집하고 실어서 이 책을 이루었다. 그렇기는 하지만 아직 이것으로써 조선사회의 정신과 이상의 진정한 소리를 전달할 수 있다는 것은 당연히 불가능하다. 더욱 연구를 각 방면으로 확충하여 정사와 야사, 법률, 문학 및 현재 생활상태 등을 연구하여 점차 이에 이르게 하고자 한다. 그렇기는 하지만 이 책 속에는 이미 그 사회 진상이 희미하게 나타나는 것과 금룡(金龍)의 비늘과 껍데기가 검은 구름 사이에 번쩍이는 것과 같은 것이 없는 것은 아니다. 생각건대 독자가 수긍하는 바가 될 것이다.

　조선의 이야기와 우리나라의 그것과 그리고 중국의 그것과의 사이에 기맥이 좁혀질 것이다. 속담이 동공이곡(同工異曲)으로 해석되는 것이 있다는 것을 알았다. 더욱 나아가 일·한의 풍속의 기호와 취향을 비교하는 것은 독자들 스스로가 묵계(默契)[5]하는 바에 맡기겠다.

경술장마철
경성에서 저자 적다

---

5 말없이 서로 뜻이 통함.

[3] 〈춘향전〉, 〈재생연〉, 〈장황홍련전〉에 대한 다카하시의 논평

　春香傳はこの國に於ける最広く行はるる物語なり。淨瑠璃に、芝居に、若くは素人節に、春香傳を演せぬはなし。春香傳、再生緣、長花紅蓮傳等の物語は、假名文の二三錢の本にて都鄙到る処の書林に販読され、中流以上の婦女は相集まりて之を閲読して其の主人公に同情し、以て女徳砥礪の一助となす。思ふに其の與ふる所の感化は我か馬琴物の幕府時代の家庭に於けるが如くならん。是等の物語亦以てこの國の男女の関係及上流婦人の道徳を観察するの良好たる資料たるに足らん。

　され共明るき燈の下には暗き影あり。この國の上流婦人と雖安ぞ十人か十人迄皆是の如き貞淑なる者のみならんや。陰微地人の窺ふべからざる内房に於て屢々駭天驚地の不徳を敢てする毒婦亦なきにあらず。盾の両面を観るの必要あるが故に次に反面を描出さんとす。

　　춘향전은 이 나라에서 가장 널리 회자되는 이야기이다. 조루리(淨瑠璃)[6]에, 연극에, 그렇지도 않다면 초심자들도 춘향전을 연기하지 않는 것이 없다. 춘향전, 재생연, 장화홍련전 등의 이야기는 우리나라의 가나문자와 같은 언문으로 만들어진 2-3전(錢)의 책으로 도시 시골 할 것 없이 여기저기 서림(書林)에서 판매되어, 중류 이상의 부

---

6 일본 전통악기인 샤미센(三味線)을 반주로 하여 가사를 읊는 희극음악이다. 여기서 말하는 가사란 단순히 노래를 뜻하는 것이 아니라, 극중 인물의 대사나 행동 혹은 연기 묘사와 같은 것으로 서사적인 어조를 나타내는 것이 특징이다. 그런 의미에서 조루리를 구연(口演)한다는 것은 노래한다고 말하기보다는 이야기한다고 표현하는 것이 적절하다.

녀(婦女)는 서로 모여서 이를 열람하고 그 주인공을 동정하며, 이에 여성의 덕성을 연마하는 데 하나의 도움이 되었다. 생각하건데 그 시사하는 바의 감화는 우리나라의 바킨(馬琴)[7] 이야기 속에 나오는 막부 시대의 가정과는 같지가 않다. 이러한 이야기는 또한 이를 가지고 이 나라의 남녀 관계 및 상류 부인의 도덕을 관찰하기에 양호한 자료로 충분하다.

그렇기는 하지만 밝은 등불 아래에는 어두운 그림자가 있다. [아무리]이 나라의 상류 부인이라고 하더라도 열에 열 사람이 모두 이와 같은 정숙한 사람만은 아니다. 극소수라고 하더라도 다른 사람이 엿보아서는 안 되는 내방에서 때때로 하늘이 놀라고 땅이 놀라는 부덕(不德)을 무리하게 저지르는 독부(毒婦)[8]가 또한 없다고는 볼 수 없다. 방패의 양면을 볼 필요가 있는 것처럼 다음에는 다른 한 면을 그리고자 한다.

---

7 에도시대 후기의 요미혼(読本) 작가.
8 성품이나 행동이 악독한 여자.

제6장

한국문학을 통해,
한국인의 민족성을 논하다

- 한국주재 언론인 호소이 하지메, 『조선문화사론』 서문(1911)

細井肇, 『朝鮮文化史論』, 朝鮮硏究會, 1911.

호소이 하지메(細井肇)

| 해제 |

　호소이 하지메(細井肇)는 조선총독부의 통치정책에 협력한 언론인이다. 그는 어려운 유년 및 청소년 시기를 보내고 도쿄의 세이조(成城)중학 4학년에 편입했지만 3개월 만에 중퇴하였고 이후 고등교육을 받지 못했다. 그렇지만 그의 각고의 노력이 결실을 맺어 1906년 나가사키 신보사의 기자가 되어 언론계에 발을 내딛게 된다. 1907년 2월 나가사키 미쓰비시 조선소에서 임금 인상을 요구하며 벌어진 노동쟁의를 배후에서 조종한 혐의를 받고 퇴직하게 된다. 그는 이후 새로운 일자리를 찾아 전전했지만 결국 1908년 10월 조선으로 건너와 새로운 활로를 모색하게 된

다. 그는 내한한 이후 한국주재 언론인 집단인 경성 주재 일본인 지식층과 접촉했다. 1907년 제2차 한일협약의 체결로 통감부는 내각 각부에 일본인 차관을 둘 수 있게 되었는데, 이를 기반으로 한국주재 일본지식층이 대거 기용되게 된다. 이러한 동향에 발을 맞추며 호소이는 1910년 10월 신문기자 출신인 오무라 도모노조, 기쿠치 겐조와 함께 조선연구회를 조직하였다. 호소이의 2번째 저술이며, 그가 1911년 7월에 편찬한 『조선문화사론』은 이러한 조선연구회의 결실이었던 셈이다. 그 전체 목차를 제시해보면 제1편 조선의 사유(師儒)와 문묘(文廟), 제2편 조선의 유류(儒流)와 서원, 제3편 상고시대, 제4편 삼국시대, 제5편 통일 후의 신라조(朝), 제6편 고려조 시대, 제7편 이조 시대, 제8편 반도의 연문학(軟文學)이다. 우리는 여기서 호소이 하지메의 서설, 제8편에 수록된 서문과 고소설 서발문을 함께 번역하여 엮었다.

┃ 참고문헌 ─────────

노경희, 「20세기 초 일본인의 <춘향전> 번역작업에 관한 일고」, 『국문학연구』 34, 2016.

박상현, 「제국일본과 번역-호소이 하지메의 조선 고소설 번역을 중심으로」, 『일어일문학연구』 71(2), 2009.

박상현, 「호소이 하지메의 일본어 번역본 『장화홍련전』 연구」, 『일본문화연구』 37, 2011.

서신혜, 「일제시대 일본인의 고서간행과 호소이 하지메의 활동-고소설 분야를 중심으로」, 『온지논총』 16, 2007.

윤소영, 「호소이 하지메의 조선인식과 제국의 꿈」, 『한국 근현대사 연구』 45, 2008.

이상현, 『한국 고전번역가의 초상, 게일의 고전학 담론과 고소설 번역의 지평』, 소명출판, 2013.

최혜주, 「한말 일제하 재조일본인의 조선고서 간행사업」, 『대동문화연
　　구』 66, 2009.

정출헌, 「근대전환기 '소설'의 발견과 『조선소설사』의 탄생」, 『한국문
　　학연구』 52, 2016.

다카사키 소지(高崎宗司), 최혜주 역, 『일본 망언의 계보』(개정판), 한
　　울아카데미, 2010.

[1] 서설(1911)

　人には喜怒哀樂の情あり、情中に動きて声外に発はる、情の物に感
ずること深甚なれば其言も亦自づからにして咨嗟詠歎す、故に哀樂の
音古今に鳴り、歌詠の記史乗に絶らず、疇昔行人木鐸を以て路に徇り
たる所以のもの、其軽謠薄賦を察して民情里俗を審かにし、以て政治
の要道に資せんと欲したるに外ならず。倘しそれ国情民俗を了解せん
と欲せば、其國固有の文学に察するより緊要なるはあらず、盖し文学
は人情の極致を蒸溜して水晶玉の如く結晶したるもの、単に當時の時
代精神を昭らかにするのみならず、亦実に時の今古を縱斷して永く国
民の性情を支配し感化したるものなるは、更めて玆に説くを要せず。
故に予は朝鮮を了解する唯一の捷徑として朝鮮の文学を玩味せんと欲
す、これ乃ち本著ある所以なり

　新たに我領土となれる朝鮮半島は、其歴史を有したる事三千載、文
化遠からずとせず、若しこの半島民族に與ふるに崇高なる教育と遠大
なる理想を以てしたらんには、近世の国民として或は多少の光輝を發
揚したりしならん乎、而かも上は帝王より下は庶民に至る迄、古來國

辱の何たるを知らず、只管強隣の權勢に阿附媚從して其鼻息を窺ひ、其歡心を求め、曾て国家百年の大計に相到せず、眼前寸尺の事を追ふて逡々として自得愉悦し、娼婦の如き無節操なる巧言令色と幇間の如き無定見なる面從腹背とを国是とし政策とし將た隣交の要諦と思惟したり。その近世に至る迄歴代支那の文物制度を摸倣し朝廷の儀式典禮を始め、冠婚葬祭の末に至るまで一に其の轍を学んで自ら悔いず。蓋し朝鮮の儒流大陸の文物に憧憬して然りしに非ず唯事ふるところの強大より「東夷」と呼ばるる輕侮的稱呼より回避せんとするさもしき虚榮心に動かされて然りしは史籍の充分證明するところ也。されば儒學の神髓は全く之を遺忘して唯形式の残駭腐屍にのみ執者し、上下三千載を閲して何等獨創と発明の見るべきなし。殊に高麗の末葉に方り朱子學一時に盛んなるを致せしより、其餘弊は李朝に入って冷酷残虐なる形政となり、口に仁義道德を唱ふれども肚裏に豺狼の心を裏み、満廷の臣僚は唯儀式典禮に関する古典の旁證、舊慣の詮索にのみ専念し、互ひに確執し、反目し、陷擠し、黨を構へ閥を樹て、延いて朋黨の慘禍を産み、其政敵に対しては、極めて慘酷なる手段を以て暗殺、虐殺を敢てし、時あってか一網打盡、九族を滅して憚からず、國土は日と共に痩せ国民は月と共に疲弊せり。

　飜って佛教の感化如何と顧るに新羅朝より高麗時代に方ってその下民に及ぼせし勢力全盛を極めたりと雖も、麗末圖讖の説を信じて流弊百出し、其所謂佛教も概ね禪教の二宗に限られて小乘の城を超脱せず、吉凶禍福を直ちに現世に需めんとしたる結果、卜筮、地師、術客等の跋扈となり、巷間徒らに淫祠のみ多く、民は滔々相率ゐて迷信の邪路に逸し又救ふべからず。若し嚴正なる意味を以てすれば朝鮮に信

教なしと云ふも誣言にあらず、且つ一般に形式の儀容を偏重するを以て生命としたるが為め、勢ひ、人情自然の發露を陰蔽し壓迫し、其戲曲小説の類の如きは世道人心を濫るものとして、彼の所謂兩班儒生の徒は之を手にするをだも潔しとせず、只巷閭の下民によって僅かに其生命を存続したり、故に其文體は新羅薛聰によって作られ、李朝の權近によって完きを致し、下って世宗の朝に大成したる我假名文字の如き諺文を以て書かれ、先づ西廂記、三國志、西遊記等の翻訳を以て出発したり。然れども模倣以外に技能なき国民は爰にも何等創作の見るべきものを出さず、世上行はるるものを列記せば正に数十種を数へ得べしと雖も、その構想筆致、悉く支那小説の體にして、政敵に対する不平、暴官汚吏に対する鬱結を經とし、佛者の因果應報を緯とし、これに露骨なる恋愛談を加味したるものにして、殆んどこの一律に帰せざるなし。

時に或は一盛一衰あり、時に或は儒佛相頼るの時代なきに非ざりしと雖も、これを今日より通観すれば儒教は貴族階級に其勢力を有し、佛教は平民階級を支配し、両つなから低級なる現世教の範囲を逸脱する能はざりしものと見るを得べし。

按ふに、事大思想は殆んど半島の開國以来終始一貫せる国民普遍の信仰にして、其新羅統三の時より萌芽を認め、高麗太祖の時に至って漸く顯著なるを致し、李朝太祖李成桂に至っては極端なる屈辱にすら堅忍し、事大の代價として國と民とを売るをすら辭せざりき。

この事大政策は、降って宋時烈の尊明主義によって裏書せられ、歴代の王者も大官も、外に事大的賣國政策を持し、内に誅求苛歛を事とし、國土と国民を極度迄疲弊せしめたり。而してこの虐政に対して絶対の服従と緘默とを守りたる国民は、唯一の迷信的宗教にすがつて解

101

脱と安心を追求せり、惟ふて爰に至れば半島一千二百萬の生靈は最も
憐念に價すべき国民たりし也。

　放たれたる矢は那処にか到達せずんば已まず、娼婦の如き無節操な
る政策を國是として列強の勢力を操縦しつつ巧慧を以て自ら誇れるこ
の半島國は、常に東洋禍亂の泉源となり、其平和を擾亂する事一再に
止まらず、我國の隣誼に厚き、この貧弱なる半島をして復活の曙光に
浴せしむべく、先づ保護政治を布き、著々として内政外交の改善に著
手したりと雖も、古来より馴致せられたるその陰謀僻は、この頑迷な
る半島民族の脳裏より拂拭し去られずして隨處に禍根を植ゑ、東洋の
平和得て期すべからず、爰に於てか明治四十三年八月二十九日を以て
日韓併合の大詔煥発を見るに至れり。

　半島は既にこれによって皇土の一部たり、その民衆は皇天の赤字た
り、我等は先進国民としてこの新附鮮民と共に真実なる和睦の裡に善
良なる伴侶たり師父たらざる可らず。今や農に商に工に朝鮮開発の事
極めて多端なりと雖も、而かも其思想、習慣、自づから趣を異にせる
ものあり、先づ朝鮮人の長所と缺點を十二分に了解するより急なるは
なし、以下三千載の既往に遡ってその思想の系統と文化の程度とを解
剖し評判せんと欲する、蓋しこの微意に外ならず。

　　사람에게는 희노애락의 마음이 있어 마음속을 움직여서 소리를
밖으로 발산한다. 마음이 사물에 대해 느끼는 것이 깊으면 그 말도
또한 스스로 탄식하고 감탄할 것이다. 그러므로 애락의 소리 고금
(古今)에 울리고, 가영(歌詠)의 기록은 역사서에 끊이지 않는다. 지난
날 수행자가 목탁을 들고 거리를 돌아다니는 까닭은 그 경요(輕謠)와

조세를 적게 내는지를 살피고 민정(民情)과 마을의 풍속을 살피어 이로써 정치의 요도(要道)에 유용하게 하고자 하기 위함이다. 혹시 그것으로 국정(國情)과 민속을 이해하고자 한다면 그 나라 고유의 문학에서 살피는 것보다 긴요하지는 않을 것이다. 생각하건데 문학은 인정의 극치를 증류(蒸溜)하여 만든 수정옥(水晶玉)과 같은 결정체이다. 단순히 당시의 시대정신을 분명히 하는 것뿐만 아니라, 또한 실로 시대의 지금과 옛날을 종단(縱斷)하여 오래도록 국민의 성정(性情)을 지배하고 감화하는 것이라는 것을, 새로이 여기에 설명을 할 필요가 있다. 그런 까닭에 나는 조선을 이해하는 유일한 지름길로 조선의 문학을 음미하고자 한다. 이것은 곧 이 책이 있는 이유이다.

반도 민족의 교육과 이상

새로이 우리의 영토가 되는 조선반도는 그 역사가 3천년이다. 문화는 가까운 장래는 아니지만, 만일 이 반도 민족에게 부여하는 데 숭고한 교육과 원대한 이상을 가지고 하지 않는다면, 근세의 국민으로 얼마간의 명예도 발양하지는 못할 것이다. 게다가 위로는 상제(上帝)로부터 아래로는 서민에 이르기까지 예로부터 무엇이 국치인가를 알지 못하고, 오직 관리들은 강한 이웃나라의 권세에 아첨하여 아양 떨고 따르며 그 기분을 살피고 그 관심을 받기를 원하였으니, 예로부터 국가의 백년대계에 생각이 미치지 못하였다. 한 치 앞의 일을 쫓아서 허둥지둥거리며 그 얻은 것에 기뻐하고, 창부와 같이 절조 없는 교언영색과 남자 게이샤와 같은 무정견(無定見)한 면종복배(面從腹背)를 국시로 하고 정책으로 삼으니 지금 당장에라도 교류가 중요하다는 깨달음을 숙고하는 바이다.

대륙문화의 모방

근세에 이르기까지 역대 중국의 문물제도를 모방하여, 조정의 의식전례를 시작으로 관혼상제의 부분에 이르기까지, 오로지 그 왜곡된 것을 익히고도 스스로 후회하지를 않는다. 생각건대 조선 유교의 흐름은 대륙의 문물을 동경하여 그러한 것이 아니라 그냥 예로부터의 강대함으로부터, '동이'라고 불리는 경멸하는 듯한 칭호로부터 회피하고자 하는 천박한 허영심에서 움직였다고 볼 수 있는데, 그러한 것은 사적(史籍)에서 충분히 증명하는 부분이다. 그러하다면 유학의 진수는 완전히 이것을 망각하고, 오직 형식의 잔해와 부패한 주검만을 집착하여 위아래로 3천년을 살펴보면 조금도 독창과 발명을 보이는 것이 없다.

오직 유교의 폐단만을 배움

특히 고려말엽에는 주자학이 일시적으로 번성하기에 이르렀는데 그 여파로 이조에 들어서 냉혹하고 잔학한 형정(刑政)이 되었다. 입으로는 인의도덕(仁義道德)을 제창하지만 뱃속으로는 승냥이와 이리의 마음을 간직하여 조정에 가득한 신료는 오직 의식전례에 관한 고전을 간접적인 증거로 예로부터 내려오는 관례를 상세히 조사하는 것에만 전념하고 서로 확집(確執)[1]하고 반목하며 함정에 빠트려 당(黨)을 갖추고 벌(閥)을 세워서 나아가서는 붕당의 참화를 낳으며 그 정적에 대해서는 매우 참혹한 수단으로 암살과 학살을 감행하며 때로는 일망타진하고 구족(九族)을 멸하는 것도 꺼리지 않으니 국

---

1 자기의 견해를 양보하지 않음.

토는 날이 갈수록 여위어지고 국민은 달이 갈수록 피폐해졌다.

불교의 감화

입장을 바꾸어 불교의 감화가 어떠한지를 살펴보면, 신라 조에서 고려시대에 이르기까지 그 서민들에게 미치는 세력이 전성기에 달하였지만, 고려 말 도참설을 믿어 그 폐단이 나타나기를 100가지가 넘었다. 그 이른바 불교도 대체로 선교(禪敎)의 2종에 한하여 소승(小乘)의 영역을 초탈 하지는 못하고, 길흉화복을 바로 현세에서 구하고자 한 결과, 복서(卜筮)와 지사(地師), 술객(術客) 등이 발호(跋扈)[2]하였다.

음사와 미신

거리의 무리들에는 음사(淫祠)[3]만이 많고, 백성들은 잇달아 미신과 같은 어긋난 길로 빗나가니 또한 구할 수가 없다. 만일 엄정한 의미로 본다면 조선에서 종교를 믿는다고 말하는 것도 지어서 하는 말일 수도 있다. 한편 일반적으로 형식의 의용(儀容)에 편중하는 것을 생명과도 같이 여기는 탓에 기세와 인정, 자연의 발로를 음폐하고 압박하였다.

희곡소설과 언문

그 희곡소설류와 같은 것은 세상의 도의와 사람의 마음으로 넘쳐나는 것으로 그 소위 양반 유생의 무리라는 것은 이것을 손에 넣는

---

2 권력 등을 함부로 휘두름.
3 부정(不正)한 귀신을 모신 집.

것조차 하지 않았다. 다만 거리의 서민들에 의해 간신히 그 생명을 존속하고 있었다. 그런 까닭으로 그 문체는 신라 설총에 의해 만들어지고, 이조 권근에 의해서 완성에 이르렀는데, 이후 세종 조에 대성한 우리나라의 가나문자와 같은 언문으로 쓰여 졌다. 우선은 서상기, 삼국지, 서유기 등의 번역으로 출발하였다. 그렇지만 모방 이외에는 능력이 없는 국민은 어떠한 창작이라고 볼 수 있는 것을 출판하지 못하였다. 세상에서 행해지고 있는 것을 열기(列記)하면 참으로 수십 종을 헤아릴 수 있다고는 하지만, 그 구상과 필치는 전부 중국소설을 체제로 하여 만들어진 것으로 정적에 대한 불평과 사납고 부정부패를 일삼는 관리들에 대한 울적함을 경(經)으로 하고, 불자의 인과응보를 위(緯)로 하여 이것에 노골적인 연애담을 가미한 것으로 만들었으니 거의 일률적인 내용으로 귀결된다.

어떤 경우는 일성일쇠(一盛一衰)하고, 어떤 경우는 유불이 서로 의지하는 시대가 없었던 것도 아니다. 그러하기에 이것을 오늘날 전면적으로 살펴보면, 유교는 귀족계급에 그 세력을 가지고 있고, 불교는 평민계급을 지배하였다. 둘 다 저급한 현세교(現世敎)의 범위를 벗어날 수 없는 것이라고 볼 수 있다.

사대정책과 국민성

잘 생각해 보면 사대사상은 거의 반도가 개국한 이래 시종일관 국민의 보편적인 신앙으로 하여 그 신라통삼(新羅統三) 때부터 싹을 확인할 수 있으며 고려태조 때에는 점차 현저해졌다. 이조 태조 이성계에 이르러서는 극단적인 굴욕조차 참고 견디며 사대의 대가로서 국가와 백성을 파는 것조차 그만두지 않았다. 이 사대정책은 이후 송시열의 존명주의(尊明主義)에 의해서 뒷받침되어 역대의 왕도 대관도 밖으로는 사대적 매국정책을 가지고 안으로는 가렴주구에 전념하여 국토와 국민을 극도에 이르기까지 피폐하게 하였다. 그리고 이 학정(虐政)에 대해서 절대 복종과 함구를 지키는 국민은 유일한 미신적인 종교에 의지하여 해탈과 안심을 추구하였다. 생각해 보건데 이러한 지경에 이르렀다는 것은 반도 1200만의 백성이 가장 불쌍한 국민이라는 것이다.

동양화란의 원천

떠난 화살은 어딘가에 도달하지 않으면 안 되는 것이다. 창부와 같이 절조 없는 정책을 국시로 하여 열강의 세력을 조종하면서 교혜(巧慧)[4]로 스스로를 자랑하는 이 반도국은 항상 동양 화란(禍亂)의 원천이 되어 그 평화를 어지럽히는 것을 거듭 그치지 않았다.

부활의 서광

우리나라의 이웃에 대한 두터운 정으로 이 보잘것없는 반도에 부활의 서광을 비추게 하고자 한다. 우선 보호정치를 펼치고 서서히 내정외교의 개선에 착수한다고 하더라도, 예로부터 길들여온 음모하는 버릇은 이 완고한 반도 민족의 뇌리에서 말끔히 털어 없앨 수 없는 것으로, 도처에 화근을 심어 동양의 평화를 얻을 수가 없다. 이에 메이지 43년(1910) 8월 29일을 기점으로 일한병합의 조칙을 발포하는 것을 보기에 이르렀다.

---

4 교묘함과 현명함.

한반도는 이미 이로 의해서 황사(皇士)[5]의 일부이며, 그 민중은 황
천(皇天)의 백성이다. 우리들은 선진 국민으로 이 새롭게 등록된 선
민(鮮民)[6]과 함께 진실하고 화목한 가운데 선량한 반려자이자 사부
가 되지 않으면 안 된다. 바야흐로 농업, 상업, 공업 분야의 조선 개발
로 상당히 바빠졌다고 하지만, 그럼에도 불구하고 그 사상, 습관, 스
스로의 취지를 달리하는 것도 있다.

조선 문학 연구의 필요

우선 조선인의 장점과 결점을 충분히 이해하는 것보다 급한 것은
없다. 이하 삼천 년의 지난날을 거슬러 올라가 그 사상의 계통과 문
화의 정도를 해부하여 평판하고자 한다. 생각건대 이것은 작은 성의
바로 그것이다.

[2] 「반도의 연문학」 서문

半島に於ける軟文學は以下の諸篇に盡されたるに非ず、金剛夢遊
錄、謝氏南征記、林慶業傳、於干野談、淸江雜著、皇極編、懷尼問答
等の如き、一般鮮人間に愛讀せられ、尙この他に、第二流第三流の讀
者を有する著書を列擧し來らば優に數十種を數ふべし。予は未だ此等
の諸書に指を染めざるを以て其內容をここに紹介する能はざるを遺憾
とす、以下の諸篇も或は全きあり、或は其一部分を譯出したるに止ま

---

5 황족과 귀족.
6 가난하고 어버이가 없어 외로운 조선민족.

るものあり、直截に日はば未だ公けにすべからざる未製品に屬す、文学士高橋享氏半島の軟文學を研鑚せらるる事ここに年あり、既に多数の著書を飜訳せられたりと聞けば遠からずして其完璧なるものを公けにせらるる事なるべく、亦僚友稲田春水氏連りに諺文小説の飜訳に從事せられつつあり、旁々其完全なるものに至っては之を他の專門家にまたずんば能はず、読者幸ひに之を諒せられんことを(空蕩々)

반도에 있어서 연문학(軟文學)[7]은 이하의 여러 책이 다가 아니다.『금강몽유록』,『사씨남정기』,『임경업전』,『어우야담』,『청강잡저』,『황극편』,『회니문답』등과 같이 일반 조선인 사이에 애독되고, 또한 그 밖에 제2류 제3류의 독자를 가지는 저서를 열거하면 족히 수십 종을 헤아릴 수 있다. 나는 아직 이들 여러 책의 내용을 살펴보지 않았기에, 그 내용을 여기에 소개할 수 없음을 유감으로 생각한다. 이하의 여러 책도 어떤 것은 전부 있지만, 어떤 것은 일부분을 번역하는 데에 그치는 것도 있다. 솔직히 말하면 아직 출판하기에는 이른 미완성에 속한다. 문학사 다카하시 도루 씨가 반도의 연문학을 연찬(研鑚)[8]하기를 2년 정도인데 이미 다수의 저서를 번역하였다고 들었다. 머지않아 그 완벽한 것이 출판될 것이며, 또한 동료 이나다 슌스이(稲田春水)와 함께 언문소설의 번역에 종사하고 있다고 한다. 하지만 어차피 아울러 그 완전한 것에 이르러서는 다른 전문가들을 기다리지 않으면 안 된다. 다행이도 독자들은 이것을 이해할 것이다

---

7 연애나 정사(情事) 등을 주제로 한 문학작품.
8 깊이 연구함.

[3] 고소설 서발문

[3-1] 「조웅전」

以上は、趙雄傳の五分の一ばかりを意訳せるに過ぎず、趙雄ここに
発奮して四方に遊び、時に或は才媛を得て恋を語り、時に或は難に遇
ふて文武の才を試み功名日に高く遂に李柄に報複するに至るといふ、
故にここにこの篇の筆を擱くは、単に緒言を紹介せしに過ぎざるが如
き感あれども。これ以下の原本を得ざりしが為め遂にここに止むるの
已むなきに至れり。

　　　이상은 조웅전의 5분의 1을 전체적인 의미만 번역하는 것에 지나
지 않는다. 조웅은 이에 분발하여서 사방으로 놀러 다니며, 때로는
어떤 재능이 있는 젊은 여자를 얻어서 사랑을 이야기하고, 때로는
어떤 어려움을 만나서 문무의 재를 시험하며 나날이 공명을 높여 드
디어 이병에게 보복하기에 이르렀다고 한다. 여기에 이 책의 글을
두는 것이 단순히 여러 말을 소개하는 것에 지나지 않는 것과 같지
만, 이 이하의 원본을 얻지 못하였기에 결국 부득이하게 여기에서
멈출 수밖에 없다.

[3-2] 「홍길동전」

以上は洪吉童傳の約二分の一を意訳せるに過ぎず、特にここにこれ
を揭げたるは彼の暴徒の首魁姜基東の如き常にこの洪吉童傳を愛誦し

遂に自ら吉童に私俶して第二の吉童たらんと欲し、随所に民財を掠め
たるものにして今日尚第二の吉童を夢みるもの絶無なりとは云ふべか
らず、特に司法警察の任に坐する諸賢に対し斯かる荒誕無稽の読物が
民間の一部に愛読せられつつあることを警告するもの也。

　　이상은 홍길동전의 약 2분의 1을 전체적인 의미만 번역하는 것에
지나지 않는다. 특히 여기에 이것을 게재하는 것은 폭도 우두머리
강기동과 같이 항상 이 홍길동전을 즐겨 외우며 마침내 스스로 길동
에게 사숙(私淑)⁹하여 제2의 길동이 되기를 바라며, 도처에서 백성의
재산을 노략질하는 것으로 오늘날 제2의 길동을 꿈꾸는 자가 끊이
지 않기 때문이다. 특히 사법경찰의 관직에 앉아 있는 여러 선량한
사람과 대비되어 이와 같은 황탄무계한 서적이 민간의 일부에서 즐
겨 읽혀지고 있다는 것을 경고하고자 함이다.

[3-3] 『춘향전』, 『재생연』, 『장화홍련전』

　春香傳、再生緣、及び長花江蓮傳の三種は既に文学士高橋亨氏に
よって飜譯せられ、同氏の著述「朝鮮の物語集附俚諺」中に掲げらる、
能く其要を摘み冗を削り、譯筆亦頗る流麗也。惟ふに、一般読書子は
これによって充分原書の内容を知悉し玉ふべし、仍て予は唯其梗概を
摘記するに止めたり。(空蕩々)

---

9 일본어 원문에서는 사숙(私俶)으로 표기되어 있으나, 전후 문장의 의미를 살펴
　본 바로는 사숙(私淑)의 오자인 듯하다.

춘향전, 재생연전 및 장화홍련전의 3종은 이미 문학사 다카하시 도루 씨에 의해 번역되었으며, 다카하시 씨의 저술『조선물어집 부록 속담(朝鮮の物語集附俚諺)』[10]에 실렸다. 그 요점을 잘 골라내고 쓸데없는 것을 삭제하였으니, 번역문 또한 매우 유창하고 아름다웠다. 추측하건데 일반 독자는 이것에 의해서 충분히 원서의 내용을 자세히 알 수 있을 것이다. 따라서 나는 그저 개요를 골라서 기록하는 것에 그쳤다.(후략)

---

10 '물어(物語)'는 일본어로는 '모노가타리'라고 읽는다. 작자의 견문이나 상상을 토대로 인물 혹은 사건에 대해 말하는 형식으로 서술한 문학작품을 말한다. 우리말로는 보통 '이야기'로 번역한다.

제2부

한국고전의 대량출판과
문학개념의 형성

| 해제 |

2부는 1910~1920년대 사이에 출현한 한국주재 일본인의 한국고전학 논저를 엮은 것이다. 이 시기 한국고전학의 연구주체는 과거 개신교 선교사와 서구인 중심경향에서 한국주재 일본 민간학술단체로 이어졌다. 조선고서간행회를 비롯한 일본의 민간학술단체에 의해 한국고전이 대량 출판되고 동시 한국사회 내부에 근대문학담론이 형성되고 있었다. 이에 따라 한국의 고전은 서구·일본·한국의 지식인들이 공동으로 연구하는 텍스트이자 한국의 역사·종교·문화의 심층을 살펴보기 위한 연구대상으로, 근대적인 학술과 문학 담론에 의해 새롭게 상상되는 텍스트로 변화되었다. 특히 한국에서 근대적 문학 관념이 심화됨에 따라 (활자본) 고소설에 대한 관심이 증폭되면서, 고소설은 구전설화나 민족지학적 연구대상이 아니라 문어로서의 지위를 확보한 문학어이자 한국문학의 정전으로서 충실하게 직역해야 할 번역대상이 되었다.

이 시기에 주목할 점은 1910년대 한국주재 일본인들에 의해 새롭게 조선에서 형성되는 학술네트워크이다. 즉, 1908년에서 1910년대에 걸쳐 형성된 조선고서간행회와 조선연구회의 한국고서간행사업이다. 이러한 고서간행사업은 병합준비를 위한 자료조사와 한국의 역사와 민족성 연구를 위하여 이루어졌다. 각 단체의 임원 구성을 보면, 통감부 및 총독부의 관료, 언론인, 교수, 학자 등 주요인사가 망라되어 있었다. 한국고전은 이렇듯 일본 관민의 공동작업 즉, 일본인 민간단체의 고서간행사업, 조

선총독부의 취조국과 참사관실의 고서수집, 해제, 간행사업을
통해 새롭게 출판되고 있었던 셈이다. 우리는 이 시기 한국고전
의 이러한 새로운 문화생태를 잘 보여주는 한국주재 일본인이
발간한 서목 및 한국고전에 대한 그들의 서발문을 번역하여 수
록했다.

▌참고문헌 ─────────────

김태웅, 「1910년대 전반 조선총독부의 취조국·참사관실과 구관제도
　　　조사사업」, 『규장각』16, 1993.
도태현, 「『조선도서해제』의 목록적 특성에 관한 연구」, 『한국도서관정
　　　보학회지』34(2), 한국도서관정보학회, 2003.
박성진, 이승일, 『조선총독부 공문서』, 역사비평사, 2007.
박영미, 「일본의 조선고전총서 간행에 대한 시론」, 『한문학논집』37,
　　　근역한문학회, 2013.
서신혜, 「일제시대 일본인의 고서간행과 호소이 하지메의 활동」, 『온
　　　지논총』16, 2007.
최혜주, 「일제강점기 조선연구회의 활동과 조선 인식」, 『한국민족운동
　　　사연구』42, 2005.
최혜주, 「한말일제하 재조일본인의 조선고서 간행사업」, 『대동문화연
　　　구』66, 성균관대 대동문화연구원, 2009.
최혜주, 『근대재조선 일본인의 한국사 왜곡과 식민통치론』, 경인문화
　　　사, 2010.
현영아, 「근대 한국의 고전적 서목에 관한 연구」, 『인문과학연구논총』
　　　14, 명지대학교 인문과학연구소, 1996.
다카사키 소지(高崎宗司), 최혜주 역, 『일본 망언의 계보』(개정판), 한
　　　울아카데미, 2010.

제1장

조선고서간행회,
조선총독부의 한국고전 서목

▌해제 ▌

　조선고서간행회는 한국주재 일본인에 의해 최초로 설립된 고서간행단체다.1908년 조선고서간행회를 설립한 샤쿠오 순조(釋尾旭邦, 1875~?)는 일본 오카야마현(岡山縣) 출신으로 지금의 도요대학(東洋大學)인 데쓰가쿠칸(哲學館)을 졸업하고 1900년 내한하여 부산의 개성학교, 대구의 일어학교 교사를 역임했으며, 경성민단의 제1과장으로 있으면서 경성제일고, 경성중학교 설립에 참여했다. 1907년 조선잡지사를 경영하면서 잡지『조선』을 발행하고 이듬해 조선잡지사 안에 고전간행을 위해 조선진서간행부를 두고, 조선의 전적을 간행하겠다고 발표하였다. 조선고서간행회가 조사한 조선고서 전반의 윤곽을 엿볼 수 있는 자료가 바로『조선고서목록』이다. 이는 모리스 쿠랑의『한국서지』,『증보문헌비고』,『해동역사예문지』,『제실도서목록』, 이왕가의『규장각도서목록』, 외국어학교 경성지부간행의『한적목록』을 비롯하여, 시데하라 다이라(幣原坦, 1870~1953), 가나자와 쇼자부로(金澤庄三郎, 1872~1967), 아사미 린타로(淺見倫太郎, 1869~1943), 가와이 히로타미(河合弘民, 1873~1918), 마에마 교사쿠(前間恭作, 1868~1942) 등의 도서목록을 참조하여 약 2,614종을 골라 엮은 주제별 서목이다. 『조선고서목록』 서문은 조선고서간행회의 이 서목의 편찬과정과의 편찬과정과 함께, 당시 한국고전 전반에 대한 그들의 인식이 잘 드러나 있다.

조선고서간행회의 고전간행사업은 조선총독부와 완연히 분리된 것이 아니었다. 일례로 조선고서간행회의 임원 구성을 보면 소네 아라스케(曾禰荒助, 1849~1910) 통감·데라우치 마사다케(寺内正毅, 1852~1919) 총독을 비롯한 총독부의 철저한 지원과 관계 속에서 이 민간학술단체가 운영되었음을 알 수 있다. 특히 역대 왕조실록을 비롯한 도서를 정리하고 『조선어사전』, 『조선도서해제』 등을 편찬한 취조국(取調局)과 학무국의 관리가 이 간행회의 임원이었던 사실을 주목할 필요가 있다. 취조국은 조선총독부의 관제개편과 함께 폐국 되었지만, 한국고전정리사업은 총독관방 산하의 참사관실로 이전되어 계속되었다. 참사관분실에서는 규장각도서를 정리하는 과정에서 다수의 목록들을 만들었으며, 다른 한편으로 조선도서에 대한 해제작업을 병행하였다. 이 해제작업의 결과물이 바로 『조선도서해제』이다. 『조선도서해제』는 1913년 해제작업의 원고가 완성된 후 이를 보완·정리하여 1915년에 출판한 저술로 규장각도서 중 조선도서 1486종에 대하여 간단한 해설을 덧붙이고 경사자집(經史子集) 사부로 대별하여 다시 유에 따라 세분한 해제서목이다. 별도의 서문은 없지만 범례가 있어 서목편찬의 방침을 엿볼 수 있다.

▌참고문헌 ─────

김태웅, 「1910년대 전반 조선총독부의 취조국·참사관실과 구관제도 조사사업」, 『규장각』 16, 1993.

도태현, 「『조선도서해제』의 목록적 특성에 관한 연구」, 『한국도서관정보학회지』 34(2), 2003.

박양신, 「가와이 히로타미(河合弘民)의 식민지 조선에서의 행적과 조선 연구」, 『역사교육』 139, 2016.

백진우, 「20세기 초 일본인 장서가의 필사기와 장서기 연구」, 『대동한문학』 49, 2016.

서신혜, 「일제시대 일본인의 고서간행과 호소이 하지메의 활동」, 『온지논총』 16, 2007.

이상현, 『묻혀진 한국문학사의 사각, 외국인의 언어·문헌학과 조선후기-식민지 언어문화의 생태』, 박문사, 2017.

최혜주, 「일제강점기 고전의 형성에 대한 일고찰」, 『한국문화』 64, 2013.

최혜주, 「일제강점기 조선연구회의 활동과 조선 인식」, 『한국민족운동사연구』 42, 2005.

최혜주, 「한말일제하 재조일본인의 조선고서 간행사업」, 『대동문화연구』 66, 2009.

최혜주, 『근대재조선 일본인의 한국사 왜곡과 식민통치론』, 경인문화사, 2010.

현영아, 「근대 한국의 고전적 서목에 관한 연구」, 『인문과학연구논총』 14, 1996.

[1] 『조선고서목록』 서문

조선고서간행회 편, 『조선고서목록』, 조선고서간행회, 1911.

[1-1] 序

샤쿠오 순조(釋尾春芿)

朝鮮の現在は如何と云ふの問題に對しては、我邦人中多少の級第者を出さんも、朝鮮の過去は如何の問題に對して善く完全なる答案を提出し得るもの果して幾何あるか、朝鮮人の過去に於ける歴史は如何、制度法律は如何、産業狀態、經濟狀態は如何、教育は如何、宗教は如何、藝術は如何、文藝は如何、其人世觀は如何、宇宙觀は如何、其人種、言語、風俗、舊慣は如何、其地理風土の變遷は如何、一言にして支那の小なるものなりと云ひ、又支那を學びて及ばざりしものなりしと言はヾ、言ひ得るも、苟も朝鮮の過去と朝鮮の人文を多少學術的に語らんとせば、爾かく簡短なる答案にては落第なり、然らば如何にすれば可なるか、過去の朝鮮を語らんとせば、先づ朝鮮の古書古文書を涉獵する外無かるべし、

조선의 현재는 어떠한가라는 문제에 대해서는 우리 일본인 가운데 얼마간 답할 이가 있겠으나 조선의 과거는 어떠냐는 문제에 대해서 완전하게 잘 답할 만한 이가 과연 얼마나 있을까. 조선인의 과거에서 역사는 어떻고, 제도 법률은 어떠하며, 산업상태·경제 상태는 어떻고, 교육은 어떠하며, 종교는 어떻고, 예술은 어떠하며, 문예는 어떻고, 그 인세관(人世觀)은 어떠하며, 우주관은 어떻고, 그 인종·언어·풍속·구관(舊慣)[1]은 어떠하며, 그 지리·풍토의 변천은 어떻다고 말할 수 있을까. 한마디로 '작은 중국'이라 말하고 또한 중국을 배웠

---

1 예전부터 내려오는 관례.

으나 중국에 미치지 못했다고 말하는 거라면 말할 수 있겠으나, 만약 조선의 과거와 조선의 인문을 다소 학술적으로 말하려 하는 것이라면, 이렇게 간단하게 답해서는 낙제점이다. 그렇다면 어떻게 해야 될까. 과거의 조선을 말하려 한다면, 먼저 조선의 고서와 고문서를 섭렵하는 수밖에 없을 것이다.

朝鮮の過去三千年間に於ては、東洋の文明史を飾る程の學者無く、亦東洋の文明史に新しき異彩を放つ程の大著述無し、而も朝鮮は由來文字の國なりしなり、朝鮮人は由來文字の民たりしなり、故に古今三千年間に於ては、多少の學者を出し、又相當の著作出版物を出したり、而も朝鮮人は支那を尊敬する結果自國の學者を無視したり、故に相當の學者にして世に著はれざりしもの尠しとせず、又朝鮮人は由來故物保存に冷淡なる上に、政策上前朝の書籍記録を忌むの國風ありたり、故に朝鮮の古書にして世に傳はらざるもの決して尠しとせず、然も目録を蒐集して想定するに朝鮮古書は約三千種內外に達すと稱せらる、其現存するものにして玉石相擧れば二千五百種以上に達すべし、豈又盛ならずや、此中新羅時代の著書は固より十種を出でず、麗末の著書十種を出です、高句麗、百濟朝の著書は殆ど絶無にして、大多數は李朝に於ける著書なり、唯憾む是等多數の古書多くは散逸して容易に手にすること難きを、

조선의 과거 3천 년간에는 동양 문명사를 장식할 만한 학자가 없었고, 또 동양 문명사에 새로운 이채를 발할 만한 대단한 저술도 없었다. 그러나 조선은 원래 문자의 나라였고, 조선인은 본래 문자의 백성이었다. 그러므로 고금 3천 년간에 있어서는 다소 학자를 배출했고, 또한 상당한 저작출판물을 내었다. 그러나 조선인은 중국을 존경한 나머지 자국 학자를 무시했다. 그래서 상당한 학자가 세상에 드러나지 않았고, 또한 조선인은 본래 고물(古物) 보존에 냉담한 데다 정책상 전조(前朝)의 서적 기록을 꺼리는 국풍이 있었다. 그래서 조선의 고서 가운데 세상에 전해지지 않는 것이 결코 적지 않다. 그러나 목록을 수집하여 상정함에 조선 고서는 약 3천 종 내외에 달한다고 일컬어진다. 그 현존하는 것으로서 옥석을 서로 열거한다면 2천 5백 종 이상에 달할 것이다. 어찌 또한 성(盛)했겠는가. 이 가운데 신라시대의 저서는 본래 10종을 넘지 않고, 고려 말의 저서도 수십 종을 넘지 않으며, 고구려·백제조(朝)의 저서는 거의 절무(絶無)하고, 대다수는 이조의 저서이다. 다만 유감스럽게도 이들 다수 고서는 많이 흩어져 있어서 쉽게 입수하기 어렵다.

近時時勢の推移と共に久さしく閑却無視されし朝鮮の研究熱漸く我學者及び篤志者間に起り、隨うて朝鮮の古書を探ぐらんとするもの日に多きを加へ、朝鮮には如何なる古書珍本現存するかを知らんとするもの輩出しつゝあり、又朝鮮併合の結果朝鮮の古書古記録を保存するは我國家及び國民の義務たるを自覺さるゝに至りたり、而も朝鮮には未だ圖書解題の完全なるものなく、集めて大成したる圖書目録すら完全なるもの無し、吾人常に此缺陷を補ひ、時代の要求に應ぜんとし、圖書解題に着手したるも、完成は短時日の間に望むべからず、故に先づ圖書目録を發行して,朝鮮古書豫約者に頒ち時代の急に應ずることゝせり、而も咄嗟の間に編纂したるを以て遺漏又は錯誤多きは已むを得

ざることなり、他日解題を出版する際之を補正せん讀者幸に之を諒と
せよ、若し夫れ朝鮮古書に對する一般の智識概念を得んとせば、本文
の冠頭に掲載せる斯界の大家淺見倫太郎氏の朝鮮古書總敍を再讀反復
されんこを望む、余は此に贅言せず。

明治四十四年九月
釋尾春芿識す

　　근래 시세의 추이와 더불어 오랫동안 내버려두고 무시당했던 조
선에 대한 연구열이 점점 우리 학자 및 독지가 사이에서 일어났다.
따라서 조선의 고서를 탐구하려는 이도 날로 늘어나 조선에는 어떠
한 고서 진본(珍本)이 현존하는지 알고자 하는 이가 잇달아 나타나고
있는 중이다. 또한 조선을 병합한 결과, 조선의 고서·고기록을 보존
하는 것은 일본국 및 일본국민의 의무임을 자각하기에 이르렀다. 그
러나 조선에는 아직 도서해제가 완전한 것이 없고, 집대성한 도서목
록조차 완전한 것이 없다. 나는 늘 이 결함을 보완하여 시대의 요구
에 응하고자 하여 도서해제에 착수했으나 단시일에 완성을 바랄 수
는 없다. 그래서 먼저 도서목록을 발행하여 조선고서 예약자에게 나
누어주어 시대의 급한 요청에 응하고자 했다. 그러나 짧은 시간에
갑자기 편찬했기 때문에 빠지거나 또는 착오가 많은 것은 부득이했
다. 다른 날 해제를 출판할 때 그것을 보정(補正)할 것이다. 독자가 양
해해주면 다행이겠다. 만약 조선 고서에 대한 일반 지식개념을 얻으
려 한다면, 본문 관두(冠頭)에 게재한 이 방면의 대가인 아사미 린타
로(淺見倫太郎)의 '조선고서 총서'를 재독 반복하시기를 바란다. 나

는 여기에 췌언(贅言)[2]하지 않겠다.

메이지 44년(1911) 9월

샤쿠오 순조 적음

[1-2] 조선고서목록 범례

朝鮮雜誌社朝鮮古書刊行會 編輯部

一、本目錄はクーランの朝鮮書籍解題、文獻備考、海東繹史等の文藝考等を主とし、且つ總督府の圖書目錄、李王家の圖書目錄、外國語學校京城支部發行の韓籍目錄、其他幣原、金澤、前間、淺見、河合、諸家の藏書目錄を參照して版本寫本の區別無く、正確のもので認むべきものを蒐めて編纂したるなり、本書載する所約三千部、現存するものを主としたるものなるも、中に絶本のもの無しとも限らず

    1. 본 목록은 모리스 쿠랑[3]의『조선서적해제』,『문헌비고』,『해동역사』등의「문예고」등을 주로 삼고, 또한 총독부의 도서목록, 이왕가의 도서목록, 외국어학교 경성지부에서 발행한 한적목록, 기타 시데하라(幣原)·가나자와(金澤)·마에마(前間)·아사미(淺見)·가와이(河合) 등의 제가(諸家)[4]의 장서목록을 참조하여 판본 사본 구별 없이 정확한 것

---

2 군더더기 말.
3 모리스 쿠랑 : 1865~1935. 프랑스의 언어학자이자 동양학자로 리용대학 중국어 교수, 리용학사원 회원, 불중협회(佛中協會) 회장을 역임하였다. 1890년 주한 프랑스 공사관의 통역관으로 임명되어 몇 년간 한국에 관한 도서를 조사하고 수집한 후 돌아가『한국서지(韓國書誌)』1~4권을 출간하였다.

이라 인정할 만한 것을 수집하여 편찬했다. 본서에 실린 약 3천 부 현
존하는 것을 주로 삼았지만 개중에는 절판된 것도 있을 수 있다.

一、本書目録の分類に就ては編者の大に苦心したる所なり、咄嗟の
間に善き工夫も案出されざるを以て假りに經籍儒家の部、歴史地理の
部、制度典章其他の部、諸子百家其他の部、支章詩歌其他の部の五部
に分ちて、三千餘種の雜駁なる朝鮮古書を收めたり、固より多少此混
合の誤り無きを保せず

　　1. 본서 목록의 분류에 대해서는 편자가 크게 고심한 바이다. 짧은
시간에 좋은 방안을 안출(案出)할 수 없어 임시로 경적유가(經籍儒家)
의 부, 역사지리의 부, 제도전장(制度典章) 기타의 부, 제자백가 기타
의 부, 문장시가 기타의 부 5부로 나누어 3천여 종의 잡박(雜駁)한 조
선 고서를 수록했다. 본래부터 다소 피차 혼합되는 오류가 없을 수 없
었다.

一、本書の材料蒐集及び編輯の大部分は村田懋麿君を煩はし、斯界
の大家淺見倫太郎氏の指敎及び河合弘民氏の敎を受けて編輯したるも
のなり、併し朝鮮古書刊行豫約者に對する配本の都合あり、出版期日
接迫の爲め充分の取捨校訂校閲を經るの暇無かりしを以て遺漏錯誤の
譏は免れざること丶覺悟せり、他日解題を出版するの機會を得ば其際

---

4 시데하라 다이라(幣原坦, 1870~1953), 가나자와 쇼자부로(金澤庄三郎, 1872~
1967), 아사미 린타로(淺見倫太郎, 1869~1943), 가와이 히로타미(河合弘民,
1873~1918), 마에마 교사쿠((前間恭作, 1868~1942)를 지칭.

充分の訂正を行はん、幸に此書に依りて朝鮮古書の一般を知るを得ば
編者の望み足るなり、因みに朝鮮研究者の便を思ひ末尾に各國人の朝
鮮に對する新舊著書を揭載し置きたり，

　　1. 본서의 재료 수집 및 편집의 대부분은 무라타 시게마로(村田懋
麿)가 고생했고, 아사미 린타로(淺見倫太郎)의 지교(指敎) 및 가와이
히로타미(河合弘民)의 가르침을 받아 편집한 것이다. 다만 조선고서
간행 예약자에 대한 배본 문제도 있어, 출판 기일이 임박하여 충분
히 취사·교정·교열을 거칠 틈이 없었기 때문에 유루(遺漏)하게 된 착
오에 대한 나무람을 면치 못하리라고 각오하고 있다. 다른 날 해제
를 출판할 기회를 얻으면 그때 충분히 정정할 것이다. 다행히 이 책
으로 조선 고서 일반을 알 수 있다면 편자의 바람은 충족될 것이다.
참고로 말하자면, 조선연구자의 편의를 고려하여 말미에 각 나라사
람들의 조선에 관한 신구 저서를 게재해 두었다.

明治四十四年九月末
朝鮮雜誌社朝鮮古書刊行會
編輯部識す

메이지 44년(1911) 9월 말
조선잡지사 조선고서간행회
편집부 적음

[1-3] 朝鮮古書目錄 總序

아사미 린타로(淺見倫太郎)

目錄學は學問上重要なる位地を占むるものには非ず然れども目錄に
も通ぜずして學術研究の堂奧に入ること能はず朝鮮の研究、朝鮮の經
營に從事するものヽ如き素より朝鮮目錄の忽視すべからざるを知らん
余は朝鮮に來官すること旣に五六年、中間多少の朝鮮本を涉獵せるも
の亦た此旨に外ならず凡そ一國一、地方の盛衰興亡を考ふるに其の組
織に重要なる機關が健全に存續せると否とに原因するは古今となく一
なり其の重要なる機關とは第一、外交、第二、軍備、第三、司法、第
四、財政に若くはなし而して國の貧富の如きは此に與らず此の四種の
機關か沈滯腐敗せざる限りは邦家の永遠不朽なるに妨げなし舊朝鮮の
富は八百萬石と稱す恰も我が德川氏直隷の富力と相似たり而して其の
末路亦た相似たり各都機關の腐敗に伴ふて自からその財政を維持する
能はざるもの主たる原因たるに似たり今や藩屬の制を一變して新制度
を施行したるも亦た我が王政維新に次げる廢藩置縣に異なるなし朝鮮
の古書を涉獵し舊時代の制度文物を研究するは將來の施政に對する幾
多の論決を得んと欲するに外ならざるべし佛人モーリス、クーラン氏
の韓籍目錄三冊は西紀千八百九十五年版に係り千九百一年の附錄あり
多少紕繆の指摘すべきものありと雖も朝鮮本に關する最高度の智識を
網羅したる尨然大冊にして後出の書に未だ之に過ぐるものあるを見ず
左に其の書の結論を揭げ我輩の所見に參考せんとす曰く

목록학은 학문상 중요한 지위를 차지하는 것은 아니다. 그렇지만 목록도 잘 알지 못하면서 학술 연구의 심오한 경지에 들어갈 수는 없다. 조선의 연구나 조선의 경영에 종사하는 사람 같은 경우는 본래부터 조선목록을 홀시할 수 없음을 알 것이다. 나는 조선에 와서 벼슬한 지 이미 5-6년으로 그 사이에 다소의 조선 책을 섭렵한 것 또한 이 취지에서 벗어나지 않는다. 무릇 한 나라 한 지방의 흥망성쇠를 생각함에 그 조직에 중요한 기관이 건전하게 존속하는지의 여부에 원인이 있는 것은 고금을 막론하고 같다. 그 중요한 기관이란 첫째 외교, 둘째 군비, 셋째 사법, 넷째 재정만한 것이 없다. 그리고 나라의 빈부 같은 것은 여기에 들어가지 않는다. 이 네 가지 기관이 침체·부패하지 않는 한은 국가의 영원·불후함을 방해할 것이 없다. 구(舊)조선의 부(富)는 8백만 석이라 일컬어진다. 마치 일본의 도쿠가와 씨영지의 부력(富力)과 비슷하다. 그리고 그 말로 또한 비슷하다. 각부 기관이 부패함에 따라 스스로 그 재정을 유지할 수 없었던 것이 주된 원인이었다는 것도 비슷하다. 지금 번속(藩屬)의 제(制)를 일변(一變)하여 새로운 제도를 시행하는 것 또한 일본의 왕정유신에 이은 폐번치현(廢藩置縣)[5]과 다를 바 없다. 조선의 고서를 섭렵하고 구시대의 제도·문물을 연구하는 것은 다름 아니라 장래의 시정(施政)에 대한 얼마간의 논결(論決)을 얻고자 해서일 것이다. 프랑스인 모리스 쿠랑 씨의 한적 목록 세 권은 서기 1895년에 이루어졌고 1901년의 부록이 있다. 다소 비무(紕繆)[6]를 지적할 만한 곳이 있다 하더라도 조선 책에 관한 매우 높은 지식을 망라한 방대한 책으로 나중에 나온 책 중

---

5 메이지 정부가 지방 통치를 위해 '번(藩)'을 폐지하고 '현(縣)'을 설치함.
6 오류.

에서 아직 그것보다 나은 것을 보지 못했다. 아래에 그 책의 결론을
인용하여 나의 소견에 참고하고자 한다.

朝鮮の文藝を反復總覽するにその著作の創意創見に出づるもの少く
毎に支那精神に牢錮せられて到底模擬の範圍を脫する能はず然れども
朝鮮人は支那文學の紛雜ながら豊富なる中に就きて選擇取捨したる所
あり卽ち儒敎の輸入にして朝鮮儒生の規矩準繩と爲したると同時に此
の思想に淵源せる社會的、倫理的の思想を帶びたる各種の文學を輸入
せり卽ち禮儀、典章、歷史竝に詩歌の雅趣ありて纖巧なるものゝ傳來
是なり儒敎以外のものに至りては唯だ直接實用ある學に從事せるのみ
卽ち醫學、星占學、兵學、隣國語學あるのみ異國傳來の支那本を復製
に富りても亦た實際的實用を目的とせり卽ち道家や佛敎の文學にして
儒學の無味淡泊に滿足せざるものゝ精神を律せんとするものにして全
く實際的實用に供する以外に他の理由あらざるなり想像に關する小說
文學に至りては其の數に於ても其の價値に於ても重要なるものに非ず
して學者の蔑視せる所なり是等各種の文學は總て社會的倫理的のもの
にして儒者の思想と相調和し漸次に一般に普及し之に反する思想は自
然に消滅し殊に最近數世紀の間朝鮮がその國を鎖すに至りて全く消滅
に歸し外國に關する觀念も全く消滅しその狹隘なる半島內に蟄伏せざ
るを得ざるに至れり支那の經典に就きては感謝の情に伴ひその大なる
紀念を維持したるも現在の滿淸其のものに至りては衷心之を輕蔑し又
之を忘却したり此の如く朝鮮半島に退蹩せる朝鮮學者の疆域は頗る固
陋にして漫に世界の中心と思惟し儒學の正宗と思へるも之に由りて生
じたる無智と傲慢とは其の豫期せる軌道を超越せり故に朝鮮人と言へ

ば恰も古代の希麗人を意味する如く四方の夷狄中に超然孤立せる開化
人種なるが如く彼等の世界は纔にエジエアン海に始まりイオニアン海
に盡くると思へる如きなり但し希麗人は世界の爲に他の大なる功德あ
りたるも朝鮮人は世界の爲に何等功德ありたるやを知らず此の如く朝
鮮の文獻は支那、日本の文獻に比すれば頗る劣等にして日本の如きは
假令外國に藉る所ありとするも尙ほその特有の部分を維持するを知れ
り朝鮮に至りては蒙古、滿洲その他の支那流文獻の門弟輩に影響せる
結果よりも尙ほ支那に負ふところ多し朝鮮は何れの民族よりも最も多
く支那學を傳來しその聞知せる觀念を以て之を自己の有となし又之を
嚴格に實行し又之に就き支那に於て未だ曾て知られさる論理を以て諸
般の決論を抽出したり朝鮮學者の支那宗旨に熱中せしことは其の宗門
に於て名譽ある位地を占むべきものならん槪して言へば朝鮮人は支那
に於て未だ曾て有らざる一派特別の孔子敎を創作したるものなり卽ち
儒林士禍により多數の儒生は此の宗旨の爲に斃死したるなり而して歷
史の方面に就きては其の作家は質朴なると律義なると評論の公平なる
とにより高等なる位地に在るべき權利を有するに十分ならん又朝鮮的
思想に明快なるものあることは朝鮮書の印刷の鮮明なると朝鮮諺文の
簡單にして完備なると朝鮮活字の使用に先鞭を著けたる事とによりて
之を認むるに十分なるべし此の如く朝鮮は極東文明に於て尊重すべき
地步を有するものにして其の地步たるや恰も歐羅巴の如く朝鮮の思想
及び發明はその附近の諸國を震動するに足るべきは必然可能なりしな
らん然るにその傲慢心とその日暮しの觀念とを以て築造したる障壁の
餘りに高かりしと又過去を崇拜するの過度なりしとは朝鮮民族をして
沈滯腐敗の止むなきに至らしめたりその東西二箇の强鄰たるや一は藝

129

術、戰鬪、及び團結の力に於て卓越し―は文學の蔚叢たると實際生活
の奮鬪力とに於て皆な著しき天賦の優勝力を有しこと二大文明の裡に
縮蹙壓迫せられて國土は素より寒貧にして旅客の交通には險阻艱難多
く就中數百年來侵略と隷從との外には外國關係を有せず又た此の如く
孤立して存在したる爲めその發明力の國境の外に出でずその高尙なる
思想も―の藩籬內に限局せられたる爲め不和內訌の酵母と變性し私黨
の分裂は一切の社會的進步を停止したり是等の原因は總て現今朝鮮の
寂寞たる狀態を說明するものなり此の民族が稟得せる大惠も此の如く
に輪廻し來りて其の天才、其の技能を發揮する能はずして嚴酷なり運
命の裡に束縛せられるゝの己むを得ざるなりと

　　조선의 문예를 반복하여 총람함에 그 저작이 창의·창견(創見)을
낸 것이 적고, 매양 중국정신에 뇌고(牢錮)당하여 도저히 모의(模擬)
의 범위를 벗어날 수 없었다. 그렇지만 조선인은 중국 문학의 분잡
(紛雜)하면서 풍부한 가운데 나아가 취사선택한 바가 있었다. 즉 유
교를 수입하여 조선 유생의 규구준승(規矩準繩)으로 삼은 것과 동시
에, 이 사상에 연원하는 사회적·윤리적 사상을 띤 각종 문학을 수입
했다. 즉 예의·전장(典章)·역사 및 시가 중에 아취 있고 섬교(纖巧)한
것의 전래가 이것이다. 유교 이외의 것을 보면 다만 직접적이고 실
용적인 학에 종사할 뿐이다. 즉 의학·점성학·병학·인국어학(隣國語
學)이 있을 뿐이다. 이국에서 전래된 중국책을 복제할 때도 또한 실
제적 실용을 목적으로 했다. 즉 도가나 불교 문학으로서 유교의 무
미하고 담박함에 만족하지 못한 정신을 율(律)하려는 것으로서 완전
히 실제적 실용에 쓰려는 것 이외의 다른 이유는 없었다. 상상에 관

한 소설문학에 이르러서는 그 수에서도, 그 가치에 있어서도 중요한 것이 아니라고 보아 학자가 멸시하는 바였다. 이들 각종 문학은 모두 사회적 윤리적인 것으로서 유자(儒者)의 사상과 서로 조화되어 점차로 일반에게 보급되었고, 그것에 반하는 사상은 자연스레 소멸되었다. 특히 최근 수세기 사이 조선이 쇄국함에 이르러 완전히 소멸되었고, 외국에 관한 관념도 완전히 소멸되어 그 편협한 반도 안에 칩복(蟄伏)할 수밖에 없는 지경에 이르렀다. 중국의 경전에 대해서는 감사의 정을 수반하여 그 큰 기념(紀念)을 유지했으나, 현재의 만청(滿淸)의 경전에 이르러서는 충심으로 그것을 경멸하고 또한 그것을 망각했다. 이와 같이 조선반도에 퇴축(退蹙)된 조선학자의 강역(疆域)은 자못 고루하여 멋대로 세계의 중심이라 생각하고 유학의 정종(正宗)이라 생각하는 것도 그런 것에 연유하여 생겨났다. 무지와 오만은 그 예기된 궤도를 초월했다. 그러므로 조선인과 말을 하면, 마치 고대의 희랍인이 연상된다. 조선인이 사방의 이적 가운데 초연 고립한 개화인종이라 여기는 것은, 희랍인이 세계를 겨우 에게 해에서 시작되어 이오니아 해에서 끝난다고 생각한 것과 비슷하다. 다만 희랍인은 세계를 위해 다른 큰 공덕이 있었으나, 조선인은 세계를 위해 무슨 공덕이 있는지 모르겠다. 이처럼 조선의 문헌은 중국, 일본 문헌에 비하면 자못 열등하며, 일본의 경우는 가령 외국에서 차용한 바가 있다 하더라도 또한 일본 특유의 부분을 유지함을 알 수 있다. 조선의 경우에는 몽고, 만주 기타 중국류 문헌의 문제(門弟)[7]들에게 영향을 받은 결과보다 오히려 중국에 빚진 바가 많다. 조선은

---

7 스승의 문하에서 배우는 제자.

어느 민족보다 가장 많은 중국학을 받아들였고, 그 문지(聞知)한 관념을 가지고 제 것으로 삼았으며, 또한 그것을 엄격하게 실행했고, 또 그것에 대해서 중국에서 일찍이 알려지지 않은 논리를 가지고 제반 결론을 추출하기도 했다. 조선학자가 중국의 종지(宗旨)에 열중한 것은 그 종문(宗門)에서 명예로운 지위를 차지할 만한 것이리라. 개략해서 말하자면, 조선인은 중국에서 일찍이 존재하지 않은 일파(一派), 특별한 공자교(孔子敎)를 창작한 것이다. 즉 유림 사화로 인해 다수의 유생은 이 종지를 위해 폐사했다. 그리고 역사 방면에서는, 그 작가는 질박함과 성실함과 평론의 공평함에 의해 고등한 지위에 있을 만한 권리를 가지기에 충분할 것이다. 또 조선적 사상에 명쾌한 것이 있다는 사실은 조선 책 인쇄상태의 선명함과 조선 언문이 간단하면서도 완비되어 있음과 조선활자의 사용에 선편(先鞭)을 가한 사실에 의해 그것을 확인하기에 충분할 것이다. 이처럼 조선은 극동 문명에서 존중할 만한 지위를 차지하고 있으며, 그 지위는 마치 유럽과 같다. 조선의 사상 및 발명은 그 주변의 여러 나라를 진동하기에 족할 만한 것은 필연적으로 가능하지 않겠는가. 그런데 그 오만한 마음과 그 생활의 관념을 가지고 축조한 장벽이 너무나 높으며, 또한 과거를 숭배하는 것이 과도한 것은 조선민족으로 하여금 어쩔 수 없이 침체·부패에 이르게 만들었다. 조선의 동서 두 곳에 있는 강린(强隣)을 보면, 하나는 예술·전투 및 단결력에서 탁월하고, 하나는 문학의 울총(蔚叢)함과 실제 생활의 분투력에서 모두 두드러진 천부의 우승력을 갖고 있다. 이 이대 문명 사이에 축축(縮蹙) 및 압박당하여 국토는 본래부터 한빈(寒貧)했고, 여객의 교통에는 간난험조(艱難險阻)가 많았으며, 특히 수 백 년 동안 침략과 예종 외에는 외국과 관계를 맺은 적이 없었다. 또한 이처럼 고립되어 존재하였기 때문에 그 발명력이 국경 밖으로 나가지 못했다. 그 고상한 사상도 하나의 번리(藩籬) 안에 국한되었기 때문에, 불화 내홍의 효모(酵母)로 변성(變性)되었고, 사당(私黨)의 분열은 일체의 사회적 진보를 정지시켰다. 이러한 원인은 모두 바로 지금 조선의 적막한 상태를 설명하는 것이다. 이 민족이 품득(稟得)한 대혜(大惠)도 이와 같이 윤회되어 와서, 그 천재, 그 기능을 발휘하지 못한 채, 엄혹한 운명 속에 속박될 수밖에 없었다.

クーラン氏の論結せるところは我輩政理の學に從事せるものと同じなずして其の着眼の廣汎なること寧ろ傾聽の價あらん但し蕞爾たる藩封を撤去し舊來の陋習を一洗し日本の一郡縣となり幾多の新制度の下に新なる文明に推移せんとする朝鮮地方の將來を企劃し民生の福利を增進せんとするもの亦た此の韓籍目錄に資益する所あらば幸なり

쿠랑 씨가 결론을 내린 바는 우리나라 정리(政理)의 학(學)에 종사하는 것과 같지 않기 때문에, 그 착안의 광범한 점 오히려 경청할 가치가 있을 것이다. 다만 아주 작은 번봉(藩封)을 철거하고 구래의 누습을 일세(一洗)하여, 일본의 한 군현이 되어 많은 신제도 아래에 새로운 문명으로 옮겨가고자 하는 조선지방의 장래를 기획하고 민생의 복리를 증진하려 하는 것 또한 이 한적목록에 자익(資益)되는 바 있다면 다행이겠다.

朝鮮本を記述するに當りては第一、書籍の外形體裁を叙し第二、其

の書に使用せる言語、文字を叙し第三、其の書に表彰せる思想學術を
叙し以て朝鮮本に關する結論を抽出するを順序とす

　　　조선 책을 기술할 때는, 첫째 서적의 외형 체재를 서술하고, 둘째
　　그 책에 사용된 언어·문자를 서술하며, 셋째 그 책에 표창된 사상학
　　술을 서술함으로써 조선 책에 관한 결론을 추출하는 순서로 한다.

第一、朝鮮本の外形體裁

　書籍の外形體裁の如きは些細の事の如しと雖も各國、各時代に庶じ
て好尙に異なる所あることは讀書子の心目に瞭然たる所なるべく歐米
の書に親炙せるものゝ如き類似の中に各特色の存するを認むべし英吉
利本の堅實なる佛蘭西本の明快なるは獨逸本と同じからず伊太利本は
佛蘭西本に似て同じからず亞米利加本の華炫なる英吉利本と亦た同じ
からざる所あり東洋に在りても唐本の雅致あるは和本と其の趣を異に
し書籍の外形も亦たその國民性を代表すと觀察するも不可なきなり朝
鮮本に至りては粗大なる卷冊を成し黃色の表紙を綴るに赤絲を以てし
その板心に三つ葉形あるを以て特色とす紙は楮の皮を以て製し其の大
さ一樣ならずして精粗等を異にすと雖も大本は曲尺を以て之を計るに
橫九寸、縱一尺一二寸なるべく一尺三寸に至る以て極大本とす赤表紙
宇本板の五經百選の如きは朝鮮本中最も美なるものなり橫六七寸、縱
九寸を以て中本とす朝鮮紙の四つ切本は橫五寸、縱七寸にして小本と
す朝鮮紙の美なるものは我が邦の鳥の子、雁皮の如きあり正祖王の弘
齋全書六十冊、莊獻世子の凌虛闕漫稿三冊の如きは此種の上製紙を用
ひ極めて美本なり

첫째, 조선 책의 외형 체재

서적의 외형 체재 따위는 작은 일 같아 보이더라도 각국 각 시대에 따라 호상(好尙, 기호·유행)이 다른 바 있음은 독서하는 이의 심목(心目)에 요연한 바, 될 수 있는 한 구미의 책에 친자(親炙)[8]한 것들처럼 유사한 가운데 각각의 특색이 있음을 알아야 할 것이다. 영국 책의 견실함, 프랑스 책의 명쾌함은 독일 책과 같지 않고, 이탈리아 책은 프랑스 책과 비슷하면서 같지 않으며, 미국 책의 화현(華炫)함은 영국 책과 또한 같지 않은 바가 있다. 동양에서도 당본(唐本)의 아치 있음은 일본 책과 그 취(趣)를 달리한다. 서적의 외형도 또한 그 국민성을 대표한다고 보는 것도 불가하지 않다. 조선 책에 이르면 조대(粗大)한 권책(卷冊)을 이루어, 황색 표지를 철(綴)함에 붉은 실로써 하고, 그 판심(板心)에 엽형(葉形)이 셋 있는 것을 특색으로 한다. 종이는 저피(楮皮)로 만들고, 그 크기 일정하지 않으며, 정조(精粗) 등을 달리 한다 하더라도, 대본(大本)은 곡척(曲尺)으로 재면 가로 9촌, 세로 1척 1-2촌이 될 것이며, 1척 3촌에 이르는 것을 극대본(極大本)으로 삼는다. 붉은 표지 대자(大字)목판으로 간행한 『오경백선(五經百選)』 같은 것은 조선 책 중 가장 아름다운 것이다. 가로 6-7촌, 세로 9촌을 가지고 중본(中本)으로 삼는다. 조선종이의 요쓰기리혼[9]은 가로 5촌, 세로 7촌으로 소본(小本)으로 삼는다. 조선종이의 아름다운 것은 일본의 도리노코가미[10]나 안피지(雁皮紙)[11] 같은 데가 있다. 정조왕의 『홍

---

8 직접 가르침을 받음.
9 대본(大本)또는 반지본(半紙本)을 옆으로 길게 넷으로 자른 것.
10 재래식 일본 종이의 일종으로 안피나무를 주원료로 해서 만든 고급 종이인데 매끄럽고 촘촘하며 광택이 있다.
11 팥꽃나무의 나무껍질 섬유를 원료로 하여 나무 수국의 내피 액 또는 닥풀의 점

재전서(弘齋全書)』 60책, 장헌세자의 『능허관만고(凌虛闕漫稿)』 3책 같은 것은 이런 종류의 상품 종이를 사용하여 매우 책이 아름답다.

木板印刷の材料は櫻の木を用ゆ卽ち柰なり活字の使用は支那に優り且つ歐州に先たつ其の使用の起原に關しクーラン氏其の他の學者李朝初年の創製とせり然れども余は高麗の季年江華遷都時代に於て活字を使用したる詳定禮文二十八部を印刷したる記事あるを發見したるを以て當時旣に活字の使用ありたるは明白なり近代に至り英宗朝に文獻備考印刷の爲め活字を鑄らしめたる如き最も精巧なるものなり活字は眞鍮活字を普通とせるも木活字たるあり瓦活字に就きては未だ之を確知せず蓋し不可能には非ざりしなるべし

목판 인쇄의 재료는 벚나무를 사용하니, 곧 내(柰)이다. 활자 사용은 중국보다 우수하고 또한 유럽보다 앞섰다. 그 사용의 기원에 관해 쿠랑 씨와 기타 학자들은 이조 초년의 창제라 본다. 그렇지만 나는 고려의 계년(季年) 강화도 시대에 활자를 사용한 『상정예문(詳定禮文)』 28부를 인쇄했다는 기사가 있음을 발견하였다. 이로 미루어 보아 당시 이미 활자를 사용했음은 명백하다. 근대에 이르러 영종조에 『문헌비고(文獻備考)』를 인쇄하기 위해 활자를 주(鑄)하게 한 경우가 가장 정교한 것이다. 활자는 진유(眞鍮)활자를 보통으로 여겼으나 목활자도 있었다. 와활자(瓦活字)에 대해서는 아직 확실히 알지 못하지만, 생각건대 불가능하지는 않았을 것이다.

액을 사용하여 뜬 지면이 매끄럽고 품위가 있는 재래식 일본 종이다. 종이의 결이 촘촘하고 광택이 있으며 병충해에 강하여 방습성에도 뛰어나다.

古版の所在に關しては慶尚道陝川郡の海印寺に藏せる高麗時代の大藏經の木板の如きは最も著名なるものなり

고판(古版)의 소재에 관해서는 경상도 합천군 해인사에 소장된 고려시대 대장경 목판 같은 것이 가장 저명한 것이다.

官板に就きては京內には奎章外閣の所藏あり京外には各道各郡の所藏あり現今に至りて多く散佚せるが如し此の他私藏のもの少からず商業の目的を以て書肆の印刷せる書數は極めて少し多少之れ有るも書肆の塵頭に存する書籍の百分の一に過ぎざるべし又たその多くは諺文本にして極めて粗雜なるものなり

관판(官版)으로는 경내(京內)에는 규장외각의 소장이 있고, 경외(京外)에는 각 도 각 군의 소장이 있다. 현재에 이르러 많이 없어진 듯하다. 이 외에 사장(私藏)의 경우도 적지 않다. 상업적 목적으로 서사(書肆)에서 인쇄한 서수는 매우 적다. 다소 그것이 있다 해도 서사의 전두(塵頭)에 존(存)하는 서적의 100분의 1에 불과할 것이다. 또한 그 대부분은 언문본으로 매우 조잡한 것이다.

四百年以來、京內京外に於て出版せる書籍に關しては徐命膺の鏤板考に之を詳錄せり長く朝鮮に居住せる人も朝鮮に書籍あるかを疑ひ通譯其の他の業務上、朝鮮土人と往復關係あり且つその言語に通曉せる人も多數の朝鮮本あることを知らざるもの多し此の奇異の現象ある所以は書籍は日常直接の販讀用に非ずして王撰書、官撰書、佛書は各寺

院、官衙、宮中の用にして宮中より出でたるものは所謂宣賜本にして
偶然書肆の纏頭に晒らさるゝの事情あればなり

　　4백년 이래, 경내·경외에서 출판된 서적에 관해서는 서명응의
『누판고(鏤板考)』에 상세한 기록이 있다. 오랫동안 조선에 거주한 사
람도 조선에 서적이 있는가 하고 의심하고, 통역 기타의 업무 때문
에, 조선 사인(士人)과 왕래하는 관계가 있고, 또 그 언어에 통효(通曉)
한 사람도 다수의 조선 책이 있음을 알지 못하는 이가 많다. 이 기이
한 현상이 생긴 소이는 일상에서 직접 판매하는 용도가 아니라, 왕
찬서(王撰書)·관찬서(官撰書)·불서(佛書)는 각각 사원·관아·궁중용이
며, 궁중에서 나온 것은 소위 선양본(宣揚本)이라 하는데, 우연히 서
사의 전두(纏頭)에 나왔던 사정이 있었기 때문이다.

朝鮮に於ては古來印本の行はれたるに拘らず寫本を以て行はるもの
亦た極めて多し概して印刷術の發達は寫字の發達に反比例するを以て
支那の如きは寫本極めて少し日本に於ても印刷術の發達は十六世紀の
末に過ぎざりしも今日に於ては寫本既に稀なり朝鮮の寫本には特別の
理由あり印本は價甚だ貴くして儒生と雖も之を有するもの稀なり寫本
に至ては價貴きこと勿論なれども各人隨意にその欲する所を寫すを得
るなり是れ寫字の勞力と時間に何等の價値なければなり士族輩は寫本
をなして消閑の具と爲すあり又當時の慣習上、彼等の內職を禁止せる
時に在りても寫本を爲して之を賣るは禁ずる所に非ず又官衙は特に給
料を與へずして二三の寫字生を採用するを得たり若し彫刻印本を要す
るに至りては職工を雇傭せざるべからず是れ印刷の發達せるに拘らず

寫本多き事情なり

조선에서는 고래로 인본(印本)이 간행되었음에도 사본이 돌아다니는 곳 또한 매우 많다. 대개 인쇄술의 발달은 사자(寫字)의 발달과 반비례하는 법인지라 중국 같은 경우는 사본이 매우 적다. 일본에서도 16세기말경에 인쇄술이 발달했음에도 오늘날 남아 있는 사본(寫本)은 드물다. 조선에 사본이 많은 것은 특별한 이유가 있다. 인본은 값이 매우 비싸서, 유생이라 하더라도 그것을 가지고 있는 이가 드물었다. 물론 사본의 경우도 값이 비쌌지만 각자가 뜻하는 대로 그 원하는 곳을 베낄 수 있었다. 사자(寫字)하는 노력과 시간에는 돈이 들지 않았다. 사족(士族) 무리는 사본을 만드는 것을 소일거리라 여겼다. 또한 당시의 습관상 그들은 내직(內職)을 금지당한 때라 하더라도 사본을 만들어 파는 것은 금지당하지 않았다. 또한 관아는 특히 급료를 주지 않고 사자생(寫字生) 두셋을 고용할 수 있었다. 만약 조각 인본이 필요한 경우에는 직공을 고용하지 않을 수 없었다. 이것이 인쇄가 발달했음에도 사본이 많았던 사정이다.

朝鮮書に繪畵を挿入せるものは儀軌類、圖解本なりその圖たるや簡單にして線を以てし美術的の少し儀軌に挿入せる衣服、器物、歌舞の圖の如き皆陰影法を缺くを以て乾燥無味なるを免れず然れども遠景法は正確に準守せらる但し觀察地點は高きに過ざるを以て恰も歐州中古の畵と甚だ似たり支那書飜刻せる闕里志、聖蹟圖の如きはその圖朝鮮固有のものに及ばざること遠し

　　조선 책에 회화를 삽입한 것은 의궤류(儀軌類), 도해본(圖解本)이
다. 그 그림은 간단하게 선을 가지고 그려서 미술적인 것은 적다. 의
궤에 삽입된 의복·기물·가무의 그림 따위는 모두 음영법이 결여되
어 무미건조함을 면치 못했다. 그렇지만 원경법은 정확히 지켰다.
다만 관찰 지점이 너무 높아서 유럽 중고(中古) 시대의 그림과 매우
흡사하다. 중국책을 번각한 궐리지(闕里志)·성적도(聖蹟圖) 같은 것
은 그 그림이 조선 고유의 것에 멀리 미치지 못했다.

朝鮮本に色擢本あるやに就きては余は風水說を記せる人子須知十六
冊本に靑色、黃色を用ゐたるを見るのみ其の印刷年次は明白ならざる
も原本は明時代の作に係る

　　조선 책에 색접본(色摺本)이 있는지에 대해서는 나는 풍수설을 기
록한 『인자수지(人子須知)』 16책에 청색·황색을 사용한 것을 보았을
뿐이다. 그 인쇄 연차(年次)는 명백하지 않으나, 원본은 명나라 시대
작품과 관련이 있다.

第二、朝鮮書の言語文字
朝鮮書の外形體裁を前章に敍述したり、此の外觀を有する朝鮮書は
何如なる文字を以て之を記述せるや、曰く漢字を使用せるもの、最
も多く且つ重要なり、曰く諺文のみを用ゐたるもの、歌曲、小說、婦
人用の書に多し、曰く漢諺混合の文、この種の文は新刊書に多く現今
公私の文書に於て盛んに行はる從來の漢諺混合文は日本の訓點法と全
く其の趣を異にし朝鮮に在ては各漢字の下に又は別行に音或は訓を配

置し以て字音を示し又は字義を解するに用ゐたり、漢文の文章は彼等に在りては漢文自體のみにて充分にして諺文を附加するは文識少き讀者を裨補すといふに過ぎざればなり、一聯の文章を構成する爲め漢諺二種の文字を交用し諺字を以て連接語とすること日本の假名交り文の如きものは古書に在りては龍飛御天歌、杜詩諺解、歌曲源流の書に於て之を見る、今日新制度に關する法令に至りては此種の諺字交り文大に行はれ日本假名の使用例と同一轍なるに至れり

제2. 조선 책의 언어 문자

조선 책의 외형 체재를 전장에서 서술했다. 그런 외관을 한 조선 책은 어떤 문자로 기술되었는가. 한자를 사용한 것이 가장 많고 또 중요하다. 언문만을 사용한 것은 가곡·소설·부인용 책에 많았다. 한자와 언문을 혼합해서 쓴 글, 이런 종류의 글은 신간서(新刊書)에 많다. 현재 공사(公私) 문서에서 많이 사용된다. 종래의 한자·언문 혼합문은 일본의 훈점하는 방법과 전혀 다르다. 조선에서는 각 한자 아래 또는 별행(別行)에 음 혹은 훈을 배치하여 자음을 보인다. 또한 자의를 풀이하는 데 사용했다. 한문 문장은 그들에게는 한문 자체만으로 충분했고, 언문을 부가하는 것은 문식(文識)이 적은 독자를 비보(裨補)하는 데 불과했기 때문이다. 일련의 문장을 구성하기 위해 한문·언문 두 종의 문자를 교용(交用)하고, 언자(諺字)를 접속어로 쓴(일본에서 한자와 가나를 섞어 쓰는 것과 비슷한) 것은 고서에서『용비어천가』,『두시언해』,『가곡원류』같은 책에서 볼 수 있다. 오늘날 새 제도에 관한 법령에서는 이런 종류(언자를 섞어 쓰는) 문장을 많이 쓰는데 일본에서 가나를 섞어서 사용하는 예와 비슷하다.

朝鮮に於ける漢字の傳來竝に使用に關しては其の淵源甚だ遠く且つ
廣し今之を縷述せず

조선에 한자가 전래되고 사용된 것은 그 연원이 매우 멀고 또한
넓다. 지금 그것을 자세히 기술하지 않기로 한다.

朝鮮には吏吐又は吏文と稱するものあり、新羅の學者薛聰は新文王
時の人なりその弟子に九經を敎ゆるに吏吐を以てせりといふ恰も日本
の候文の如し是れ西曆第七世紀の末とす近時に至るまて公用文、歎願
書の如き漢文中に挿入して之を用ゐたり其の記號の大部分は常用の漢
字と異ならず但しその幾分は略字たあり例令ば(厓)又は(厂)、(爲羅)又
は(爲今)、の如し此の種の文字の使用法は新羅以來一も變化なきや否に
關しては確證なかりしに余は本年三月今の京城南大門外鐵道官舍に移
建せる若木五層石塔より出でたる古文書に吏吐を用ゐたるを見、其の
文書に大平十一年未正月四日云々造成形止記とあるを以て今より八百
九十二年前の顯宗時代も今日も使用法を異にせざるを知るを得たるを
以て薛聰の創定時代より一千二百年來同一にして變化なき事を想像せ
んとす薛聰の吏吐は漢文の讀法を助くる爲に有力なりしも土語を記述
する助たり事なし

조선에는 이두 또는 이문(吏文)이라 일컫는 것이 있다. 신라의 학
자 설총은 신문왕 때 사람인데 자기 제자에게 구경(九經)을 가르칠
때 이두를 사용했다고 한다. 일본의 소로분(候文)[12]과 비슷한데 서력
7세기말경의 일이다. 최근에 이르기까지 공용문·탄원서 같은 경우

한문 중에 삽입하여 사용했다. 이두 기호 대부분은 상용한자와 다르지 않은데, 얼마간 약자인 경우가 있다. 예를 들면 애(厓)는 엄(厂)으로, 위라(爲羅)는 위(爲)ㅅ로 하는 것 등이 있다. 이런 종류의 문자 사용법은 신라 이래로 한 번도 변화가 없었느냐에 관해서는 확증이 없다. 나는 올 3월 지금의 경성 남대문 밖 철도관사에 이건한 약목오층석탑에서 나온 고문서에 이두가 사용된 것을 보았는데, 그 문서에 대평(大平) 11년 신미(辛未) 정월 4일 운운(云云)하며 조성형지기(造成形止記)가 있는 것을 근거로 지금부터 892년 전 현종 시대나 요즘이나 사용법이 다르지 않음을 알고, 설총이 창정(創定)한 시대로부터 1200년간 동일하게 변화가 없었다고 상상해 본다. 설총의 이두는 한문 독법을 돕기 위해서는 유력하지만, 토착어를 기술할 때는 도움이 되지 않는다.

諺文卽ち反切と稱するものの發明は漢語の正確なる發音を書表はすを目的とし且つ此の點に關し俗用方法を改造するを目的とせり後の目的は附隨的のものにして諺文を固有の方言に適用したるものなれば纔かにても漢文に通ずる學者には重要視せられず訓民正音の書名すら普通人民敎育の眞正なる發音法を意味する所以なり且つ之を製作するに當り土音を漢音と同一ならざる所あり言語學上の勘考を必要とする爲め遼東に流竄されたる支那學者に諮問する所あり故に第一の目的とせし所は朝鮮人をして漢學を容易ならしむるにあるも通俗の土語を記述

143

することの容易なるべき事は之が發明者たる世宗王並に編纂者の豫見
し且つ指示したる所なるべし諺文の字畫は鄭麟趾の訓民正音序には古
篆に倣ひ正音二十八字を創製すと日ひクーランの如き梵語のアルハベ
ットに則り直接に之を模擬し或は之より脫化せりと思はるる支那四聲
に適合せしめたるが故に文字の排列は梵語の排列に近きを日へり予の
知る所を以てすれば世宗王は李氏諸王中最も創作機巧に富み嘗て厠に
上り籌(算木)と弄し諺字の製作に着想せりといふ故に其の字形は算木を
上下左右に配置したるものの如しその發音順序に關しては極めて論理
的に且つ簡單なり或は之を以て日本のイロハに優るとなす然れども其
の使用は世界語(エスペラント)の行はるべくして行はれざると同一運命に過ぎざるべ
し我が邦の手旗信號法は二十七八年前釜屋忠道氏の創意に係り片假名
を十畫に省略し之を手旗に適用したるものなり同時に(今その姓名を忘
る)五十音の縱行には符號を用ゐ橫行には一整の形式を用ゆる意匠を試
みたるものあり後者は頗る論理的なるも遂に前者の實行し易きに若か
ずして行はれず亦た以て慣習の勢力の偉人にして容易に抛棄すべから
ざるものあるを認むべし

　　　언문 즉 반절(半切)이라 일컫는 것을 발명한 이유는 한어(漢語)의
　　정확한 발음을 적는 게 목적이었고, 또한 이 점에 관해 속용(俗用) 방
　　법을 개조하려는 목적 때문이다. 뒤의 목적은 부수적인 것으로 언문
　　을 고유 방언에 적용한 것이라 한다면, 조금이라도 한문에 통한 학
　　자는 중요시하지 않았다. 훈민정음이라는 책명조차 보통 인민 교육
　　의 진정한 발음법을 의미한다는 뜻이다. 또한 그것을 제작할 때 토
　　착음이 한음(漢音)과 같지 않은 곳이 있어 언어학상의 감고(勘考)가

필요했기 때문에 요동에 유찬(流竄)당한 중국학자에게 자문한 바 있다. 그러므로 첫째 목적으로 삼은 바는 조선인으로 하여금 한학을 쉽게 배우게 하는 데 있었으나, 통속의 토착어를 기술하는 것을 용이하게 할 것이라는 것은 그것의 발명자인 세종왕 및 편찬자가 예견하고 또한 지시한 바일 것이다. 언문의 자획은 정인지의 훈민정음 서문에는 고전(古篆)을 본떠 정음 28자를 창제했다고 했는데, 쿠랑씨 같은 이는 범어의 알파벳을 본떠 직접 그것을 모의(模擬)했고, 혹은 그것에서 탈화(脫化)했다고 생각했다. 중국의 사성에 적합하게 했던 까닭에, 문자의 배열은 범어의 배열에 가깝다고 하겠다. 내가 아는 바를 근거로 삼는다면 세종왕은 이씨 여러 왕 가운데 가장 창작 기교가 풍부하여 일찍이 칙간에 가서 주(籌), 산목(算木)을 갖고 놀다가 언자(諺字) 제작에 착상했다고 한다. 그러므로 그 자형은 산목을 상하 좌우로 배치한 것과 같다. 그 발음순서는 매우 논리적이고 또한 간단하다. 어떤 이는 일본의 이로하(일본어 발음 순서)보다 낫다고 여긴다. 그렇지만 그 사용은 에스페란토어가 널리 퍼질 것 같으면서 널리 사용되지 않는 것과 비슷한 운명에 불과했다. 일본의 수기(手旗) 신호법은 27-8년 전 가마야 주도[13] 씨의 창의(創意)인데, 히라가나를 10획으로 생략하여 그것을 수기에 적용한 것이다. 동시에(지금 그 성명을 잊었다) [일본어의]50음 세로 행에는 부호를 사용하고, 가로 행에는 일정한 형식을 사용하는 디자인을 시도한 것이 있다. 후자는 자못 논리적이나 끝내 전자만큼 실행하기 쉽지 않았다. 또한 관습의 세력에 있는 높은 양반이 쉽사리 포기할 수 없었음

---

13 가마야 주도(釜屋忠道, 1862-1939). 일본의 해군군인으로, 수기 신호를 개량한 공적(1893년, 메이지26)이 있다.

을 알 수 있다.

○ ○ ○ ○

朝鮮人の支那字音に關しては諺文の製作以來多くの轉訛ありたる事
は之を明徵するを得べし其の以前に在りては明徵なしと雖も多くの轉
訛あるべきこと想像に難からず全韻玉篇に依るも俗音と正音と異なる
所ありrに代るにuを以てし初聲にはrを略しuにはiを加添し語根i ts tst
を消滅するあり又た最も奇なるは終聲のtをjに變ぜむる事なり蓋し朝鮮
人はtの終聲を發音するに無能なりとの說を是認するは當然なるべし概
して朝鮮人は或る時代、或る地方に於て全然支那音を用ゐたりと斷定
する如きは謬見なるべし

조선인의 중국 자음에 관해서 언문의 제작 이래 많은 전와(轉訛)
가 있던 것은 그것을 명징(明徵)할 수 있다. 그 이전에는 명징이 없다
하더라도 많은 전와가 있었으리라는 것은 상상하기 어렵지 않다.
『전운옥편(全韻玉篇)』에 의하면, 속음(俗音)과 정음(正音)이 다른 곳이
있다. r 대신에 u를 썼고, 초성에는 r을 약(略)하고 장음 u에는 i를 가
첨(加添)했으며, 어근 i·ts·tst를 소멸한 것이 있다. 또한 가장 기(奇)한
것은 종성의 t를 j로 바꾸게 한 것이다. 생각건대 조선인은 t의 종성
을 발음하는 데 무능했다는 설을 시인하는 것은 당연할 것이다. 대
개 조선인이 어느 시대, 어느 지방에서 완전히 중국 음을 썼다고 단
정하는 것은 잘못된 견해일 것이다.

○ ○ ○ ○ ○ ○

朝鮮語の構成は日本語と同じく首に主格に對當する語を置き次に
時、處や總ての補助語を添ゆるなり故に此の土音の靈妙なるは全く支

那語と反對なるものとす支那語の構造の如きは著しく歐州語と一致し
且つ一切の接續詞や標音文字的變化を知らざるものなり、然れども朝
鮮語は支那語に藉るところ多きこと勿論なり朝鮮が野蕃時代に其の西
隣なる老大國の文明に目眩し之を自國に移植せんとし生活上の便利、
行政上の必要新宗敎に對する渴望一切の事情は支那に趣向するに至り
新なる思想には新なる言語を要する爲めには自個固有の土語を改良す
るよりも寧ろ支那傳來の言語文字を使用するの最も簡便なるに如かざ
りしならん、此の精神的服從は幼稚なる人民に在りては至て容易なる
事なり、是れ恰も歐州に於て永く羅典語に統御せられたると同一現象
を呈せるが如し支那語の傳來は朝鮮の文學的發展を數世紀間中絶せし
め且つ改良に由なからしめたるなり故に朝鮮語は通俗の談話に至るま
でも漢語を以て充滿し下等社會に至る迄之を口にし木遺音頭の如きも
自由自在に周文王や大公望や李太白、韓信を引用するは何人も之を了
知せりと認めて支那の人物、故事を列擧せるものなること疑なかるべ
し吏文に於ても漢語は其の構成上大部分を占め名詞も動詞も漢語の意
味に近似せる意味にて標音文字として之を書し且つ漢語を朝鮮音にて
發音するなり同一漢字を使用するもその意義の同一ならざるもの亦た
尠からず例之ば摘奸は取調の意味あるに過ざず磨練は準備を意味す白
木は木綿なり太は太豆なり月外は髷なり是等の語は毫も漢語の意味な
し韓語に精通せる前間恭作氏會て余に告げて日く宋時烈の文中往往大
端の語あるは土語の音譯に過ぎざる事を言へり此の他同一漢字を誤解
し若くは別個の意義に用ゆることは丁若鏞の雅言覺非に載錄せり最好
の模造は每に何れの處にか拙惡を藏す朝鮮人の漢詩、漢文は每に此種
の拙惡を免るる能は古人の成句を模倣し自個固有の才力を消磨し外國

147

條約を締結するに當りても北京に行はるる漢語を以て之を寫すの已む
を得ざりしなり朝鮮語の將來は唯だ日本の言語文字を用ゆるの善なる
に如かず

조선어의 구성은 일본어와 마찬가지로 머리에 주격에 해당되는 말
을 두고 다음으로 때·곳이나 모든 보조어를 더한다. 그러므로 이 토착
음의 영묘함은 전혀 중국어와 반대되는 것이라 여겨진다. 중국어의 구
조는 현저하게 유럽어와 일치한다. 또한 일체의 접속사나 표음 문자적
변화를 알지 못한다. 그렇지만 조선어는 중국어에 자(藉)한 바 많은 것
은 물론이다. 조선이 야번(野蕃) 시대에 그 서린(西隣)하는 오래된 대국
의 문명에 눈부셔하고, 그것을 자국에 이식하려 하여 생활상의 편리,
행정상의 필요, 새 종교에 대한 갈망 등의 일체의 사정은 중국의 대세
를 따르기에 이르렀다. 새로운 사상에는 새로운 언어를 필요로 하기
때문에 자국 고유의 토착어를 개량하는 것보다 오히려 중국에서 전래
된 언어 문자를 사용하는 것이 가장 간편했을 것이다. 이 정신적 복종
은 미숙한 인민에게는 매우 용이한 일이었다. 이는 마치 유럽에서 오
랫동안 라틴어에 통제당한 것과 동일한 현상을 보이는 것과 같다. 중
국어의 전래는 조선의 문학적 발전을 수세기 간 중절시켰고 또한 개량
할 이유를 없게 만들었다. 그리하여 조선어는 통속의 담화에 이르기까
지 한어로 충만하고, 하류(下等) 사회까지 그것을 입에 올렸고, 운반하
는 목재 따위의 위에 서서 선창하는 사람 같은 이도 자유자재로 주문
왕이나 태공망이나 이태백·한신을 인용했으니 누구라도 그것을 안다
고 인정하여 중국의 인물과 고사를 열거한 것은 의심의 여지가 없는
바이다. 이문(吏文)에서도 한어는 그 구성상 대부분을 차지하고, 명사

든 동사든 한어의 의미에 비슷한 의미로 표음문자로서 그것을 적고, 또한 한어를 조선음으로 발음했다. 동일한 한자를 사용했으나, 그 의의는 동일하지 않은 경우 또한 적지 않았다. 예를 들면, 적간(摘奸)은 취조라는 의미에 불과했고, 마련(磨練)은 준비를 의미했다. 백목(白木)은 목면(木棉)이고, 태(太)는 태두(太豆)이며, 월외(月外)는 곡(齣)이었다. 이런 말들은 전혀 한어(漢語)의 의미가 없었다. 한어에 정통한 마에마 교사쿠(前間恭作) 씨는 일찍이 나에게 고하여 말했다. "송시열의 글 가운데 왕왕 대단(大端)이라는 말이 있는 것은 토착어의 음역에 불과하다." 이 외에 동일한 한자를 오해하고, 혹은 별개의 의의로 사용한 것은 정약용의 『아언각비(雅言覺非)』에 재수록 되어 있다. 가장 좋은 것을 모조하는 것은 매양 어디엔가 졸악(拙惡)을 감춘다. 조선인의 한시·한문은 매양 이런 종류의 졸악을 면치 못했다. 고인의 성구(成句)를 모방하고, 자기 고유의 재력(才力)을 소모했다. 외국과 조약을 체결할 때도 부득이 북경에서 쓰이는 한어로 그것을 옮겼을 뿐이었다. 조선어의 장래는 오직 일본의 언어문자를 사용하는 게 가장 좋다.

第三、朝鮮書の思想學術
　朝鮮書の內容思想を論究するは殆んど朝鮮の宗敎、學術、制度の全體を總論するに庶幾きものなり暫らく皮想の見を記して一章を補足せんとす

　제3 조선 책의 사상학술
　조선 책의 내용·사상을 논구(論究)하는 것은 거의 조선의 종교·학술·제도 전체를 총론하는 것에 가까운 일이다. 잠시 피상지견(皮想之

見)을 적어 일장을 보족하고자 한다.

朝鮮の宗敎、學術、制度、一切の文學は支那を模倣せること言語文
字の模倣よりも更に太甚し此の種類の言語を以て表彰せる一切思想の
産出物を硏究するに當りては啻に朝鮮人の製作せる著述のみならず朝
鮮人の飜刻傳寫せる書籍並に其の讀過せる大多數の支那本をも參酌す
るの必要あり又支那歷代の變遷も亦た大要之を眼中に逸すべからず否
らずんば事物の一面に偏し其の全體を領會する能はざるべし

  조선의 종교·학술·제도, 일체의 문학은 중국을 모방하는 것, 언어
문자의 모방보다 더욱더 심하다. 이런 종류의 언어로 표창된 일체
사상의 산출물을 연구할 때는 다만 조선인이 제작한 저술뿐만 아니
라, 조선인이 번각·전사(傳寫)한 서적 및 그 독과(讀過)한 대다수 중국
책도 참작할 필요가 있다. 또한 중국 역대 변천의 대요(大要)도 그것
을 안중에 빠뜨리지 말아야 한다. 그렇지 않으면 사물의 일면에 치
우쳐 그 전체를 이해할 수 없을 것이다.

朝鮮の宗敎は儒、佛、道の三者なり僧徒が始めて朝鮮に齎し來りた
る書の佛敎書たる事は勿論にして新羅時代に佛書の出版ありたるや否
や明徵なし高麗時代には佛敎の保護せられたること最も顯著なるもの
あり僧侶には王師又は國師の尊號を有するものありその官府には大藏
都監の如きあり大藏經に前後三次の出版ありたることは今日に於て明
かに證明せらる李氏の朝に世り祖以來佛敎撲滅の政策を採用し佛寺の
增設を許さずといへども佛書に坊主及び信者の費用を以て出版せられ

たるもの亦た少からず王命を以て出版せるものは千四百六十五年板の
大方廣圓覺修多羅了義經と千七百九十六年板の佛說大報父母重經の如
きあり又た海印寺の大藏經五十八部を印刷せしめ之を各寺に配布せる
如きあり然れども現在坊主の地位は社會上一の貧民階級をなすに過き
ず明治四十二年十月の調査によれば朝鮮十三道に寺九百五十七、僧尼
五千七百八十一人ありと云ふ

조선의 종교는 유·불·도 세 가지이다. 승도(僧徒)가 처음에 조선에
가지고 온 책이 불교서라는 사실은 물론이고, 신라시대에 불서를 출판
했는지 여부는 명징이 없다. 고려시대에 불교가 보호받았다는 것이 가
장 현저하다. 승려 중에 왕사(王師) 또는 국사(國師)의 존호를 가진 이가
있었다. 그 관부(官府)에는 대장도감(大藏都監) 등이 있었다. 대장경을
전후 3차례 출판한 사실은 오늘날 명확히 증명된다. 이씨 왕조에 이르
러, 세조 이래 불교 박멸 정책을 채택하여 불사의 증설을 불허했다 하
지만 스님 및 신자가 비용을 부담하여 불서를 출판한 것 또한 적지 않
다. 왕명으로 출판된 것은 1465년판 『대방광원각수다라요의경(大方廣
圓覺修多羅了義經)』과 1796년판 『불설대보부모은중경(佛說大報父母恩重
經)』 등이 있다. 또한 해인사의 대장경 58부를 인쇄하게 하여, 그것을
각 절에 배포한 것 등이 있다. 그렇지만 현재 스님의 지위는 사회상 하
나의 빈민계급을 이루는 데 불과하다. 메이지 42년(1909) 10월 조사에
따르면, 조선 13도에 절 957, 승니(僧尼) 5,781명이 있다고 한다.

道教の流行は佛教よりも更に微なりクーラン氏は今日に於て何等の
痕跡をも存せずと斷言せり然れども近代の飜刻に係る道教書の往往坊

間に存するを見れば特に支那居留民のみの需要に止らざるべし道教の思
想は頗る朝鮮人の思想に投合し易きものあり且つ此の宗敎は虚無を尊ぶ
を以て特に外部に表現せる流行の有無のみを以てその痕跡の有無を判斷
する能はず我が日本に老莊の書を讀むものあるも宗敎たるの痕跡絶無な
るを以て之を論究せるもの極めて少し余は朝鮮に於て玉樞敎の寫本ある
を見、又た各地に關王廟の存するを見、明代道教の傳播せるを認め又た
近代太上感應篇並に陰騭文、桂宮志の印本あるを見、清朝の道教思想の
痕跡あるを認めんとす玉樞敎を讀むものは巫覡の徒なるが如し

　　도교의 유행은 불교보다 훨씬 미약하다. 쿠랑 씨는 오늘날 아무런
흔적도 존재하지 않는다고 단언했다. 그렇지만 근대의 번각에 관련
된 도교서가 왕왕 항간에 존재하는 것을 보면, 다만 중국 거류민만
의 수요에 그치지 않았을 것이다. 도교 사상은 자못 조선인의 사상
에 투합하기 쉬움으로 그 흔적의 유무를 판단할 수 없다. 우리 일본
에는 노장의 책을 읽는 이가 있으나, 종교의 흔적이 절무하여 그것
을 논구(論究)하는 이가 매우 적다. 나는 조선에서 옥추교(玉樞敎)의
사본이 있는 것을 보았고, 또한 각지에 관왕묘(關王廟)가 존재하는
것을 보았으니 명나라 시대의 도교가 전파되었음을 인정한다. 또한
근대 『태상감응편(太上感應篇)』 및 『음즐문(陰騭文)』, 『계궁지(桂宮志)』
의 인본(印本)이 있는 것으로 보아 청조(清朝) 도교사상의 흔적이 있음
을 인정하고자 한다. 옥추교를 읽는 이는 무격(巫覡)의 무리들이다.

儒教卽ち孔子教に至りては從來朝鮮思想の中心をなすものにして社
會の組織も政治の組織も哲學上の思想も歷史上の觀念も文學思想も凡

て之を以て出發點となしその思辨もその觀察もその批評も感憤もその
常識も好奇心も凡て此に歸着するものにして朝鮮人は殆んど儒敎本來
の敎と半島に於て多少の醞釀を加へたるものと計較するにあらずんば
精神上一個の思想をも創作するに適せざるものなり儒敎を目するに佛
敎、道敎の如き宗敎の觀を以てするは大なる誤謬なり然れども宗敎の
定義を變じ超越的勢力の存在を認め且つ人心を指導する力ある多少の
編纂的、　覺的なる獨斷說なりとせば儒敎も亦た一の宗敎なるべし普通
の宗敎に在りては道德は神の敎より生ずる結果なりとし宗敎の一部に
過ぎざるも儒敎は此の論理の順序を反せるものにして宗敎は敎訓の一
應用たるに過ぎず朝鮮の儒學は三百年前李滉(退溪と號す)、李珥(栗谷
と號す)の學を盛なりとすこの二人は朱子學中に於て傑出せる位置を有
すべきものにして其時代は宣祖朝の初年に屬す儒學の變遷に關しては
論ずべきもの極めて多しと雖も余は單に朝鮮の儒敎は支那と其の趣を
異にし支那に於ては未だ宗敎を成さざるも朝鮮に利植せられて宗敎の
形式を具備したるに非ざるかを疑はんとす而して此の宗敎はその長所
よりも寧ろ其短所を暴露し半島に大弊害を醞釀したるものゝ如し卽ち
黨派の弊なり書院の弊なり同盟退學の弊なり被禍人崇拜の弊なり黨爭
殺戮の弊なり禮論過度の弊なり宋時烈の老論、許穆の南人に巨魁たる
兩黨互に嫉惡して和解すべからず英宗王の全力を揮ふて之を鎭壓せる
により頗る緩和せるも現今に至るまで反目の狀を存せしなり之を詳述
する如きは徒に筆を汚すに止まる

　　유교 즉 공자교는 종래 조선 사상의 중심을 이루는 것으로 사회
조직·정치 조직·철학상의 사상·역사상의 관념·문학사상 모두 그것

153

으로 출발점을 삼았다. 그 사변·관찰·비평·감분(感憤)·상식·호기심 모두 여기에 귀착되는 것이어서, 조선인은 거의 유교 본래의 가르침과 반도에서 다소 온양(醞釀)한 것을 더했다고 계교(計較)하지 않으면, 정신상 한 개의 사상도 창작함에 이르지 못했다고 볼 수 있다. 유교를 봄에 있어서 불교·도교와 같은 종교관을 가지고 보는 것은 큰 오류이다. 그렇지만 종교의 정의를 바꾸어 초월적 세력의 존재를 인정하고, 또한 마음을 지도하는 힘이 있는 다소 편찬적·자각적인 독단설이라 보면, 유교도 또한 하나의 종교일 것이다. 보통 종교에서는 도덕은 신의 가르침에서 생기는 결과가 되어 종교의 일부에 불과하나, 유교는 이 논리의 순서를 반하는 것으로 종교는 교훈의 한 응용에 불과하다. 조선의 유학은 3백 년 전 이황(호는 퇴계)·이이(호는 율곡)의 학을 성(盛)하다고 여겼다. 이 두 사람은 주자학 중에서 걸출한 위치를 차지할 만하고, 그 시대는 선조조 초년에 속한다. 유학의 변천에 관해서는 논할 만한 것이 매우 많지만, 나는 단순히 조선의 유교는 중국과 그 취(趣)를 달리하고, 중국에서는 아직 종교를 이루지 못했으나, 조선에 이식되어 종교의 형식을 구비하지 않았나 생각한다. 그리고 이 종교는 그 장점 보다 오히려 그 단점을 폭로하여 반도에 큰 폐해를 조성한 것 같다. 즉 당파의 폐단, 서원의 폐단, 동맹퇴학의 폐단, 피화인(被禍人) 숭배의 폐단, 당쟁살육의 폐단, 예론(禮論) 과도(過度)의 폐단이다. 송시열을 거두로 삼은 노론, 허목을 거두로 삼은 남인 양당이 서로 질오(嫉惡)하여 화해할 수 없었다. 영종왕이 전력을 기울여 그것을 진압함으로써 자못 완화되었으나, 오늘날에 이르기까지 반목 상황을 가지고 있다. 그것을 상술하는 따위는 헛되이 붓을 더럽히는 것이므로 하지 않겠다.

支那の經書竝に朱の著作を飜刻せるもの其の數量頗る多く又た儒敎の主義は多くの文學を發生せしめたりと雖も經書の解釋本は極めて罕なり其の卑近なる說明を加へたるものには三綱行實、五倫行實の如きあり心理を論ぜるものには鄭道傳、權近權採、南孝溫、李滉、李珥、徐敬德の輩あり禮論に關しては金長生、金集の徒あり而して禮儀の末節を論じたるもの最も多しとす朝鮮人は四書五經と言はずして四書三經と言ふ禮論は單行し春秋は之を講ずるもの少きなり朝鮮人の哲學は多少の益なきに非ずといへども印度人の如く深遠ならず又希臘人の如く明快ならず恰も註釋學派の哲學と等しく旣存の有力說に服從し且つ形式拘泥の綱に拘束せられたること頗る相似たり禮說に關して黨爭を紛起したるもこの分裂たるや小異を立てゝ紛爭せるに過ぎず其の議論は極めて價値なきものなり例之ば藩王왕兄弟相續の場合に前王妃の喪期は一年なりや三年なりやの論の如し

중국의 경서 및 주자의 저작을 번각한 것은 그 수량이 자못 많다. 또한 유교주의는 많은 문학을 발생시켰으나, 경서의 해석본은 매우 드물다. 그 비근한 설명을 더한 것으로는 『삼강행실』, 『오륜행실』 등이 있다. 심리를 논한 이로는 정도전·권근·권채·남효온·이황·이이·서경덕 같은 무리가 있다. 예론(禮論)에 관해서는 김장생·김집의 무리가 있다. 그리고 예의의 말절(末節)을 논한 것이 가장 많다. 조선인은 사서오경이라 말하지 않고 사서삼경이라 말한다. 예론은 단행했고, 『춘추』는 그것을 강(講)하는 이 적었다. 조선인의 철학은 다소 유익이 없지 않지만, 인도인처럼 심원하지 않고, 또 희랍인처럼 명쾌하지 않다. 마치 주석학파의 철학과 마찬가지로 기존의 유력한 설에 복종했고, 또한 형식에 얽매이고 구속당하는 것이 자못 서로 비슷했다. 예설(禮說)에 관해 당쟁을 분기(紛起)했으나, 이 분열은 작은 차이를 내세워 분쟁한 것에 불과했다. 그 논의는 매우 가치가 없는 것이다. 예를 들면, 번왕(藩王)이 형제 상속할 경우에 전 왕비의 상기(喪期)는 1년인지 3년인지를 논하는 따위이다.

朝鮮人の漢文は朝鮮文學の最も重要なる部分にして各家の文集の四分の三を占むるものは議論、簡牘、敍記、駢驪、祭文、題跋の類にして儒家の思想を敷衍するにあらざるはなしその之を言ふや一言を以て支那流道德の訓條を指示することありて說明といはんよりは寧ろ復讀するに過ぎざるなり是れ實に朝鮮思想の深遠微妙なる實質を破壞するものなりクーラン氏はこれ恰も歐洲中古時代及び十七世紀の文學が每に耶蘇敎の靈現に索引せられて無物に歸したるに類すと曰へり文章の形式も價値も皆正敎の奴隷にして個人の思想以外に思想あるを知らず又た之を是認せざること恰も歐洲註釋派の徒が聖書とアリストテレスになきものは一切之を排斥したりしが如し故に其の文章は創意、創見に乏しく一も淸新なる思想の流露するを認むる能はず一種の寄木細工若くは縅縷の剝接に過ぎざるなり其の作詩法の如きも單に押音を完備すといふに過ぎず支那の詩集の朝鮮に飜刻せられたるものも亦た尠からず予の所見を以て朝鮮人の文は明文と同じく冗蔓蕪雜の譏を免れず崔岦が輯愈の文を摸擬せる如きは虎を描きて狗に類するものなり

조선인의 한문은 조선 문학의 가장 중요한 부분인데, 각가(各家) 문집의 4분의 3을 차지하는 것은 의론(議論)·간독(簡牘)·서기(敍記)·

변려(駢驪)·제문(祭文)·제발(題跋) 등으로 모두 유가 사상을 부연한
것이다. 그것을 한 마디로 말하자면 중국류 도덕의 훈조(訓條)를 지
시하는 것은 있으나, 설명이라기보다는 차라리 복독(復讀)함에 지나
지 않았다. 이는 실로 조선사상의 심원·미묘한 실질을 파괴한 것이
다. 쿠랑 씨는 이것이 마치 구주(歐洲) 중고(中古)시대 및 17세기 문학
이 매양 예수교의 인스피레이션에 견인당하지 않은 것이 없는 것과
비슷하다고 말했다. 문장의 형식·가치 모두 정교(正敎, 오소독스)의
노예가 되어, 개인의 사상 이외에 사상이 있음을 알지 못했다. 또한
그것을 시인하지 않는 것 흡사 유럽 주석학파의 무리가 성경과 아리
스토텔레스에 없는 것은 일체 그것을 배척한 것과 같다. 그리하여
그 문장은 창의·창견이 적고, 청신한 사상이 유로(流露)됨을 하나도
찾아볼 수 없다. 일종의 기목세공(寄木細工), 혹은 남루(襤褸)의 박접
(剝接)에 불과했다. 그 시작법 따위도 단순히 압운을 완비한 것에 불
과했다. 중국 시집이 조선에서 번각된 것 또한 적지 않다. 내가 본 바
를 가지고 말하자면, 조선인의 글은 명대(明代)의 글과 마찬가지로 용
만무잡(冗蔓無雜)의 기(譏)를 면치 못한다. 최립이 집유(輯愈)의 글을 모
방한 따위는 호랑이를 그리려 했으나 강아지가 된 것과 비슷하다.

　　　°　°
朝鮮の禮論に關する書少からず朝鮮人は支那の禮書特に朱子の禮說
竝に一般の禮書を飜刻、註釋、說明せるを以て足れりとせず尙實際の
法則として多數の創作をなしたり三禮の本文を複製し且つ之を日常生
活に適用することを定めたるものを創作せり是等の朝鮮本の大多數は
二三百年前に於ける家禮の細目を記するものにして冠婚祭葬の四禮に
關するものなり諺文の拔粹本は一般人民の用に供せらる例之ば鄕禮合

157

篇は支那の古風を朝鮮に普及せしめんが爲めなり五禮儀は吉、凶、
軍、賓、嘉の五禮に關し公式に用ゐらる其の細目は支那と異なる所あ
り又た大明輯禮の飜刻あり又た儀軌の類は王命を以て出版し儀式の次
第を叙し且つ圖を加へたり是等の書は單に記錄として保存せるものあ
り其の種類極めて多く王室文庫に保存せり又木版に印刷せるもの數種
あり印本は之を官吏に頒與し坊間に流布せず所謂宣賜本なり

　　　조선에는 예론에 관한 책이 적지 않다. 조선인은 중국의 예서(禮
書) 특히 주자의 예설(禮說) 및 일반 예서를 번각·주석·설명하는 것
으로는 충분치 않다고 여겼고, 또한 실제 법칙으로서 다수를 창작했
다. 삼례(三禮) 본문을 복제했고, 또한 그것을 일상생활에 적용하는
것을 정해둔 내용을 창작했다. 이들 조선 책 대다수는 2-3백 년 전의
가례(家禮) 세목을 기록한 것으로 관혼상제 사례(四禮)에 관한 것이
다. 언문 발췌본은 일반 인민용으로 제공되었다. 예를 들어『향례(鄕
禮)』합편은 중국의 고풍을 조선에 보급하기 위함이었다.『오례의(五
禮儀)』는 길·흉·군(軍)·빈(賓)·가(嘉) 오례에 관하여 공식적으로 사용
되었다. 그 세목은 중국과 다른 부분이 있었다. 또한『대명집례(大明
輯禮)』의 번각이 있다. 또한 의궤류는 왕명으로 출판되었고, 의식의
차제를 서술했고, 또한 그림을 더했다. 이들 책은 단순히 기록으로
서 보존된 것이다. 그 종류가 매우 많고, 왕실 문고에 보존되었다. 또
한 목판으로 인쇄한 것 수종이 있다. 인본(印本)은 관리에게 반여(頒
與)하고 세간에 유포하지 않은 이른바 선사본(宣賜本)이다.

　○　○
　行政のことは禮と密接に關聯するものなり何となれば行政は倫理

的、社會的原理より出でたる古代の傳說に適用せるものなればなり禮
は進んで一切人民の生活に干涉するも行政は其の接觸する事物の範圍
に於て禮よりも超越せるものなりその異同の如何に論なく禮と政とは
相關係し之に關する著述も儀軌と大に相類似するの感あり、支那の行
政書たる典章を朝鮮にて飜刻せることなきも朝鮮の典章は支那の標本
に基づき特殊の拔萃を爲したるものなり其の最も重要なるは經國大典
以下大典會通の諸書にして李王朝の制定法を逐次に改造せるもの是な
り是等の書は六部に分類し行政六部の官衙に對當す吏曹、戶曹、禮
曹、兵曹、刑曹、工曹の六部にして橫看圖を以て官階表と權限表とを
示せりその各部に關する重要なる題目を表彰するに歷史上及び實際上
幾多の深遠なる硏究を要するものなり此の書の初版は五百年に沂り最
近の大典會通は慶應元年板に相當しその附屬法令たる六典條例は翌昉
の刊行なり其の他行政各部にも繁密なる硏究を要するものあり通文館志
の如きは支那に對する事大關係、日本に對する修交關係を分類記載せり

　　행정은 예와 밀접하게 관련된 것이다. 왜냐 하면 행정은 윤리적·
사회적 원리에서 나온 고대의 전설에 적용된 것이기 때문이다. 예는
나아가 일체 인민의 생활에 간섭했으나, 행정은 그 접촉하는 사물의
범위에서 예를 뛰어넘는 것이다. 그 이동(異同) 여하는 물론이고, 예
와 행정은 서로 관계되어 그것에 관한 저술도 의궤와 크게 서로 비슷
한 감이 있다. 중국의 행정서(行政書)인 전장(典章)을 조선에서 번각
한 것은 없으나, 조선의 전장은 중국의 표본에 기초하여 특수하게
발췌한 것이다. 가장 중요한 것은 『경국대전』 이하 『대전회통』의 제
서(諸書)로 이왕조가 제정한 법을 축차로 개조한 것이 이것이다. 이

159

들 책은 6부로 분류되고, 행정 6부의 관아에 대당(對當)하는 이조·호
조·예조·병조·형조·공조 6부로 나뉘어, 횡간도(橫看圖)를 가지고 관
계표(官階表)와 권한표(權限表)를 보인다. 그 각부에 관한 중요한 제목
을 표창함에 역사상 및 실제상 많은 심원한 연구가 필요한 것이다.
이 책의 초판은 5백년을 거슬러 올라간다. 최근의『대전회통』은 게
이오(慶應) 원년(1865)판에 상당하고, 그 부속법령인 육전 조례는 익
립(翌立)의 간행이다. 기타 행정 각부에도 긴밀한 연구를 요하는 것
이 있다.『통문관지(通文館志)』등은 중국에 대한 사대관계, 일본에
대한 수교관계를 분류·기재했다.

○ ○ ○ ○
司法の學は今日歐米に於て廣大なる位地を有するものなれども支
那、朝鮮に於ては纔に行政と禮典とを區別したるに過ぎず之に關する
書も極めて稀なり一は明律にして十年前迄は之を適用し現今刑法大全
の文例は之に依るものあり又た增修無冤錄諺解あり死體の裁判醫學的
鑑定に關するものなり此の書は支那の元時代の作に原づく又た丁若鏞
の欽欽新書は殺傷事件に關する裁判例を抄錄せる私撰本なり其の他各
營の記錄に檢安謄錄あり

　　사법학은 오늘날 유럽과 미국에서 광대한 지위를 차지하고 있지
만, 중국·조선에서는 겨우 행정과 예전(禮典)을 구별하는 것에 불과
했다. 그것에 관한 책 또한 매우 드물다. 하나는『명률(明律)』로 10년
전까지는 그것을 적용했으며, 오늘날『형법대전』의 문례(文例)도 그
것에 의한 것이다. 또한『증수무원록언해(增修無冤錄諺解)』가 있다.
사체(死體)의 재판·의학적 감정에 관한 책이다. 이 책은 중국 원대(元

代)의 작(作)에 바탕을 두었다. 또한 정약용의『흠흠신서』는 살상(殺傷) 사건에 관한 재판 사례를 초록한 사찬본이다. 기타 각 영(營)의 기록에 검안(檢安) 등록이 있다.

歷史、科學、語學の書も禮儀及び典章に關する書と同じく其の目的實用に在るが故に純文學書よりも簡單にして正確なる文體を用ゆ、この種類に屬する殆と凡ての書は明白にして能く排列しあり、美文は單にその序跋と著書の揷入せる議論とに於て之を見るのみ

　　　역사·과학·어학 책도 예의 및 전장에 관한 책과 마찬가지로 그 목적이 실용에 있었으므로 순문학서보다 간단하고 정확한 문체를 썼다. 이 종류에 속하는 거의 모든 책은 명백하고 잘 배열되어 있다. 미문(美文)은 그저 그 서발(序跋)과 저서에 삽입된 논의에서 그것을 볼 뿐이다.

孔子敎の社會に於ては歷史は政府の最も重要なる政府行爲にして其の行爲は諫官と稱する官吏の權限により補足せらるゝものなり歐洲の行政法に於ける監視官の職權に類似せるも其の權限更に重大にして國主の行爲をも批難するを得其の位地に左右すべからざる保障あり且つ名譽あり、之と同じく史筆を執るものも其の良心に從ひ君主の行爲を評量し其意見は之を自己の執筆せる實錄に表示し此の實錄は後人に知らしむる爲め之を保存せざるべからず此の實錄は秘密にして執筆者といへども自已の執筆せる一部分を知るに過ぎず其の事業の結果は之を五六部に復製し安全なる場處を撰びて之を藏置し其の朝廷の滅亡するとき一代の歷史を作製するの用に供するなり、史官の判斷は君主の隨

意若くは公益の要求により左右せらるゝことを要せず又た君主は之を
檢閲する事を得ず隨て一私人の書きたる實錄も同一思想を有するを以
て之を印刷するを得ざるなり、諫官は現在君主の行爲に對し自個の意
見を君主に告知し、史官は單に未來の爲にのみ記錄を輯集し後世其の
君主を判斷すべき文書を蒐むるなり、各地の史庫に藏せる記錄は此の
種に麗す、李朝の滅亡は正に史庫を啓視すべき時期ならん

　　공자교의 사회에서는 역사는 정부의 가장 중요한 정부 행위였고,
그 행위는 간관(諫官)이라 일컫는 관리의 권한에 의해 보족(補足)된
것이다. 유럽의 행정법에서 감시관의 직권과 유사하나 그 권한이 더
욱 중대하여 국주(國主)의 행위도 비판할 수 있었고, 그 지위에 좌우
되지 않도록 보장되었으며 또한 명예가 있었다. 그것과 마찬가지로
사필(史筆)을 쥔 이도 자신의 양심에 따라 군주의 행위를 평량(評量)
했고, 그 의견은 그것을 자기가 집필한 실록에 기록했다. 이 실록은
후인에게 알리기 위해 그것은 보존해야 했다. 이 실록은 비밀로 하
여 집필자라 하더라도 자기가 집필한 일부분을 아는데 불과했다. 그
사업의 결과는 그것을 5-6부 복제하여 안전한 장소를 골라 그것을
장치(藏置)하고, 그 조정이 멸망했을 때 일대(一代)의 역사를 제작하
는데 제공되었다. 사관의 판단은 군주의 수의(隨意) 혹은 공익의 요
구에 의해 좌우되지 않았다. 또한 군주는 그것을 검열할 수 없었다.
따라서 한 사인(私人)이 적은 실록도 동일 사상을 가졌다고 해서 그
것을 인쇄할 수는 없었다. 간관은 현재 군주의 행위에 대해 자신의
의견을 군주에게 고지하였고, 사관은 오직 미래를 위해서만 기록을
편집하여, 후세에 그 군주를 판단할 만한 문서를 수집한 것이다. 각

지의 사고(史庫)에 장(藏)한 기록은 이 종류에 속한다. 이조가 멸망했으니 참으로 사고를 계시(啓視)할 만한 시기가 아닐까.

朝鮮には支那歷代の正史に模倣せる三國史記及び高麗史あり又た唐鑑に模倣せる國朝寶鑑あり朱子の痛鑑綱目に模倣せる洪汝河の東國通鑑提綱あり同人には記傳體の彙纂歷史の著あり此の他朝鮮人は自國の歷史に關し多數の書を著し私撰あり官撰あり卽ち系譜や傳記や儒學派の歷史就中文錄の役の歷史風俗や政府や蕃人との關係や各個人の覺書や日記等ありその文書は豊富なるもその價値は不同なり皆李朝五百年來の歷史の材料なるべきものなり又た朝鮮の事物に關する百料全書の如きものあり卽ち馬端臨の文獻通考に模倣せる英宗時代の文獻備考たり近刊の增補文獻備考あり又韻字を以て排列せる權五福の大東韻玉あり其の板木は今尙子孫の家に藏す

조선에는 중국 역대의 정사를 모방한『삼국사기』및『고려사』가 있다. 또한『당감(唐鑑)』을 모방한『국조보감』이 있고, 주자의『통감강목』을 모방한 홍여하의『동국통감제강』이 있다. 홍여하의 저작으로는 기전체『휘찬려사(彙纂麗史)』도 있다. 이 외에 조선인은 자국의 역사에 관해 다수의 책을 지었다. 사찬(私撰)이 있고 관찬(官撰)이 있다. 즉 계보·전기·유학파의 역사, 특히 분로쿠의 역(文錄役, 임진왜란)의 역사풍속·정부·번인(蕃人)과의 관계·각 개인의 각서(覺書)·일기 등이 있다. 그 문서는 풍부하지만, 그 가치는 같지 않다. 모두 이조 5백 년 이래의 역사 재료가 될 만한 것이다. 또한 조선의 사물에 관한 백과전서 따위도 있다. 즉 마단림의『문헌통고(文獻通考)』를 모방한 영종(英宗) 시대의 『문헌비고』이다. 근간의 『증보문헌비고』가 있다.
또한 운자(韻字)를 배열한 권오복의 『대동운옥(大東韻玉)』이 있다. 그
판본은 지금도 자손의 집에 소장되어 있다.

○　○

地志は支那と同じく歴史の一部とせりこの觀察方法によれば容易に
純粋地誌の存在せざる理由を知るべし紀行も亦た此の種の地志の一種
なり事件を記すること多くして地方の事を記すること多からず地志に
は全國の地誌あり輿地勝覽の如し一道、一郡、一鄉の地誌ありその記
載頗る繁密にして貴重なる報告を以て充滿せり然れども支那の如く多
からず又た朝鮮人は支那、日本との交通上、兩國に關する詳細且つ正
確なる紀行を有せりその日本に門するものは息波錄と題する叢書なり

　　지지(地志)는 중국과 마찬가지로 역사의 일부로 간주되었다. 이 관
찰 방법에 따르면 쉽게 순수한 지지가 존재하지 않는 이유를 알 수 있
다. 기행 또한 이런 지지의 일종이다. 사건을 기록한 것이 많고, 지방의
일을 기록한 것은 많지 않다. 지지에는 전국 지지가 있다. 『여지승람』
따위이다. 일도(一道)·일군(一郡)·일향(一鄉)의 지지가 있다. 그 기재는
자못 긴밀하여 귀중한 보고로 가득하다. 그렇지만 중국처럼 많지는 않
다. 또한 조선인은 중국·일본과의 교통상 양국에 관한 상세하고 정확
한 기행이 있다. 일본에 관한 것은 『식파록(息波錄)』이라는 총서다.

○　○

地圖に關しても精密なるものあり大東輿地圖は文久元年板にして折
本三十三帖あり共の全體は橫八尺餘, 縱二十尺餘に至る外人の助力を藉
らざる唯一の事業として驚嘆の値あるものなり

지도에 관해서도 정밀한 것이 있다. 대동여지도는 분큐(文久) 원년(1861)판으로 절본(折本) 33첩이 있다. 그 전체는 가로 8척 남짓, 세로 20척 남짓에 이른다. 외인(外人)의 도움을 빌리지 않은 유일한 사업으로서 경탄할 만한 데가 있다.

　然れども朝鮮人は地理的觀念に乏しくその人民もその種族も國內を轉轉移住するは容易に之を行ふも四圍の有形的事物に對する趣味を有せず好奇心は缺乏し觀察力は遲鈍なり草木禽獸や日常の物理現象は唯だ日常の慣習により之を知るもに其の關係を研究する如きは何人の思想にり入らず是は此の若しと答ふるのみを以て充分なりとせり洪水や流行病その他の災害の時々一地方に襲來するに當りては惡癘以外に他の原因あることを思はずして單に之を和げん事を憂ふるのみ科學的思想の皆無なることは支那人よりも太甚し故に目錄學も金石學も古錢の學も農工の學も養蠶の學も皆支那の豊富なるに對立する能はず一二の書籍目錄、金石目錄なきに非ず支那本草書の飜刻や四五部の農書、養蠶の書、音樂の書、僅にこれ有るのみ農工、音樂の書は世宗の奬勵による唯だ此の如きのみ山林經濟林園叢書の如きは農書以外に大成したるものなり

　그렇지만 조선인은 지리적 관념이 희박하고, 그 인민도 그 종족도 국내를 전전하는 것은 쉽게 행하나, 사위(四圍)의 유형적 사물에 대한 취미를 갖고 있지 않다. 호기심은 결핍되고 관찰력은 지둔(遲鈍)하다. 초목금수나 일상의 물리현상은 그저 일상의 관습에 의해 알 뿐이다. 그 관계를 연구하는 것 등은 어떠한 사람의 사상에도 들어 있지 않다. 이것은 '이와 같다'고 대답하는 것만으로 충분하다고 여겼다. 홍수나 유행병 기타 재해가 때때로 한 지방을 습래(襲來)했을 때는 악려(惡癘) 이외에 다른 원인이 있음을 생각지 않았고, 그저 그것을 완화시킬 방안을 근심할 뿐이었다. 과학적 사상이 전무한 것은 중국인보다 더욱 심하다. 그러므로 목록학·금석학·고전학(古錢學)·농공학·양잠학 모두 중국의 풍부함에 대립할 수 없었다. 한두 서적 목록, 금석 목록이 없지는 않다. 중국 본초서 번각과 4-5부의 농서·양잠서·음악서가 겨우 있을 뿐이고, 농공·음악 책은 세종의 장려에 의했다. 다만 이와 같을 뿐이다. 농서 이외에 대성(大成)한 것으로는 『산림경제』, 『임원총서』가 있다.

繪畫は實際に成功せるものあれども理論に關する書もなく之が敎科書を有せず然れども彩色、構造、排置に關しては朝鮮畫家はその東西兩國よりも頗る優等なるものあり京城の東と南とに閻王廟あり其の內庭の兩廊に軍神の一代記を描けり其の繪の生氣あり彩色に調諧あり戰場に於ける事物の配置あり遠景の深遠なるあり凡ての背景は著しく巧妙なることを證し何等の苦もなく何等の不調和もなきなり又た京城に近き新興寺には地獄の繪龍珠寺の額には座禪の老僧の畫あり椅子のところは少しく紅に白髮白髯の老翁にして暗綠の下に神靈の光線を加へ容貌の表彰には著しき强みありクーラン氏は之れを以て區區たる朝鮮一地方の美術に非ずして實に世界の美術なりと過度の讚賞を爲したり李王の宮中に山水を描ける娟張の衝立あり密畫なり其の形式前者と頗る相似たりと曰ふ其他彫刻建築も亦た術ありて書なし

회화는 실제로 성공한 것이 있지만, 이론에 관한 책도 없고 회화 교과서도 없었다. 그렇지만 채색·구조·배치에 관해서는 조선화가는 그 동서 양국보다 자못 우등한 데가 있다. 경성의 동쪽과 남쪽에 관왕묘가 있다. 그 내정(內庭) 양랑(兩廊)에 군신(軍神)의 일대기를 그렸는데 그 그림에 생기가 있고 채색에 조해(調諧)가 있으며, 전장에서의 사물 배치가 있고 원경(遠景)의 심원함이 있다. 모든 배경은 현저하게 교묘함을 입증하고, 아무런 힘도 들이지 않고 아무런 부조화도 없다. 또한 경성에 가까운 신흥사(新興寺)에는 지옥의 그림, 용주사(龍珠寺)의 편액에는 좌선한 노승의 그림이 있다. 의자가 있는 곳은 조금 붉고 백발·백염(白髥)의 노옹인데, 암록(暗綠) 아래에 신령한 광선을 더했고 용모를 표창함에는 뚜렷한 장점이 있다. 쿠랑 씨는 그것을 가지고 구구한 조선 한 지방의 미술이 아니라, 실로 세계의 미술이라고 과도하게 칭찬했다. 이왕(李王)의 궁중에 산수를 그린 견장(絹張)의 충립(衝立)이 있으니, 밀화(密畵)이고 그 형식은 전자와 자못 서로 비슷하다고 한다. 기타 조각·건축 또한 술(術)은 있으나 책은 없다.

○ ○

數學と天文學と少しく分料ありて支那本の飜刻あり又た朝鮮の著述あり南秉吉兄弟の如きは數學に特別に技能ありしものの如し占考術は頗る天文學に出入するものにして之に關する書多く有り印本あり寫本あり諺文あり漢文を多しとす卽ち神秘の學は實に朝鮮人の生活中に於て大なる位地を有するものなり墳墓の位地、住所の選定、家屋の方向、婚禮日の擇定、占星の術の如きは皆神異の機關なり而して人を臆病ならしめ迷信ならしむること尠からず實際生活上決して些細の事には非ず之が爲め表を裁ち入浴することをも占星學の規則に從ふに至れ

ば舊朝廷に於ても之が模範を示し官の曆にもその四分の三は此の種の
事實及び心の動作に關し指示する所あり觀象監と云へる特別官衙之を
司る此の如く神秘の學は重要なるに拘らず之に關する書は皆支那より
傳來せるものなり

　　수학과 천문학은 조금 분과(分料)가 있고, 중국본의 번각(飜刻)이
있다. 또한 조선의 저술이 있다. 남병길(南秉吉) 형제 같은 경우는 수
학에 특별히 기능이 있었던 것 같다. 점고술(占考術)은 자못 천문학
에 출입하는 것으로 그것에 관한 책이 많이 있다. 인본(印本)이 있고
사본도 있고, 언문도 있으며 한문을 많이 썼다. 즉 신비학(神秘學)은
실로 조선인의 생활 가운데서 큰 지위를 차지하는 것이다. 분묘의
위지(位地)·주소 선정·가옥의 방향·혼례일의 택정(擇定)·점성술 같
은 것은 모두 신이(神異)의 기관이다. 그리하여 사람을 겁먹게 만들
어 미신을 믿게 만드는 일이 적지 않았다. 실제 생활상 결코 조그마
한 일이 아니었다. 그것을 위해 옷을 짓고 입욕한 것도 점성술의 규
칙에 따르기에 이르렀으니, 구 조정에서도 그것의 모범을 보여 관력
(官曆)에도 그 4분의 3은 이런 종류의 사실 및 마음의 동작에 관해 지
시하는 바가 있었다. 관상감이라 하는 특별 관아에서 그것을 관장했
다. 이와 같이 신비학이 중요함에도 불구하고 그것에 관한 책은 모
두 중국에서 전래된 것이다.

　　次に三科の學あり兵學、醫學、譯舌の學なり、兵學は朝鮮に於ける
實際自衛の必要に基くに論なし醫學は療病の必要あり譯舌の學の如き
は隣國と交際の必要上多くの創作物を有し其の書には朝鮮に天稟の順

序と明快なる品位を有するものあり兵書には七書の飜刻あり又は肅
宗、英宗、正宗の時新に編纂印行せしめたるものあり又た文錄の役に
新式の戰術を發明したりと自負し且つ其の發明を誇れるは龜甲船甲鐵
船なり二重甲板の兵船にして射手は掩蔽して發射し且つ菰の下には短
劍を植立して武裝したるものなり武料は文科と同じく一定の組織あり
て科學及第の方法も亦た相似たり

　　다음으로 삼과(三科)의 학(學)이 있으니, 병학·의학·역설(譯舌)의
학이다. 병학은 조선에서 물론 실제상 자위(自衛)를 위해 필요했고,
의학은 병의 치료에 필요했으며, 역설학은 이웃나라와 교제하는 데
필요하여 많은 창작물이 있었는데, 그 책에는 조선에 천품(天稟)의
순서와 명쾌한 품위를 가진 것이 있었다. 병서에는 칠서(七書)의 번
각이 있고, 또는 숙종·영종[영조]·정종[정조]때 새로 편찬·인행(印
行)하게 한 것이 있다. 또한 분로쿠(文錄)의 역(役) 곧 임진왜란에 신
식 전술을 발명했다고 자부하며, 또한 그 발명을 자랑하는 것으로는
거북선·갑철선(甲鐵船)이 있는데, 2중갑판의 병선으로 사수(射手)는
엄폐되어 발사했고, 또한 부들 밑에 단검을 식립(植立)하여 무장한
것이다. 무과는 문과와 마찬가지로 일정한 조직이 있었고, 과거급제
방법도 또한 서로 비슷했다.

　　醫學に就きては夙に支那の學派に屬し醫書を輸入し試驗制度を設け
たり宣祖時代に至り醫學は獨立的に發達し王も亦た此學に趣味を有せ
しものの如し當時許浚の編纂せる東醫寶鑑二十五冊、諺解胎産集要一
冊あり東醫寶鑑の如きは、支那日本に於ても品評せられ且つ飜刻せら

れたり解剖學の如きは幼穉にして醫者は單に外部の徵候のみによりて
之を學び且つ之を認むるなり儒生が醫家と病症を討論せる如きは笑ふべ
し內服藥は洗藥及び丸藥となす頗る複雜なり外用に多く鍼と灸を用ゆ

　　의학은 일찍이 중국의 학파에 속했고, 의서를 수입했으며 시험 제
도를 설치했다. 선조 시대에 이르러 의학은 독립적으로 발달했고,
왕(王) 또한 이 학문에 취미를 갖고 있었던 듯했다. 당시 허준이 편찬
한 『동의보감』 25책, 『언해태산집요(諺解胎産輯要)』 1책이 있다. 『동
의보감』 같은 경우는 중국·일본에서도 평가를 받았고, 또한 번각되
었다. 해부학은 유치했고, 의자(醫者)는 단순히 외부의 징후만을 보
고 그것을 배웠고, 또한 그것을 찾으려 했다. 유생이 의가와 병증을
토론하는 일은 웃음거리가 되었다. 내복약은 세약(洗藥) 및 환약이
있었는데 자못 복잡했다. 외용(外用)에는 침과 뜸을 많이 썼다.

文科、武科以外の諸科に至りては全く社會の特別階級に屬するもの
の專用する所にして其の社會階級たるや新分子にして最も卑賤視せら
れ高官のものは之に加はるを得ず譯舌家の如きも亦た專業をなし中等
の社會階級に屬し而して譯舌家の階級に屬するものは共の活力と共の
富力とにより多少大なる地位を得、國禁あるに拘らず支那と日本との
應接の局に當りしなり而して西洋傳來の理科學的思想の一部を朝鮮に
輸入したるものなり卞、高、池、玄姓の人は此種の階級に屬す

　　문과·무과 이외의 제과(諸科)의 경우는 완전히 사회의 특별 계급
에게 속한 이들의 전용물로 그 사회계급은 새로운 집단으로 가장 천

시되었고, 고관인 자는 그것에 가담하지 않았다. 역설가(譯舌家)같은
경우도 또한 전업(專業)을 했고 중등 사회 계급에 속했으며 역설가
계급에 속한 이들은 그 활력과 부력(富力)에 힘입어 다소 큰 지위를
얻어 국금(國禁)이 있음에도 불구하고 중국과 일본을 응접하는 국
(局)에 배치되었다. 그리고 서양에서 전래된 이과학(理科學) 성격을
띤 사상의 일부를 조선에 수입하는 일을 하였는데, 성(姓)이 변(卞)·
고(高)·지(池)·현(玄)인 사람은 이 종류의 계급에 속했다.

通文館には四部あり漢學、蒙學、倭學、女眞學女眞學は後に淸學
と稱す滿洲語學なりとす皆敎科書なり終に梵語も亦た朝鮮に於て學習
せられたるが如し但し僧侶のみなり梵語の書には眞言集あり乾隆四十
二年板なり

　　통문관에는 한학·몽학·왜학·여진학의 4부가 있었다. 여진학은 나
중에 청학이라 불렸고, 만주어학이 되었다. 모두 교과서가 있다. 끝으
로 범어 또한 조선에서 학습되었던 것 같은데, 다만 승려만 학습했다.
범어 책에는 『진언집(眞言集)』이 있으며, 건륭 42년(1777)판이다.

通俗の諺文文學に至りては儒生、譯官、兩班常人等の如き官吏と爲
り又た爲らんとする輩の知らざる所なり其の一は小說にして中等社會
といへども之を手にするを恥づる所なるも漢本小說の如きは學識なき
ものには解し易からず內房に生活する婦人女子、勞働者の如きは漢字
を知らず又た之を讀む能はず然れども漢文を知らざるもの少きを以て
諺文小說は其の間に行はる、漢文小說は上流社會の女子少年と宮人と

の間に行はる、支那小説には三國誌、水滸傳、西廂記、紅樓夢、剪燈新話あり朝鮮小説には金萬重の原作を金春澤の漢譯したる謝氏南征記、九雲夢記ありクーラン氏は漢文本を原作と思へるも其の誤謬あるは北軒雜說を見ざりし爲めならん、此の他江都夢遊錄、金角干實記、桂旬傳紅白花記の如ものあるを見る皆漢文小説なり大多數の小説は諺文を用ゆ作者の名もなく年代も詳かならざるもの多し或は支那小説を飜譯し或は模擬し或は創作に係る支那、朝鮮の歷史上旣知の事實に關するあり或は一も事實に非ざる想像に基くあり後者中には支那に在りたる如き多くの陰謀策略に非ざるはなく皆此の西鄰の祖先が朝鮮思想の上に定着せしめたるものにあらざるはなく且つ小説上の支那なるものは毫り史實に合はざる時代外つれの事を以て充滿し小説上の人物は每に朝鮮思想を一の虛飾もなく表明せるものなりその舞臺の何たるに論なく是等の著作物の共有性は多數にして且つ顯著なるものあり卽ち人格氣質の硏究の如きは絶無なること是なりその人物は千遍一律にして學者となるか又は靑年武人となりて敵を擊攘するか容貌、道德の完全なる少女が戀慕するとか其の父が是等の少年少女の幸福に反對するとか惡徒が少女を苦しむるも虛構、誣告が發覺し武術又は其の神變不可思議の學によりて大官となるとか神仙となるとかいふに過ぎず其の形式は凡て一律なりその陰謀策略も一律にして少年少女の婚を成さんとする時に關し又は久しく失踪せる子を認知する事に關するなり事變や戰爭や誘拐や惡夢や奇瑞や誣告陷害や追放、流竄や逐次に重疊連續し來る事を叙するなり唯一の好奇心を動かすは如何にして此の複雑なる亂麻を脱出するかを知らんとするに在り、二三種の著作物を讀過すれば其の他の凡て此の如きものなることを了解するを得べし時として

清新なる風景を敍述せるあり又た全く諷刺的の意志なき人格を描寫せ
るものあり、然れども其の敍事は同一にして直に厭倦を生じ易く其の
性格を描寫するも過度に重複に陷り厭ふべきもの多し

    통속 언문문학의 경우 유생·역관·양반·상인 등과 같이 관리이거
나 또한 관리가 되려는 무리는 그것을 알지 못했다. 그 하나는 소설
로서 중등 사회라 하더라도 그것을 손에 잡는 것을 부끄러워했으나,
한문소설의 경우는 학식이 없는 이에게는 이해하기 어려웠다. 내방
(內房)에서 생활하는 부인·여자, 노동자 같은 이는 한자를 알지 못했
고, 또한 그것을 읽을 수 없었다. 그렇지만 한문을 알지 못하는 이가
적어서,[14] 언문소설은 그 사이에 널리 퍼졌다. 한문소설은 상류사회
의 여자·소년과 궁인 사이에서 널리 퍼졌다. 중국소설로는『삼국지』,
『수호전』,『서상기』,『홍루몽』,『전등신화』가 있었다. 조선소설로는
김만중의 원작을 김춘택이 한역한『사씨남정기』,『구운몽기』가 있
다. 쿠랑 씨는 한문본을 원작이라 생각했지만, 그가 잘못 본 이유는
『북헌잡설(北軒雜說)』을 보지 않았기 때문일 것이다. 이 외에『강도
몽유록(江都夢遊錄)』,『금각간실기(金角干實記)』,『계구전홍백화기(桂
句傳紅白花記)』같은 것이 있는데, 모두 한문소설이다. 대다수 소설은
언문을 썼고, 작자의 이름도 없으며 연대도 자세하지 않은 경우가
많다. 혹은 중국소설을 번역했고, 혹은 모방했다. 혹은 창작에 걸리
는 중국·조선의 역사상 기지의 사실에 관한 것이 있고, 혹은 하나도
사실이 아닌 상상에 기초한 것이 있다. 후자 가운데는 중국에 있었

---

14 '한문을 알지 못하는 이가 적지 않아서'라고 해야 문맥이 통한다.

던 것과 같은 많은 음모·책략이 아닌 것이 없었고, 모두 이 서린(西隣)
의 조선(祖先)이 조선사상에 정착시킨 것이 아닌 것이 없었으며, 또
한 소설상에 중국으로 나오는 것은 조금도 사실(史實)에 합치되지 않
고 시대도 어긋나는 경우로 가득했다. 소설상의 인물은 매양 조선사
상을 하나의 허식(虛飾)도 없이 표명한 것이다. 그 무대가 어디든 이
러한 저작물의 공유성은 많은 곳에서 보이고, 또한 현저한 것이었
다. 즉 인격·기질 연구 등은 절무했다. 그 인물은 매양 천편일률적으
로 학자든지 또는 청년무인으로 적을 격양(擊攘)하든지 용모·도덕
이 완전한 소녀가 연모하든지, 그 아비가 이들 소년·소녀의 행복에
반대하든지, 악도(惡徒)가 소녀를 괴롭히려 하지만 허구·무고(誣告)
가 발각되고 무술 또는 그 신변불가사의(神變不可思議)의 학(學)에 의
해 대관(大官)이 되든지, 신선이 되든지 하는 식에 불과했다. 그 형식
은 모두 일률적이다. 그 음모·책략도 일률적으로 소년·소녀가 성혼
할 때, 또는 오랫동안 실종된 아이를 인지하는 것에 관한 것이다. 사
변·전쟁·유괴·악몽·기서(奇瑞)·무고(誣告)·함해(陷害)·추방·유찬(流
竄) 따위를 축차로 중첩 연속된 일을 서술한 것이다. 유일하게 호기
심을 일으키게 하는 것은 어떻게 이 복잡한 난마(亂麻)를 탈출할지
알려는 데 있다. 2-3종의 저작물을 읽고 나면, 기타 모두 이와 같음을
이해할 수 있다. 때때로 청신한 풍경을 서술한 것이 있다. 또한 전혀
풍자적인 의지 없이 인격을 묘사한 것이 있다. 그렇지만 그 서사는
동일하여 곧 염권(厭倦)이 생기기 쉽고, 그 성격을 묘사하는 것도 과
도하게 중복에 빠져 싫증날 만한 것이 많다.

◦　◦

小說に次げる普通文學としては俗歌なり俗歌の一部は印刷せるもの

あるも大多數は寫本なり又は口傳にして何等の書にも記きざるものなり著者の姓名も年月も勿論明白ならず此の俗歌は性質上當然に銳き感情を以て敍述上の才能を發揮したるものなり戀愛の樂、醉中の樂、時の經過し易くして一生の短を嘆ずる等は最も其の常套とする所なり是等の短篇中極めて俚俗なるものにも支那詩の形式を追懷し支那の事物を隱語となすを常とす朝鮮の俗歌に三種あり第一種は短歌にして殆んど齊しき長きの行政に分たれ少なる詩的題目を書き表はし且つ之に或る心象的曲折を附加せるのみ第二種のものは頗る長くして修辭的に分目することなく互に纏綿せる一聯の舞臺を抱含するものなり第一種も第二種も音樂を伴へる一人の樂手の唱ふ所なり、第三種は悲歎の意味ある俚謠にして踊の動作を有するものなり二三の舞手、舞妓を伴ふて歌ふものなり、歌謠の性質に至りては一定の格なし何となれば分量も一定せず押韻も一定せず語尾の類似も一定せざればなり唯だ之を散文と區別するは巧を詩的語句及び想現に求むるに至り又た何れの詩も必ず短き一句をなし二十語を超過せざるに在り

소설 다음가는 보통문학으로는 속가(俗歌)가 있다. 속가의 일부는 인쇄된 것이 있으나, 대다수는 사본이다. 또한 구전되어 어떤 책에도 기록되지 않은 것이 있다. 저자의 성명, 연월도 물론 명백하지 않다. 이 속가는 성질상 당연히 예리한 감정을 가지고 서술상의 재능을 발휘한 것이다. 연애의 낙(樂), 취중(醉中)의 낙, 세월은 쉽게 흘러가고 일생의 짧음을 한탄하는 것 등은 가장 상투적인 것이다. 이들 단편 중 매우 이속(俚俗)한 것에도 항상 중국시의 형식을 추회하고, 중국의 사물을 은어로 삼곤 했다. 조선의 속가에는 3종이 있다. 첫째

는 단가(短歌)로 거의 같은 길이의 행수로 나뉘고, 몇 자 안되는 시의
제목을 덧붙였으며, 또한 그것에 어떤 심상적 곡절을 부가했을 뿐이
다. 둘째는 자못 길고 수사적으로 나누는 일 없이 서로 전면(纏綿)되
는 일련의 무대를 포함하는 것이다. 첫째 둘째 모두 음악을 수반한
다. 한 명의 악수(樂手)가 창하는 바이다. 셋째는 비가(悲歌)의 의미가
있는 이요(俚謠)로, 춤 동작이 있는 것이다. 무수(舞手)·무기(舞妓) 2-3
명을 동반하여 노래하는 것이다. 가요의 성질은 일정한 격이 없었
다. 왜냐하면 분량도 일정하지 않고, 압운도 일정하지 않으며, 어미
의 유사도 일정하지 않았기 때문이다. 다만 그것을 산문과 구별하
는 것은 교(巧)를 시적 어구 및 상현(想現)에서 구하였고, 또한 3종류
의 시 모두 반드시 짧은 일구(一句)를 이루고 20어를 초과하지 않는
데 있다.

　○　○　○　○
　終に耶蘇舊敎天主敎の朝鮮に入りたることは諺文文學に新なる一科
を生ぜしめたるものなり或る著作物の如きは千八百三十九年の宗敎排
斥以前のものありダヴリユイ僧正が千八百六十四年に於て漢文敎書の
飜譯に從事し且つ之を印布せるあり此の事變は千八百六十六年の宗敎
排斥によりて中絶し千八百十四年よりブランク僧正はその事業を再興
し爾後活字を以て印行し今日に至るまで繼續せり凡て舊敎の書は一二
を除くの外支那譯より飜譯又は抄譯せられたるものなるも其の用語は
總て諺文なり然れども專門語は支那語法により單に諺文を以て之を記
述したるのみ

　　끝으로 야소구교(耶蘇舊敎) 천주교가 조선에 들어온 것은 언문문

학에 새로운 일과(一科)를 낳게 했다. 어떤 저작물의 경우는 1839년의 종교배척 이전의 것이다. 다블뤼 주교[15]가 1864년에 한문 교서(敎書) 번역에 종사했고, 또한 그것을 인쇄·배포했다. 이 사변은 1866년의 종교배척에 의해 중절(中絶)되었고, 1884년부터 블랑크 주교가 그 사업을 재흥한 이후, 활자로 인행(印行)하였고 금일에 이르기까지 계속되었다. 구교(舊敎)의 모든 책은 한둘을 제외하면, 중국어 번역에서 번역 또는 초역한 것인데, 그 용어는 모두 언문이었다. 하지만 전문용어는 중국어에 의했고, 다만 언문으로 그것을 기술했을 뿐이다.

新敎の米國宜敎師が朝鮮に來りたるは條約により開國せし以來の事にして讚美歌、宗敎論、新譯全書竝に單篇物を印行せり英吉利派の宣敎師の朝鮮に入りたるは千八百八十年の頃なり

明治四十四年九月
京城に於て 淺見倫太郞識

신교(新敎)의 미국 선교사가 조선에 온 것은 조약에 따라 개국한 뒤의 일로, 찬미가·종교론·신역전서(新譯全書) 및 단편들을 인행했다. 영국파 선교사가 조선에 들어온 것은 1880년 경이다.

메이지44년(1911) 9월
경성에서 아사미 린타로 적다

---

15 M.A.N.Daveluy. 한자로는 보통 '安敦伊'로 표기한다.

[2] 『조선도서해제』 범례

[2-1] 1915년판 법례

一 本書は本府所藏の朝鮮圖書に簡單なる解說を附したるものにして其の殘部及今後增加の分に付ては更に續篇を刊行せんとす

一 部門は舊例に依り經、史、子、集の四部に分ち更に類に依り之を細別せり

一 別に五十音別索引を附し捜出に便せり

一 年時の記載中新羅、高麗等の王名は其の國名を冠せしも朝鮮は之を省けり

大正四年三月 朝鮮總督府

1. 본서는 본부(本府)가 소장한 조선도서에 간단한 해설을 붙인 것으로 그 잔부(殘部) 및 금후 증가분에 대해서는 다시 속편을 간행하고자 한다.

1. 부문은 구례(舊例)에 따라 경사자집(經史子集) 4부로 나누고, 다시 유(類)에 따라 그것을 세별(細別)했다.

1. 따로 오십음별[일본어 어순] 색인을 붙여 검색의 편의를 꾀했다.

1. 연시(年時)의 기재 중 신라·고려 등의 왕명은 그 국명을 앞에 붙였으나 조선은 그것을 생략했다.

다이쇼 4년(1915) 3월

조선총독부

[2-2] 1919년판 법례

一 本書ハ本府所藏ノ朝鮮圖書ニ簡單ナル解說ヲ附シタルモノニシテ
未タ全部ニ及ハス殘部及今後增加ノ分ニ付テハ逐次加ノ豫定ナリ

一 部門ハ經史子集ノ四部ニ大別シ更ニ類ニ依リ之ヲ細別セリ

一 編著者ノ小傳ハ一所ニ揭出シ他ハ之ヲ省ケリ

一 部類ニ依ル目次ノ外圖書名ノ頭字ニ依ル五十音索引及編著者ノ王
號表及姓別表ヲ揭ケ圖書名編著者小傳ノ搜出ニ便セリ

一 編著者及年時ノ記載巾王名ニハ國號ヲ冠セルモ朝鮮ハ大抵之ヲ省
ケリ

一 圖書ノ閱覽ニ便スルタノ圖書名ノ次ニ圖書番號ヲ示セルモ圖書名
下ノ卷數冊數ハ最モ完備セルモノヲ標準トセリ

一 一體裁印版內容等ノ特異ナルモノヲ擇ヒ寫眞版ト爲シ參考ニ資ス

大正八年 三月　　朝鮮總督府

1. 본서는 본부가 소장한 조선도서에 간단한 해설을 붙인 것으로
아직 전부에 미치지 못했다. 잔부 및 금후 증가분에 대해서는 축차
(逐次) 추가할 예정이다.

1. 부문은 구례에 따라 경사자집 4부로 나누고, 다시 유에 따라 그
것을 세별했다.

1. 편저자의 소전(小傳)은 한 곳에 게출(揭出)했고, 다른 것은 그것
을 생략했다.

1. 부류에 따라 목차 외에 도서명의 두문자에 따른 50음 색인 및

편저자의 왕호표(王號表) 및 성별표를 게재하여 도서명 및 편저자 소
전을 찾는데 편하도록 했다.

　1. 편저자 및 연시의 기재 중 왕명에는 국호를 앞에 붙였으나 조선
은 대체로 그것을 생략했다.

　1. 도서 열람의 편의를 위해 도서명 차례에 도서번호를 제시했으
나 도서명 아래의 권수·책수는 가장 완비한 것을 표준으로 삼았다.

　1. 체재·인판(印版)·내용 등 특이한 것을 골라 사진판으로 만들어
참고하도록 했다.

다이쇼 8년(1919) 3월 조선총독부

제2장

조선고서간행회의
한국고전 서발문

❙ 해제 ❙

　조선고서간행회는 1909~1916년 사이 활자본, 137책을 『조선군서대계』 정(正), 속(續), 속속(續續), 별집(別集) 등의 4기로 분류하여 간행했다. 조선고서간행회는 조선연구회나 자유토구사와 달리, 사료조사를 위주로 한국고전을 일본어로 번역하지 않고 원문 그대로 간행했다. 이렇듯 1909년부터 1916년 사이에 조선고서간행회가 영인, 출판한 총28종 82책의 한국고전목록을 정리해보면 다음과 같다.

1	朝鮮群書大系[正]	제1집	三國史記	1909
2	朝鮮群書大系[正]	제2~12집, 14집, 16집, 18집	大東野乘	1909~ 1911
3	朝鮮群書大系[正]	제13집	八域誌;東國郡縣沿革表; 四郡志 ; 京都雜志 ; 北漢志; 東京雜記	1910
4	朝鮮群書大系[正]	제15집	渤海考; 北興要遷 ; 北塞記略 ; 高麗古都徵; 高麗都經	1911
5	朝鮮群書大系[正]	제17집	中京誌 ; 江華府誌	1911

6	朝鮮群書大系[正]	제19집	破閑集;補閑集;益齋集;雅言覺非;東人詩話	1911
7	朝鮮群書大系[正]	제20~23집	海東繹史;海東繹史續	1911
8	朝鮮群書大系[正]	제24집	龍飛御天歌	1911
9	朝鮮群書大系[續]	제1집	紀年兒覽	1911
10	朝鮮群書大系[續]	제2집	文獻撮要	1911
11	朝鮮群書大系[續]	제3~5집	東國通鑑	1912
12	朝鮮群書大系[續]	제6~10집	新增東國輿地勝覽	1912
13	朝鮮群書大系[續]	제11~16집,19~21집	燃藜室記述	1912~1913
14	朝鮮群書大系[續]	제17집	通文館志	1913
15	朝鮮群書大系[續]	제18집	大典會通	1913
16	朝鮮群書大系[續]	제22~23집	東國李相國集	1913
17	朝鮮群書大系[續續]	제1집	懲毖錄及錄後雜記	1913
18	朝鮮群書大系[續續]	제2집	海東名臣錄	1914
19	朝鮮群書大系[續續]	제3-6집	海行摠載	1914
20	朝鮮群書大系[續續]	제7집	稼齋燕行錄	1914
21	朝鮮群書大系[續續]	제8~13집	東文選	1914
22	朝鮮群書大系[續續]	제14~17집	東史綱目	1915
23	朝鮮群書大系[續續]	제18~20집	星湖僿說類選	1915
24	朝鮮群書大系[續續]	제21~22집	芝峯類說	1915
25	朝鮮群書大系[續續]	제23집	東寶錄	1915
26	朝鮮群書大系[續續]	제24집	三隱集	1915
27	朝鮮群書大系[別集]	제1~4집	退溪集	1915~1916
28	朝鮮群書大系[別集]	제5집	三峯集	1916
29	朝鮮群書大系[別集]	제6집	重訂南漢志	1916

이렇듯 조선고서간행회가 출판한 한국의 고서는 조선연구에 필요한 자료적 가치가 있는 서적들이었다. 조선왕조의 야사와 조선 문인의 철학 및 문학관을 엿볼 수 있는 시문집, 조선의 대표적 역사서술들, 한국에 관한 과거의 견문기나 중국 등과의 관계를 엿볼 수 있는 연행록, 민속학적 자료 등을 포괄하고 있기 때문이다. 즉, 병합 이전이라는 시점에서 식민통치를 위해 폭넓

게 고서를 조사한 셈이며, 이를 반영하듯 다른 민간학술단체에 비해 간행권수가 많은 편이다. 또한 이러한 고서의 간행 이외에도 조선의 문화재와 만주문제에 관심을 갖고 샤쿠오 순조가 펴낸『조선미술대관』(1910),『신조선급신만주』(1913),『흡정만주원류고』(1916)와 같은 저술도 포함된다.

▌참고문헌 ─────────

서신혜, 「일제시대 일본인의 고서간행과 호소이 하지메의 활동」, 『온지논총』 16, 2007.

최혜주, 「일제강점기 고전의 형성에 대한 일고찰」, 『한국문화』 64, 2013.

최혜주, 「일제강점기 조선연구회의 활동과 조선 인식」, 『한국민족운동사연구』 42, 2005.

최혜주, 「한말일제하 재조일본인의 조선고서 간행사업」, 『대동문화연구』 66, 성균관대 대동문화연구원, 2009.

최혜주,『근대재조선 일본인의 한국사 왜곡과 식민통치론』, 경인문화사, 2010.

[1] 삼국사기 서문

淺見倫太郞, 「三国史記解題」, 『朝鮮群書大系(正)』 1, 朝鮮古書刊行會, 1909.

아사미 린타로(淺見倫太郞)

三国史記解題

　　『삼국사기』 해제

本書ハ高麗朝第十七世王仁宗ノ二十三年十二月ニ金富軾カ奉教撰成
セシ所ニシテ本紀二十八券年表三券志九券列伝十券統ヘテ五十券ナリ
現存ノ韓籍中新羅高句麗百済三国ノ歴史ヲ考フトキモノ唯此書ト三国
遺事ト有ルノミ遺事ハ麗李ニ麟角寺ノ僧一然ノ撰フ所ニシテ多多仏説
ヲ雑エテ記述セル三国ノ年代ト遺聞トニ於テ僅ニ採ルベキアリ三国史
記ニ至テハ其撰述ノ年時之ニ先タツ百余年ニシテ富軾ハ当時猶ホ存ス
ル所ノ古記及ビ新羅ノ遺籍ヲ採リ以テ刪定シ兼テ漢ヨリ唐ニ至ル諸史
ヲ採リ支那流正史ノ体ニ倣ヒ之ヲ撰述シタリト云フ故に其史料ノ富胆
ナルコト遺事ノ比ニアラサルハ固ヨリ論ヲ俟タズ第五巻ノ初ニ多少文
字ノ残欠アルノミニシテ遺事ノ遺欠多キカ如クナラズ然ルニ今日ニ於
テハ本書ノ刊本ヲ求ムル容易ナラズ其採用セル所ノ史料ニ至テハ殊に
然リトス今其史料ヲ考フルニ

　　본서는 고려조 제17대 왕 인종 23년 12월에 김부식이 봉교(奉敎)
찬성(撰成)한 것이다. 본기 28권, 연표 3권, 지(志) 9권, 열전 10권, 모
두 50권으로 되어 있다. 현존하는 한적(韓籍)에서 신라, 고구려, 백
제, 삼국의 역사를 생각할 때는 이 책과 『삼국유사』밖에 없다. 『삼국
유사』는 고려·조선에 인각사의 승려 일연이 편찬한 것으로 적지 않
게 불설(仏説)을 넣어서 기술한 것이다. 얼마 안 되기는 하지만 삼국
의 연대와 유문(遺聞)은 참고할 만하다. 『삼국사기』를 찬술(撰述)할
때 이것보다 백여 년 앞서 나왔던 고기(古記)와 신라 유적(遺籍)을 참
조하여 산정(刪定)했다. 동시에 중국의 한나라부터 당나라에 이르는
제사(諸史)를 참조하여 중국풍의 정사를 모방하여 찬술했다. 따라서
그 사료가 풍부한 것은 『삼국유사』와 비교할 바가 아니다. 제5권 첫

부분에 문자의 잔결(殘欠)이 다소 있을 정도로 『삼국유사』에 보이는 많은 유결(遺欠)과는 비교할 바가 아니다. 그런데도 오늘날에 이르러서는 본서의 간본을 구하기 쉽지 않다. 그 채용할 사료에 있어서는 특히 그러하다. 지금 그 사료를 생각할 때

第一漢ヨリ**唐ニ至ル諸史**[1]ヲ兼採シタル部分ハ今日漢唐諸史ノ存スルニ拠リ之ヲ比較対象スルハ容易ノ業タルヘク年代ノ錯謬取捨ノ失当ナル如キモノモ亦タ之ヲ発見スルニ難カラズ此部分ハ三国史記中闕失アルヲ免カレサル所ニシテ後人ノ改訂ヲ俟ツヘキ所ナラシ

첫째, 한나라부터 당나라에 이르는 제사(諸史)를 겸채(兼採)한 부분은 오늘날 한나라와 당나라 제사가 있기에 비교하는 것은 용이한 일이다. 연대의 오류, 취사의 실당(失당)과 같은 것도 또한 발견하기 어렵지 않다. 이 부분은 삼국사기 중에 궐실(闕失)이 있는 것을 벗어난 것이어서 후인(後人)의 개정을 기다릴 필요 없다.

第二新羅ノ遺籍ヲ採用シタル部分ハ今日其原本ノ何タルヤヲ明カニセスシテ其取捨ノ如何ヲモ窺知スルコト難ク其書中ニ引用セル各種ノ古記ト同一ナルヤ否ヤヲモ亦タ之ヲ徴スルニ由ナシ但シ三国ノ事ヲ記スルニ当リ特ニ新羅ニ詳カニシテ高句麗ニ略ニ百済最モ略ナルヲ覚ユ其新羅ノ遺籍ニ参考セル所多キヲ推知スヘキノミ

---

1 이하 강조표시는 모두 원문에 있는 강조 표시란 점을 밝힌다.

둘째, **신라의 유적**(遺籍)을 채용한 부분은 오늘날 그 원본이 어떠
했는지, 그 취사가 어떠한가도 추측하기 어렵다. 인용한 각종의 고
기(古記)와 일치하는지 어떤 지도 검증하기 어렵다. 단지 삼국의 것
을 기록함에 특히 신라를 자세히 다루고, 고구려를 간략히 하고, 백
제를 가장 간략하게 다뤘다는 것을 알 수 있고, 신라의 유적을 참고
한 부분이 많았다는 것을 추측할 수 있다는 정도다.

第三古記ヲノ採用シタル部分ニハ海東古記アリ三韓古記アリ此二書
ハ明カナラサルモ同一書タルガ如シ又新羅古記アリ新羅古事アリ
故に新羅ノ紀事ニ詳ナルニ論ナシ人ヲシテ三国史記ノ前身ハ此等
ノ古記ニ在ルカヲ疑ハシム新羅ニハ真興王六年伊飡異斯夫ノ奏ニ
従ヒ大阿飡金居漆夫等ヲシテ新羅国史ヲ撰ハシムルアリ百済ニハ
近肖古王二十九年ニ博士高興ヲ得テ始メテ百済書記アリ高句麗ニ
ハ国初文字アリシ時ヨリ記事百巻アリ名ケテ留記ト曰ヒ嬰陽王十
一年太学博士李文真ヲシテ留記ヲ删修シテ新集五巻ト為スアリコ
レ人ヲシテ富軾撰述ノ時ニ於テ猶ホ其残纂零簡ノ存在セシニアラ
サルカヲ疑ハシムルモノナリ

셋째, 『고기(古記)』를 채용한 부분에는 『해동고기(海東古記)』가 있
고 『삼한고기(三韓古記)』가 있다. 이 책은 명확하지는 않지만 동일한
책인 것 같다. 또한 『신라고기(新羅古記)』가 있다. 신라고사가 있기에
신라에 관한 기사가 자세한 것은 당연하다. 『삼국사기』의 전신은 이
들 『고기』가 아닌가 하고 의심하게 한다. 신라에서는 진흥왕 6년 이
손(伊飡) 이사부의 건의로 대아손김(大阿飡金) 거칠부 등에게 『신라

국사(新羅國史)』를 편찬하게 했다. 백제에는 근초고왕 29년에 박사 고흥이 편찬한『백제서기(百濟書記)』가 있다. 고구려에는 국초(國初) 부터 역사서 100권이 있었다. 보통『유기(留記)』라 불렀다. 영양왕 11년 태학박사(太學博士) 이문진에게『유기(留記)』를 산수(刪修)하게 하여『신집』5권(新集五卷)을 만들었다. 김부식[2]이 찬술할 때 아직 그 잔찬령간(殘纂零簡)이 존재하지 않았나 하고 생각하게 한다.

第四金富軾ノ行狀ハ高麗史ニ本伝アリ又東文選(五十六冊本)ニハ進三 国史記表アリ之ニ拠リテ其志ヲ察スルニ支那流史家ニ尚フ所ノ才 学識ノ三長ニ於テ自負スル所アルモノノ如キモ唐宋崇拝ノ思想ニ 感染シ文弱倫安ノ社会ニ生長シ加フルニ七十致仕ノ老翁ヲ以テシ 二人ノ菅句八人ノ参考トヲ得テ此撰述ニ従事ス期スルニ史氏千秋 ノ事業ヲ以テスルハ頗ル難シトス余輩ノ常ニ疑フ所ハ旧三国史ノ 存スルニ依リ多少ノ刪削補綴ヲ加ヘ以テ之ヲ撰述シタルニ在ラシト **旧三国史ノ存在**ニツキ余ハ李奎報ノ東明王篇序ニ明瞭アルヲ見ル奎 報ハ富軾ニ後ルルコト七十年生ノ人ナリ其小壮ノ時猶ホ旧三国史 ノ稀ニ存セシヲ言フハ最モ信ヲ措クニ足リ其東明王篇ハ高句麗ノ 起源ニ関スル史料中本書ト其ニ表章スルノ価値アルモノナラシ高 麗人カ其祖先ニモアラサル高句麗ノ名号ヲ襲用シ併セテ東明王ヲ 尊奉セル事情ハ此ニ於テ明徴ヲ加フヘク又富軾カ高句麗本紀ヲ立 テ以テ三国併記ノ例ヲ用キタルハ偶然ニアラサルヲ知ルニ足ラシ

---

2 『삼국사기』를 해제한 아시미 린타로는 본문에서 김부식을 '富軾'이라고 칭하 고 있다. 이것은 일본어 문장에서는 흔하지 않은 호칭이다. 보통 타인을 친하게 부를 때나 자기보다 낮게 볼 때 쓰는 호칭이다.

　　넷째, 김부식의 행장(行狀)은 『고려사』에 본전(本伝)이 있다. 또한 『동문선』(東文選, 56책본)에는 『진삼국사기표(進三國史記表)』가 있다. 이것으로 그 지(志)를 살펴보건데 중국류 사가(史家)를 존중하여 그 재학식(才學識)의 삼장(三長)에 있어서 자부하는 바가 있는 것 같다. 당·송 숭배사상에 감염되어 문약윤안(文弱倫安)의 사회를 생장(生長)했다. 덧붙여 70치사(致仕) 노옹(老翁)의 몸으로 두 사람의 관구(菅句), 여덟 명의 참고(參考)의 도움을 받아 이 찬술에 종사했다. 사씨(史氏)의 천추(千秋) 사업을 하기에는 대단히 어려웠다. 우리들이 항시 의심하는 바는 『구삼국사(旧三國史)』에 근거하여 다소 산삭보철(刪削補綴)을 더하여 이것으로 삼국사기를 찬술하지 않았나 하는 것이다. **『구삼국사』의 존재에 대해 나는 이규보의 『동명왕편(東明王篇)』「서문(序)」에서 확인했다. 이규보[3]는 김부식보다 70년 정도 후대 사람이다. 그는 소장(小壯) 때 역시 『구삼국사』가 존재했다는 것을 언급했다. 가장 신용할 만하다. 그 『동명왕편』은 고구려 기원에 관한 사료 가운데 본서와 표장(表章)할 만큼 가치 있는 것이다. 고려인이 조선에도 없는 고구려의 명호(名号)를 습용(襲用)했다. 아울러 동명왕을 존봉(尊奉)하는 사정은 이것으로 명징(明徵)하다. 또한 김부식이 고구려 본기(本紀)를 가지고 삼국 병기의 예를 사용하는 것은 우연이 아니라는 것을 알기에 족하다.

後世韓人ノ著作中三国史ニ関スルモノハ安鼎福ノ東史問答丁鏞ノ疆域誌等ニ於テ頗る考○ヲ加ヘタル所多キヲ見ル本書ヲ評論セル者ニ至

---

3 원문에서는 '이규보'를 '규보'라고 칭하고 있다.

テハ鮮初ノ権近ハ其三国史略(一名東国史略)ノ序ニ金富軾三国史。方言
俚語未能○革。筆削凡例未尽合宜。簡帙繁多語重複。観者病焉ト云ヒ
東国通鑑ノ編纂者タル徐居正ハ其書ノ序ニ三国史。拾綴統監三国志南
北史随書唐書為伝信。己非伝信之書。至於記事毎引所出之書。尤非作
史之体ト云ヒ安鼎福ハ其東史綱目ノ序ニ三国史疏略爽実ト云ヒ又其集
中(順菴集巻十)東史問答ノ首ニ海東一方。史皆不合人意。三国史荒雑無
可言ト云ヘリ。皆前人ヲ非難シ自己ノ述作ヲ○揚スルモ史氏ノ史料ハ
一モ新ナルヲ加ヘズ僅カニ漢唐諸史ヲ斟酌折衷セルニ通キズ統監ト云
ヒ綱目ト云フ其題目スラ陳々相依ノ態ヲ想フベシ韓人ノ古史ハ三国史
記ヲ以テ頭等ト為サザルヲ得ザルコト盖シ論ナカルヘシ

古来韓人ノ著作中巻帙ノ残存スルモノ羅李ヨリ鮮初ノ間ニハ崔致遠
李奎報李仁老崔滋崔○李斉賢李穀夫子鄭夢周李崇仁鄭道伝権近諸人ノ
詩文集ト詩話雑録ノ類ノミ其巻帙ヲ成サザルモノハ東文選ニ之ヲ録セ
ルノミ三国文献ノ存スルモノ真ニ寥々トシテ暁天ノ星ノ如シ富軾ハ高
麗ノ中世ニ生レテ三国史記ヲ撰述シ今日ニ之ヲ伝ヘタルハ文献荒廃ノ
朝鮮ニ在テハ寧ロ奇ト謂ハサルヲ得ズ

후세에 한인(韓人) 저작 중에 삼국사에 관한 것으로는 안정복의
『동사문답(東史問答)』, 정약용의 『강역지(疆域誌)』 등에서 대단히 참
조할 만한 것이 있음을 본다. 본서를 평론한 것으로는 조선 초기에
권근의 것이 있다. 그는 『삼국사략(三國史略, 일명 동국사략)』 서문에
서 "김부식삼국사(金富軾三國史), 방언리어미능○혁(方言俚語未能○
革), 필삭범례미진합의(筆削凡例未盡合宜), 간질번다어중복(簡帙繁多
語重複), 관자병언(觀者病焉)"이라고 말한다. 『동국통감』의 편찬자 서

거정은 그 책의 서문에서 "삼국사(三國史), 습철통감삼국지남북사수
서당서위전기(拾綴統監三國志南北史隨書唐書爲伝記), 기비전신지서(己
非伝信之書), 지어기사매인소출지서(至於記事每引所出之書), 우비작사
지체(尤非作史之体)"라고 말한다. 안정복은 그『동사강목』의 서문에
서 "삼국사소략상실(三國史疏略爽實)"이라고 말하고,『순암집』권10
(順菴集券十) 동사문답의 수(首)에 "해동일방(海東一方), 사개불합인의
(史皆不合人意), 삼국사황잡무가언(三國史荒雜無可言)"이라고 말했다.
모두 전인(前人)을 비난하고 자신의 저작을 상찬할 뿐 사씨(史氏)의
사료는 하나도 새로운 것을 더하지 않았다. 겨우 한나라와 당나라의
제사(諸史)를 짐작하여 절충하는데 지나지 않았다. 통감도 그렇고,
강목도 그렇고 그 제목조차 진진상의(陳陳相依)의 모습을 보일 뿐이
다. 한인의 고사(古史)에서 삼국사기는 최고봉이다. 한인의 저작 중
에 권질(卷帙)이 잔존하는 것으로 고려부터 조선 초 사이에는 최치
원, 이규보, 이인로, 최자, 최○, 이제현, 이곡 부자, 정몽주, 이숭인,
정도전, 권근 등의 시문집과 시화(詩話) 및 잡록류 정도다. 그 권질을
이루지 못한 것은『동문선』에 이것을 기록할 뿐이다. 삼국 문헌이 존
재하는 것은 정말로 드물어서 효천(曉天)의 별과 같다. 김부식은 고
려 중기에 태어나서『삼국사기』를 찬술했다. 오늘날 이것이 전해지
는 것은 문헌 황폐의 조선으로서는 오히려 기적이라고 말해야 한다.

然レトモ三国史記ノ成レルハ西暦千百四十五年ニシテ我ガ近衛天皇ノ
時ニ当リ新羅ノ亡後既ニ二百余年ナリ而シテ富軾ハ一モ日本ノ古史ニ参
照セル所ナシ故ニ日韓ノ関係ニ疎略ナルノミナラズ曲筆舞文ノ迹モ亦タ
掩フベカラズ殊ニ三国ノ古伝説ニ関シテハ我ガ日本書紀古事記ノ如キ老

蒼古雅ノ趣致ニ乏シク徐居正カ評シテ伝信ノ書ニ非スト日フハ此ニ於テ
至当ト為ス又権近ガ方言俚語ヲ雑ユルヲ非難セルモ余輩ハ寧口方言俚語
ヲ雑ユルノ多カラサルヲ憾マントス富軾ノ時代ハ実ニ古史ノ撰述ヲシテ
古雅ノ趣致ヲ存スル余地ナカラシメ徒ニ後生ヲシテ口舌ヲ弄セシム後ノ
上古史ヲ撰ブモノハ漢唐諸史ニ論ナシ我ガ日本ノ記紀諸史ト金石ノ遺文
トニ微証スルニアラズンバ到底其完備ヲ望ム能ハザルベシ

　　　그렇지만『삼국사기』가 만들어진 것은 서력 1145년으로 우리의
고노에(近衛) 천황 때에 해당된다. 신라가 패망한 후 이미 2백여 년이
되었다. 김부식이 일본의 고사(古史)를 참조한 곳은 전혀 없다. 때문
에 일한 관계에 소략(疎略)했을 뿐만 아니라 곡필무문(曲筆舞文)했다.
특히 삼국의 고전설(古伝説)에 관해서는 우리의『일본서기』와『고
사기』와 같이 노창고아(老蒼古雅)의 취치가 빈약하다. 서거정이 평하
길 전신(伝信)의 책이 아니라고 말한 것은 지당하다. 또한 권근이 방
언리어(方言俚語)를 잡스럽다고 비난하지만 우리들은 오히려 방언
리어가 적은 것을 유감으로 생각한다. 김부식의 시대는 정말이지 고
사(古史)를 찬술하여 고아(古雅)의 취치(趣致)를 남길 여지가 없었다.
쓸데없이 후생(後生)에게 구설(口舌)을 늘어놓게 했다. 후대 상고사
를 편찬한 것은 한나라와 당나라의 제사(諸史)를 참조할 뿐이다. 우
리 일본의 고사기와 일본서기 및 제사, 금석의 유문(遺文) 등을 미증
(微証)하지 않으면 도저히 그 완비를 바랄 수 없다.

　　　今刊行スル所ノ二三国史記ノ原本ハ朝鮮板ノ十冊本ニシテ一冊コトニ
約五巻一巻ノ紙数ハ十張内外ナリ朝鮮板ニ二種アリ其出板年時明白ナラ

サルモ金居斗ノ跋アリテ慶州板ニ本原ス東京雑記ニ魚叔権ノ考事撮要ヲ
引用シ慶州府ノ蔵板ニ三国史アルヲ録シ当時既ニ刋欠用ユベカラズト云
ヘリ今ノ伝フル所ト其異同如何ヲ知ラズ然レトモ此書流布至ッテ少ク安
鼎福ノ東史問答中英宗三十三年丁丑ノ時ニ在テモ僅ニ之ヲ借見シ得タリ
ト云フ二種ノ原本タル甲種板ハ半紙ノ広サ五寸五分長サ七寸六分乙類板
ハ長広一ナラズ広サ五寸八分又ハ六寸一分長サ六寸五分又ハ七寸ノ処ア
リ文字精麗アリ捺躍ニ鋭鈍アリ蓋シ乙種本ヲ以テ旧本トス甲種本ノ文字
整斉ナルハ朝鮮顕宗以後ノ校書館印本ニアラサルナキカ成宗十三年ノ印
頒本ノ如キハ既ニ亡ブル久シカルベシ書シテ以テ後考ニ資ス

　　지금 간행하는 『삼국사기』의 원본은 조선판 십책본(十冊本)이다.
한 책 마다 약 5권, 1권의 지수(紙數)는 십장(十張) 내외다. 조선판에
는 2종이 있다. 그 출판년도가 명백하지는 않지만 김거두의 발문(跋)
이 있어서 경주판을 본원(本原)으로 한다. 『동경잡기』에 어숙권(魚叔
權)의 『고사촬요(考事撮要)』를 인용했다. 경주부(慶州府)의 장판(藏板)
에 삼국사가 있음을 기록했다. 당시 이미 완결(刋欠)을 사용해서는
안 된다고 말했다. 지금 전해지는 것과 그 이동(異同)이 어떤지 알 수
없다. 그렇지만 이 책을 유포하는데 적어도 안정복의 동사문답 중
영종 33년 정축(丁丑)에 있어서도 불과 이것을 차견(借見)했다고 한
다. 2종의 원본인 갑종판(甲種板)은 반지(半紙)로 넓이 5촌(五寸) 5부
(五分), 길이 7촌 6부, 을류판(乙類板)은 길이와 넓이가 일정하지 않아
넓이 5촌 8부 혹은 6촌 1부, 길이 6촌 5부 혹은 7촌의 것도 있다. 문자
정추(文字精麗)가 있고, 날약(捺躍)에 예둔(鋭鈍)이 있다. 을종본이 구
본(旧本)이다. 갑종본의 문자가 정제되어 있는 것은 조선 현종 이후

교서관(校書館) 인본(印本)에 의한 것이리라. 성종 13년의 인반본(印
頒本)과 같은 것은 이미 오래전에 없어졌다.

　本書附録ノ東明王篇ハ東国李相国集第三ニ在リ相国集ノ朝鮮板タル
コトハ疑ナキモ其出板年次ヲ詳カニセズ今ノ宮内府奎章閣ニ蔵スル所
ニ二部アリ前後集ノ五十三巻十六冊本ニシテ板型皆同シ十行十八字詰
ニシテ半紙ノ広サ四寸九分長サ六寸四分此書モ亦タ流布極メテ少シ本
書ニ附録シ以テ之ヲ公ニスルハ考拠ニ益アラン
　余ハ統監府創設ノ後ニ於テ韓京ニ駐在スルコト僅カニ三歳中間多少
ノ韓籍ノ訪求シタルモ容易ニ之ヲ獲○能ハス今ヤ古書刊行ノ挙アルニ
当リ極メテ其盛挙ナルヲ賛シ以テ我カ見聞ヲ博フセント欲ス余ノ浅学
寡聞ニシテ加フルニ客居書史ニ乏シキヲ以テス本書解題ヲ結撰スル若
キニ至テハ最モ僭越ニシテ罪ヲ避ルル所アンキヲ知ル

明治四十二年十月漢城ニ於テ

法学士　　浅見倫太郎

　본서 부록의 동명왕편은 동국이상국집 제3에 있다. 동국이상국
집의 조선판인 것은 의심할 여지가 없지만 그 출판연차를 명확히 하
지 않았다. 지금 궁내부(宮內府) 규장각에 2부(部)가 소장되어 있다.
전후집(前後集) 53권 16책 본으로 판형 모두 동일하다. 10행 18자로
한 반지(半紙)로 넓이 4촌 9부, 길이 6촌 4부다. 이 책도 또한 유포가
잘 되지 않았다. 본서에 부록으로 두어 이것을 널리 퍼지게 하고자
했음이다.

나는 통감부 창설 후 경성에 주재하길 불과 3년 간 다소의 한적(韓籍)을 방구(訪求)하여 쉽게 이것을 획득했다. 이제는 고서를 간행하는 것이 대단한 성거(盛擧)라고 상찬한다. 이에 내가 견문한 것을 알리고자 한다. 나는 천학과문(淺學寡聞)하고 객거서사(客居書史)의 부족을 가지고 본서의 해제를 결찬(結撰)한다. 젊어서 그렇다고는 하지만 가장 참월(僭越)한 죄를 피할 수 없음을 안다.

메이지42년(1909) 10월 한성에서

법학사　아사미 린타로

[2] 『파한집』, 『보한집』, 『익재집』, 『아언각비』, 『동인시화』 서문
淺見倫太郎, 「朝鮮古書解題」, 『朝鮮群書大系(正)』 19, 朝鮮古書刊行會, 1911

아사미 린타로(淺見倫太郎)

제19집
조선고서해제(본회 평의원 아사미 린타로 편찬)

破閑集三卷 高麗 李仁老撰
補閑集三卷 高麗 崔 滋撰

余ノ所見ヲ以テ之ヲ言ヘバ高麗人ノ著作ニシテ現存スルモノハ僅々

ノミ。曰ク釋義天ノ大覺國師文集(海印寺ニ在リ)。曰ク金富軾ノ三國史記。曰ク李奎報ノ東國李相國集。曰ク破閑集補閑集。今印行スル所ノモノナリ。曰ク益齋稼亭牧隱圃隱陶隱ノ集及ヒ東文選所載ノ詩文是ナリ。前田候藏書中崔瀣ノ拙稿千百アリト云フ盖シ猊山農隱拙稿卷ト同一書ナラン。余ハ未タ之ヲ見サルモ益齋以下ハ皆高麗ノ季世ニ生レ元朝服屬時代ノ人ナリ。其ノ叔世ニシテ金ニ服事セル時代ニ相當スル者ヲ擧クレバ相國集ト二閑集トアルノミ。李仁老ハ金富軾死亡ノ翌年生(西紀一一五二年)ニシテ高麗史卷百二ニ本傳アリ。左ノ如シ。

『파한집』 3권 고려 이인로 찬
『보한집』 3권 고려 최자 찬

내가 본 바를 가지고 말한다면 고려인의 저작으로 현존하는 것은 얼마 되지 않는다. 석의천(釋義天)의 『대각국사문집(大覺國師文集)』(해인사 소장), 김부식의 『삼국사기』, 이규보의 『동국이상국집』, 『파한집』, 『보한집』. 지금 인행(印行)하는 바의 것은 『파한집』, 『보한집』이다. 익재(益齋, 이제현)·가정(稼亭, 이곡)·목은(牧隱, 이색)·포은(圃隱, 정몽주)·도은(陶隱, 이숭인)의 집(集) 및 『동문선』에 실린 시문(詩文)이 이것이다. 마에다 후작(候爵) 장서 중 최해(崔瀣)의 졸고 약 1100이 있다고 한다. 생각건대 예산농은(猊山農隱, 최해)의 졸고 2권과 동일한 책일 것이다. 나는 아직 그것을 보지 못했으나, 익재 이하는 모두 고려 계세(季世)에 태어나 원조(元朝)에 복속된 시대의 사람이다. 그 숙세(叔世)에 금(金)에 복사(服事)하는 시대에 상당하는 것을 들자면, 『상국집』과 『파한집』, 『보한집』이 있을 뿐이다. 이인로는 김부식이

죽은 이듬해(서기 1152년)에 태어났고, 『고려사』 102권에 본전(本傳)
이 있다. 아래와 같다.

李仁老。字ハ眉叟。初ノ名ハ得玉。平章事頗ノ曾孫ナリ。幼ヨリ聰
悟ニシテ善ク文ヲ屬シ草隷ヲ善クス。鄭仲夫ノ亂ニハ祝髮シテ以テ避
ク。亂定アリテ俗ニ歸ス。明宗十年魁科ニ擢デラシ桂陽管記ニ補セラ
レ、直史館ニ遷リ。史翰ニ出入スレコト凡テ十有四年。當世ノ名儒吳
世才。林椿。趙通。皇甫抗。咸淳。李湛之ト結テ忘年友ト爲リ。詩酒
ヲ以テ相娛ム。世江左ノ七賢ニ比ス神宗ノ朝ニ禮部員外郎ニ累遷
シ。高宗ノ初秘書監右諫議大夫ニ拜セラル。卒スル年六十九。詩ヲ以
テ時ニ名アリ。性偏急。當世ニ忤ヒ大ニ用井ラレズ。銀臺集二十卷。
後集四卷。雙明齋集三卷。破閑集三卷ヲ著ハシ世ニ行ハル。子ハ程。
穰。穩。皆登第セリ。

이인로의 자는 미수(眉叟), 초명(初名)은 득옥(得玉). 평장사(平章事)
오(頗)의 증손이다. 어려서부터 총오(聰悟)하여 글을 잘 짓고 초서 예
서를 잘 썼다. 정중부의 난 때는 머리를 깎고 피했다. 난이 평정되고
속(俗)에 돌아왔다. 명종 10년 괴과(魁科, 과거에 으뜸으로 뽑힘)로 발
탁되어, 계양관기(桂陽管記)로 임명되었다가 직사관(直史館)으로 옮
겼다. 사한(史翰)에 출입하기를 모두 14년, 당세(當世)의 명유(名儒)
오세재·임춘·조통·황보항·함순·이담지와 함께 나이에 관계없이 재
주와 학식으로 사귀는 벗이 되었다. 시와 술로 서로 즐겼다. 세상 사
람들이 그들을 강좌칠현(江左七賢)에 견주었다. 신종 때 여러 차례 승
진해 예부원외랑(禮部員外郎)에 이르렀다. 고종 초에 비서감(秘書監)·

우간의대부(右諫議大夫)로 임명되었다. 졸년(卒年) 예순 아홉, 시로 당대에 이름이 났다. 성품이 편협하고 조급하여 당세(當世)에 미움을 받아 크게 쓰이지 못했다. 『은대집(銀臺集)』20권, 『후집(後集)』4권, 『쌍명재집(雙明齋集)』3권, 『파한집』3권을 지어 세상에 전한다. 아들 정(程)·양(禳)·온(穩) 모두 과거에 급제했다.

破閑集ノ跋文ニ「庚申三月日孽子閣門祗侯世黃謹誌」トアリ文中ニ「將五十年矣」ノ語アルニ對照スルバ庚申歳ハ元宗ノ元年(西紀一二六〇年)ニ本書ヲ刊行シタルモノニシテ江華遷都以後ニ係ル。世黃ノ名ノ麗史列傳ニ錄セサルハ盖シ庶孽ナレバナラン。

『파한집』의 발문에
"경신 3월일 얼자(孽子) 각문지후(閣門祗侯) 세황(世黃) 삼가 적다" 라고 있다. 문중(文中)에 "장오십년의(將五十年矣)"라는 말이 있으므로 대조하면, 경신년은 원종(元宗) 원년(서기 1260년)에 본서를 간행한 것으로 강화 천도 이후이다. 세황의 이름이 『고려사』열전에 기록되지 않은 것은 생각건대 서얼이기 때문이었을 것이다.

破閑集著作ノ本旨ハ跋文ニ詳ラカニシテ。文人消閑ノ遊戲文章ニ過キス。「麗水ノ濱必ス良金アリ。荆山ノ下。豈ニ美玉ナカランヤ。我カ本朝。境ハ蓬瀛ニ接シ。古ヨリ號シテ神仙ノ國ト爲ス」。云云トイフモノ是ナリ。

『파한집』 저작의 본지(本旨)는 발문에 상세한데, 문인(文人) 소한

(消閑)의 유희 문장에 불과하다. '여수(麗水)의 빈(濱), 반드시 좋은 금
이 있고, 형산(荊山) 아래, 어찌 미옥(美玉)이 없겠는가. 우리 본조(本
朝), 경(境)은 봉영(蓬瀛)에 접하고 예부터 신선의 나라라 불렀다.' 운
운한 것이 이것이다.

書中紀年文字多カラズ。然レトモ卷ノ上ニ皇統三年癸亥四月トアル
ハ金ノ年號ヲ用井タルナリ。卷ノ中ニ神王七年ノ語アリ。又今上卽祚
六年己巳ノ語アリ。今上トハ熙宗ニシテ金ノ大安元年西紀一二〇九年
ニ當ル。然レトモ新羅(今ノ慶州)ノ舊俗ヲ說キ西京(今ノ平壤)ノ山河ヲ
談シ當時開京(今ノ開城)ノ宮廷。寺觀。其他ノ風物ヲ記スルニ至テハ高
麗ノ一班ヲ徵スルニ足ルモノアラン。

서중(書中) 기년(紀年) 문자가 많지 않다. 그렇지만 권상(卷上)에 황
통(皇統) 3년 계해(癸亥) 4월이라고 있는 것은 금(金)의 연호를 쓴 것
이다. 권(卷) 중(中)에 신왕(神王) 7년이라는 말이 있다. 또한 금상(今
上) 즉조(卽祚) 6년 기사(己巳)라는 말이 있다. 금상은 희종(熙宗)으로 금
의 대안(大安) 원년 서기 1209년에 해당된다. 그렇지만 신라(지금의 경
주)의 구속(舊俗)을 말하고 서경(西京, 지금의 평양)의 산하를 담(談)하
며, 당시 개경(開京, 지금의 개성)의 궁정·사관(寺觀) 기타 풍물을 기록
한 것을 보면 고려의 일반(一班)을 징(徵)함에 족한 것이 아닐까 한다.

△補閑集ノ作ハ李仁老ノ書ニ續補スルニ在リテ崔滋ノ自序ニ詳ラカ
ナリ。滋ハ元宗元年ニ卒ス。年七十三。李仁老ヨリ弱キコタ三十六歳
西紀一一八八生。一二六〇死)。高麗史ニ本傳アリ。而シテ本書ノ成ハ

ル崔瑀ノ囑命ニ出ツ。瑀ハ崔忠獻ノ子。序中ニ晉陽公トイフモノ是ナ
リ。又序中ニ今侍中上柱國崔公トイフハ瑀ノ子沆ヲイフ。皆高麗史卷
百二十九叛逆傳中ノ權臣ナリ。其ノ甲寅歲ハ高宗四十一年(西紀一二五
四)ニ當ル。今ノ海印寺所藏ノ大藏經目錄刻板ノ戊申歲ニ後ルルコト六
年ナリ。本書卷下(原本第十七丁)ニ開泰寺僧統守眞。學博識精。奉勅勘
大藏經。正錯如素所親譯トアルハ。大藏目錄ニ所謂高麗國新彫大藏校
正別錄三十卷海東沙門守其編トアル守其ニ相當シ。眞ハ其ノ訛字ナル
カ如シ。大藏經ノ刻板年時ヲ論定スルモノノ引據スル所ナリ。今日高
麗ノ沿革ヲ考フルモノ本書ニ觀テ發明スル所アラバ幸ナリ。特ニ詩人
ノ清玩ニ供スベキモノノミニ止マラス

　　○『보한집』을 지은 이유는 이인로(李仁老)의 서(書)를 속보(續補)하
는 데 있다고, 최자(崔滋)의 자서(自序)에 상세히 적혀 있다. 최자는 원
종(元宗) 원년에 졸(卒)했다. 나이 73세. 이인로보다 36세 어린 서기
1188년생으로 1260년 죽었다.『고려사』에 본전(本傳)이 있다. 그리
고 본서가 성립된 것은 최우(崔瑀)의 촉명(囑命)에서 나왔다. 최우는
최충헌(崔忠獻)의 아들이다. 서문 가운데에 진양공(晉陽公)이라 이르
는 이가 그다. 또한 서문 가운데 금시중상주국최공(今侍中上柱國崔公)
이라 한 것은 최우의 아들 항(沆)을 가리킨다. 모두『고려사』권129「반
역전(叛逆傳)」중의 권신(權臣)이다. 그 갑인(甲寅)해는 고종 41년(서기
1254)에 해당된다. 지금 해인사에 소장된 대장경 목록 각판(刻板)의
무신(戊申) 해보다 6년 뒤이다. 본서 권(卷) 하(원본 제17정)에 "개태사
승통수진(開泰寺僧統守眞), 학박식정(學博識精), 봉칙감대장경(奉勅勘
大藏經), 정착여소소친역(正錯如素所親譯)"이라고 되어 있는 것은 대장

경 목록에 "소위고려국신조대장교정별록삼십권해동사문수기편(所謂高麗國新彫大藏校正別錄三十卷海東沙門守其編)"이라고 있는 '수기(守其)'에 상당한다. 진(眞)은 기(其)의 와자(訛字)인 듯하다. 대장경의 각판(刻板) 연시(年時)를 논정(論定)하는 이가 인거(引據)하는 바이다. 금일 고려의 연혁을 고찰하는 이가 본서에서 보고 깨닫는 바가 있다면 다행이겠다. 다만 시인의 청완(淸玩)에 제공할 만한 것일 뿐만은 아니다.

△二書ノ原本ハ皆朝鮮朝ノ刻板ニシテ。補閑集ハ前間恭作君ノ所藏ニ係リ。破閑集ハ余ノ所藏ニ係ル。皆刻板年時ノ記載ヲ缺ク。破閑集ノ首ニ侍講院ノ印章アリ弘齋雲章アリ。侍講院ノ創置ハ仁祖二十三年乙酉ニシテ弘齋ハ正祖王ノ雅號ナリ。

○이서(二書)의 원본은 모두 조선조 각판으로『보한집』은 마에마 교사쿠(前間恭作) 군의 소장본이고,『파한집』은 나의 소장본이다. 모두 각판 연시의 기재가 없다.『파한집』들머리에 시강원(侍講院)의 인장(印章)이 있다. 또한 홍재운장(弘齋雲章)이 있다. 시강원이 설치된 것은 인조(仁祖) 23년 을유(乙酉)이고, 홍재(弘齋)는 정조(正祖)왕의 아호(雅號)이다.

益齋集(詩文十卷櫟翁稗說前後四卷)
高麗 李齊賢撰

余ハ高麗五百年ヲ通觀シテ二人ヲ得タリ。武臣ニ在テハ前ニ姜邯贊アリ。文臣ニ在テハ後ニ李齊賢アリ。邯贊ノ奇略ハ恰モ趙宋ノ寇準ガ

澶淵ノ一擲ヲ試ムルニ似タリ。齊賢ノ事蹟ハ間關崎嶇弱邦宰相ノ運命
尤モ奇ナリ。少壯ヨリ忠宣王ニ從ヒ其ノ燕邸ニ服事シ。忠肅。忠惠。
忠穆。忠定。恭愍ノ六世ニ歷事シ。恭愍王十六年卒ス。年八十一(西紀
一三六七年)。高麗史卷百十二本傳アリ。

『익재집』(시문 10권 『역옹패설』 전후 4권)
고려 이제현 편찬

나는 고려 5백년을 통관(通觀)하여 두 사람을 얻었다. 무신으로는
전기에 강감찬(姜邯贊)이 있었다. 문신으로는 후기에 이제현(李齊賢)
이 있었다. 강감찬의 기략(奇略)은 조송(趙宋)의 재상 구준(寇準)이 전
연(澶淵)에서 일대 승부수를 시도한 것과 흡사했다. 이제현의 사적은
간관기구(間關崎嶇)한 약방(弱邦) 재상(宰相)의 운명이라 가장 기(奇)
했다. 소장(少壯) 시절부터 충선왕(忠宣王)을 따라 그 연저(燕邸)에서
복사(服事)했다. 충숙(忠肅)·충혜(忠惠)·충목(忠穆)·충정(忠定)·공민
(恭愍)의 육세(六世)에 역사(歷事)했다. 공민왕 16년에 졸(卒)했다. 나
이 81세(서기 1367년). 『고려사』 권110에 본전(本傳)이 있다.

集中櫟翁稗說アリ麗史ノ闕遺ヲ徵考スベシ麗史ニ依レバ忠肅王ノ薨
セル後。忠惠王卽位シ。元カ使ヲ遣ハシ王ヲ執ヘテ去リ。人心疑懼シ
テ禍マサニ測ラレサラントスルニ當リ。齊賢自ラ奮テ身ヲ顧ミズ。元
都ニ至リ。辨拆功ヲ奏シ。一等鐵券ヲ賜ハリタルモ。其ノ國ニ還ル
ヤ。群小煽動息マズ。是ニ於テ迹ヲ屛ケテ出デズ。吃々著作セルモ
ノ。卽是ナリ。

집(集) 가운데 『역옹패설』이 있는데 『고려사』의 궐유(闕遺)를 징고(徵考)할 만하다. 『고려사』에 따르면 충숙왕(忠肅王)이 홍(薨)한 뒤, 충혜왕(忠惠王)이 즉위했다. 원(元)이 사(使)를 보내어 왕을 잡아갔다. 인심이 의구(疑懼)하여 화를 참으로 헤아릴 수 없었다. 이제현은 자분(自奮)하여 일신을 돌아보지 않고 원의 도읍에 이르러 변탁(辨拆)하여 공(功)을 주(奏)했다. 일등철권(一等鐵券)을 하사받고도 제 나라에 돌아왔으나 군소(群小) 선동이 끊이지 않았다. 이에 자취를 감추고 나오지 않으며 흘흘(吃吃) 저작(著作)한 사람이 바로 이제현이다.

本書前集ノ序ニ至正壬午夏トアルハ忠惠王ノ釋サレテ位ニ復シタル後元ノ三年(西紀一三四二)ニ當ル。

본서 전집(前集)의 서문에 지정(至正) 임오(壬午) 여름이라 되어 있는 것은 충혜왕이 풀려나 복위(復位)한 뒤 원나라 3년(서기 1342)에 해당된다.

△原本四冊ハ河合弘民君ノ所藏ニ係ル。余ノ所藏ト同シク印出年時遠カラズ。許潁ノ重刊小識ニ萬曆庚子(二十八年)李時發カ慶州府尹タルトキノ鋟梓ニ本ツキ改板ヲ加ヘタルモノナリ。別本益齋集二冊ノモノアリ。櫟翁稗說ヲ包含セズ前間君所藏本是ナリ。

○원본 4책은 가와이 히로타미(河合弘民) 군의 소장본이다. 내가 소장한 것과 같고 인출(印出) 연시(年時)가 멀지 않다. 허영(許潁)의 중

간(重刊) 소지(小識)에 만력 경자(28년) 이시발이 경주 부윤(府尹)일 때 침자(鋟梓)한 것에 바탕을 두고 개판(改版)한 것이다. 별본(別本)『익재집』 2책으로 된 것이 있는데『역옹패설』은 포함되어 있지 않다. 마에마(前間) 군 소장본이 이것이다.

雅言覺非三卷 丁若鏞撰

近代ノ朝鮮ハ三百年來肅宗英祖ヲ經テ正祖ニ至リテ盛ナリト稱ス。我カ邦ノ前ニ元祿享保アリテ後ニ寬政文化ヲ說タカ如シ。朝鮮一藩ノ風氣ハ苟且偸安ニシテ明人ノ評シテ軟骨苛禮ノ國ト爲スモノ或ハ之ニ過キタリ。其ノ學者ノ如キハ輕薄浮夸ニシテ走尸行肉タルモノ比々皆是ナリ。金正喜ノ多才多藝ナル實事求是說アリテ述作之ニ副ハス李德懋ノ靑莊館全書ハ卷帙多シト雖モ識力ニ乏シ。同時駕シテ之ニ上ルモノハ惟丁若鏞一人ノミ。若鏞ノ才學ハ我カ新井白石ノ流亞ナリ。典章故實ヨリ俗語俚諺ニ至ルマテ多ク好著ノ見ルベキモノアリ。康津ニ謫官セルコト十八年吃々書ヲ著ハス。其集ヲ與猶堂集ト云フ增補文獻備考卷二百五十ニ若鏞字美庸。號茶山。押海人。英祖朝文科。官承旨トアリ。同書ニ茶山叢說アルヲ錄セリ余ハ未タ之ヲ見ス。又其生卒年月ヲ確知セズ英祖正祖純祖ニ跨ルハ疑無シ。阮堂集ニ與丁若鏞書アリ阮堂ト同時ノ先輩トス。余ノ所藏ノ丁氏ノ書ハ牧民新書十六冊欽々新書十冊經世遺表十六冊我邦疆域考三冊詩經講義幷補遺五冊雅言覺非一冊アリ。皆有用ノ書寫本ヲ以テ傳フ。詩經講義幷補遺三ニ與猶堂集卷之十五トアリ盖シ未タ全書アラサルナリ。

『아언각비』 3권 정약용 찬

근대 조선은 3백년 이래 숙종·영조를 거쳐 정조에 이르러 성(盛)했다고 일컫는다. 일본으로 치면 전기에 겐로쿠(元祿)·교호(享保)가 있고, 후기에 간세이(寬政) 문화를 말하는 것과 같다.[4] 조선 일번(一藩)의 풍기(風氣)는 구차(苟且)·투안(偸安)하니, 명인(明人)이 평하여 '연골가례(軟骨苟禮)의 나라'라 한 것 혹은 그것에 불과하다. 그 학자 등은 경박부과(輕薄浮夸)하고 주시행육(走尸行肉)한 것 예외 없이 다 그러하다. 김정희는 다재(多才)·다예(多藝)한 실사구시의 설이 있으나 술작(述作)이 그것에 부(副)하지 않았다. 이덕무의 『청장관전서(靑莊館全書)』는 권질(卷帙)이 많긴 하나 식력(識力)이 부족하다. 동시에 가(駕)하여 그들보다 위인 자는 오직 정약용 한 사람뿐이다. 정약용의 재학(才學)은 일본의 아라이 하쿠세키(新井白石)[5]의 유아(流亞, 유형의 사람)이다. 전장(典章)·고실(故實, 옛날의 의식·법령·복장·예법 등의 규정·관례)에서 속어(俗語)·이언(俚諺)에 이르기까지 볼 만한 저서가 많이 있다. 18년간 강진에 유적(流謫)되어 흘흘(吃吃) 책을 썼다. 그 집(集)을 『여유당전서』라 한다. 『증보문헌비고』 권250에 "약용자미용(若鏞字美庸), 호다산(號茶山), 압해인(押海人), 용조조문과(英祖朝文科), 관승지(官承旨)"라 되어 있다. 동서(同書)에 『다산총설』이 있음을 기록했다. 나는 아직 그것을 보지 못했다. 또한 그 생졸(生卒) 연월을 확실히 알지 못한다. 영조·정조·순조에 과(跨)하는 것은 의심의 여지가

---

4 겐로쿠는 1688-1703년, 교호는 1716-1735년, 간세이는 1789-1800년을 가리키는 연호이다.

5 1657-1725. 일본의 유학자, 정치가.

없다. 『완당집(阮堂集)』에 정약용에게 보내는 편지가 있다. 완당(추사 김정희를 가리킴)은 동시대의 선배이다. 내가 소장한 정씨의 책은 『목민신서』 16책, 『흠흠신서』 10책, 『경세유표』 16책, 『아방강역고』 3책, 『시경강의병보유(詩經講義幷補遺)』 5책, 『아언각비』 1책이 있다. 모두 유용(有用)의 책 사본을 가지고 전한다. 『시경강의보유』 3에 『여유당집』 권15라고 있다. 생각건대 아직 전서(全書)가 있지 않았다.

今刊スル所ノ覺非ノ書ハ朝鮮ニ於テ漢字ノ使用其當ヲ得サルモノヲ辨正スルニ在リ。野郎頭ニシテ唐人ト爲ラント欲スルモノ何レノ地カ之レ無カラン。朝鮮人ガ親等計算ニ寸ノ語ヲ用井ル如キハ淵源遠ク麗末ニ遡ル。新羅僧ガ佛ヲ指シテ輔處ト誤認シ又訛シテ敷處ト爲ル。此種ノ方言ハ却テ味アリ。牧使モ府使モ郡守縣令モ皆倅ト曰ヒ。買ヲ誤テ賒(掛賣買ノ義)ト稱シ。貸ヲ誤テ貰ト爲シ貰馬貰家ト稱スル如キ。漢韓ノ同文ニシテ異義アルモノヲ標擧セルコト尠カラズ。

지금 간행하는 바 『각비(覺非)』라는 책은 조선에서 한자를 사용하는 것이 마땅함을 얻지 못한 것을 변정(辨正)하는 데 있다. 야로아타마(野郎頭)[6]를 하고서 중국인이 되려는 자가 어느 곳에서인들 없겠는가. 조선인이 친족의 등급을 계산하는 데 촌(寸)이라는 말을 사용하는 따위는 연원이 멀리 고려 말로 거슬러 올라간다. 신라의 승려가 불(佛)을 가리켜 보처(輔處)로 오인하고 또한 와(訛)하여 부처(敷處)가 되었다. 이런 종류의 방언은 도리어 맛이 있다. 목사(牧使), 부사(副

---

6 남자의 앞머리를 제거한 머리를 가리키는 말로 와카슈가부키 배우의 앞머리를 제거한 데서 시작되어 흔히 성인남자의 머리 모양을 일컫는 말로 변했다.

使), 군수(郡守)·현령(縣令)을 모두 졸(倅)이라 했다. 매(買)를 오(誤)하여 사(賖, 외상으로 산다는 뜻)라고 일컬었다. 대(貸)를 오(誤)하여 세(貰)라 여겨 세마(貰馬)·세가(貰家)라 일컫는 등, 한한(漢韓)의 동문(同文)이면서 이의(異義)인 것을 표거(標擧)한 것이 적지 않다.

朝鮮ニ茶無シ。茶ヲ用井ルハ今代ノ事ニシテ日本人ノ好ム所ナリ。丁若鏞ノ茶山又ハ茶亭ト號セルハ盖シ康津ニ在リテ多ク山茶ヲ栽フルニ取ルナリ。山茶ノコトハ本書ノ山茶者南方之嘉木也云々ノ條下ニ見ユ。山茶ハ日本語ノ椿ヲ指稱セルナリ。朝鮮ニハ此類ノ同文異義頗ル多シ經世家ノ日韓同文ヲ論スルモノ亦何ン之ヲ忽視スルヲ得ンヤ。

조선에 차(茶)가 없었다. 차를 쓰는 것은 금대(今代)의 일로서 일본인이 좋아하는 바이다. 정약용이 다산 또는 다정(茶亭)이라 호(號)한 것은 생각건대 강진에 있으면서 산차(山茶)를 많이 재배한 데서 취한 것이다. 산차에 대한 것은 본서의 '산차자남방지가목야(山茶者南方之嘉木也)' 운운한 조(條) 아래에 보인다. 산차는 일본어의 동백꽃을 지칭하는 것이다. 조선에는 이런 유의 동문이의(同文異義)가 자못 많다. 경세가(經世家) 중에 일한동문(日韓同文)을 논하는 자 또한 어찌 그것을 홀시(忽視)할 수 있겠는가.

本書ノ小引ニ嘉慶己卯冬トアルハ純祖ノ十九年(西紀一八一九)ナリ鋌馬山樵モ亦タ別號ナリ多クハ洌水ノ號ヲ以テ行ハル。若鏞ハ洌水ヲ以テ漢江ノ古號ナリトシ採テ以テ自號トセルナリ。

본서의 소인(小引)에 '가경 기묘 겨울'이라 한 것은 순조 19년(서기 1819)이다. 철마산초(鐵馬山樵)도 또한 별호(別號)이다. 열수(洌水)를 호로 쓴 경우가 많았다. 정약용은 열수를 한강의 고호(古號)라 여겨 자호(自號)로 채택한 것이다.

東人詩話 二卷 徐居正撰

朝鮮朝ニ於ケル詩話ハ徐居正ノ選ヲ以テ簡要ト爲シ。洪萬宗ノ選ヲ以テ該搏ト稱スヘシ。梁慶遇(霽湖ト號ス)ノ詩話ハ未タ之ヲ見ズ。東人詩話ニハ姜希孟ノ序アリ。序中ニ成化甲午秋トアルハ成宗五年ニシテ明ノ成化十年(西紀一四七四)ニ當ル。本書ノ原本ハ余ノ所藏ナリ。李必榮ノ跋アリ慶州府ノ重刊ナリ。曾テ前間氏所藏本ト比較セシニ板型少差アリ。孰シカ新古ヲ詳ニセズ。

『동인시화』 2권 서거정 찬

조선조에서의 시화(詩話)는 서거정(徐居正)이 선(選)한 것이 간요(簡要)하고, 홍만종(洪萬宗)이 선한 것이 해박(該博)하다 이를 만하다. 양경우(梁慶遇, 호는 제호(霽湖))의 시화는 아직 보지 못했다. 『동인시화』에는 강희맹(姜希孟)의 서(序)가 있다. 서 가운데 '성화(成化) 갑오 가을'이라 한 것은 성종 5년으로 명나라 성화 10년(서기 1474)에 해당된다. 본서의 원본은 내가 소장한 것이다. 이필영(李必榮)의 발(跋)이 있고, 경주부(慶州府)의 중간(重刊)이다. 마에마 씨 소장본과 비교한 적이 있는데 판형에 조금 차이가 있다. 어느 것이 새것이고 오래된 것인지 미상이다.

[3] 「용비어천가」 서문
河合弘民, 「龍飛御天歌解題」, 『朝鮮群書大系(正)』 24, 朝鮮古書刊行會, 1911.

가와이 히로타미(河合弘民)

『용비어천가』 해제

本書は李朝第四世王世宗卽位甘七年權踶鄭麟趾安止李叔蕃に命じ撰述せしめたるものにして我後花園天皇文安二年に當り今を去ること四百六十六年前の編纂と爲す編者權鄭は集賢殿大提學安は同提學にして共に知名の文士なり李は太宗簒立の際帷幄に参して功績あり安城君に封ぜられたるも後罪あり咸陽に謫せられ本書編述の際能く太宗時の事蹟を知れる故を以て特に召還せられ其事に與りたる者とす

본서는 이조 4대왕 세종 즉위 27년, 권근(權踶)·정인지(鄭麟趾)·안지(安止)·이숙번(李叔蕃)에게 명하여 찬술하게 한 것으로 일본의 고하나조(後花園) 천황 분안(文安) 2년(1445)에 해당되며 지금으로부터 466년 전에 편찬한 것이다. 편자 권근·정인지는 집현전 대제학, 안지는 집현전 제학으로 모두 지명(知名)의 문사이다. 이숙번은 태종이 찬립(簒立)할 때 유악(帷幄)에 참(参)한 공적이 있어, 안성군(安城君)에

봉해졌으나, 나중에 죄가 있어 함양(咸陽)에 유배당했다가 본서를 편
술할 때 태종 때 사적을 잘 안다는 이유로 특별히 소환되어 그 일에
참여한 자라 한다.

本書は五卷百甘五章より成り李朝の遠祖李安社以來李朝第二世太宗
潛邸の日に至る迄前後六代間の事蹟を漢字諺文混合體を以て歌謠に綴
り管絃に合せ朝祭宴享の樂辭と爲したるものなり是れ當時編述の趣意
なりと稱せらるれども其眞意は獨り太平を粉飾する具と爲すに止らず
別に政治上の意義を有したるが如し卽ち微賊より起りて王氏を亡した
る李成桂は臣として君を弑したるにあらずして周武か殷紂に代りたる
と異る無みとし大に其有德を頌したるものなり

본서는 5권 25장으로 이루어졌다. 이조의 원조(遠祖) 이안사(李安
社) 이래 이조(李朝) 2대왕 태종이 잠저(潛邸)한 날에 이르기까지 전후
6대 사이의 사적을 한자·언문 혼합체 가요로 짓고, 관현(管絃)에 맞
추어 조제(朝祭)·연향(宴享)의 악사(樂辭)로 삼은 것이다. 이는 당시
편술의 취지라고 일컬어지나, 그 진의(眞意)는 오직 태평(太平)을 분
식(粉飾)하는 도구로 삼은 데 그치지 않고 따로 정치상의 의의를 가
지고 있는 것 같다. 즉 미적(微賊)에서 일어나 왕씨를 멸망시킨 이성
계(李成桂)는 신하로서 군주를 죽인 것이 아니라, 주나라 무왕(武王)
이나 은나라 주왕(紂王)을 대신한 것과 다름이 없다고 하여 크게 그
유덕함을 기린 것이다.

然れども本書の價値は寧ろ學術上の方面に於て最も珍とするに足る

ものあり其諺文を以て記述せられたる是其一なり朝鮮に於ける諺文の
起原は明かならず普通朝鮮史の傳る所に依れば世宗の世作製せられた
るものなりと稱すれども是れ甚疑はしく思ふに世宗の試みたるは唯其
配列法を一定し兼て支那音を寫すべき若干の諺文を成したるに止り諺
文の起原は尚遠き以前に在るべく金澤博士の云はれたる如く高麗時代
僧侶が佛敎弘通のたべ發明したるものならん然れども諺文を以て記述
せられたる書籍の今日に傳るは之を以て最古と爲すが故當時に於ける
言語を知り併て朝鮮文學の發達を研究せんとする者に取りては本書は
無二の好資料と云はざるべからず更に麗末李初に於ける歷史研究の資
料たる其二なり朝鮮に於ては李朝以前に關する史料の存するもの誠に
寥々として十指を屈するに足らず殊に麗末に於て李氏に好意を有せざ
る者の著作は李朝開國の後之を絶滅したると覺しく其今日に存する者
唯僅に李穡の牧隱集あるに止り鄭圃隱吉冶隱等の文集存せざるに非る
も僅に其斷片を存するのみにて其全豹は固より知る可からず本書亦前
述の如く悉く信を措く能はずと雖も麗末李初の史實を記するもの誠に
少きを以て此點よりして亦好箇の一資料たるを失はず

　그렇지만 본서의 가치는 오히려 학술상 방면에서 가장 중히 여길
만한 것이다. 그 언문으로 기술된 것이 그 첫 번째이다. 조선에서 언
문의 기원은 분명치 않다. 보통 조선사가 전하는 바에 따르면, 세종
대에 제작되었다고 하지만 이는 매우 의심스럽다. 생각건대 세종이
시험한 것은 다만 그 배열법을 일정하게 하고 아울러 중국음을 사
(寫)할 수 있는 약간의 언문을 이룬 것에 불과하다. 언문의 기원은 훨
씬 멀리 이전에 있을 것이다. 가나자와(金澤) 박사가 말한 것처럼 고

려시대 승려가 불교 홍통(弘通)을 위해 발명한 것이 아닐까 생각한
다. 그렇지만 언문으로 기술된 서적으로 오늘날 전하는 것은『용비
어천가 해제』를 최고(最古)로 삼는 까닭에 당시의 언어를 알고 아울
러 조선 문학의 발달을 연구하려 하는 자에게 본서는 둘도 없는 좋은
자료라 아니할 수 없다. 또한 여말선초의 역사연구 자료라는 점이
두 번째이다. 조선에서는 이조 이전에 관한 사료가 보존된 것 참으
로 매우 적어 열 손가락에 꼽기에도 부족하다. 특히 여말에 이씨에
게 호의를 갖지 않은 자의 저작은 이조가 개국된 뒤 그것을 절멸한
것으로 보이니, 오늘날 보존된 것은 겨우 이색(李穡)의『목은집(牧隱
集)』이 있는데 불과하다. 포은(圃隱) 정몽주(鄭夢周), 야은(冶隱) 길재
(吉再) 등의 문집이 없지는 않으나 겨우 그 단편이 남아있을 뿐으로
그 전표(全豹)는 본래부터 알 수가 없다. 본서 또한 앞서 말한 대로,
모두 믿을 수는 없지만, 여말선초의 사실(史實)을 기록한 것이 참으
로 적기 때문에 이 점을 이유로 역시 좋은 자료라고 할 수 있다.

　抑も朝鮮に於ける書籍は文祿役を限界とし其以前に係るもの甚少く
今日見る所のものは十中八九其以後に著作せられたるものにして本書
の如き今日に存する所のもの內地と朝鮮を通じて二十部を出ざるべし
而して其版皆同一なるが如く共に編述の當初鋟梓せられたるものに係
るが如し今此に朝鮮古書刊行會に於て刊行する所の原本は余の藏本に
して卽ち正統十年世宗卄七年印出せられたるものに係る

明治四十四年十月於京城
文學士 河合弘民識

본래 조선의 서적은 임진왜란을 경계로 하여 그 이전 것은 매우 적어 오늘날 볼 수 있는 것은 십중팔구 이 이후에 저작된 것으로 본 서처럼 오늘날 보존된 것은 일본과 조선을 통틀어 20부를 넘지 않을 것이다. 그리고 그 판(版)이 모두 동일한 것 같고, 모두 편술된 당초의 침자(鋟梓)인 것 같다. 지금 여기에 조선고서간행회에서 간행하는 바의 원본은 내가 소장한 것으로 곧 정통(正統) 10년 세종 27년 인출(印出)된 것이다.

메이지 44년(1911) 10월 경성에서
문학사 가와이 히로타미 적다

[4] 『퇴계집』 서문
朝鮮古書刊行會 편, 『朝鮮群書大系[別集]』 1, 朝鮮古書刊行會, 1915.

『퇴계집』

四十九卷目錄二卷世系圖及年譜三卷
原本 木版三十四冊 李滉 著

本書の初板は退溪の死(宣祖三年)後三十一年萬曆二十九年頃退陶先生文集として、陶山書院に於て刻せるものなること、柳成龍の跋後に見ゆ、又本書の文集告成文に退溪の死後、文集尚未だ世に刊行せず、壬辰以來倭賊の變、公私の書籍兵火の中に蕩盡せるも幸ひ開刊するを得

たることを記せり、之れを本書の原本とす、本書は第一卷より第五卷
までは詩なり、退溪の詩は所謂儒者の詩にして巧みらず、第六卷乃至
第九卷に敎、疏、啓辭等あり、其の書契修答文に對馬島守等に與ふる書
代製文字なり、第九卷より第四十卷までは書牘にして門人に與ふる儒學
の問答多しと、卷の四十一乃至四十四には儒書に關する序跋の見るべき
ものあり、其他は祝祭文、墓誌銘、行狀等にして重要なる文字多し。

49권 목록 2권 세계도 및 연보 3권
원본 목판 34책 이황 저

본서의 초판은 퇴계(退溪)가 죽은(선조 3년) 후인 31년 만력(萬曆)
29년 경 퇴도(退陶)선생문집으로 도산서원에서 각(刻)한 것을 유성
룡(柳成龍)의 발문 뒤에서 발견했다. 또한 본서의 문집 고성문(告成文)
에는 퇴계의 사후 문집이 아직 세상에 간행되지 않았고, 임진 이래
왜적의 변, 공사(公私)의 서적 병화(兵火) 가운데 탕진되었으나 다행
히 개간(開刊)함을 얻었다고 기록되어 있다. 그것을 본서의 원본으로
삼는다. 본서는 제1권에서 제5권까지는 시이다. 퇴계의 시는 소위
유자(儒者)의 시로서 교(巧)하지 않다. 제6권 혹은 제9권에 교(敎)·소
(疏)·계사(啓辭) 등이 있다. 그 서계수답문(書契修答文)에 대마도 관리
등에게 보내는 서간이 있다. 대제(代製)문자이다. 제9권에서 제14권
까지는 서독(書牘)으로 문인에게 보내는 유학에 관한 문답이 많다.
권41 혹은 44에는 유서(儒書)에 관한 서발로 볼 만한 것이 있다. 기타
는 축제문(祝祭文)·묘지명·행장 등으로 중요한 문자가 많다.

李滉字は景浩、別號は陶叟、弘治十四年辛酉(燕山君七年)生れ、隆慶四年庚午(宣祖三年)年七十にして死す、官は左贊政に至り大提學たり、卒して領議政を贈られ、孔子廟に從祀せらる、半島の儒學は退溪を以て巨擘と爲し栗谷之れに踵ぐ、栗谷の經筵日記隆慶四年庚午の條下に退溪の人物評あり、『滉には別著の書なしと雖も、其議論に於て聖賢の謨訓を發揮せるもの多く世に行はる、中宗の末徐花潭道學を以て世に名ありしも其の論たるや多く氣を認めて理と爲す、滉之れを病ひ說を作り以て之れを辨ず、辭旨明達學者信服し世の儒宗と爲す、趙光祖(靜庵)の後之と與に比すべきなし、滉の才調器局は光祖に及ばずと雖も義理を深究し以て精微を盡すに至ては光祖の能く及ぶ所にあらずと』言へり、之れ退溪に對する讚辭なるも栗谷は又嘗て依樣の味多しと評せるは寧ろ適評にして、宋儒の舊套に依附して、胡廬を描きたる看あり、然れとも朝鮮儒學の大成は此の人を以て終始すと稱して可なり、栗谷の如きは其學退溪より出でゝ、其人稍俊邁なりと言ふべきのみ。

이황(李滉)의 자(字)는 경호(景浩), 별호(別號)는 도수(陶叟), 홍치 14년 신유(연산군 7년)에 태어나서 융경 4년 경오(선조 3년) 나이 70세에 죽었다. 관직은 좌찬정(左贊政)에 이르고 대제학이었다. 졸(卒)하여 영의정에 추증되었고, 공자묘에 종사(從祀)되었다. 반도의 유학은 퇴계를 거벽(巨擘)으로 삼고 율곡이 그에 종(踵)한다. 율곡의 경연일기(經筵日記) 융경 4년 경오 조(條)에 퇴계의 인물평이 있다. "이황이 따로 지은 책이 없다 하더라도 그 논의에서 성현의 모훈(謨訓)을 발휘한 것이 세상에 많이 퍼졌다. 중종(中宗) 말 서화담(徐花潭)이 도학(道學)으로 세상에 이름이 있었으나, 그가 논하는 것의 대부분은 기를 인(認)하여 리(理)로 삼는 것이다. 이황이 그것을 근심스레 여겨 설(說)을 작(作)하여서 그것을 변(辨)했다. 사지(辭旨) 명달(明達)하여 학자가 신복(信服)했고, 세상의 유종(儒宗)이 되었다. 정암(靜庵)[7] 조광조(趙光祖)가 나중에 그와 더불어 비할 만했다. 이황의 재조(再調)·기국(器局)은 조광조에게 미치지 못한다 하더라도 의리를 심구(深究)하여 정미(精微)를 다한 것에서는 조광조가 능히 미칠 바가 아니다" 라고 말했다. 이것은 퇴계에 대한 찬사이지만 율곡이 또한 일찍이 '의양(依樣, 자득(自得)보다 옛 성현의 책을 연구하여 철학을 구축함)의 맛이 많다'고 평한 것은 오히려 적평(適評)으로 송유(宋儒)의 구투(舊套)에 의부(依附)하여 호리병박을 그린[8] 느낌이 있다. 그렇지만 조선 유학의 대성(大成)은 이 사람으로서 시종(始終)한다고 일컬을 만하다. 율곡 같은 경우는 그 학문이 퇴계에서 나왔고, 그 사람됨이 조금 준매(俊邁)했다.

---

7 조광조의 호 정암(靜庵)을 원문에서는 정안(靜安)으로 잘못 적은 듯하다.
8 '様によりて葫蘆を描く'라는 속담이 있는데, 모양만을 흉내내어 호리병박을 그리다, 즉 생김새만 흉내 내고 독창성이 없음을 비유하는 말이다.

제3장

조선연구회 간행
한국고전 서발문

▌해제▐

조선연구회는 호소이 하지메가 조선병합을 기념하여 설립한 조선연구단체이다. 그렇지만 실질적 운영은 아오야기 쓰나타로(青柳綱太郎, 1877~1932)가 담당하게 되어『조선고서진서(朝鮮古書珍書)』총서를 간행하였다. 아오야기 쓰나타로는 1901년 9월 한국으로 들어와『간몬신보(關門新報)』와『오사카마이니치 신문』의 통신원이 되었다. 이후 전라남도 나주 및 진도의 우편국장,『목포신보』의 주필, 재정고문부의 재무관, 궁내부 주사,『경성신문』사장 등을 역임했다. 그는 한국주재 일본 언론인 그룹이라고 할 수 있는 호소이 하지메, 기쿠치 겐조(菊池謙讓, 1870~?), 오무라 도모노조(大村友之丞, 1871~?) 등과 함께 조선연구회를 창립했다. 조선연구회의 1910년 1기 평의원 구성을 보면 총독부의 실무자급과 학교인사로 편성되었으며, 1915년 2기 평의원 구성을 보면 총독부 실무자급과 더불어 일본의 저명 대학교수와 언론인, 경성과 만주 지역의 언론인들이 포함되었다.

조선연구회는 초기 열악한 재정상황에 1년간 운영이 어려웠지만, 조선왕실과 데라우치 총독의 재정지원이 있어 1911년부터 1917년까지 총서를 간행할 수 있었다. 총 56책의 고서를 발간했는데, 이를 정리해보면 다음과 같다.

1	1기 1회	(原文和譯對照) 角干先生實記 ; 看羊錄 ; 東京雜記	1911
2	1기 2회	(原文和譯對照) 莊陵誌 ; 平壤續誌	1911
3	1기 3~5회	(原文和譯對照) 牧民心書	1911
4	1기 8회	(原文和譯對照) 經世遺表	1911
5	1기 9회	(原文和譯對照) 朝鮮野談集	1911
6	1기 10회	(原文和譯對照) 豊太閤征韓戰記	1912
7	2기 1집	(原文和譯對照) 謝氏南征記 ; 九雲夢	1914
8	2기 2~3집	(原文和譯對照) 三國史記	1914
9	2기 4~5집	(原文和譯對照) 小華外史	1914
10	2기 6집	(原文和譯對照) 朝鮮博物誌	1914
11	2기 7~8집 9~12집	(原文和譯對照) 東國通鑑	1914~1915
12	2기 13집	(原文和譯對照) 海遊錄	1915
13	2기 14집	(原文和譯對照) 三國遺事	1915
14	2기 15집	(原文和譯對照) 慕夏堂集	1915
15	2기 16집	(原文和譯對照) 漢唐遺史	1915
16	2기 17집	(原文和譯對照) 朝鮮外寇史	1915
17	2기 18~19집	(原文和譯對照) 大韓疆域考	1915
18	2기 20~21집	(原文和譯對照) 燕巖外集	1915
19	2기 22~24집	(原文和譯對照) 高麗史堤綱	1916
20	3기 25~26집	(原文和譯對照) 靑野謾輯	1916
21	3기 27~28집	(原文和譯對照) 李舜臣全集	1916
22	3기 29~31집	(原文和譯對照) 芝峯類說	1916~1917
23	3기 32집	(原文和譯對照) 元朝秘史	1917
24	3기 33~36집	(原文和譯對照) 國朝寶鑑	1917
25	3기 38~47집	(原文和譯對照) 增補文獻備考(1)~(10)	1917

　　조선연구회가 발행한 상기고전목록을 보면, 학술적으로 가치
가 있는 역사서와 실학서, 임진왜란 관련저술, 조선의 대외관계
와 사대적인 조선을 보여주는 저술, 향후 조선인의 국민성 연구
를 위한 야담집, 조선 문사의 개인저술 등을 발간했음을 알 수 있
다.『조선고서진서』총서는 과거 조선고서간행회의『조선군서대
계』와 달리, 한문과 일본어 현토번역문이 함께 수록되어 있으며
문헌고증을 통해 정본을 구축하고자 한 변별성을 지니고 있다.
또한 상대적으로 일본의 강제병합을 합리화할 수 있는 고서를 중
시하였다는 점을 알 수 있다. 우리는 이러한 특성을 지닌 조선연
구회 발행 한국고전 중에서 한국주재 일본인의 서문을 번역했다.

▌참고문헌 ─────────

박영미,「일본의 조선고전총서 간행에 대한 시론」,『한문학논집』37,
　　　근역한문학회, 2013.

서신혜,「일제시대 일본인의 고서간행과 호소이 하지메의 활동」,『온
　　　지논총』16, 2007.

우쾌재,「조선연구회 고서진서 간행의 의도 고찰」,『민족문화연구논총』
　　　4, 1999.

임상석,「1910년대『열하일기(熱河日記)』번역의 한일 비교연구-『시
　　　문독본(時文讀本)』과『연암외집(燕巖外集)』에 대해」,『우리어
　　　문연구』52, 2015.

최혜주,「일제강점기 고전의 형성에 대한 일고찰」,『한국문화』64, 2013.

최혜주,「일제강점기 조선연구회의 활동과 조선 인식」,『한국민족운동
　　　사연구』42, 한국민족사운동학회, 2005.

최혜주,「한말일제하 재조일본인의 조선고서 간행사업」,『대동문화연
　　　구』66, 성균관대 대동문화연구원, 2009.

최혜주,『근대재조선 일본인의 한국사 왜곡과 식민통치론』, 경인문화
　　　사, 2010.

[1] 『각간선생실기』 서문(1911)
大村琴花, 「序」, 『角干先生實記』, 朝鮮研究會, 1911.

오무라 도모노조(大村琴花)

序

　本會の副事業たる朝鮮古書の刊行は。富豪の隱居骨董二昧に類する道樂沙汰にはあらず。徒らに難解の珍書を美裝して架上の裝飾品となすにはあらず。昔の朝鮮より生ける資料を發見して之を新たなる我か朝鮮の經營上に活動せしめんが爲なり。是れ學者の考證本と爲ずには多少の異議あらんも一般に通讀し得へく敢て飜譯を企てる所以なり。

　英國が印度を經營するや。先づ多くの歲月と巨億の經費と而して絶大なる精力を其調査硏究に投じ。以て施設稍肯繁に當り。我が滿洲鐵道會社が其事業を計劃するや。一部の人士間に物議を惹起する迄の費用を其調査に支出したれども。硏究の周到に基きて彼は大過なきを得つつあり。朝鮮の忠孝觀は必ずしも日本の忠孝觀と一致せず。況んや其他をや。日本に於て舟板塀に見趣の松は富豪窈かに之を蓄へども。朝鮮に在りては儒林の泰斗たる奎草閣大提學尙之を親らして毫も其德を傷けず。所變れば品變る。故國の是とするところ必ずしも新版圖の民心に合致せず。甲郎の家風必ずしも乙孃の家風と等しからず。其俗を知り其情を悉し洵に奏效の確實を期せんには須らく一隻眼を此國民の歷史に傾注せざるべからず。蓋し朝鮮の硏究は時代の要求なり。

본회(本會)의 부사업인 조선고서 간행은 은거한 부호(富豪)가 골동품 삼매에 빠지는 것과 같은 도락취미와 다르다. 부질없이 난해한 진서(珍書)를 미장(美裝)하여 가상(架上)의 장식품으로 삼는 그런 것이 아니다. 옛날 조선에서 생겨난 자료를 발견하고 그것을 새로이 우리 조선을 경영하는 데 활동하게 하기 위해서이다. 이것이 학자의 고증본(考證本)으로 삼기에는 다소 이의가 있겠으나, 일반에게 통독될 수 있게 굳이 번역을 기획한 이유이다.

영국이 인도를 경영함에 우선 많은 세월과 많은 경비를 들이고 절대한 정력을 그 조사 연구에 투입하여 시설이 점점 긍경(肯綮, 핵심)에 닿았다. 우리 만주철도회사가 그 사업을 계획함에 일부 인사 사이에 물의를 일으킬 만큼 비용을 그 조사에 지출했지만 연구의 주도함에 기초하여 그것은 큰 잘못 없음을 인정받는 중이다. 조선의 충효관은 일본의 충효관과 반드시 일치하지는 않는다. 하물며 다른 것에 있어서는 말할 것도 없다. 일본에서 낡은 뱃조각의 널판장 너머로 보이는 소나무는 부호가 몰래 그것을 기르지만, 조선에서는 유림의 태두인 규초각(奎草閣)[1] 대제학이 여전히 그것을 친(親)하여 터럭만큼도 그 덕을 상하게 하지 않았다. 장소(所)가 변하면 품(品)이 변한다. 고국에서 옳다고 여기는 바가 반드시 신판도(新版圖)의 민심에 합치하지는 않는다. 갑랑(甲郞)의 가풍이 반드시 을양(乙孃)의 가풍과 같지는 않다. 그 속(俗)을 알고 그 정(情)을 궁구하여 참으로 주효(奏效)의 확실을 기하려면 모름지기 일척안(一隻眼)을 이 국민의 역사에 경주해야 할 것이다. 생각건대 조선의 연구는 시대의 요구이다.

---

1 규장각(奎章閣)의 오기로 보인다.

吾人が本會を組織するに當りては。同感熱誠なる士君子の大なる贊
同を忝ふし。今や三百八十六名の會員を得て玆に初卷を刊行し得たる
を謝す。然れども會員の數は未だ全く吾人の所期に達せず。尙益諸君
の援助を請ふと同時に。逐次步を進めて其目的を達せんと欲す。若し
夫れ舊臘十二月に初刊すべく豫告したる期日を今月に延期したるは。
刊行事業の一期を一月より起して十二月に終らしめんとせしに因る。
會員諸君幸に諒恕せられんことを。

京城に於て

明治四十四年 一月 大村琴花識

나는 본회를 조직할 때, 동감(同感) 열성인 사군자의 큰 찬동을 입
었다. 지금 386명의 회원을 얻어 여기에 첫 권을 간행하게 됨을 사
(謝)한다. 그렇지만 회원 수는 아직 전혀 내가 기대한 바에 달하지 못
했다. 앞으로 더욱 제군(諸君)의 원조를 청함과 동시에 순차적으로
걸음을 내딛어 그 목적을 달성하고자 한다. 구랍(舊臘) 12월에 초간
하겠다고 예고한 기일을 금월로 연기한 것은, 간행사업의 일기(一期)
를 1월에서 시작하여 12월에 끝내고자 한 데 기인한다. 회원제군 부
디 사정을 헤아려주길 바란다.

경성에서

메이지 44년(1911) 1월 오무라 도모노조 적다

[2] 『동경잡기』 법례

大村琴花, 「凡例」, 『東京雜記』, 朝鮮研究會, 1911.

오무라 도모노조(大村琴花)

凡例

一　東京雜記は大抵板本を以て世に行はる。然れもど種類一ならず。
本書の原本とする所自から他本と異なる所あり。故に間々他本を以て
本書原本の歟を補へり.

二　字體の不明なるもの、若しくは脱落せる者は、異本又は他の書籍
に據りて之を補ふと雖も、一事蹟の他本にありて、本書の原本に無き
者は、姑く原本に從ひ、敢て補遺を試みず。可否遽かに斷じ難くし
て、擅に補遺を加ふるの穩當ならざるを感じたればなり.

三　字句の不明ならざる者と雖も、其錯誤たることの明からる者は、
異本若しくは他の書籍に據りて修正を加へたり.

四　正誤、補遺又は考正の類は、總て、（　）內に補註し、以て原本の
脚註と區別す.

五　書中引く所の詩は、訓詁を施すに止め、敢て國文に飜譯せず。或
は原詩の風韻を損せんことを恐れたれはなり.

六 題銘、碑文又は引語の如きも、成るべく原體を保たむるに力め、濫りに飜譯せず。唯、訓詁を施し、以て誦讀の便を圖るに止む.

七 記文の類、之を飜譯して妨なき者は、原意を損せざらんことに注意して、之を國文に改めたり.

八 東京雜記の叙は、一本に之れ有りて、全書の原書に之れ無し。此叙あるも、之に依りて東京雜記の著者及年代を明かにするに由なし。叙の無、必ずしも本書の價値を輕重するに足らざるか如しと雖も、雞肋未だ遽に棄つるに忍びず。故に一本に據りて之を譯し、以て本書の卷頭に載す.

明治四十三年 二月 譯者識

1. 『동경잡기(東京雜記)는 대저 판본으로 세상에 퍼졌다. 그렇지만 종류가 하나는 아니다. 본서가 원본으로 삼은 것은 스스로 타본과 다른 바가 있다. 그러므로 간간이 타본을 가지고 본서 원본의 결(缺)을 보충했다.

2. 자체(字體)가 명확하지 않은 것 혹은 탈락된 것은 이본 또는 다른 서적에 의거하여 보충했지만 한 사적에 대해 타본에는 있고 본서 원본에 없는 것은 일단 원본을 따랐고, 굳이 보유(補遺)하려 하지 않았다. 가부(可否)를 성급히 판단하기 어려워 멋대로 보유를 더하는 것이 온당하지 않다고 느꼈기 때문이다.

223

3. 자구(字句)가 명확하지 않다 하더라도 그 착오가 분명한 것은 이본 혹은 다른 서적에 의거하여 수정했다.

4. 정오(正誤)·보유(補遺) 또는 고정(考正)의 유(類)는 모두 ( )안에 보주(補注)하여 원본의 각주와 구별했다.

5. 서중(書中) 인용된 시는 훈점을 찍는 데서 그치고 굳이 일본어로 번역하지 않았다. 이는 원시(原詩)의 풍운(風韻)을 손상할까 염려해서이다.

6. 제명(題銘)·비문(碑文) 또는 인어(引語) 등도 될 수 있는 한 원체(元體)를 보존하려 했고 함부로 번역하지 않았다. 다만 훈점을 찍어서 송독(誦讀)의 편의를 도모하는 데 그쳤다.

7. 기문(記文)의 유(類)는 번역해도 무방한 것은 원의(原意)를 손상하지 않는 것에 주의하여 일본어로 고쳤다.

8. 『동경잡기』의 서(敍)는 한 판본에 그것이 있고 본서 원서에는 없다. 그 서가 있으나 그것에 의하여 『동경잡기』의 저자 및 연대를 밝힐 방도는 없다. 서의 유무, 반드시 본서의 가치를 경중하기에 족하지 않다 하더라도 계륵(鷄肋)을 차마 성급히 버리지 못했다. 그리하여 한 판본에 의거하여 그것을 번역해서 본서의 권두에 실었다.

메이지 43년(1910) 12월 역자 적다

[3] 『조선야담집』 서문

靑柳綱太郎, 「序」, 『朝鮮野談集』, 朝鮮研究會, 1912.

아오야기 쓰나타로(靑柳綱太郎)

序

半島を併合したるの客觀的報酬は我民族膨脹に依りて獲取し得るも一千二百萬衆を懷柔同化せしめずんば主觀的眞の全き報酬は未だ獲取し得たりと云ふ能はざる也然らば半島民族を同化せしめ其弟妹と合致せんとせば上下一千載彼等が構成せし社會の裏面と國民性と先づ窺ひ知らざる可からざる也.

本書は半島一千二百萬衆江湖の中に包まれたる野談、俗傳一百餘篇を蒐集編纂したるものにして或は頤を解くの諧談珍話あり、或は小説に類する面白き讀みものあり、左れば一種の誤樂的讀本たるが如きも讀者をして言下に半島に隱されたる風俗、習慣を知らしめ社會生活の裏面の狀態を遺憾なく而かも大膽に暴露せるもの卽ち些の粉飾なき虛飾なき赤裸々たる民衆の骸骨也、一讀淸閑の興を添へん再讀日鮮比較文學上の資料たらん三讀爲政者及經世家の一部參考たらんか、希くは大方の識者、十三道社會の裏面を潛流せる源泉を辿りて淸鮮なる一滴水を吟味せんことを願ふて己まざる也.

明治四十五年一月

於朝鮮硏究會 靑柳南冥識

반도를 병합한 객관적 보수(報酬)는 일본 민족의 팽창에 의하여 획득할 수 있었으나, 1200만 민중을 회유·동화시키지 못한다면 주관적이고 참으로 온전한 보수는 아직 획득했다고 말할 수 없다. 그렇다면 반도 민족을 동화시키고 그 제매(弟妹)를 합치시키려 한다면, 위아래로 1천년 그들이 구성한 사회의 이면과 국민성을 우선 추측해야 한다.

본서는 반도 1200만 민중과 강호 속에 간직된 야담·속전(俗傳) 100여 편을 수집·편찬한 것으로 혹은 해이(解頤)할 만한 해담(諧談)·진화(珍話)가 있고, 혹은 소설과 유사한 재미있는 읽을거리가 있다. 그렇다면 일종의 오락적 독본 같으나, 한 마디로 독자로 하여금 반도에 숨겨진 풍속·습관을 알게 하고 사회생활의 이면 상태를 유감없이 더구나 대담하게 폭로한 것, 곧 조금의 분식(粉飾)·허식이 없는 적나라한 민중의 해골(骸骨)이다. 일독하면 한적한 흥을 더할 것이고, 재독하면 일본·조선 비교 문학상의 자료가 될 것이며, 삼독하면 위정자 및 경세가의 일부 참고가 될 것이다. 부디 대부분의 식자(識者), 13도(道) 사회의 이면을 잠류(潛流)하는 원천을 더듬어 깨끗하고 신선한 한 방울의 물을 음미하기를 바라마지 않는다.

메이지 45년(1912) 1월

조선연구회에서 아오야기 난메이 적다

[4]『징비록』서문

靑柳綱太郎,「序」,『鮮人の記せる太閤征韓戰記』, 朝鮮研究會, 1912.

아오야기 쓰나타로(靑柳綱太郎)

序

　時勢英雄を産むか、英雄時勢を産むか、十七世紀の劈頭に於ける亞
細亞の大勢は海島の英雄豊太閤か自己五寸の掌上飜弄せんとせり、

　　시세(時勢)가 영웅을 낳는가, 영웅이 시세를 낳는가. 17세기 벽두
　　에 아시아의 대세는 해도(海島)의 영웅 호타이코(豊太閤)[2]인가, 자신
　　의 5촌[3] 길이의 손바닥 위에 [세상을]번롱(飜弄)했다.

　英雄出づる所地勢良し矣、海島の日本、山は秀麗にして水は清明
也、此日本か産みたる英雄中の眞の英雄なる太閤が一代の風雲を叱咤
し、此海島より出でゝ亞細亞大陸に回天動地の偉業を策せり、征韓役
は卽ち太閤の大陸に於ける活劇史にして其半面は實に我民族の膨脹戰
也、世の腐儒動もすれば征韓役を以て太閤が漫りに武を黷すを譏る者
あるも吾人は言ふ、太閤は時代精神の權化にして膨脹的日本民族の精
神を最も猛烈に發揮したるもの也と、凡そ國民たる者は常に進取の氣
象を保たざるべからず、國民に進取の氣象なきは、觸て其國の衰滅を

---

2 도요토미 히데요시의 경칭.
3 1촌의 5배로 약 15.2센티미터의 길이이다.

意味するなり、歷史は今眼前に吾人に立證せり、今や日韓の併合成り
所謂「兵氣銷成日月光」もの亦洵に其淵源の深きを憶はずんばあらず、
左れば我父祖の時代に於て兵戰の上に輝かしたる進取の氣象は如今通
商の上に貿易の上に而して移民事業の上に大陸に於ける平和的經營の
上に進取の氣象を揮せざるべからず、かくて始めて英雄の素志を貫徹
したりと可謂也、

　　　영웅이 난 곳은 지세가 좋다. 해도(海島) 일본, 산은 수려하고 물은
청명하다. 이 일본이 낳은 영웅 가운데 참된 영웅인 도요토미 히데
요시가 일대(一代)의 풍운을 질타하고, 이 해도에서 나와 아시아 대
륙에 회천동지(回天動地)의 위업을 책(策)했다. 조선 정벌의 역(役, 임
진왜란)은 곧 도요토미 히데요시의 대륙에서의 활극사(活劇史)이고,
팽창적 일본 민족의 정신을 가장 맹렬하게 발휘한 것이다. 대저 국
민 된 자는 늘 진취적 기상을 가져야 한다. 국민에게 진취적 기상이
없는 것은 이윽고 그 나라가 쇠멸됨을 의미한다. 역사는 지금 눈앞
의 나에게 입증했다. 지금 일한합병이 이루어져 소위 '병기쇄성일
월광(兵氣鎖成日月光)'하는 것 또한 참으로 그 연원의 깊음을 떠올리
지 않을 수 없다. 그렇다면 우리 부조(父祖)의 시대에 병전(兵戰)에서
빛나던 진취적 기상은 지금과 같이 통상·무역 그리고 이민 사업을
하는 데 있어서나 대륙에서의 평화적 경영을 하는 데 진취적 기상을
발휘하지 않을 수 없다. 그리해야 비로소 영웅의 소지(素志)를 관철
했다고 이를 만하다.

抑も征韓役に關する日本人の戰記、著述少なからすと雖も而かも其

戰敗者たる實際其戰役に遭遇したる鮮人の忌憚なく直筆せし記述に至ては世人の多くは之を知る者なし、本書は當時親しく太閤の征韓に遭遇し慘憺たる敗衂に懲りたる總理大臣柳成龍外一二の文士が自國が覆はんとせし敗戰の原因と防戰の實況とを忌憚なく直筆せし一片の哀史也、知らず戰敗の文士は如何に之を筆せる乎、吾人は更に之を盛世に譯出して一面史家の資料に供し一面現代我靑年の氣風を鼓舞せんと欲す矣。

征韓役後三百二十年、春三月

於 京城 靑柳南冥

　대저 임진왜란에 관한 일본인의 전기(戰記)·저술이 적지 않다 하지만, 그 전쟁의 패자로 실제 그 전쟁에 조우한 조선인이 기탄없이 직필한 기술은 세상사람 중에 아는 이가 많지 않다. 본서는 당시 친히 도요토미 히데요시님이 조선정벌에 조우하였을 때, 참담하게 패뉵(敗衂)하여 징계를 받은 총리대신 유성룡 외 한두 문사가 자국이 망하게 된 패전의 원인과 방전(防戰)의 실황을 기탄없이 직필한 한편의 애사(哀史)이다. 자아, 패전국의 문사가 어떻게 기록했는지, 나는 다시 그것을 성세(盛世)에 역출(譯出)하여 한편으로 역사가의 자료로 제공하며, 한편으로 현대 우리 청년들의 기풍을 고무시키길 바라노라.

정한역(征韓役) 후 324년, 춘 3월

경성 아오야기 난메이

[5] 『사씨남정기』 서문
靑柳綱太郎,「謝氏南征記に叙す」,『謝氏南征記』, 朝鮮研究會, 1914.

아오야기 쓰나타로(靑柳綱太郎)

謝氏南征記に叙す
사씨남정기에 서하다

李朝十九代の肅宗王御歳三十にして未だ儲嗣無く庶人張氏を容れて
後宮に置けり、張氏は絶世の美人也巧言令色能く王の意を迎ふ、王は
張氏の容色に溺れて寵愛度なく遂に張氏を封して淑媛と爲し漸く王妃
を疎んするに至れり、流言洶々久しからすして當に廢立の事あるべし
と、是に於て諫官韓聖佑と云へる人宋の仁宗皇帝流涕して王德用進む
る所の女を放遂するの故事を引きて王を諫めけれとも聽かれず聖佑は
却て罪を得て其職を轉せられけり。

이조 19대 숙종(肅宗)왕 나이 서른에도 아직 왕위를 이을 왕자가
없어 서인 장씨를 후궁으로 두었다. 장씨는 절세의 미인인데다 교언
영색으로 왕의 뜻을 잘 맞추었다. 왕은 장씨의 용색(容色)에 빠져 한
없이 총애하여 마침내 장씨를 봉하여 숙원(淑媛)으로 삼고 점점 왕비
를 멀리하기에 이르렀다. 오래지 않아 참으로 폐립지사(廢立之事)[4]가
있을 것이라는 유언(流言)이 흉흉하였는데, 이에 간관(諫官) 한성우

---

4 임금을 몰아내고 새로 다른 임금을 추대하는 사건.

(韓聖佑)라는 자가 송(宋)의 인종(仁宗) 황제는 유체(流涕)하며 왕덕용 (王德用)이 바친 여자를 방축(放逐)하였다는 고사를 인용하면서 왕을 말렸지만 듣지 않고, 성우는 도리어 죄를 얻어 전직(轉職)을 당했다.

是より先東平君杭と云へる人あり、(先代孝宗王の弟の子にして乃ち 肅宗の叔父に當れり)王の寵を恃みて奥に出入し何時しか張氏と通せ り、時人喧囂風說既に内外に傳播す、吏判朴世采なる者王の命に依り て殿に赴き袖より一書を進めて曰く三代の君能く其政を修むる者は修 身齊家を本とせさるは莫し曩に韓聖佑の上疏を見る過激中らさる所あ りと雖も要するに宮禁の事を言ひしを以て罪を得たり、聖佑の不敬は 素よりなるも之を忍んで上言するの已むを得さるに至れる恐らくは之 れ聖世の氣像に非る也と王大に怒る、又領相南九萬と云へる人奏して 曰く殿下卽位より既に十年を過ぎ未た儲嗣あらず此時に當り近宗(東平 君を指す)頻々として内殿に出入するの風說内外に傳播す、人情安んで 疑はさるを得んやと、王震怒して曰く卿等密議して此上言を爲すか と、遂に命して皆之を流竄す、既にして張氏姙娠し分身して男子を生 めり(後の景宗王) 時人は素より王の胤に非るを思へり。

이보다 앞서 동평군(東平君) 항(杭)이라는 사람이 있었다.(선대 효 종(孝宗)왕 동생의 아들로 곧 숙종의 숙부에 해당된다) 왕총(王寵)을 믿고 궁에 출입하며 언제부터인가 장씨와 통했다. 그 당시의 사람들 에게 소란스러운 풍설(風說)은 이미 안팎으로 전파되었다. 이판 박세 채(朴世采)라는 이가 왕명에 의하여 전(殿)에 들어가 소매에서 일서 (一書)를 꺼내어 바치며 말했다.

　　"삼대(三代)의 군(君) 능히 그 정(政)을 수(修)한 이는 수신제가를 본(本)으로 삼지 않은 이가 없었습니다. 일전에 한성우의 상소를 봄에 과격하여 맞지 않는 곳이 있다고 하더라도 요컨대 궁금지사(宮禁之事)를 말한 것 때문에 죄를 얻었습니다. 성우의 불경(不敬)은 본래부터 말할 나위도 없지만 그것을 굳이 상언(上言)하지 않을 수 없음에 이른 것입니다. 아마도 성세(聖世)의 기상(氣像)이 아닐 것입니다."

　　왕은 크게 노했다. 또한 영상 남구만(南九萬)이라는 이가 주(奏)하여 말했다.

　　"전하께서 즉위한 지 이미 10년이 지났는데 아직 왕자가 없습니다. 이때를 당하여 근종(近宗)(동평군을 가리킨다) 빈빈(頻頻)하게 내전에 출입한다는 풍설(風說)이 안팎으로 전파되었습니다. 인정이 어찌 의심하지 않을 수 있겠습니까."

　　왕이 진노하여 말했다.

　　"경등(卿等)이 밀의(密議)하여 이 상언(上言)을 한 것인가."

　　마침내 명하여 모두 귀양 보냈다. 이윽고 장씨가 임신하고 분신(分身)하여 남자를 낳았다.(후의 경종(景宗)왕) 당시의 사람들은 본래부터 왕의 아들이 아니라 생각했다.

　　張氏分娩の月其母之を視んとて宮中に入り來れり其乘る所の轎、宣仁門内に在り持平李益壽法吏をして其轎を推破せしめ其轎奴を鞭ち上奏して曰く張氏の母は一賤人也何そ敢て轎に乘し宮門に出入するやと、王怒りて益壽の職を奪ひ内需司をして推治して之を殺さしむ、大司憲李秀彦と云へる人之を聞き上疏して曰く法吏は賤しと雖も執る所は祖宗の憲法也、今殿下其法を執るを怒て之を撲殺す、國家法吏を置

くも何をか用ひんやと校理兪一得も亦上疏して之を極言す、王追悔す。

　　장씨가 분만한 달 그 어미가 그녀를 보려고 궁중으로 들어왔다. 어미가 탄 가마, 선인문(宣人門) 안에 있었다. 지평(持平) 이익수(李益壽)가 법리(法吏)를 시켜 그 가마를 추파(推破)하게 하고 그 교노(轎奴)를 채찍질하고 상주(上奏)하여 말했다.

　　"장씨의 어미는 한낱 천인입니다. 어찌 감히 가마를 타고 궁문에 출입하겠습니까."

　　왕이 노하여 익수의 직을 빼앗고 내수사(內需司)를 시켜 추치(推治)하여 그를 죽이게 했다. 대사헌(大司憲) 이수언(李秀彦)이라는 이가 그것을 듣고 상소하여 말했다.

　　"법리(法吏)가 비록 천한 관직이라고 하더라도 자신이 할 일을 집(執)하는 바는 조종(祖宗)의 법입니다. 지금 전하께서 그 법을 집한 것에 대하여 노하여 그를 박살내셨습니다. 국가가 법리를 둔 것은 무엇에 쓰고자 하심입니까."

　　교리(校理) 유일득(兪一得)도 또한 상소하여 그것에 대해 극언(極言)하니, 왕이 추회(追悔)했다.

　　王領議政(今の總理大臣)金壽恒吏曹判書南龍翼等を召して王子の名號を定めんとす、壽恒、龍翼名號の擧の早きに過くるを諫む、王曰く宗社の大計は多辯に非ずと遂に王子の名號を定めて照儀に封し張氏を禧嬪と爲さしむ、是に於て時の儒臣宋時烈上疏して宋の哲宗の故事を引き之を諫む王曰く噫々儲嗣既に定まり君臣の分義亦定まるの時、時烈儒臣の領袖を以てし乃ち敢て宗の哲宗の事を引き隱然之を早きに歸す

233

と遂に之を流竄せり、時に南人、西人黨を分て軋轢し領議政金壽恒儒
臣宋時烈等皆西人の巨擘にして內閣は悉く西人を以て組織し居りたる
が張氏の事を以て王の逆鱗に觸れたるを見て取りたる南人の李玄紀、
南致薰等は機を見て王に激勸し遂に宋時烈を濟州島に竄し領議政金壽
恒を罷め次て死を賜ひ此他西人の黨は悉く極邊に流されけり。

　　왕이 영의정(領議政, 지금의 총리대신) 김수항(金壽恒), 이조판서(吏
曹判書) 남용익(南龍翼) 등을 불러 왕자의 명호(名號)를 정하려 했다.
수항과 용익은 명호지거(名號之擧)가 너무 빠르다고 간했다. 왕이 말
했다.

　　"종사(宗社)의 대계(大計)는 다변(多辯)[의 대상]이 아니다."

　　마침내 왕자의 명호를 정하여 조의(照儀)에 봉하고 장씨를 희빈(禧
嬪)으로 삼게 했다. 이것에 대하여 당대의 유신(儒臣) 송시열(宋時烈)
이 상소하고 송(宋) 철종의 고사를 인용하여 그것을 간했다. 왕이 말
했다.

　　"아아, 저사(儲嗣)가 이미 정해졌다. 군신(君臣)의 분의(分義) 또한
정해져 있는 때에, 시열이 유신의 영수(領袖)로써 굳이 종(宗)[5]의 철
종(哲宗)의 일을 끌어다가 은연중에 그것을 빠르다고 하는구나."

　　마침내 그를 유찬(流竄)시켰다. 때에 남인, 서인이 당을 갈랐다. 알
력이 있었던 것이다. 영의정 김수항, 유신 송시열 등은 모두 서인의
거벽(巨擘)으로 내각은 모두 서인으로 조직하고 있었는데, 장씨의 일
로 왕의 역린(逆鱗)을 건드린 것을 알아차린 남인 이현기(李玄紀), 남

---

5 원문에는 '종(宗)'으로 되어 있지만 문맥상 '송(宋)'이다. '송'의 오자인 듯하다.

치동(南致薫) 등은 기회를 엿보아 왕에게 격권(激勸)하여 마침내 송시
열을 제주도로 유배시키고 영의정 김수항을 파면시켰으며 이어서 죽
음을 내렸다. 그 외 서인당(西人黨)은 모두 극변(極邊)에 유배당했다.

西人張氏の事を極言して皆遠竄せられ或は免黜せられ玆に全く南人
の天下と爲れり、此に至り王は張氏を寵すること傍若無人也、遂に張
氏を東宮に封じ正室閔妃を廢して庶人と爲し祖先の廟に祭告す、此日
閔氏素屋轎に乗り耀金門より出て安國洞の私第に歸る、儒生數百路上
に拜告す、領中樞府事、李尙眞上書して之を諫止せんとす、王怒て之
を極邊に放ち更に嚴令して曰く自今強臣復た敢て抗議する者あらは直
ちに逆律を以て之を論斷せんと遂に張氏を冊して王妃と爲し、其父張
炯を玉山府院君と爲し其母に坡山府夫人を贈り翌年元子を冊封して王
世子と爲せり、是れ實に李朝二十代の景宗王にして時人の所謂東平君
の胤なり、時に失權の西人派に金春澤と云へる人あり、文筆を以て朝
野に令名あり、奸邪の徒跋扈して王の聰明を蔽ひ南人其隙に乘して正
權を私せるを慨し、憂慮措かず傳へ云ふ本書は實に春澤が寸鐵霜を斬
る得意の筆劒を振ふて王肅宗に諷せる寫實の小説なりと。

서인 장씨의 일을 극언(極言)하여 모두 원찬(遠竄)당하거나 혹은
면출(免黜)당하여 이에 완전히 남인 천하가 되었다. 여기에 이르러
왕이 장씨를 총(寵)하는 것 방약무인(傍若無人)하였다. 마침내 장씨를
동궁(東宮)에 봉하고 정실(正室) 민비를 폐하여 서인(庶人)으로 만들
고 선조의 묘에 제고(祭告)했다. 이날 민씨는 소옥교(素屋轎)를 타고
요금문(耀金門)으로 나가 안국동(安國洞) 사제(私第)로 돌아갔다. 유생

(儒生) 수백이 노상(路上)에서 배고(拜告)했다. 영중추부사(領中樞府事) 이상진(李尚眞)이 상서(上書)하여 그것을 간지(諫止)하려 하였다. 왕이 노하여 그를 극변에 방(放)하고 다시 엄히 명했다.

"이제부터 강신(强臣)이 다시 감히 항의하는 자가 있으면 즉각 역률(逆律)로써 그를 논단(論斷)하리라."

마침내 장씨를 책(冊)하여 왕비로 삼았다. 그 아비 장형을 옥산부원군(玉山府院君)으로 삼고 그 어미에게 파산부부인(坡山府夫人)을 증(贈)했다. 다음해 원자(元子)를 책봉하여 왕세자로 삼았다. 그가 실로 이조 20대 경종(景宗)왕으로 당시의 사람들이 이르는 바 동평군(東平君)의 윤(胤)이었다. 때에 실권(失權)한 서인파에 김춘택(金春澤)이라는 사람이 있었다. 문필로 조야(朝野)에 명성이 높았다. 간사한 무리들이 발호(跋扈)하여 왕의 총명(聰明)을 가리고, 남인이 그 틈을 타서 정권을 사유(私有)하는 것을 개(慨)하여 우려를 금하지 못해 전하여 말한다. 본서는 실로 춘택이 촌철(寸鐵) 상(霜)을 참(斬)하는 득의(得意)의 필검(筆劍)을 휘둘러 왕 숙종(肅宗)을 풍(諷)하는 사실(寫實)의 소설이다.

斯くて金春澤は一面小說に託して王を諷諫し一面韓重爀等と共に遂に意を決して廢后閔氏の復位を企てけるか事洩れ右相閔黯(南人派)疑獄を起して之を鞠治せんとす、然るに如何にしけん王は猛然として先つ南人の巨頭右相閔黯を殺して南人の政權を根底より顚へし西人南九萬を起して領相と爲し遂に兹に南人內閣を組織して廢后閔氏の位を復し張氏の璽授を收めて復た禧嬪の爵を賜ひけり、蓋し之れ肅宗、春澤の南征記を見て飜然悟る所ありたるに因るものなりと、閔氏位に復せし

より二年にして病を得臥床二年に及べり張嬪一度も之を伺候せざるの
みならず潜かに神堂を設け一二親近の婢僕と共に人を屛けて祈禱し閔
妃の速かに死せんことを願へり、閔妃竟に薨ぜり、王大に怒りて張氏
に死を賜ひ東平君は張氏と通せし故を以て同しく死を賜はり、內人雪
香巫女其他悉く誅に伏せり。

　이리하여 김춘택은 일면 소설에 탁(託)하여 왕을 풍간(諷諫)하고,
일면 한중혁(韓重爀) 등과 함께 마침내 결의하여 폐후(廢后) 민씨의
복위를 꾀하였지만, 일이 누설되어 우상(右相) 민암(閔黯, 남인파)이
의옥(疑獄)을 일으켜 국치(鞫治)하려 하였다. 그런데 어떻게 된 일인
지 왕은 맹연(猛然)히 먼저 남인의 거두 우상 민암을 죽이고 남인의
정권을 근저(根底)부터 전(顚)하고 서인 남구만을 기용하여 영상으
로 삼았다. 마침내 이에 남인[6] 내각을 조직하여 폐후 민씨를 복위하
고, 장씨의 새수(璽授)를 거두고 또한 희빈의 작(爵)을 사(賜)했다. 생
각건대 숙종, 춘택의 남정기를 보고 번연(飜然)히 깨달은 바가 있음
에 인한 것이리라. 민씨가 복위한 지 2년, 병을 얻어 와상(臥床)에 이
른지 2년이 되었는데, 장빈(張嬪) 한 번도 그를 사후(伺候)하지 않았
을 뿐만 아니라, 몰래 신당(神堂)을 세워 사람을 물리치고 친근(親近)
한 한두 비복(婢僕)과 함께 기도하여 민비가 속히 죽기를 기원했다.
민비가 마침내 훙(薨)했다. 왕이 크게 노하여 장씨에게 죽음을 내리
고 동평군은 장씨와 통한 연고로 똑같이 죽음을 내렸다. 나인 설향
(雪香)과 무녀, 그 밖에 모두도 주복(誅伏)됐다.

---

6 원문에는 남인으로 되어 있지만 전후 문맥상 서인이 맞다. 서인의 오자로 보인다.

此事實は乃ち此小說の材料にして而して此小說の段末は著者肅宗の
手を假りて巧みに小說の事を行はしめたり、著者の地名及人名を明國
に擬したるは其忌憚を畏れてなり、吾人の肅宗の與へし實歷を縮めて
本書の卷頭に叙したるは讀者の便に供せんが爲めのみ。(靑柳南冥識す)

　　이 사실은 바로 이 소설의 재료이며, 이 소설의 결말은 저자가 숙
종의 손을 빌어 교묘하게 소설의 이야기를 진행시켰다. 저자가 지명
및 인명을 명국(明國)으로 빗대어 한 것은 그 기탄(忌憚)을 두려워해
서이다. 내가 숙종에 관한 실력(實歷)을 간추려 본서의 권두에 서(敍)
한 것은 독자에게 편의를 제공하기 위함이다.(아오야기 난메이가
적다)

[6] 『구운몽』 서문
靑柳綱太郞, 「序」, 『九雲夢』, 朝鮮硏究會, 1914.

　　　　　　　　　　아오야기 쓰나타로(靑柳綱太郞)

　或高僧の弟子誡を破て八仙女と戲れ罪を得て俗界に下れり、仙女も
亦同しく人間界に落ちて、僧は貴公子と生れ代はり仙女は或は良家の
令孃に或は藝妓に生れ代はり皆人間界に邂逅して淫遊を壇まにし[7]再ひ
欲心して天上界に終る一種の心理小說にして原本は六卷三冊刊本也

---

　7 원본 텍스트에 '壇まにし'로 되어 있지만, 의미상 '단(壇)'은 '천(擅)'의 오자로
　판단된다. 번역문에서는 '천(擅)'으로 고쳐 해석했다.

어떤 고승(高僧)의 제자가 마음을 깨트리고 팔선녀와 희(戱)하여
죄를 얻어 속계(俗界)에 내려오게 되었는데 선녀도 또한 똑같이 인간
계에 떨어졌다. 승(僧)은 귀공자로 환생하고, 선녀는 양가의 영양(令
孃)으로 혹은 예기(藝妓)로 환생하여 모두 인간계에서 해후하여 음유
(淫遊)를 제멋대로 하다가 다시 욕심내어 천상계에서 마친다는 일종
의 심리소설로서 원본은 6권 3책 간본(刊本)이다.

[7] 『산림경제』 서문
靑柳綱太郎, 「山林經濟に敍す」, 『朝鮮博物誌』, 朝鮮硏究會, 1914.

아오야기 쓰나타로(靑柳綱太郎)

山林經濟に敍す
산림경제에 서하다

目錄に依りて朝鮮の古書珍書を調べて見ると隨分多い樣であるが、
實際は散亡して今日は容易に得られない、中就治世濟民の適切なる書
籍に至ては殊に然りである、本書の原本は古ぼけたる寫本であつて著
者の何人であると云ふことを明かにしていないが世の識者は丁若鏞の
著であると云ふことに一致して居る。

목록에 의하여 조선 고서 진서(珍書)를 조사하여 본 즉 그 양이 상
당히 많은데 실제는 산망(散亡)하여 오늘날 용이하게 얻을 수 없다.

그 중에서 치세제민(治世濟民)의 적절한 서적에 이르러서는 특히 그러하다. 본서의 원본은 오래된 사본으로 저자가 몇 명인가를 명확히 할 수 없으나, 세상의 식자(識者)들의 견해는 정약용(丁若鏞)의 저서라는 것에 일치한다.

若鏞字は茶山と號ず、全羅道羅州の人で李朝二十二代正祖の朝の文臣である、正朝王はなかなか文治に熱心な人であつたので文學の士が彬々として輩出し出版の業は前古無比と云ふ有様で茶山子は実に當時鷄群の一鶴であつた、然るに正朝の末年は十七世紀の末葉西方東漸の時代で肅宗の朝に傳來して擊退された佛國天主教が再び盛んに朝鮮に入り込んで来てなかなか盛んに布教を始めた、王は大に之を憂ひ天主教を老莊申韓以上の異端邪說と云て邪學と改稱され、握く迄壓迫驅遂せんとせられたが其甲斐もなく、日に月に蔓延して朝野の之に帰向する者かなかなか多くなって来たので、時の左議政蔡済恭と云へる人が上訴して邪學を嚴禁し朝野の信溺せる人士を罪せんことを請ふた。

약용(若鏞)의 자(字)는 다산(茶山)이라고 하며 전라도(全羅道) 나주(羅州) 사람으로 이조(李朝) 22대(代) 정조(正朝) 조의 문신이다. 정조왕은 문치(文治)를 상당히 열심히 하는 사람이기에 문학의 사(士)가 빈빈(彬彬)히 배출되어 출판의 업(業)은 비교할 상대가 없을 정도였다. 다산은 실로 당시의 군계일학(鷄群一鶴)이었다. 그러나 정조 말년은 17세기의 말엽으로 서방동점(西方東漸)의 시대였다. 숙종(肅宗) 조에 전래하여 격퇴된 프랑스 천주교(天主教)가 재차 조선으로 들어와서 왕성하게 포교를 시작했던 때이다. 왕은 이를 매우 근심하여 천주교를 노장(老莊) 신한(申韓) 이상의 이단(異端) 사설(邪說)이라고 하여 사학(邪學)이라고 개칭하고 끝없이 압박을 가하였으나 그 효력도 없이 나날이 만연해 가며 조야(朝野)에서도 이에 귀향(歸向)하는 자가 상당히 많아졌다. 이에 당시의 좌의정 채제공(蔡濟恭)이라는 사람이 상소하여 사학(邪學)을 엄금하고 조야에서 이에 빠져 있는 인사(人士)를 벌하지 않으면 안 된다고 청하였다.

純祖の朝に至り父王の遺志を承け、王は邪學の士を或は死刑に處し或は遠地に流罪とした、之より先丁若鏞の兄丁若鍾は天主教の信者であつたので逮捕せられて獄中に死し、茶山子も煩ひを受けて全羅道の康津と云ふ処に流罪となつた有名な「邪獄」と云つたのは乃ち夫れである。

순조(純祖) 조에 이르러 부왕(父王)의 유지(遺志)를 받들어 왕은 사학(邪學)의 사(士)를 혹은 사형에 처하고 혹은 먼 곳으로 유배했다. 이보다 먼저 정약용의 형 정약종(丁若鍾)은 천주교 신자였기에 체포되어 옥중에서 죽었고, 다산도 죄를 받아 전라도 강진(康津)이라는 곳으로 유죄된 유명한 「사옥(邪獄)」이 바로 그것이다.

康津は全南の避邑である、本書は茶山子が配所の述作に違ひはない本會の第一期に出版した牧民心書經世遺表等も茶山の著で經世遺表などは經濟を基礎として述作したもので其識見の高遠にして而して世を治め民を済ふに切なる点は李朝の文臣中著者は実に唯一無二である、吾人本著の譯を通讀すれば其文章紋說茶山子の著述に疑ふのは餘地はない、只動もすれば著者に不似合な迷信俗說の交れる所なきに非るも

夫れは成るべく當時の人民の思想と遠からぬ様と結果に過ぎまい、左れば全體に於て敍論は平板なるか如きも頗る親切を極め經濟學者としての特色を發揮して居る、故に讀者に深甚の興味を与へ現今の民政に裨益し、産業啓發の參考と爲るべきは甚大であらう。

大正三年晩秋

於朝鮮硏究會 靑 柳 南 冥 識

　강진은 전남의 피읍(避邑)이다. 본서는 다산이 배소(配所)에서 술작(述作)한 것임에 틀림없다. 본회(本會)의 제1기에 출판한 목민심서, 경세유포 등도 다산의 저서인데, 경세유포 등은 경제를 기초로 하여 술작한 것으로 그 높은 식견으로 세상을 치유하고 백성을 치유하는 데 적절한 점은 이조의 문신 중에서 저자가 실로 유일무이한 존재이다. 우리들이 이 책의 번역을 통독하면 그 문장과 서설(敍說)이 다산의 저술이라는 것에 의심의 여지가 없다. 다만 저자에게 어울리지 않게 미신과 속설이 함께 하는 것이 없지 않으나, 그것은 가능한 한 당시 인민의 사상과 멀지 않도록 힘쓴 결과에 지나지 않는다. 그러니까 전체적으로 서론은 평범한 것 같으나 매우 친절히 경제학자로서의 특색을 발휘하고 있다. 그러므로 독자에게 심심한 흥미를 부여하고, 지금의 민정(民政)에 도움이 되며 산업 계발의 참고가 되는 바가 클 것이다.

다이쇼 3년(1914) 늦가을

조선연구회에서 아요야기 난메이 적다

[8] 『해유록』 서문

靑柳綱太郎, 「海游錄に叙す」, 『海游錄』, 朝鮮硏究會, 1915.

아오야기 쓰나타로(靑柳綱太郎)

海游錄に叙す

『해유록』에 서하다

豊臣氏朝鮮を征して國交久しく斷絶し彼我の通商貿易は爲めに全く
疏隔せられたり、德川氏海內を鎭定して朝鮮と和せしより日韓の關係
舊に復し漸く其感情を融和し得たり、故に家康以來彼我信使の往來常
に絶へず、享保三年德川吉宗將軍職を襲ふ乃ち其披露として宗對馬守
を朝鮮に遣はし之を報ぜしむ、是に至り朝鮮にても其翌年洪致中なる
者を答禮大使とし日本に特派して之を賀せしむ、四年四月特使の一行
は朝鮮を出發して對州を經、馬關より山陽沿岸の要港に寄泊して大阪
川口に上陸し淀川を溯つて京都に出で陸路江戸に到りて滯留約十ケ月
翌享保五年一月下旬に歸鮮せり、此特使の一行中に書記官申維翰と云
へる文士ありたり本書は實に同氏の日本觀察記也

　　도요토미(豊臣) 씨가 조선을 정(征)하여 국교가 오랫동안 단절되
었고, 서로간의 통상무역은 그 때문에 완전히 소격(疏隔)되었다. 도
쿠가와(德川) 씨가 나라 안을 진정시키고 조선과 화해하고 나서서 일
한의 관계가 옛날로 돌아갔고 점차 그 감정을 융화할 수 있었다. 그
래서 도쿠가와 이에야스 이래 서로 신사(信使)의 왕래가 늘 끊이지

않았다. 교호(享保) 3년(1718) 도쿠가와 요시무네(德川吉宗)가 쇼군(將
軍) 직을 이어받았다. 곧 그 피로(披露)로써 종대마수(宗對馬守)를 조
선에 파견하여 그것을 보(報)하게 했다. 이에 이르러 조선에서도 그
이듬해 홍치중(洪致中)이라는 자를 답례 대사(大使)로 일본에 특파하
여 하례하였다. 교호 4년(1719)년 4월 특사 일행은 조선을 출발하여
다이슈(對州)를 거쳐, 바칸(馬關, 야마구치현의 시모노세키)에서 산요
(山陽) 연안의 요항(要港)에 기박(寄泊)하고, 오사카(大阪) 가와구치(川
口)에 상륙하여 요도가와(淀川)를 거슬러 올라가 교토(京都)로 나와
육로로 에도(江戶)에 이르러 체류하기를 약 10개월, 이듬해 교호 5년
(1720)년 1월 하순에 조선으로 돌아갔다. 이 특사 일행 가운데 서기
관 신유한(申維翰)이라는 문사(文士)가 있었다. 본서는 실로 신유한의
일본 관찰기이다.

申氏手記の原本は散帙して尋ぬるに由なく今回飜刻せし原文も他
人の謄寫せしものに係る故に文中往々誤謬脫漏多く動もすれば文意
の解せざる所尠なからざりしも個は力めて著者の意に副ふべき文字
を尋ねて誤謬を正し脫漏を補ひ置きたり、想ふに申氏は一代の文士
也加ふるに博覽强記汎く諸子百家の書に通曉し其博引考證微を穿ち
細を抉り決して尋常一班の旅行的視察記にあらず其筆力の雄秀にし
て而して傲慢不遜の筆致、痛烈骨を抉くるの慨なくんばあらず、本
書は實に我享保時代に於ける上下一般の風俗習慣等を大膽露骨に發
表せるもの、或意味に於て當時の朝鮮人か如何に日本を輕視し之を
蠻俗視せしかを知ると共に又一面に於て朝鮮人か如何に誇大妄想な
りしかを察知し得べし、要之本書は其該博なる識見、雄秀なる筆力

精細なる觀察、實に當時稀に見る記述と謂ふ可きなり吾人が今此稀有の珍書を捉へ來りて汎く之を現代天下の有識に示すを得るは實に衷心より愉快とする所也

五月 於朝鮮研究會編纂室
靑柳南冥識

신씨 수기의 원본은 산일(散逸)되어 찾을 방도가 없다. 이번에 번각(飜刻)한 원문도 다른 사람이 등사(謄寫)한 것이다. 그러므로 문장 속에 왕왕 오류·탈루(脫漏)가 많고 문장의 뜻을 이해할 수 없는 곳이 적지 않지만, 나는 힘써 저자의 뜻에 부(副)할 만한 문자를 찾아 오류를 바로잡고 탈루를 보충해 두었다. 생각건대 신씨는 일대(一代)의 문사이다. 게다가 박람강기(博覽强記)하여 널리 제자백가(諸子百家)의 책에 통효(通曉)하고, 그 박인(博引)·고증(考證)이 천미(穿微)하고 결세(抉細)하여 결코 보통 일반의 여행 성격을 띤 시찰기(視察記)가 아니다. 그 필력 웅수(雄秀)하며 오만 불손한 필치 통렬히 뼈를 도려내는 개(慨)가 없지 않다. 본서는 실로 일본의 교호(享保) 시대에 있어서 상하(上下) 일반의 풍속·습관 등을 대담하고 노골적으로 발표한 것이니 어떤 의미에서 당시 조선인이 얼마나 일본을 경시했고 일본을 만속시(蠻俗視)했는지를 알 수 있으며 동시에 또 일면에서 조선인이 얼마나 과대망상에 젖어 있는지를 살펴볼 수 있다. 요컨대 본서는 그 해박한 식견, 웅수한 필력, 정세(精細)한 관찰, 실로 당시 보기 드문 기술이라 할 만하다. 내가 지금 이 희유(稀有)의 진서(珍書)를 포착하여 널리 그것을 오늘날 하늘 아래 온 세상의 식자에게 보일 수 있는 것은 실로 충심에서 유쾌하게 여기는 바이다.

5월 조선연구회편찬실에서

아오야기 난메이 적다

[9] 『삼국유사』 서문

「校訂 三國遺事」, 『三國遺事』, 朝鮮研究會, 1915.

저자 미상

校訂 三國遺事

三國遺事は、金氏の史記に繼で作り、新羅高句麗百濟三國の遺聞逸事を收錄せる者、高句麗忠烈王の時僧一然の撰ぶ所也、書凡そ五卷、分つて九門と爲す、始め序跋無し、冠するに三國年表を以てす、紀する所神異靈玅、專ら崇佛弘法を主とす、論者荒誕不經取るに足らずと謂ふ、然れども流風遺俗往々其の中に散見す、矧んや州縣都市、地勢沿革歷然として徵所り、苟も三国の舊事を講せんと浴せば、對を采り韭を采る、寧んぞ之を遺す容けんや、其書は元の至元大德の間を以て成り、後に二百年、明の正德七年壬申に迨び再刊す、慶州府尹李繼福其の後に跋して云、東方三國、本史遺史の兩本、他に刊する所無し、而して只だ本府に在り、歲久く刓缺し、一行に解す可きもの僅に四五字、因て改めて刊せんと浴し、廣く完本を求め、数歲を閱するも得ず

焉、星州牧使權公、余の求々するを聞き、完本を得て余に送る、盖し
再刊の擧は繼福に出づ、而して所謂る完本なる者も亦た真の完本に非
ず、恐らくは闕損せる寫本のみ、我邦の伝ふる所に二本有り、一は尾
州德川侯に在り、一は男爵神田氏に藏す、並に正德の再刊に係わる、
文字摸稜に、魯魚焉馬率ね其旧に仍り、甚しきは即ち空紙脱葉、文斷
義絶、殆んど読む可らず、是に於て二家の藏本に原づき、三國史記、
高麗史、朝鮮史略、東國通鑑、文獻備考、餘地勝覽、海東金石苑、暨
び漢土歷代の史書、西域求法高僧伝、唐續高僧傳等、參互檢覈して其
の偽舛を訂し、其の闕漏を補ひ、活字印行に以て世に公にす、至元は
今を距る六百余年、元主忽比烈は征東省を置き、高麗を以て導と為し
我か筑紫に来寇す、鎮西の諸軍撃つて之を殲す、戦敗の余、麗主は儒
生を驅り軍伍に充てんと浴するに至る、而るに一然が高麗人を以てし
て、矻々其の間に著書す、惜むらくは其筆をして當時に曲折し、信を
天下後世に取らしめず、抑も三韓の我と関係せるは、邈として往世に在
り、此書に載す所間ま我に及ぶ者有り、且つ書中に鄕歌を挿入せる者、
多くは新羅語に係わる、鄕歌は猶ほ國風と謂ふか如し、新羅の古言已に
亡び、纔に鄕歌十数を存するも、実余に滄海の遺珠と爲す、即ち直に新
羅の舊事を覈むるに匪ざるも、亦た以て我か古言に参ずるに足る、考古
の士其の源を討じ其の委を究めば、庶幾くは其れ資する所有らん焉、

　　　　　　　　　　　　　　　　　　明治三十五年壬寅九月上澣

　『삼국유사』는 김씨의 사기(史記)에 이어서 만든 것으로 신라, 고
구려, 백제 삼국의 유문일사(遺聞逸事)를 수록하였는데 고구려 충렬

왕 때 승 일연(一然)이 모은 것이다. 책은 무릇 5권 9문(九門)으로 이루어졌다. 시작하는 부분에 서발(序跋)은 없으나, 덧붙여 삼국연표를 두었다. 기록하는 바가 신이영묘(神異靈妙)하여 한결같이 숭불홍법(崇佛弘法)을 존중하는데, 논자(論者)는 황당불결(荒誕不經)하며 변변치 못하고 보잘 것 없다고 말한다. 하지만 유풍(流風)과 유속(遺俗)이 여기저기 눈에 띄며, 주현(州縣)의 도시(都市)와 지세(地勢)의 연역(沿革)이 분명하게 적혀 있다. 적어도 삼국의 옛일을 강론하고자 한다면, 어찌 이것을 전하지 않을 수 있겠느냐. 이 책은 원(元)의 지원(至元)과 대덕(大德) 사이에 만들어 졌으며 후에 2백년, 명(明)의 정덕(正德) 7년 임신(壬申)에 이르러서 다시 발행되고, 경주 부윤(府尹) 이계복(李繼福)이 그 뒤를 이었으며 동방삼국, 본사유사(本史遺史)의 양본(兩本), 그 외에는 발행한 것이 없었다. 그리고 오직 본부(本府)에 있으며 오랜 시간이 지나 완결(刊缺)되었다. 일행(一行)에 해석이 가능한 것은 불과 4-5 자이기에 이에 새로이 간행하고자 하여 널리 원본을 찾아 여러 해를 검열했으나 얻을 수 없었다. 성주(星州) 목사(牧使) 권공이 내가 찾고 있다는 것을 듣고, 원본을 구하여 나에게 보내어 주었다. 하지만 재간(再刊)의 움직임이 계복(繼福)에 이어지지는 않았다. 그리고 소위 말하는 원본이라는 것도 또한 진짜 원본이 아니었다. 필시 궐손(闕損)된 사본뿐이며 우리나라에 전하는 것은 2본이 있다. 하나는 비슈(尾州) 도쿠가와(德川) 제후에게 있으며, 하나는 남작(男爵) 간다(神田) 씨가 소장하고 있는데, 둘 다 정덕(正德)의 재간(再刊)과 관계 있다. 문장이 명확하지 않아 글자를 제대로 알지 못하고 문장이 끊어져 있어서 거의 읽을 수 없다. 이에 두 집안의 장본(藏本)에 바탕을 두어 『삼국사기』, 『고려사』, 『조선사략(朝鮮史略)』, 『동국

통감(東國通鑑)』,『문헌비고(文獻備考)』,『여지승람(餘地勝覽)』,『해동
금석원(海東金石苑)』및 한토역대(漢土歷代)의 사서,『서역구법고승전
(西域求法高僧伝)』,『당속고승전(唐續高僧傳)』등 삼호(參互) 검핵(檢覈)
하여 그 위천(僞舛)을 바로잡고, 그 궐루(闕漏)를 보완하여 활자로 인
행(印行)하여 세상에 공포하였다. 지원(至元)은 지금으로부터 6백여
년 전, 원주(元主) 후비라이(忽比烈)는 정동성(征東省)을 설치하고 고
려를 이끌고, 우리나라의 쓰쿠시(筑紫)⁸를 공격해 왔다. 진제(鎭西)의
여러 군(軍)을 공격하고 이를 멸망시켰는데 전패(戰敗)한 나머지, 여
주(麗主)는 유생(儒生)을 내몰아 군오(軍伍)를 충당하고자 하였다. 그
런데 일연은 고려 사람으로 부지런히 그것을 기록하게 하였는데 안
타깝게도 그 글은 당시에 많은 곡절이 있어서 믿음을 후세에 주지 못
했다. 원래 삼한(三韓)과 우리와의 관계는 멀리 왕세(往世)에까지 이
르며, 이 책에 실린 내용도 우리와 관계되는 것이 있다. 또한 책 안에
향가(鄕歌)를 삽입한 것은 대부분 신라어와 관계한다. 향가는 오히려
국풍이라고 말하는 것과 같이, 신라의 고언(古言)으로 이미 사라졌
다. 겨우 향가 십여 수가 남아 있는데, 실제로 나에게는 창해(滄海)의
유주(遺珠)이다. 즉 바로 신라의 옛일을 조사할 수는 없지만, 이것으
로 우리의 고언(古言)과 비교하기에는 충분하다. 고고(考古)의 사(士)
의 그 근원을 검토하고 그 끝을 다하여 간절히 바라건대 이에 이바지
하는 바 있기를 바란다.

메이지 35년(1902) 임인(壬寅) 9월 상한(上澣)

---

8 현재의 규슈(九州) 후쿠오카현(福岡県) 일대.

[10] 『모화당집』 서문
立花小一郎, 「慕夏堂序」, 『慕夏堂集』, 朝鮮研究會, 1915.

다치바나 고이치로(立花小一郎)

慕夏堂序
모하당서

南冥君足下、足下募夏堂を飜譯して梓に登せんと欲すと、余其何の意たるを知らず朝鮮儒生の卑屈にして曲筆舞文を事とすること實に此書の如し、基虛誕無稽瀰縫の跡顯然覆ふ可からず、復何ぞ史界の評議を待たん哉南冥君足下、足下の募夏堂論は又余の募夏堂論也、余は此の如き無徵の編著が從來朝鮮の社會に 産出せざるべからざる理由を諸君と共に深く研究せんことを願ふものなり一言を卷首に錄して序と爲す。

七月、倭將臺官舍に於て
立花小一郎識

　　남명군(南冥君) 족하(足下), 족하(足下)의 모하당(募夏堂)을 번역하여 판목에 올리고자 하나, 나는 그것이 무슨 뜻인지를 알지 못한다. 조선 유생의 비굴함을 곡필무문(曲筆舞文)에 비하는 것이 실로 이 책과 같다. 그 허탄무계(虛誕無稽)한 미봉(瀰縫)의 자취를 명확히 덮을 수 없는데, 어찌 사계(史界)의 평의(評議) 따위를 기다릴 것인가.
　　남명군 족하, 족하의 모하당론은 또한 나의 모하당론이다. 나는

이와 같은 무징(無徵)의 편저를 종래의 조선사회에 산출하지 않으면
안 되는 이유를 여러분과 함께 깊이 연구하고자 바라며 한 마디를 권
두에 기록하여 서(序)로 한다.

7월, 왜장대 관사에서
다치바나 고이치로 적다

일본인의 한국고전학 선집

― 제국 일본과 한국의 고전 ―

제3부

한국고전의 정전화와
문학사 담론의 출현

해제

3부는 1920년대 출현한 한국주재 일본인의 한국고전학 논저를 엮은 것이다. 1920년대는 1910년대 대량 출판된 한국고전을 대상으로 한 번역 및 근대지식 생산이 풍성히 이루어진 시기라고 평가할 수 있다. 또한 1910년대 이후 한국사회의 급격한 근대적 전환 그리고 안확(安廓, 1886~1946)이 "신구 대립의 문예"로 규정했던 '옛 것'과 '새로운 것'의 공존으로 말미암아 한국의 고서는 한국인에게도 현재와 연속된 과거의 문화유산으로 변모된다. 또한 한국고전을 구성하고 있던 한문과 옛 한글 문체는 새롭게 출현한 한국의 근대어로 인해 과거의 한국어로 인식된다. 이 시기 무엇보다 주목해야 될 사건은 안확의 『조선문학사』(1922)가 보여주듯 한국 전근대 문학과 현재의 문학을 '진화', '진보'라는 개념으로 엮는 한국의 문학사 담론의 출현이다.

그렇지만 여전히 외국인의 한국고전학은 한국의 학술장 속에서 공존하고 있었다. 특히 한국주재 일본인 민간학술단체인 자유토구사의 존재를 주목할 필요가 있다. 과거 한국고전을 영인 출판한 조선고서간행회, 한국고전에 대한 문헌고증작업을 수행한 조선연구회의 한국고전 정리 사업을 이어서, 자유토구사는 한국고전을 일본의 통속적인 언문일치체로 번역했기 때문이다. 자유토구사는 3.1운동에 대한 원인을 조선민족에 대한 올바른 이해에 기반하지 않은 식민정책에서 찾았다. 이에 대한 대안책으로 조선인의 심층적인 민족성을 탐구하고자 했으며, 이를 위해 한국의 고소설을 집중적으로 번역했다. 즉 고소설은 구전설

화, 저급한 대중문학이 아니라 한국 민족성 탐구를 위한 중요한
연구대상으로 그 형상이 변모되어 있었다. 우리는 3부에서 이러
한 자유토구사의 한국고전에 대한 인식 및 번역목적을 엿볼 수
있는 서발문과 경성제국대학 교수 다카하시 도루가 한국의 고소
설을 학술의 영역으로 소환한 논문 1편을 함께 번역하여 엮었다.

참고문헌

박상현, 「번역으로 발견된 '조선인'- 자유토구사의 조선 고서번역을
　　　중심으로」, 『일본문화학보』 46, 2010.
서신혜, 「일제시대 일본인의 고서간행과 호소이 하지메의 활동」, 『온
　　　지논총』 16, 2007.
이상현, 『묻혀진 한국문학사의 사각, 외국인의 언어·문헌학과 조선후
　　　기-식민지 언어문화의 생태』, 박문사, 2017.
이상현, 『한국 고전번역가의 초상, 게일의 고전학 담론과 고소설 번역
　　　의 지평』, 소명출판, 2013.
이상현, 류충희, 「다카하시 조선문학론의 근대학술사적 함의」, 『일본
　　　문화연구』 40, 2012.
이윤석, 「김태준 『조선소설사』 검토」, 『동방학지』 161, 2013.
이윤석, 「식민지 시기 다섯 명의 조선학 연구자」, 『연민학지』 22, 2014.
정출헌, 「근대전환기 '소설'의 발견과 『조선소설사』 의 탄생」, 『한국
　　　문학연구』 52, 2016.
최혜주, 「일제강점기 고전의 형성에 대한 일고찰」, 『한국문화』 64,
　　　2013.
최혜주, 「일제강점기 조선연구회의 활동과 조선 인식」, 『한국민족운동
　　　사연구』 42, 2005.
최혜주, 「한말일제하 재조일본인의 조선고서 간행사업」, 『대동문화연
　　　구』 66, 2009.
최혜주, 『근대재조선 일본인의 한국사 왜곡과 식민통치론』, 경인문화
　　　사, 2010.
차충환, "Japanese Learning of Korean Culture through Korean
　　　Classical Novels," *Korea Journal* 53(2), 2013.

제1장

자유토구사 출판
한국고전 서발문

| 해제 |

호소이 하지메는 3.1운동이 일어난 직후인 12월부터 이듬해 1월에 걸쳐 조선을 재방문하여 도쿄에 조선회관을 건립하는 운동을 전개했다. 조선회관은 호소이가 대한제국의 마지막 황태자 이은과 나시모토노미야 마사코(梨本宮方字. 한국명 이방자)의 결혼으로 내선일가가 된 것을 기념하는 사업의 일환이었는데 재계의 불황으로 말미암아 성사되지 못했다. 이에 그는 1920년대 말 조선회관의 부대사업으로 구상하고 있던 자유토구사를 설립한다. 조선민족의 심성을 연구할 목적으로 본사와 지사를 각각 도쿄와 경성에 두고 『통속조선문고』와 『선만총서(鮮滿叢書)』로 한국의 고전을 출판했다. 자유토구사 역시 그 임원진 구성을 보면 과거 한국주재 일본인 민간학술단체와 같이 조선총독부와 무관한 자율학술단체가 아니었음을 알 수 있다. 자유토구사가 출판한 한국고전 목록을 정리해보면 다음과 같다.

1	통속조선문고 1집	牧民心書	1921
2	통속조선문고 2집	莊陵誌, 謝氏南征記	1921
3	통속조선문고 3집	九雲夢	1921
4	통속조선문고 4집	朝鮮歲時記, 廣寒樓記	1921
5	통속조선문고 5집	懲毖錄, 南薰太平歌	1921
6	통속조선문고 6집	丙子日記	1921
7	통속조선문고 7집	洪吉童傳	1921
8	통속조선문고 8집	八域誌, 秋風感別曲	1921
9	통속조선문고 9집	瀋陽日記, 沈淸傳	1921
10	통속조선문고 10집	雅言覺非, 薔花紅蓮傳	1921
11	鮮滿叢書 1권	海遊錄(上), 燕の脚	1922
12	鮮滿叢書 2권	海遊錄(下), 鳳凰琴(上)	1922
13	鮮滿叢書 3권	鳳凰琴(下)	1922
14	鮮滿叢書 6권	三國遺事	1923
15	鮮滿叢書 8권	晝永編(上), 淑香傳	1923
16	鮮滿叢書 10권	破睡錄	1923
17	鮮滿叢書 11권	晝永編(下), 雲英傳	1923

　　자유토구사가 발행한 한국고전 총서의 특징은 무엇보다도 첫째, 한국고서를 모두 일본어로 번역한 점이다. 과거 조선고서간행회, 조선연구회가 간행한 한국고전이 일본인이 이해하기 어려운 문제점을 인식하고 한국고전을 언문일치로 쉽게 번역하여 널리 많이 읽히도록 의도했던 것이다. 둘째, 한국인 민족성 연구에 도움이 될 고서를 선택했으며 이를 위해 특히 고소설 번역에 초점을 맞춘 점이다. 셋째, 조선고서간행회와 조선연구회보다 상대적으로 더 많은 서발문이 수록되어 있어 자유토구사가 해당 한국고전을 번역하여 출판한 목적이 명확히 드러난다는 점이다. 우리는 자유토구사의 한국고전에 대한 인식 및 출판목적을 살필 수 있는 자료와 한국주재 일본인의 한국고전 서발문을 번역하여 엮었다.

참고문헌

김경선, 「일제 강점기 호소이 하지메(細井肇)의 『아언각비(雅言覺非)』 일역(日譯) 배경과 그 의미」, 『국제어문』 70, 2016.

김진선, 김현주, 「『조선문학걸작집』 소재 <춘향전> 연구 」, 『고전문학과 교육』 28, 2014.

김효순, 「1920년대 조선문학 번역 붐과 만들어지는 조선적 가치: 호소이 하지메(細井肇)편 《통속조선문고》 「장화홍련전」 번역을 중심으로」, 『한일군사문화연구』 21, 2016.

김효순, 「3.1운동과 호소이 하지메(細井肇) 감수 「홍길동전」 번역 연구 ─홍길동 표상과 류큐정벌 에피소드를 중심으로」, 『한림일본학』 28, 2016.

노경희, 「일제강점기 일본인 제작 다산 저술의 필사본과 신식활자본」, 『진단학보』 124, 2015.

노경희, 「20세기 초 일본인의 <춘향전> 번역작업에 관한 일고」, 『국문학연구』 34, 2016.

박상현, 「제국일본과 번역-호소이 하지메의 조선 고소설 번역을 중심으로」, 『일어일문학연구』 71, 2009.

박상현, 「번역으로 발견된 '조선인'-자유토구사의 조선 고서번역을 중심으로」, 『일본문화학보』 46, 2010.

박상현, 「호소이 하지메의 일본어 번역본 『장화홍련전』 연구」, 『일본문화연구』 37, 2011.

서신혜, 「일제시대 일본인의 고서간행과 호소이 하지메의 활동」, 『온지논총』 16, 2007.

유정란, 「일제강점기 在朝日本人의 시조번역 양상과 그 의미-細井肇(호소이 하지메)의 『통속조선문고』를 중심으로」, 『반교어문연구』 44, 2016.

이상현, 『묻혀진 한국문학사의 사각, 외국인의 언어·문헌학과 조선후기-식민지 언어문화의 생태』, 박문사, 2017.

이상현, 『한국 고전번역가의 초상, 게일의 고전학 담론과 고소설 번역의 지평』, 소명출판, 2013.

최혜주, 「일제강점기 고전의 형성에 대한 일고찰」, 『한국문화』 64, 2013.

이재훈,「호소이 하지메(細井肇) 초역본 『海游錄』-그 번역 양상을 중심으로」, 『한일관계사연구』 47, 2014.

최주한, 「문화횡단적 경합으로서의 『일설춘향전』-<춘향전>의 번역과 개작을 둘러싼 문화횡단적 경합을 중심으로」, 『민족문학사연구』 60, 2016.

최혜주, 「일제강점기 고전의 형성에 대한 일고찰」, 『한국문화』 64, 2013.

최혜주, 「일제강점기 조선연구회의 활동과 조선 인식」, 『한국민족운동사연구』 42, 2005.

최혜주, 「한말일제하 재조일본인의 조선고서 간행사업」, 『대동문화연구』 66, 2009.

최혜주, 『근대재조선 일본인의 한국사 왜곡과 식민통치론』, 경인문화사, 2010.

허찬, 「1920년대 <운영전>의 여러 양상- 일역본 <운영전(雲英傳)>과 한글본 『연정 운영전(演訂 雲英傳)』, 영화 <운영전-총희(雲英傳-寵姬)의 연(戀)>의 관계를 중심으로」, 『열상고전연구』 38, 2013.

오가와 카즈나리(小川和也), 「일본의 목민서 수용-『목민충고牧民忠告』·『목민심감牧民心鑑』을 중심으로」, 『다산학』 28, 2016.

차충환, "Japanese Learning of Korean Culture through Korean Classical Novels," *Korea Journal* 53(2), 2013.

[1] 『목민심서』 서문

細井肇, 「牧民心書の譯述について」, 『通俗朝鮮文庫』 1, 1921.

호소이 하지메(細井肇)

牧民心書の譯述について

목민심서의 역술에 대해서

□牧とは一地方を治める者、例えば刺史とか、太守とか、府縣知事とかの類を云うのであるが、本書では主として守令(郡守)を指して居る。牧民とは人民を治めること、乃ち牧民心書とは、牧の為めに人民を治める数々の心得を書き列ねたものである。

□목(牧)이란 한 지방을 다스리는 자, 예를 들면 자사(刺史)라든지 태수(太守)라든지 부현지사(府縣知事)라든지 하는 종류를 말하는 것인데 본서에서는 주로 수령(守令, 군수)을 가리키는 것이다. 목민(牧民)이란 인민을 다스리는 것, 즉 목민심서란 목(牧)을 위해서 인민을 다스리는 여러 마음가짐을 적어 열거한 것이다.

□目次の示すが如く、郡守が京城で新任の辭令を受けて任地へ出發する『赴任』から書き起こして、辭職して帰る『解官』まで、十二目、各目六條の細說があり、四十八卷に亘つて、事も細かに在官中の一切の心得を書いてあるので、當時の人情風俗も自然に分かるし、社會狀態も推想される。

□목차에서 나타나는 바와 같이 군수(郡守)가 경성(京城)에서 신임(新任)의 사령(辭令)을 받아 임지(任地)로 출발하는 『부임(赴任)』부터 쓰기 시작하여 사직하고 돌아가는 『해관(解官)』에 이르기 까지 십이목(十二目), 각 목(目) 육조(六條)의 세세한 설명이 있으며 48권에 이르러서는 매우 상세하게 재관(在官) 중의 모든 마음가짐을 적어 두었기

에 당시의 인정 풍속도 자연히 알 수 있고, 사회상황도 추상(推想)할 수 있다.

□田地の政も、租税の取立ても、戸籍の編制も、郡縣の祭祀も、貢納も、養老も、慈幼も、兵役も、裁判も、監獄も、山林川澤の政も、道路の修理も、饑饉年の賑恤の方法も、何から何まで丁寧に説明している。強いて各目に六條づつの細説を附した為か、前説後論の重複した個所も尠くない、要するに丁寧過ぎるほど詳悉してある。

□경작지를 다스리는 것도, 조세를 거두어들이는 것도, 호적의 편제(編制)도, 군현(郡縣)의 제사도, 공납도, 양로도, 자유(慈幼)도, 병역도, 재판도, 감옥도, 산림천택(山林川澤)을 다스리는 것도, 도로의 수리도, 기근이 들었을 때의 진휼(賑恤)하는 방법도, 하나에서 열까지 정중하게 설명하고 있다. 굳이 각 목(目)에 육조(六條)씩 세세한 설명을 붙였기 때문인지 전설(前說) 후론(後論)이 중복된 부분이 적지 않다. 즉 너무 지나칠 정도로 자세하다는 것이다.

□現李王職庶務課長今村鞆君の朝鮮風俗集に、某地方官が、朝鮮の郡縣の祭りが三壇一廟にある古例を知っていて、着任後直ちに社稷壇、城隍壇、厲壇並びに文廟を巡次に禮拜したので、鮮人の気受けが非常に能かった事を書いて居る。禮典劈頭の『郡縣の祭りは、三壇一廟たり』の一句を知って居た丈でも、鮮人からは古禮を重んずる人として尊崇されたのである。此種の事柄は本書の隨所に顯はれて居る、若し全篇を通讀して實地に適用したならば、地方行政の上に、どれほど便

261

宜を得るか図り知るべからざるものがあらう。

□현(現) 이왕직서무과장(李王職庶務課長) 이마무라 도모(今村鞆) 군의『조선풍속집』에 모 지방관이 조선의 군현(郡縣)에서 치러지는 제사에는 삼단(三壇) 일묘(一廟)가 있다는 고례(古例)를 알고 있어 부임 후 바로 사직단(社稷壇), 성황단(城隍壇), 여단(厲壇)과 더불어 문묘(文廟)를 순차로 예배하였기에 조선인의 평판이 상당히 좋았다고 적혀 있다. 예전벽두(禮典劈頭)의 '군현의 제사는 삼단일묘이다'라는 일구(一句)를 알고 있었던 것만으로 조선인으로부터 고례를 중요시하는 사람으로 존숭(尊崇) 받았던 것이다. 이런 종류의 내용은 본서의 도처에 나타나 있다. 만약 전편을 통독하여 실지(實地)에 적용한다면 지방행정을 함에 얼마나 편의를 얻을 수 있을까 헤아릴 수 없을 것이다.

□元來本書は、今から百一年前、我が仁孝天皇の四年(純祖朝の二十一年辛巳)丁若鏞が、貪吏中飽の弊があまりに甚だしいのを慨いて、貪官汚吏を警策せんが為めに著はしたものであるが、我等は本書を読んで幾多の事實を教へられる。

□원래 본서는 지금으로부터 101년 전 우리의 인효천황(仁孝天皇) 4년(순조조 21년 신이(辛巳)) 때 정약용(丁若鏞)이 착취를 일삼는 탐관오리의 폐(弊)가 너무나도 심한 것을 분개하여 탐관오리를 경책(警策)하기 위하여 저술한 것이지만 우리들은 본서를 읽고 많은 사실을 알게 되었다.

□先ず第一に、治者階級以外の常民の從順なことには敬服する、丁
若鏞は貪官汚吏の暴斂誅求に対して『七骨の炳』『膏髓を剥ぐ』なぞいふ
深刻な文字を用ひて居るが、実に文字其儘な暴戾殘虐たる惡政に対し
て、一人の佐倉宗五郎も顕れなかった、竹槍蓆旗の百姓一揆も起らな
かった。刑典六條の聽訟の條下に、訟廷に於ける小民の狀を描す爲め
に紫霞山人の言を引いて、小民を啞者に譬へ、丁若鏞自身も『其状蝦蟇
の水に浮かぶが如し』と云つて居る。訟廷のみではない、如何なる場合
にも、常民は平突く這つて暴戾殘虐な苛政酷治の墻壓と電撃を甘受し
つつ、生活を云はうより、僅かに死せざる狀態を幾百年か忍耐した、合
理常道に従ふのは其の民族の人格の光であり輝きであるが、非理橫道に
従ふのは、奴隷の心であり又行ひであつて、順從でなく、屈辱ではある
まいか。果たして然らば、牧民心書は、朝鮮常民の奴隷的屈辱生活を吊
つたものとも云へる。惡政の結果が斯くまで民族精神を傷くるかと思へ
ば、朝鮮常民の爲め、そぞろに同情に勝へざるものがある。

□우선 첫째는 다스리는 계급 이외의 상민(常民)이 종순(從順)하는
것에 경복(敬服)한다. 정약용은 탐관오리의 폭렴주구(暴斂誅求)에 대
해서 '칠골(七骨)의 병(炳)' '고수(膏髓)를 벗긴다'와 같은 심각한 문
자(文字)를 쓰고 있지만, 실은 문자 그대로의 폭루(暴戾)와 잔학한 악
정에 대해서 사쿠라 소고로(佐倉宗五郎)와 같은 사람은 한 명도 나타
나지 않았다. 폭동을 일으키는 백성들의 일치단결도 일어나지 않았
다. 형전(刑典) 육조(六條)의 청송(聽訟)의 조(條)에는 송연(訟廷)에서
의 소민(小民)의 모습을 그리기 위해 자하선인(紫霞山人)의 말을 인용
하여 소민을 아자(啞者)에 비유하고 정약용 자신도 "그 모습이 하마

(蝦蟆)가 있는 물에 떠 있는 것과 같이"라고 말하고 있다. 송연(訟廷)뿐만 아니라, 어떠한 경우에도 상민(常民)은 벌벌 기며 폭루와 잔학한 가정(苛政), 혹치(酷治)의 장압(墻壓)과 전격(電擊)을 감수하면서 생활을 하고 있기 보다는 간신히 죽지 않은 상태에서 몇 백 년을 참아왔다. 이치에 맞는 상도(常道)를 따르는 것은 그 민족의 인격의 빛으로 빛나는 것이지만, 이치에 맞지 않는 횡도(橫道)를 따르는 것은 노예의 마음이며 또한 행동으로 순종이 아니라 굴욕이 아닌가. 과연 그러하다면 목민심서는 조선 상민의 노예적 굴욕 생활을 슬퍼하는 것이라고도 말할 수 있다. 악정의 결과가 이렇게까지 민족정신을 상처 입힌다고 한다면 조선 상민을 위해 공연히 동정의 마음이 생긴다.

□第二に、李朝の政治が、文字や言語では迚も形容の出来ぬ極端な腐敗に陥つて居た事を感ぜしめられる、本書の公けにされた時、朝鮮は既に明白に亡滅して、ただその骸骨のみが禿山裸峰となつて横たはつて居たに過ぎぬ、彼の、權力階級に屬した官と吏の心術は、性急にして淡白な我等内地人には迚も想像も及ばぬほど深刻で、執拗で、陰險で、便佞で、狡猾で、特に嘘を吐くことと、物を盗むこととが、尋常茶飯事と云ひたいが、夫れではまだ語つて詳らかならざる憾みがある、嘘を吐くことと物を盗むこととが直ちに生活であつたといふこと、即ち嘘を吐かず物を盗まねば生活されなかつたことを本書は雄辯に反覆して居る。

□두 번째는 이조(李朝)의 정치가 문자와 언어로는 도저히 형용할 수 없는 극단적인 부패에 빠져 있는 것을 느끼지 않을 수 없다. 본서

가 공개되었을 때 조선은 명백히 멸망하여 다만 해골만이 독산(禿山)의 벌거벗은 봉우리가 되어 쓰러져 있음에 틀림없다. 그 권력 계급에 속한 관(官)과 이(吏)의 심술은 성급하고 담백한 우리들 내지인(內地人)[1]에게는 도저히 상상도 할 수 없을 정도로 심각하고, 집요하며, 음험하고, 편영(便佞)하며, 교활하고, 특히 거짓말을 하는 것과, 물건을 훔치는 것이 보통 흔히 있는 일이라고 말하고 싶지만, 그것으로는 아직 상세하게 말하지 않은 마음이 든다. 거짓말을 하는 것과 물건을 훔치는 것이 곧 생활이었다는 것, 즉 거짓말을 하지 않고 물건을 훔치지 않으면 생활할 수 없었다는 것을 본서는 설득력 있게 반복하여 말하고 있다.

□三令五申といふ字が方々に使つてある、上官が下官に三度も五度も云ひ聞かすといふことで、一度や二度では眞實を答へない、最初から眞實を答へないものと前提して懸つて居るので、同じ事を三度でも五度でも云ひきかす、最初は溫言である、段々威し文句を加へて行く、最後に免職して島流しにするが夫れでもまだ嘘を申立てるかとやる。之は田政其他の條下で租稅を取立てる際の上官の論示のしかたを御読みになれば分かる。

□삼령오신(三令五申)이라는 자(字)가 여러 사람들에게 사용되고 있다. 상관이 하관에게 세 번 다섯 번 알아듣게끔 말한다는 뜻으로 한 번이나 두 번으로는 진실을 말하지 않는다. 처음부터 진실을 말

---

1 '내지'는 일본 본토를 말하고, '내지인'은 거기에 살았던 신민을 말한다. 따라서 여기에는 식민지 조선인은 들어가지 않는다.

하지 않는 것을 전제하고 있기에 같은 사실을 세 번이고 다섯 번이고
알아듣게끔 말을 한다. 처음에는 온화한 말씨이지만, 점점 겁주는
말을 더하여 가며 마지막에는 면직하게 하고 좌천시키지만 그래도
아직 거짓을 말한다고 한다. 이는 전정(田政)과 그 외의 조하(條下)에
서 조세를 거둘 때 상관이 논시(論示)하는 방법을 읽으면 알 수 있다.

　□監司(今の知事)も、守令(今の郡守)も、吏隷も、皆な大小の差こそ
あれ泥棒だといふことが本書の到る所に丁寧に反覆されて居る。簽丁
とは、壯丁を軍籍に録するのであるが、同時税金を課する(布なら二
匹、錢なら四兩、米なら十二斗)不思議な制度である。吏は、税金が欲
しさに、生まれて三日目位の嬰兒を早くも軍籍に録する、丁若鏞は、
自分の流配された康津で目撃した一事實を左の如く書いて居る。

　　□감사(監司, 지금의 지사(知事))나, 수령(守令), 지금의 군수(郡守)나,
이례(吏隷)나, 모두 크고 작은 차이는 있지만 도둑이라는 것이 본서
의 여기저기에 여러 번 반복되어져 있다. 첨정(簽丁)이란 장정(壯丁)
을 군적(軍籍)에 기록하는 것인데 첨정과 동시에 세금을 부과한다
(포목이면 2필, 돈이라면 4량, 쌀이라면 12말). 희한한 제도이다. 벼
슬아치는 세금이 필요한 나머지, 태어난 지 3일 정도밖에 되지 않은
영아를 벌써 군적에 올린다. 정약용은 자신이 유배된 강진에서 목격
한 일련의 사실을 다음과 같이 기록하고 있다.

　蘆田の民、兒生れて三日にして軍保に入る者あり、里正、牛を奪
う、民刀を拔き自から其の陽莖を割て曰く、我れ此の物の故を以て此

の因厄を受くと、其妻其莖を持し官門に詣る、血猶ほ淋々たち、且つ
哭し且つ訴ふ、闇者之を拒む。云々。

노전(蘆田)의 백성, 태어나서 3일밖에 되지 않은 자식이 군보(軍保)에 오
르고 이정(里正)은 소를 빼앗아 가니 민도(民刀)를 뽑아 스스로 그 양경(陽
莖)을 가르며 말하기를, 내가 이것 때문에 인액(因厄)을 당한다고 하니 그
부인이 그 양경을 들고 관문(官門)에 찾아가서 피를 뚝뚝 흘리며 또한 통
곡하고 또한 하소연 하였으나 문지기는 이를 저지하였다. 등등.

生れ落ちた嬰兒ならまだしも、まだ胎兒の男とも女とも見定めのつ
かぬものを簽丁して稅を取り立て、既に物故した白骨に對してすら遺
族綠戚から二重にも三重にも四重も五重にも、稅を取立てる、虛欺と
偸盗は實に徹底的である、以上は一例である。大凡何の稅でも皆な此
の筆法である、甚だしいのは、饑饉年に餓莩の道に橫たはるを目擊そつ
つも、尚ほ冷然として籲米を私にして憚らぬ。抑も赴任の初め、守令自
身が『我は腴邑を得たり、将に民膏を食はんとす』と揚言して居る程だか
ら、民命は一定年月の後ち枯渴するのが當然である。民命が枯渴して國
運單り長久なることを得るであらう乎。想ひ起こすのは、佛のブルジョ
アが引例する羊の話である、牧が羊毛丈に甘んじないで、皮を剝いだ、
尚ほ甘んじないで其肉を食つた、最後に其骨をも尽くした、そしてアト
は無一物、羊飼ひの牧と、地方長官の牧と、文字も同じである。

갓 태어난 아이라면 그렇다 하더라도, 아직 태아로 남자인지 여자
인지 확실히 알지 못하는 것을 첨정(簽丁)하여 세금을 걷고, 이미 죽

고 난 후의 백골에 대해서도 유족으로부터 2중, 3중, 4중, 5중으로 세
금을 걷는 것과 같은 허기(虛欺)와 투도(偸盜)는 실로 철저하였다. 이
상은 일례이다. 대체로 어떠한 세금도 모두 이와 같은 필법이다. 지
나친 것은 기근이 되었을 때 굶어 죽은 시체가 길에 쓰러져 있는 것
을 목격하면서도, 또한 부임하게 되자 수령(守令) 자신은 "나는 살찌
운 고을을 얻어서, 바로 백성의 피와 땀을 얻고자 한다"라고 말할 정
도이니까, 백성의 목숨은 고갈되어도 국운은 다만 장구(長久)하기를
얻고자 한 것이다. 생각나는 것은 프랑스의 부르주아가 예를 드는
양(羊)의 이야기가 있다. 목(牧)은 양모(羊毛)만으로는 만족하지 않고
피부를 벗기며, 또한 그것으로도 만족하지 않고 그 고기를 먹으며,
마지막으로는 그 뼈까지 다 취하였다. 그리고는 아무것도 없었다.
양을 키우는 목(牧)과, 지방장관의 목(牧)은 글자도 같은 것이다.

□第三には、所謂三古先王の禮に囚はれて、可笑しい程形式的威容と
塑像的礼儀の高調されて居る儒教の弊害である、赴任の途中、馬を早め
たり馬を叱しては威嚴を損するとか、婦人に逢つたら決して橫目を使ふ
なとか、食膳の血數まで、三古先王の礼で制限がある、衣服も何は分を
越える、何を用ひよとか、乗りものまでも此れ此れ斯く斯くと細やかに
指定してあつて、國恤に際しての哭き方まで八釜しく書き立てて居る
が、不思議な事に夫れがまた一向に實行されて居ないことである。

□세 번째로는 소위 삼고(三古) 선왕(先王)의 예(禮)에 갇혀서 이상
할 정도로 형식적 위용과 소상적(塑像的) 예의에 고조되어 있는 유교
의 폐해이다. 부임 도중 말을 빨리 달리게 하거나 말을 꾸짖는 것은

위엄에 손상 가는 것이라든지, 부인을 만나면 결코 곁눈질을 하지
말라든가, 식선(食膳)의 접시 수까지, 삼고 선왕의 예로 제한하는 것
이다. 의복도 무엇은 분에 넘치는 것이라든지, 무엇을 사용하자는
것이라든지, 타는 것까지 이러쿵저러쿵 상세하게 지정해 두고, 국휼
(國恤)에 이르러서는 우는 법까지 귀찮을 정도로 적혀 있는데 희한하
게도 그것이 또한 전혀 실행되지 않고 있다는 것이다.

□立法府たる中央政府は、宮中と府中をごつたにして、陰謀から陰
謀へ、朋黨の士禍を助長しながら、かつて一たびも民生を顧みず、下
民に直接する地方官吏は、司法權と行政權、公堂と私室を別かたず、
權力を極端まで行使した。そして見るが好き國と民との當然の運命に
到着した。

□입법부에 해당하는 중앙정부는 궁중과 부중(府中)이 뒤범벅이
되어 음모가 끊이지 않는 붕당(朋黨)의 사화(士禍)를 조장하면서 일
찍이 한 번도 민생을 돌아보지 않고 하민(下民)을 직접 대하는 지방
관리는 사법권과 행정권, 공당(公堂)과 사실(私室)을 구별하지 않고
권력을 극단까지 행사했다. 그리고 보는 바대로 국(國)과 민(民)은 당
연한 운명에 도착했다.

□以上は譯述を終わった後ちの感想の一端であるが、元來自分は文
字に乏しい上に、始めての試みでもあり、原著の意を十分に描すこと
の出來なかったのは、頗る憾畿をする所で、幾重にも読者の御諒怒を
仰原がねばならぬ、原意を穿き違へたり、用字の妥當を缺く節は御高

269

教を賜はりたい。

大正十年二月 東京

譯者 細井 肇

　　□이상은 역술 끝낸 후의 감상의 한 부분인데, 원래 나는 문자가 빈약할 뿐만 아니라 처음 하는 시도였기에 원저(原著)의 뜻을 충분히 나타내지 못했던 것은 매우 유감스럽게 생각하는 바로, 거듭 독자의 양해를 바라지 않으면 안 되나 본래의 뜻을 잘못 해석했거나 글자의 쓰임에 타당성이 결여되어 있는 부분에 대해서 큰 가르침을 부탁드리고자 한다.

다이쇼 10년(1902) 2월 동경

역자 호소이 하지메

[2] 『장릉지』 서문

細井肇, 「莊陵誌の譯述について」, 『通俗朝鮮文庫』2, 自由討究社, 1921.

호소이 하지메(細井肇)

莊陵誌の譯述について
『장릉지』 역술에 대하여

　　莊陵誌は、今から十一年前、私が菊地謙讓、大村友之丞、靑柳綱太郎、飯泉良三の諸君と朝鮮硏究會を起した頃、一度直譯したことのあるもので、其の直譯は平壤續志と合本になつて朝鮮硏究會から發刊さ

れて居る. 私が朝鮮古書に親しんだのは莊陵誌が始めてゝ、朝鮮古書を
讀む力が莊陵誌に依つて聊かばかりではあるが與へられた. 其次に東文
選を通覽し、三國遺事、高麗史、國朝人物誌、東國文獻備考、輿地勝
覽なぞを飜讀し、非常に朝鮮の古史古書に興味を感じ、其後、正史野
史を亂讀した末が、此れも朝鮮研究會から發行された 『朝鮮文化史論』
に纏まつた.

　　□『장릉지(莊陵誌)』는 지금으로부터 11년 전, 내가 기쿠치 겐조(菊
地謙讓)·오무라　도모노조(大村友之丞)·아오야기　쓰나타로(靑柳綱太
郎)·이즈미 료조(飯泉良三)의 제군(諸君)과 조선연구회를 발기했을 무
렵, 한 번 직역한 것이 있던 것으로 그 직역은『평양속지(平壤續志)』와
합본하여 조선연구회에서 발간되어 있다. 내가 조선고서에 친해진
것은『장릉지』가 처음으로, 조선 고서를 읽는 힘이『장릉지』에 의해
조금이나마 부여되었다. 그 다음에『동문선(東文選)』을 통람(通覽)하
고,『삼국유사(三國遺事)』,『고려사(高麗史)』,『국조인물지(國朝人物誌)』,
『동국문헌비고(東國文獻備考)』,『여지승람(輿地勝覽)』등을 번독(飜讀)
하며 조선의 고사고서(古史古書)에 매우 흥미를 느꼈다. 그 뒤 정사
(正史)와 야사(野史)를 난독(亂讀)했는데 이것도 조선연구회에서『조
선문화사론(朝鮮文化史論)』에 묶어 발행하였다.

　十一年前に親しみある莊陵誌を前にして、再びこゝに通俗譯を試み
ながら、一種の感懷に勝えないのは、朝鮮の時事が、總て十一年前に
逆轉して居る事、否、十一年前は今日のやうな人心睽乖の不良狀態で
なかつた、鮮人との交際に『四海弟兄』の感じが、內鮮人交互の血脈に

271

波ゆつて居た事である。時事に對する所感は古書の通俗譯には無要であるから省くが、已むを得ない、我等は、も一度發足をし直すのだ――の感がいとど痛切である。

　　□11년 전에 접한 적이 있던『장릉지』를 앞에 두고, 다시 여기에 통속역(通俗譯)[2]을 시도하면서 일종의 감회를 억누르지 못하는 것은 조선의 시사(時事)가 모두 11년 전으로 역전되어 있다는 점, 아니, 11년 전은 오늘날처럼 인심 규괴(睽乖)의 불량 상태는 아니었다. 조선인과의 교제에 '사해(四海) 제형(弟兄)'의 느낌이 일본인 조선인 서로의 혈맥에 물결치고 있었던 점이다. 시사에 대한 소감은 고서의 통속역에는 불필요하므로 생략하겠지만 부득이 우리들은 다시 한 번 발족(發足)했구나 하는 느낌이 한층 통절하다.

　　莊陵誌の記事は別欄に揭げてある通りの金石一班外三十五卷の異つたる書目に依據して居る。謂はゞ金石一班三十五卷の拔萃合綴されたもので、其の目錄を云へば

　事實 墳墓 祠廟 (卷之一、舊誌)
　祝祭 題記 附錄 (卷之二、舊誌)
　復位 封陵 題記 (卷之三、續誌)
　六臣復官 建祠 祭祝(卷之四、附錄)

---

2 당대의 현대어역.

となつて居るが、墳墓とか、祠廟とか、祭祝とか、題記とか、乃至、封陵、建祠なぞ近世の讀者には一向に興味のないもので、夫れを一一譯して居ても、事實に於て何等補益する所は無い。乃で、全然別樣の方法で、莊陵誌の骨子たるべき世祖簒位の事實と、その事實に附帶して生じたる六臣の變、戊午の史禍を、一切原書の形式に拘泥せず、順序なぞも變更して、彼此參照の上、私自身が解說的に書き下して見た。だから譯述ではない、解說である。夫れで十分莊陵誌を紹介し得ると信ずるが、猶ほ祭文とか、致祭の儀禮とか、墳墓に關する諸ろの記述なぞを撿べたいと思召す方は原書を手にされるより外はない。

□『장릉지』의 기사는 별란(別欄)에 올린대로 '금석(金石) 일반(一班) 외 35권의 서로 다른 서목에 의거하고 있다. 말하자면 금석 일반 외 35권을 발췌 합철(合綴)한 것으로 그 목록을 말하자면

사실(事實) 분묘(墳墓) 사묘(祠廟)(권1, 구지(舊誌))
축제(祝祭) 제기(題記) 부록(附錄)(권2, 구지(舊誌))
복위(復位) 봉릉(封陵) 제기(題記)(권3, 속지(續誌))
육신복관(六臣復官) 건사(建祠) 제축(祭祝)(권4, 부록(附錄))

으로 되어 있지만, 분묘라든지 사묘라든지 제축이라든지 제기라든지 혹은 봉릉·건사 등은 근세의 독자에게는 전혀 흥미가 없는 것으로 그것을 일일이 번역해도 사실에서 아무런 보익(補益)되는 바가 없다. 그래서 전혀 다른 방법으로 『장릉지』의 골자가 될 만한 세조

273

찬위(簒位)의 사실과 그 사실에 부대(附帶)하여 생긴 육신(六臣)의 변 (變), 무오사화(戊午史禍)를 일체 원서(原書)의 형식에 구애받지 않고 순서 따위도 변경하여 피차(彼此) 참조한 뒤, 나 자신이 해설적으로 써 보았다. 그러므로 역술이 아닌 해설이다. 그것으로 충분히『장릉 지』를 소개할 수 있다고 믿지만 여전히 제문(祭文)이나 치제(致祭)의 의례, 분묘에 관한 여러 기술 따위를 점검하고 싶으신 분은 원서를 보시는 도리밖에 없겠다.

本書に依つて教へられる事實は壯烈鬼神を泣かしむべき六臣の如き 見上げた人物が不快で陰暗な半島の史實の中に、一點の螢火ではある が、存在したといふ一事である。而して夫れが文治の最も盛んだつた 世宗朝に輩出して居る點は特に注意を要すると思ふ。

　□본서에 의해 배울 수 있는 사실은 장렬함이 귀신을 울게 할 만한 육신 같은 존경받는 인물이 불쾌하고 음암(陰暗)한 반도의 사실(史 實) 가운데 일점(一點)의 형화(螢火)이긴 하지만 존재했었다는 일사 (一事)이다. 그리고 그것이 문치가 가장 성했던 세종 대에 배출된 점 은 특히 주의할 만하다고 생각한다.

明君の下には賢臣がある、同時に暴君の下には權奸がある、戊午の 史禍は、東西老少の朋黨士禍の發端である、此種の獄と刑とは近世ま で行はれた。柳子光が、宗直を惡みながら宗直の門に出入したり、 又、世祖が、其の肱股心膂をして盛んに魯山追迫を献言さして置きな がら、表面之れを斥けるあたり、我等の想像し得ない特種の性格であ

るが、同時に又潔直六臣の如き在り、其の民族精神の善美なる半面と
醜悪なる半面が本書に依つて窺ひ知られる。

　□명군(明君) 아래에는 현신(賢臣)이 있고 동시에 폭군 아래에는
권간(權奸)이 있다. 무오사화는 동서 노소(東西老少)의 붕당사화(朋黨
士禍)의 발단이다. 이런 종류의 옥(獄)과 형(刑)은 근세까지 행해졌다.
유자광(柳子光)이 김종직(金宗直)을 미워하면서도 김종직의 문하에
출입했고, 또 세조가 그 고굉(股肱) 심려(心膂)로 하여금 열심히 노산
추박(魯山追迫)을 헌언(獻言)하게 하면서도 표면적으로 그를 물리친
대목, 우리가 상상할 수 없는 특이한 성격인데 동시에 또 결직(潔直)
한 육신(六臣) 같은 이들이 있어 그 민족정신의 선미(善美)한 반면(半
面)과 추악한 반면을 본서를 통해 엿보아 알 수 있다.

　本書の如く解説の方法に依る譯述の可否について何等かの御意見が
あつたら忌憚なく御教示を願ひたい.

　□본서처럼 해설하는 방법에 의한 역술(譯述)의 가부(可否)에 대하
여 무언가 의견이 있다면 기탄없이 교시(敎示)를 바란다.

　牧民心書の時も種種助力を願つたが、今度は私が渡鮮中なので、校
正其他を二十年來の友人である讀賣新聞記者北條爲之助君に擔當して
頂くことにした、こゝに明記して敬謝の意を表する。

大正十年二月 東京にて 細井 肇

　　□『목민심서』 때도 종종 조력(助力)을 바랐지만, 이번에는 내가 조선에 있기에 교정(校正)과 그 밖의 업무를 20년 지기의 벗인 요미우리(讀賣) 신문기자 호조 다메노스케(北條爲之助) 군이 담당해 주었다. 여기에 명기(明記)하여 경사(敬謝)의 뜻을 표한다.

　　　　　　　　　　다이쇼10년(1921) 2월 동경에서 호소이 하지메

[3]『사씨남정기』 서문

島中雄三, 「謝氏南征記の口語譯について」, 『通俗朝鮮文庫』2, 自由討究社, 1921.

　　　　　　　　　　　　　　　시마나카 유조(島中雄三)

謝氏南征記の口語譯について
　　『사씨남정기』의 구어역에 대하여

　　一月下旬、細井君から突然之を譯して吳れといつて謝氏南征記を送られた。君以外に口語譯のしてが無いから、是非二月二十五日までに譯し上げよとの命令、賴むのだか强請するのだか分らない.

　　□1월 하순, 호소이(細井) 군이 돌연 이것을 번역해 달라며 『사씨남정기(謝氏南征記)』를 보냈다. 당신 말고는 구어역을 할 이가 없으니 꼭 2월 25일까지 번역하라는 것으로 명령인건지 부탁인건지 강청

(强請)인건지 알 수 없다.

私は此の强請的依賴に接して、始て細井君から送り越してあつた自由討究社の第一期刊行書目內容を調べて見た。謝氏南征記の條下に恁う書かれて居る。『妖婦が主婦を構陷して其家を覆亡したる宛たる一篇の御家騷動記、但し金春澤が本書を編める動機は肅宗王貴人張氏を愛し、張氏の寵後宮を傾け、諫臣直言して禍を受くるものあるを見て之を憂へ、小說に託して諷諭したるもの』次で原書のところどころを拾ひ讀みした。

　□나는 이 강청적 의뢰를 접하고 처음에 호소이 군이 보낸 자유토구사의 제1기 간행 서목 내용을 조사해 보았다. 『사씨남정기』조하(條下)에는 이와 같이 적혀 있다. "요부(妖婦)가 주부(主婦)를 구함(構陷)하여 그 집안을 복망(覆亡)시키려 했던 한 편의 오이에(御家) 소동[3]의 기록이다. 다만 김춘택이 본서를 편찬한 동기는 숙종왕이 귀인(貴人) 장씨를 사랑하여 [숙종왕의]총애가 장씨에게 쏠리자, 직언하는 신하가 화를 입는 일이 있음을 보고 그것을 염려하여 소설에 탁(託)하여 풍유(諷諭)한 것." 이어서 원서의 이곳저곳을 띄엄띄엄 읽어보았다.

私は目下文化學會その他の仕事が忙しいので、之を引受けることについては頗る躊躇したが、外ならぬ細井君の事業である、殊に細井君は牧民心書と莊陵誌の飜譯で年頭以來好きな酒も飲まず、時には徹夜

---

3 집안에서 재산상속이나 총애하는 신하·애첩을 둘러 싼 파벌 다툼 등으로 생기는 분쟁.

までして、机に釘着のまゝ健康も大分害したと聞いては、マア災難だ!!
實の所そう思つた。そう思つて口語譯に取り懸つた。

　□나는 현재 문화학회 및 그 밖의 일들로 바빴기 때문에 그 일을 수락하는 것에 대해서는 자못 주저했지만, 다름 아닌 호소이 군의 사업이다. 특히 호소이 군은 『목민심서』와 『장릉지』 번역 때문에 새해 벽두부터 좋아하는 술도 마시지 않고, 때로는 철야까지 하며 책상에 딱 붙어 앉은 채 건강도 꽤 해쳤다는 것을 듣고서는 '아아 재난이다!!' 실로 그렇게 생각했다. 그렇게 생각하고 구어역에 착수했다.

　やり始めて見ると、貞潔、神のやうな謝夫人と、淫凶、魔のやうな喬女の性格が、鮮やかに原書の中に浮き出で居て、今時、謝夫人のやうな婦人は世界に絶無であらうが、喬女のやうな者はザラにある、なぞと考へながら我れ知らず筆の運びを早めた。

　□시작하고 보니 정결하기가 신(神)과 같은 사부인(謝夫人)과 음흉하기가 마(魔)와 같은 교녀(喬女)의 성격이 선명하게 원서(原書) 가운데 드러나 있었다. 요즘 사부인 같은 부인은 세계에 절무(絶無)하겠지만 교녀 같은 자는 흔히 있다. 그런 저런 것들을 생각하면서 나도 모르게 붓놀림이 빨라졌다.

　一篇の詩文で流竄の罪を得たり、其の之れを密告した功で忽ち顯揚の地位を占めたりする所に朝鮮のありし昔の宮廷政治の一端が窺はれ、劉翰林一家の紛糾で朝鮮上流の家庭の內狀なぞ略ぼ知ることが出來た。

□한 편의 시문(詩文)으로 유배의 죄를 얻거나 그것을 밀고한 공으로 순식간에 현양(顯揚)한 지위를 차지하는 대목에서 조선에 있을 법한 옛 궁정정치의 일단을 엿볼 수 있었고, 유한림(劉翰林) 일가의 분규(紛糾)에서 조선 상류 가정의 모습 등을 대략 알 수 있었다.

元來、漢文を日本の口語體に飜譯するといふことは、容易なやうで其の實甚だ難かしい。一句極めて簡潔適正な文字も、口語體となると數行を費して、而も其の意は遠く及ばない。私は屢屢筆を投じた。而も限られたる日數は早く盡きんとする。私は唯細井君の寄託に背かざらん爲に、殆ど無意識に筆を走らしたまでゝある。譯筆の粗漫にして、時に原文の意を傳ふるに於て遺憾多きは、讀者の諒察を仰ぐ所である。

□원래 한문을 일본 구어체로 번역하는 것은 쉬울 것 같아도 매우 어렵다. 일구(一句) 매우 간결하고 적정한 문자도 구어체가 되면 몇 행이나 허비되고, 더구나 그 뜻은 멀리 미치지 못한다. 나는 자주 붓을 내던졌다. 더구나 제한된 날짜는 금방 다하려 했다. 나는 다만 호소이 군의 기탁(寄託)에 어긋나지 않기 위해 거의 무의식적으로 붓을 달리는 지경에 까지 이르렀다. 역필(譯筆)이 조만(粗漫)하고 때로는 원문의 뜻을 전함에 유감이 많은 것에 대해서는 독자의 양찰(諒察)을 바라는 바이다.

抑も、古書の通俗譯なぞは細井君のガラで無い、と同時に又私のガラでもない。君とは十數年前、或る主義上の關係から知り合つて、十年前には臺華舍で机を並べて或る雜誌の編輯を同ふしたが、君は中央

の人材だ、其の熱烈な憂國の至誠と旺盛な活動力とは、國家が求めて已まざる所のものである。

　□본래 고서의 통속역 따위는 호소이 군이 할 일이 아니고, 동시에 또 내가 할 일도 아니다. 호소이 군과는 십 수 년 전, 어떤 주의(主義)상의 관계에서 알게 되었고, 10년 전에는 대화사(臺華舍)에서 책상을 나란히 하고 어떤 잡지의 편집을 함께 했지만 호소이 군은 중앙의 인재이다. 그 열렬한 우국의 지성과 왕성한 활동력은 국가가 끊임없이 찾는 바이다.

朝鮮に去つたと聞いて、私は深く君の爲めに惜んだ、去秋書を寄せて其の不所存を詰つた程だが、今度逢つて見た、話して見た、一切分つた。私は引つゞいて九雲夢の口語譯を請合つた。私も亦今後屢ば自由討究社を通じて諸君と相見へるであらう。

大正十年二月二十一日 島中雄三

　□조선으로 갔다고 듣고, 나는 호소이 군에 대해 몹시 안타까워했다. 거추(去秋) 서(書)를 보내어 그 분별없음을 책망했을 정도인데 이번에 만나 이야기하면서 일체를 알게 되었다. 나는 이어서『구운몽』의 구어역을 떠맡았다. 나도 또한 금후 자유토구사(自由討究社)를 통해 종종 제군(諸君)과 볼 수 있을 것이다.

다이쇼10년(1921) 2월 21일 시마나카 유조

[4] 『구운몽』 발문

細井肇, 「九雲夢の卷末に」, 『通俗朝鮮文庫』3, 自由討究社, 1921.

호소이 하지메(細井肇)

九雲夢の卷末に

　구운몽 권말에

　九雲夢は、島中雄三君の流麗な筆でスラ＜と譯述されてあるが、原書は謝氏南征記同樣難解なものである。私もかつて十一年前、九雲夢を讀んで筋書丈けを拙著朝鮮文化史論に載せて置いたが、夫れは甚だ拙なるものだつた。今、島中君の譯述の勞を多とすると共に、原書の中から、少游が始めて秦女子に逢つた時の一節を摘記し、讀者諸君の前に、本事業の決して安易なるものでないことを一言して置く。

大正十年四月

東京にて 細井 肇

　『구운몽(九雲夢)』은 시마나카 유조(島中雄三)의 유려한 글씨로 거침없이 번역하여 기술했지만 원서(原書)는 『사씨남정기(謝氏南征記)』와 마찬가지로 난해한 것이었다. 내가 일찍이 11년 전 구운몽을 읽고 줄거리만을 졸저 『조선문화사론(朝鮮文化史論)』에 실어 두었는데, 그것은 심히 쓸모없는 것이었다. 지금 시마나카 군의 번역과 기술의 공로는 많을 뿐만 아니라, 원서 중에서 소유(少游)가 처음 진여자(秦女子)

281

를 만났을 때의 일절(一節)의 요점을 기록하여 독자 여러분들 앞에 본
사업이 결코 안이한 것이 아니라는 것을 한 마디로 말해 두고자 한다.

다이쇼 10년(1921) 4월
동경에서 호소이 하지메

[5] 『조선세시기』 서문
今村鞆, 「朝鮮歲時記の譯述について」, 『通俗朝鮮文庫』4, 自由討究社,
1921.

이마무라 도모(今村鞆)

朝鮮歲時記の譯述について
『조선세시기(朝鮮歲時記)』 역술에 대하여

第二編謝氏南征記の譯者、島中君と同樣に細井君から、朝鮮歲時記
譯述の嚴命を蒙つたが、細井君は余が刎頸に近い舊友であつて、君が
十數年來の奮鬪に對して、竊かに敬意を表して居る一人である、今次
自由討究社の支業として、溫古知新、內鮮融和に資する所あるべく、
古書の俗譯刊行を企てた計畫には、初めより同意を表した、贊助者の
一員たる關係上より、又一つには、君の交誼に酬ゆべく、精神的援助
の好機會なりと考く、奮つて禿筆を呵した。是れが本書を譯述するに
至つた因由である。

□제2편 『사씨남정기(謝氏南征記)』의 역자 시마나카(島中) 군과 마찬가지로 호소이(細井) 군에게서 『조선세시기(朝鮮歲時記)』를 역술하라는 엄명을 받았는데, 호소이는 나와 목숨을 나눌 만큼 가까운 옛 친구이고, 군의 십 수 년 이래의 분투에 대해서 은근히 경의를 표하고 있는 한 사람이다. 이번 자유토구사(自由討究社)의 지업(志業)으로 온고지신(溫古知新)·내선융화(內鮮融和)에 자(資)하는 바 있을 만한 고서의 속역(俗譯) 간행을 꾀한 계획에는 처음부터 동의를 표한 찬조자의 일원인 관계상, 또 하나는 군의 교의(交誼)에 답할 만한 정신적 원조의 좋은 기회라 생각하여 적극적으로 독필(禿筆)을 가(呵)했다. 이것이 본서를 역술하기에 이른 이유이다.

標冒して、朝鮮歲時記と云ふも、實は朝鮮の歲時記で一番詳密なる、又比較的新らしき、東國歲時記を基本とし、之れに洌陽歲時記、東京雜記、芝峯類說等の所載を參酌して、各書の年差より生ずる、記事の時代的不統一を避け、唯東國歲時記著述の當時、殘存せりと思はるゝものゝみを、類集して補足したのである。故に本書は大體に於て東國歲時記の譯述と見て差支無いのである。

□두리뭉실하게 『조선세시기』라 하지만 실은 조선의 세시기로 가장 상밀(詳密)한, 또한 비교적 새로운 『동국세시기(東國歲時記)』를 기본으로 삼고 그것에 『열양세시기(洌陽歲時記)』, 『동경잡기(東京雜記)』, 『지봉유설(芝峯類說)』 등의 소재(所載)를 참작하여 각서의 연차(年差)에서 생겨난 기사(記事)가 시대적으로 통일되지 못함을 피하고, 다만 『동국세시기』 저술 당시 잔존했으리라 생각되는 것만을 유

집(類集)하여 보족한 것이다. 그러므로 본서는 대체적으로 『동국세시기』의 역술이라 보아 무방할 것이다.

東國歲時記の著者は、李朝第二十三代純祖王の時代、陶厓、洪錫謨と稱し、郡守を奉じた人で、義禁府事、大提學、耳溪、洪良浩の孫に當る人である。歲時記の著述を了りたる年代は、正祖の十三年、巳酉の歲に當り、卽ち今より約百三十年前である。

□『동국세시기』 저자는 이조(李朝) 제23대 순조왕 시대, 도애(陶厓) 홍석모(洪錫謨)라고 하는 군수(郡守)를 지낸 사람으로 의금부사(義禁府事) 대제학(大提學) 이계(耳溪) 홍양호(洪良浩)의 손자에 해당되는 사람이다. 『세시기』 저술을 마친 연대는 정조13년 기유(己酉) 해에 해당되니, 곧 지금부터 약 130년 전이다.

陶厓氏が本書を編するに當り、京城竝びに曾遊の地は、自己の觀察を本として、事實を敍述してあるから、當時の風俗を正確に描寫してあるが、一部地方の事は、人よりの傳聞又は、古き書籍より抄出したる爲め、正確を缺いて居る、特に東國輿地勝覽より抄出した事項が甚多いが、同書は咸化二十一年の三月に出來たもので、今より約四百五十年前である、兩書の間に三百二十餘年の間隔があるから、果して著者が引抄した地方の風俗が、其當時に殘存して居つたか否やは、不明である、恐らく既に絶滅に歸せしものもあると思ふ。譯者は輿地勝覽の所載により、二三地方の風俗を古老に繹ねたるも全然痕も無き事があつた。又本書の所載を以て、其當事の年中行事の全部なりと斷ずる

ことは出來ない、見る人其心して讀むを必要とする。

　□도애 씨가 본서를 편찬하는데, 경성(京城) 및 증유(曾遊)한 땅은 자기가 관찰한 것을 본(本)으로 삼아 사실을 서술하고 있기 때문에 당시의 풍속을 정확하게 묘사하고 있지만 일부 지방의 일은 남에게서 들은 전문(傳聞) 또는 옛 서적에서 초출(抄出)했기 때문에 정확성을 결(缺)하고 있다. 특히 『동국여지승람(東國輿地勝覽)』에서 초출한 사항이 매우 많은데, 동서(同書)는 함화(咸化) 21년 3월에 완성된 것으로 지금부터 약450년 전이다. 양서(兩書) 사이에 320여 년의 간격이 있으므로 과연 저자가 인초(引抄)한 지방의 풍속이 그 당시에 잔존해 있었는지 여부는 명확하지 않다. 아마도 이미 절멸에 귀(歸)한 것도 있으리라 생각한다. 역자는 『여지승람』의 소재(所載)에 의거하여 두세 지방의 풍속을 고로(古老)에게 물어보았으나 전혀 흔적도 없는 일이 있었다. 또한 본서의 소재를 가지고 그 당시의 연중행사 전부라 단정하는 것은 불가능하다. 보는 사람은 그러한 마음자세로 읽을 필요가 있다.

陶厓氏が書中風俗の沿革、起源を說くに當り、幾らか博識を衒ひし傾があり且つ、事大思想より一も二も悉く、支那よりの傳來であると考へ、然らざるもの迄も、獨斷的に支那の古書の記事に牽強附會した點が、少なく無い。

　□도애 씨가 책 속에서 풍속의 연혁·기원을 설명하는데 얼마간은 박식(博識)을 나타내는 경향이 있으나, 또한 사대사상으로 인해 무엇이든 중국에서 전래되었다고 생각하여 그렇지 않은 것마저 독단적

으로 중국 고서(古書)의 기사(記事)에 견강부회(牽强附會)한 대목이 적
지 않다.

原書を通讀するに——一般漢文書籍の弊ではあるが——文章を端麗なら
しむる爲め、事情を盡し得ぬ所がある、一體に、漢字は綜合的記述に
適し、分析的敍事に不適當であるから、細末の點に於て意義不明瞭に
陷り、判斷に苦しむ事が少なくない。

  □원서를 통독함에 - 일반적으로 한문 서적의 폐(弊)이긴 하지만 -
문장을 단려(端麗)하게 하기 위해 사정을 다하지 못한 곳이 있다. 대
체로 한자는 종합적 기술에 적합하고 분석적 서사에 부적당하기 때
문에 세말(細末)의 한 점에 있어서 의의가 명료하지 않아서 판단에
어려움을 겪는 경우가 적지 않다.

朝鮮の漢文は、一種獨特の文體であり、且つ句讀を切つて無いから
往往意を誤まる事がある、又朝鮮特製の熟字があつて、例之、表裏と
は布帛の事であり、京外とは京城と外道の事であると云ふ類のものが
甚多いから、ウカとすると、意外の誤譯をする事になり、記述に骨の
折れる事一通りでない。

  □조선의 한문은 일종의 독특한 문체이고, 또한 구두를 끊지 않았
기 때문에 왕왕 오의(誤意)한 경우가 있다. 또한 조선 특제(特製)의 숙자
(熟字)가 있어, 예를 들면 표리는 포백(布帛)을 가리키고, 경외(京外)는
경성(京城)과 외도를 가리키는 등과 같은 부류가 매우 많아서, 깜빡 하

면 의외의 오역을 하게 되어 서술에 힘이 든 경우가 한두 번이 아니다.

本書を譯するに當り、譯文の體樣に付いて考究して見たが、直譯して假名を入れるのみとすれば、普通の讀者には意義を了解せしむるを得ずして、却て或は原文を見るの優れるに如かざる事となり、又餘りに意譯に過ぐれば、原文の妙味を沒了し、全く朝鮮の匂ひを消散するの憾みがある、さればと云ふて漢文の講義本の如く原文を存して譯を付くれば甚複雑となり讀むに不便である。

□본서를 번역하는 데, 역문의 체양(體樣)에 대하여 고구(考究)해 보았지만 직역하고 가나(假名)를 집어넣는 데 그친다면 보통 독자에게는 의의를 이해시킬 수 없어 도리어 혹은 원문을 보는 것만 못하게 되고, 또 너무 지나치게 의역하면 원문의 묘미를 몰료(沒了)하여 전혀 조선의 냄새를 소산(消散)시킬 염려가 있다. 그렇다고 해서 한문 강의본처럼 원문을 놓고 번역을 붙이면 너무 복잡하게 되어 읽기에 불편하다.

故に譯文は可成原文の妙味を失せざらん事に力むると共に、幾分か溶釋飜案して書き下し猶込入りたる事柄は、註を加ふる事としたが、頗る變な文脈となり拙い事夥しいが、忙中の任事で修辭の暇が無い、唯平易に分り易いと云ふ事とし要、文辭を顧みざりし、譯者の意を諒せられんことを。

大正十年四月

於京城老人亭下僑居 螺炎今村鞆記

287

　　□그래서 역문은 될 수 있는 한 원문의 묘미를 잃지 않게 하는 데
힘씀과 동시에 얼마간 용석(鎔釋)번안하여 역자가 새로 써서 집어넣
은 사항은 주를 붙이기로 했는데, 자못 이상한 문맥이 되어 서툰 곳
이 많지만 바쁜 가운데의 작업이라 수사(修辭)할 겨를이 없어 다만
평이하게 알기 쉽게 하는 것을 요체로 삼아 문사(文辭)를 돌아보지
않았으니 역자의 뜻을 살펴주시기를.

다이쇼 10년(1921) 4월

경성 노인정 아래 교거(僑居)에서 라엔 이마무라 도모 적다

[6] 『광한루기』 발문
細井肇, 「廣寒樓記の卷末に」, 『通俗朝鮮文庫』4, 自由討究社, 1921.

호소이 하지메(細井肇)

廣寒樓記の卷末に
　　광한루기의 권말에

　●朝鮮の小説は、いろいろあるが、其中で人倫の三綱ともいふべき
孝と烈と友とを骨子として書かれたものが、沈淸傳(孝)、春香傳(烈)、
燕脚(友)である。其中でも春香傳は、最も広く読まれて居るし、内地の
浪花節とでも云ふべき聴劇で非常に喝采されて居る。春香傳には二三
種の別名がある、漢文で六ヶ敷く書いたのは、廣寒樓記となって居

る。内容は皆な同じものである。

● 沈淸傳も、燕脚も追々に譯述する手筈になって居る。廣寒樓記(春香傳)は、最初趙鏡夏氏が口語體に譯述されたものを、更に友人島山氏が一層碎けた口語體に潤色された。

● 私も筋書丈けはかって拙著朝鮮文化史論に載せて置いたか、當時、高橋享氏の抄譯された春香傳を大層面白く読んだ記憶がある。左に原文の直譯を掲げて置く。

大正10年5月2日 東京にて 細井肇

● 조선의 소설은 여러 가지가 있는데 그중에서도 인륜의 삼강이라고 할 수 있는 효(孝)와 열(烈)과 우(友)를 골자로 하여 적혀 있는 것이 『심청전(沈淸傳)』(효), 『춘향전(春香傳)』(열), 『연의각(燕脚)』(우)이다. 그 중에서도 『춘향전』은 가장 널리 읽혔으며 내지(內地)의 『나니와부시(浪花節)』[4]라고 말할 수 있는 청극(聽劇)으로 상당히 갈채를 받고 있다. 춘향전에는 2-3 종의 다른 이름이 있다. 한문으로 어렵게 적은 것은 광한루기로 되어 있다. 내용은 모두 같은 것이다.

● 심청전도 연의각도 순서대로 역술하는 보람이 있다. 광한루기(춘향전)는 처음 조경하(趙鏡夏) 씨가 구어체로 역술한 것을 다시 친구인 시마야마(島山) 씨가 한층 쉽게 풀어 구어체로 윤색하였다.

● 나도 줄거리만은 일찍이 졸저 『조선문화사론』에 실은 적이 있

---

4 나니와부시(浪花節) : 악기에 가락을 붙여 악기에 맞추어 부르는 이야기(語り物)의 일종. 에도 말기, 근세 초기에 성행한 민중예능(説経節)·제문(祭文) 등의 영향을 받은 오사카에서 성립. 사미센(三味線)의 반주로 홀로 연주하고, 제재는 군담·야담·소설 등 의리와 인정을 테마로 하는 것이 많다. 낭곡(浪曲).

지만, 당시 다카하시 도루(高橋亨) 씨가 초역한 춘향전을 대체로 재
미있게 읽은 기억이 있다. 아래에 원문의 직역을 올려 두었다[5].

다이쇼 10년(1921) 5월 2일 동경에서 호소이 하지메

春香傳原文直譯
춘향전 원문 직역

晋処士(陶淵明)の五柳門は草緑帳を垂るるが如し、後園緑陰の鶯は友
を喚び狂風に驚ける蜂蝶は花叢を搖れり。花の薫り鳥の声も長閑けさ
に青年男女の情を動かさしむ。玆に李府使の忰、鈴は遊意勃然として
禁じ難く、郊外散歩を試みんものと房子童僕に本邑內に風景を求むる
勝地ありやを向ふ、房子答へて曰く関東の八景(又嶺東八勝とも曰ふ、
即ち蔚珍望洋亭、三陟竹西樓、江陵鏡浦台、裏陽落山寺、高城三日
浦、杆城淸澗亭、通川叢石亭、歙谷侍中台)海州の芙蓉堂、晋州の蠹石
樓、平壤の錬光亭、成川の降仙樓、黃州の月波雙城等ありと雖、絶勝
なる風景は南原の廣寒樓に及ばず、故に其名八道に響き、稱するに小
江南を以てす。(關東の八景)

진처사(晋處士, 도연명(陶淵明))의 오류문(五柳門)은 초록장(草綠帳)

을 드리운 듯이 뒤뜰의 녹음 속에 꾀꼬리는 친구를 부르고 광풍에 놀
란 벌과 나비는 화총(花叢)을 흔들었다. 꽃향기와 새 소리도 한가롭
게 청년남녀의 정을 움직인다[6]. 이곳에 이부사(李府使)의 자제, 령(鈴)
은 놀고 싶은 마음이 치솟는 것을 금하기 어려워, 교외에서 산책을
하다가 방자인 사내아이에게 이 고을에서 풍경을 볼 수 있는 경치 좋
은 곳이 있는지를 물었다. 방자가 대답하여 말하기를 관동 팔경(또
한 영동팔승이라고 말할 수 있는 즉 울진의 망양정, 삼포의 죽석루,
강릉의 경포대, 양양의 낙산사, 고성의 삼일포, 간성의 청간정, 통천
의 총석정, 흡곡의 시중대), 해주의 부용당, 진주의 촉석루, 평양의
연광정, 성천의 강천루, 황주의 월파쌍성 등이 있다고 하지만 절승
인 풍경은 남원의 광한루에 미치지 못하고 이에 그 이름이 팔도에 울
려 퍼져서 칭하기를 소강남이라고 한다고 한다.(관동팔경)

其の嬋娟たる容姿を一瞥するに眉は八字の青山を畫けるが如く愛ら
しき顔面淡粧を施し皓齒丹脣は未開の桃花、一夜の露を浴びて半ば綻
びたるに似たり。黒雲の如き亂れ髪をば花龍(蒔繪)の櫛もてつやつやと
梳づり髪のさきには[タンキ]당긔(リボンの如き髪飾り)と云へる幅広き
紫甲紡を結び付けたるを垂下しけり。吉祥紗の肌衣、水紬綿紬袴(脛衣
白永繡紬の広き袴、光月紗の上衣、鸞鳳亢羅の緞裳など瀟酒として着
流しけり、三承木綿(朝鮮木綿の上等品)の襪(足袋)紫毛綃の唐鞋を穿
ち、出の字の如く歩み、前髪には民竹節(笄)後髪には金鳳取(岐笄)を挿
し、右の手には玉指攌をめ箱耳朶には月貴彈を貫き腰に佩びたる物

---

6 청년 남녀의 정을 움직인다 : 원문의 "녀ᄌᆞ는 샹춘이라 쇼년과부 시벽달 보고 보
  셤쏠 쩌러라"의 요지를 요약한 것이다.

は、くさぐさの名香を納れたる匂袋、巾着、珊瑚の枝、密花(琥珀の如き黄色のもの)の佛手柑(飾物)金沙弓袋を佩びたるに、さも似たり。(春香の容姿を形容せる一節)

그 곱고 아름다운 용모를 한 번 흘낏 보니 눈썹은 팔자로 푸른 산을 그린 듯 하며 사랑스러운 얼굴은 옅은 화장을 하고 희고 고운 이와 붉은 입술은 아직 피지 않은 복숭아꽃처럼 하룻밤의 이슬을 머금어 반쯤은 꽃봉오리가 터질 것 같은 모습을 닮았다. 검은 구름과 같이 드리워진 머리카락은 화룡(마키에, 蒔繪[7])의 빗으로 윤기 나게 머리를 빗어 머리카락 끝에는 '당기'(리본과 같은 머리장식)라고 하는 폭 넓은 자색 끈을 묶어서 드리웠다. 길상사로 만든 속옷, 물면주 바지(폭이 넓은 바지), 광월사 상의, 남봉황라 대단치마 등 말쑥하게 차려 입고 삼승목면(조선 목면의 상등품)의 버선(足袋, 일본의 버선), 자주색 향직 당혜를 신고 날 출자로 걸으며 앞머리에는 민죽절(비녀)을, 뒷머리에는 금봉차(가르는 비녀)를 꽂고, 오른손에는 옥지환을 끼고, 귀에는 월기탄을 뚫고, 허리에 차고 있는 것은 여러 가지 이름 난 향을 담은 향낭, 염낭, 산호가지, 밀화(호박과 같은 황색의 물건) 불수감나무(장식), 금사궁대를 차고 있는 듯하였다. (춘향의 용모를 형용하는 일절)

汝を呼びしは他意あるにあらず、余も都に在りし頃は三月春風花柳の時と九秋黄菊丹楓の時も花露月夕、隙に乗じ酒肆青樓に遊び萬醞に醉ひ絶代佳人と結縁し清歌妙舞以て歳月を消遣したりと雖も今日汝を

7 蒔繪 : 칠공예의 하나로 옻칠을 한 위에 금·은의 가루나 색가루를 뿌려 기물의 표면에 무늬를 나타내는 일본 특유의 공예이다.

見るに世間の人物にあらず、心思恍惚蕩情に勝へず卓文君の琴に月姥
繩を結び置き百年の期約を繼々繩々と垂れ見んとて呼びたるにあり。
(春香との對語一節)

　　너를 부른 것은 다른 뜻은 없다. 나도 한양에 있을 때에는 삼월춘
풍 화류시절과 구추 황국단풍의 시절도 화로월석(花露月夕), 틈을 타
술집 청루(靑樓)에 놀러가 절대가인과 결연하여 청가묘무(淸歌妙舞)
로 세월을 소일(消遣)한다고 하였지만 오늘 너를 보니 세상의 인물이
아니구나. 심사가 황홀하고 방탕한 마음을 견디지 못하니 탁문군(卓
文君)의 거문고에 월묘(月姥)의 끈을 묶어 두고 백년가약을 영원히 드
리워 보고자 부른 것이다.(춘향과의 대화 일절)

[7] 『징비록』 서문
長野直彦, 「懲毖錄の譯出に就て」, 『通俗朝鮮文庫』5, 自由討究社, 1921.

　　　　　　　　　　나가노 나오히코(長野直彦)

懲毖錄の譯出に就て
　　『징비록』 역출에 대하여

　　懲毖錄は豊公二回の朝鮮出兵の始末を記したものである。懲毖の字
義に見るも錄して鑑戒と爲すの意で、隨て當時の事情を忌憚なく記し
てある。

293

　□『징비록』은 도요토미 히데요시(豐臣秀吉) 공의 두 차례 조선 출
병의 시말(始末)을 기록한 책이다. 징비(懲毖)의 자의(字意)를 보아도
기록하여 감계(鑑戒)로 삼는다는 뜻으로, 따라서 당시의 사정을 기탄
없이 적고 있다.

　著者柳成龍は、亞相から戰時宰相と爲り、戰役に關しては體察使と
爲り、恰も參謀總長の如き役目に在つて戰爭の經過を熟知して居るの
で信憑すべき記錄である。

　□저자 유성룡(柳成龍)은 아상(亞相)에서 전시 체제하의 재상(宰相)
이 되었고, 전역(戰役) 중에는 체찰사(體察使)가 되어, 흡사 참모총장
과 같은 역할에 있으면서 전쟁의 경과를 숙지하고 있었기 때문에 신
빙(信憑)할만 한 기록이다.

　本書を通讀するに、戰役の原因は一に相互國情に通じなかつた爲め
であると思はれる、然し日本は比較的朝鮮の事情には通じ、朝鮮の實
力を測定して居たらしい、朝鮮にして若し日本の文化程度と、實力と
を知り、日本を以て小弱野蠻の國と見做して居なかつたなら、或は戰
爭は避け得られたかも知れない。

　□본서를 통독함에 전역(戰役)의 원인은 오로지 상호 국정(國情)
이 통하지 않았기 때문이라 생각된다. 그러나 일본은 비교적 조선
의 사정에는 통했고 조선의 실력도 측정하고 있었던 듯하다. 조선
이 만약 일본의 문화 정도와 실력을 알고 일본을 소약(小弱) 하고 야

만의 나라라고 간주하지 않았다면 어쩌면 전쟁은 피할 수 있었을
지도 모른다.

書中に記す處を推すに、日本が修交を求めても容易に應ぜず、餘儀
なく之れに應ずることヽなつて使臣を簡派するに當つても恰も一個の
紳士が無知にして動もすれば亂暴を働き兼ねない下層民に對する如き
態度を示して居る。

□책에서 적은 것으로 미루어 봄에 일본이 수교를 구해도 쉽사리
응하지 않고, 어쩔 수 없이 그것에 응하게 되어 사신을 간파(簡派)함
에 있어서도 흡사 일개 신사(紳士)가 무지하여 움직이기라도 하면 난
폭하게 굴지 않을 수 없는 하층민을 대하는 듯한 태도를 보인다.

總體敵國乃至敵國人に對して餘り敬意を表する者も有るまいが、講
和成立の後、猶ほ本書の著者が日本を倭奴、秀吉を關酋と呼ぶなどは
非道い、此の腹がある爲めに日本との修交を厭ふことにもなつたので
あらう、之れでは豪氣潤達の豊公が怒るのも無理では無い、況んや豊
公は略朝鮮の實力を知り、容易に一蹴し去るべしと信じ居たるに於て
をやである。

□대체로 적국 혹은 적국인에 대해서 그다지 경의를 표하는 자도
없겠지만 강화(講和)가 성립된 뒤, 여전히 본서의 저자가 일본을 왜
노(倭奴), 도요토미 히데요시를 관추(關酋)라 부르는 것 등은 심하다.
이런 속마음이 있기 때문에 일본과의 수교를 싫어하게 되었을 것이

다. 그렇다면 호기 활달한 도요토미 공이 화내는 것도 무리는 아니다. 하물며 도요토미 공은 대체적으로 조선의 실력을 알았고, 용이하게 일축할 수 있다고 믿고 있었음이랴.

而かも朝鮮の背後には支那が控へて居る、朝鮮を料理するには明を敵手とする覺悟が無くてはならぬと豊公は考へた、之れに外交的辭令も加はつて征明軍が起されたらしい。

□더구나 조선의 배후에는 중국이 버티고 있다. 조선을 요리하려면 명나라를 적수로 삼을 각오가 있어야 한다고 도요토미 공은 생각했다. 그래서 외교적 사령(辭令)도 더하여 정명군(征明軍)을 일으켰던 것 같다.

夫れから特に興味を感ずるのは、朝鮮が支那の屬國たるに甘んじ、朝鮮王を上と稱へ、政府を朝廷と呼ぶのに、支那政府を天朝と崇め、明の皇帝に對して言上するには奏の字を用ひ、朝鮮王には啓の字を用ゐて居ることや、支那兵を天兵と呼ぶなどは未だ可いとして日本に天皇在しまし國土に對しても人民に對しても絶對權を有し玉ひことを知らず、使臣が日本から歸つて『秀吉は日本では王でなく關白と稱へて居る』と言ふのを聞いて『ハテナ』と首を捻り、或は沈惟敬と行長との談判の結果に對して『封は宜しいが貢は不可』と主張し、所謂天朝をして平秀吉を日本國王に封ずとやらせ、秀吉を怒らせた迂濶さである。お話にならない。

□그리고 특히 흥미를 느끼는 것은 조선이 중국의 속국임을 기꺼

이 받아들이고 조선왕을 상(上)이라 칭하고 정부를 조정이라 부른데
비해, 중국 정부를 천조(天朝)라 존숭하고 명나라 황제에 대해서 언
상(言上)함에는 주(奏)자를 쓰고 조선왕에게는 계(啓)자를 쓰고 있는
것이나, 중국군을 천병(天兵)이라 부르는 것 등은 그래도 괜찮다 치
더라도 일본에 천황이 계시고 국토에 대해서도 인민에 대해서도 절
대권을 갖고 있음을 알지 못했다. 사신이 일본에서 돌아와 "히데요
시는 일본에서는 왕이 아니라 관백(關白)이라 칭하고 있다"고 말한
것을 듣고 '글쎄'라며 고개를 갸웃하고, 혹은 심유경(沈惟敬)과 유키
나가(行長)의 담판 결과에 대해서 "봉(封)은 의(宜)하나 공(貢)은 불
가"라고 주장하여, 이른바 천조(天朝)로 하여금 다이라 히데요시(平
秀吉)를 일본국왕에 봉한다고 하게 하여 히데요시를 분노하게 만든
오활(迂闊)함이다. 이야기할 가치도 없다.

尤も日本側でも支那は『聖人の國』とか何とかいふので『腕づくなら』
と力む中にも大分憚つて居たらしい、行長が沈惟敬に致され、平壤を
引揚げたなどは、日本國內に如何なる事情が存するとしても、支那を
憚つたのが其最大原因を爲して居ると思はれる。

□물론 일본 쪽에서도 중국은 '성인의 나라' 운운하므로 '완력이
라면' 하고 힘이 있는 체 하는 중에도 매우 두려워하고 있던 듯하다.
고니시 유키나가가 심유경에게 가서, 평양을 철수하게 한 것 등은
일본 국내에 어떠한 사정이 있다 하더라도 중국을 두려워한 것이 그
최대 원인이었다고 생각된다.

297

今一つ興味を感ずるのは、斯る一稗史にも、現今の朝鮮統治上、最も有益なる參考資料を發見し得らるヽといふことである。夫れは書中に、支那の閣老が閣議に於て『朝鮮に異心無し』と朝鮮を庇護する言語の中に『至誠事大』といふ文字がある、由て之を觀るに、事大とは既に日本人の解釋する如き、例の事大思想と稱するが如きものでなく、支那が自ら坤輿上の大を以て居り、朝鮮も亦併合前後迄は支那を大國と稱へて居たので、大國卽ち宗主國たる支那に事ふるの意といふことが分る、上下三千年、絶えず大國の壓迫を蒙つて居た朝鮮、爾うした國に生を享けた代々の人民は頗る陰忍性に富むで居るが、必ずしも事大思想なるものヽ所有者では無い。惟支那は大國であり、强國であるといふ以外、聖人の國である、朝鮮文化の母體である關係上、其國其人に對して心からなる尊敬拂つて居たといふに過ぎないのである、日本人の心得て居べきことと思ふ。

□지금 한 가지 흥미를 느끼는 것은 이러한 패사(稗史)에도 지금의 조선 통치 상, 가장 유익한 참고자료를 발견할 수 있다는 점이다. 그것은 책에 중국의 각로(閣老)가 각의(閣議)에 '조선은 이심(異心)이 없다'고 조선을 비호하는 말 중에 '지성사대(至誠事大)'라는 문자가 있다. 따라서 그것을 봄에, 사대란 이미 일본인이 해석하는 것처럼 흔히 사대사상이라 칭하는 의미가 아니라, 중국이 스스로 곤여상(坤輿上)의 대(大)로써 있고, 조선도 또한 합병 전후까지는 중국을 대국이라 칭하고 있었으므로 대국 즉 종주국인 중국을 섬긴다는 뜻임을 알 수 있다. 상하(上下) 3천 년, 끊임없이 대국의 압박을 받고 있던 조선, 이러한 나라에 생(生)을 받은 대대(代代)의 인민은 자못 음인성(陰忍性)이 풍부하겠

지만 반드시 사대사상의 소유자는 아니다. 다만 중국은 대국이고 강
국이라는 것 이외에도, 성인의 나라이고 조선 문화의 모체인 관계상,
그 나라 그 국민에 대해서 마음에서 나온 존경을 표하고 있었음에 불
과한 것이다. 일본인이 이해하고 있어야 할 점이라 생각한다.

記述に就ては、豊公出師の經緯から、日本軍侵入の狀況、當時の朝
鮮事情を推察すべき諸事項乃至有名なる李舜臣の戰跡等は成るべく詳
細に收錄したが、讀むで面白くも無く、知つて役にも立たぬと思は
るゝ事柄は省略した。著者の筆は多少自畫自讚の傾きもあるが兎に角
當時朝鮮の政治家としても又其人物から言つても傑出した器量人であ
つたらしい。併し矢張り時代の産物であつた。何故なれば戰を避くべ
き何等の手段を講ぜざりしのみならず、日本の國情を探ることも爲な
かつたからである。交通不便の時代と云ひながら其處に考へを及ほさ
なかつたことは國政燮理の任に在る者の咎を避け能はざる處であら
う、彼も大きな口は叩けないのである。

　□서술에 대해서는 도요토미 공 출사(出師)의 경위부터, 일본군의
침입 상황, 당시의 조선 사정을 추측할 만한 여러 사항 혹은 유명한
이순신의 전적 등은 될 수 있는 한 상세하게 수록했지만 읽어서 재미
있지도 않고, 알아도 도움이 되지 않으리라 생각되는 부분은 생략했
다. 저자의 붓은 다소 자화자찬의 경향도 있지만 하여튼 당시 조선
의 정치가로서도 또한 그 인물됨을 가지고 말하더라도 걸출한 기량
이 있는 사람이었던 듯하다. 다만 역시 시대의 산물이었다. 왜냐하
면 전쟁을 피할 만한 어떠한 수단도 강구하지 않았을 뿐만 아니라,

일본의 국정을 살피는 작업도 하지 않았기 때문이다. 교통이 불편한 시대라고는 하더라도 그 지점에 생각을 돌리지 않았던 것은 국정섭리(國政燮理)의 임무를 맡은 자의 허물임을 피할 수 없는 바이리라. 그도 큰소리를 치지는 않았다.

　日本人の姓名に、小西飛だの、馬多時だの、沈安頓吾などヽ頗る變なのがあるが、是等は例へば小西飛彈守とでも呼ぶのを朝鮮風に三字に詰めたり、又は口稱を朝鮮の發音に從つて漢字に綴つたものかと思はれる。

大正十年四月 京城にて 長野直彦

　□일본인의 성명에 소서비(小西飛)라든지, 마다시(馬多時)라든지, 침안돈오(沈安頓吾) 등 자못 이상한 것이 있는데, 이것들은 예컨대 소서비탄수(小西飛彈守) 등으로 불렸던 것을 조선식으로 3자로 줄이거나 또는 구칭(口稱)을 조선 발음에 따라 한자로 적은 것이라 생각된다.

다이쇼 10년(1921) 4월 경성에서 나가노 나오히코

[8] 『병자록』 서문
淸水鍵吉, 「丙子日記の譯述に就て」, 『通俗朝鮮文庫』6, 自由討究社, 1921.

시미즈 겐키치(淸水鍵吉)

丙子日記の譯述に就て
『병자일기(丙子日記)』의 역술에 대하여

本書は、丙子十二月十四日より、丁丑一月二十八日に至る、四十有餘日間の籠城日記である。雖然、之を單一なる過去の日記として、藐視、輕視、無視する者あらば开[8]は、未だ朝鮮に忠實ならざるが故である。倘夫れ本書を一顧だもせざる者あるに至つては、全然朝鮮には沒交渉なる、無關心なる、冷淡なる門外漢と謂はなければならぬ。

□본서는 병자(丙子) 12월 14일부터 정축(丁丑) 1월 28일에 이르는 40여 일간의 농성(籠城)일기이다. 그렇지만 그것을 단일한 과거의 일기라고 막시(藐視)·경시·무시하는 자가 있다면 그것은 아직 조선에 충실하지 않기 때문이다. 만약 본서를 일고(一顧)도 하지 않는 자가 있다면 전혀 조선에 몰교섭(沒交渉)한, 무관심한, 냉담한 문외한이라 하지 않을 수 없다.

丙子の亂は、寫本珍藏者の序文に記せる如く、朝鮮開闢以來の國辱である。何故に斯る國辱を受けたか、斯る國辱を受けざる可からざるに至つたか。本書は僅に四十五日間の記であるが、其の四十五日間に現はれた事實を、一一仔細に咀嚼し、翫味し、解剖する時は、實に朝鮮開國四千年來の民族性が、手に捉る如く眼前に展開されるのである。其の核心を摑んで朝鮮將來の統治上に資する所なくば、書を讀むも亦無益である、自由討究社の事業も亦、張合の無以譯である。

---

8 기(其)의 이체자.

　□병자난은 사본(寫本) 진장자(珍藏者)의 서문에도 적혀 있듯이 조
선이 개벽한 이래의 국욕이다. 어찌하여 이러한 국욕을 당했으며, 이
러한 국욕을 당하지 않을 수 없는 지경에 이르렀는가. 본서는 불과
45일 간의 일기이지만, 그 45일 간에 나타난 사실을 하나하나 자세
히 저작(咀嚼)하고, 완미(翫味)하며 해부할 때는 실로 조선 개국 4천년
이래의 민족성이 손에 잡힐 듯이 눈앞에 펼쳐지는 듯하였다. 그 핵심
을 잡아 조선의 장래를 통치하는 데 자(資)하는 바 없다면 책을 읽는
것도 또한 무익하고, 자유토구사의 사업 또한 보람이 없을 것이다.

　譯者は、從來朝鮮には全くの門外漢であり、亦沒趣味であつた。從
つて朝鮮の古書抔を手に觸れやうとは思ひも寄らなかつた一人であつ
た。最近學兄細井肇氏から、通俗朝鮮文庫第五輯として刊行せられた
懲毖録の校正を委囑され、半ば好奇心を以て細讀した。匹夫にも劣る
廷臣等の腑甲斐なき行動を、憫み呆れながら校正を進めて行く中、車
駕蒙塵して平壤に落延びる途中、東坡の驛次に於て、『衛護の士卒は饑
渴の餘り、厨中に亂入して、主上の供饌を搔浚つて食はんとした』と云
ふ條に至り、憮然としてベンを投げ、『何たる果敢なき國民ぞ』、と長
大息した。時は是れ國難である。人は皆決死(大和民族ならば)であるべ
き筈の此時、此の際、如何に飢えたればとて、有ろうことか、有るま
いことか、主上の供饌を橫奪しやうとは……能くも嚥下することが出
來たものだと思つた。譯者淺學にして未だ斯る淺猿しき事例を聞いた
ことが無い。此の一事は深く譯者の心臟を抉り、以往に於ける大和民
族と、朝鮮民族との心性を比較せんとすることに於て、好奇心は更に
眞劍性に向轉した。乃で、淺學の譯者に譯出し得る恰當の書物あらば

と、自ら請ふて譯述したのが、卽ち本書である。

　□역자는 종래의 조선에 완전히 문외한이고, 또한 몰취미(沒趣味)였다. 따라서 조선의 고서 따위를 손에 잡으려고 생각조차 하지 않았던 사람이었다. 최근 학형(學兄) 호소이 하지메(細井肇)에게서 『통속조선문고(通俗朝鮮文庫)』제5집으로 간행된『징비록(懲毖錄)』의 교정을 위촉(委囑)받아, 반쯤 호기심으로 세독(細讀)했다. 필부보다도 못한 정신(廷臣) 등의 한심한 행동을 어이없어 하면서 교정을 진행하다가 거가(車駕) 몽진(蒙塵)하여 평양으로 멀리 달아나던 도중, 동파(東坡)의 역차(驛次)에서 '위호(衛護)하는 사졸은 기갈(飢渴)한 나머지 부엌에 난입하여 주상의 공찬(供饌)을 다투어 먹으려 하였다'라고 말하는 대목에 이르러 무연(憮然)하여 펜을 던지며 '얼마나 과감 없는 국민인가' 하고 크게 탄식했다. 때는 국난이다. 사람들은 모두 결사(야마토(大和)민족[9]이라면)해야 할 터인 이때, 이 시점에 아무리 굶주렸다 하더라도 [참으로]있을 수 있는 일인가, [이는]있어서도 안 되는 일이 아닌가, 주상의 공찬(供饌)을 횡탈(橫奪)하려 하다니……잘도 삼킬 수 있었구나 싶었다. 역자는 천학(淺學)이라 아직 이러한 어이없는 사례를 들은 적이 없다. 이 일사(一事)는 깊이 역자의 심장을 찔렀고, 이후 야마토민족과 조선민족의 심성을 비교하려는 것에서 호기심은 더욱 진지한 성격으로 향전(向轉)했다. 그래서 천학의 역자가 역출(譯出)할 수 있는 합당한 책(書物)이 있다면 하고 스스로 청하여 역술한 것이 곧 본서이다.

---

[9] 일본어를 모국어로 하여 일본 열도에 거주하는 민족을 말한다.

本書を飜譯するに及んで、一層の驚駭を感じた。と同時に、朝鮮民族の心性を、極めて明確に感得した。隱謀と排擠とは、莊陵誌(細井肇氏譯)明黨士禍の檢討、(細井肇氏長野虎太郞氏共編)に、餘蘊なく說述されて居るが、それは內爭に止まつて居る。懲毖錄に著はされた文祿の役は、國難には相違ないが、後楯には、所謂至誠事大國が控へて居る。戰亂の渦中に在つたとしても、宗社の存亡には何の顧慮する所はなかつた。萬事は事大國に賴んで、自らは逃げて居ても濟んだのである。然るに、丙子の亂は、日頃より親とも、杖柱とも賴む事大國の革命軍が攻め寄せて來たのである。何處を賴らうにも、賴るべき外間の凡てを喪つた境地に臨んだのである。敗餘の明軍を一縷の綱としたかも知れないが、これとて絶對的の保障者では無い。去らば何を恃みとすべきか。唯、自國の力に待つ外に途は無い。朝鮮は今、薄氷を踏むの思ひで、存か、亡かの岐れの一線に立つたのである。上は國王より、下は賤奴に至るまで、如何にして此の宗社を磐石の安きに置くべきかに、全智力、全能力、全勇力、全膽力を傾盡すべき、大國難、大時局に遭遇したのである。

□본서를 번독(飜讀)함에 이르러 한층 경해(驚駭)를 느꼈다. 그와 동시에 조선민족의 심성을 매우 명확하게 감득했다. 은모(隱謀)와 배제(排擠)는 『장릉지』(호소이 하지메 역), 『붕당사화의 검토』(호소이 하지메, 나가노 도라타로 공편)에 남김없이 서술되어 있지만, 그것은 내쟁(內爭)에 그치고 있다. 『징비록』에 드러난 분로쿠의 역(임진왜란)은 국난임은 분명하지만, 그 배경에는 소위 지성사대국이 대기하고 있다. 전란의 와중에 있었다 하더라도 종사(宗社)의 존망에는 아무런 고려할 바

는 없었다. 만사는 사대국에 의지하고, 자기는 도망쳐도 문제없는 것
이다. 그런데 병자난은 평소부터 부모처럼 지팡이와 기둥처럼 신뢰
하던 사대국의 혁명군이 쳐들어온 것이다. 어디를 의지하려 해도 의
지할 만한 외간(外間) 모두를 잃어버린 처지에 빠진 것이다. 패여(敗餘)
한 명군(明軍)을 한 줄기 밧줄로 삼았을지도 모르지만, 명군이라 해도
절대적으로 보장할 만한 것은 아니었다. 그렇다면 무엇을 의지해야
할 것인가. 오직 자국의 힘에 기대하는 길밖에 없다. 조선은 지금, 박
빙을 밟는다는 생각으로 존망의 기로 일선에 섰던 것이다. 위로는 국
왕으로부터 아래로는 천노(賤奴)에 이르기까지, 어떻게 하여 이 종사
(宗社)를 반석의 편안함에 둘 것인가에, 모든 지력(智力)·능력·용력(勇
力)·담력을 경진해야 할 대국난, 대시국에 조우했던 것이다.

丙子日記は、此の大國難、大時局に處すべき、君臣上下の全智
力、全能力、全勇力、全膽力を、忌憚なく事細かに記録したものであ
る。孤城重圍の四十有餘日間を、國王、宰臣、武將は、何を策劃し、
何を實行したか。宗社萬全の大策を確立せずして徒らに敵の思惑のみ
を忖度し、右手に刀槍を把り、左手に和書を鬻し、而して終始誑始の
一策を以て軸心と爲し、敵の言動、行動を窺つては、戰はうか、和さ
うか、和さうか、戰はうか、彼しようか、此うしようかと、只管敵を
罠に引つ懸ける詮議に耽つて居た間に、敵に十分の戰備を與へ、懸軍
萬里、威風堂堂の陣を布かれ、撑乎坐り込まれて、『土地を割讓しろ、
償金を出せ、臣として事へろ』、と迫迫され、噬臍の悔も及ばず、遂
に一戰を交へずして城下の盟を餘儀なくされた大國辱史であり、
而して又朝鮮民族の心性研究史である。

305

□『병자일기』는 이 대국난, 대시국에 대처해야 할 군신 상하의 모든 지력·능력·용력·담력을 기탄없이 자세하게 기록한 책이다. 고성(孤城) 중위(重圍)의 40여 일간을 국왕·재신(宰臣)·무장은 무엇을 획책하고 무엇을 실행했는가. 종사(宗社) 만전의 대책을 확립하지 못하고 헛되이 적의 속셈만을 촌탁(忖度)하며 오른손에 도창(刀槍)을 쥐고, 왼손에 화서(和書)를 예(翳)하며 그리고 종시(終始) 광태(誆紿)의 일책을 가지고 축심(軸心)으로 삼고, 적의 언동·행동을 엿보고서는 싸울 것인가, 강화할 것인가, 강화할 것인가, 싸울 것인가, 저렇게 할까, 이렇게 할까 하고 그저 적을 함정에 끌어들일 전의(詮議)에 빠져 있는 사이에 적에게 충분한 전비를 허용하고, 현군(懸軍) 만리(萬里), 위풍당당한 진을 펼치게 하여 딱 마주앉아 '토지를 할양하라, 상금을 내라, 신하로서 섬겨라'라고 박추(迫追) 당하여 후회해도 소용없는 처지가 되어 마침내 일전(一戰)을 나누지 못하고 성하(城下)의 맹(盟)을 할 수밖에 없었던 대국욕사(大國辱事)이고 그리고 또 조선민족의 심성연구사이다.

斯る國家存亡の大危機に臨んで、國王は抑も如何なる策を好んだか。『文書を假作し、聲勢を誇張して城外に落して置いたら、敵は拾つて之を觀て、驚いて退却するであらう』(七五頁參照)との李曙の獻言を、膝を叩いて名案なりと賞讚した。城下の盟は、推して知るべきでは無いか。都承旨鄭廣敬は、老父避難の地が賊難に罹つたと聞いて、『方寸錯亂、神魂已に散じ、職責を盡す能はず』と稱して任を解き(一四〇頁參照)副校理尹集は、和を主とする鳴吉を斬らんと敦圉いた程の主戰論者であつたが、祖父妻子兄弟の避難せる南陽に、賊軍跋扈せりと

聞いて、これも亦『心神喪失、視聽迷錯正氣を失へるが如く、任務に堪えない』と、解職を請ふて退去して了つた.(一四一頁參照)孤城圍まるゝこと既に旬餘、主上は困辱に惱み、城中一人の恃むべき將士なきかと痛嘆せる際、臣子の分として遽に此の擧措に出らるべき義理でない。而も平然公を棄て私に走る、其國の亡びざりしが寧ろ不可思議である。

□이러한 국가 존망의 대위기에 임하여 국왕은 도대체 어떠한 책(策)을 좋아했는가. '문서를 가작(假作)하고 성세(聲勢)를 과장하여 성외(城外)에 떨어뜨려 두면 적은 주워서 그것을 보고 놀라 퇴각할 것이다'(75쪽 참조)라는 이서(李曙)의 헌언(獻言)을 무릎을 치며 명안(名案)이라 상찬(賞讚)했다. 성하의 맹(盟)은 미루어 알 수 있지 않겠는가. 도승지 정광경(鄭廣敬)은 노부(老父)가 피난한 지역이 적난(賊難)을 만났다고 듣고 '방촌(方寸)착란(錯亂), 신혼(神魂)이 이미 흩어져 직책을 다할 수 없다'고 칭하고 임(任)을 해(解)했고(원본 140쪽 참조), 부교리 윤집(尹集)은 화(和)를 주로 삼는 최명길(崔鳴吉)을 참하라고 한 격렬한 주전론자(主戰論者)였지만, 조부 처자 형제가 피난한 남양(南陽)에 적군이 발호(跋扈)한다고 듣고, 이도 또한 '심신 상실, 시청 미착(迷錯) 정기(正氣)를 잃은 듯하여 임무를 감당하지 못하겠다'고 해직을 청하여 퇴거해 버렸다.(원본 142쪽 참조) 고성(孤城) 포위되기를 이미 20여일, 주상은 곤욕(困辱)을 고민하며 성중(城中) 한 사람도 의지할 만한 장사(將士)가 없는가 하고 통탄할 때, 신자(臣子)의 신분으로서 갑자기 이런 거조(擧措)로 나올 만한 의리가 아니다. 더구나 아무렇지도 않게 공을 버리고 사로 내달린다. 그 나라가 망하지 않는 것이 오히려 이상할 것이다.

307

更に、此の大國難、大時局を收拾すべき職責にある、當時の總理大臣にして參謀總長を兼ねたる金瑬はどうであつたか。原著者が悲憤の淚に暮れたる如く、嬪宮は江都に難を避け、城堞の守りは稀薄を憂へ、戰費に糧餉に、主上は夜懊惱苦慮せる時瑬の私邸は軍官を警護し、瑬の妻は駕轎に乘つて往來し、瑬の財は七十駄にも積む程であつたと云ふでは無いか.(一五六頁參照)譯者亦讀んで玆に至り、一種の感懷に打たれざるを得なかつた。宰臣斯の如くにして何の國辱で、此の國木ツ葉微塵とならざるを却て怪んだ。此人の口より天佑の說、名分の論を聞くは、實に片腹痛き極みでる。古より斯る國家の存續したる事例が、何處に在る。

　　□또한 이 대국난·대시국을 수습해야 할 직책에 있는 당시의 총리대신이자 참모총장을 겸한 김류는 어떠했던가. 원저자가 비분의 눈물로 지샜던 것처럼 빈궁(嬪宮)은 강도(江都)로 피난하여 성첩(城堞)의 수비는 희박함을 근심하고, 전비(戰費)에 양향(糧餉)에 주상은 일야(日夜)로 오뇌(懊惱) 고려(苦慮)할 때, 김류의 사저(私邸)는 군관(軍官)으로 경호했고 김류의 처는 가교(駕轎)를 타고 왕래했으며 김류의 재(財)는 70다[10]에 쌓을 정도였다고 하지 않는가.(156쪽 참조) 역자 또한 읽다가 여기에 이르러 일종의 감회에 젖지 않을 수 없었다. 재신(宰臣)이 이와 같으면서 무슨 국욕인가, 이 나라가 산산조각나지 않는 게 오히려 이상할 지경이다. 이 사람의 입에서 천우설(天佑說)·명분론을 듣는 것은 실로 가소롭기 짝이 없는 일이다. 예부터 이러

---

10 말 한 필에 실을 수 있는 짐의 양을 1다라 한다. 에도시대에는 36관(貫, 약 135킬로그램)을 정량으로 했다.

한 국가가 존속한 사례가 어디에 있는가.

本書は讀んで面白いものではない。寺併、四旬餘の御前會議が、其
日其日模樣に依て如何に目眩しく轉迴されるかを、仔細に點檢すると
き、其處に本書の旨味が津々として溢れて來る。全卷悉く取る足らぬ
タダラヌ評定を繰返して居ると思はるゝ節もあらう。其のタダラヌ問
答を翫味して、自問自答して行くと、其處に朝鮮の民族性が瞭然と展
開される。此處が本書の價値の存する所である。可及的原意を損せざ
る樣に努めたが、今村鞆氏が、其の朝鮮歲時記の卷頭に叙べられた通
り、直譯すれば讀んで旨味が無く、意譯すれば朝鮮味が薄くなる。故
に、或は原文の語調を其儘とせる箇所もあり、亦意譯した所もあり、
彼是れ交錯の嫌が無いでもないが、出來る丈け平易に、而いて朝鮮の
民族性を現はすことに努力した。書中考察要すべき箇所には、何でも
ないと思はれる箇所にも、注視點を附して讀者の考量を煩はすことゝ
した。

□본서는 읽기에 재미있는 책은 아니다. 그렇지만 40여일의 어전
회의가 그날그날의 모양에 의하여 어떻게 어지럽게 전회(轉迴)했는
가를 자세히 점검할 때, 그 지점에 본서의 묘미가 진진(津津)하게 흘
러넘치고 있다. 전권이 모두 시시한 평정을 되풀이하고 있다고 생각
되는 점도 있으리라. 그 시시한 문답을 완미하고 자문자답해가면 거
기에 조선의 민족성이 요연(瞭然)하게 전개된다. 그 지점이 본서의
가치가 있는 바이다. 가급적 원의를 손상하지 않도록 애썼지만, 이
마무라 도모(今村鞆) 씨가 그『조선세시기』의 권두에 쓰신 대로 직역

하면 읽어서 지미(旨味)가 없고, 의역하면 조선미가 엷어진다. 그러므로 혹은 원문의 어조를 그대로 둔 곳도 있고, 또한 의역한 곳도 있어 이것저것 교착된 경향이 없지 않지만 가능한 한 평이하게 그리고 조선의 민족성을 드러내는 데 노력했다. 책 내용의 고찰을 요할 만한 곳에는 아무 것도 아니라 생각되는 곳에도 주시점(注視點)을 붙여 독자의 고량(考量)을 번거롭게 하기로 했다.

　繁忙な自由討究社の事務を取扱ひながら譯出したのであるから、完璧は期し難いが、朝鮮に無理解であつた譯者が、此の一書に依て略現在の朝鮮をも察知する程の理解を得たゞけ、それだけ朝鮮に無關心なりし多數の人に讀んで貰いたいとの研究心を以て、本書を譯出したのであるから、從來朝鮮に沒交涉であつた人は、是非一讀されたい。若し機會が許すならば、譯者は、此の四旬餘の御前會議に、一一論評を加へて見たかつたのである。そればば決して朝鮮統治策上に無意義な任事でなからうと信ずるがそれとこれとは別事に屬するから、他日に待つことゝした。

大正十年七月

東京にて 譯者 淸水鍵吉識

　□번망(繁忙)한 자유토구사의 사무를 다루면서 역출했기 때문에 완벽은 기하기 어려웠지만 조선에 대해 이해가 없었던 역자가 이 일서(一書)에 의해 대략 현재의 조선도 찰지(察知)할 만큼의 이해를 얻은 만큼, 그만큼 조선에 무관심한 다수 사람에게 읽혔으면 하는 연구심(研究心)을 갖고 본서를 역출했기 때문에 종래 조선에 몰교섭했

던 사람은 꼭 일독하셨으면 한다. 만약 기회가 허락된다면 역자는 이 40여일의 어전회의에 일일이 논평을 가해보고 싶었다. 그것은 결코 조선통치책을 고려하는데 의의가 없는 작업이 아닐 것이라 믿었지만 그것과 이것과는 별사(別事)에 속하므로 다른 날을 기다리기로 했다.

다이쇼10년(1921) 7월

동경에서 역자 시미즈 겐키치 적다

[9] 『홍길동전』 서발문

細井肇,『通俗朝鮮文庫』7, 自由討究社, 1921.

호소이 하지메(細井肇)

[9-1] 洪吉童傳の卷頭に
『홍길동전(洪吉童傳)』의 권두에

往年刑殺された暴徒の首魁姜基東は、常に洪吉童傳を愛誦し、自から吉童に私俶して第二の吉童たらん事を夢みて居た。

今日、鮮人の一部が獨立の名に藉りて同族の生命を脅やかし金財を奪ふ心術は、洪吉童傳を一讀することに於て釋然たるものがあらう。

지난날 형살(刑殺) 당한 폭도의 수괴 강기동은 항상『홍길동전』을 즐겨서 외우며 스스로 길동을 본받아서 제2의 길동이 되는 것을 꿈

꾸었다.

오늘날 조선인의 일부가 독립을 빙자하여 동족의 생명을 위협하고 금품을 빼앗는 심술은 홍길동전을 일독하면 깔끔하게 해결될 것이다.

いつも痛感する事であるが、朝鮮人ほど、同情に値ひする民族は恐らく世界に存在すまい、李朝累百年、哀々たる生民の貪官汚吏の饜くなき誅求の爲めに其の膏髓を剝がれ、漸やく近代の合理的な政治の惠澤に霑ほふべき曙光を微かに東天に瞰んだ時早くも『獨立』と云へる新たなる標語が掠奪の絶對的威力として生民の脅從を迫求しつつ始まつた。

항상 통감하는 것이지만 조선인처럼 동정할 만한 민족은 필시 세계에 존재하지 않을 것이다. 이조 수백 년 탐관오리는 자신을 배불리기 위해서 불쌍한 백성의 재물을 강제로 빼앗았기에 그 뼈와 살이 벗겨졌는데 차츰 근대의 합리적인 정치의 혜택으로 서광이 두루미치어 동쪽 하늘을 내려다보고 재빨리 "독립"이라는 새로운 표어를 약탈의 절대적 권위로 삼고 백성들에게 복종을 다그치며 요구하기 시작했다.

朝鮮人の畢生の願ひは 『五福』にある、五福とは、內地人が稻荷大明神や不動明王に家內安全、商賣繁昌、無病息災、長壽延命、大難は小難に遁れさせ賜へとか、何んとか彼んとか五厘か一錢の賽錢で頗ぶる多慾なる祈願の達成を希ふの類で、朝鮮では(一)壽命の長いこと、(二)男の子を多く産むこと、(三)金持ちになること、(四)健康であること、

(五)官吏になることを人生最大の幸福とする、金持ちになるのは、その金で官を買つて官吏なりたいからである。男の子を多く産むことも後ち後ちは官吏に仕上げたいからである。朝鮮で官吏は掠奪の絶對的權威者である、官吏以外の生民は被掠奪の絶對的脅從者である、此の階級のみが社會を組織して居た。

조선인의 평생의 바람은 "오복"에 있다. 오복이라는 것은 내지인이 도하대명신(稻荷大明神)[11]과 부동명왕(不動明王)[12]에게 집안이 안전하고, 상업이 번창하며, 무병하고 재앙이 없으며, 장수 연명하여 큰 재난은 작은 재난으로 면할 수 있도록 한다든지, 어떻게 해서든 오리(五厘)나 일전(一錢)의 돈을 신불 앞에 바쳐 굉장한 욕심의 기원을 달성하고자 하는 것과 같은 것이다. 조선에서는 (1) 장수하는 것, (2) 사내아이를 많이 낳는 것, (3) 부자가 되는 것, (4) 건강한 것, (5) 관리가 되는 것을 인생의 최대의 행복으로 여긴다. 부자가 되는 것은 그 돈으로 벼슬을 사서 관리가 되고 싶기 때문이다. 사내아이를 많이 낳는 것도 훗날 관리를 만들고 싶기 때문이다. 조선에서 관리는 약탈의 절대적 권위자이다. 관리 이외의 백성은 약탈을 당하는 절대적 복종자이다. 이 계급만이 사회를 조직하고 있다.

今日の獨立を提唱する一部の朝鮮人は、五福中の髓一に尊ばるる官吏たらんが爲めに文字を學んだ、然るに、累百年の惡政に依つて生民の膏髓は剝がれ盡して、山は童し澤は渇し、近代の智識階級が掠奪の生活に

---

11 일본의 신(神)의 하나로 일본어로는 '이나라다이묘진'이라고 읽는다.
12 불교의 신앙 대상으로 일본어로는 '후도묘오'라고 읽는다.

入らうとした時、其處には掠奪すべき何物をも止めなかつた。自然に放任しても、朝鮮に社會的革命の勃發は免れざる數であつたのだ。

　　오늘날 독립을 제창하는 일부의 조선인은 오복 중에서 가장 중히 여기는 관리가 되기 위해서 글을 배운다. 그런데 수백 년의 악정에 의해서 백성의 뼈와 살은 벗겨질 대로 벗겨지고, 산은 헐벗고 못은 고갈되어서, 근대의 지식계급이 약탈의 생활을 하려고 했을 때, 그곳에는 약탈할 만한 어떤 물건도 잡히지 않았다. 자연에 맡겨두더라도 조선에서의 사회적 혁명의 발흥은 피할 수 없을 정도로 많았다.

　此の社會的革命の機運が爛熟した絶頂に於て、他動的に其の機運を轉換代行したものが日淸戰役である。

　折角掠奪の絶對的威者たらんとして文字を學んだ靑年は、茫乎として爲さん所を知らず、全く途方に暮れた。そして、掠奪の自由を拘掣する日本新政府に反抗の姿態を擬する群小洪吉童の叢生となつた。此間の消息は詳しく近刊の小著に於て論述してあるから、ここには筆を省くが、朝鮮のやうな世界に類例の無い惡政の行はれた國家には、其の惡政に抗爭する生民の義憤が絶代の大文章となつて發現すべきである。

　　이 사회적 혁명의 기운이 무르익어 절정에 다다랐을 때, 타동적(他動的)으로 그 기운을 전환하여 대행한 것이 일청전쟁이다.

　　일껏 약탈의 절대적 권위자가 되려고 글을 배운 청년은 아득히 해야 할 일을 알지 못하고, 완전히 어찌할 바를 몰랐다. 그리고 약탈의 자유를 단속하고 억누른 일본 신정부에 반항하는 태도를 흉내내어 군소(群小) 홍길동이 많이 발생했다. 지금까지의 소식을 상세하게 간행한 소저(小著)에서 논술하고 있어 여기서는 생략하지만 조선과 같이 세계에 유례가 없는 악정이 행해진 국가에서 그 악정에 항쟁하는 백성의 의분(義憤)은 세상 어디에도 견줄 바가 없는 것이기에 훌륭한 글을 세상에 알림이 마땅하다.

然るに、正史野史を求めて一も義憤の跡を認めない、新羅朝高麗朝時代、あれ程隆昌を極めた佛教が李朝初代の壓迫で、今日見るが如き衰滅に歸し、天主教が大院君の虐殺的禁壓で民族の間に全く信仰を喪失し去つた如く、朝鮮人の心性には彈力が無い、與へらるるものは牛義と雖も喫し手波と雖も浴するであらう。實に憐念に勝へざる民族ではないか。

그런데 정사와 야사를 찾아봐도 어느 것 하나 의분의 자취를 인정하고 있지 않다. 신라조와 고려조 시대에 그토록 융성하고 번창했던 불교가 이조 초기의 압박으로 오늘날 보는 바와 같이 쇠멸했다. 천주교가 대원군의 학살적 탄압으로 민족 사이에 완전히 상실하여 사라진 것처럼 조선인의 심성에는 융통성이 없다. 주어진 것은 우의(牛義)라고 하더라도 결코 파도라고 하더라도 뒤집어쓰는 것이다. 실로 너무나 가여운 민족이 아닌가.

洪吉童は、詭計譎謀に當んだ、一の猾奴である。只奪ふ事のみを解して與ふる事を知らぬ。內地の承民傳や俠客傳には義と俠との血と淚があるが、吉童はその手下を賑はすのみで一向に濟世愛民の大志が無

315

い、此點は本書を讀む者の特に留意すべき要點だと思ふ。

　　홍길동은 온갖 속임수로 가득한 교활한 자이다. 단지 빼앗기만 하
고 풀어서 주는 것을 모른다. 내지의 승민전(承民傳)과 협객전(俠客傳)
에는 의(義)와 협(俠)의 피와 눈물이 있는데, 길동은 그 부하를 구휼
하기만 할 뿐 전혀 제세애민(濟世愛民)의 큰 뜻이 없다. 이 점은 본서
를 읽을 자라면 특히 유념해야 할 요점이라고 생각한다.

　　本書は、諺文譯の潤色を友人白石重君に依屬した、白石君は今年二
十二歳の青年であるが、文藻に富む、人格の純眞な將來を屬目さる丶
逸材である。併せてこ丶に讀者諸君に御紹介申上げて置く。

大正十年十月初四日

東京中澁谷の寓居にて 細井肇

　　본서는 언문 번역의 윤색을 벗인 시로이시 아쓰시(白石重)에게 의
뢰했다. 시로이시는 올해 22세의 청년이지만 문조(文藻)가 뛰어나고
인격이 순진하여 장래를 주목받는 뛰어난 인재이다. 아울러 이곳에
독자 여러분에게 소개해 올려 두겠다.

다이쇼 10년(1921) 10월 초나흘

동경 시부야의 우거(寓居)에서 호소이 하지메

[9-2] <홍길동전 일역본> 발문

贊助員諸賢へ

　　찬조원 여러분에게

　在滿鮮人の生活狀態を調査する爲め前後約三ケ月間滿洲に旅行しました。調査の結果は、不日出版の小著に於て、卑見と共に發表致したいと存じて居ります。

　　만주에 체재 중인 조선인의 생활 상태를 조사하기 위해 전후 약 3
　　개월 간 만주를 여행했습니다. 조사 결과는 머지않아 출판되는 졸저
　　에서 비견(卑見)과 함께 발표하고자 생각하고 있습니다.

　過去二ケ年、朝鮮に關する纏まつたものが書いて見たいと思ひつづけて、寄々、資料を蒐集し筆を進めて居ましたが、何分、俗事多端の爲め、落着いて書くことの出來なかつたのは遺憾です。

　　과거 2년간 조선에 관해서 정리한 것을 적어보고 싶다고 계속해
　　서 생각하던 차에, 자료를 수집하여 글을 적기 시작했습니다만, 다
　　소 세속의 잡다한 일이 많았기에 침착하게 적지 못했던 것이 유감입
　　니다.

　小著も、九月中旬には出版の運びに立室るものと豫定して居ましたが、筆を進めるに從つて、資料の不足を感じ、到頭、滿洲まで出懸けて行つたやうな次第です、自然出版の期日も遲れますが、其の代り、

幾干か充實した內容のものを江湖に提供し得る事と存じます、朝鮮問題の解決は百年の大業である、出版期の一二ケ月遲れる位のことは何でもありませぬ、此點は贊助員諸賢の御諒恕を仰刃得る事と信じて居ります。

소저도 9월 중순에는 출판에 이르게 될 것이라고 예정하고 있었습니다만, 글을 쓰기 시작하면서 자료 부족을 느껴 결국에는 만주까지 나갔다 오게 된 것입니다. 자연히 출판의 기일도 늦어졌습니다만, 그 대신 얼마간 충실한 내용의 책을 세간에 제공할 수 있게 되었다고 생각합니다. 조선 문제의 해결은 백년의 대업입니다. 출판 일정이 2-3개월 늦어진 정도는 아무 일도 아닙니다. 이 점은 찬조원 여러분이 용서를 해 주실 것이라고 믿습니다.

啻に、小著の出版期日が延引したばかりで無く、不在中、飜譯、印刷、發送等に手違ひがあつて、今回は、極めて頁數の少い洪吉童傳のみを第七輯として刊行するの餘儀なき事情に立室りました、例月の豫定に比して量に於て半ばのものであります、何とも申譯がありませんが、第一輯牧民心書は勿論、其他例月の刊行に於て、我社は損益を無視した、豫定以上の頁數のものを提供して參りました、我社が一種別樣の心理を以て本事業に從つて居る事は贊助員諸賢の十分御諒解下さることと存じて居ります。

비단 소저의 출판 기일이 지연되는 것뿐만 아니라 부재중에 번역, 인쇄, 발송 등의 잘못이 있어서 이번에는 지극히 쪽수가 적은 『홍길동전』만을 제7권으로 간행하는 여의치 않는 사정에 이르렀습니다.
원래 예정에 비해서 양적으로는 절반입니다. 뭐라고 드릴 말씀이 있
겠습니까만, 제1권『목민심서』는 물론 그 밖의 다른 달의 간행에 있
어서도 저희 회사는 손익을 무시한 예정 이상의 쪽수가 되는 책을 제
공해 왔습니다. 저희 회사가 일종의 다른 방식의 마음으로 본 사업
을 따르고 있는 것은 찬조원 여러분의 충분한 양해가 있을 것이라고
생각합니다.

次回には八域志と秋風感別曲、約四百頁ばかりの大冊を提供して、
今月分の御詫びを致したいと思つて居ります。幾重にも御宥恕を願ひ
ます。

　　다음번에는『팔역지(八域志)』와『추풍감별곡(秋風感別曲)』, 약 4백
쪽 정도의 큰 책을 제공하여 이번 달분의 사과를 드리고자 생각하고
있습니다. 거듭 너그러운 용서를 부탁드립니다.

滿洲に參りまして、滿蒙古書に關する調査を致しました、中には朝
鮮の孝宗王が瀋陽(今の奉天)に人質になつて居た當時の日記である瀋陽
日記や、その往復文書を集めた瀋陽狀啓、さては明の使者倪謙や龔用
卿が朝鮮に往來した日記日錄ともいふべき朝鮮記事や、使朝鮮錄を始
め、延吉、琿春二縣の事を書いた延琿誌、鮮支の間に繁爭を絶たなか
つた間島に關する古書なぞ、滿鮮關係の興味あるものが尠くありませ
ん是等の有益なる諸書と追々に譯述して御目に懸けたいと存じて居り
ます。瀋陽日記は漢學に造詣の深い老大家大澤龍二郎氏に依つて旣に

譯述に着手されて居ります。

　　만주에 가서 만몽고서(滿蒙古書)에 관한 조사를 했습니다. 그 중에
는 조선의 효종왕이 심양, 지금의 봉천에 인질이 되었던 당시의 일
기인『심양일기(瀋陽日記)』와 그 왕복 문서를 모은『심양장계(瀋陽狀
啓)』, 그리고 명나라 사신 예겸(倪謙)과 공용경(龔用卿)이 조선에 왕래
했던 일기 기록이라고 말할 만한 조선기사(朝鮮記事)와 사조선록(使
朝鮮錄)을 시작으로 연길, 혼춘 두 현(縣)의 일을 적은 연혼지(延琿誌),
조선과 지나(중국) 사이에 싸움이 끊이지 않았던 간도에 관한 고서 등,
만주와 조선 관계에 대해 흥미 있는 것이 적지 않습니다. 이러한 유익
한 여러 책을 차례차례로 역술해서 만나 뵙고 싶다고 생각하고 있습
니다.『심양일기』는 한학에 대한 조예가 깊은 노대가(老大家) 오자와
류지로(大澤龍二郎)에 의해서 이미 역술이 시작되었습니다.

　　何卒、同人の微衷を御賢察下さいまして、第七輯の貧しい裝ほひを
御寬怨下さいますやう、幾重にも御詫びを申上げます。

　　아무쪼록 동인(同人)의 진심으로 이해해주셔서 제7권의 빈곤한
준비에 대해서 너그러이 용서해 주시기를 바라며 거듭 사과말씀 아
룁니다.

　　更に諸君諸賢に對して御願ひ致さねばならぬ事は、事務の正確と簡
便と敏捷とを期する爲め、事務所を私の居宅(中澁谷道玄坂二九一)に倂
合した事であります。口座の變も更只今出願中です。何卒御諒恕を願

ひます。

東京にて　細井肇

　　더욱 제군 여러분에 대해서 부탁하지 않으면 안 되는 것은 사무의 정확함과 간편함 그리고 민첩함을 기하기 위해서 사무소를 거택(나카시부야(中澁谷) 도겐자카(道玄坂) 291)으로 병합했다는 것입니다. 계좌 변경도 현재 출원(出願) 중입니다. 아무쪼록 용서를 구합니다.

동경에서 호소이 하지메

[10] 『팔역지』, 『추풍감별곡』 서문
細井肇, 「第八輯の巻頭に」, 『通俗朝鮮文庫』 8, 自由討究社, 1921.

호소이 하지메(細井肇)

第八輯の巻頭に
　　제8집의 권두에

□太阿の利劍と云えば、古來名刀として其名を知られて居る。

　　□태아(太阿)의 이검(利劍)이라고 하면 고래(古來)의 명도(名刀)로서 그 이름이 알려져 있다.

　□併し其の何の意義たるかを知る者は絶えて無かった、ただ名刀の
事を太阿の利劍と呼ぶのみで、太阿の字義は久しい間判明しなかっ
た、中には抽象的意義を索强府會する一知半解の學者先生が無いでも
無かった。

　　□하지만 그것이 어떠한 의의가 있는지를 아는 자는 끊어져서 없
었다. 다만 명도를 태아의 이검이라고 부를 뿐으로 태아라는 글자의
뜻은 오래도록 판명하지 못했다. 그 중에는 추상적 의의를 억지로
끌어다 맞추는 수박 겉핥기의 학자 선생이 없었던 것도 아니었다.

　□遐かに李鴻章である、彼れは太阿を以て地名と解した、併し、禹
域全土、何れの所にも『太阿』なる地名は存在しなかった、似依りの地
名に『大冶』といふのが見附かつた。乃で早速獨逸の技師を招聘して實
地調査を行ふと、果せるかな、太阿は大冶であつた。

　　□과연 이홍장(李鴻章)이다. 그는 태아(太阿)를 지명이라고 해석했
다. 하지만 우역(禹域)의 어느 곳에도 '태아'라는 지명은 존재하지 않
았다. 비슷한 지명에 '대치(大冶)'라고 하는 것이 발견되었다. 곧 서
둘러 독일 기사(技師)를 초빙하여 실지 조사를 하니 과연 태아는 대
치였다.

　□大冶鐵山と云へば、今日では誰知らぬ者も無い東洋に於ける有數
の鐵山である、八幡製鐵所の大冶鐵鑛に負ふ所頗る大なるは更めて云
ふ迄もない。

□대치 철산(鐵山)이라고 하면 오늘날에는 어느 누구도 모르는 사람이 없는 곳으로 동양의 몇 안 되는 철산이다. 대치 철광이 야와타 제철소(八幡製鐵所)[13]에 비교가 안 될 만큼 크다는 것은 새삼 말할 필요도 없다.

□支那が慧敏透徹な想像力の所有者である李鴻章を生むことなくんば、今日と雖も所謂太阿の利劍は、古書中の一成語として近代人のために何の意義たるかも定かならずして、自然の大寶庫は、睡眠のまま地中に埋沒して居たと観ずるの外は無い。

□지나(중국)가 혜민(慧敏)하고 투철한 상상력의 소유자인 이홍장을 배출하지 않았다면 오늘날 소위 태아의 이검이라는 것은 고서 속의 하나의 성어(成語)로서 근대 사람들에게는 어떠한 의의도 분명하지 않은 채, 자연의 대보고는 잠든 채 지중(地中)에 매몰되어 있었다고 볼 수밖에 없다.

□八域志は、今から百年ばかり前、李朝の文臣李重喚の著はした地理書であるが、勿論單なる地理書ではない、其の內容を云へば、四民總論、八道總論、平安道、咸鏡道、黃海道、江原道、慶尙道、全羅道、忠淸道、京畿道、卜居總論、地理、生利、貿遷、人心、名山名刹、都邑陰瀜、海山の十九章より成り、所謂鷄林八道の風物山川を詳述した上、その各鄕土の古蹟名所、人物、歷史、土産は固より有りと有らゆる其の土

---

13 후쿠오카(福岡県) 기타규수시(北九州市)에 있는 제철소.

地々々の天と地と人とを説き尽くして餘薀なき観がある。

□『팔역지』는 지금부터 100년 전, 이조 문신 이중환(李重煥)이 저술한 지리서인데 물론 단순한 지리서가 아니다. 그 내용으로 말하자면 사민총론(四民總論), 팔도총론(八道總論), 평안도, 함경도, 황해도, 강원도, 경상도, 전라도, 충청도, 경기도, 복거총론(卜居總論), 지리, 생리(生利), 무역(貿遷), 인심, 명산명찰(名山名刹), 도읍은둔(都邑陰遯), 해산(海山)의 19장으로 이뤄졌다. 소위 말하는 계림팔도의 풍물과 산천을 상술한 후, 그 각 향토의 고적명소, 인물, 역사, 토산(土産)은 말할 것도 없고 그 토지의 모든 하늘과 땅과 사람을 설명하는 데 여온(餘薀)이 없다.

□我等が、古書を言文一致に譯述して刊行するのは、古書を古書として取扱はんが為めではない、古書を新眼に読破して、現代の利用厚生に資便するのみでなく、後世子孫に箴鑑を示さんが為めである。

□우리들이 고서를 언문일치로 역술하여 간행하는 것은 고서를 고서로 취급하지 않기 위함이 아니라 고서를 새로운 안목으로 독파하여 오늘날 이용후생(利用厚生)함에 도움이 되게 할뿐만 아니라, 후세 자손에게 잠감(箴鑑)을 보이지 않기 위해서이다.

□太阿の大治たる所以を發見した李鴻章は、古書を新眼に讀破し得た一人である、八域志を繙く讀者は、先ず其の自己の居る所について、天然、地理、人事を審らかにする事が出来る、そして必ずや、未

見の談議を李重煥に依って教へらるるであらう、從來、一向に興味を感受しなかった一木一石にも歷史的傳說あり、又、思ひも設けざる『太阿卽大治』的地中の遺利を發見する事もあらう。

□태아가 대치(大治)임을 발견한 이홍장은 고서를 새로운 안목으로 독파한 한 사람이었다. 『팔역지』를 번역하는 독자는 우선 그 자신이 있는 장소에 대해서 천연, 지리, 인사를 살필 수가 있다. 그리고 반드시 발견되지 않은 담의(談議)를 이중환에 의해서 알게 될 것이다. 종래 전혀 흥미를 느끼지 않았던 나무 하나 돌 하나에도 역사적 전설이 있고, 또한 생각지도 못한 '태아 즉 대치'와 같은 지중(地中)의 유리(遺利)를 발견할 수도 있을 것이다.

□単に鮮内唯一無二の旅行案内記としても本書の価値は光つて居る、況んや檀君箕子の太古からの傳說を一々記述して、李朝近代に至るまでの傑出した人物を、その鄕國毎に、人物品勝を加へてまで評論してある、朝鮮に在住する內地人の坐右に必ずや備ふべき名篇と云ふを憚からぬ。

□단순히 조선 내 유일무이한 여행 안내기로서도 본서의 가치는 빛난다. 더군다나 단군 기자(箕子)로 시작하는 태고로부터의 전설을 일일이 기술하고 있으며, 이조 근대에 이르기까지 걸출한 인물을 그 향국(鄕國)에 따라 인물의 품승(品勝)을 더하여 평론한 것이다. 조선에 거주하는 내지인의 좌우(坐右)에 반드시 갖추어 둘 만한 명편(名篇)이라고 기꺼이 말할 수 있다.

□併し本書にもクダラヌ事をバカバカしく書き列ねて居るも箇所も尠くない。

　□하지만 본서에도 쓸모없는 내용을 시시하게 나열하여 적어 둔 부분도 적지 않다.

□本書の譯述は淸水鍵吉君が膺つた、忠實に殆んど一々遂字譯を試みである。忠實も度を過ぎて、原稿紙七百枚ばかりのものとなり、八域志のみで四百頁に上がる。之は啻に豫定の頁數を超過するのみでなく、要點を抄訳して分かり易く簡易に古書を紹介する本社當初の意思にも反する、乃で全部を査閲した結果卜居總論他数頂を抹殺した。

　□본서의 역술은 시미즈 겐키치(淸水鍵吉)가 담당하고 충실히 거의 한자 한자를 따라서 번역을 한 것이다. 충실함이 도가 지나쳐 원고지 7백 장에 이르렀으며『팔역지』만도 4백 쪽에 이른다. 이것은 비단 예정했던 쪽수를 초과한 것일 뿐만 아니라 요점을 초역(抄譯)하여 알기 쉽게 고서를 소개하는 본사의 당초의 뜻에도 어긋나는 것이다. 이에 전부를 사열(査閲)한 결과 복거총론(卜居總論) 여러 부분을 말살했다.

□卜居總論、都邑隱遁は、居を卜するについての方位や風氣を論じたもので、『士大夫朝に得ざれば山林のみ』といふ一句が古くから行われるが、夫れを朝鮮の士流はどう解釋したものか隱遁すべき山林を事細かに書き列ね、『士の居所すべき所』『士の居所すべからざる所』と指

示して居る、これでは隠遁は隠遁にあらず、山林は山林にあらざる訳で、是等は儒弊の形式的弊竇に陥つた一端と云はねばならぬ。麗末に行はれた道詵の説いた圖纖の説の流毒を知るの一端にはなるが、現代には一切要が無い。

　　□복거총론, 도읍은둔(都邑隱遁)은 있는 장소를 점치는 데 방위와 풍기를 논한 것으로 '사대부는 조(朝)를 얻지 못하면 산림뿐이다'라고 하는 일구(一句)가 예로부터 행해졌지만, 그것을 조선의 사류(士流)는 어떻게 해석했는가 하면 은둔할 만한 산림을 상세하게 적어 '사(士)가 있어야 하는 곳', '사가 있어서는 안 되는 곳'이라고 가리키고 있다. 이것으로는 은둔은 은둔이 아니고, 산림은 산림이 아닌 것이 되므로 이러한 것이 유폐의 형식적인 폐보(弊竇)에 빠져드는 한 면이라고 말하지 않을 수 없다. 고려 말에 행해졌던 것으로 도선(道詵) 등이 설명한 도섬(圖纖)의 설이 유독(流毒)하다는 것을 알게 되는 한 부분이 되지만 오늘날에는 일절 필요가 없다.

　□其他、本論と重複する箇所もあり、ただ、全篇中の最も重要なる四民總論、八道總論、全道各別の論述、並びに八道人心のみを掲出した。八道人心は、黨禍と關聯した記事が多い、李朝士林の黨禍と併読されたらば興味浅からざるものがあらうかと思ふ。

　　□그 밖에 본론과 중복되는 부분도 있는데, 다만 전편(全篇) 중에서 가장 중요한 사민총론, 팔도총론, 전도(全道) 각각을 따로 논술하고, 그와 더불어 팔도 인심만을 게출(揭出)했다. 팔도 인심은 당화(黨

禍)와 관련된 기사가 많다. 이조 사림의 당화와 함께 읽는다면 흥미
로울 것이라고 생각한다.

□尚、秋風感別曲は、十數年前、拙著朝鮮文化史論に曲のみを譯載
して置いた、今前後首尾を附して趙鏡夏君が譯述され、御馴染の島中
雄三君が多少章句を潤色した。

□또한『추풍감별곡(秋風感別曲)』은 십 수 년 전, 졸저『조선문화사
론』에 곡(曲)만을 역재(譯載)해 두었는데, 지금 전후에 수미(首尾)를
붙여서 조경하(趙鏡夏) 군이 역술하였고, 잘 알고 지내는 시마나카
유조(島中雄三)가 다소 장구(章句)를 윤색했다.

□最後に御斷り申して置きたいのは、活字の誤植である、毎篇製本
後に讀み返しては冷汗の液下に適々たるを覺ゆるのであるが、私は
今、單行の小著を著述中なので、十分本書の校正を閲みする遑が無
い、第七輯の洪吉童傳序文中『馬勃と雖も喫し牛溲と雖も浴するであら
う』といふのを『牛義と雖も喫し手波と雖も浴するであらう』としてあつ
た。之では何の事か分からない、ここに正誤して置く。今回は一切の
校正を白石重君に一任し、同君が責任を帶びて誤謬なきを期した筈で
ある。

大正十年十月

細井肇

□마지막으로 한 마디 하고 싶은 말은 활자의 오식(誤植)이다. 각

편의 제본이 끝난 후에 다시 읽어 보고는 식은땀을 흘린 적이 있는
데, 나는 지금 단행본으로 졸저를 저술 중이기에 충분히 본서의 교
정을 검열할 겨를이 없다. 제7집의 홍길동전 서문 중에 '마발(馬勃)
이라고 하더라도 먹을 것이며 우수(牛溲)라고 하더라도 원할 것이
다'라고 하는 것을 '우의(牛義)라고 하더라도 먹을 것이며 수파(手波)
라고 하더라도 원할 것이다'라고 하였다. 이것으로는 무슨 뜻인지
가 알 수 없다. 이에 정오(正誤)해 둔다. 이번에는 교정 일체를 시로이
시 아쓰시(白石重)에게 일임하였으므로 그가 책임을 지고 오류가 없
게 하였을 것이다.

다이쇼 10년(1921) 10월

호소이 하지메

[11] 『심양일기』 서문

大澤龍二郎, 「瀋陽日記の譯述について」, 『通俗朝鮮文庫』9, 自由討究社,
1921.

오사와 류지로(大澤龍二郎)

瀋陽日記の譯述について
　　『심양일기』의 역술에 대하여

　淸の太宗の崇德元年卽ち朝鮮の仁祖憲文王の十四年、太宗朝鮮に向
つて、明朝との關係を絶ち改めて淸國に歸服すべく要求せしも、朝鮮

の君臣は之に應ぜないので、兩國の國交は遂に絶へ、太宗は親から大
軍を率ひて朝鮮に攻め入り、十二月京城に薄つた、仁祖の諸將は屢屢
之と戰つて每戰利を失つたから南漢山城に奔つて籠城した、淸軍は京
城に入つて大に財物牲畜を掠め取り、轉じて南漢城を圍んだ、やヽ久
うして王は抗すべからざるを悟りて、翌年正月三十日兵器棄て城を開
いて降參した、太宗は其降を容れて、更に仁祖を朝鮮王に封じ、年年
聘禮使を送ること、歲貢若干を納むること、明朝と絶つこと等を約せ
しめ、尙ほ王世子□[14]及び妃、王子漠、王子濬及び其夫人等を質子とし
て連れ歸ることヽなし、二月二日一部の軍隊を引率して歸途に就いた
が、一部は九王之を率ひ尙ほ大本營に駐まつて質子と共に北行するこ
とヽなつた。

청(淸) 태종 숭덕 원년 곧 조선 인조 헌문왕 14년, 태종은 조선에
명조(明朝)와의 관계를 끊고 다시 청국에 귀복(歸服)하라고 요구했
으나 조선의 군신은 그것에 응하지 않았기 때문에 양국의 국교는
마침내 끊어지고 태종은 몸소 대군을 이끌고 조선에 쳐들어와 12
월 경성에 들이닥쳤다. 인조의 여러 장수들은 그와 싸울 때마다 매
번 전리(戰利)를 잃었기 때문에 남한산성으로 달아나 농성했다. 청
군은 경성에 들어가 크게 재물 생축(牲畜)을 약취(掠取)하고 남한성
을 포위했다. 한동안 시간이 지나 왕은 항복하지 않을 수 없음을 깨
닫고, 이듬해 정월 30일 병기를 버리고 성을 열어 항복했다. 태종은
그 항(降)을 받아들였고, 다시 인조를 조선왕에 봉하고, 해마다 빙례

---

14 판독불가.

사(聘禮使)를 보낼 것, 세공(歲貢) 약간을 납(納)할 것, 명조와 관계를 끊을 것 등을 약속하게 하였고, 또한 왕세자 □ 및 비(妃), 왕자 호(淏), 왕자 준(濬) 및 그 부인 등을 인질로 삼아 데리고 돌아가게 되었다. 2월 2일 일부 군대를 인솔하여 돌아갔지만, 일부는 구왕(九王)이 그것을 이끌고 여전히 대본영(大本營)에 주둔하여 볼모와 함께 북행(北行)하기로 했다.

王世子等は二月八日九王と俱に龍山を出發し、三月三十日鴨綠江を渡り、四月十日奉天に着し、直ちに今も奉天大南門內に高麗館として其遺址を存する瀋陽館所に入つて、約八年間の人質生活を送ることゝなつた、日記は卽ち其間の記録で、原書には、日常の間安、講學、對應、訪問、微疾、服藥等の細事に至るまで、細大遺さず記載しあるが、抄譯には其繁を略して要を採ることにした、但だ龍山發奉天着後までの記事世子が父仁祖の病を問はんがため京城に歸つた時の記事、太宗に從つて松山杏山の戰役に臨んだ時の記事、攝政容親王に從つて山海關に戰ひ終に北京まで赴いた時の記事其他重要事項に限つて、何れも省略に從はずして原文を意譯することにした。

왕세자 등은 2월 8일 구왕과 함께 용산을 출발하여 3월 30일 압록강을 건넜고, 4월 10일 봉천에 도착하고, 곧 지금도 봉천 대남문(大南門) 안에 고려관(高麗館)으로 그 유지(遺址)를 존(存)하는 심양관소에 들어가 약 8년간 인질생활을 보내게 되었다. 일기는 곧 그 사이의 기록으로 원서에는 일상의 문안(問安)·강학(講學)·대응(對應)·미질(微疾)·복약(服藥) 등의 세사(細事)에 이르기까지 빠짐없이 기재되었지만, 초역(抄譯)에는 그 번(繁)을 약(略)하고 요(要)를 취하기로 했다. 다만 용산에서 출발하여 봉천에 도착한 뒤까지의 기사(記事), 세자가 부친 인조의 병 소식을 듣고 경성으로 돌아갔을 때의 기사, 태종을 따라 송산(松山) 행산(杏山)의 전투에 임했을 때의 기사, 섭정 용친왕(容親王)을 따라 산해관(山海關)에서 싸우고 마침내 북경(北京)까지 갔을 때의 기사, 기타 중요사항에 한해서 어느 것이나 생략하지 않고 원문을 의역하기로 했다.

原書の中、滿洲の地名人名を記するに朝鮮字音を用いて居るので、淸明の歷史と對照するに困難を感ずる所がある、例へば肅親王の名は淸史の豪格なるも、日記には之を虎口と記し、淸國朝鮮の最初の交際に最も多くの關係を有する淸史の英俄爾岱を龍骨大と記し、剛林を加隣若くば葛林と記し、希福を皮牌と記し、巴克什と云ふ稱號を博氏と記せるが如き類である、此等は一一對照表を作つて明示しないと、其何人たるかを知るに苦しむ次第だが、詳細に考究する暇もないから、抄譯には唯だ前述の四五人のみを註釋することにした。

원서 가운데 만주의 지명 인명을 적는 데 조선 자음(字音)을 쓰고 있으므로 청명(淸明)의 역사와 대조하는 데 곤란을 느끼는 바가 있다. 예를 들어 숙친왕(肅親王)의 이름은 청사(淸史)에는 호격(豪格)이나 일기에는 그것을 호구(虎口)라 적었고, 청국 조선 최초의 교제에 가장 많은 관계가 있는 청사(淸史)의 영아이대(英俄爾岱)를 용골대(龍骨大)라 적었으며, 강림(剛林)을 가린(加隣) 혹은 갈림(葛林)이라 적었고, 희복(希福)을 피패(皮牌)라 적었으며, 파극집(巴克什)이라 하는 칭

호를 박씨(博氏)라 적은 것과 같은 종류이다. 이것들은 일일이 대조
표를 만들어 명시하지 않으면 그가 몇 명인지를 아는데 괴로울 따름
인데 상세히 고구(考究)할 틈도 없었으므로 초역에는 다만 전술한
4-5명만을 주석(註釋)하기로 했다.

尙ほ念のため記し置く、王世子等は淸の世祖の順治元年八月に免さ
れて京城に歸つたが、世子は幾何ならずして病歿したので、王子淏卽
ち鳳林大君代つて世子となり數年を經て王統を續いだ、孝宗宣文王と
いへるは、卽ち是れである。

大正十年二月

大連にて 譯者 大澤龍二郎

또한 만약을 대비해 적어둔다. 왕세자 등은 청(淸) 세조 순치(順治)
원년 8월에 사면되어 경성에 돌아왔지만, 세자는 얼마 지나지 않아
병으로 죽었기에 왕자 호(淏) 즉 봉림대군이 대신하여 세자가 되고
수년이 지나 왕통을 이었다. 효종 선문왕(宣文王)이라 함은 곧 이 사
람이다.

다이쇼 10년(1921) 12월

대련에서 역자 오사와 류지로

[12] 아언각비 서문

細井肇 譯, 『通俗朝鮮文庫』10, 自由討究社, 1921.

333

丁若鏞の小傳

정약용의 소전

雅言覺非の著者丁若鏞は、字を美庸と呼んだ。洌水の號を用ゆる理
由は、本書の卷の三漢水の條下に註して置いた通りであるが、更に茶
山又は茶亭の堂號をも使つて居る。これは十八年間流謫されて居た康
津で、山茶(椿)を庭內に植えて娛しんで居た爲めだといふ。生れは羅州
で、牧使丁載遠の子である。牧民心書を著はしたのも、父たる載遠に
從つて幼から地方行政の實狀を見聞した關係がある。現に光化門警察
官講習所に在勤される丁奎鳳氏の四代の祖である。正祖朝の己酉生員
文科、純祖朝の辛酉邪獄に掌鞫せられて康津に定配された。官は承旨
に至つた。著書には雅言覺非、牧民心書の他に欽欽新書十冊、經世遺
表十冊、我邦疆域考三冊、詩經講義並びに補遺五冊、茶山叢說等があ
る。兄は若詮、字は天全、癸卯生員、正祖朝の庚戌文科。弟若鍾は邪
獄に座し配に處せられて死んだ。

『아언각비(雅言覺非)』의 저자 정약용(丁若鏞)은 자를 미용(美庸)이
라 불렀다. 열수(洌水)라는 호를 쓰는 이유는 본서 권3 한수(漢水)의
대목 아래에 주(註)하여 둔 대로인데, 또한 다산(茶山) 또는 다정(茶亭)
이라는 당호도 사용하고 있다. 이것은 18년간 유배지였던 강진(康
津)에서 산차(山茶, 동백나무)를 정내(庭內)에 심고 즐겼기 때문이라
한다. 출생은 나주이고, 목사(牧使) 정재원(丁載遠)의 아들이다.『목민
심서』를 지은 것도 부친인 정재원을 따라 어려서부터 지방행정의
실상을 견문했던 것과 관계가 있다. 현재 광화문 경찰관 강습소에

근무하시는 정규봉(丁奎鳳) 씨의 4대조이다. 정조 조(朝) 기유(己酉)
생원문과(生員文科), 순조 조 신유사옥(辛酉邪獄)에 나국(拿鞫)당하고
강진에 정배(定配)되었다. 관(官)은 승지에 이르렀다. 저서에는『아
언각비』,『목민심서』외에『흠흠신서(欽欽新書)』10책,『경세유표(經
世遺表)』10책,『아방강역고(我邦疆域考)』3책,『시경강의(詩經講義)』
및 보유(補遺) 5책,『다산총설(茶山叢說)』등이 있다. 형은 약전(若詮),
자(字)는 천전(天全), 계묘(癸卯) 생원(生員), 정조 조 경술(庚戌) 문과.
아우 약종(若鍾)은 사옥(邪獄)에 좌(座)하여 귀양 가서 죽었다.

凡例
범례

牧民心書と重復せる箇所、又は華音と東語と音の轉訛より來れる用
字の誤謬については其の或る部分を譯述したが、不必要と思はるゝ部
分は之を省略した。

以上の他に、衒學の匂ひのする部分(つまり同一の詩意を多數の詩句
に依りて引例立證したるものゝ如き)力めて譯出したが、その甚だしい
のは省畧した。又、食料の解說においても省畧に從つた箇所がある。

本書は疋言覺非と題してある、疋は雅の古字で、意義は同樣である
が、現に警察官講習所に在職せられる丁奎鳳氏(丁若鏞は丁奎鳳氏の四
代の祖)からの御注意もあつたので雅言覺非とした。

題疋言覺非後は、本文の補說であるが本文丈けで意は盡きて居ると
思ひ省略した。

□ 『목민심서』와 중복되는 개소(箇所), 또는 화음(華音)과 동어(東語) 음의 전와(轉訛)에서 온 용자(用字)의 오류에 대해서는 그 어떤 부분을 역술했지만 불필요하다 생각되는 부분은 그것을 생략했다.

□ 이상 그 밖에 현학(衒學)의 냄새가 나는 부분(즉 동일한 시의(詩意)를 다수의 시구에 의해 인렬(引列) 입증한 것 등)도 힘써 역출했지만 그 심한 것은 생략했다. 또 식료의 해설에서도 생략에 따른 개소가 있다.

□ 본서는 『아언각비』라 제(題)하고 있다. 필(疋)은 아(雅)의 고자(古字)로 의의는 같지만, 현재 경찰관 강습소에 재직하시는 정규봉(정약용은 정규봉 씨의 4대조)의 충고도 있었기에 『아언각비』로 했다.

□ 제(題) 『아언각비』 뒤는 본문의 보설(補說)인데 본문만으로 뜻을 다하고 있다고 생각하여 생략했다.

[12] 『장화홍련전』 발문
細井肇, 「薔花紅蓮傳を閱了して」, 『通俗朝鮮文庫』10, 自由討究社, 1921

호소이 하지메(細井肇)

薔花紅蓮傳を閱了して
「장화홍련전」의 교열을 마치며

『薔花紅蓮傳』は、十数年前、拙著朝鮮文化史論に其の梗概を紹介したことがあるが、今回は趙鏡夏君の達筆で、全部諺文で書かれて居る

原書が流暢な邦語に飜訳されて居た。私はただ夫れを少しばかり修正
潤色したのみである。

　『장화홍련전(薔花紅蓮傳)』은 십 수 년 전, 졸저『조선문화사론』에
그 개요를 소개한 적이 있는데[15], 이번에는 조경하 군의 달필에 의해
전부 언문으로 적혀 있는 원서가 유창한 국어로 번역되었다. 나는
그저 그것을 좀 수정하고 다듬었을 뿐이다.

　一應査閲を了って、先づ心頭に浮び来ることは、朝鮮人の孝心の厚
い事と、迷信の根抵の深い事とである。又更に、其の執拗なこと、復
讐心の強いこと、功利的觀念の発達せることなぞ、夫れから夫れへと
推想される。ただ奸惡無道なる繼母と哀切悲愴なる繼児の家庭内に於
ける一波瀾又は一篇の物語りとして読過せず、恁うした読物が歡迎さ
れる根本の原因、即ち、その民族心性に思を潜むるならば、朝鮮人を
正解する上に稗益する所尠からざるべきを確信する。以下、卑見の一
二を思ひ出づるがままに次第もなく述べて見たい。

---

15 호소이가 말한 자신의 저술은 '細井肇 編,『朝鮮文化史論』, 朝鮮研究會, 1911'이
다. 그의 저술 '8편 반도의 연문학(半島の軟文學)'에는 일역된 한국문학작품(『남
훈태평가』,『구운몽』,『조웅전』,『홍길동전』,『춘향전』,『장화홍련전』,『재생연』)
이 수록되어 있다. 그 중에서『춘향전』,『장화홍련전』,『재생연』 3편은 짧은 개
관만이 수록되어 있는데, 그 까닭은 호소이가『조선문화사론』에서 잘 밝혔듯이
3편의 작품들은 '다카하시 도루'에 의해 '번역'되었으며, 다카하시의 저술『조
선의 이야기집 부록 격언(朝鮮の物語集附俚諺)』에 수록되어 있었기 때문이다.
따라서 호소이는 "그 요점을 잘 골라내고 쓸데없는 것을 삭제하였다". 왜냐하면
다카하시의 "번역문 또한 매우 유창하고 아름다"워 "일반 독자는 이것에 의해
서 충분히 원서의 내용을 자상히 알 수 있을 것"이라고 판단했기 때문이다. 즉,
호소이는『장화홍련전』의 개관할 때 다카하시 도루의 저술(『朝鮮の物語集附俚
諺』, 日韓書房, 1910)을 참조했던 것이다.

우선 교열을 마치고 먼저 머릿속에 떠오르는 것은 조선인의 효심이 두텁다는 것과, 미신의 뿌리가 깊다는 것이다. 또한 그 집요함, 강한 복수심, 발달된 공리적 관념 등이 잇달아 떠오른다. 단지 간악무도한 계모와 애절하고 비통한 의붓자식 간의 가정 내 풍파 또는 한 편의 이야기로서 읽는데 그치지 않고, 이러한 이야기가 환영되는 근본적 원인, 즉 그 민족성을 들여다본다면 조선인을 제대로 이해하는 데 이바지하는 바가 적지 않으리라고 확신한다. 이하 몇 가지 소견을 떠오르는 대로 순서 없이 말해보고자 한다.

孝心の厚い事
효심이 두텁다는 것

第一に孝心の厚い事は、どの稗史小説にも共通してゐる所で、朝鮮人が長幼の序を辨へ、尊親に仕へて從順なのは實に賞讚に價ひする美德である。現に薔花が、父たる裴坐首から深更に及んで突然外家に去れといふ藪から棒の命令を受けた時、『お父う樣の御言葉なら、たとへ死ねと仰やいましても、子として之に應じない譯はございません、參ります。』と答へて居る。第九輯の沈淸傳の沈淸も父の盲目を癒したいばっかりに、自から進んで、人買ひの手に己れの身を委ね臨堂水の水鬼となった。併し、過ぎたるは及ばざるに如かず、孝心の厚いのは誠に結構であり、子として尊親に從順なのは美德に相違ないが、次のやうな物語の如きは、其の最も極端なる一例と云ふべきであらう。

먼저 효심이 두터운 것은 어느 패관문학에도 공통적으로 나타나

는 것으로 조선인이 장유유서를 구분하고, 부모에게 순종적인 것은
실로 칭송받을 만한 미덕이다. 실제로 장화(薔花)가 아버지인 배좌수
(裵坐首)에게서 한밤중에 갑자기 외가로 떠나라는 말을 들었을 때,
"아버지 말씀이라면 설령 죽으라고 해도 자식으로서 그에 따르지
않을 수 없습니다. 가겠습니다." 라고 답하고 있다. 제9집에 있는
『심청전』의 심청도 아버지 눈을 낫게 하기 위해 스스로 사람을 사고
파는 장사치에게 몸을 맡기고 임당수의 물귀신이 되었다.[16] 하지만
과유불급이라 효심이 두터운 것은 더할 나위 없이 좋은 일로 자식으
로서 부모에게 순종적인 것은 미덕임에 틀림없지만, 다음과 같은 이
야기는 그 가장 극단적 일례로서 문제점을 보여 주고 있다고 말할 수
있을 것이다.

昔、張某といふ宰相があった、然るに佞人の為めに斥けられて山村
に隱遁し、剩へ最愛の夫人は病に死し、娘と二人丈けで淋しい月日を
送って居た。所が娘は妙齡になるに連れ、妖艶人を魅せずんば已まざ
る容色となった。張老人は有らう事か有るまい事か、現在の血を分け
た生みの娘に懸想し、思ひに痩せて遂に床に臥し、今は早や明日をも
圖り難くなった時、娘を枕邊に呼寄せて、思ひの丈けを打明けた。娘
は常日頃父なる人の素振りに夫れと心附いて居たので、格別驚く容子
もなかった。併し人として誠にあるまじき破倫の亂行なればとて、張
老人に床下の土をくぐり、三度犬の吠聲をなさしめた。娘は翌日破倫
の亂行を恥ぢて縊れて死んだが、張老人は不思議にも元氣を恢復し、

---

16 趙鏡夏 譯, 「沈淸傳」, 『通俗朝鮮文庫』第9輯, 自由討究社, 1921.

後ち遺賢を召さるる機會來りて、宮居深く伺侯した時、張老人の冠に
は頂に霜降りかかり冠の周邊には犬の毛が　澤山に着いて居た。王は深
く之を訝り問ふと列座の鬼谷先生が其の仔細を啓聞し、王は激怒して
張老人を斬に處し、懲らしめの爲めにと、其の像を國中限なく建てし
めたといふのが『朝鮮の村落ぞで能く見懸ける張將(一名天下大將軍又は
地下大將軍)について古來から 傳へられて居る 說話である。勿論之は近
親婚の絶対に禁忌すべきを諷戒すべく、假作された寓話に相違ないが
(近親婚は高麗朝時代法律で禁制して居る所を見ると、上下一般に行は
れ兄妹婚は珍らしくなかった。張將の傳説は二つあって、其一は上叙
の通り、他は兄妹婚の必らずしも不可ならざるを寓話にしたものであ
る)兎に角、尊親の命令とだにあらば、絶対的権威であり、之に対する
子の道は、無抵抗的屈從にあって、決して理非を問はない風がある現
に、薔花を池中に陷れんとする長釗も、『父母の命だから已むを得ぬ』
と云って居る。

　옛날에 장 아무개라는 재상(宰相)이 있었다. 그런데 간신배 때문
에 자리에서 물러나 산촌에 은둔하게 되고, 게다가 가장 사랑하는
사람인 부인은 병으로 죽고, 딸과 둘이서만 쓸쓸한 날들을 보내고
있었다. 그런데 딸은 묘령의 나이가 되면서 사람을 홀리는 요염함을
가지게 되었다. 장 노인은 있어서는 안 되는 일이지만, 자신의 피를
이어 받고 태어난 딸을 연모하여 야위어 간 끝에 병상에 눕게 되었
다. 이제는 어느덧 내일을 기약할 수도 어렵게 되었을 때, 딸을 머리
맡에 불러 마음속을 모조리 털어 놓았다. 딸은 평상시 아버지의 행
동으로 보아 그러리라고 짐작했던 터라 특별히 놀라는 기색도 없었

다. 하지만 사람으로서 정말로 있어서는 안 될 패륜이자 추한 행동
이라 하여 장 노인에게 마룻바닥의 흙을 헤치고 세 번 개 울음을 울
게 했다. 딸은 다음 날 스스로의 추한 행동을 부끄러이 여겨 목을 매
고 죽었지만 장 노인은 신기하게도 원기를 회복하였다. 그 후 그는
초야에 묻힌 인재를 불러들이는 기회로 궁정에 들어오게 되었는데,
그 때 장 노인 머리에 씌워진 관 꼭대기에는 서리가 내리고, 관 주변
에는 개털이 많이 붙어 있었다. 왕은 이를 아주 괴이하게 여겨 그 까
닭을 물으니 그 자리에 열석해 있던 귀곡(鬼谷) 선생이 이를 상세히
보고하였다. 왕은 격노하여 장 노인을 참형에 처하고, 경계의 의미
로 그 모습을 나라 안 곳곳에 세웠다는 것이 조선 촌락에서 자주 볼
수 있는 장장(張將) (일명 천하대장군 또는 지하대장군)에 대한 예로
부터 전해 내려오는 설화이다. 물론 이것은 근친혼을 절대로 금기시
하기 위한 경계의 의미로서 만들어진 옛 우화임엔 틀림없지만 (근친
혼은 고려 시대 법률 규제로 보면, 상하 일반적으로 행하여지고 형
제 사이의 혼인은 드문 일이 아니었다. 장장의 전설은 두 가지가 있
는데 그 하나는 상술한 바와 같고, 다른 하나는 형제 간의 혼인이 꼭
불가한 것은 아니라는 것을 희화한 이야기이다) 어쨌든 부모의 명령
은 절대적 권위로서 이에 대한 자식의 도는 무저항적 복종으로 절대
시비를 묻지 않는 풍조가 있었다. 장화를 연못에 빠트리려는 장쇠도
"부모의 명이니까 어쩔 수 없다"라고 말하고 있다.

　此の孝心の厚い事は、一に儒教の感化に依るもので、朝鮮には儒教
と共に又儒弊も発達した。即ち、精神よりも形式に囚はれて、型丈け
の孝行が尊重された。餘談には亘るが、朝鮮民族心性の一端を知るよ

すがにもと思ふから、小著『鮮滿の經營』に書いて置いた忠孝の辨をこ
こに摘錄する。

> 이렇게 효심이 두터운 것은 첫째로 유교의 감화에 의한 것으로 조
> 선에는 유교와 함께 그 폐단도 컸다. 즉 정신보다도 형식에 사로잡
> 혀 형식뿐인 효행이 존중되었다. 여담이지만 조선민족성의 단면을
> 알 수 있는 수단이 되기도 하므로, 졸저 『선만(鮮滿)[17]의 경영』에 써
> 둔 충효의 변을 여기에 수록한다.[18]

盖し支那が、李朝五百年間朝鮮を服屬せしめて、何等『上国』に对す
る不平を言外するの機会を與へざりしは、『儒教』を政教の典範規則と
して半島民族を自家掌中に扼握し、爾餘の末節は所謂無爲にして化す
る放任政策を採用せるが爲めに外ならず。殊に、李氏の祖李成桂は、
高麗王朝の末葉に方り、佛教の墮落其極に達し、士人の間崇儒排佛の
風漸く旺ならんとする傾向ある見て、簒位革代の後ち、儒臣を寵用し
て儒学の作興に餘力を剩さざりしが故に、儒教は半島民族の政治と社
会とに染潤せり。

> 무릇 중국이 이조 오백년간 조선을 복속시키고 조금도 '상국(上
> 國)'에 대한 불평을 밖으로 쏟을 기회를 주지 않았던 것은 '유교'를
> 정교(政敎)의 전범 규칙으로 하여 한반도 민족을 자기 수중에 있다고
> 파악하고, 그 밖의 지엽적인 것들은 소위 무화(無化)하는 방임정책을

---

17 조선과 만주.
18 細井肇, 『鮮滿の經營 : 朝鮮問題の根本解決』, 自由討究社, 1921.

취하였기 때문이다. 특히, 이씨 조선의 이성계는 고려왕조 말엽에 이르러 불교의 타락이 극심해지고 선비들 간의 숭유배불 풍조가 점차 왕성해지는 경향을 보고, 조정 찬탈 후 유신을 총애하여 유학의 부흥에 남은 힘을 쏟아 부었기 때문에 이후 유교는 한민족 정치와 사회에 크게 스며들었다.

今尚其の家庭に於て長幼序ある孝悌の風見るべきあるは之が為めなり。然れども儒弊も亦同時に発達せり。彼の『天子有諍臣七人雖無道不失其天下諸侯有諍臣五人雖無道不失其国』の古語は、直ちに甲黨乙派、諫諍の恣能に擬して同臭迭みに陰結する政権攘奪の黨爭の口実に利用せられ、『揚名於後世以顯父母孝之終也』の一句は、空名虚位を競獵する売名者流の簇出となり、王、公卿、諸大夫、士の各階級は、何れも治者として無限の権力を行使したるに反し、無位無官の庶人、即ち所謂黎黔は、極端なる謹身節用を強要せられ、所謂治者は、黎黔の膏血に自家寸前の生活を豐麗にし、其の国士を遺憾なく荒瘦に帰せしめつつ、隣接大陸への事大外交の意思表示として、宗廟春秋の祭祀を盛んにし、内外を粉飾糊塗して五百年間を偸安せり。蓋し、儒教の政治要諦は恩の一字に要約するを得べし。其の所謂王道は、被治者に安全なる生活を附與して、君恩を售る事なり。君恩の庶民に徹底したる場合、若しくは徹底したるが如く朝廷の臣僚に依りて合奏的に謳歌せられたる場合、其の君王は史中に明君又は仁君として其名を止む。支那と云はず、朝鮮と云はず、此の君恩の庶民に徹底したる場合殆んど絶無にして、君恩を飽喫する者は、必らず臣と概稱する庶人以外の公卿、諸大夫、士の権力階級なり。惟ふに半島の権力階級は、臣軌の著

343

者が夫衣食者人之本也、人者国之本也、人恃衣食猶魚之恃水、国之恃人如人之倚足、魚無水則不可以生、人無足則不可以歩と云へるを文字其儘に実行して、權勢を生活の食物と為せるに似たり、是れ權勢に代價ありて売買せられたる所以、君臣の関係、唯だ一に恩の名に粉塗せられたる相対利害の関係に置かる。

　　이제 다시금 가정에 장유유서와 부모에 대한 효, 형제 사이의 의를 돌아봐야 하는 것은 이 때문이다. 하지만 유교의 폐단도 또한 동시에 커졌다. 그 "천자에게 충언하는 신하 일곱이 있으면 무도하여도 그 천하를 잃지 않고, 제후에게 간언하는 신하 다섯이 있으면 무도하여도 그 나라를 잃지 않는다"라는 고어는 곧 갑당을파, 당쟁의 자의적 기능과 맞물려 같은 부류끼리 집결하는 정권 당쟁의 구실로 이용되었다. "이름을 후세에 떨치는 것이 부모에 대한 효의 마지막이다'라는 구는 헛된 이름과 지위를 다투는 무리들을 속출시켰다. 왕, 공경(公卿)[19], 대부(大夫), 사(士)의 각 계급은 모두 정치하는 자들로 무한한 권력을 행사하는데 반해 무위 무관의 서인(庶人), 즉 소위 서민은 극단적 근신 절제를 강요받았다. 소위 정치하는 자들은 서민의 고혈로 자신의 생활을 풍요롭게 하고 그 땅을 여지없이 황폐하게 만들었다. 인접 대륙에 대한 사대외교의 의사 표시로서 종묘 춘추의 제사를 성대히 지내고, 내외를 꾸미며 5백 년 동안을 누리고 살았다. 무릇 유교의 정치 핵심은 은혜 은 한 글자로 요약할 수 있다. 소위 왕도는 피지배자에게 안전한 생활을 부여하고 군자의 은혜를 베푸는

---

19 3급 이상의 조정 관리를 칭함

데 있다. 군자의 은혜를 철저히 서민에게 다하는 경우, 또는 철저한 것처럼 조정의 모든 신하들에 의해 칭송 받는 경우, 그 군왕은 역사상 명군 또는 인군(仁君)으로 그 이름을 남긴다. 중국이든 조선이든 군자의 은혜를 서민에게 철저히 베푸는 경우는 거의 전무하고, 군자의 은혜를 누리는 자는 꼭 신하라 칭하는 서인 이외의 공경, 대부, 사의 권력계급이다. 생각건대 한반도의 권력계급은 『신궤(臣軌)』의 저자가 "무릇 의식이라는 것은 사람의 근본이다. 사람이라는 것은 나라의 근본이다. 사람이 의식을 바라는 것은 또한 물고기가 물을 바라는 것과 같고, 나라가 사람에 의존하는 것은 사람이 다리에 의존하는 것과 같다. 물고기는 물이 없으면 살지 못하고 사람은 다리가 없으면 걸을 수 없다"라고 말하는 것을 문자 그대로 적용시켜 권세를 생활의 식량으로 만들어 버리는 것과 같다. 권세에는 대가가 있어서 사고 판 이유, 군신의 관계 속에서 오로지 한 마디 은혜라는 이름으로 도색된 상대 이해의 관계에 놓인다.

既に相対利害の関係に置かる、絶対献身的忠誠は、朝鮮人に待望すべからざるのみならず、儒教の淵宗たる支那に於ても期待すべからず、孟子が齊の宣王に應へて『残賊の人之を一夫と謂ふ、一夫の紂を誅するを聞く耳、未だ君を弑するを聞かざるなり』と云へるは、三代を宗とする孔子の教義を敷衍したるものにして、徳あらば畎畝の賊夫も天子となり、徳なければ帝王の子も墜ちて庶人となるは、支那において尋常の事に屬す、明末の黄宗義が其の明夷待訪録の原臣扁において『故に吾の出でで仕ふるや天下の為めにして君の為めにあらず、萬民の為めにして一姓の為めにあらず』と断言し、更に『吾に天下の責なけれ

345

ば、則ち吾は君に在りて路人たり、出でで仕ふるや、天下を以て事と
爲さざれば君の僕妾のみ、天下を以て事と爲さば君の師友たり、夫れ
然り、之を臣と謂はば其名累りに變ず、父母は固より變ず可からざる
也』と云へるは君臣の辨と同時に君臣の何れが重きかを明かにせるもの
にして、孝を人倫の大本とする儒教の根本精神を道破せるもの也。

　　이미 상대이해의 관계에 놓인 경우, 절대적인 헌신 충성은 조선인
에게 기대해서는 안 될 뿐만 아니라 유교의 종주국인 중국에서도 기
대해서는 안 된다. 맹자가 제(齊) 나라 선왕(宣王)의 물음에 답하길
'인(仁)과 도(道)를 해치는 자는 일개 필부에 지나지 않는다. 필부인
주왕을 죽였을 뿐이지 군주를 죽인 것이 아니다'라고 하는 것은 삼
대(三代)를 으뜸으로 하는 공자의 교의를 부연한 것이다. 덕이 있으
면 시골의 필부도 천자가 되고 덕이 없으면 제왕의 자식도 영락하여
서민이 되는 것은 중국에서 일반적 일이다. 명나라 말의 황종의(黃宗
羲)가 그『명이대방록(明夷待訪錄)』의 원신편(原臣編)에서 "때문에 우
리가 나아가 섬기는 것은 천하를 위함이요 군자를 위함이 아니다.
만민을 위해서이지 하나의 성씨를 위해서가 아니다"라고 단언하고
다시금 "우리에게 천하라는 책임이 없다면 우리는 군주에게 아무런
상관이 없는 사람이다. 나아가 군주를 섬길 때, 천하의 일을 일삼지
않으면 군주의 노비일뿐이다. 천하의 일을 일삼으면 군주의 사우(師
友, 스승이자 벗)인 것이다. 대저 그러한 즉, 신하라 하여도 그 명목은
자주 변한다. 하지만 부모는 진실로 변할 수 없는 것이다"라고 하는
것은 군신의 말임과 동시에 군주와 신하 중 어느 쪽에 무게가 있는지
밝히는 것으로 효를 인륜의 근본으로 하는 유교의 근본정신을 설파

하는 것이다.

朝鮮では、忠よりも孝を重しとする。之は儒教国の一般の風尚と云って能い。丙子日記其他において、忠孝いづれかを択ばねばならぬ場合、重盛が清盛を諫争したやうな事態は朝鮮の正史野史に見ることはできぬ。何等の躊躇なく忠を捨てて孝に趣って居る。丙子日記で国難の最中尊親の名において戦場から郷国へ遁げ帰った宰臣なぞがある。

조선에서는 충보다도 효를 중시한다. 이는 유교국의 일반적 풍조라 해도 좋다. 병자일기 그 외에 있어서 충효 중 어느 것을 선택해야 하는 경우, 시게모리(重森)[20]가 기요모리(淸盛)[21]에게 격렬히 간언한 것과 같은 상황은 조선의 정사 야사에서 볼 수 없다. 아무런 주저 없이 충을 버리고 효에 치중한다. 병자일기를 보면 국난이 한창인데 부모의 부름으로 전장에서 고향으로 돌아간 신하들도 있다.

迷信の根抵の深い事
　　미신의 뿌리가 깊은 것

朝鮮人は、迷信に生活して居る。彼等は食物に依って肉の生活を営むが、霊の生活は全部迷信である。迷信に関して、ここにも『鮮満の経営』に書いて置いた一節を摘録する。

---

20 다이라오 기요모리(平淸盛)의 장남인 다이라오 시게모리(平重森)를 가리킴.
21 일본의 헤이안(平安)시대 말기의 무장인 다이라오 기요모리를 말함.

조선인은 미신을 믿으며 생활하고 있다. 그들은 먹을 것에 의해
육신의 생활을 영위하지만 영적 생활은 전부 미신이다. 미신에 관해
여기에도 『선만의 경영』에 써 둔 한 구절을 적어 본다.[22]

羅末より麗初に流行したる讖緯の学は、周末に起りて漢代に盛んな
るを致し、京房谷永、董仲舒、劉向父子の徒続出して春秋洪範二經を
災異休徴の書となし、唱道最も努めてより、遂に禍を後世に貽すに至
れり。始め殷の箕子其の洪範九疇の冒頭に五行を以て水火木金土とな
せり、蓋し五行は人生一日も欠くべからざるものにして王者の之を修
むるは天下の生民を済ひ、衆庶をして其利に頼らしむる所以、固と天
下萬物の衆を括りて数を此の五者に取りしにあらず、然るに後儒其説
を推衍し、陰陽の両儀分れて五行となり、気は天に行はれ、質は地に
具はり、散じて萬株となり人其の理を享けて性を為すといふに至る。
爰に於て萬物皆な其数を五に約し、以て五行に配し、牽強附会、至ら
ざるなし。例へば色の如き、水は黒、金は白、木は青、火は赤、土は
黄なりとし、又方位については東は日の出づる所にして陽気なるが故
に木とし、南は太陽の最も高き所なれば陽の極にして火とす、西は日
の没する所にして陰気なれば金とし、北方は日全く幽暗の地なれば水
とす、而して尚ほ土の一を剰せり、乃ち其の配當に若しんで之を中央
となせり。斯くの如くにして気は五味となり、発して五声となり、章
はれて五色となり、方に五位あり、歳に五時あり、人に五事あり、以
て五徳を修め、天に五徴ありて休徴、咎徴、各五事の得失に應ずと為

---

22 細井肇, 『鮮滿の經營 : 朝鮮問題の根本解決』, 自由討究社, 1921,

す、此類一々挙げて数ふべからず。董仲舒の如きは天は萬物の源たると共に人類の祖先なり、人若し其の祖先を究むれば祖父より宗祖父に至り、更に遡れば遂に天に帰せざるを得ず、即ち天と人とは相感應し、人悪なれば天之を戒め、人の為す所亦天を動かすに至るとなし、春秋災異の説に、亂世には彗星顯はれ月蝕出づとあるを擴充推衍せり、故に後年天地の變異は直ちに人事の吉凶禍福なりとし、日月の蝕するを観ては輒ち君徳の欠くるあるが為めとし、山鳴り石墜つれば輒ち鬼神の致す所とし、儒流と雖も又此の迷信より擺脱すること能はず、朝鮮において正史野史の人事を論ずるもの、必らず白虹貫日、或は月蝕すといふが如き、天變地異に起筆し若しくは結論す、文字なき末流の迷信に墮する固より其所にして、荒唐無稽妖怪詭秘の説民心を蠱惑すること実に極まれり。

신라말부터 고려초에 유행한 참위학[23]은 주(周)나라 말에 일어나 한대(漢代)에 성행하게 되는데, 경방곡영(京房谷永), 동중서(董仲舒), 류향(劉向) 부자 등의 무리들이 속출하였다. 『춘추(春秋)』, 『홍범(洪範)』 두 경서를 흉조 길조의 책으로 삼고 서로 앞다투어 설파하는데 주력함에 따라 결국 화를 후세에 남기게 되었다. 처음 은(殷)나라의 기자(箕子)가 홍범구주(洪範九疇)의 서두에 오행은 수화목금토(水火木金土)를 이른다고 하였다. 무릇 오행이란 사람의 일생 중 하루도 빠뜨릴 수 없는 것으로 왕이 되는 자가 이를 익히는 것은 천하의 백성들을 구하고 중생으로 하여금 그 이로움에 의존하게 하기 위함이다.

---

23 미래의 길흉에 대한 예언을 믿는 사상

그런데 천하 만물의 무리들을 한데 잘 묶어 그 수를 이 다섯 가지로 분류하기가 어렵다. 그런데도 후유(後儒)는 그 설을 널리 퍼뜨렸다. 음양의 양극이 나뉘어 오행이 되고 기(氣)는 하늘에 행해지고 질(質)은 땅에 갖추어져 흩어져 만 가지 근본이 되고, 사람은 그 이치를 받아들여 성(性)을 이루었다. 이에 있어서 만물 모두 그 수를 다섯 가지로 간추려 5행으로 구분 짓고 견강부회하여 그에 속하지 않는 것이 없게 하였다. 예컨대 색의 경우, 물은 검고, 금은 하얗고, 나무는 파랗고, 불은 빨갛고, 흙은 노랗다고 하였다. 또한 방위에 대해서는 동쪽은 해 뜨는 곳이라 하여 양기가 있기 때문에 나무로 하고, 남쪽은 태양이 가장 높은 곳에 있어서 태양 끝, 불이라 하였다. 서쪽은 해가 지는 곳으로 음기이므로 금이라 하고, 북쪽은 해가 전혀 비치지 않는 어두운 곳이므로 물이라 하였다. 이렇게 해서 또 흙이 하나 남아 그 배치를 고민하다 이를 중앙으로 하였다. 이런 식으로 해서 기(氣)는 다섯 맛이 되고 발하여 다섯 소리가 되며, 다섯 색으로 나타난다. 방향에 다섯 방향이 있고, 시간에 오시가 있으며 사람에겐 다섯 가지 일이 있다. 이것으로 오덕을 수행하는데, 하늘에 다섯 표식이 있어 휴징(休徵, 좋은 보답), 구징(咎徵, 나쁜 응보)은 각 다섯 가지 일의 득실에 따라 행한다. 이러한 유형을 하나하나 열거하면 셀 수가 없다. 동중서(董仲舒)가 말하듯 하늘은 만물의 근원임과 동시에 인류의 조상이다. 사람이 만약 그 조상을 쫓는다면 조부에서 종조부에 이르고, 다시 거슬러 올라가면 결국 하늘에 도달할 수밖에 없다. 즉 하늘과 사람은 서로 감응하여 사람이 악을 행하면 하늘이 이를 벌하고, 사람이 행하는 것 또한 하늘을 움직인다는 것이다. 춘추재이(春秋災異)설에는 난세에 혜성이 나타나고 월식이 생긴다는 얘기가 확대되

있는데, 때문에 이후 천재지변은 곧 사람의 길흉화복으로 간주되고, 일월식을 보면 곧 군자의 덕이 결여되었기 때문이라 하고, 산이 울고 돌이 떨어지면 곧 귀신이 행하는 것이라 하였다. 유교가 성행했다 하더라도 이런 미신에서 벗어나지는 못했다. 조선에서 정사 야사를 논할 때는 반드시 백홍관일[24] 또는 월식을 말하듯이 꼭 이야기는 천재지변으로 시작하거나 천재지변으로 결론지어졌다. 근거 없는 하층 미신에 빠져 원래 그러하다 하였다. 황당무계하고 기이한 요괴의 이야기는 실로 민심을 어지럽히기 그지없었다.

現代の朝鮮に宗教なし、唯だ存するものは迷信のみ、朝鮮人は迷信に生活す、其の冠婚葬祭は勿論平生の行往坐臥一として迷信の支配を受けざるものなし。……(中略)……

현대의 조선에 종교는 없다. 단지 있는 것은 미신 뿐. 조선인은 미신으로 생활하고 관혼상제는 물론 평상시 행동에 미신이 지배하지 않는 부분이 없다. (중략)

以上は一二の例證のみ、単り天のみならず、地、人、皆な迷信の結晶ならざるなく、特に鬼神(魅魍)を怖る、孔子が鬼神の徳たる大哉矣と讚へ、又鬼を祭るは鬼在はすが如し、神を祭るは神在すが如しと曰ひ、朱子は鬼神の意義を説いて神とは伸なり、鬼とは屈なり、風雨雷電初めて発する時の如き神なり、風止み雨過ぎ雷住まり電息むに至り

---

24 백홍관일(白虹貫日), 흰 무지개가 태양을 가로질러 걸리는 것, 난리가 날 징조.

即ち鬼なりと云へるを附会して種々なる意味に迷信したる為め、森羅
萬象殆んど魑魅の存せざる所なく、其の神々も頗る雑多にして、山神
あり、龍王あり、風神あり雷電の神あり、疾癘の神あり、痘瘡の神あ
り、一々列擧すべからず、熱病にて死せる児童は陽気餘りありて陰気
足らざるが為めなりとし、その復活を希ふ為め死屍を樹枝に吊して夜
陰冷露に晒すこと三夜に及ぶ者あり、処女にして病に冒さるる者あれ
ば巫女は之を以て孫閣氏(鬼神の一種)の祟りなりとし、巫女は鍾皷を打
ちて賽舞し、処女の衣服全部を処女の身代りとして悪鬼に捧げ、若し
又春を解せずして逝ける処女は怨靈變じて鬼神となると稱し、巷街十
字の交叉點に埋めて多数男子の踏過するに任せ、以て其の艶情を慰む
といふが如きもあり。總じて溢死、滲死、毒死、其他宼枉に死し、或
は又他殺せられたる等非業の最後を遂げたる者は、皆な悉く宼鬼とな
りて宇宙に迷へるものと信じ、之を祭ること最も力む。天気人気と共
に地気を相して之を尊むこと又甚だしく、墓地の迷信の如きは、殆ん
ど内地人の想像すべからざる深刻なるものにして、風を遮り陽に向へ
る名地に墓地を相すれば、啻に白骨を安静ならしむるのみならず、其
の陰澤子孫に及び、一門必らず顯達して幸福榮華を恣にするを得べし
と為し、文字ある兩班儒生と雖も此の迷信に左右せられ時ありてか他
人の墓地を犯して勒葬暗葬を行ふあり、墓地に関する訴訟頗る頻繁に
して、中には孔子廟内に埋骨せば、子孫に大官を出すべしとの迷信に
基づき、孔子廟内に暗葬する者あり、若し、墓地を相して所を得ざら
んか、死霊は一家一門に祟りて災厄子孫に及ぶと為す。墓地政策は朝
鮮にありて重要なる政策の一たらずんばあらず。

이상은 한두 가지 예시일 뿐이다. 단지 하늘뿐 아니라 땅, 사람, 모두 미신의 결실이 아닌 게 없다. 특히 귀신(망령)을 두려워한다. 공자는 귀신의 큰 덕을 칭송하고, 또 귀신을 제사 지낼 때는 귀신이 계시는 것처럼, 신을 제사 지낼 때는 신이 계시는 것처럼 하라 한다. 주자는 귀신의 의의를 설파하며 신(神)이란 신이며 귀(鬼, 귀신, 요괴)란 굴(屈)이라 하였다. 비바람 천둥 번개가 처음으로 나타날 때와 같은 것이 신이고, 비바람이 그치고 천둥 번개가 그칠 때에 이르면 귀이다. 여기에 갖가지 의미가 덧붙여져 미신을 얘기했기 때문에 삼라만상 거의 귀신이 없는 곳이 없고, 그 신들도 매우 잡다하여, 산신, 용왕, 바람신, 천둥번개 신, 역병신, 두창신 등 일일이 열거할 수가 없다. 열병으로 죽은 아이는 양기가 너무 많고 음기가 부족하지 않기 때문에 그 부활을 위해 시체를 나무 가지에 매달아 3일 밤을 어둠과 찬 이슬을 맞게 하기도 한다. 처녀로 병에 걸린 자가 있으면 무녀는 이를 손각씨(귀신의 일종)의 저주라 하고, 북을 울리며 귀신을 맞는 춤을 춘다. 처녀의 의복 전부를 처녀 대신으로 하여 악귀에 바친다. 만약 봄을 넘기지 못하고 죽은 처녀는 원령이 변해 귀신이 되었다고 하여 사거리 교차점에 묻어 다수의 남자가 밟고 지나가게 하여 그 색정을 위로하였다. 교사(絞死), 익사, 독사, 그 밖에 억울하게 죽거나 또는 타살 등 비명횡사로 마지막을 맞이한 자는 모두 원귀가 되어 우주로 떠돈다고 믿으며 이들을 제사 지내는 것에 가장 힘을 쏟는다. 하늘의 기운, 사람의 기운과 함께 땅의 기운을 점치고 이를 매우 존중한다. 묘지 미신과 같은 것은 거의 우리가 상상할 수 없는 심각한 것으로 바람을 막고 해를 마주보는 명당에 묘 자리를 만들면 그만큼 백골을 안정시킬 뿐 아니라 그 은혜가 자손에 미쳐 한 가문의 영광을 보

고 행복 영화를 누릴 수 있다 하였다. 글을 읽는 양반 유생이라 해도
이런 미신에 좌우되는 때가 있는지, 타인의 묘지를 파헤치고 다른
사람의 뼈를 암매장하는 경우도 있다. 묘지에 관한 소송은 매우 빈
번하여 그 가운데는 공자묘 안에 뼈를 묻으면 자손 중 큰 관리가 나
온다는 미신에 기초하여 공자묘 안에 뼈를 몰래 묻는 자도 있다. 만
약 묘 자리를 보고 명당을 얻지 못하면 죽은 영혼의 저주가 가문에
내려 자손에 이른다고 하였다. 묘지 정책은 조선에서 중요한 정책
중 하나가 아닐 수 없다.

　前篇沈淸傳の沈淸も臨堂水の水鬼となったのであるが、本書の随所
に薔花を水鬼又は寃鬼と書いて居る。今村鞆氏の朝鮮風俗集に依る
と、

　寃鬼及其他の鬼

　本項は人が非業の死後靈魂の鬼に變じたるものを一とまくりに紹介
する。溺死、縊死、毒死、殺されし者、寃に死したる者。虎に喰はれ
たる者共の中妄執の雲拂ひもあへず六道の辻より踵を返して樣々の鬼
となり宇宙に迷ひ出で、世の人々に種々の害を加ふるものである。

　전편(前篇) 심청전의 심청도 임당수의 물귀신이 되었지만 본서의
여기저기에 장화를 물귀신 또는 원귀라고 쓰고 있다. 이마무라 도모
(今村鞆) 씨의 『조선풍속집(朝鮮風俗集)』에 의하면,[25]

　원귀 및 그 외의 귀신

---

25 今村鞆, 『朝鮮風俗集』, 斯道館, 1914.

　　이번 항에서는 사람이 비명횡사 후 귀신으로 변하는 것을 간단히 소개한다. 익사, 교사, 독사, 살해당한 자, 원귀에 죽은 자. 호랑이에 먹힌 자들 중 허망한 것에 집착을 버리지 못하고 육도(六道)의 기로에서 발길을 돌린 자들은 갖가지 귀신이 되어 우주에 떠돌면서 세상 사람들에게 갖가지 해를 끼친다.

　　以上諸種の鬼の中幅の利くは冤鬼丈けである。鮮人は冤鬼を一番恐怖する。此冤鬼と烈女旌門とは離るべからざる関係がある。朝鮮では処女の純潔と寡婦の節操は嚴重に固守すべき社会的教示があるから、あらぬ噂が巷間に流傳する時は、當該本人は口惜しき限りの怨は長白の雪と積るも、まさか裁判所に名誉毀損の訴を為す訳にも、新聞紙に信用恢復の廣告を出す訳にも行か無いから、其極、我れと吾玉の緒を断ち、梁に縊れ、或は毒を仰いで、一死以て身の潔白を表す事がある、中には噂が事実である者もある。すると其霊魂は先づ一番に一道一郡の行政司法総ての司さたる郡守或は監司の許に馳せて幻影を見はし、或は夢枕に立ちて啾々として冤を訴たへる、郡守が之れを聞き流にして適當の方法を執らなかったときは、冤鬼は忽ち郡守に祟り取り殺すのみならず、爾後猶執念深くも代々の郡守に祟るのである。如此迷信があるから先任者が死亡した跡へ赴任した郡守は、縱令前者の死に何等の怪異がなく普通の病死であっても、其の死んだ室に入るのを非常に嫌ひ他の室を選定する。(昔は他方官は大抵獨身赴任した)郡衙の事務室と郡守の館とは同一構内であったヒドク神經質の男は民家に泊して、郡衙の構内では寝泊し無かった。

355

  이상 갖가지 귀신 중 세력 있는 것은 원귀뿐이다. 조선인은 원귀를 가장 두려워한다. 이 원귀와 열녀정문(烈門)과는 뗄 수 없는 관계에 있다. 조선에서는 처녀의 순결과 과부의 정조는 엄중히 고수해야 할 사회적 규범이다. 갖가지 소문이 항간에 떠돌 때는 해당되는 본인은 분한 만큼의 원한이 장백(長白)의 눈으로 쌓여도 재판소에 명예 훼손으로 소송할 수도, 신문지에 신용 회복의 광고를 낼 수도 없으니까 결국 생명의 끈을 끊고, 기둥에 목을 매거나 또는 독을 마셔서 죽음으로 자신의 결백을 보이거나 한다. 그 가운데는 소문이 사실인 자도 있다. 그러면 그 영혼은 제일 먼저 지역의 행정사법 모두를 관장하는 군수 또는 감사 곁으로 달려가 환영을 보이거나, 또는 꿈속에 나타나 훌쩍이며 원한을 호소한다. 군수가 이것을 흘려버리고 그에 상응하는 해결을 하지 않았을 때는 원귀는 곧바로 군수를 죽일 뿐 아니라 그 다음의 군수들에게도 집요하게 군다는 것이다. 이러한 미신으로 인해 선임자가 사망한 곳에 부임한 군수는 비록 선임자가 어떤 괴이함도 없이 보통의 병으로 죽었다 해도 그가 죽은 방에 들어가는 것을 아주 꺼리며 다른 방을 선택한다. (옛날에 지방관은 대부분 단신 부임이었다) 군청 사무실과 군수가 거처하는 건물은 같은 구내에 있었는데 아주 신경이 예민한 남자는 민가에 거처하며 군청 구내에서 자지 않았다.

  若しも此寃鬼の祟りで郡守が三代も続けて死亡したる時、但し偶然に引続き死亡した時でも此鬼の所為に帰せられる。其時は上級官庁から中央政府に上申して其郡を取潰し他の管轄に變更し、或は郡衙を他邑に移転する事になって居った。

만약 이 원귀의 저주로 군수가 3번이나 계속해서 사망했을 때는 단지 우연히 계속해서 사망했더라도 이 귀신의 소행이라고 치부된다. 그 때는 상급관청으로부터 중앙정부에 보고하여 그 군을 없애고 다른 관할로 변경하거나 또는 군청을 다른 읍으로 이전하게 된다.

行政官の心得を書いた牧民心書にも郡守が病気となり重くなれば衙の外に轉室せよ郡衙内で病死した時は、後任者が嫌ふから其人に対して済まぬと書いてある。ソコで此種の自殺者があった時には、其面長洞長は郡守に急報する、而して郡守又は面洞長乃至有志家等の発企で、烈女旌門の建設に着手し、強制的に附近の人民より資金を徴収して郡衙の門前又は適當の地に旌閣を造り、成は碑を建て烈女の粗製濫造をやる。各道にある烈女閣旌門建碑等の中には真正のものあれども、半分以上は粗製濫造である。

행정관의 지침을 쓴 『목민심서』에도 군수가 중병을 얻게 되면 관부 밖으로 방을 옮기고, 관부 내에서 병사할 때는 후임자가 싫어하니까 그 사람에 대해 미안한 것이라고 쓰여 있다. 그래서 이런 부류의 자살자가 있을 때는 면장 동장은 군수에게 급보를 전한다. 이렇게 해서 군수 또는 면 동장 혹은 군 유지 등의 발기로 열녀정문의 건설에 착수한다. 강제로 부근의 백성에게서 자금을 징수해서 관청의 문 앞 또는 적당한 곳에 열녀 전각을 만들고, 또는 비를 세워 열녀로서 조제 날조를 한다. 각 도에 있는 열녀문 비문 등 중에는 참된 것도 있지만 반 이상은 날조된 것이다.

とある。怨靈が行政官庁に祟るといふ迷信が先で、本書のやうな筋
書の書物が顕れたか、本書の筋書が巷間に流布して、そうした迷信を
生んだかは定かでないが、此種の迷信が津々浦々に行はれて居る事は
疑はれぬ事実である。

라는 것이다. 원혼이 행정관청에 들었다는 미신이 먼저고, 본서
와 같은 이야기의 책이 나타났는지, 본서의 줄거리가 항간에 유포되
어 그러한 미신을 낳았는지 확실치 않지만 이러한 종류의 미신이 전
국에 퍼져 있는 것은 의심할 수 없는 사실이다.

夢に支配される事
꿈에 지배되는 것

尙、本書には殆んどどの小説にも見るやうに、胎夢の一くさりが
あった。九雲夢にも、洪吉童傳にも、沈淸傳にも、其他胎夢の出て来
ない筋書は絶無と云って能い。蓮花を得ると女を産むといふ迷信が昔
から朝鮮には行はれて居る。紅蓮の名を択んだのは、そうした點にあ
るかも知れない。胎夢にもいろいろあるが、之は、明朝の張鳳翼の夢
占類考や、陳士元の夢林元解なぞが、廣く行はれた結果であらう。今
日では、聯想作用や潜在意識の関係を辿って、夢を合的理に解説する
ことができるやうになって居るが、上古中古の時代には、洋の東西を
問はず、夢は天の啓示、神の暗示又は運命を支配する重大なるものと
して尊崇せられ、夢を占ふことが流行した。朝鮮の風俗は、上古と現
代とさまでの相違は無い、今以て盛んに『夢』が、各方面に生活を支配

する重大なるものとされて居る事と思ふ。其他、虎、墓地等の迷信についても一言したいが、夫れよりも私はここに、朝鮮及び朝鮮人を正解する為めに、是非共一読を願ひたいと思ふ絶好の良書を紹介する。それは今村鞆氏の『朝鮮風俗集』で、此の書物は、朝鮮に関する雑多な書物の中で、嶄然一頭地を抜いて居る。今ではウツボヤ書店が発行元になって居る。一切の迷信に関する研究が同書に明らかに書かれて居る。

또한 본서에는 거의 어느 소설에서나 보이듯이 태몽의 굴레가 있었다. 『구운몽』에도, 『홍길동전』에도, 『심청전』에도, 그 밖에 태몽이 나오지 않는 이야기는 전무하다고 해도 좋다. 연꽃을 얻으면 여자를 낳는다는 미신이 예로부터 조선에 퍼져 있었다. 홍련(紅蓮)이라는 이름을 택한 것은 그러한 점에 있을 지도 모른다. 태몽에도 여러 가지가 있지만 이는 명나라 장봉익(張鳳翼)의 몽점류고(夢占類考)나 진사원(陳士元)의 몽림원해(夢林元解) 등이 널리 퍼져 있던 결과일 것이다. 지금은 연상 작용이나 잠재의식 관계로 거슬러 올라가 꿈을 합리적으로 해석할 수 있게 되었는데, 상고 중고 시대에는 서양 동서를 막론하고 꿈은 하늘의 계시, 신의 암시 또는 운명을 지배하는 중대한 것으로서 숭앙 받고 있었고, 꿈 풀이가 유행했었다. 조선의 풍속에서는 상고와 현대 간의 차이 없이, 지금도 '꿈'이 각 방면에서 생활을 지배하는 것으로 중요시되고 있다고 생각한다. 그 밖에 호랑이, 묘지 등의 미신에 대해서도 한 마디 하고 싶지만, 그것보다도 나는 여기에 조선과 조선인을 제대로 이해하기 위해 딱 좋은 책을 꼭 한 번 읽길 바라는 마음에서 소개하고자 한다. 그것은 이마무라 도모 씨의 『조선풍속집』으로 이 책은 조선에 관한 잡다한 책 중에서 단연 뛰어나다 할 수 있다.[26] 지금은 우쓰보야서점이 발행처가 되어있다. 일체의 미신에 관한 연구가 이 책에 명확히 밝혀져 있다.

功利的なること
공리적인 것

本書にも二三箇所に散見して居るが、直ぐに『千金替へ難き御身』と来る。此の場合千金といふのは金の多寡ではなく、如何なる富を以てしてもとの意義であることは勿論であるが、何となく打算的な感じを與へる。奸凶な悪女である許氏に諭すのだから當然ではあるが、『私はもともと貧乏だったのだが、亡くなった張夫人が沢山の財産を持って嫁入ったので、暮し向きも安楽になったので、今日我々が怨うして何不自由なく其日を送るのは、みんな張夫人のおかげと云はねばならぬ。』と云って財産の事は明白に告げ又諭して居るが、一向婦徳に関して言を及ぼして居らぬ。物質や形式は尊重するが精神や心理はそっち退けである。元来此の裵坐首が、夫れほど先夫人を想ふのなら、そう容易に再婚すべきでない、何か已むを得ない事情が湧き起らねばならぬ筈であるが、そうした點はお構ひなしに筆を省いて、ただ不自由だからと丈けで、娶って居る。気に染まぬ悪女ではあるが三人まで男の児が産れたから(多産を尚ぶ風があって、これも功利的な観念に根ざす)とて、デレツとして居る裵坐首の性格には、頗る功利的な半面が窺は

---

26 今村鞆,「朝鮮人の迷信及宗教」,『朝鮮風俗集』, 斯道館, 1914.

れる。老眼で定かに見えず堕胎の塊らしいものがあったといふほどの年輩で居るに拘はらず、許氏が曝し首になった後ち、孫のやうな処女を娶り、眼を細めて悦に入って居る所なぞは功利主義もあまりきき過ぎる。

　　본서에도 두세 군데 보이지만 '천금을 주고도 바꿀 수 없는 몸'이라는 말이 있다. 이 경우 천금이라는 것은 물론 돈의 많고 적음이 아니라 어떠한 부를 가져도 라는 의미인데, 이 말은 어쩐지 타산적인 느낌을 준다. 흉악한 악녀인 허씨를 깨우치기 위한 말이므로 당연한 것이지만 말이다. "나는 원래 가난했지만 돌아가신 장 부인이 많은 재산을 가지고 시집을 와서 생활도 안락해졌다. 오늘날 우리들이 이렇게 불편 없이 하루하루를 보내는 것은 모두 장 부인의 덕택이라고 말하지 않을 수 없다"라고 하여 재산에 관한 것을 명백히 전하고 또한 깨우치고 있지만, 전혀 부인의 덕에 관해선 언급하고 있지 않다. 물질이나 형식은 존중하지만 정신이나 심리는 제쳐 두고 있는 것이다. 원래 이 배좌수가 그토록 전 부인을 생각한다면 그렇게 쉽게 재혼해서는 안 된다. 뭔가 어쩔 수 없는 사정이 일어나야 할 터이지만 그런 점은 전혀 언급되지 않고 단지 생활이 불편하다는 것만으로 새 부인을 맞아들인 것이다. 내키지 않는 악녀이지만 남자 아이가 3명이나 태어났다(다산을 존중하는 풍조가 있는데 이것도 공리적인 관념에 기초한다)는 것만으로 헤벌쭉 하는 배좌수의 모습에서 매우 공리적인 면을 엿볼 수 있다. 노안으로 확실히 보이지 않고 낙태한 핏덩어리 같은 것이 있었다고 말할 정도의 연배임에도 불구하고 허씨가 죽임을 당한 후 손녀와 같은 처녀를 맞이해 눈을 가늘게 뜨며 기

뼈하는 모습 등을 보면 공리주의도 너무한 공리주의다.

執物にしてアクドイこと
집요하고 악착스러운 것

　若し假りに慫うした甚助な村長さんが居たとしたら、内地なぞでは、何と評判するであらう。結構から云っても、明府使のさばきで、此の小説は終りを告ぐべきものであるが、又そのアトで裴坐首が、孫のやうな処女を迎へたさへ勘からずアテられるのに、その仲に子供が二人まで生れる、それは薔花と紅蓮の再生だから、先づ能いとして、その又薔花と紅蓮が成長して、允弼允錫といふ双生児の俊才と華燭の典を挙げるまで書きもし、又読みもせねば気が済まぬ朝鮮人の心性が、如何に執拗にしてアクドイかは、我等のちょいと想像の及ばない所である。復讐心の強いことも、執念深いことも、朝鮮民族の心性の特長であらう。虎に假托してあるが、尋常の殺しやうでは慊らぬから片輪にして一生若しめてやるといふ虎の宣托、又は池の中から寃を訴へて、府使の夢枕に立って、所謂死んでも死に切れずに、必ず讐を復すところ、復讐心の強いことと執念の深いことが窺はれる。書けばまだまだ盡きないが、頭痛の為め、ペンは錐よりも重い。端折って終ふ。

　만약 이렇게 정욕과 질투가 강한 촌장이 있다고 한다면, 그 지역 내에서는 뭐라고 평가할 것인가. 이야기의 구조상 지혜로운 부사(府使)의 재판으로 이 소설은 끝을 고해야 하지만, 또 그 후에 배좌수가 손녀와 같은 처녀를 맞이한 것도 적잖이 눈꼴사나운데, 그 사이에 아이가 2명이나 태어나게 된다. 그것은 장화와 홍련의 재생이므로 우선 그렇다 치고, 그 다른 장화와 홍련이 성장해서 윤필(允弼) 윤석(允錫)이라는 뛰어난 쌍둥이 영재와 혼인을 올리는 데까지 기록하지 않으면 만족하지 않는 조선인의 마음이 얼마나 집요하고 악착같은지 우리는 조금도 상상할 수 없는 부분이다. 복수심과 집착이 강한 것도 조선인 민족성의 특색일 것이다. 호랑이 모습을 통해 말하길, 그냥 죽이는 것은 부족하니까 불구자로 만들어 평생 괴롭히겠다는 것, 또는 연못 속에서 억울한 죄를 호소하며 부사의 꿈속에 나타나 소위 죽어도 죽을 수 없어 반드시 복수하겠다는 얘기에서 강한 복수심과 집착을 엿볼 수 있다. 쓰려면 아직 많이 남아 있지만 두통 때문에 펜이 바늘보다도 무겁다. 그만 끝맺고자 한다.

勸善懲惡の爲めに書かれて居る事
권선징악을 위해 쓰인 것

朝鮮で行はれて居る小説は、殆んど全部勸善懲惡の爲めに書かれたものと云って妨げない。査閲の際に首尾を省いたが、元来は本書の巻頭に

天ノ際ニ一點ノ黒イ雲ガ曚々ト起レバ誰レデモ其ノ雲ガ将ニ月ノ明イ光ヲナクスヤウニ思ハレルガ畢竟其ノ雲ハ強イ風ノ爲メニ散ツテ了ヒ又深山窮曲ノ凋残ナル草木ハ嚴冬ノ雪寒ニ當レバ誰レテモ其ノ寒キニ堪ヘ難クツテ皆枯レテ了フ様ニ思ハレルモ陽春ノ和気ヲ受クレバ葉モ出デ花モ咲クノデアル嗚呼人ヲ害シテ吾ノ幸福ヲ求ムルモノハ其ノ身ハ勿論

其家迄モ必ス其禍ヲ蒙リ又吾ノ身ヲ犠牲ニシテ人ヲ救フモノハ其ノ家ガ
繁榮トナリ其ノ子孫ガ安楽ヲ享クルノデアルガ此レハ即テ天ガ絶大無比
ノ權能ヲ以テ世上ノ萬物ヲ公平ニ支配スル故デアルとあり、

　巻末には
　嗚呼彼ノ奸惡無道ナル許女ハ遂ニ天地ノ間ニ容レラレス母子共慘酷
ニ刑罰ヲ受ケタガ此ハ天ガ無限ナル權能ヲ以テ公平ニ世ノ中ヲ支配ス
ル理致デアル凡ソ悪イ事ヲスルモノハ天ガ必ラス悪イ事ヲ以テ報ヒ善
イ事ヲスルモノハ天ガ必ラス善イ事ヲ以テ報ユルノデアル豈ニ愼マサ
ルベケンヤ古聖ノ戒ニ「愼其独」、「天高聴卑」、「得罪於天無所禱也」トアル
ル。故ニイクラ秘密ナ事デアツテモ畢竟ハ人ガ知リ。イクラ秘密ニ行
ハレタ罪テモ結局ハ発見サレルモノデアル

　　조선에서 행해지고 있는 소설은 거의 전부 권선징악을 위해 쓰인
것이라 해도 과언이 아니다. 검수를 하는 과정에서 앞뒤를 생략했지
만 본래 본서의 권두에는

　　하늘에 한 점 검은 구름이 뭉게뭉게 피어오르면 누구라도 그 구름
이 이제라도 곧 달 밝은 빛을 없애는 것처럼 생각되지만 필경 그 구
름은 강한 바람 때문에 흩어져 없어진다. 또 깊은 산골짜기의 약해
져가는 초목은 엄동설한 속에서 누구라도 그 추위에 견디지 못해 시
들어 버릴 거라고 생각되지만, 따뜻한 봄기운을 받으면 잎도 나오고
꽃도 피는 것이다. 오호라, 사람을 해하고 자기 행복을 구하는 자는
그 몸은 물론 그 집까지도 반드시 해를 입게 되고 또 내 몸을 희생해

서 다른 이를 구하는 자는 그 집이 번영하고 그 자손이 안락해진다. 이는 즉 하늘이 절대적 권능을 가지고 세상의 만물을 공평히 지배하기 때문이다 라고 쓰여 있다.

　권말에는

　오호라 그 간악무도한 허씨는 결국 천지간에 용인 받지 못하고 모자 모두 참혹하게 형벌을 받았지만, 이는 하늘이 무한한 권능(權能)으로 공평하게 세상을 지배하는 이치이다. 무릇 악한 일을 하는 자는 하늘이 반드시 악한 일로 되갚고 선한 일을 하는 자는 하늘이 반드시 선한 일로 보답하는 것이다. 어찌 조심하지 않을 수 있겠는가. 옛 성인의 경계 말씀에, "혼자 있을 때를 조심해야 한다." "하늘이 높아도 아래를 듣는다." "하늘에 죄를 지으면 기도할 데가 없다"라고 한다. 그러므로 아무리 비밀스런 일이어도 필경 사람은 안다. 아무리 몰래 행해진 죄라도 결국은 발견되는 일인 것이다.

嗚呼凡ソ人ノ後妻トナツタモノガソノ前妻カ生マレタ子ヲ虐待スルノハ之即チ天ノ理致ニ順應セス母子ノ倫理ヲ切ルモノデアルソシテ虐待タケヲシテモ天ニ悪クマレテ幸福ヲ享クルコトガ出来ナイノニ況ヤ殺ス程ニ至ルモノニオイテオヤ人ノ繼母トナツタ者ヨ許女ヲ鑑ミトシテ深ク愼ミ以テ前妻ノ子ヲ吾ノ子ノヤウニ愛シテ後日幸福ヲ受クル事ヲ期セヨの文句が附属して居る。

　오호라 무릇 어떤 이의 후처가 된 사람이 그 전처에서 태어난 아이를 학대하는 것은 곧 하늘의 이치에 순응치 않고 모자의 윤리를 끊는 일이다. 그리고 학대만 해도 하늘의 미움을 받아 행복할 수 없는데 하물며 죽일 정도에 이르는 사람이라면 말해 무엇 할 것인가. 누군가의 계모가 된 자여, 허씨를 돌아보고 깊이 조심해 전처의 아이를 내 아이처럼 사랑해서 후일 행복해질 것을 기약하라고 쓰여 있다.

其他、これも査閲の際に省略したが書中のそこここに、一々恁うした著者自身の感慨を洩して読者を諷戒して居る。恰當我国でも尾崎紅葉時代まで此種の小説詩歌が行はれた。八犬傳なぞも、忠孝と、智仁勇を經緯とした勸善懲惡の読みものである。朝鮮において、儒教といふよりも、東洋に共通した倫理思想が、其の勸善懲惡の基本をなして居ることは争はれぬが、併し、其の社会又は家庭の実際生活は、殆んど全部佛教の感化に支配せられて居ることは、所謂因果應報を力説し、又本書の各所に見るが如く『前世如何なる罪業を犯してか』の繰り言を休めず、更に人間の再生に假托せる本篇の結構によっても明らかである。一言に約すれば儒佛混淆、儒教を骨とし、佛教を血とし、迷信の肉に包まれて、行詰ると、『上帝』にすがる。上帝の解説も試みたいが、頭蓋岑々としてうづく、これから氷枕氷囊に困臥する。

그 밖에 이것도 검수 시에 생략했는데, 글 여기저기에 하나하나 이러한 저자 자신의 감상을 덧붙여 독자에게 에둘러 경계하는 말을 하고 있다. 마침 우리나라에서도 오자키 고요(尾崎紅葉)[27] 시대까지 이러한 부류의 소설 시가가 만들어졌다. 『팔견전(八犬傳)』[28] 등도 충

---

27 메이지 초기까지 살았던 소설가. 대표작으로 『금색야차(金色夜叉)』가 있다.
28 정식 명칭은 『남총리견팔견전(南総里見八犬伝)』이다. 에도시대 후기 작가인

효와 지인용(지혜/인자함/용감함)을 경위로 한 권선징악 이야기이다. 조선에서는 유교보다 동양의 공통적 윤리사상이 그 권선징악의 기본을 이루고 있는 게 사실이다. 하지만 그 사회 또는 가정의 실생활이 거의 전부 불교의 감화에 지배되고 있다는 것은 소위 인과응보를 역설하고 또한 본서의 여기저기서 보이는 것처럼 '전생에 어떤 죄를 지었나'라는 말이 반복되고, 또한 사람의 환생에 빗댄 본편의 구조를 봐도 확실하다. 한 마디로 요약하자면 유불혼합, 유교를 뼈대로 불교를 피로 하여 미신에 빠져 궁지에 몰리면 '상제'에 매달린다. 상제에 대한 해설도 시도해 보고 싶지만 머리가 욱신욱신 쑤셔서 이제부터 얼음베개 얼음주머니를 가지고 자리에 누울 것이다.

三月二日午后六時半
高輪病院第二號室にて
細井肇

3월 2일 오후 6시 반
다카와 병원 제2호실에서
호소이 하지메

바킨(馬琴)의 장편 독본이다.

[13] 『鮮滿叢書』 1권 서문*

細井肇, 「鮮滿叢書 第一卷の卷頭に」, 『鮮滿叢書』1, 自由討究社, 1922.

호소이 하지메(細井肇)

鮮滿叢書 第一卷の卷頭に
선만총서 제1권 권두에

鮮滿叢書第一期刊行書目の朝鮮古史古書並びに詩歌小說に關する二十書目は、朝鮮總督府の古書解題に基づいて選擇し、之を通俗朝鮮文庫の第十輯以下に豫告して置いたのであるが、其後渡鮮入城の上總督府參事官分室に藏してある當該書目の內容を一々檢閱するに及んで、大に當初の期待に反するものあるを發見した。例へば金鑛略紀の如き僅かに罫紙四五枚のもので、內容も又甚だ貧弱なものであつた。特に解題中に揭記されて居る小說類は、名づけて小說と呼べば呼べぬこともないが、極めて平凡なる記述に過ぎないことが判明した。乃で、一旦選擇豫告したる書目を全然變更するの必要を感じ、種種涉獵査閱の上左の貳拾書目を選擇した。

『선만총서(鮮滿叢書)』 제1기 간행 서목(書目) '조선 고사고서 및 시가·소설에 관한 20서목'은 조선총독부 고서해제에 기초하여 선택하고, 그것을 『통속조선문고(通俗朝鮮文庫)』 제10집 이하에 예고해 두었는데, 그 뒤 경성에 도착한 뒤 총독부 참사관(參事官) 분실(分室)에 장(藏)하고 있는 당해(當該) 서목의 내용을 하나하나 검열함에 이르러 당초의 기대에 크게 반하는 것이 있음을 발견했다. 예를 들어 『금광약기(金鑛略記)』 같은 것은 고작 괘지(罫紙) 4-5매이고, 내용도 또한 매우 빈약했다. 특히 해제 중에 게기(揭記)되어 있는 소설류는 굳이 소설이라 한다면 소설이라 하겠지만 매우 평범한 기술에 불과함이 판명되었다. 그래서 일단 선택·예고한 서목을 완전히 변경할 필요를 느껴서 이리저리 섭렵·사열(査閱)한 뒤 아래의 20서목을 선택했다.

朝鮮の小説

燕の脚　雪中松　石中玉　靑野彙編　霍娘哀史　百年恨　鳳凰琴　淑香傳　玉樓夢　玉麟夢

朝鮮の古書

泣血錄　海游錄　晝永編　歷代妖星錄　朝鮮國師疏亞奏文　鄭勘錄　亂後雜錄　日東錄　南行錄　骨董飯

時務に關する論策

朝鮮司法制度の過現未　朝鮮總督府法務局長　横田　五郎

朝鮮の敎育　朝鮮總督府前學務課長　弓削幸太郎

在鮮三十年の回顧 前の三十年 後の三年　菊池　謙讓

亞細亞民族の特定的使命　國民協會會長　金明濬

人種學心理學より見たる植民論　久津見蕨村

滿蒙の利源　東亞勸業株式會社專務取締役　大淵　三樹

朝鮮事業界の將來　京城商業會議所書記長　大村友之丞

侍天敎の敎旨　細井肇

朝鮮の文學　細井肇

世界にたける國家の消長と民族の興亡　白石重

조선의 소설

연의 각(燕の脚), 설중송(雪中松), 석중옥(石中玉), 청야휘편(靑野彙編), 곽낭애사(霍娘哀史), 백년한(百年恨), 봉황금(鳳凰琴), 숙향전(淑香傳), 옥루몽(玉樓夢), 옥린몽(玉麟夢)

조선의 고서

읍혈록(泣血錄), 해유록(海游錄), 주영편(晝永編), 역대요성록(歷代妖星錄), 조선국변무주문(朝鮮國辨誣奏文), 정감록(鄭勘錄), 난후잡록(亂後雜錄), 일동록(日東錄), 남행록(南行錄), 골동반(骨董飯)

시무(時務)에 관한 논책(論策) - 조선사법제도의 과거, 현재, 미래 (조선총독부 법무국장 요코다 고로)

조선의 교육(조선총독부 전 학무과장 유게 고타로)

재선(再鮮) 30년의 회고-전(前) 30년 후(後) 3년(기쿠치 겐조)

아시아민족의 특정적 사명(국민협회 회장 김명준)

인종학 심리학에서 본 식민론(구스미 겟손)

만몽(滿蒙)의 이원(利源) (동아권업 주식회사 전무 이사 오부치 미키)

조선사업계의 장래(경성 상업회의소 서기장 오무라 도모노조)

시천교(侍天敎)의 교지(敎旨) (호소이 하지메)

조선의 문학(호소이 하지메)

세계에 있어서 국가의 소장(消長)과 민족의 흥망(시라이시 아쓰시)

小說の選擇には相當苦心した。鐘路の鮮人書店を漁り歩いた結果
三快亭　霍娘哀史　鳳凰琴　秋月色

百年恨　花玉雙奇　燕의脚　錦囊二山

靑野彙編　金山寺　獄中花　剪燈新話

玉樓夢　士小節　東廂記　滿江紅

淑香傳　玉麟夢　五百年　奇談　雪中梅

鴛鴦圖　瀟湘江　崔寶雲　桃花園

丹山鳳凰　山川草木　花世界　絶處逢生

彈琴臺　누구의죄　牡丹花　花에鶯

仰天大笑　石中玉　千里遠征　松竹

모란병　구의산　滿力臺　空山明月

昭楊亭

　　소설을 선택하는 데 꽤 고심했다. 종로의 조선인 서점을 뒤진 결과
　　삼쾌정(三快亭), 곽낭애사(霍娘哀史), 봉황금(鳳凰琴), 추월색(秋月色)
　　백년한(百年恨), 화옥쌍기(花玉雙奇), 연의 각(燕의脚), 금낭이산(錦
　　囊二山)
　　청야휘편(靑野彙編), 금산사(金山寺), 옥중화(獄中花), 전등신화(剪燈
　　新話)
　　옥루몽(玉樓夢), 사소절(士小節), 동상기(東廂記), 만강홍(滿江紅)
　　숙향전(淑香傳), 옥린몽(玉麟夢), 오백년(五百年), 기담(奇談), 설중매
　　(雪中梅)
　　원앙도(鴛鴦圖), 숙상강(瀟湘江), 최보운(崔寶雲), 도화원(桃花園)
　　단산봉황(丹山鳳凰), 산천초목화세계(花世界), 절처봉생(絶處逢生)
　　탄금대(彈琴臺), 누구의죄, 목단화(牡丹花), 화에 앵(花에鶯)
　　앙천대소(仰天大笑), 석중옥(石中玉), 천리원정(千里遠征), 송죽(松竹)

371

모란병, 구의산, 만월대(滿月臺), 공산명월(空山明月)
소양정(昭楊亭)

　の四十一書目を買ひ揃口、總督府參事官分室の韓秉俊氏にその中の
最も興味あるものの抽擢を依囑した。然るに、金山寺夢遊錄は、昔、
一文人が漢祖、唐宗、明太祖の功德を論じた戲作の諺譯であり、獄中
花は、卽に通俗朝鮮文庫中に譯述した春香傳　(廣寒樓記)の事であり剪
證神話は明初瞿祐の著で、朝鮮の創作でないことが明らかになり、士
小節は李德懋の著で小說と名づくべきものでなく、士子世に處するの
方を說いたものであり、滿江紅は、天道敎徒が天道敎洽布の目的を以
て書いた宣傳假托のものであり、其他愚にもつかぬものが大多數を占
めて居た。上叙種種なる意味で陶汰を行つた結果右に揭げた十書目を
選擇した。

　의 41 서목을 사서 모아서 총독부 참사관(參事官) 분실(分室)의 한
병준(韓秉俊) 씨에게 그 중 가장 흥미 있는 것을 추탁(抽擢)해 달라고
부탁했다. 그런데『금산사몽유록(金山寺夢遊錄)』은 옛날 어떤 문인이
한조(漢朝), 당종(唐宗), 명태조(明太祖)의 공덕을 논한 희작(戲作)을 언
문으로 번역한 것이고,『옥중화(獄中花)』는 이미 통속조선문고에 역
술된『춘향전(광한루기)』이며,『전등신화』는 명초(明初) 구우(瞿祐)의
작품으로 조선의 창작이 아니라는 사실이 밝혀졌다.『사소절(士小
節)』은 이덕무(李德懋)의 저작으로 소설이라 부를 만한 것이 아니라,
선비가 처세하는 방법을 설명한 책이고,『만강홍(滿江紅)』은 천도교
도가 천도교의 흡포(洽布)를 목적으로 쓴 선전(宣傳)·가탁(假托)의 것

으로 기타 얼토당토않은 것이 대다수를 차지하고 있었다. 위에 서술
한 이런저런 의미에서 불필요한 것을 뺀 결과 앞에서 든 10서목을
선택했다.

第一卷に譯出した燕の脚は、沈淸傳、春香傳と相並んで孝、烈、友
を描いたものと云はれ、朝鮮で最も廣く行はれて居る小説の一である。
譯者鄭在敏君の邦語直譯を更に不肖が京城の客棧にたいて、多少 潤色
を施したのであるが、一言之を掩へば、內地の舌切雀又はカチカチ山
のやうな童話に外ならぬ構想の上から察しても、運筆の上から觀ても
誇大にして粗漫の嫌ゐがある。凶虐な盜甫を形容するあたり、噴飯を
禁じ得ない所がある. 今原文そのまゝを左に揭げると

제1권에 역출한 『연의 각』은 『심청전』·『춘향전』과 나란히 효
(孝)·열(烈)·우(友)를 묘사한 것이라 하며 조선에서 가장 널리 퍼져
있는 소설의 하나이다. 역자 정재민(鄭在敏) 군이 일본어로 직역한
것을 다시 불초(不肖)가 경성의 객잔(客棧)에서 다소 윤색한 것인데,
한 마디로 말하자면 일본의 『혀 짤린 참새』 또는 『딱딱산』 같은 동화
와 다를 바 없다. 구상면에서 살펴보든 운필(運筆)면에서 보든 과대
하고 조만(粗漫)한 경향이 있다. 흉학한 도보(盜甫, 놀부. 이하 놀부라 표
기)를 형용하는 대목, 분반(噴飯)을 금치 못하는 바가 있다. 지금 원문
그대로를 아래에 올려 보면

酒ヲ好ンタリ惡口ヲ云ツタリヨク喧嘩シタリ人ノ死ヲ聞イテハ舞ヒ
踊ツタリ火事ノアル家ニハ扇風ヲ加ヘタリ産家ニ行ツテハ犬ヲ殺シタ

リ南瓜ノ生エタル所ニハクヒヲ埋メ込ンダリ背瘡ノ出來タ人ニハ重荷
ヲ負ハシタリ花園ニハ火ヲ燒付ケタリ妊娠ノ女ニハ腹ヲ蹴ツタリ弓ヲ
射ル人ニハ手ヲ打ツタリ腫物ノ出來タ所ニハ拳デナグツタリ泣ク子供
ニハ糞ヲ喰ハセタリ白髮老人ヲ友ニシタリ土器賣ノ支械ヲ打倒シタリ
今ニ出ヨウトスル稻ノ芽ヲ切リ捨テタリ食ノ沸ク鍋ニハ石ノ粉ヲ入レ
タリ移葬スル時ニハ骨ヲ隱シタリ人ノ夫婦ノ寢ル時ニハ叫ンデ呼出シ
タリ守節ノ寡婦ヲ强姦シタリ通婚スル時ニハ妨害ヲシタリ結婚ノ式日
ニハ火事ヲ付ケタリ無邊ノ海ニ浮ブ舟ノ底ニハ穴ヲ開ケタリ走ル馬ノ
前足ヲ打ツタリ入浴スルノニ泥ヲ入レタリ大雨ノ時ニハ橋ヲ切ツタリ
眼病ノ人ノ目ニハ唐辛ヲ入レタリ齒病ノ人ノ頰ヲナグツタリ急病ノア
ル人ヲ暗イ處ヘ寢サセタリ幼ナイ子供ヲ摑ンデハ投グタリ旣ニ賣買ノ
成立シタノヲ破ツタリ旅人ガ來レバ寢サセルヨウナ風ヲシテ日暮レヽ
バ追出シタリ人ノ祭日ニハ祭リ際鷄ヲ鳴カシタリ醬器ノ底ニ穴ヲ開ケ
タリ味噌ノ原料ヲ搗ク時生豆ヲ入レタリ途中ニイラン穴ヲ掘ツタリ綿
畑ニ糞ヲ垂レソノ綿ヲ取ツテケツヲフヒタリ雨ノ時醬油器ノ盖ヲ開ケ
タリ大官ヲ見テ無駄ニ惡口ヲ云ツタリ父母ノ友人　酷イ目ニ逢ハセタリ
到ル所ニ盜ビ事ヲシタリシテ天下ニ容レラレ難イ色々ノ亂棒ナ事ヲシ
タ奴デアツタ

　술 좋아하고 욕 잘 하고 싸움 잘 하며, 사람이 죽었다는 소릴 들으
면 춤을 추고, 불 난 집에 부채질하고, 임산부 있는 집에 가면 개를 죽
이고, 호박에 말뚝 박고, 등창 난 사람에게 무거운 짐 지우고, 화원에
불 지르고, 임신한 여자 배 걷어차고, 활 쏘는 사람 손을 때리고, 종기
난 곳 주먹으로 때리며, 우는 아이 똥 먹이고, 백발노인에게 반말하

고, 옹기장수 지게 넘어뜨리고, 막 나려는 벼 싹둑 잘라 버리고, 밥 하는 솥에 돌가루 뿌리고, 이장할 때 뼈 감추고, 남의 부인 잘 때 고함쳐서 호출하고, 수절과부 강간하고, 통혼(通婚)할 때 훼방 놓고, 결혼식 날 불 지르고, 무변(無邊) 바다에 뜬 배 밑에 구멍 뚫고, 달리는 말 앞다리 걷어차고, 목욕하는 데 진흙 넣고, 장마철에 다리 끊고, 눈병 난 사람 눈에 고춧가루 집어넣고, 이빨 아픈 사람 볼 때리고, 급병 난 사람 더운 곳에 눕게 하고, 어린아이 잡아채서 내던지고, 이미 성립된 매매 깨버리고, 나그네 재워주는 척 하고 날 저물면 쫓아내고, 남의 제삿날에 닭 울게 하고, 장독대에 구멍 뚫고, 메주 만들려 할 때 생콩 넣고, 길 가운데 함정 파고, 솜 밭에 똥 싸고 비단 찢어 엉덩이 닦고, 비올 때 간장 장독 뚜껑 열고, 벼슬아치에게 함부로 욕하고, 부모님 친구 골탕 먹이고, 가는 곳마다 도둑질 하는 천하에 용서하기 어려운 갖가지 난봉질을 일삼는 놈이었다.

とある。此他にも、怎うした節が尠くないが、一一こゝに列擧にない、たゞ讀者の推想に一任するが、(怎うした可笑しいやうなところは、閱讀の際に省きもし又原意を失はぬやう書き直しもした)兎に角隨所にこうした誇大な形容の行はれて居ることゝ思つて頂けば能い。夫れから、數や時間の不明確な事は驚くばかりで、興甫が、盜甫の家を逐ひ出される時、全體子供が何人居たのか一向に原書で分らない。又、書中の事件が春夏秋冬、或は晝夜、晴雨、何の時に起つたのか見當の附かぬ箇所があり、突然雨が降つて居たり、夏かと思ふと冬の事實が書かれて居たり、閱讀の時に尠からず惑はされた、そればかりでなく非常に不自然な感を抱かせるのは、富貴と多産が朝鮮人一般の人

生究極の希望である爲めだらうが、興甫の幸福を强める條件の一として異日富貴と多産の二た拍子を揃ロるやうに多産を說かうとして原文に恁麼事が書かれて居る。

　　라고 되어 있다. 이 외에도 이러한 대목이 적지 않지만 일일이 여기에 열거하지 않겠다. 다만 독자의 추상(推想)에 일임하겠는데(이러한 우스운 곳은 열독(閱讀)할 때 생략하기도 하고 또 원의를 잃지 않도록 고쳐 쓰기도 했다) 여하튼 곳곳에 이러한 과대한 형용이 나온다고 생각하면 좋겠다. 그리고 놀라울 정도로 수와 시간이 명확하지 않은데, 흥보[29]가 놀부 집에서 쫓겨날 때, 아이들이 모두 몇 명인지 전혀 원서에서 알 수 없다. 또한 책에 나오는 사건이 춘하추동, 혹은 주야, 혹은 청우(晴雨) 어느 때에 일어났는지 짐작할 수 없는 곳이 있고, 돌연 비가 내리거나 여름인가 싶으면 겨울 이야기가 적혀 있어 열독할 때 적잖이 당혹스러웠다. 그것뿐만 아니라 매우 부자연스러운 느낌이 드는 것은 일반적으로 조선인이 부귀와 다산을 인생의 궁극적 희망이라 여기기 때문이겠지만, 흥보의 행복을 강화하는 조건으로 다른 날 부귀와 다산 두 가지를 고루 갖추게 하였는데, 다산을 설명하고자 원문에 이와 같은 것이 적혀 있다.

貧乏ナルコンボハ子供ハヨク生ンダ一年中ニ二人位ハ産ムソレハ雙胎ヲ産ムカ又ハ正月頃産ミ十二月頃産ムヤウナ有樣デ五ケ年ノ間八人ノ子供ヲ産出シタ丁度俵カラ甜瓜ヲ出シテ散張ツタヤウデアリ春鷄ノ

---

29 이후에 이 한자에 대응하는 가타카나 표기는 '콘보'로 되어 있으나, '흥보'로 통일하여 표기하기로 한다.

子ヲ何匹モ産出シタヤウデアツテ俠イ部屋ニ一杯打揃ツテ隅カラ隅迄
列坐シテ居一一着サセラレンカラ太織ノ麻二疋ヲ大ク袋ヲ拵ヘテ桂型
類ヲ入レラヤウニ入レルソレモ皆入レラレンカラ藁ヲ澤山俵ノヤウニ
拵ヘテ子供達ノ首ヲ編ミ入レテ袋ニ入レルソシテ子供ガ小便シニ往ケ
バ大勢ノ子供ガ引張ラレテ往ク倦ケタ者ハ寝テ引張ラレテ往ク有樣デ
アツタ自分自分デ御馳走ヲ喰ヒタイ談話ヲシ居ツタ一人出テ坐ツテ云
フノニ

(子供)「白食ニ犬ソツプヲヨク料理シテ喰ヒ、燒酒ニ蜜ヲ入レテ喰
ヒ、乾肉類ヲ喰ツテ氣樂ニ一晝夜ヨク寝レバ宜カラウネ」

又一人ノ子供ガ出テ坐ツテ云フノニハ

(子供)「私ハ肥エタ鯉ヲ肉モ骨モソノ儘充分ニ切混ゼテ甘醬ニ煮白米
ノ食ヲ爐キ旨イ漬物ヲ添ヘテ腹一杯喰ヘバ宜カラウネ」

又一人ノ子供ガ出テ坐ツテ云フノニハ

(子供)「私ハ卵ヲ産ム鷄ヲ充分ニ煮テ甘味ノアル酒ダケ醉フ程三日間
飲ミ遊ベバ宜イガネ」

又一人ノ子供ガ出テ坐ツテ云フノニハ

(子供)「私ハ雉ヲヨク薄ク切ツテ色々ノモノヲヨク混ゼテ燒ケナイヤ
ウニ炙ツテユツクリユツクリ嚙喰ヘバ宜イガネ」

又一人ノ子供ガ出テ坐ツテ云フノニハ

(子供)「私ハ肉ノ澤山付イテ肥エタ肋骨ヲ一ツ炙ツテ喰ヘバ宜イガネ」

又一人ノ子供ガ出テ坐ツテ云フノニハ

(子供)「私ハ生肴ヲ澤山喰ヘバ宜イガネ」

又一人ノ子供ガ出テ坐ツテ云フノニハ

(子供)「蒸氣ノ澤山出テル糠ノ粥ヲ一杯喰ヘバ宜イガネ」

377

又一人ノ子供ガ出テ坐ツテ云フノニハ

(子供)「私ハ食ヲ澤山爐イテ顔ヲソノ中ニウント埋メテ一杯喰ヒタイガネ」

又一人ノ子供ガ出テ坐ツテ云フノニハ

(子供)「私ハ大キナ人物ニ食ヲ澤山爐キ置イテサカサマニ立ツテ喰ヒタイガネ」

長男ガ出テ坐ツテ云フニハ弟達ヲ罵ツテ

(長男)「コラ此ノ奴ラハ家ニ何ンニモナイノニ御馳走ノ話ヲシテ何ンニナルカ」

ソノ母タル者ハコレヲ聞イテ

(母)「失張リ年多イ者ガ優ツテ居ルネオ前腹ガ減ランカネ」

(長男)「減ランコトガアルモンデスカ減ルノハ第二番目デ嫁ヲ貫ヘナイノガ第一心配デス」

(次男)「私モ子供ガ遅イネ嫁ヲ早ク貫ハセテ下サイ嫁ヲ娶ツテ子供ヲ産マント絶孫シマスヨ」

母ハソレヲ聞イテ失望シテ嘆イテ泣キ居ルノダ大勢ノ兄弟ノ子供達ハ金玉ノヨウニ愛重ノ子ヲ着物ヲ脱カセ食モ喰ハセラレンデ可哀相デ堪ラン世ノ中ニ飢ヘタ人ヲ誰ガ救ヒ乾泉ニ乾魚ヲ誰ガ生カサセヨウカ考ヘレバ考ヘル程胸ガ塞ガツテ涙ガ前ヲ掩ヒ地ヲ叩キナガラ泣クノヲコンボモ又悲ガツテ

(コンボ)「泣クナ泣クナ昔ヨリ英雄烈士デモ始メハ苦マザルモノハナカツタ苦ハ樂ノ種樂ハ苦ノ種デアルト云フコトハ人生ノ定則デアリ富不三歳貧不三歳ト云フ格言モ傳ツテ來ル心ヲ正シクシ義ヲサヘ守レバマサカ富貴ニナランコトハナイ」

가난한 흥보가 아이는 잘 낳았다. 1년에 둘씩은 낳았으니, 쌍둥이
든지 또는 정월에 낳고 12월에 낳는 모양이라 5년 간 아이 여덟을 출
산했다. 마치 가마니에서 참외를 꺼내어 흩어놓은 듯, 봄에 닭이 병
아리를 몇 마리나 출산한 듯, 좁은 방에 가득 누워서 구석구석 열좌
(列坐)하였는데, 일일이 옷을 입히지 못하고 성긴 마 2필로 크게 자루
를 만들어 짚신을 넣듯이 집어넣었으나 모두 넣지를 못하고, 짚을
잔뜩 모아 가마니처럼 만들어 아이들 목에 이어놓아 자루에 넣으니,
한 아이가 소변을 보러 가면 다른 아이들도 끌려가니 피곤한 아이들
자면서 끌려가는 형국이었다. 밥을 먹고 싶다는 이야기를 하던 한
명이 나와 앉아 말하기를,

(아이) "흰밥에 국을 잘 요리해서 먹고, 소주에 꿀을 넣어 먹고, 마
른 고기 종류를 먹고 기분 좋게 하루 잘 잤으면 좋겠다."

또 한 명의 아이가 나와 앉아 말하기를,

(아이) "나는 살진 잉어를 고기와 뼈를 그대로 충분히 잘라 섞어
서 간장에 삶고 백미로 밥을 지어 맛있는 짠지에다 배 터지게 먹었으
면 좋겠다."

또 한 명의 아이가 나와 앉아 말하기를,

(아이) "나는 달걀을 낳는 닭을 충분히 삶고 단맛이 나는 술만을
취할 정도로 사흘간 마시고 놀았으면 좋겠다."

또 한 명의 아이가 나와 앉아 말하기를,

(아이) "나는 꿩을 적당히 얇게 썰어 여러 가지 것을 잘 섞어서 타
지 않게 구워서 천천히 천천히 씹어 먹었으면 좋겠다."

또 한 명의 아이가 나와 앉아 말하기를,

(아이) "나는 고기가 잔뜩 붙어 두툼한 갈비뼈를 한 대 구워 먹었

으면 좋겠다.”

또 한 명의 아이가 나와 앉아 말하기를,

(아이) “나는 생선을 잔뜩 먹었으면 좋겠다.”

또 한 명의 아이가 나와 앉아 말하기를,

(아이) “김이 모락모락 나는 쌀겨로 만든 죽을 배불리 먹었으면 좋겠다.”

또 한 명의 아이가 나와 앉아 말하기를,

(아이) “나는 밥을 잔뜩 지어 얼굴을 그 속에 푹 파묻고 배불리 먹고 싶은데.”

또 한 명의 아이가 나와 앉아 말하기를,

(아이) “나는 커다란 그릇에 밥을 잔뜩 지어두고 물구나무서서 먹고 싶은데.”

장남이 나와 앉아 동생들을 야단치며 말하기를,

(장남) “에이 이놈들아, 집에 아무 것도 없는데 밥 먹는 이야기해 봐야 무엇하겠느냐.”

그 어미가 이 말을 듣고,

(모) “역시 나이 많은 녀석이 낫구나. 너는 배가 고프지 않으냐.”

(장남) “배고플 게 있겠습니까. 배고픈 것은 둘째 치고 장가들지 못한 것이 제일 걱정입니다.”

(차남) “저도 아이가 늦어요. 어서 장가보내 주세요. 아내를 얻어 아이를 낳지 않으면 절손(絶孫)됩니다.”

어미는 그 말을 듣고 실망하여 탄식하며 울고 있다. 많은 형제를 금옥처럼 애중(愛重)하여도 옷도 입히지 못하고 밥도 먹이지 못하니 불쌍하여 견디지 못했다. 세상에 주린 사람을 누가 구하고 건천(乾

泉)에서 건어(乾魚)를 누가 살게 할까, 생각하면 생각할수록 가슴이 막혀 눈물이 앞을 가려 발을 구르며 우는 것을 보고 흥보도 또한 슬퍼하며,

　(흥보) "울지 마라, 울지 마라. 예부터 영웅 열사라도 처음에는 고생하지 않은 이가 없었다. 고(苦)는 낙(樂)의 씨앗, 낙은 고의 씨앗이라 한 것은 인생의 정칙(定則)이다. 부유함도 3년을 가지 않고 가난함도 3년을 가지 않는다는 격언도 전해온다. 마음을 바로 하고 의를 지킨다면 부귀해지지 않는 법은 없다."

とある。長兄が幾歳であるかは原文に依つて判斷し難いが、空腹は空腹として嫁が欲しいと云つて居る。八年に五人といへば、末の子はやはり乳呑兒か這這の出來る位の赤ちやんに相違ない。それが御馳走の講釋はナト珍妙ではあるまいか。こゝに揭記したものは、本文に、重復を憚つて省略して置いたが、以上は主として構想筆致に關する誇大粗漫を、感じたまゝに書き附けて見たのであるが、更に最も重大なる着眼注意を要するは、家族主義の弊竇と遊惰無爲の鮮人の生活である。

　라고 되어 있다. 큰아들이 몇 살인지는 원문에 의거하여 판단하기 어렵지만, 배고픈 것은 배고픈 것이지만 장가를 들고 싶다 말하고 있다. 8년에 다섯을 낳았다면, 막내아들은 역시 젖먹이든지 기어 다닐 수 있는 정도의 아기일 게 분명하다. 그런 아이가 밥 먹는 강석(講釋)을 하는 것은 조금 진묘(珍妙)하지 않은가. 여기에 게기(揭記)한 것은 본문에서 중복을 염려해 생략해 두었지만, 이상은 주로 구상·필

치에 관한 과대(誇大)하고 조만(粗漫)함을 느끼는 대로 써 붙여 본 것
이다. 더욱 가장 중대한 착안과 주의를 요하는 것은 가족주의의 폐
두(弊竇)와 게으르고 무위(無爲)한 조선인의 생활이다.

　內地人には生活を伸縮する『力』がある。榮枯盛衰は時の運、若し失
敗すれば生活を縮小するのを何の恥辱とも思はない、他日の雄飛を思
ふからである、零落すれば最低限度の生活に自己を置いて、最高への
段階を歩一歩に進めやうとする。朝鮮人は之に反し、收入が減じて
も、門戸は其儘に存續する、親戚朋友奴僕等が主人の門内にウヨくと幾
家族か寄食して居る。既に寄食して居るのだから文字そのまゝ勿論收
入のあらう筈はない。主人は、自己の一家を支へるのみではない、是
等の寄食者を生活せしむる義務を當然に負擔する。主人の失脚や零落
は、その一族と共に親戚朋友奴僕の飢餓である。生活樣式の伸縮、特
にその門戸の縮小を死以上の恥辱とする朝鮮人は、食ふものが無けれ
ば無いで頽然と餓死する。兩班に限らない、常民でもそうだ。最近は
生存競爭の刺戟が强烈にあつた爲め、餘程尠くはなつたが（絶無になつ
たのではない）不肖が渡鮮した十數年前までは、兩班でも常民でも此の
頽然たる餓死凍死が隨分と多かつた。燕の脚の構想に鑑みても、弟が
兄の家に寄食して居るのが當然のやうに書かれて居るのは、此の家族
制度の弊竇に依るものである。又、窮すれば必らず他から物を貰せう
とする依惠主義、興甫にも興甫の妻にも又其子にも此　思想は浸潤して
居る。自から力めやう、自から救はうとする意志は、最初から發動的
には働いて居ない。餓死の最後まで、他人の惠みに依つて活きやう、
謂はゝ恩にすがらうとする思想が骨髓まで染み込んで居る。唾棄すべ

き卑念ではあるまいか。此の人格が國格として顯はれた、接隣の大國
强國に對する事大外交となり譎詐權謀の面從腹非となるのである。論
ずれば際限もないが、此の構想と筆致の誇大粗漫なる童話的小篇の中
にも觀やうでは朝鮮の民族性が明らさまに讀まれ得ることを一言して
筆を擱く。海游錄は、往古日本に往來した使臣文人の紀行中最大の傑
作であるが、今はたゞ上篇を譯出したばかり下篇を完了した後ち時間
だに之を許さば海游錄を中心とした史論を添付したいと思つて居る。

大正十一年五月廿一日夜

京城本町山本旅館第三番室にて 細井肇

일본인에게는 생활을 신축(伸縮)하는 '힘'이 있다. 영고성쇠는 시
운(時運), 만약 실패하여 생활을 축소하는 것은 아무런 치욕으로 생
각지 않는다. 훗날의 웅비를 생각하기 때문이다. 영락하면 최저한도
의 생활에 자기를 두고, 최고를 향한 계단을 한걸음 한걸음 나아가
려 한다. 조선인은 그에 반해 수입이 줄어도 문호는 그대로 존속한
다. 친척, 붕우, 노예 등이 주인의 문안에 우글우글 몇 가족이나 기식
(寄食)한다. 이미 기식하고 있기 때문에 문자 그대로 물론 수입이 있
을 리는 없다. 주인은 자기 일가를 지탱할 뿐만 아니라, 이들 기식자
도 생활하게 할 의무를 당연히 부담한다. 주인의 실각이나 영락은
그 일족과 함께 친척, 붕우, 노예의 기아이다. 생활양식의 신축, 특히
그 문호의 축소를 죽음 이상의 치욕으로 여기는 조선인은 먹을 것이
없으면 없는 대로 퇴연(頹然)히 아사한다. 양반에 국한되지 않고, 상
민(常民)도 그러하다. 최근에는 생존경쟁의 자극이 강렬해졌기 때문

에 어지간히 적어지기는 했지만(절무(絶無)해진 것은 아니다), 불초 (不肖)가 조선으로 오기 십 수 년 전까지는 양반이든 상민이든 이렇 게 퇴연히 아사 동사하는 경우가 꽤 많았다. 『연(燕)의 각(脚)』구상을 보아도 아우가 형 집에 기식해 있는 것이 당연한 것처럼 적혀 있는 것은 이 가족제도의 폐두(弊竇)에 의한 것이다. 또한 궁하면 반드시 다른 이에게 물건을 받으려 하는 의혜주의(依惠主義), 흥보도 흥보의 아내도 또 그 자식도 이런 사상에 침윤되어 있다. 자력으로 하자, 자 구하자는 의지는 처음부터 발동되지 않는다. 아사하는 최후까지 타 인의 은혜에 기대어 살려는 말하자면 은혜에 매달리려 하는 사상이 골수까지 젖어들어 있다. 타기(唾棄)할 만한 비념(卑念)이 아닐까. 이 런 인격이 국격으로 드러날 때, 인접한 대국 강국에 대한 사대외교 가 되고 휼사(譎詐) 권모(權謀)의 면종복배(面從腹背)가 되는 것이다. 논하자면 한도 없지만, 이런 구상과 필치가 과대·조만한 동화적 소 편(小篇) 중에도 보인다. 이처럼 조선의 민족성을 명백하게 읽어낼 수 있음을 일언(一言)하고 붓을 거둔다. 『해유록(海游錄)』은 왕고(往 古) 일본에 왕래했던 사신 문인의 기행 가운데 최대 걸작이지만 지 금은 다만 상편을 역출했을 뿐이다. 하편을 완료한 뒤 시간이 허락 된다면 『해유록』을 중심으로 한 사론(史論)을 첨부하려 생각하고 있다.

다이쇼 11년(1922) 5월 21일 밤
경성 혼마치 야마모토 여관 제 3호실에서 호소이 하지메

[14] 『해유록』 서문

細井肇、「海游錄を譯了して」、『鮮滿叢書』2、自由討究社、1922.

호소이 하지메(細井肇)

海游錄を譯了して
「『해유록』을 역료(譯了)하고」, 『선만총서』2, 자유토구사, 1992.

海游錄の著者申維翰は、字を周卿、號を青泉(又菁川とも書いた)と稱した。寧海の人、肅宗の乙酉進士、癸巳科、能文達筆を以つて朝に聞こえ、己亥(享保四年、今を距る二百三年前)日本への通信使戶曹參議洪致中に隨從して製述官の任務を果たし後ち、官僉正に至つた。東槎錄を始め、日本へ使した者の手に成つた紀行文は頗る多種であるが、此の海游錄ほど能文達筆を以つて書かれたものは、恐らくあるまいと思ふ。文字に富み詩想に豊かなことは、譯して居てもツク〳〵と感佩に勝えなかつた。盖し、李朝文臣中稀に見る好箇の文士である。

『해유록(海游錄)』의 저자 신유한(申維翰)은 자(字)를 주경(周卿), 호(號)를 청천(青泉, 또는 청천(菁川)이라고도 썼다)이라 했다. 영해(寧海) 사람으로 숙종 을유(乙酉)에 진사(進士), 계사(癸巳), 문과(文科), 능문(能文), 달필(達筆)로 조정에 알려졌고, 기해(己亥) (교호(享保) 4년, 지금부터 203년 전)에 일본으로 가는 통신사 호조참의 홍치중(洪致中)을 수종(隨從)하여 제술관(製述官)의 임무를 완수한 뒤, 관직이 첨정(僉正)에 이르렀다. 『동사록(東槎錄)』을 비롯하여 일본에 사신으로 온

자가 쓴 기행문이 자못 다종(多種)이지만, 이『해유록』만큼 능문 달
필로 쓰인 것은 아마도 없다고 생각한다. 문자가 풍부하고 시상(詩
想)이 풍부한 것은 번역하면서 절실히 느껴 잊을 수가 없었다. 생각
건대 이조 문신 가운데 보기 드문 좋은 문사(文士)이다.

但だ、譯述を終つて感じたのは、申維翰が好箇の文士であるといふ
以上又は以外に何者もなかつた一事である。その山川を詠歎し風物を
唱賞し、都邑を描寫し、人物を評判して、詩想と文字とは溢るゝばか
りであるが、彼れはたゞ山川を俯仰し、風物を觀光し、都邑を歷次
し、人物と接觸した丈けで、日本そのものを大觀することをしなかつ
た。所謂木を看て林を觀ざるの類である。既に日本そのものを大觀す
ることをしなかつた豆大の眼孔を以つていては、朝鮮の對日本政策の
如き、乃至は、大亞における各民族の消長盛衰の如き、固よりその瞳
珠の凹レンズに凸レンズにも影じやう筈がない。彼れは此の意味から
單なる紀行文を草することに絶妙の手腕を有した筆マメな文士といふ
に止まる。現代なるば博文舘の旅行記編纂主任といふ所であらう。

다만 역술을 마치고 느낀 것은 신유한은 좋은 문사이지만, 그 이상
또 그 이외에 다른 무엇도 아니라는 것이다. 그 산천을 영탄하고 풍물
을 창상(唱賞)하며 도읍을 묘사하고 인물을 평판하여 시상과 문자는
차고 넘치지만, 그들은 그저 산천을 부앙(俯仰)하고 풍물을 관광하며
도읍을 역차(歷次)하고 인물과 접촉했을 뿐으로 일본 그 자체를 대관
(大觀)하지 못했다. 소위 나무를 보고 숲을 보지 못한 부류이다. 이미
일본 그 자체를 대관하지 못한 콩알만 한 안공(眼孔)을 가지고서는 조

선의 대일본정책 혹은 대아(大亞)에 있어서 각 민족의 소장성쇠(消長盛衰) 등이 본래부터 그 몽구(矇球)의 오목렌즈에도 볼록렌즈에도 비추었을 리가 없다. 그들은 이런 의미에서 단순한 기행문을 초(草)하는 데 절묘한 수완을 지닌 글을 부지런히 쓰는 문사에 지나지 않는다. 현대라면 박문관(博文館)의 여행기 편찬 주임에 해당될 것이다.

現代の朝鮮人にも此癖があるが、非常に猜疑深い心性が所々に顯はれて居る。例へば東海道の或る驛で、江戸の文士を紹介してやつたのに對し『光色の爲め』だと賤しんで居る。書を乞ふ者に對してもこうした猜疑の眼を向けて卑しんで居る所が尠くない。乍併、都分<の斷片的な敍事敍情の中に小才の私いた銳い觀察がひらめいて見へる人物を評判して『日本は官は世襲』であるからとて高材逸足も空しく處を得ずして朽腐し、土偶に等しい愚物が顯官を贏ら得て居るのを諷戒したり、『其人の敏哲なるもの多くして朴厚なるもの少なきは、盖し江山の氣に得るか』と觀察して居るあたり、適正なる批評又は觀察と云はねばならぬ。更に富士山や琵琶湖、乃至熱田山大眞院、熊野徐福寺の由來に關する靈異を一笑し去る所、以つて理智の明を推すに足る。但だ此等を一括して綜觀すると、海游錄全篇を通じて一の大なる岡嶺をなす水宗を發見することが出來る。それは、朝鮮と日本が、いづれも文弱と武強に偏重して居た一事である。

현대 조선인에게도 이런 습벽이 있는데 매우 시의(猜疑)가 많은 심성이 곳곳에 드러나 있다. 예를 들어 도카이도(東海道)[30]의 어느 역에서 에도(江戸)의 문사(文士)를 소개해 준 것에 대해 '광색(光色)'을 위해

서'라고 깔보고 있다. 서(書)를 청하는 이에 대해서도 이러한 시의의 눈
으로 깔보고 있는 곳이 적지 않다. 그렇기는 하지만 부분적으로 단편
적인 서사 또는 서정 가운데 소재(小才)를 발휘한 날카로운 관찰이 빛
날 때도 있다. 인물을 평가하여 '일본은 관(官)은 세습' 되기 때문에 고
재(高才) 일족(逸足)이 허망하게 자리를 얻지 못하여 후부(朽腐)되고, 흙
인형이나 마찬가지인 우물(愚物)이 현관(顯官)을 차지하고 있는 것을
풍계(諷戒)하거나, '그 사람됨이 현철(賢哲)한 이는 많으나 박후(樸厚)한
이가 적은 것은 생각건대 강산(江山)의 기(氣)에서 온 것일까'라고 관찰
한 것 등은 적정(適正)한 비평 또는 관찰이라 해야 할 것이다. 또한 후지
산(富士山)과 비와코(琵琶湖)[31] 혹은 아쓰다산(熱田山) 대진원(大眞院), 구
마노(熊野) 서복사(徐福寺)의 유래에 관한 영이(靈異)를 일소(一笑)에 내
친 것을 보건대 이지(理智)의 명(明)이 어느 정도인지 추측할 만하다. 다
만 이것들을 일괄해서 종관(綜觀)하면 『해유록』 전편을 통해 하나의 큰
강령(岡嶺)을 이루는 수종(水宗)을 발견할 수 있다. 그것은 조선과 일본
이 둘 다 문약(文弱)과 무강(武强)에 편중되어 있다는 사실이다.

　彼れは、馬州において(第一卷五十六頁參照)『余はどの船が眞ツ先に
向ふの岸に着くかと問ふと、檝人一齊に勇を賈ひ、叫噪して壯を用ひ、
傍船又益益勵む、更に進んで益益急、一瞬にして齊しく到つた。余、念
ふ。日東の俗、大抵人に克つを務む、克たざれば則ち死あるのみ。無情
の時、尚ほ此の如きを致す、況んや龍驤戰艦に在つて怒鮫奔鯨をなすを

---

30 고대에서 근세에 이르는 시기에 일본 본토의 태평양 쪽을 통하는 간선도로(幹
　線道路).
31 시가현(滋賀縣)에 있는 호수로 일본 최대 면적과 저수량을 자랑한다.

や。露梁の役、王師一捷を得つのは無上の幸である。』と書いて居る。又(六十五六十六頁參照)風浦を解攬した時、內地の船頭と朝鮮の篙工との行動の差を次のやうに記して居る。曰く『其の身の輕いこと、猿も驚き鳥も蹌めくであらう。長竿を執つて船屋を滚打し、失聲を懸けると、船頭等これに連れて、一時に叫噪し、船の行く急なること失の如く、驟かなること風雨のやうだ。宛然機に乘じて敵に赴くが如く、力一ぱい、呼吸を合はし、俯仰して櫓を用ひ、聲を逐ふて節を爲す、恰かも曹公の赤壁の舟、東南の風吹き火烈しうして額を焦せし諸軍も斯くやと思はるゝばかり、往往我が船中の櫓人の聲を聞くが是れは皆な嶺人で、其音遲緩、勇を賈ふの意が無い倭の船頭とは比べものにならぬ。乃で倭通事笑つて曰く、何ぞ北客の慢なるやと.』彼我民族性の相違を眼に見るやうだ。一は輕敏他は鈍重、唯だ此の一事のみでも、若し彼れに憂國の志士的風骨が存したならば、『露梁の役王師一捷を得たのは無上の幸である。』といふやうな懷古的、消極的な僥倖を壽ほぐ卑屈な心を一擲して、大いに自國の文弱を匡救すべき大勇猛心を奮ひ起すべきではなかつたか。丁若鏞の牧民心書は、海游錄に比すれば約八九十年後の著述であるが、その兵典の條下練卒の一項において『今の束伍は私奴賤種の謂はゞ鳥合の衆にして、黃童白叟の頭數を揃へたるに過ぎず、氈笠は敗瓜の如く、軍服は亂藤の如く、錆びたる百年の古劍、柄はあれど刀身なく、恐らく三世を經たるべき古銃に、何の聲かあらむ、其の馬匹の如きも、官給の馬匹百に一を止めず、擧な貪吏の爲めに食はれ、操練の日八方より雇馬す、大なるも騾の如く、小なるは鼠の如く、鞍具を見れば靷(むながい)もなく鞊(したくら)もなく、鐙無く、纓無く、さながら蹇りの跛行せる行列のみ、練卒は今にして唯だ空名、夫れすら二三十年にして始めて一回、國難目睫の間に迫

りて之を行ふに過ぎず、軍倉の刀銃弓箭又皆な貪吏平生の酒飯の科と化
し、有事の秋、一も用をなさず』と浩歎して居る。年代こそ異なれ蕭宗
朝の國防軍備なるものも、略ぼ推想することができる。何となれば、大
院君時代、砲彈と沈水を防ぐ爲め羽毛を以つて戰船を作り、漢江に泛べ
て佛兵に備へたが、未だ一戰に及ばず溺沒し去つた事實がある。此れは
單なる戰具の問題ではない。先憂後樂の眞の國士の歷朝に絶無だつた何
よりの證據である。高杉晋作は、上海まで出懸けて泰西の實狀を一目に
見た。船頭の失聲と腕力の問題ではない、自から悚然として家國の爲め
に憂ふべきを『日東の俗大抵此の如し』とばかり澄して居る。その癖馬州
では島主を蔑視して朝鮮一州縣の太守ほどのものに過ぎぬと威張り散ら
し、禮儀上の爭ひで小華人の偉らさを見せて得意で居る。下の關の條下
に恁う書いて居る。『赤間關は海門關の防處である。盖し小倉以北から
の群山を見るに、曲曲として海を抱くこと或は弓を彎ける如く或は束ね
て矢括の如くである。東北大阪城に至る千有餘里、水勢と山勢と共に一
奧區をなして居る。所謂日本西海道、赤間はその喉舌に當る。東西南は
大洋の諸舶を受け、舟師數萬を置いて利害を偵伺し、善く防禦を修め、
其國をして隱然天塹の固め有らしむる爲めに關を設く、之が下關であ
る。又東二百里外の竈關と名づくる所が上關である。各々倉廩、糗糧、
蒙衝、鬪艦、甲火砲の諸具を設け、一旦緩急に應ずるところ實に用意周
匝である。平秀吉、大阪に都し、武を黷し、時事凜然怕る可きものがあ
る。』(第一卷八十二頁參照)其他浪華において、江戶において、武備要
害の堅固に一一驚歎して居ながら、毫も自國の文弱を省察した跡なく、
唯だ倭俗を輕侮冷笑するのみなのは、外國に使した者としては識見の絶
無を憐れまざるを得ない。

그는 바슈(馬州)에서(제1권 56쪽 참조) '내가 어느 배가 저 편 기슭에 닿느냐고 묻자, 배 젓는 사람이 일제히 용(勇)을 내고, 규조(叫噪)하여 장(壯)을 쓰니, 방선(傍船) 또한 더더욱 격려하여 나아가는 것이 더더욱 급해져 순식간에 일제히 도착했다. 나는 생각한다. 일동(日東)의 속(俗), 대저 남에게 이기는 것에 힘쓴다. 이기지 못하면 곧 죽음이 있을 뿐. 무정한 때에도 여전히 이와 같은데 하물며 용양(龍驤) 전함(戰艦)에 있어 노교(怒鮫) 분경(奔鯨)을 이룸에 있어서랴. 노량해전에서 왕사(王師) 일첩(一捷)을 거둔 것은 무상(無上)의 행(幸)이다'라고 썼다. 또한(원문 65-66쪽 참조) 풍포(風浦)를 해람(解纜)했을 때, 일본의 선두(船頭)와 조선 고공(篙工)의 행동의 차이를 다음과 같이 기록하고 있다. 말하기를, '그 몸이 가볍기가 원숭이도 놀라고 까마귀도 휘청할 정도이다. 장간(長竿)을 집고 선옥(船屋)을 곤타(滾打)하며 소리를 지르면, 선두(船頭) 등 이것에 이어서 일시에 규조(叫噪)하여 배의 가는 것이 빠르기가 화살 같고 신속하기가 풍우 같았다. 완연(宛然) 승기(乘機)하여 적에게 달려가는 것처럼 힘껏 호흡을 합하고 부앙(俯仰)하고 노(櫓)를 써서 소리를 좇아 절(節)을 이루니 마치 조조의 적벽의 배, 동남풍이 불어 불이 거세져 이마를 그슬린 제군(諸軍)도 이와 같을까 생각할 따름이었다. 왕왕 내가 탄 선중(船中)의 배 젓는 사람의 소리를 들었는데 이들은 모두 영인(嶺人)으로 그 음(音)이 지완(遲緩), 용(勇)을 가(賈)할 뜻이 없어 왜(倭)의 선두(船頭)와 견줄 것이 못 되었다. 이에 왜통사(倭通事)가 웃으며 말하기를, 북객(北客)은 얼마나 만(慢)한가.' 서로 민족성의 차이를 눈으로 보는 듯했다. 하나는 경민(輕敏) 다른 것은 둔중(鈍重), 다만 이것만으로도 만약 그에게 우국지사의 풍골(風骨)이 있다면 '노량해전에서 왕사(王

391

師) 일첩(一捷)을 거둔 것은 무상(無上)의 행(幸)이다' 같은 회고적, 소극적인 요행을 바라는 비굴한 마음을 일척(一擲)하고 크게 자국의 문약(文弱)을 광구(匡救)할 만한 대용맹심(大勇猛心)을 떨쳐 일으켜야 하지 않겠는가. 정약용의『목민심서』는『해유록』에 비하면 약 8-90년 뒤의 저술이긴 하지만 그 병전(兵典)의 조(條) 연졸(練卒) 대목에서 '지금의 속오(束伍)는 사노천종(私奴賤種), 말하자면 오합지중으로서 황동(黃童) 백수(白叟)의 머릿수를 채운 데 불과하다. 전립(氈笠)은 썩은 오이 같고, 군복은 뒤엉킨 등나무 같으며, 녹이 슨 100년 된 낡은 검, 자루는 있지만 도신(刀身)이 없고, 필시 삼세(三世)는 됨직한 낡은 총에 무슨 소리가 있겠는가. 그 마필(馬匹)같은 경우도 관급(官給)의 마필 백에 하나를 남겨두지 않고, 모두 탐관오리를 위해 먹이고 조련의 날이 되면 사방팔방에서 고마(雇馬)한다. 큰 놈은 버새(암탕나귀와 수말 사이에서 난 잡종)같고, 작은 것은 쥐 같으며, 안구(鞍具)를 보면 가슴걸이도 없고 말다래(흙이 튀지 아니하도록 말의 안장 양쪽에 늘어뜨려 놓은 기구)도 없으며, 등자(鐙子)도 없고 영(纓)도 없으며, 모조리 절뚝절뚝 파행하는 행렬뿐이다. 연졸(練卒)은 지금에 와서 그저 공명(空名), 그것조차 2-30년에 비로소 한 번, 국난 목첩(目睫) 때에 닥쳐 그것을 행하는 데 불과하다. 군창(軍倉)의 도총(刀銃) 궁전(弓箭)은 모두 탐리(貪吏)의 평소 주반(酒飯)의 재료로 화(化)하여 유사시 나도 쓰지 못한다.'고 호탄(浩歎)하고 있다. 연대는 다르지만 숙종(肅宗)대의 국방군비라는 것도 대략 추측할 수 있다. 왜냐하면 대원군 시대 포탄과 침수를 막기 위해 우모(羽毛)로 전선(戰船)을 만들고 한강에 띄워 프랑스군에 대비했지만 아직 일전(一戰)에 미치기도 전에 익몰(溺沒)한 사실이 있다. 이것은 단순한 전구(戰具)의 문제가 아니다. 선우후락(先憂後樂)의 참된 국사(國士)가 역조(歷朝)에 절무(絶無)했다는 가장 좋은 증거이다. 다카스기 신사쿠(高杉晋作)는 상해까지 나가서 태서(泰西)의 실상을 한눈에 보았다. 선두의 함성과 완력의 문제가 아니라 스스로 송연(悚然)히 국가를 위해 근심해야 함을 '일동(日東)의 속(俗) 대저 이와 같다'고 하는 데서 끝내고 있다. 그 습벽은 바슈에서는 도주(島主)를 멸시하여 조선의 한 주현(州縣)의 태수(太守) 정도에 불과하다고 허세를 떨고, 예의상의 다툼에서 소화인(小華人)의 위대함을 보이기를 좋아했다. 시모노세키(下關) 조(條)에서 이렇게 쓰고 있다. '아카마가세키(赤間關, 현재의 시모노세키)는 해문관(海門關)의 방처(防處)이다. 생각건대 오구라(小倉) 이북부터의 군산(群山)을 봄에 곡곡(曲曲)하여 바다를 안은 것이 혹은 활을 당긴 것 같고 혹은 다발로 묶인 화살의 오늬 같기도 했다. 도호쿠(東北) 오사카성(大阪城)에 이르는 천여 리, 수세(水勢)와 산세(山勢) 모두 한 오구(奧區, 중심이 되는 곳)를 이루고 있다. 소위 일본 서해도(西海道) 아카마(赤間)는 그 후설(喉舌)에 해당된다. 동서남(東西南)은 대양(大洋)의 제박(諸舶)을 받고 주사(舟師) 수만을 두어 이해를 정려(偵儢)하며 방어(防禦)를 잘 닦아 그 나라로 하여금 은연중에 천참(天塹)의 견고함을 보유하게 하기 위해 관(關)을 설치하니, 그것이 하관(下關)이다. 또한 동쪽 2백 리 밖의 두관(竇關)이라 부르는 곳이 상관(上關)이다. 각각 창름(倉廩)·구장(糗糧)·몽충(蒙衝)·투함(鬪艦)·갑화포(甲火砲) 제구(諸具)를 설(設)하고, 일단 완급에 응한 바 실로 용의주도하다. 도요토미 히데요시가 오사카에 도읍하고, 무(武)를 독(黷)하니, 시사(時事) 늠연(凜然) 두려워할 만한 것이 있다.'(제1권 82쪽 참조) 그밖에 나니와(浪華, 현재의 오사카)에서 에도(江戸)에서 무비(武備) 요해(要害)의 견고함에 일일이 경탄하면서 추호도 자국의 문약(文弱)을 성찰한 자취 없고, 다만 왜속(倭俗)을 경모(輕侮) 냉소할 뿐인 것은 외국에 사신으로 온 자로서는 식견이 절무(絶無)함을 불쌍히 여기지 않을 수 없다.

又其の社會生活においても、日本の殷富には、驚膽駭目して居る。隨所の隨感に、瘦土と雖も耕やされざるなく、男女ともに力役營營一人の餓者を見ず、とて勸勉の風氣に感歎し、浪華に赴いては、その文物の燦然たる光燿に眩惑せんばかり、百家の墻壁皆な華彩、一片の閑壤だになく、低濕居べからざる處には綠沙金堤をつくり、潔にして唾を容れず、其他太守の別墅池臺の壯大、觀光男女の錦繡の衣、童男の服色粧點の姣たるを歎じ(第一卷百六頁參照)更に又『大阪は攝津の州に在る。是れ秀吉の故都、江は浪華と名づけ或は難波とも稱するので基地を呼んで浪華難波といふ、攝津の最も鉅にして饒なる所、北は山城州に接し、西は播磨州に至り、東南岸は大海である。海中諸蠻夷商賈百貨四方から湊まる、江湖林澤田の畮美を挾み、五穀、桑麻、魚鹽、之に兼ぬるに贏蛤獱獺の利を以てす、買ひを待たずして足る所以、金銀銅美梓文松、山出して碁置する』(第一卷百十頁參照)とて其の繁華に『華美眼を眩するばかり─精神又眩み、幾街を經、幾町を穿つたかさへ辨へぬ。』と正直なところを告白し、『國人は江戶を呼んで東部と曰ひ、大阪を南都といふ、奉行二人、代理者は征稅を掌り、三步を一間とし、六十間を一町とし三十六町を闓とし、闓に一主管を置き、里門を作つて盜を禁じ火を禁ずること甚だ嚴。人には各身田宅の三稅がある。租庸調の法は毫髮も遺さない、歲輸の金銀錢は鉅萬を累ね、宮室府庫苑囿陂地を治めて江戶よりも富む。』(第一卷百　二頁參照)と云ひ、

又、江戸に入つては『大城を望めば隱々として海頭を壓し、堤面削るが如く、海水を引いて壕と爲す。壕塹の壯固、譙閣の高聳、人をして懼然たらしむ遂に一城門に入り、三大板橋を度り、皆な錦繡の中を行く。復た東門に出づ、皆な重城である。甕城、鐵關に金鎖あり、壕に緣り橋を作る、赤欄交映、橋下から水門に出で海に通ずる、路を夾む長廊は皆な貨肆である。市に町あり、町に門あり、街衢四通平直、粉樓彫墻は三層二層をつくり、甍棟の相連なる織繡の如く、觀光の男女塡塞充溢、仰いで繡屋梁楣の間を看れば、衆目交攢し、一寸の空隙もない。衣裾花を漲り簾暮日に耀く、大阪倭京に視るに又三倍を加ふ。』(第一卷三十六頁參照)とて、其の壯大と榮華に駭目し、更に江戸の城制を按じて『城三重を築く、周回五十餘里、公官藩邸庶民室屋千萬を以て計ふ、四方の大城名都市征盧稅を割き悉く公府に歸する、金銀貨寶は山積川委し、都鄙廩庾皆な滿ち、奇材釼客火砲鬪艦の具、又國中に溢る。法嚴にして令苛、食富み兵强く、以て六十州に號令する臂の指を使ふが如くである。』(第一卷十九頁參照)と書いて居る。一介の文士に對して、國士的識見を求むるは求むる者の誤りかも知れぬが、彼れは浪華の假頭を見た。江戸の城寨壕塹を見た。而して遂に日本を大觀することを忘れて居た。

또한 그 사회생활에서도 일본의 은부(殷富)[32]에는 경담해목(驚膽駭目)하고 있다. 수소(隨所)의 수감(隨感)에 수토(瘦土)라 하더라도 경작되지 않은 곳이 없고, 남녀 모두 역역(力役) 영영(營營)한 사람도 주

---

32 유복하고 풍부함.

린 이를 보지 못했다고 근면한 풍기(風氣)에 감탄했다. 나니와에 이
르러서는 그 문물의 찬연한 광휘에 현혹되니 백가(百家)의 장벽(墻
壁) 모두 화채(華彩)하고 일편(一片)의 한괴(閑壞)조차 없으며 저습(低
濕)하여 살 수 없는 곳에는 녹사(綠砂) 금제(金堤)를 만들고, 깨끗하게
하여 타(唾)를 들이지 않으며 그 밖의 태수의 별서(別墅) 지대(池臺)의
장대함, 관광하는 남녀가 입은 금수(錦繡)의 옷, 동남(童男)의 복색(服
色) 장점(粧點)의 교(姣)함을 찬탄했다(제1권 106쪽 참조). '오사카는
셋쓰(攝津)의 주(州)에 있다. 이는 히데요시의 고도(故都), 강은 낭화
(浪華)라 부르고 혹은 난파(難波)라고도 칭하는데 그 땅을 불러 낭화
난파(浪華難波)라 한다.[33] 셋쓰에서 가장 거요(鉅饒)한 곳으로 북쪽은
야마시로(山城) 주에 접하고, 서쪽은 하리마(播磨) 주에 이르며, 동남
안(東南岸)은 대해(大海)이다. 해중(海中) 제만이(諸蠻夷) 상고(商賈) 백
화(百貨) 사방에서 주(湊)했다. 강호(江湖) 임택(林澤) 전무(田畮) 미(美)
를 협(挾)하여 오곡(五穀)·상마(桑麻)·어염(魚鹽) 그것을 겸함에 나합
(贏蛤) 빈달(獱獺)의 이(利)로써 했다. 장사를 하지 않고도 충분했기
때문에 금은(金銀) 동석(銅錫) 미재(美梓) 문송(文松), 산에서 내어 기치
(碁置)했다'(제1권 110쪽 참조)고 했고, 그 번화함에 '화미(華美) 눈을
현(眩)할 따름 - 정신 또한 아찔하여 기가(幾街)를 지났는지, 기정(幾
町)을 지났는지 조차 알지 못했다'고 정직하게 고백하고, '국인(國人)
은 에도를 동도(東都)라 불렀고, 오사카를 남도(南都)라 했다. 부교 2
명, 대리자는 정세(征稅)를 관장했고, 3보(三步)를 1간(間)으로 삼았
고, 10간을 1정(町)으로 삼았으며, 36정을 여(閭)라 했고, 여에 한 주

---

33 '浪華'나 '難波'는 일본어로는 모두 '나니와'라 읽지만 문맥상 한국식 독음으로
번역했다.

관(主管)을 두었으며, 이문(里門)을 만들어 도적을 금했고 불을 금하
는 것이 매우 엄했다. 한 사람에게는 각자 신(身)·전(田)·택(宅)의 세
가지 세금이 있었다. 조용조의 법은 터럭만큼도 남아 있지 않았고,
세수(歲輸)의 금은전(金銀錢)은 거만(鉅萬)을 누(累)했고, 궁실 부고(府
庫) 원유(苑囿) 피지(陂地)³⁴를 다스려 에도보다 부유했다.'(제1권 120
쪽 참조)고 말했다. 또한 에도에 들어가서는 '대성(大城)을 바라보면
은은히 해두(海頭)를 압(壓)했고, 지면을 깎아내듯 해서 해수를 끌어
들여 호(壕)로 삼았다. 호참(濠塹)의 장고(壯固)함, 초각(譙閣)의 고용
(高聳)함, 사람으로 하여금 쌍연(慫然)하게 했다. 마침내 한 성문에 들
어가 3대 판교(板橋)를 건넜는데 모두 금수(錦繡) 속을 걸어갔다. 다
시 동문으로 나오니 모두 중성(重城)이다. 옹성(甕城)·철관(鐵關)에 금
쇄(金鎖)가 있고, 호(壕)를 따라 다리를 만들었다. 적란(赤欄) 교영(交
映), 다리 밑에서 수문으로 나와 바다로 통했다. 길을 낀 장랑(長廊)은
모두 화사(貨肆)이다. 저자에 정(町)이 있고, 정에 문(門)이 있어, 가구
(街衢) 사통(四通) 평직(平直), 분루(粉樓) 조장(彫牆)은 3층 2층을 만들
고, 맹속(甍楝)이 상련(相連)하여 직수(織繡)같고, 관광하는 남녀 전색
(塡塞) 충일(充溢), 우러러 수옥(繡屋) 양미(梁楣)의 사이를 보면 중목
(衆目) 교찬(交攢)하여 일촌(一寸)의 공극(空隙)도 없었다. 의거(衣裾)
화(花)를 창(漲)하고 주렴은 모일(暮日)에 빛났다. 오사카는 왜경(倭
京)에 비함에 또한 3배를 더했다.'(제2권 36쪽)고 하여, 그 장대함과
영화로움에 해목(駭目)했다. 또한 에도의 성제(城制)를 안(按)하고
'성 3중으로 쌓고, 주회(周回) 50여리, 공관(公官) 번저(藩邸) 서민 실

---

34 피지(陂池)의 오자로 보인다.

옥(室屋) 천만을 헤아렸다. 사방의 대성(大城) 명도(名都) 시정(市征) 노세(盧稅)를 할(割)하여 모두 공부(公府)에 귀(歸)했다. 금은 화보(貨寶)는 산적(山積) 천위(川委)하여, 도비(都鄙) 늠유(廩庾) 모두 가득하고, 기재(奇才) 검객(劍客) 화포(火砲) 투함(鬪艦)의 구(具), 또한 온 나라에 넘쳤다. 법이 엄하고 영(令)이 가(苛)하며, 식(食)이 부(富)하고 병(兵)이 강하여, 그것으로 60주를 호령하는 것 팔이 손가락을 쓰는 것과 같았다.'(제2권 39쪽 참조)고 쓰고 있다. 일개의 문사에게 국사적(國士的) 식견을 요구하는 것은 요구하는 자의 잘못일지도 모르지만, 그는 나니와의 가두(街頭)를 보았다. 에도의 성채(城砦) 호참(濠塹)을 보았다. 그리고 마침내 일본을 대관(大觀)하는 일을 잊고 있었다.

　一人の餓者無し。一此の一事は、王宮のみ榮え、王宮を圍繞する少數兩班のみ華やかに王者と兩班以外の常民は宛がら糞溷に蠢爾たる蛆蟲の如き生活を常住とする朝鮮、その朝鮮から派遣された使行の眼に、絶大なる社會的教訓であらねばならなかつた。何故國防を仔細に檢究しない、又何故租庸調其他の法制を調査しない。更に根本に溯つて同じ朱子學を奉ずる一源の思想の流派が、何故半島においては黨同伐異の同族剝殺となり、島國においては封建制度の樹立となつたか、今では久能山下で『人の一生は一錢』と石版摺りにしたのを呼び賣りして居る『重荷を負ふて遠き道を行くが如し』の東照宮遺訓が、階級觀念の強制、大義名分一點張りの朱子學を官學として採用した德川一家の專制獨裁的覇者の立場を、三百年間緩和—といふよりは人目を瞞過したる—絶大な政治上の作用であつたことは、海游錄の著者には風馬牛であつた。吉宗が綿服を着たり應狩りをやつたりして居たのは、その

一手段であつたのだが、それを看破しないで、一國使臣の前に綿服を着て顯はれるとは非禮にあらざれば奇を好むもだとか、田獵なぞと蠻野殺伐を喜ぶ奴だとか、貶した丈けで已んで居る。御三家め一たる水戸藩の大義名分論が、後年その宗家たる德川氏の霸業を覆滅すべき包裝されたる爆彈なりとは誰も氣附かずに、章句の吟誦に餘念もなかつたのは、我れ人ともに、悠長なる事ではあつた。

한 명의 아자(餓者)도 없다. - 이 일사(一事)는 왕궁만 번영하고 왕궁을 위요(圍繞)한 소수 양반만 번성하며 왕자(王者)와 양반 이외의 상민(常民)은 흡사 분혼(糞溷)에서 꿈틀거리는 벌레 같은 생활을 상주(常住)로 삼은 조선, 그 조선에서 파견된 사행(使行)의 눈에 절대적인 사회적 교훈이 아닐 수 없었다. 어째서 국방을 자세히 검구(檢究)하지 않는가, 또한 어째서 조용조 기타의 법제를 조사하지 않는가. 더욱 근본으로 거슬러 올라가 같은 주자학을 받드는 일원(一源)의 사상 유파가 어째서 반도에서는 당동벌이(黨同伐異)의 동족 극살(剋殺)이 되고, 섬나라에서는 봉건제도의 수립이 되었는가. 지금에 와서는 구노잔(久能山)[35] 아래에서 '사람의 일생은 일전(一錢)'이라 석판(石版)에 새겨진 것을 큰 목소리로 외치면서 팔러 다니는 것처럼, '무거운 짐을 지고 먼 길을 가는 것과 같다'는 도조구(東照宮)[36] 의 유훈(遺訓)이 계급관념의 강제와 대의명분으로 일관하는 주자학을 관학으로 채택했던 도쿠가와 일가의 전제독재적(專制獨裁的) 패자의 입장

---

35 시즈오카현(静岡県) 시즈오카시(静岡市) 소재.
36 구노잔도조구(久能山東照宮)는 시즈오카시에 있는 신사(神社)다. 만년을 순푸에서 보낸 도쿠가와 이에야스가 1616년에 죽었을 때, 유명(遺命)에 따라 이 땅에 매장되었다.

을 3백년 간 완화 - 라기보다는 사람들의 이목을 만과(瞞過) - 한 엄청
난 정치상의 작용이었다는 사실은 『해유록』의 저자에게는 아무 상
관이 없었다. 도쿠가와 요시무네(德川吉宗)[37]가 면복(綿服)을 입거나
매사냥을 했던 것은 그 하나의 수단이었지만 그것을 간파하지 못하
고 일국의 사신 앞에 면복을 입고 나타난 것은 비례(非禮)가 아니면
기(奇)를 좋아한 것이라 하든지 전렵(田獵) 따위 야만 살벌을 기뻐하
는 놈이라 하든지 하며 낮추어보는 것에서 그쳤을 따름이다. 고산케
(御三家)[38]의 하나인 미토번(水戶藩)의 대의명분론이 후년(後年) 그 종
가(宗家)인 도쿠가와 가문의 패업(霸業)을 복멸(覆滅)시킬 만한 포장
된 폭탄이 되리라고는 아무도 눈치 채지 못하고 장구(章句)의 음송
(吟誦)에 여념이 없었던 것은 우리 모두에게 길고 오래된 것이었다.

　彼れも日本人の潔癖にはだいぶ感心したらしあが、それが、地味、
氣溫の關係以外政治、社會と重大な關係のあることに思ひ及ばなかつ
たのは不思議ではない。今日の朝鮮人は、ナビ內地人はあゝも蠅を厭
がつたり、虎疫を畏れたり、痲病を八釜しくいふのかと、逆に內地人
のコセ＜を笑つて居る。或る醫師の言によれば、鮮人の排泄物には、百
人中三人まで、數時間經てば飛揚すべき蠅の卵卽ち蛆が湧いて居る、
何十倍とかのアルコールに五時間漬けて置いて死なゝかつたといふ。
何の事はない、鮮人の腹中は蠅の釀造所である。それは飯上に蠅が卵
を産み附けて去る、夫れを平氣で喫するからで、腸胃は蠅の蜉卵作用

37 1684-1751. 도쿠가와 바쿠후 제8대 쇼군.
38 도쿠가와 쇼군의 가문인 오와리(尾張)·기이(紀伊)·미토(水戶)세 집안을 높여
　서 가리키는 말.

を行ふべく作られてある。アミーバ赤痢、肺ヂストマの多いのは、河水をそのまゝ飲用して菌を體內に攝取するから起るのだといふ。不肖の支那で得た風土病も此類であらう。あまり惡口を叩く爲めか、近頃又又この風土病が斷續出沒する。話が段々下に落ちた。

　秀吉が華人であつたとか、賴朝が博多で旗上げしたとか、史實の誤謬は、訛傳と思ふから、一一論じない。日本上古の傳說も聞き囓り書いたものに過ぎないと思ふから、批評を省く。何　ろ德川八代將軍時代、この識見に乏しい一介の文士に、『倭人文字なし』『其詩拙朴笑ふべし』なぞ隨所に冷蔑を浴びせられて居る我がニツポンの文明は其の腕力の强大に高めたる、元來高くもあらぬ鼻梁をヘシ折つて、內觀の必要ある事は今も昔も渝らない。文弱も武强も共に偏傾を愼み戒むべきである。

大正十一年七月八日 玉川畔用賀の村居にて

細井 肇

　그도 일본인의 결벽에는 꽤나 감탄했던 모양인데, 그것이 검소함이나 기온과의 관계 이외에 정치·사회와 중대한 관계가 있다는 사실에 생각이 미치지 못했던 것은 이상한 일은 아니다. 금일의 조선인은 왜 일본인은 저리도 파리를 싫어하는지, 호역(虎疫, 콜레라)을 두려워하는지, 임병(痳病, 임질)을 야단스레 말하는지 하며 반대로 일본인이 좀스럽게 구는 모습을 비웃고 있다. 어떤 의사의 말에 따르면 조선인의 배설물에는 100명 중 3명 정도, 몇 시간 지나면 비양(飛揚)할 만한 파리의 알, 즉 날(蛆)이 들끓고 있고, 몇 십 배인가의 알코올에 5시간 담가 두어도 죽지 않았다고 한다. 아무렇지도 않은 일이다. 조선인의 뱃속은 파리 양조소(釀造所)이다. 이것은 밥 위에 파리가 알을 낳고 가는, 그것을 아무렇지도 않게 먹기 때문이고, 장위(腸胃)는 파리의 부란(孵卵) 작용을 할 수 있게 만들어져 있다. 아메바이질, 폐디스토마가 많은 것은 하수를 그대로 마셔서 균을 체내에 섭취하기 때문에 일어나는 일이라고 한다. 불초(不肖)가 중국에서 걸린 풍토병도 이런 유일 것이다. 너무 욕을 해대서인지, 요즈음 다시 또 이 풍토병이 단속적으로 출몰한다. 이야기[의 품위]가 점점 아래로 떨어졌다.

　[도요토미] 히데요시(秀吉)가 화인(華人)이었다든지, [미나모토노] 요리토모(賴朝)가 하카타(博多)³⁹에서 병사를 모았다든지 하는 것 등의 사실(史實) 오류는 와전이라 생각하기 때문에 일일이 논하지 않겠다. 일본 상고(上古)의 전설도 들은 것을 대충 쓴 것에 불과하다 생각하기 때문에 비평을 생략한다. 어쨌든 도쿠가와 8대 장군시절, 이 식견이 부족한 일개의 문사가 '왜인은 문자가 없다' '그 시 졸박(拙朴)하여 가소롭다' 하며 여기저기서 냉멸(冷蔑)하고 있는 우리 일본의 문명은 그 완력을 강대하게 높여서 원래 높지도 않은 그 콧대를 꺾어놓았으니 내관(內觀)이 필요하다는 사실은 예나 지금이나 변함이 없다. 문약(文弱)이든 무강(武强)이든 모두 편경(偏傾)을 신계(愼戒)해야 할 것이다.

　　　　　다이쇼 11년(1922) 7월 8일 다마가와반(玉川畔) 요가(用賀)의
　　　　　　　　　　　　　　　　　　　　　촌거(村居)에서
　　　　　　　　　　　　　　　　　　　　　호소이 하지메

---

39 후쿠오카현(福岡県) 후쿠오카시(福岡市) 소재.

[15] 「주영편」 서문

清水鍵吉, 「晝永編を讀みて」, 『鮮滿叢書』8, 自由討究社, 1923.

시미즈 겐키치(清水鍵吉)

晝永編を讀みて
　『주영편』을 읽고

　本書は朝鮮古書中の快著である。本書の朝鮮に在るは朝鮮人の誇り
と云ふを憚らない。何を以て之を謂ふか。

　　본서는 조선고서 중의 쾌저(快著)이다. 본서가 조선에 존재함은
　　조선인의 자랑이라 거리낌 없이 말하겠다. 무슨 근거로 이런 말을
　　하는가.

　朝鮮は儒敎を以て治國平天下の政體となし、士大夫は悉く儒學の尊
奉者であつた。孔子の廟を祭ること祖先の墳墓よりも敦く、忠孝を儀
表すること東洋第一と稱せられてゐた。然るに、歷史、傳記、記錄、
論叢等に現はれたる朝鮮人を觀るに、儒敎の最も忌む所の鬼神を信奉
し、儒敎の最も排する所の浮屠を畏敬し、道詵、無學を以て朝鮮に於
ける神體の如く取扱ひ、喜んで架空の神仙を談じ、好んで荒誕無稽の
說を流布してゐる。儒敎を尊奉する所の智識階級と云はるゝ士大夫が
既に此の如くであるから無智濛昧の凡民が、荒誕無稽の傳說に怖れを
抱くことの甚しかつたことは想像の外である。

조선은 유교를 치국평천하의 정체(政體)로 삼았고, 사대부는 모두 유학을 존봉(尊奉)하는 사람들이다. 공자의 묘(廟)에 제사 드리는 것이 선조의 분묘보다 도타웠고, 충효를 의표(儀表)로 삼는 것은 동양 제일이라 일컬어지고 있다. 그런데 역사·전기·기록·논총 등에 드러난 조선인을 보기에, 유교에서 가장 꺼리는 바인 귀신을 신봉하고, 유교에서 가장 배척하는 바인 부도(浮屠)를 외경하며, 도선(道詵)·무학(無學)을 조선의 신체(神體)처럼 다루고, 기꺼이 가공(架空)의 신선을 담(談)하며, 기꺼이 황탄무계(荒誕無稽)한 설을 유포하고 있다. 유교를 존봉(尊奉)하는 지식계급이라 하는 사대부가 이미 이와 같으니 무지몽매(無智濛昧)한 범민(凡民)이 황탄무계한 전설에 두려움을 품음이 심하리라는 것은 상상의 범위를 벗어날 만큼 심각하다.

儒敎は實行哲學である。怪奇幽玄の說を最も嫌つてゐる。然るに、その儒敎を尊奉する國人が、儒敎の忌む所の怪誕說を好み、迷信と傳說とを以て全生活を脅かされつゝありしは何故であるか。儒敎の眞髓を味覺せず、徒らに骨を拾ひ皮を蒐め、大牢の滋味たるべき肉を料理することを知らなかつたからである。

유교는 실행철학이다. 괴기(怪奇) 유현 (幽玄)의 설(說)을 가장 싫어한다. 그런데도 그 유교를 존봉하는 국인(國人)이 유교가 꺼리는 괴탄설(怪誕說)을 좋아하고, 미신과 전설에 온 생활을 위협받고 있는 것은 어째서일까. 유교의 진수를 미각(味覺)하지 못하고, 헛되이 뼈를 줍고 가죽을 수집하며, 제사 드릴 때의 자미(滋味)될 만한 고기를 요리할 줄을 알지 못하기 때문이다.

本書は著者のはしがきにも言へるが如く、夏の日永の無聊を遣る
まゝに、朝廷の事人物の藏否、里俗鄙野の說を避けて、思ひ付ける儘
を隨錄隨筆したものであるが、研究考覈、微に入り細に涉り、一事苟
も獨斷に出でず、悉く之を古書に探り、古事に考へ、旁證該博、詮索
銳利、晒ふべき幾多の迷信行爲を、出處を指摘して論斷せるは正に著
者の一見識である。殊に靈異の神仙の如く目せる道詵、無學、一行等
の傳說に承服せず、深く古書を探りて之が出處を求め、陰陽推占の說
に過ぎざるものと斷ぜる如き、中華民人を論評するは滿廷の忌諱する
所たるに拘はらず、忌憚なく淸國使節の貪婪を剔抉せる如き、また分
野の說を國史に徵し、朝鮮と日本とを中國に比すれば小なりと謂ふ
も、天より之を視れば五十步百步のみと論斷せる如き、盖し卓越の識
見を吐露せるものにして、而して又、朝鮮古書中に見得べからざる本
書の權威である。

본서는 저자가 서문에서도 말한 것처럼 낮이 긴 여름의 무료함을
달래려고 조정의 일, 인물의 장부(藏否), 이속(里俗) 비야(鄙野)의 설
(說)을 피해 생각나는 대로 수록하여 수필한 것인데, 연구 고핵(考覈)
하고, 미세하게 입섭(入涉)하고, 일사(一事)라도 독단에 빠지지 않고,
모두 그것을 고서에서 찾고, 고사에 견주어보고, 방증해박(旁證該博),
전색예리(詮索銳利), 비웃을 만한 숱한 미신행위의 출처를 지적하고
논단했으니 참으로 저자의 일견식(一見識)을 나타낸다. 특히 영이(靈
異)의 신선처럼 사람들이 보는 도선(道詵), 무학(無學)의 일행 등의 전
설에 승복하지 않고, 고서를 깊이 찾아 그것의 출처를 구하여 음양 추
점(推占)의 설에 불과한 것이라 단언하는 부분이나, 중화인민을 논평

하는 것은 만정(滿廷)이 기휘(忌諱)하는 바임에도 불구하고 기탄없이 청국 사절의 탐람(貪婪)을 척결하는 부분이나, 또한 분야(分野)의 설 (說)을 국사(國史)에 징(徵)하고 조선과 일본을 중국에 비하면 작다고 하더라도 하늘에서 그것을 보면 오십보백보일 뿐이라 논단하는 부 분 등이 그러하다. 생각건대 탁월한 식견을 토로한 것이라 생각하며 또한 이는 조선고서 중에서 찾아볼 수 없는 본서의 권위라 할 것이다.

其他、西洋人考、安南漂流記、異國貿易船の漂着等の記事は、當時の 朝鮮民人の眼に映じたる西洋人の狀貌を、今尙彷佛として目前に睹る如 き詳密を悉してゐる點に於て、本書は亦世間に有り觸れざる珍書とも云 へる。第三卷第四卷は、主として儒學詩文の論藪に涉つたものである が、又當時の朝鮮の禮樂文物を推敲するに足るべきものありと信ずる。 要之本書朝鮮人の迷信を破るべき快著である。但惜しむらくは、本著者 の如き識見を有するものすらも、丁卯の變に老僧の言を聽きしならば、 禍を轉じて福となし得たらんと追惜せる如き觀察を下せるは、如何に朝 鮮人が迷信の毒牙に惱まされつゝありしかを悲しむのである。

本書中、現代朝鮮を理解するに參考資料たるべき記事は悉く譯出 し、之れと關係なき學問上に涉れる著者獨特の識見は、省略したこと を諒とせられたい.

大正十二年二月

於東京茅盧 譯者 淸水鍵吉識

기타　서양인고(西洋人考)·안남표류기(安南漂流記)·이국무역선(異國貿易船)의 표착 등에 관한 기사(記事)는 당시 조선인민의 눈에 비친 서양인의 상모(狀貌)를 지금도 여전히 눈앞에서 보는 것처럼 상밀(詳密)함을 갖추고 있는 점에서 본서는 또한 세간에서 흔히 접할 수 없는 진서(珍書)라고도 할 수 있다. 제3권, 제4권은 주로 유학 시문(詩文)을 논핵(論覈)한 것인데, 또 당시 조선의 예악 문물을 퇴고(推敲)하기에 충분하다고 믿는다. 요컨대 본서는 조선인의 미신을 타파할 만한 쾌저이다. 다만 아쉬운 것은 본 저자와 같은 식견을 갖춘 이조차도 정묘(丁卯)의 변(變, 정묘호란)에 노승(老僧)의 말을 들었다면 전화위복을 얻었으리라고 추석(追惜)하는 것과 같이 관찰한 것은 얼마나 조선인이 미신의 독아(毒牙)에 괴로워하고 있는지를 알 수 있는 부분이라 슬픈 생각이 든다.

본서 가운데 현대 조선을 이해함에 참고자료로 삼을 만한 기사는 모두 역출했고, 그것과 관계없는 학문상에 걸친 저자의 독특한 식견은 생략한 점을 양해해주었으면 한다.

다이쇼 12년(1923) 2월
동경 모로(茅廬)에서 역자 시미즈 겐키치

[16] 〈숙향전〉 서문
清水鍵吉, 「淑香傳譯出について」, 『鮮滿叢書』 8, 自由討究社, 1923.

시미즈 겐키치(清水鍵吉)

淑香傳譯出について
<숙향전>을 번역·출판하는 것에 대하여

　下界は今、大層紊れている。天地の繊維は斷れた相である。親は子を養はない、子は親を敬はない、夫は妻を虐待する、妻は夫を輕侮する。無告の窮人は道路に泣き、倫常は破れ、道義は頹れて了つた。如何に天地の大道を説き聞かせても、下界の耳には這入らない。天帝は、下界の者共が、餘りに聾であり、盲目であり、橫恣なのを悲しまれて、誠敬貞淑の佳人と、道德堅固の貴公子を人間界に謫下し、凡ゆる艱苦を嘗めさせ、限りなき傷感の情を味はせ、之に天臺麻姑の老嫗、靈異の金龜、靑鳥、黃犬を配して九死に一生を得せしめ、誠は遂に天に通じて、鴛鴦の契り睦ましく、一家一門の光栄を荷ふて幸福なる生活を享受し、再び天上に還つたと云ふのが本書の筋である。

　本書は、ただ之を一篇の小説として讀了するは余りに心なき業である。淑香が天に冤訴し、地に號泣せる哀切の情は、心なくしては読過できない。相思の情、逢別の恨み、綿々として盡きぬ思ひは血を吐くやうである。しかも一語弄褻の言に及んでいない。痛切、哭切、唯夫れ心の奥底より湧き出づる至情の言葉である。其間一語の戯談を挟むを許さぬ崇高嚴肅な裸に、離愁の哀怨に堪え難き珠い涙が通つてい

る。本書の著者は、淑香の口より発する辭句に最も重きを置き、洗練に洗練を加へた跡があるので、譯者も亦其の意を失はざらんことに力めたが、拙き訳述の原意に副はざるかを遺憾とするのである。

大正十二年二月

於東京 訳者 清水鍵吉識

　인간세계는 지금 몹시 어지럽다. 천지의 섬유(纖維)는 끊어진 상태이다. 부모는 자녀를 부양하지 않고, 자녀는 부모를 공경하지 않으며, 남편은 부인을 학대하고, 부인은 남편을 업신여긴다. 무고한 궁인(窮人)은 도로에서 울고 있으며, 사람으로서 지켜야 할 도리는 깨졌고, 도의는 무너져 버렸다. 아무리 천지의 대도를 설명하여 들려준다고 하더라도 하계의 사람들 귀에는 들리지 않는다. 천제(天帝)는 하계의 사람들이 너무나 귀머거리이고 눈이 멀었으며 횡포하고 방자한 것을 슬퍼하여 성경(誠敬)하고 정숙한 가인(佳人)과 도덕이 견고한 귀공자를 인간계에 내리시어 온갖 간고(艱苦)를 겪게 하였으며 끊임없는 슬픔의 정을 맛보게 하였다. 이에 천대마고(天臺麻姑)의 노구(老嫗), 영이(靈異)한 남생이, 청조(青鳥), 황견(黃犬)을 배치하여 구사일생으로 살아남게 하였는데, 실은 마침내 하늘에 통하여 화목한 원앙의 약속과 함께 일가(一家) 일문(一門)의 광영으로 행복한 생활을 누리다가 재차 천상에 돌아갔다는 것이 이 책의 줄거리이다.

　이 책은 그냥 이것을 한 편의 소설로 읽고 마는 것은 너무나 생각이 모자란 행동이다. 숙향(淑香)이 하늘에 억울함을 호소하고, 지상

409

에서 소리 높여 목 놓아 우는 애절한 마음은 인정 없이 읽을 수가 없
다. 상사(相思)의 정, 만나고 헤어지는 한(恨), 면면히 이어지는 생각
은 피를 토하는 듯하다. 게다가 한 마디도 희롱하는 말로 더럽히지
않는다. 통절(痛切)과 곡절(哭切)은 오직 그 마음 깊은 곳에서 솟아오
르는 진심에서 우러나오는 말이다. 그 사이에 농담 한 마디를 끼어
넣는 것을 허락하지 않는 숭고하고 엄숙한 내용에 헤어지는 시름을
슬퍼하고 원망하는 참을 수 없는 붉은 눈물이 흘러내린다. 이 책의
저자는 숙향의 입에서 나오는 말들에 가장 중점을 두고 세련함을 더
한 흔적이 있기에 번역자도 또한 그 뜻을 잃지 않으려고 힘썼지만 미
치지 못하고 역술의 원래 뜻에 부합하지 못하는 것을 유감스럽게 생
각한다.

다이쇼 12년(1923) 2월
동경에서 번역자 시미즈 겐키치적다.

[17] 『파수록』 서문
「はしがき」, 『鮮滿叢書』10, 自由討究社, 1923.

　朝鮮の野談集としては於干野談、青邱野談、選諺篇、五百年奇譚な
と、いろいろのものがある。いづれも夫れぞれに面白い讀みものであ
るが、罷睡錄は、ねむけさましと云つた風の、輕い一口噺が、つづ
り、あつめられたもの、こうした卑近なものゝ方が、堅固しい古史古
書よりも民情里俗を知るに却つて早道だとも思はれる。隨分と猥雜な

記事が無いでも無いが、朝鮮の民族心性を解する上からいへば、罷睡錄の撿討ぐらゐではまだ膚髪を擦過した程度で、表皮一枚の觀察である。我我はモツトモツト深刻に、朝鮮人の實生活の裏を透視せねばならない。阿片、コカイン、モルヒネを好んで嗜用する者の多い朝鮮人の日常の生活においては飮食にも生殖にも、我等の想像以外の事が多い。併しこれはおのづから別方面の觀察と撿討に讓らねばならない。野談の中に顯はれて來る『貞操』の觀念は、餘ほど興味のあるもので、絶對的な貞操の純潔といふことは、朝鮮にはあまり重んぜられなかつたといふの外はない。之は、女性の人格尊重を基底とする高尙優美なる戀愛の情操が輕んぜられて、女性を物格視した根本の病弊から來て居るものと思はれる。又『復讐』の行爲が陰忍刻苦の上、極めて執拗殘酷な手段方法を擇ぶことも併せて一考の價値があると思ふ。

조선의 야담집으로는 『어우야담(於于野談)』, 『청구야담(靑邱野談)』, 『선언편(選諺篇)』, 『오백년기담(五百年奇譚)』 등 여러 가지가 있다. 어느 것이나 각각 재미있는 읽을거리인데 『파수록(罷睡錄)』은 '잠을 깨운다'는 풍의 가벼운 이야기를 짓거나 모은 것이다. 이러한 비근한 것이 딱딱한 고사나 고서보다 민정(民情), 이속(里俗)을 아는 데 도리어 빠른 길이라고도 생각된다. 꽤나 외잡(猥雜)스런 기사(記事)가 없지 않지만 조선민족의 심성을 이해한다는 점에서 보자면 『파수록』을 검토하는 정도로는 아직 부발(膚髪)을 찰과(擦過)하는 수준으로 표피(表皮) 한 장에 불과한 관찰이다. 우리는 조금 더 심각하게 조선인의 실생활의 내면을 투시해야 한다. 아편·코카인·모르핀을 좋아하여 기용(嗜用)하는 자가 많은 조선인의 일상생활에서는 음식이든 생식(生殖)이든 우리가 상상하지 못하는 일이 많다. 다만 이것은 자연스레 다른 방면의 관찰과 검토에 양보할 수밖에 없다. 야담 속에 드러난 '정조' 관념은 꽤 흥미로운 것으로 절대적인 정조의 순결이란 조선에서 그다지 중시되지 않았다고 해야겠다. 그것은 여성의 인격존중을 기저로 하는 고상 우미한 연애 정조를 경시하고 여성을 물격시하는 근본적인 병폐에서 온 것으로 생각된다. 또한 '복수' 행위가 음인(陰忍) 각고(刻苦)한 데다 매우 집요하고 혹독한 수단방법을 택하는 것도 아울러 일고(一考)의 가치가 있다고 생각한다.

罷睡錄は、平岩老兄の輕妙な筆で、殆んと朝鮮の匂ひの全く無くなつて居るほど、鮮やかに、內地文語に譯された。こゝに同君の勞を感謝する。勿論百頁內外の一小篇であるが、讀み方、觀やうの如何に依つては、そこに朝鮮民族心性がまざ＜と讀まれ得る。罷睡錄以外のものは、近頃、眼疾もやゝ怠つて翳膜もうすれたので、小閑を見て自分で、譯出したいと思つて居る。更に、野談と民族性の關係は、上記各種野談の譯述を了つた上で、詳しい評論を書くつもりで居る。

大正十二年五月廿日 編者

『파수록』은 히라이와(平岩) 노형(老兄)의 경묘(輕妙)한 붓으로 거의 조선의 냄새가 전혀 나지 않을 만큼 선명하게 일본 문어(文語)로 번역되었다. 여기에 동군(同君)의 노고를 감사한다. 물론 100쪽 내외의 한 소편(小篇)이기는 하지만 독법이나 관법(觀法) 여하에 따라서는 거기서 조선민족의 심성을 뚜렷하게 읽어낼 수 있다. 『파수록』이외의 것은 요즈음 안질(眼疾)도 조금 좋아졌고 예막(瞖膜)도 덜해졌으므로 소한(小閑)을 보아 나 스스로 역출하고 싶은 생각이 있다. 또한 야담과 민족성의 관계는 상기(上記) 각종 야담의 역술을 마친 뒤에 자세한 평론을 쓸 작정이다.

다이쇼 12년(1923) 5월 20일 편자

제2장

한국의 고소설을 통해
조선인의 민족성을 논하다

- 경성제국대학 교수 다카하시 도루, 「조선문학연구 - 조선의 소설」(1927)

高橋亨, 「朝鮮文學硏究-朝鮮の小說」, 『日本文學講座』15, 東京: 新潮社, 1927.

다카하시 도루(高橋亨)

▌해제▌

    다카하시 도루(高橋亨, 1878~1967)의 「조선문학연구-조선소설」은 그가 경성제국대학 법문학부 조선어학조선문학강좌 교수로 취임한 다음 해인 1927년에 발표된 글이자, 『일본문학강좌』(1927/1932)에 수록된 논문이다. 다카하시가 이 논문을 쓴 목적은 첫째, "현대일본 및 서양의 문학의 영향을 받지 않은 시대의 조선인"의 소설 중 "대표적으로 간주할 만한 23개 작품의" 얼개를 쓰고, 조선에서 소설이 지닌 대체적인 개념을 설명하는 것이다. 둘째, 비단 '소설'이란 장르에 제한되지 않고, "조선문학" 전반에 현저하게 "나타난 조선의 민족성"에 관하여 말하고자 했다. 여기서 조선의 민족성은 "조선과 일본의 차이를 발견하고 서술하면서 구성해나갈 과제"인 동시에 "일본의 자명한 자기동일성을 확인하는 방법"이었다.

논문의 요지를 정리해보면 다음과 같다. 1절에서는 광의의 맥락에서 바라본 조선문학 속에 담긴 조선 민족성인 '문화적 고착성'과 '문화적 종속성'에 관하여 기술한다. 2-3절에서는 조선문학에서 순문학이 지닌 미비한 위상과 '발달'하지 못한 원인 (한시문-2절/소설-3절)을 말하고, 4절에서는 고소설들을 10개의 주제로 유형화하여 개괄한 후, 3편의 대표작—「춘향전」, 「심청전」, 「홍길동전」을 엄선하여 그 줄거리를 번역·소개했다. 이러한 「조선문학연구」의 논리전개양상은 "문화적 고착성, 문화적 종속성"이라는 조선의 민족성을 조선의 순문학 연구를 통해 논증하는 것이다. 즉, 2~4절은 1절에 대한 논증이며 그 논리적 근거는 조선문학에서 차지하는 순문학의 미비한 위상과 그에 상응하는 열등한 조선 소설의 작품성이었다.

다카하시 도루는 그의 논문에서 조선의 문헌 전반을 포괄하는 광의의 문학개념을 적용했다. 하지만 '문화적 고착'과 '문화적 종속'이라는 두 층위의 조선 민족성을 규명할 때, 그는 이 문학개념을 동일하게 적용시키지는 않았다. 실제로 그가 문학개념을 적용시킨 지점은 중국에 대한 조선의 '문화적 종속'을 규명하려고 할 때였다. 그리고 광의의 문학개념을 구성하는 순문학이란 작은 층위야말로 보편자의 위치에 놓이며, 조선의 문화적 독창성을 '결여'로 규정하는 기준이었다. 물론 이러한 한국문학부재론의 논리는 다카하시만의 논리는 아니었다. 그렇지만 외국인들의 19세기말부터 20세기초까지의 고소설에 관한 담론과 대비시켜 보면, 다카하시가 자신의 논문에서 보여준 조선 고소설의 구조와 윤곽 그리고 유형화의 양상은 조선총독부의 한적 정리사업과 활자본 고소설의 출현이라는 기반이 맞닿아 있었다. 그럼에도 '문화의 고착'·'문화의 종속'이라는 조선 민족성 담론은 그의 작품선정에서 한문본을 중심에 놓는 논리로 작동하고 있었다. 그리고 1910년대 고소설이 활자본 고소설이라는 형태로 출판되고 신문이라는 근대의 인쇄매체를 통해 폭넓은 독자층에게 향유되는 새로운 양상은 당시에 출현했던 근대문학과 함께 다카하시에게는 동일한 침묵의 대상이었을 뿐이다.

┃ 참고문헌 ────────

구인모, 「조선연구의 발산과 수렴의 교차점으로서 민족성 연구」, 『한국문학연구』 38, 2010.

박광현, 「다카하시 도오루와 경성제대 '조선문학' 강좌—'조선문학' 연구자로서의 자기 동일화 과정을 중심으로」, 『한국문화』 40, 2007.

이상현, 『묻혀진 한국문학사의 사각, 외국인의 언어—문헌학과 조선후기-식민지 언어문화의 생태』, 박문사, 2017.

이상현, 『한국 고전번역가의 초상, 게일의 고전학 담론과 고소설 번역의 지평』, 소명출판, 2013.

이상현, 김채현, 「경성제국대학의 한국문학사 기획과 그 자료적 얼개-다카하시 도루(高橋亨)·김태준(金台俊), 「李朝文學史의 硏究」 (1938~1941)에 대하여」, 『우리문학연구』 53, 2017.

이상현, 류충희, 「다카하시 조선문학론의 근대학술사적 함의」, 『일본문화연구』 40, 2012.

이윤석, 「김태준 『조선소설사』 검토」, 『동방학지』 161, 2013.

이윤석, 「다카하시 토오루[高橋亨]의 경성제국대학 강의노트 내용과
　　　의의」, 『동방학지』 177, 2016.
이윤석, 「홍길동전 작자 논의의 계보」, 『열상고전연구』 36, 2012.
이윤석, 「식민지 시기 다섯 명의 조선학 연구자」, 『연민학지』 22, 2014.
전상욱, 허찬, 「초기 <춘향전> 연구의 한 양상-김종무의 「아관춘향전」
　　　에 대하여」, 『열상고전연구』 57, 2017.
정출헌, 「근대전환기 '소설'의 발견과 『조선소설사』의 탄생」, 『한국문
　　　학연구』 52, 2016.

一. 朝鮮文學に現はれた民族性
1. 조선문학에 나타난 민족성

　私は此に、まだ現代日本及西洋の文學の影響を受けない時代の朝鮮
人によりて書かれたる小説(脚本をも含む)の代表的と視做すべきものゝ
二三の梗概をものし、同時に朝鮮に行はれた小説といふものゝ大體の
概念をも説明してみたいと思ふ。其の前に、これも矢張現代日本及西
洋の文學の影響を受けない時代の朝鮮文學を主とし、更に風俗習慣等
に現はれた朝鮮の民族性の其の特に顯著なるものに就いて一言してみ
たいと思ふ。これは我々日本人と比較對照して觀察する場合に特に著
しく感識せらるゝもので、我々が朝鮮文學乃至朝鮮の文化一般の研究
に手を染める時に先づ最初に我々の氣付く所のものである。

　　나는 여기서 현대 일본 및 서양 문학의 영향을 아직 받지 않은 시
대의 조선인에 의해 작성된 소설(각본도 포함한다) 중에서 대표적으
로 간주할 만한 23개 작품의 대략적인 내용을 적고 동시에 조선에서

작성된 소설이라는 것의 대체적인 개념을 설명해 보고자 한다. 그
전에 이것도 역시 현대 일본 및 서양 문학의 영향을 받지 않은 시대
의 조선 문학을 주로 삼아 더욱이 풍속 습관 등에 나타난 조선의 민
족성[1] 중에서 특히 두드러진 것에 대해서 한 마디 해 보고자 한다. 이
것은 우리 일본인과 비교대조해서 관찰하는 경우에 특히 뚜렷하게
알 수 있는 것으로 우리가 조선 문학 혹은 조선 문화의 일반적인 연
구에 착수할 때 가장 먼저 우리가 알아차릴 수 있는 점이다.

朝鮮の文學と言へば、今では私は最も之を廣義に取扱つてゐる。卽
ち現代日本及西洋の文學の影響を受くるに至つた前に於ける朝鮮人の
ものした一切の文學的産物を此中に包含せしめて考へてゐる。詩文歌
謠の純文學は固より、古來朝鮮人の思想信仰を表し傳へた所の儒學及
佛敎に關する諸著述、朝鮮人の理想的生活や當時の時代相を描き表し
た物語稗史小說の類、是等を總べて引きくるめて朝鮮文學と稱してゐ
る、從て今の私の取扱ひつゝある朝鮮文學なるものは、將來其の研究
の進むに從て色々の分化的可能性を孕んでゐるものである。卽ち朝鮮
人の遺した文獻がもつと多種多樣に發見せられ、又朝鮮語を通しての
郷土的研究の開くるに從て、朝鮮の宗敎の研究は一の分科的成立をな

---

1 여기서 다카하시가 논하는 조선민족성은 이전 그의 저술로부터 이미 마련되어
있었다. 그는 과거 "사상의 고착성·사상의 무창견(無創見)·무사태평·문약(文
弱)·당파심·형식주의"(高橋亨, 『朝鮮の俚諺集附物語』京城 : 日韓書房1914), "사
상의 고착·사상의 종속·형식주의·당파심·문약·심미 관념의 결핍·공사의 혼동·
관용과 위엄·순종·낙관성"(高橋亨, 『朝鮮人』, 1921)이라 열거했던 특징들이었
다. 다카하시는 『조선인』의 「보론 여론(餘論)」에서, 이미 이 특징들 중 '사상의
고착', '사상의 종속'을 "사대주의"라 규정하며 "조선인의 가장 근본적인 두 가
지 특성"이라고 규정했다. 이것이 문화의 종속성, 고착성이라고 다카하시의 논
문에서 규정된 조선 민족성 담론의 원형이다.

すであらうし、支那や印度、西藏、蒙古、滿洲、日本のそれとも比較
研究が科學的に進步すれば、朝鮮の傳說、物語其他土俗の研究も一の
立派な分科となるであらう。

　　조선문학이라고 하면 지금 나는 그것을 넓은 의미로 다루고 있다.
즉 현대 일본 및 서양 문학의 영향을 받기 전에 조선인이 작성한 모
든 문학적 산물을 그 안에 포함시켜서 생각하고 있다. 시문 가요와
같은 순문학은 말할 것도 없이 예로부터 조선인의 사상 및 신앙이 드
러나 있는 유학 및 불교에 관한 여러 저술, 조선인의 사상적 생활과
당시의 시대상을 나타낸 이야기와 야사, 소설류, 이것들을 모두 통
틀어서 조선 문학이라고 칭하고 있다. 따라서 지금 내가 다루고 있
는 조선 문학이라는 것은 장래 그 연구가 진척됨에 따라 여러 가지
분화(分化)적 가능성을 내포하고 있는 것이다. 즉 조선인이 남긴 문
헌이 더욱 다양하게 발견되고, 또한 조선어를 통한 향토적 연구가
열리게 됨에 따라 조선의 종교 연구는 하나의 분과(分科)적 성립을
이룰 것이며 지나와 인도, 서장(西藏, 티벳), 몽고, 만주, 일본의 그것
과도 비교연구가 과학적으로 진보하면 조선의 전설과 이야기 그 밖
의 토속적인 연구도 하나의 훌륭한 분과가 될 것이다.

　今朝鮮文學を朝鮮人の思想及信仰を傳ふるといふ方面を主とし、卽
ち其の詩文、小說、儒學及佛敎其の他諸種の宗敎を通觀し、倂せて制
度、慣習、風俗を參看すると、其の顯著なる民族性として、第一に强
度の文化的固着性を有して、長く久して其の思想及信仰の內容を變更
せざらんとすることゝ、第二に政治的方面に於けるより以上に支那の

419

文化に隷屬してゐた文化的從屬性の强度、換言すれば文化的獨創性の缺如である。

　　　지금 조선 문학을 조선인의 사상 및 신앙을 전달하는 방편으로 삼아, 즉 그 시문과 소설, 유학 및 불교 그 밖의 여러 종류의 종교를 총괄적으로 살펴보고 아울러 제도와 관습 그리고 풍속을 참조하여 보면 그 두드러진 민족성이라는 것은, 첫째는 강도 높은 문화적 고착성을 가지고 있으며, 오랫동안 그 사상 및 신앙의 내용을 변경하지 않으려고 한다는 것이며, 둘째는 정치적 방면에서 생각보다 많이 지나(중국)의 문화에 예속되어 있는 문화적 종속성의 강도, 즉 문화적 독창성의 결여라는 것이다.

　文化的固着性といふのは、彼等が一度其の思想若くは信仰の内容として取り容れた所の觀念又は教理は、其後如何に時間は經過し、時代は變つても、容易に之を他のものに變更せんとはせない性質を謂ふのである。卽ち彼等は一旦其の精神內部に打立てた所の思想信仰上の權威は、如何なることがありても之を他のものと取換へることを承認せざらんとするのである。而して此を思想及信仰上の權威として認容する當初の動機の如何は格別其の永續的支配權に向て問題とはならないのである。或は從來朝鮮になかりし所のもの、突如新に輸入せられて思想及信仰界を占領するに至つたこともあり、或は政治的勸力によりて之を受取るべく强制せられたものもあり、或は當代若くは上代の秀でたる學者の思想乃至言行より出でゝ廣く一般國民の思想信仰として公認するに至つたものもある。

문화적 고착성이라는 것은 그들이 일단 그 사상 혹은 신앙의 내용으로 받아들인 것의 관념 또는 교리가 그 후 아무리 시간이 경과하고 시대가 변하더라도 용이하게 그것을 다른 것으로 변경하고자 하지 않는 성질을 말하는 것이다. 즉 그들이 일단 그 정신 내부에 확립한 사상 및 신앙상의 권위는 어떠한 일이 있다하더라도 그것을 다른 것과 바꾸는 것을 승인하지 않으려고 하는 것이다. 그리하여 이것을 사상 및 신앙상의 권위로서 인정하고 받아들인 당초의 동기여부는 각별하지만 그 영속적 지배권에서는 문제가 되지 않을 것이다. 어떤 것은 지금까지 조선에는 없던 것으로 갑자기 새롭게 수입되어진 사상 및 신앙계를 점령하기에 이른 것도 있으며, 어떤 것은 정치적 권력에 의해서 마땅히 그것을 받아들어야 한다고 강요당한 것도 있으며, 어떤 것은 당대 혹은 상대(上代)의 뛰어난 학자의 사상 혹은 언행에서 나와서 널리 일반 국민의 사상 및 신앙으로서 공인되기에 이른 것도 있다.

何れにもせよ、一旦其の思想及信仰の內容として取容れた觀念や敎理は、其の後に至り之と相容れない別種の觀念や敎理が將來せられ又は唱出さるゝことがあつても、中々容易に新しき物に向て移行かんとはせないのである。世に新奇を好む所の多くの國民があるが、朝鮮人は新舊二つの思潮や敎へが彼等の前に展開して與へられたる場合に、其の學的比較批判をなす前に、先づ舊きが故により善しと考へたい國民性を有してゐるのである。勿論若し西洋人東洋人と大まかに分類して支那人、朝鮮人、日本人を以て東洋人となすときは、東洋人は大體に於て西洋人に比較して保守的であり、舊思想舊信仰に戀々として固

着せんとすることは疑ない。支那の梁漱溟氏は其の著東西文化及其哲學に於て西洋、支那、印度三文化の特質を最綜合的に敍述して、西洋文化は何處までも人間意欲の向前滿足を要求するを以て其の根本精神となし、支那の文化は人間が其の精神内部の狀態に於て其の意欲の滿足を求むるを以て根本精神となし、印度の文化は人間の意欲其物を滅却せしむるを以て根本精神となすと云つてゐる。卽ち支那を以て代表する東洋文化の特色は、意欲の滿足を外物によりて求めんとせず。飜りて我が情志の平靜和澹の裡に向て求める。自然を征服せんとせずして、自然と同化して自得する中に欲望の滿足を濟さんとするに在る。漱溟の批判は一隻眼を具へてゐる。實に是點は東西文化の相違の根蒂をなす一つで、物質文明が西洋に榮え、精神文明が東洋に重注せらるゝ所以も此に在る。斯くて支那人も外界に於ける不便不自由をば、其の外界を征服して意欲の儘に變更せしむる事によりて之を除去せんとは考へず、じつと耐へて終に其の不便不自由に同化する樣の精神狀態を修養に依りて產出せんとする。是に於てか意欲の取扱方が西洋人と相違することになり、最廣き意味に於ける人生生活の樣式の變化推移を要求することが西洋人に比して甚微弱となる。從て政治組織社會組織の根本が一旦確定すると永久的にいつまでも之を其の儘維持保存する。政治組織社會組織の根本が一定不動なれば、其の組織に反逆する思想及信仰の唱導普及は抑へられるが故に、支那は春秋戰國時代に一度華やかであつた思想信仰の自由の花の野原は、其後再度復活せず或二三種の草花しか咲かぬことになつた。支那人も西洋人に比すれば成立思想や信仰に固着して中々容易に新しきに移行かんとはせない。

어쨌든 일단 그 사상 및 신앙의 내용으로서 받아들인 관념과 교리는 그 후에 이르러 이것과 맞지 않는 다른 종류의 관념과 교리가 초래되거나 또는 창출된 것이 있더라도 좀처럼 용이하게 새로운 것을 지향하여 이행하려고 하지 않는 것이다. 세상에는 새로운 것을 좋아하는 많은 국민이 있는데, 조선인은 신구(新舊)의 두 가지 사조(思潮)와 가르침이 그들 앞에 전개되는 경우에 그 학문적인 비교 및 비판을 하기 전에 우선 오래된 것이기 때문에 보다 좋다고 생각하는 국민성을 가지고 있는 것이다. 물론 혹시 서양인과 동양인을 대략 분류하여 지나인, 조선인, 일본인으로 동양인이라고 할 때는 동양인은 대체로 서양인에 비해서 보수적이며, 구사상 구신앙에 연연하여 고착하려고 하는 것은 의심할 여지가 없다. 지나의 양수명(梁漱溟) 씨는 그 저서『동서 문화 및 그 철학』에서 서양과 지나 그리고 인도 세 문화의 특질을 [다음과 같이]종합적으로 서술하고 있다. 서양문화는 어디까지나 인간의 의욕이 과거에 대해 만족을 요구하는 것을 그 근본정신으로 삼고, 지나의 문화는 인간이 그 정신 내부의 상태에서 그 의욕의 만족을 구하는 것을 근본정신으로 삼으며, 인도의 문화는 인간의 의욕이 그것을 덜어내려는 것을 근본정신으로 삼는다는 것이다. 즉 지나로 대표되는 동양문화의 특색은 의욕의 만족을 밖으로부터 구하려 하지 않고, 반대로 자신이 정지(情志)[2]를 평안하고 고요하게 하고 화목하고 조용하게 하는 마음을 구하고자 한다. 자연을 정복하려고도 하지 않고, 자연과 동화하여 스스로 얻는 중에 욕망을 만족시키려고 한다. 수명(漱溟)의 비판은 비범한 식견을 갖추고 있

---

2 정지(情志) : 칠정(七情:기쁨·노여움·근심·사려·슬픔·두려움·놀람)과 오지(五志: 기쁨·노여움·근심·사려·두려움)의 약칭이다.

다. 실로 그 점은 동서 문화가 다른 근거를 이루는 하나로 물질문명은 서양이 꽃을 피우고, 정신문명은 동양에서 중주(重注)되어지는 이유도 여기에 있다. 이러하여 지나인도 외부에서의 불편과 부자유를 그 외부를 정복하여 의욕대로 변경하고자 하는 것에 이것을 제거하려고 생각지 않고, 꾹 참고 마침내 그 불편과 부자유에 동화하려는 정신 상태를 수양에 의존해서 산출하려고 한다. 이러한 이유 때문일까? 의욕의 취급법이 서양인과 다르고, 가장 넓은 의미에서 인생 생활의 양식의 변화와 추이를 요구하는 것이 서양인에 배해서 매우 미약해진다. 따라서 정치조직과 사회조직의 근본이 일단 확정되면 영구적으로 언제까지나 이것을 그대로 유지 보존한다. 정치조직 및 사회조직의 근본이 일정하게 움직이지 않는다면 그 조직에 반역하는 사상 및 신앙을 창도(唱導)하고 보급하는 것은 억제할 수 없기에 지나는 춘춘 전국시대에 한 번 화려했던 사상 및 신앙이 꽃을 피운 이후 다시 부활하지 않고 2-3종의 풀꽃 밖에 피우지 못했다. 지나인도 서양인에 비하면 성립 사상과 신앙에 고착하여 좀처럼 용이하게 새로움에 이행하려고 하지 않는다.

文化的固着性は東洋文化の一特色と視做すことが出來るが、中に朝鮮は日本と同じく支那文化を輸入して以て其の國家社會を維持し來りつゝも、三國中でも其の文化的固着性に於て最強き國民であつた。

문화적 고착성은 동양 문화의 한 특색이라고 간주할 수 있는데, 그 중에서도 조선은 일본과 같이 지나 문화를 수입하여 그것으로 그 국가사회를 유지하면서도 삼국 중에서 그 문화적 고착성이 가장 강한 국민이었다.

　朝鮮の佛敎の歴史を觀るに、今の現在朝鮮佛敎の宗旨は先づ華嚴、禪の二宗と謂はなければならぬ。念佛も行はれては居るが此は寧ろ淨行と視做すべく淨土一向の宗義の上に成立ちてゐるとは考へられない。卽ち一般の僧侶は、敎宗に屬して華嚴宗によりて理事一枚の知解に進むか、或は禪宗に屬して溪聲山色に參して一大事を究明するかの二途の一つを取る。勿論敎宗より進んで更に唯心の消息を坐禪に探り、禪宗より入りて更に經論に知見を正すものもある。而して今の朝鮮佛敎に華嚴と禪宗の二宗が殘存するといふのは決して偶然ではなく長き深き歴史が存在する。新羅の法興王十四年(五二七)公行を許された佛敎は爾來新羅の國運の發展と共に昌え行き、唐に於けるあらゆる宗旨は將來せられ實に十二宗對立の盛觀を呈した。其後高麗に至りても佛敎は更に衰へず、文宗の王子大覺國師義天は渡宋して天台宗を錢塘の慈辯大師に受けて天台宗を打樹てた。斯かる全盛なりし佛敎も麗末僧侶出の辛旽が政權を乘り專擅を極めて終に失脚してから漸く國家より危險視せられて疎ぜらるゝに至り、一方大學を中心として崛起した朱子學が盛に哲學的攻擊を加ふると相須ちて、李朝に至りては國家の方針抑佛揚儒と確定し、國初□來太宗世宗と引續き辛辣にして果斷な排佛政策を實行した。其の內最も武斷なるは太宗世宗の宗旨の減廢であつた。高麗末李朝初には朝廷の公認した佛敎宗旨は十二宗あつたと思はれるが、政府は此は過多である、宗旨の多きは寺刹の多き所以、寺刹の多きは寺田の多く僧尼の多き所以であるとなし、太宗は命じて之を七宗に減じ、世宗は其の六年四月に至り更に禪宗と敎宗の單二宗

425

に減宗せしめた。太宗の七宗は之を五敎兩宗と稱して恐らく天台宗二派、禪宗一派、法相宗一派、律宗一派、華嚴宗一派、密敎一派の七宗であらうと思はれる。而して天台の一派、律宗、禪宗の三宗を合して禪宗となし、華嚴、法相、密敎、及天台の他の一派を合して敎宗□なしたのが世宗の減宗である。禪宗は勿論他宗を皆禪宗の儀式經典の下に倂合せしめたのであつて、敎宗に在りても華嚴宗以外の他宗の經典は國家の行ふ僧職の試驗に省くことになつた爲に、畢竟敎宗の他三宗は華嚴宗に倂合せられた結果となつた。斯くて世宗六年(一四二四)に一切佛敎宗旨を禪宗と華嚴宗の二宗に減宗せしめてから今日まで朝鮮佛敎は依然禪、華の二宗旨である。而して全佛敎を敎禪二大派に分ち、華嚴を以て敎を代表せしめ、六祖禪を以て禪を代表せしむる敎判は、實は新羅の三國統一頃の元曉、義相二大師が華嚴宗を以て最高敎義を說けるものとなした時に、既に朝鮮佛敎界に於て公認せられたものであつて、此の敎判の權威は爾後羅末に禪宗盛となり高麗に大覺國師が天台宗を打樹つるに及びても尙動搖を見ず、以て直ちに今日に及び、實に前後千二百年に互りて確乎として動かない佛敎觀である。之を支那日本に於る華嚴宗盛衰の歷史に對照して攷ふれば、如何に朝鮮人の思想信仰上の固着性の强固なるかを知ることが出來る。

조선의 불교의 역사를 보면 지금 현재 조선 불교의 종지(宗旨)는 우선 화엄(華嚴)과 선(禪)의 2종(宗)이라고 말할 수 있다. 염불도 행해지고는 있지만 이는 오히려 정행(淨行)이라고 간주할 만한 정토일향(淨土一向)의 교의상 성립되어 있다고는 생각하지 않는다. 즉 일반 승려는 종교에 속하여 화엄종에 의해서 이사(理事) 한 장의 깨달음으로 나아가던지, 혹은 선종에 속해서 계성산색(溪聲山色)에 참가하여 중대사를 구명하던지 하는 두 가지 길 중에서 하나를 취한다. 물론 종교로부터 출발하여 더욱이 유심(唯心)의 소식을 좌선에서 찾고, 선종으로 들어가 더욱이 경론(經論)에서 지견(知見)을 가다듬는 것도 있다. 그리하여 지금 조선 불교에 화엄과 선종의 2종(宗)이 잔존한다는 것은 결코 우연이 아니라 오래되고 깊은 역사가 존재한다. 신라의 법흥왕 14년(527) 공행(公行)을 허락받은 불교는 그때부터 신라의 국운의 발전과 함께 주창되었으며, 당(唐)의 모든 종지(宗旨)가 초래되어 실로 12종의 대립이 성관(盛觀)을 이루었다. 그 후 고려에 이르러서도 불교는 쇠퇴해지지 않고, 문종의 왕자 대각국사 의천(義天)은 송(宋)으로 건너가 천태종을 전당(錢塘)의 자변대사(慈辯大師)에게 받아들여 천태종을 확립했다. 이러한 전성기를 맞이한 불교도 여말 승려 출신인 신순(辛旽)이 정권을 취하여 독단적으로 행동하다가 끝내 실각하고 나서 차츰 국가로부터 위험시되어 멀어지게 되었다. 한편 대학(大學)을 중심으로 굴기(崛起)한 주자학(朱子學)이 왕성하게 철학적 공격을 가하는 것과 연관되어, 이조에 이르러서는 국가의 방침을 억불양유(抑佛揚儒)로 확정하고, 건국 초 태종부터 세종까지 계속해서 신랄하게 하여 주저하지 않고 배불정책(排佛政策)을 실행했다. 그 중 가장 독단적인 것은 태종과 세종이 종지(宗旨)를 멸폐(滅廢)시킨 것이었다. 고려말 이조초 조정이 공인한 불교 종지는 12종 있었는데, 정부는 이것은 과다(過多)하다고 하였다. 종지가 많으니 사찰이 많고, 사찰이 많으니 사전(寺田)이 많으며, 승니(僧尼)가 많다. 이러한 이유로 태종은 이것을 7종으로 하였고, 세종은 그 6년 4월에 이르러 선종(禪宗)과 교종(敎宗)의 단 2종으로 만들었다. 태종의 7종은 이것을 오교양종(五敎兩宗)으로 칭하였는데, 필시 천태종 두 파와 선종 한 파, 법상종(法相宗) 한 파, 율종(律宗) 한 파, 화엄종 한 파, 밀교 한 파와 같은 7종이라고 생각된다. 그리하여 천태의 한 파와 율종 그리고 선종의 3종을 합쳐서 선정이라고 하고, 화엄, 법상, 밀교, 천대의 다른 한파를 합쳐서 교종이라고 한 것이 세종의 멸종(滅宗)이다. 선종은 물론 타종(他宗)을 모두 선종의 의식 경전하에 병합시켰는데, 교종에 있어서도 화엄종 이외의 타종의 경전은 국가가 행하는 승직(僧職)의 시험에서 생략하게 되었기 때문에 교종의 다른 3종은 화엄종에 병합되는 결과가 되었다. 이리하여 세종 6년(1424)에 모든 불교 종지를 선종과 화엄종의 2종으로 멸종시킨 이래 지금까지 조선 불교는 여전히 선과 화의 두 종지이다. 그리하여 모든 불교를 교종과 선종 이대파(二大派)로 나누고, 화엄을 교(敎)의 대표로 하고, 육조선(禪)을 선의 대표로 하는 교판(敎判)은 실은 신라의 삼국통일 무렵의 원효(元曉)와 의상(義相) 두 대사가 화엄종으로 최고의 교의를 설명할 수 있다고 했을 때, 이미 조선불교계에서 공인된 것으로 이 교판의 권위는 그 후 고려 말에 선종(禪宗)이 번성하였고, 고려에 대각국사가 천태종을 확립하기에 이르러서도 또한 요동을 보이지 않았는데, 바로 이 때문에 오늘날에 이르러 실로 전후 1200년에 걸쳐서 확호(確乎)하게움직이지 않는 불교관이 되었다. 이것을 지나 및 일본에서의 화엄종의 성쇠에 대한 역사와 대조해서 생각해보면, 얼마나 조선의 사상 및 신앙상의 고착성이 확고한 것인가를 알 수 있다.

次に之を儒學に觀るに、新羅と高麗の初中期に在りては漢學はすべて訓詁詞章の學に外ならなかつたのであるが、高麗忠烈王の廿七年(一

三〇一)安珦(李朝では文宗の諱を避けて裕と呼ぶ)が初めて燕都に於て
朱子の書を獲、其の三月之を開城に將來し、堯舜禹湯孔孟以來の聖學
の本旨全く此に在りとなし、乃ち朱子學を唱道し、之を高麗の太學に
講ずるに及びて所謂道學なるもの朝鮮に講ぜられ朱子の學を以て官學
と立つるに至つた。爾來六百餘年現在まで朱子學以外の學派の興るを
見ない。支那に於ては、宋に陸象山あり、明に王陽明あり、顏李氏あ
り、清朝に至りては文字學あり、攷證學あり、史學あり、日本に於て
も、王氏學あり、古學あり、古文辭學あり、折衷學あり、攷證學あ
り。たとひ幕府の官學に於ては朱子學を樹てゝも學者の研究は決して
一朱子派に局限せない。朝鮮には、是等朱子學以外の學派の著書の其
時々に輸入せらるゝことはあつても、若干の學者は之を讀みて其の朱
子學と相違する點を指摘して以て異學にして不要學底となすに過ぎな
い。若し又學派替をなす如き者あれば同時に彼は官吏、學者、儒者と
しての生命の終局を覺悟せねばならぬ。されば朝鮮の儒學史に在りて
の論爭は、主理說と主氣說、理氣平行說の議論を源頭として李退溪派
と李栗谷派の四七論爭、卽ち孟子の惻隱、羞惡、辭讓、是非、四端を
以て人心中の理の部分の發動であり、喜、怒、哀、樂、愛 惡、欲、七
情を以て人心中の氣の部分の發動であり、約言すれば人心中に於て理
と氣とは互に個別的に發動するものであると觀る李退溪派と、理と氣
との互發を認めず、如何なる人心の作用も悉く理氣の共發にして二者
の合同作用ならざるはあらずと簡單明瞭に理氣の常住同在同用を主張
する李栗谷派の永き永き論爭も、宋尤菴の孫弟子韓南塘と李巍岩との
人と物と其性の根本相同じきか否か、人は本性として仁義禮智信卽ち
五行の德を具備してゐるが、物も亦同樣に先天性としては五常を具備

してゐると考へる李巍岩派と、人と物とは其の先天本性に於て己に異なり、物は決して五常の德を具有せずとなす韓南塘派との人物性論の激烈にして長き論爭も、畢竟程朱殊に朱子の說の範圍內に於る見解の相違上の論爭であつて、若し朱子其人に目のあたり質問することを得さへすれば卽座に決著すべき簡單の性質であつた。朝鮮の儒學界並に政治界の特色となすべき禮論、卽ち如何なる場合に如何なる禮を用ふべきかの議論は、其の眞劍さと其の頻繁さとに於て驚くべきものであるが、これ亦畢竟兩造の禮論の根據は朱子家禮であつて、朱子家禮の應用に於ける意見の相違が此の幾千人の血潮を流さしめ、幾十回の走馬燈の如き政黨の一起一倒を將來したのである。實に朝鮮の如く長年月の間一學派に滿足して他學派の輸入唱道を許さなかつた所の民族は、世界思想史上稀觀と謂はなければならぬ。言はば或る思想や信仰が朝鮮に入來りて一度民族を支配するに至ると、容易に學的存在の意義を失ひ、內容の批評的考察を試みんとする者は出なくなつて、單に權威ある形式として民族の思想信仰を支配し、宗門の儀式同樣の働きをなすに至るのである。而して多くの朝鮮の學者は之を以て朝鮮の學術の醇正寧ろ支那に軼ぐろものありと誇をなすが、獨り宣祖朝の文臣張谿谷は之を以て朝鮮民族の氣力の薄きの致す所となし、地力の盛なる田地には稗も雜草も生じつゝも稲の苗は苗として生長するに、磽确瘠土の田は苗枯槁して伸びず、同時に他雜草の發生する餘力を存しないと言つてゐる。

　다음으로 이것을 유학에서 보건대, 신라와 고려의 초·중기에서 한학은 모두 훈고사장(訓詁詞章)의 학(學) 그 이상도 그 이하도 아니었다. 하지만 고려 충렬왕 27년(1301) 안향(이조에서는 문종의 휘(諱)를 피하고자 유(裕)라고 부름)이 처음으로 연도(燕都)에서 주자의 책을 얻어, 그 3월에 이것을 개성(開城)에 가지고 와서 요순우탕공맹(堯舜禹湯孔孟) 이래의 성학(聖學)들이 본지(本旨)가 전적으로 이곳에 있다고 하여, 곧 주자학을 창도(唱導)하고 이것을 고려의 태학(太學)에서 강의하기에 이르고, 소위 도학(道學)이라는 것을 조선에서 강의하여 주자의 학문으로 관학(官學)을 세우기에 이르렀다. 그 후 600여년 현재까지 주자학 이외의 학파가 흥하는 것을 보지 못했다. 지나에서는 송에 육상산(陸象山)이 있고, 명에 왕양명(王陽明)과 안이(顔李)씨가 있으며, 청조에 이르러서는 문자학(文字學)과 고증학(攷證學), 사학(史學)이 있고, 일본에서도 왕씨학(王氏學)과 고학(古學), 고문사학(古文史學), 절충학(折衷學), 그리고 고증학(攷證學)이 있다. 가령 막부(幕府)의 관학에서는 주자학을 세우더라도 학자의 연구는 결코 주자파 하나에 국한되지 않았다. 조선에는 이러한 주자학 이외의 학파의 저서를 그 때마다 수입하기는 하였지만, 몇 명의 학자들이 이것을 읽고 주자학과 다른 점을 지적하여 이로써 이학(異學)으로 삼고 불필요한 학문이라고 함에 지나지 않았다. 만약 또한 학파를 바꾸는 자가 있다면 동시에 그는 관리, 학자, 유자로서의 생명이 마지막이라는 각오를 하지 않으면 안 된다. 그러하다면 조선의 유학사에서의 논쟁은 주리설(主理說)과 주기설(主氣說), 이기평행설(理氣平行說)의 논쟁을 원두(源頭)로 하는 이퇴계파(李退溪派)와 이율곡파(李栗谷派)의 사칠논쟁(四七論爭), 즉 맹자의 측은(惻隱), 수오(羞惡), 사양(辭讓), 시비(是非)의 사단(四端)으로 이는 사람의 심중(心中)에서 볼 때 이(理) 부분의 발동이며, 희, 노, 애, 락, 애, 오, 욕의 칠정으로 이는 사람 심중

에서 볼 때 기(氣) 부분의 발동(發動)이다. 요약하면 사람의 심중에서
이(理)와 기(氣)는 서로 개별적으로 발동하는 것이라고 보는 이퇴계
파와, 이와 기의 호발(互發)을 인정하지 않고 어떠한 사람의 마음 작
용도 모두 이기(理氣)가 공발(共發)하고 양자가 합동작용하지 않는
것은 없다고 간단명료하게 이기의 상주동재동용(常住同在同用)을 주
장하는 이율곡파의 오랜 세월의 논쟁도, 송우암(宋尤菴)의 제자의 제
자인 한남당(韓南塘)과 이외암(李巍岩)이 사람과 물(物)의 그 성질이
근본적으로 서로 같은 것인지 그렇지 않은지[에 대한 생각 즉], 사람
은 본성으로 인의예지신 즉 오행의 덕을 구비하고 있지만 물도 역시
동일하게 선천적으로 오상(五常)을 구비하고 있다고 생각하는 이외
암파와, 사람과 물은 그 선천적인 본성에서 본디 다르며 물은 결코
오상의 덕을 구유(具有)하지 않는다는 한남당파와의 인물성론(人物
性論)의 격렬한 긴 논쟁도, 필경 정주(程朱) 특히 주자의 설의 범위 안
에서의 견해가 다른 것에서 비롯되는 논쟁이었다. 만약 주자 그 사
람에게 직접 질문하는 것이 가능했다면 즉석에서 결저(決著)해야 하
는 간단한 성질이었다. 조선의 유학계 및 정치계의 특색이라고 할
만한 예론(禮論), 즉 어떠한 경우에 어떠한 예를 취해야 하는가 하는
논의는 그 진지함과 그 빈번함에서 놀라울 정도이지만, 이 또한 필
경 양조(兩造)의 예론의 근거는 주자가례(朱子家禮)이고, 주자가례의
응용에서 의견이 다른 것이 이 수 천 명의 혈조(血潮)를 흘리게 하고,
수 십 회의 주마등(走馬燈)과 같은 정당의 일기일도(一起一倒)를 초래
한 것이다. 실로 조선과 같이 오랜 세월 동안 한 학파에 만족하고 다
른 학파의 수입(輸入) 창도(唱道)를 허락하지 않았던 민족은 세계 사
상사에서 드문 일이라고 하지 않을 수 없다. 소위 어떤 사상과 신앙

이 조선에 들어와서 일단 민족을 지배하기에 이르면 용이하게 학문 적 존재의 의의를 잃고, 내용의 비평적 고찰을 시도하고자 하는 자 는 나오지 않게 되고 단순히 권위 있는 형식으로서 민족의 사상 및 신앙을 지배하여 종문(宗門)의 의식과 같이 행하게 된다. 그리하여 많은 조선의 학자는 이것으로써 조선의 학술적 순수함은 오히려 지 나에 앞선다고 자랑하지만, 선조조의 문신 장계곡(張谿谷)은 이것으 로 조선민족의 기력이 엷어지게 되고, 지력(地力)이 성한 논밭에는 패(稗)도 잡초도 생기면서 벼의 모는 힘차게 싹이 터서 생장하건대 요각척토(墝埆瘠土)한 논은 모가 바짝 말라서 자라지 않고 동시에 다 른 잡초가 발생하는 여력을 남기지 않는다고 말한다.

獨り佛敎儒學に於てのみならず、風俗慣習に於ても朝鮮は誠に變化 の少い國である。高麗の肅宗頃に來た宋の使者劉逵、吳栻は麗女の鄕 粧に唐代の古俗の存するを見て歎賞したが、其後李朝になつても支那 の使臣の心あるものは朝鮮に支那上代の風俗章服樂器の遺存すること を言つて讚歎を禁じ得ない。中にも朝鮮人が服色素白を好むは其の由 來の極めて古きに驚かざるを得ない。三國志に旣に夫余の國人の衣は 白を尙ぶとあり、北史新羅傳には新羅人の服色素を尙ぶとあり、降り て宋史には高麗の士女服素を尙ぶとある。然らば則ち朝鮮民族の服色 素を尙びし事は抑も夫余以來の舊習であつて以て現時に及んでゐるの である。去る明治三十七、八年頃の朝鮮の百事變遷の時期に在りて、 政府は屢々訓令を出し、又識者等は言論機關を通して白衣の原始的彩 色にして、又汚れ易く、徒らに朝鮮婦女子の任事を煩瑣ならしめて、 而も外人の眼には常に垢染みた衣服を着て居る民族と映ることを痛言

して、風俗改良を宣傳したが、其の當時暫く色衣を着る者若干部分目
に付く樣だが、復たいつともなく白衣に還り、畢竟今日尙都鄙を擧げ
て白衣の民族である。朝鮮人が白衣を好むに付ては古來色々の說明方
法もあるが、要するに此は風俗の變更を好まぬ民族の根本性を第一理
由とし、第二に經濟上の安價と、第三に色彩感覺の不發達とを理由と
するものであらう。從て現狀を以て推せば後尙長く朝鮮は白衣の國と
して留まるであらう。

　　다만 불교유학에서 뿐만 아니라 풍속습관에서도 조선은 참으로
변화가 적은 나라이다. 고려 숙종 무렵에 온 송의 사신 유규(劉逵)와
오식(吳栻)은 고려 여인의 향장(鄕粧)에 당대(唐代)의 옛 풍습이 있음
을 보고 탄상(歎賞)했는데, 그 후 이조가 되어서도 지나에서 온 사신
의 마음이 가는 것은 조선에 지나 상대(上代)의 풍속과 장복(章服) 그
리고 악기가 남아 있는 것으로 [이를]말하며 찬탄을 금하지 않았다.
그 중에서도 조선인이 의복 색깔의 소박함을 좋아함은 그 유래가 지
극히 오래됨에 놀라지 않을 수 없다. 삼국지에 이미 부여 사람의 의
복은 흰색을 중시한다고 하고, 북사(北史) 신라전에는 신라인의 의복
색깔이 소박함을 즐긴다고 하였고, 송사(宋史)에는 고려 사녀(士女)
가 의복의 소박함을 중시한다고 하였다. 그렇다면 조선 민족이 의복
색깔을 소박하게 하는 것은 무릇 부여 이후의 구습이며 그리하여 지
금에 이르고 있는 것이다. 지난 메이지 37-8년(1904-5년) 경의 조선
의 백사변천(百事變遷)의 시기에 조선 정부는 수차례 훈령(訓令)을 내
고, 또한 식자(識者) 등은 언론기관을 통해서 백의(白衣)를 원시적 색
채라 하여, 또한 더러워지기 쉽고 쓸데없이 조선 부녀자의 일을 번

거룩게 하며 게다가 외국인의 눈에는 항상 더러워진 의복을 입고 있
는 민족으로 비치는 것을 통언(痛言)하고 풍속 개량을 선전했는데,
그 당시 잠시 색깔 있는 의복을 입는 자가 부분적으로 눈에 띄는 듯
했지만 다시금 어느새 인지 백의로 돌아가 필경 오늘날 또한 도읍 전
체가 백의의 민족이다. 조선인이 백의를 좋아함에 대해서는 예로부
터 여러 가지 설명 방법이 있지만, 요컨대 이것은 풍속의 변경을 좋
아하지 않는 민족의 근본성이 첫 번째 이유이고, 두 번째로는 경제
상으로 저렴한 가격과, 세 번째로는 색채 감각이 발달하지 못함을
그 이유로 생각할 수 있을 것이다. 따라서 현재 상태를 통해 추측한
다면 이후 또한 오랫동안 조선은 백의의 나라로서 머물 것이다.

　白衣と相並びて朝鮮人風俗の特異と見るべきに結髻がある。北隣の
支那人は中華民國以來旣に辮髮を斬り、南隣の日本人は六十年の昔に
髻を切つた。獨り朝鮮は依然として大多數の民族は髻を大切にして冠
を冠つてゐる。朝鮮人結髻の歷史が又頗る其の風俗上の固着性を知る
好材料である。朝鮮の甲午年(明治二十七年)と言へば日本の維新、淸朝
の德宗の戊戌廉有爲一派の新政と相並びて朝鮮の維新である。色々政
治上の改革の上諭が出た。其の翌年乙未十月二十六日には初めて太陽
曆を用ひ、又年號を立て建陽と稱し、十一月十五日には人心一新の最
有效手段として國王率先して斷髮し臣民皆之に傚へといふ强力な上諭
を發した。此の發案者は開化黨の內部大臣兪吉濬氏であつた。然るに
意外に本令は非常に人民の反對を招き、殊にいつも輿論の源となつて
平地に波瀾を捲起す慶尙道の儒生連中は斷乎として之に反對し、儒生
の棟梁たる柳基一(號龍溪)崔益鉉(號勉菴)は先頭に立ちて、是の如きは

父母の遺體を重んじ、死に臨みて尙手足を啓きて毀傷するなかりしか
を檢して而して後瞑せる曾子等の聖賢の敎へに背叛し、國を擧げて洋
鬼倭奴の醜俗に遷らしむるものである。吾人聖人の徒は斷じて之に從
ふを得ないと聲明した。

　백의와 마찬가지로 조선인의 풍속에서 특이한 점이라고 볼 만한
것에는 결발(結髮)이 있다. 북린(北隣)의 지나인은 중화민국 이후 이
미 변발(辮髮)을 자르고, 남린(南隣)의 일본인은 60년 전 옛날에 머리
카락을 잘랐다. 홀로 조선은 의연하게 대다수의 민족이 머리카락을
소중히 하고 관을 쓰고 있다. 조선인 결발 역사 또한 그 풍속상의 고
착성을 아는 좋은 재료이다. 조선의 갑오년(메이지 27년)이라고 한다
면 일본의 메이지유신(明治維新), 청조(淸朝) 덕종(德宗)의 무술년(戊戌
年) 강유위(康有爲) 일파의 신정(新政)이 마찬가지로 조선의 유신이
다. 여러 가지 정치상 개혁의 상유(上諭)가 나왔다. 그 다음해 을미년
10월 26일에는 처음으로 태양력을 사용하고, 또한 연호를 세워 건양
(建陽)이라고 칭하고, 11월 15일에는 인심일신(人心一身)의 가장 유
효한 수단으로서 국왕이 솔선하여 단발하고 신민이 모두 이것을 따
르라고 하는 강력한 상유를 발표했다. 이것을 발안한 자는 개화당
(開化黨)의 내부대신(內部大臣) 유길준(兪吉濬)씨였다. 그런데 의외로
이 영(令)은 상당한 인민의 반대를 불러 일으켰으며, 특히 언제나 여
론의 원천이 되어 평지에 파란을 불러일으키는 경상도의 유생들은
단호하게 이에 반대하고 유생의 우두머리인 유기일(柳基一, 호는 용
계(龍溪))과 최익현(崔益鉉, 호 면암(勉庵))은 선두에 서서 이와 같은 것
은 부모의 유체(遺體)를 중시하고 죽음에 임하여 더욱 수족을 벌려

손상하는 일이 없도록 하는 것과 돌아가신 증자(曾子) 등 성현의 가
르침에 배반하는 것이기에, 나라 전체를 양귀왜노(洋鬼倭奴)의 추속
(醜俗)으로 변하게 할 수는 없다며, 자신들은 결단코 이에 따르지 않
겠다는 성명을 발표했다.

內部大臣は硬軟色々の方法を講じて緩和を謀つたが終に成功せず、
已むを得ず二人者を警視廳の獄に留置したが、氣焰益々盛なるのみで
ある。柳龍溪は十二月二十四日獄中より同志の儒生洪遜志に送つた手
紙に、

　　警務廳巡捕忽來掔引直向京獄　　卽今月初二日事也　只得依舊明著
先王法服
　　之衣冠　祗奉父母遺體之髮膚　冒死敢入于洋倭窩窟
と書いて、以て殉敎的勇氣を示した。斯ういふ場合に常に起る所の
希亂不逞の徒共は方々で徒衆を嘯聚して亂を作し、江原道の知事、忠
淸北道の知事、其他郡守も數名亂匪に殺され、江原、京畿、忠淸の諸
道騷然、延いて漸く慶尙、全羅にも波及せんとし、是が政變の原とな
り、國王は翌年露國公使館に遷り政府顚覆し、而して其の二月には斷
髮令撤廢せられた。

　　내부대신은 경연색색(硬軟色色)의 방법을 강구하여 완화를 꾀하
였지만 끝끝내 성공하지 못하고, 어쩔 수 없이 두 사람을 경시청(警
視廳)의 옥에 유치했는데, 그 기세는 더욱더 높아질 뿐이다. 유용계
(柳龍溪)는 12월 24일 옥중에서 동지 유생 홍손지(洪遜志)에게 보낸
편지에,

경무청 순포(巡捕)가 갑자기 와서 잡아끌어 바로 경옥(京獄)으로 향했다. 즉 이달 초이틀의 일이었다. 어쩔 수 없이 구명(舊明)에 따라 선왕 법복(先王法服)의 의관을 차려 입었다. 단지 부모 유체의 발피를 소중히 할 뿐이다. 죽음을 무릅쓰고 감히 양왜(洋倭)의 소굴에 들어간다.

라고 적고, 이로써 순교적 용기를 나타냈다. 이러한 경우에 항상 일어나는 것은 희난불령(希亂不逞)의 무리들이 여기저기에서 사람의 무리를 불러 모아서 일으키는 난이다. 강원도의 지사, 충청북도의 지사, 그밖에 군수도 여러 명 포악한 도적에게 살해당하여 강원, 경기, 충청의 여러 도가 소란스러워 지고 나아가 얼마 후 경상, 전라에도 영향이 미치었는데, 이것이 정변의 원인이 되어 국왕은 이듬해 러시아 공사관으로 옮기고 정부는 전복하였다. 그리하여 그 해 2월에는 단발령을 철폐시켰다.

思想及信仰、風俗慣習に於て斯の如き強き固着性を有する所の者は朝鮮人である。若し是國に日本を通して斯く強力に現代文明の輸入せらるゝものなかつたならば、いつ迄もいつ迄も、朱子學を奉じて白衣結髻して半島の天地に守舊得々たる國家社會を繼續して以て世界の驚異をなしたであらう。

사상, 신앙, 풍속, 습관에서 이와 같이 강한 고착성을 가진 자가 조선인이다. 혹시 이 나라에 일본을 통해 이렇게 강력한 현대 문명이 유입되지 않았더라면 언제까지나, 언제까지나, 주자학을 받들며 백의(白衣) 결발하고 반도의 천지는 구습에 얽매여서 의기양양해 하는 국가사회를 지속하여 세계의 경이를 이루었을 것이다.

第二文化的從屬性といふのは、古來文獻上徵すべき朝鮮人の文化に於ては、悉く支那の文化に隷屬したもののみで、何等朝鮮特有と認むべきものゝ發生を致さずして已んだことを謂ふのである、假りに若干朝鮮獨得の或物の産出があつても、其の價値を低く評價して其の發達を企てずに已んだことを附加へる。

　　제2 문화적 종속성이라는 것은 예로부터 지금까지 문헌상에 밝혀진 조선 문화에서 모두 지나의 문화에 예속한 것뿐이며 조금도 조선 특유라고 할 만한 것에 미치지 못하고 그친 것을 이르는 것이다. 가령 조금이라도 조선의 독특한 어떤 것의 생산이 있었다고 하더라도 그 가치를 낮게 평가하여 그 발달을 기획하지 못하고 그친 것을 덧붙이겠다.

　朝鮮の政治史は支那への屬國の歷史である。併しながら、朝鮮の文化を硏究すれば政治的隷屬よりは文化的隷屬の方が寧ろ其の程度高しと謂はるべく思はれる。卽ち新羅は統三同時に唐の正朔を奉じたけれども、文武王が旣に安東鎭撫大使李謹行及摠管薛仁黃に捷ちてからは、新羅は其の內政に在りては唐の羈束を離れ、唯だ名義上屬國として朝貢するに過ぎない。高麗の宋遼金に對するも略ぼ同樣であつて、封冊を受け正朔を奉ずるが內政に至りては干涉を受けない。獨り元が武力を以て高麗を征服するや、帝國主義を發揮して名實共に屬國となし、元より高麗統監を駐割せしめて內政を監督し、意に協はざる場合

には往々國王を廢立し之を執らへ宛ら國內の大官を易置するが如くした。元滅びて明となるや復た名義たけの奉朔國となつた。淸朝は元と同樣に朝鮮を征して城下の盟をなさしめたが、爾來朝鮮を待遇すること格別明よりも嚴重ではなく名は屬國で實は自治國であつた。由來支那の列代帝國の諸蕃を征服したのは、自衛の外は領土的野心の爲ではなく、奉朔國を增加して以て帝者の威勢を一層輝かさんとする高價の虛榮心に過ぎない。されば朝鮮が名實共に支那の屬國として內政にまで干涉を受けたのは大約高麗の元宗元年(一二六〇)より恭愍王元年(一三五二)まで前後合計百年間に過ぎないと見るのが至當と思はれる。然る文化上の從屬關係は抑々朝鮮が支那と交通を始めて其の文物を輸入してからより、李太王の甲午年まで約千五百年以上、全然支那文化に從屬して之を以て終始したのである。

　　조선의 정치사는 지나에 의한 속국의 역사이다. 그렇지만 조선의 문화를 연구하면 정치적 예속보다는 문화적 예속 쪽이 오히려 그 정도가 높다고 말할 수 있다. 즉 신라는 통일과 동시에 당의 역법을 받았지만 문무왕이 이미 안동진무대사(安東鎭撫大使) 이근행(李謹行) 및 총관(摠管)인 설인황(薛仁黃)에게 이기고 나서, 신라는 그 내정에서 당의 기속(羈束)에서 벗어나 단지 명의상 속국이라 하고 조공하는 것에 지나지 않는다. 고려의 송(宋), 요(遼), 금(金)에 대해서도 거의 같은 양상이며 봉책(封冊)을 받아 역법을 받들지만 내정에는 간섭을 받지 않는다. 오직 원(元)이 무력으로 고려를 정복하자 제국주의를 발휘하여 명실 공히 속국이 되었는데, 원은 고려통감(高麗統監)을 주차(駐箚)하여 내정을 감독하고 뜻에 맞지 않는 경우에는 이따금 국왕을 폐위하고 국내의 대관을 쉽게 바꾸었다. 원이 멸망하고 명(明)이 되자 다시 명의뿐인 역법을 받드는 나라가 되었다. 청조는 원과 같이 조선을 정벌하고 강화조약을 맺게 되는데, 이후 조선을 대우하는 것이 각별하여 명보다도 엄중하지 않고 이름은 속국이면서도 실은 자치국이었다. 본래 지나의 역대 제국이 여러 번(藩)을 정복한 것은 스스로를 지키는 것 외에는 영토적 야심을 위해서가 아니라 역법을 받드는 국가를 증가시켜 황제의 위세를 한층 빛나게 하고자 하는 고가(高價)의 허영심에 지나지 않는다. 그러하다면 조선이 명실 공히 지나의 속국으로서 내정에까지 간섭을 받은 것은 대략 고려 원종 원년(1260)부터 공민왕 원년(1352)까지 전후 합계 100년간에 불과하다고 보는 것이 지당하다고 생각된다. 그런데 문화상의 종속 관계는 조선이 지나와 교통을 시작해서 그 문물을 수입하고 나서부터이며, 이태왕(李太王)의 갑오년까지 약 1500년 이상으로 완전히 지나 문화에 종속되어 이것으로써 처음부터 끝까지 계속하였다.

國語は國民性の生命ある表現であるが、朝鮮語なるものは非常に多く漢語に依りて出來上つたものである。朝鮮語に於ける漢字の地位の重要なるは到底日本語に於けるの比ではない、日本語も近來こそは西洋思想を寫すが爲に種々新漢字語を案出して、純粹日本語では日常の思想さへ言表せなくなつたが、在來の日本に在りては往々漢字を借らずして、少くとも多くの助を漢字から借ることなしに普通知識の階級は其用を辨じたものである。然るに朝鮮語では漢字語の外に朝鮮語のない普通語が甚だ少くない。市井村里の田夫野人さへ日常之を用ひて反つて之を純粹朝鮮語と思做して居るのである。若し朝鮮語からして

441

漢字語を取去れば日用市井の簡單な會話さへ不成立に至ると思はれ
る。先年朝鮮總督府參事官室に於て朝鮮語辭典を編纂するや、私は事
業の速成を期する爲に、漢字語にして其の意味が文字通なるものは取
除けて、專ち純粹朝鮮語並に朝鮮語化して原意を失つた漢字語のみの
解釋に止つては如何かと提議した。然るに、しかすれば語數非常に減
少して實際日用朝鮮語の大部分を省くことになるといふので用ゐられ
ず、今の總督府辭典は全漢字語を網羅して居て漢字語は數に於ては遙
に純粹朝鮮語を凌駕し、大約のところ總語數五萬八千六百十七語の約
四分三は漢字語かと推算せられるのである。是の如きは畢竟永き間支
那を模倣した結果、在來朝鮮語の使用を怠り、遂にいつともなく眞の
朝鮮語を忘却して專ら漢字語を朝鮮語として使ふに至つた爲であら
う。是は同時に古朝鮮語で書かれた文獻の非常に少い原因とないて今
日朝鮮語史研究は非常な困難におかれてある。

　　국어는 국민성의 생명을 나타내는 표현인데, 조선어라는 것은 상
당히 많은 한어에 의거해서 만들어진 것이다. 조선어에서 한자의 지
위의 중요함은 도저히 일본어의 그것과 비교할 수 없다. 일본어도
근래에 서양 사상을 배우기 위해서 여러 가지 새로운 한자어를 생각
해 냈다. 순수일본어에서는 일상생활의 사상조차 말로 표현할 수 없
었지만, 전부터 일본에서는 이따금 한자를 빌리지 않고 적어도 많은
도움을 한자로부터 빌리는 것 없이 일반적으로 지식 계급은 그 사용
을 분별하였다. 그런데 조선어에서는 순수조선어가 없어서 한자어
로 된 보통어를 차용하는 경우가 심히 적지 않다. 시정촌리(市井村
里)[3]의 농부와 시골 사람들조차 일상생활 속에서 이것을 사용하고

오히려 이것을 순수 조선어라고 여기는 것이다. 만약 조선어로부터 한자어를 제거하면 일상적으로 사용하는 시정의 간단한 회화조차 성립되지 않을 것이다. 몇 해 전 조선총독부 참사관실에서 조선어사전을 편찬한다고 하기에 나는 사업이 신속히 진행되게 하기 위해서 한자어는 그 의미가 문자 그대로인 것은 제거하고 오로지 순수 조선어 및 조선어화 되어 원뜻을 잃은 한자어만 해석하면 어떤가라고 의견을 제시했다. 하지만 글자 수가 매우 감소하여 실제 일용 조선어의 대부분을 생략하게 된다는 이유로 채택되지 않았다. 지금의 총독부사전은 모든 한자어를 망라하고 있어 한자어는 그 수에 있어서 순수조선어를 훨씬 능가하여, 대략 총 글자 수 58,670 글자의 약 4분의 3이 한자어일 정도로 추산된다. 이와 같음은 필경 오랫동안 지나를 모방한 결과이며 지금까지 조선어의 사용을 게을리 하고 결국 언제라고 할 것 없이 진정한 조선어를 망각하여 오로지 한자어를 조선어라고 하여 사용하기에 이르렀기 때문일 것이다. 이는 동시에 조선어로 적힌 문헌이 매우 적을 수밖에 없는 원인이 되어 오늘날 조선어사 연구는 아주 곤란한 처지에 놓여 있다.

　朝鮮では漢文を讀むに棒讀であつても訓讀をしない。朝鮮語と漢文とは語の組織が違つて漢文は Inflexionel で朝鮮語は日本語同樣 Agrutinative である。故に漢文を朝鮮文同樣に明確に理解せんとするには矢張り日本流の反點付の訓讀の方が確である。かういふ學習法は外國語を國語化するので語學的に無理ではあるが、併し外國の文物を飽くまで自國

---

3 일본의 기초적인 지방 공공(公共) 단체의 총칭.

化せざれば已まざる國民性と、寧ろ自國側の不便を忍びても形式まで
も外國の通りに學習し、內外共に之に彷彿たるに至りて始めて滿足す
る國民性との差異のある所は認めねばならぬ。

　　　조선에서는 한문을 읽을 때 봉독(棒讀)은 있어도 훈독은 하지 않는다.
조선어와 한문은 말(語)의 조직이 달라서 한문은 굴절어(Inflexionel)이
고, 조선어는 일본어와 같이 교착어(Agrutinative)이다. 그러므로 한
문을 조선문과 마찬가지로 명확하게 이해하고자 한다면 역시 일본
류의 반점(反點)을 붙이는 훈독 쪽이 명확하다. 이러한 학습법은 외
국어를 국어[4]화 하는 것이기에 어학적으로는 무리이기는 하지만,
그러나 외국의 문물을 어디까지나 자국화 하지 못하면 견딜 수 없는
국민성과, 반대로 오히려 자국 측의 불편을 감내하더라도 형식까지
도 외국[의 방법] 그대로 학습하여 말의 뜻과 형식 모두 한문과 유사
하게 되야만 비로소 만족하는 국민성[5]과의 차이는 인정하지 않으면
안 된다.

　朝鮮の文字に吏讀を諺文のあるのは日本の萬葉假名と平假名、片假
名のあると相擇ぶ所がない。勿論日本の假名は漢字の略體であつて、
朝鮮の諺文は其の考案に付き種々の異說もあるが恐らく漢字には關係
はあるまいと思はれる。され共よく表音字形に依りて國語の音を寫
し、又能く漢字と調和して兩立して使用せられる重要點に於ては全く
相符合してゐる。吏讀は新羅薛聰の考案に成ると傳へられ萬葉假名と

---

4 일본어
5 조선의 민족성으로 가리킴.

同工異曲、漢字の音又は意味を取りて朝鮮語の音を寫したもので、之を朝鮮人の考案した新文字とは謂ふことは出來ない。之に反して諺文は頗る進步した表音文字で、能く複雜な聲音を寫し、又父音母音子音の組織整然として一絲紊れず、且つ能く長大な音を一組合せによりて表し、表音文字たると同時に漢字に類する單意語的作用をもなす。若し其の起原梵語に在るに非ずとせば、李朝世宗及諺文制定委員の驚歎すべき天才的創造と謂はなければならぬ、然るに世宗の二十八年諺文音圖たる訓民正音を頒布して之を一般に通用せしむることゝなしたが、漢文崇拜漢字禮讚の爲に諺文の使用は甚局限せられ、燕山君の如き士大夫の諺文を使用するを禁じ、單に無學な婦女子が無識な下民の常用と、賤類たる僧侶の誦經の梵音を表示する具に使用せられたのみである。朝廷に於て屢々佛經の諺解、經書の諺解、乃至倫常敎訓書の諺解等を開刊したけれども、これ亦畢竟婦女子下民に讀ましめんが爲に編纂せられたのである。以て李太王甲午年の大改革にまで至り、是年始めて官報に諺文を混用するに至つた。されば從來諺文にて書きなされた價値ある文學はなく、諺文の起原及法則に就て眞摯にして深き研究を試みた學者もない。明治四十四年新敎育令施行以後初めて諺文綴方調査委員會が官設せられ、之に依りて普通學校用敎科書の諺文綴方一定せられ、爾後種々の人達によりて朝鮮語文法の研究の發表も見らるゝに至つた。されば諺文と日本文化との關係は、宛ら日本語が明治初年以來外國語及外國文學の影響によりて偉大なる發達を遂げたと同樣である。今日となりてはもはや諺文混り朝鮮文體によりて如何なる學術も文學も自由に完全に表寫し得るに至つた。

445

　　조선의 문자에 이두와 같은 언문이 있는 것은 일본의 만요가나(万
葉仮名)⁶와 히라가나(平仮名), 가타가나(片假名)가 있음과 서로 다를
바 없다. 물론 일본의 가나는 한자의 약체이며, 조선의 언문은 그 고
안에 따라 여러 가지의 이설(異說)이 있지만, 필시 한자와는 관계가
없을 것이라고 생각된다. 그렇지만 표음자 형태에 의거해서 국어의
음을 베끼고, 또한 한자와 어우러져서 양립하여 사용되어 지는 점에
서는 완전히 서로 부합하고 있다. 이두는 신라 설총이 고안하여 만
들어졌다고 전해지는데, [이는]만요가나와 동공이곡(同工異曲)으로
한자의 음 또는 의미를 취하여 조선어의 음을 베낀 것이므로 이를 조
선인이 고안한 새로운 문자라고는 말할 수 없다. 이에 반하여 언문
은 상당히 진보한 표음문자로 복잡한 성음(聲音)을 잘 베끼고, 또한
부음(父音) 모음 자음의 조직이 정연하고 일사불란하며 게다가 장대
한 음을 한 쌍으로 잘 만들어 나타내는데, [이는]표음문자임과 동시
에 한자에 비슷한 단의어(單意語)적인 작용으로도 볼 수 있다. 만약
그 기원이 범어(梵語)가 아니라면, 이조 세종 및 언문제정위원의 경
탄할 만한 천재적 창조라고 말하지 않을 수 없다. 하지만 세종 28년
언문음도(音圖)인 훈민정음을 반포하고 이를 일반에 통용시키고자
했으나, 한문숭배 한자예찬으로 언문의 사용은 매우 국한되고, 연산
군과 같은 자는 사대부가 언문을 사용하는 것을 금하고 단지 배우지
못한 부녀자와 무식한 백성이 일상적으로 사용하는 것과 미천한 무
리인 승려가 경(經)을 외울 때 범어를 표시하는 도구로써 사용하게
할 뿐이다. 조정에서 자주 불경의 언해와 경서의 언해, 혹은 윤상교

---

6 일본 상대시대에 일본어 표기를 위해 한자음을 차용했던 문자. 시가집인 『만요
슈(万葉集)』에 주로 표기됐기에 '만요가나'라고 부름.

훈서(倫常敎訓書)의 언해(諺解) 등을 개간하였지만, 이 또한 필경 부녀
자와 백성이 읽게 하고자 편찬한 것이다. 그리하여 이태왕 갑오년의
대개혁에 이르러, 이 해 처음으로 관보에 언문을 혼용하기에 이르렀
다. 그리하여 지금까지 언문으로 적힌 가치 있는 문학은 없으며 언
문의 기원 및 법칙에 대해서 진지하게 깊은 연구를 시도한 학자도 없
다. 메이지 44년(1911) 신교육령 시행 이후 처음으로 언문철자법 조
사위원회가 관설(官設)되어 이에 따라 보통학교용 교과서의 언문철
자법을 일정하게 하고, 이후 여러 사람들에 의해서 조선어문법의 연
구의 발달도 볼 수 있게 되었다. 그렇다면 언문과 일본문화의 관계
는 마치 일본어가 메이지 초년 이후 외국어 및 외국문학의 영향으로
위대한 발달을 이루었던 것과 마찬가지다. 오늘날에 이르러서는 이
미 언문혼용의 조선 문체에 의해서 어떠한 학술도 문학도 자유롭게
완전하게 나타낼 수 있게 되었다.

朝鮮文學に於ても亦其の國語と同樣である。千數百年來單に漢文を
のみ文章と考へ、詩歌と考へ、朝鮮國文朝鮮國詩等我日本の和文和歌
に當るものが出でず、徹頭徹尾漢文を以て朝鮮文學を作り成した、三
國遺事に採錄した羅代の古歌は、種々人により異る讀方はあるが、何
となく萬葉の古歌の趣がある。之がこの儘に進步せしめられなかつた
ことは非常に遺憾に思はれる。

조선 문학에서도 또한 그 국어와 마찬가지다. 수백 수천 년 동안
오로지 한문만을 문장이라고 생각하고 시가라고 생각하여 조선 국
문 및 조선국 시(詩) 등 우리 일본의 와분(和文) 와카(和歌)[7]에 해당되

447

는 것이 나오지 않고 철저히 한문으로 조선 문학을 만들어냈다. 삼국
유사에 채록된 신라시대의 고가(古歌)는 여러 사람에 의해 읽는 방법
이 다르지만, 어딘지 모르게 만요(万葉)의 고가(古歌)의 정취가 있다.
이것이 그대로 진보되지 못한 것을 매우 유감스럽게 생각한다.

　李朝になつて多くの學者達の作つた雅謠の如きものも傳へられてあ
るが、大半は漢詩の崩しであつて國歌と觀ることは出來ない。李朝中
世から諺文の小說類が出たが、其の文學的價値は極めて低い。此は次
章に細說せんとする。

　　이조가 되어서 많은 학자들이 만든 아요(雅謠)와 같은 것도 전해지
고 있지만, 대부분은 한시의 변형이고 국가(國歌)라고는 볼 수 없다.
이조 중세부터 언문의 소설류가 나왔는데, 그 문학적 가치는 지극히
낮다. 이는 다음 장에서 상세하게 설명하고자 한다.

　朝鮮の歷史は從來未だ嘗て獨立國家としての歷史の編纂のあるなく
新羅、高麗、李朝を通して支那に屬した一小屬國の歷史である。從て
史上古今朝鮮人が仰いで以て理想的人物となす所の民族的偉人の出現
を見ず、强ひて之を求むれば太古の昔平壤に來りて中原の文化を輸入
して朝鮮を開國せりと信ぜらるゝ殷の箕子其人であらうか。朝鮮では
獨り政治的に箕子を以て朝鮮を開いた聖君となすのみならず、朝鮮道
學の淵源を敍べて亦箕子を以て道祖となしてゐる。箕子が支那人なる

7　5음·7음·5음·7음·7음으로 구성된 일본의 고전 정형시.

は實に善く朝鮮歴史が國民の歴史として重要ならざるを證明して居る。されば朝鮮人も合併以前までは自國の歴史は極めて之を輕視して不必要學底となし、當代の正史は次の世代に遷らなければ編纂せられない。科學の史論も支那歴史に限られてゐる。從て朝鮮には史的權威を有する歴史の産出は、到底之を期待することが出來ない。何となれば、自朝に不利不名譽な事柄之を抹殺して採録しないからである。朝鮮史籍は三國史記、高麗史を初とし三國遺事、東國通鑑、東史會綱、東史綱目、國朝寶鑑等の大小著述があるが、何れも併合前までは朝鮮に在りては珍中の珍書で、京郷の藏書家以外には尋常讀書子の手にする能はざる所であつた。之に反して十八史略、通鑑、節要は、如何なる山間僻地と雖苟も書堂の設ある處では讀まれない所はない。されば從來の朝鮮の讀書子は新羅太宗の三國統一の事蹟を識る前に、漢末の三國鼎立して曹操、劉備覇を中原に爭ふ史事を知るのである。恐らくは多くの兒童は一生新羅武烈王の偉業は之を知らずに經過するであらう。彼等は既自國の正史を學ぶの機會を與へられない、故に自國歴史に就て得る所の知識は好事者の筆に任せて斷片的に□録した奇事怪談に滿てる野乗か、然らずば口々傳へ來れる誇大にして年代を無視した史的物語に過ぎない。歴史の第一要素たる何故に起り如何に結果せるかの史的因果に就ては何等了解する所がない。即ち彼等は歴史に於てさへ自國史を棄置いて支那歴史を學んだのである。朝鮮歴史に付て私と同樣の意見を抱ける者に有名なる中宗朝の文臣思齋金正國其人である。思齋集卷四□言に曰く、

조선의 역사는 지금까지 아직 독립국가로서의 역사 편찬이 없으

449

며 신라, 고려, 이조에 이르기까지 지나에 속한 일소속국(一小屬國)의
역사이다. 따라서 역사상 예나 지금이나 조선인이 섬기며 이상적 인
물로 삼는 민족적 위인의 출현을 볼 수 없고 굳이 이를 찾아본다면
태고의 옛 평양에 와서 중원의 문화를 수입해서 조선을 개국했다고
믿는 은(殷)의 기자(箕子) 그 사람이 아닐까 한다. 조선에서는 정치적
으로 기자로 하여 조선을 열었던 성군이라고 할 뿐만 아니라 조선 도
학의 연원에 이르러 또한 기자를 도조(道祖)로 삼고 있다. 기자가 지
나인인 것은 실로 조선역사가 국민의 역사로서 중요하지 않다는 것
을 증명하고 있다. 그렇다면 조선인도 합병 이전까지는 자국의 역사
는 지극히 경시하고 불필요한 것이라고 본 것이다. 당대의 정사는
다음 세대가 되어서야 편찬될 수 있었다. 과학의 사론(史論)도 지나
역사에 한정되어 있다. 따라서 조선에서는 사적(史的) 권위를 가지는
역사의 산출은 도저히 이를 기대할 수 없다. 왜냐하면 조선시대부터
불리하고 명예롭지 못한 사항은 이를 말살하고 채록하지 않았기 때
문이다. 조선 사적(史籍)은 삼국사기와 고려사를 비롯하여 삼국유
사, 동국통감(東國通鑑), 동사회강(東史會綱), 동사강목(東史綱目), 국조
보감(國朝寶鑑) 등의 크고 작은 저술이 있는데, 어느 것이든 병합 전
까지 조선에서는 진중(珍中)의 진서(珍書)로 서울의 장서가(藏書家)
외에는 일반 독자가 손에 넣기는 어려웠다. 이에 반하여 십팔사략
(十八史略), 통감(通鑑), 절요(節要)는 어떠한 산간벽지라고 하더라도
서당이 설치되어 있는 곳에서는 읽히지 않는 곳이 없다. 그렇다면
종래의 조선 독서자는 신라 태종의 삼국통일의 사적(事蹟)을 알기 전
에 한말(漢末)에 삼국을 정립하고 조조, 유비가 중원(中原)에서 패권
을 다투는 사사(史事)를 알게 되는 것이다. 필시 많은 아동은 한평생

신라 무열왕의 위업은 알지 못하고 지날 수도 있다. 그들에게는 이미 자국의 정사를 배울 기회가 주어져 있지 않다. 그러므로 자국 역사에 대해서 얻은 지식은 호사자(好事者)의 붓에 맡기고 단편적으로 여러 문헌에서 적출(摘出)해서 기록했던 기사괴담으로 가득한 야승(野乘)이나 그렇지 않으면 입에서 입으로 전해져 오며 연대를 무시한 사적(史的) 이야기에 지나지 않는다. 역사의 제1요소가 되는 왜 생겨나고 어떠한 결과가 되는가와 같은 사적 인과에 대해서는 조금도 알고 있는 바가 없다. 즉 그들은 역사에 있어서조차 자국의 역사를 버려두고 지나의 역사를 배웠던 것이다. 조선역사에 대해서 나와 의견을 같이 하는 자 중에 유명한 사람으로 중종조의 문신 사재(思齋) 김정국(金正國)이 있다. 사재집(思齋集) 권4 척언(摭言)에 말하기를,

金直學千齡爲己酉進士壯元　試三都賦居首　信佳作但　叙高句麗國系云　朱蒙啓其赫業　東明承其祖武云云　朱蒙爲高句麗始祖在位十九年而薨　子琉璃王立追號朱蒙爲東明聖王　朱蒙東明是一人也　而日啓赫業承祚武　用事誤謬至此　當時試官不察而不抹　士林傳誦而不知　我國人不詳於本國事蹟如此　此可突

김은 천령(千齡)[8]에게 배웠고, 을유년에 진사로 장원했다. 삼도부(三都賦) 짓기에 노력하였는데 가장 뛰어났다. 참으로 가작(佳作)이다. 오직 고구려국의 계통을 서술했다고 한다. 주몽(朱蒙)은 그 빛나는 업적을 열었다. 동명(東明)은 그 선조 무왕(武王)[9]을 계승하였다고

8 김천령(1469~1503). 조선 전기의 문신
9 주(周)나라 무왕. 기자를 조선의 제후로 책봉했다고 한다.

한다. 주몽은 고구려의 시조가 되었고 재위 29년에 죽었다. 아들 유
리왕이 재위하자 주몽을 동명성왕(東明聖王)이라고 추호(追號)하였
다. 주몽과 동명은 같은 사람이다. 빛나는 업적을 열고 무왕의 지위
를 이었다. 기록하는데 오류가 여기에 이르렀다. 지금의 시관(試官)
은 이를 보지도 않고 살피지도 않는다. 사림(士林)은 말로 전하여져
서 알지 못한다. 우리나라 사람은 자기 나라의 사적(事跡)을 상세히
기술하지 않음이 이와 같다. 이는 가히 웃을 만한 일이다.

然るに、併合以後遂年朝鮮人の民族精神の勃興するに從て、いろい
ろ國民歷史の體裁を模した朝鮮歷史の著述も現はれたが、多く嚴肅な
學的硏究の結果に成りし以外に不純な目的を有し、又其の硏究法及資
料が科學的に不完全なる爲に史的正確を缺いては居るが、併し亦以て
時代の推移を卜すべきである。殊に奇異なるは從來箕子を以て朝鮮開
國の聖君にして朝鮮に文化の種子を播きし聖人として崇拜して來たつ
たものが、俄に箕子崇拜を廢して之に代ふるに從來釋氏の爲に利用さ
れて來た傳說の神人檀君を以てし、之に日本の天照皇大神と同樣の位
地を與へ、以て民族の起原的偶像となさんとしつつあるの一事であ
る。今の朝鮮人は支那に對する千五百年の文化的從屬からも一擧に獨
立せんとしてゐるのである。

　　그런데 병합 이후 해마다 조선인의 민족정신이 발흥함에 따라서
여러 가지 국민역사의 체재를 본뜬 조선역사의 저술이 나타났다. 하
지만 대체로 엄숙한 학적 연구의 결과로 이루어진 것 외에 불순한 목
적을 가지며, 또한 그 연구방법 및 자료가 과학적으로 불완전하기

때문에 사적 정확성이 결여되어 있다. 그러나 또한 그러므로 시대의 추이를 살펴봐야 한다. 특히 기이한 것은 종래 기자를 조선 개국의 성군이라고 하고 조선에 문화의 씨를 뿌린 성인으로서 숭배해 오다가 갑자기 기자 숭배를 그만두고 이를 대신하여 종래 석씨(釋氏)를 위해 이용되어 온 전설의 신인(神人) 단군으로 하여 이를 일본의 시조신인 아마테라스오미카미(天照皇大神)[10]와 같은 지위를 부여하여 그로써 민족의 기원적 우상으로 삼고자 하는 것이다. 지금의 조선인은 지나에 의한 1500년의 문화적 종속으로부터 한꺼번에 독립하고자 하고 있다

政治上には名義上屬國であるが故に制度法典が一に支那を模したことは言ふまでもない。轉じて宗教に就て觀ても、新羅、高麗兩朝約千年の全盛を極めた朝鮮の佛教は終始支那佛教宗旨の輸入に止まりて、所謂朝鮮佛教といふ樣な獨得の教義の成立を觀ずに止んだ。支那の佛教も其の所謂實大乘は嚴密には支那佛教と稱すべきで斯く支那化した教義の唱出さるるに至つて始めて佛教は支那人の信仰と密に融會し確實に支那が佛教國になつたのである。日本も天台、眞言以來支那傳來の佛教々義を能く日本化して佛教の信仰が國民精神と合致するに至つたのである。獨り朝鮮は支那佛教朝鮮化の著想も運動も會て起らず、只管支那佛教の舊態を保存して終始したのである。

정치상으로는 명의상 속국이었던 이유로 제도와 법전이 하나같

---

10 일본 신화에 등장하는 신으로 태양신이다.

이 지나를 본뜬 것은 말할 것도 없다. 바꾸어 말하면 종교에 대해서도 신라와 고려 두 왕조에서 약 천 년의 전성기를 누렸던 조선의 불교는 처음부터 끝까지 지나 불교의 종지(宗旨) 수입에 머물렀고, 소위 조선불교라고 할 만한 독특한 교의의 성립을 보이지 않고 그쳤다. 지나의 불교도 그 소위 실대승(實大乘)은 엄밀하게 지나 불교라고 일컬을 만한 것이나, 이처럼 지나화된 교의가 주장되기에 이르러 처음으로 불교는 지나인의 신앙과 은밀히 융회(融會)하고 확실히 지나가 불교 국가가 된 것이다. 일본도 천태(天台), 진언(眞言) 이후 지나에서 전래된 불교의 교의를 잘 일본화 하여 불교의 신앙이 국민정신과 합치하기에 이르렀던 것이다. 홀로 조선에서는 지나 불교의 조선화를 생각하는 것도 그러한 운동도 일찍이 일어나지 않았으며 오로지 지나 불교의 구태를 보존하기에 급급했다.

今朝鮮には佛敎耶蘇敎の外に朝鮮起原の宗敎として天道敎、侍天敎、靑林敎、濟愚敎、普天敎、無極道敎等の色々の敎團があるが、是等は皆純祖朝の慶州の一士民崔福述の唱出した東學敎を以て其の源としてゐる。東學敎は當時盛に朝鮮に弘まりつゝあつた天主敎卽西敎を障遮するを以て旗印となし、東洋敎學の粹儒、佛、道三敎合一を敎理と稱へてゐる。而して此の三敎合一は旣に支那に在りては六朝以來の力强い思潮であつて、明末の僧侶も盛に之を唱へ、其の說朝鮮僧侶に傳はりて李朝中世以後の學僧は多く之を唱へて以て儒敎の佛敎抑迫に對する自衛の手段となした。從て東學敎徒は其道を以て二萬年以來の天啓秘發だと稱へるけれども、其實は支那思想の糟粕たるに疑ひがない。

지금 조선에는 불교 예수교 외에 조선 기원의 종교로서 천도교(天道教), 시천교(侍天教), 청림교(青林教), 제우교(濟愚教), 보천교(普天教), 무극도교(無極道教) 등의 여러 가지 교단이 있는데, 이것들은 모두 순조(純祖)조에 경주 토박이 최복술(崔福述)이 주장하기 시작한 동학교(東學教)를 그 기원으로 삼고 있다. 동학교는 당시 왕성하게 조선에 널리 퍼지고 있던 천주교 즉 서교(西教)의 전래를 가로막으면서 동양 교학의 정수인 유, 불, 도 삼교합일을 교리라고 말하고 있다. 그리하여 이 삼교합일은 이미 지나에서는 육조 이후의 강력한 사조였고, 명나라 말의 승려도 열심히 이를 주장하고, 그 주장은 조선 승려에게 전해져서 이조 중세 이후의 학승(學僧) 대부분은 이를 주장하여 유교의 불교 압박에 대해서 자위의 수단으로 삼았다. 따라서 동학교도는 그 도가 2만년 역사의 천계비발(天啓祕發)이라고 말하지만, 실은 지나 사상의 찌꺼기라는 것은 의심의 여지가 없다.

儒學は朱子學一派を以て七百年一貫したが、朝鮮の理學の斯く一定不動なりし所以の眞の原因は、實は元以來支那の官學が朱子學であつて科學の經學が朱子集註に定まつて居つた事實に在ると思はれる。若し元、明、淸三朝に於て官學が變更せられて他學派の註釋を以て應試することになつたならば、恐らく朝鮮に在りても亦學派の變更が發生したであらう。但し支那は科學に及第後は學人各々好む所に從て學派を決定し朱子學に固著しないが、朝鮮は獨り科擧に於て朱子學に制限せられるのみならず、一生涯何人と雖朱子學以外の學を修め之を唱へることを許されない。之卽ち兩國民族性の相異る點である。

455

유학은 주자학 일파를 가지고 700년 일관하였는데, 조선의 이학 (理學)의 이와 같은 일정부동(一定不動)한 이유의 참된 원인은 실로 원 나라 이후 지나의 관학이 주자학이었으며 과거(科擧)의 경학(經學)이 주자집주(朱子集註)로 정해져 있었던 사실에 기인한다고 생각된다. 만약 원, 명, 청 세 왕조에서 관학이 변경되어 다른 학파의 주석으로 응시하는 것이 되었다면, 필시 조선에서도 또한 학파의 변경이 발생 했을 것이다. 다만 지나는 과거에 급제한 후는 학인(學人)이 제각각 자신의 뜻대로 학파를 결정하여 주자학에 고착[11]하지 않았는데 조 선은 홀로 과거 또한 주자학으로 제한하였을 뿐만 아니라 한 평생 몇 명이라고 하더라도 주자학 이외의 학문을 익혀 그것을 주장하는 것 은 허용되지 않았다. 그것은 즉 양국의 민족성이 서로 다른 점이다.

この外朝鮮の王宮の支那の宮殿の小規模にして俗惡なる模倣に過ぎず、 京城市中に槐木の處々樹栽されたるさへも北京の模倣かと思はれる。

斯の如くにして朝鮮は其の文化に於て殆ど總て支那を模倣して而し て其に酷似したといふを以て至大の誇を感じて居つた。朝鮮人は自國 を稱するに小中華を以てし、支那を除いては世界中最文化の進んて國 となした。斯の如きはそもそも民族精神の統一的基礎たる獨得なる國 體の精華が存在せず、更に又支那大陸と地理的接續及此に政治的隷屬 等種々大小原因の織成した成果であつて、綜合的に之を此國の民族性 と稱するの外はない。

---

11 원문에는 '固著'라고 되어 있지만 전후 문장을 생각해 볼 때 '固着'의 오자인 듯 하다. 번역문에서는 '고착'으로 한다.

　그밖에 조선의 왕궁은 지나 궁전을 소규모로 하여 지은 저속한 모방에 지나지 않고, 경성시 안에 회화나무를 곳곳에 심고 키우는 것조차도 북경의 모방이라고 생각된다.

　이와 같이 조선은 그 문화에서 거의 대부분 지나를 모방하고 그것과 몹시 닮은 것에 대해 지대한 자긍심을 느끼고 있다. 조선인은 자국을 일컬어서 소중화(小中華)라고 하고, 지나 다음으로 세계에서 최대의 문화가 발달한 나라라고 한다. 이와 같은 것은 본디 민족정신의 통일적 기초가 되는 독특한 국례의 정화(精華)가 존재하지 않고, 더욱이 또한 지나 대륙과 지리적 접속 및 이에 정치적 예속 등 여러가지 크고 작은 원인이 얽히어 이루어진 결과로서 종합적으로 이를 이 나라의 민족성이라고 말할 수밖에 없다.

二. 朝鮮文學に於ける純文學の位地
2. 조선문학에 있어서의 순문학의 지위

　朝鮮は純文學の惠まれない國であつた。それは新羅、高麗時代は尙未だ所謂道學卽宋儒の學問が輸入せられなかつたから、漢學と言へば訓詁か詞章の二途に止まり、其時代其時代の支那の影響を蒙りて詩文に於ては能く朝鮮臭を洗除した作家を出した。又朝鮮人にして支那の科學に及第した者も羅麗兩朝中に少くなかつた。殊に高麗の光宗が其九年(九五八)に於て支那人双冀の建議を納れて支那の制度に模して文科を始め此を以て士人士官の途と一定してからは、詞賦論策の稽古が士人子弟の正課になつて、高麗の文運俄に進み、今日傳はる所の麗朝文臣の集は至つて少ないが猶仁宗朝の金富軾、鄭知常、高宗朝の李奎

報、陳澕から降りて麗末の李齊賢、李穀、李穡、李崇仁、鄭夢周、鄭
道傳等々の詩文は其の氣象の渾厚洒落にして規格の末に屑々たらず直
らに精神を發揮する所頗る作家の域に入るものがある。故に李朝の文
學者も詩文に於ては李朝が到底高麗の盛に及ばないと稱してゐる。

　　조선은 순문학의 혜택을 받지 못한 나라였다. 그것은 신라와 고려
시대는 아직 소위 도학 즉 송유(宋儒)의 학문이 유입되지 않았기 때
문에 한학이라고 한다면 훈고(訓詁)나 사장(詞章)의 두 부류에 그치
며 그 시대 그 시대의 지나의 영향을 받아 시문에서는 조선의 느낌을
씻어 내는 작가를 배출했다. 또한 조선인으로 지나의 과거에 급제한
자도 신라와 고려 두 왕조 중에 적지 않았다. 특히 고려의 광종 9년
(958)에 지나인 쌍기(雙冀)의 건의를 받아들여서 지나의 제도를 본떠
서 문과(文科)를 시작하였는데, 이것으로 사인사관(士人仕宦)의 길을
일정하게 하고 사부논책(詞賦論策)의 학습이 사인자제(士人子弟)의
정과(正課)가 되었다. 고려의 문운(文運)이 갑자기 발전하였는데, 오
늘날 전해지는 고려조 문신의 문집이 적다고 하더라도 인종조의 김
부식(金富軾), 정지상(鄭知常), 고종조의 이규보(李奎報), 진화(陳澕)로
부터 여말의 이재현(李齊賢), 이곡(李穀), 이색(李穡), 이숭인(李崇仁),
정몽주(鄭夢周), 정도전(鄭道傳) 등등의 시문은 그 기상이 혼후서락(渾
厚洒落)하고 규격의 끝이 흐려지지 않고 바로 정신을 발휘하는 것이
상당한 작가의 영역에 들어가는 것이다. 그러므로 이조의 문학자도
시문에서는 이조가 도저히 고려의 전성기에 미치지 못한다고 칭송
하고 있다.

然るに麗末大學が安珦によりて復興せられ此に朱子學が講ぜられ、
同時に佛教排斥の議論が大學から公にせらるゝに至りて、道學が思想
及信仰の方面に俄に優越となり、其の儘李朝に引繼がれて李朝は國初
から道學萬能の國家として發達すべき素質を有した。果然世を歷るに
從て此の傾向は益々顯著に實現せられて、終に道學卽ち朱子學が佛教
の地位を乘取りて、冠婚葬祭の儀式も悉く朱子家禮に據ることにな
り、邑里に在る寺刹は毀撤せられて士類と稱する者は各郡鄉校の文廟
に參拜し、朱子の言行は政治及道德の軌範と仰がれ、國を擧げて朱子
の說きし國家的社會的理想の範型の中に鑄込むに至つた。此の最顯著
たる現實は成宗朝の名賢、金佔□齋の門下の金寒暄堂、鄭一蠹、二氏
の學風と、寒暄堂の門下趙靜庵等の中宗に拔擢せられて一時無遠慮に
道學者政治を施行して悲慘なる末路を遂げた所謂己卯の名賢の行績で
ある。趙靜庵に踵いで李晦齋、金慕齋、金思齋あり、而して李退溪、
李栗谷二氏の出るに及びて、朝鮮の道學の發達は其の絕頂に達し、朝
鮮の名賢の典型も出來上つた。是等名賢の多くの者は生きて學者、大
官、敎育家として尊敬せられ、死して文廟に從祀せられ、中史王都成
均館の文廟から地方各郡の鄉校に於て每月朔望に焚香せられ、每春秋
に釋奠の配享を受け、人臣として極致の榮譽を荷うてゐる。

그리하여 고려말 대학(大學)이 안향(安珦)에 의해서 부흥되고 이에
주자학이 강의되어, 동시에 불교 배척의 논의가 대학에서 조정에 이
르렀다. 도학이 사상 및 신앙의 방면에서 갑자기 우월해지게 되었는
데, 그대로 이조가 계승하여 이조는 건국 초기부터 도학 만능의 국
가로서 발달할 만한 소질을 가졌다. 과연 시간이 지남에 따라 이 경

향은 더욱더 현저하게 실현되어 지고, 마침내 도학 즉 주자학이 불교의 지위를 빼앗아서 관혼상제의 의식도 모조리 주자가례에 의한 것이 되고, 읍리에 있는 사찰은 철거되고 사류(士類)라고 일컫는 자는 각 군(郡)의 향교의 문묘에 참배하고, 주자의 언행은 정치 및 도덕의 본보기라고 공경하며 나라 전체가 주자를 설명하고 국가적 사회적 이상의 본보기로 만들어 가기에 이르렀다. 이 중 가장 현저한 현실은 성종조의 명현(名賢)으로 김점필재(金佔畢齋)[12]의 문하에 있던 김한헌당(金寒暄堂)과 정일두(鄭一蠹) 두 사람의 학풍과 한헌당의 문하 조정암(趙靜庵) 등이 중종에게 발탁되자 사양하지 않고 한 때 도학자들이 정치를 시행하였는데 비참한 말로로 생을 마친 소위 기묘의 명현의 행적이다. 조정암에 이어서 이회재(李晦齋)와 김찬재(金慕齋) 그리고 김사재(金思齋)가 있으며, 이후 이퇴계와 이율곡 두 사람이 나오기에 이르러서 조선의 도학의 발달은 그 절정에 달하고 조선의 명현의 전형도 완성되었다. 이들 명현의 다수는 살아서는 학자, 대관, 교육가로서 존경받았고, 죽어서는 문묘에 모셔졌고, 중사왕도(中史王都) 성균관의 문묘부터 지방 각 군의 향교에서 매월 초하루와 보름에 분향되고 매년 봄과 가을에 석전의 배향(配享)을 받으며, 신하로서 최고의 영예를 안았다.

斯くの如くにして朝鮮の士林の子弟の進むべき道は二通出來た。其一は詞賦論策の科文を稽古して科擧に及第して官吏の成功者とならんとするもので、同時に詩文の純文學に力を注ぐものである、其二は大

---

12 일본어 원문에서는 세 번째 한자가 판독 불가하지만 전후 문맥을 고려해 볼 때 김점필재(金佔畢齋)로 추측된다.

學の敎の順序に從て修身齊家治國平天下と進むべく、先づ道學に依り
て正心誠意して以て道德を修養し、若し用ゐらるれば朝廷に立ちて君
心を正し萬民を救ふが、用ゐられなければ山林儒として道統を後世に
傳へ地方に敎化を及して終るのである。彼等は行ひて餘あれば文を學
ばんとするが故に、詩文は單に餘業たるに過ぎない。理論上科擧とは
兩立しないのである、勿論實際としては後者の道を取る人も最初は世
間並みに官吏を志して科文を稽古し、其の成功したる後か或は幾度か
試みて遂に意を得ざりし後かに至りて鮮明に道學に向ふのである、然
し理論としては士流子弟處世の經路は此二種ありと謂はなければなら
ぬ。而して朱子學の正則から言へば後者こそは君子立身の正路であつ
て、前者の如きは名利の路であらねばならぬ。斯かる經路に從て士林
の處世觀念の發達しつゝある間に、孝宗、顯宗、肅宗頃有名なる豪傑
儒學者宋尤庵が現はれ、久しく學德を山林に養ひ大名京師を動かし、
孝宗の知遇を得て一躍淸顯に登用せられ空前絶無の大氣力を揮て左右
遠近に至大の感化を及ぼし、一世を擧げて翕然として其の理想に從は
しめた。尤庵は朱子の極端なる崇拜者で尤庵の滿腔子唯だ是れ朱子で
ある。尤庵常に曰く、言皆是者朱子也。事々皆當者朱子也。朱子實爲
孔子後一人也。尤庵の尺牘及論疏文を觀れば殆ど一篇として朱子の語
を引用せぬはない。尤庵は老論派の始祖であつて、老論派は近く二百
年來朝鮮政界の優勝政黨である。老論派の學說及政論が朝鮮の學界及
政界を大部分支配した。是に於てか尤庵以後益々前述士流の子弟處世
の二路判然と分れ、而かも後者を以て一層高尙なるものとなし、遂に
世を擧げて山林道學先生を尊崇すること大官顯臣に過ぎ、同時に學問
上の餘事たる詩文よりも理氣性理の研究及體驗的修養を以て遙に貴ぶ

461

べきものとなした。所謂名賢と稱して各地の書院に享祀せらるゝ學者は皆是れ道學者であつて詩文の名人ではない。英祖朝の文臣洪耳溪の稽古堂記にも稽古事非一。太上道學也。其次文章也、事功也。と言つて是意を明白にした。

　이와 같이 조선의 사림(士林) 자제가 나아가야 할 길은 두 가지가 생겼다. 그 하나는 사부론책(詞賦論策)의 과문(科文)을 익혀서 과거에 급제하여 관리로 성공함과 동시에 시문의 순문학에 힘을 쏟는 것이다. 그 두 번째는 『대학』의 가르침의 순서에 따라서 수신제가치국평천하를 지켜나가며, 우선 도학에 의해서 마음을 바르게 하고 정성을 다하여 도덕을 수양하고, 만약 출사하게 되면 조정에 나아가 임금의 마음을 바르게 하고 만민을 구하되 출사하지 않으면 산림의 유림(儒林)으로서 도통(道統)을 후세에 전하고 지방에 가르침을 전하고 생을 마치는 것이다. 그들은 행동에 여유가 있으면 문(文)을 배우고자 하는 까닭에 시문은 단순히 남은 일에 지나지 않는다. 이론상 과거와는 양립하지 않는 것이다. 물론 실제로는 후자와 같이 도를 취하는 사람도 처음은 남들처럼 관리에 뜻을 두고 과문을 익히어 성공한 이후나 혹은 몇 번 시도하였으나 결국 뜻을 얻지 못한 후에 이르러 확실히 도학을 향하는 것이다. 그러나 이론으로는 사류자제(士類子弟)의 처세 경로는 이 두 종류라고 말할 수 있다. 그러므로 주자학의 정칙(오소독스)으로 말하자면, 후자야말로 군자 입신의 바른 길이고, 전자는 명리(名利)의 길이 아닐 수 없다. 이러한 경로로 사림의 처세 관념이 발달해가는 사이에, 효종, 현정, 숙종 무렵 유명한 호걸 유학자 송우암(宋尤庵)이 나타나고 오래도록 학덕(學德)을 산림에서 가르치며 대명경사(大名京師)를 움직였다. 효종의 인정을 받아 일약 청현 (淸顯)에 등용되고, 지금까지 본 적이 없는 큰 기력을 휘둘러서 좌우 원근으로 지대한 감화를 끼치고 온 세상이 화합하여 그 이상을 따르 도록 했다. 우암은 주자의 극단적인 숭배자로 우암에게 가득한 것은 단지 이것 주자이다. 우암은 항상 이르기를, 말함에 모두 옳은 것은 주자이다. 만사에 모두 타당함 또한 주자이다. 주자는 실로 공자의 뒤를 잇는 사람이라고 생각한다. 우암의 서간 및 논소(論疏)의 문장 을 보면 거의 한 편도 주자의 말을 인용하지 않은 것이 없다. 우암은 노론파의 시조이고, 노론파는 근200년 동안 조선 정계의 우승 정당 이다. 노론파의 학설 및 정론이 조선의 학계 및 정계의 대부분을 지 배했다. 이런 이유에서 일까 우암 이후 더욱더 전술한 사류자제의 처세의 두 길이 판연하게 나뉘어졌다. 게다가 후자를 한층 고상한 것으로 삼았으니, 마침내 온 세상이 모두 산림도학선생을 존경하고 숭배하는 것은 대관(大官)과 현신(顯臣)에 지나지 않았다. 동시에 학 문상 별로 중요하지 않은 일로 생각하는 시문보다도 이기성리(理氣 性理)의 연구 및 체험적 수양을 훨씬 중요시하였다. 소위 명현(名賢) 이라고 칭하고 각지 서원에서 향사(享祀)하는 학자는 모두 도학자이 지 시문의 명인이 아니다. 영조조의 문신 홍이계(洪耳溪)의 계고당기 (稽古堂記)에도, "계고(稽古)하는 것은 하나가 아니다. 태상(太上)은 도 학(道學)이고, 다음이 문장이고, 공적이다." 라고 그 뜻을 명백히 하 였다.

斯くの如くなるが故に、朱子學統制以後の朝鮮の文章は言はゞ淸朝 の棟城派と同じ流であつて、文を以て道を載するの器となし、其の道

とは即理義であつて經學を以て淵源とする。即ち朱子が汪尙書に與へ
て文章を論じ文と理とは離るべからざるものである、理なければ又安
んぞ以て文となすに足らんやと謂ひ韓退之、歐陽脩、曾鞏三氏の文を
以て典型と尙び、甚しく蘇氏の文を貶した文章論に則りて、經學の根
蒂なき文章は虛浮の文章であつて所謂不朽の盛事たる立言の中に數へ
ることは出來ないとせられた。從て朝鮮の文章家は何れも文章には必
ず經學の根柢を得ざるべからざるものとなして其の文集中に經學者道
學者臭き若干什篇を交へないものはない。洪耳溪は文章者道之精華
也、道形於外文乃成章。如水有源而波蘭生焉。と謂つて桐城派と同意
を强調してゐる。此は最近に至つても同樣であつて正祖大王弘齋を始
め雲養金允植、鳳棲兪華煥の如きは其の典型である。獨り文章家のみ
ならず朝鮮の經濟學派たる柳磻溪、李星湖、李雅亭、李修山、朴燕
巖、丁茶山の如き人々さへ皆同時に經義に對して一隻眼を有する學者
であつた。現存する朝鮮の文章大家尹于堂喜求、鄭茂亭萬朝諸氏も文
章の必ず經學の理義に本づくべきを信じて疑はない。

　　이러한 이유로 주자학 통제(統制) 이후의 조선의 문장은 소위 청조
의 동성파(桐城派)와 같은 류이며 문(文)으로 도(道)를 싣는 그릇으로
삼았다. 그 도란 즉 이의(理義)로 경학(經學)을 근원으로 한다. 즉 주자
가 왕상서(汪尙書)에게 보낸 문장에서 문(文)과 이(理)란 따로 떼어놓
고 생각할 수 없는 것으로 이가 없으면 또한 어떻게 문을 이루는데
충분하겠는가 하며, 한퇴지(韓退之), 구양수(歐陽脩), 증공(曾鞏) 세 사
람의 문을 전형이라고 존경하고 소(蘇)씨(소식)의 문을 폄하한 문장
을 본받았다. 경학의 근체(根蒂) 없는 문장은 허유(虛浮)의 문장으로

소위 불후의 성대한 일과 같은 입언(立言) 중에 포함시키는 것은 가
능하지 않다고 하였다. 따라서 조선의 문장가는 어느 것이든 문장에
는 반드시 경학의 근본을 얻지 않으면 안 되는 것으로 삼았으며, 그
문집 중에 경학자 및 도학자의 색깔을 풍기며 섞이지 않은 것이 없
다. 홍이계는 문장이라는 것은 도(道)의 정화(精華)이고, 도는 밖으로
나타나서 문(文) 즉 장(章)을 이룬다. 물이 근원이 있기에 파란(波瀾)
이 생김과 같음이라 라고 말하고 동성파와 동의(同意)를 강조하고 있
다. 이것은 최근에 이르러서도 마찬가지로 정조대왕 홍재(弘齋)를 비
롯하여 운양(雲養) 김윤식(金允植), 봉서(鳳棲) 유신환(兪莘煥)과 같은
사람이 그 전형이다. 단지 문장가뿐만 아니라 조선의 경제학파인 유
번계(柳磻溪), 이성호(李星湖), 이아정(李雅亭), 이수산(李修山), 박연엄
(朴燕巖), 정다산(丁茶山)과 같은 사람들조차 모두 동시에 경의(經義)
에 대해서 비범한 식견을 가진 학자였다. 현존하는 조선의 문장대가
우당(于堂) 윤희구(尹喜求), 무정(茂亭) 정만조(鄭萬朝)와 같은 여러 사
람도 문장이 반드시 경학의 이의(理義)에 근거해야 한다고 믿어 의심
하지 않는다.

三. 朝鮮文學に於ける小說の位地
3. 조선문학에서의 소설의 지위

前述の如き朝鮮の文章界に在りて小說の與へられし位地の如何なる
ものなるかは絮說の必要もない。朱子が魏應仲に與へて讀書の心得を
誨へて雜書を觀ること勿れ恐らくは精力を分たんと言つた趣旨を奉じ
て朝鮮の學者は雜書を以て觀るべからざるものとなした。朝鮮の學者

の讀書の順序は略ぼ古來一定して大同小異である。老論派の學祖李栗谷の擊蒙要訣中に述べた順序は其の代表と視做すべきであつて、卽ち先づ小學、次に大學及大學或問、其次に論語、第四に孟子、次に中庸、斯くて經に進みて詩經、禮經、書經、易經、春秋の順序に讀み、次に宋儒の著に入りて近思錄、家禮、心經、二程全書、朱子大全及語類、其他性理の書を讀むべしと稱し、而して終りに異端、雜類不正の書は頃刻も披閱すべからずと總括的に嚴示して居る。

　　앞서 설명한 바와 같이 조선의 문학계에 소설에 부여된 지위가 어떠한 것인가 하는 것은 장황하게 설명할 필요도 없다. 주자가 위응중(魏應仲)에게 [보낸 문장 중에서] "독서의 마음가짐을 가르쳐서 잡서(雜書)를 보지 말거라. 필시 정력을 나누게 될 것이다." 라고 말한 취지를 받들어서 조선의 학자는 잡서를 보아서는 안 된다고 하였다. 조선 학자의 독서 순서는 예로부터 일정하고 대동소이하다. 노론파의 학조(學祖) 이율곡의 『격몽요결(擊蒙要訣)』 중에 말한 순서가 그 대표라고 여겨질 만한 것인데, 즉 우선 『소학』, 다음으로 『대학』 및 『대학혹문』, 그 다음으로 『논어』, 네 번째로 『맹자』, 다음으로 『중용』, 이렇게 하여 경(經)으로 나아가서 『시경』, 『예경』, 『서경』, 『역경』, 『춘추』의 순서로 읽고, 다음으로 송유(宋儒)의 저작에 들어가서 『근사록』, 『가례』, 『심경』, 『이정전서』, 『주자대전급어류』, 그 밖에 성리(性理)의 책을 읽어야 한다고 하였으며 그리고 끝으로 이단(異端), 잡류부정(雜類不正)의 책은 조금도 펼쳐 보아서는 안 된다고 총괄적으로 엄시(嚴示)하고 있다.

雜類不正の書といふのは卽ち稗史小說の類を謂ふのである。近く李
太王の五年(明治元年)に死んだ有名の老論派の山林儒楊根の華西李恒老
は其の先輩たる李墨溪に書を送りて墨溪の机案上に稗官雜文八才子の
書を見たことを擧げて大に之を非難攻擊し、人の眼目を誤り人の心術
を壞ぶるは此等の雜家より甚しきはなし、淫樂妖艷の駸々として人を
陷れて之を覺るなきが如し、願くば案上金聖歎一流の人の書を掃去
し、替ふるに吾家の正法眼藏を以てせよと急言竭論してゐる。正祖大王
も亦弘齋全書日得錄文學に於て稗官雜記の害尤も言ふに勝へ難しと云つ
てゐる。是れが卽ち朝鮮文學に於て與へられたる小說の位地である。

잡류부정의 책이라는 것은 즉 패사소설(稗史小說)류를 말하는 것
이다. 근래에 이태왕 5년(메이지 원년)에 죽은 유명한 노론파의 산림
(山林) 유양근(儒楊根)의 화서(華西) 이항로(李恒老)는 그 선배인 이흑
계(李墨溪)에게 책을 보내어 흑계의 책상 위에 패관잡문(稗官雜文) 팔
재자(八才子)의 책을 본 것을 들어서 크게 이것을 비난 공격하였다.
사람의 안목을 그릇되게 하고, 사람의 심술을 무너뜨리는 데에 이러
한 잡가(雜家)보다 심한 것은 없고, 음락요염(淫樂妖艷)이 거침없이 사
람을 빠져들게 하여 이것을 깨닫지 못하게 한다. 바라건대 책상 위
의 김성탄(金聖歎) 부류에 속하는 사람의 책을 소거(掃去)하고 대신하
여 우리 집의 정법안장(正法眼藏)을 보라고 급언갈론(急言竭論)하였
다. 정조대왕도 또한『홍재전서(弘齋全書)』,「일득록(日得錄)」, 문학에
서 패관잡기(稗官雜記)의 폐해가 지나치다고 말하고 있다. 이것이 즉
조선문학에 부여된 소설의 지위이다.

是の如き哀むべき位地におかれたる小説が朝鮮に於て古來發達を能
くすべからざるはあまりに當然である。而して古來朝鮮に於て小説の
終に發達しなかつた理由としては此の最大因の外に猶幾多の理由を數
へることが出來る。

이와 같이 불쌍한 지위에 놓인 소설이 조선에서 예부터 발달을 잘
하지 못했음은 너무나도 당연하다. 또한 예로부터 조선에서 소설이
마침내 발달하지 못한 이유로 이 최대 요인 외에 다수의 이유를 열거
할 수 있다.

第一。朝鮮人は小説に在りても支那小説を模倣する外途はないので
あるが、其の支那小説は支那口語體で綴られてあるものが多く、朝鮮
人は古文は之を模して自由自在なるを得れども支那口語體讀むことさ
へ困難であるから、中々容易に支那口語體を以て世態人情の複雑な描
寫をなし得ない。

제1. 조선인은 소설에서도 지나 소설을 모방하는 것 외 다른 방법
이 없었는데, 그 지나 소설은 지나의 구어체로 적힌 것이 많았다. 조
선인은 고문이라면 이것을 본떠서 자유자재로 할 수 있었지만, 지나
의 구어체는 읽는 것조차 힘들었기 때문에 좀처럼 지나의 구어체로
세태와 인정의 복잡한 묘사는 할 수 없었다.

第二。漢文は朝鮮人に取りては外國文であるから、如何に之に習練
を積みても中々容易ならざることは免れぬ。大多數の文章家も古文と詩

との習練によりて其の精力を盡して、其以上に復た更に小説までも試みんとする餘力も勇氣も有せない。

제2. 한문은 조선인에게는 외국의 문(文)이기 때문에 아무리 이것에 연습을 계속하더라도 용이하게 할 수는 없었다. 대다수의 문장가도 고문과 시의 연습으로 인해 그 정력을 다하여 그 이상으로 다시금 더욱이 소설까지 시도해보려는 여력도 용기도 가질 수 없었다.

第三。讀書人は直接支那小説を玩讀するが故に、其の拙なる模倣に過ぎざるべき朝鮮人の作の如きは之れあるを要求しない。從て如何に苦心して書き作しても畢竟婦女子が庶民階級の者に讀まれるの外なく、之に依りて文名を博するに由はない。

제3. 책을 읽는 사람은 직접 지나 소설을 완독(玩讀)하는 까닭으로 그 서투른 모방에 지나지 않는다고 할 수 있는 조선인의 작품과 같은 것은 필요로 하지 않는다. 따라서 아무리 고심해서 작품을 쓰더라도 필경 부녀자나 서민 계급의 사람들에게 읽히는 것 말고는 없고 이에 따라서 명성을 떨칠 일이 없다.

第四。支那小説の模倣は到底成功の見込なく、又讀者は多く婦人や庶民に制限せらるゝが故に、漢文で書くより諺文を以て書綴るを以て便利としなければならない所が、諺文なるものか士君子讀書人の解すべからず解するに足らざるものとせられあるが故に、卽ち諺文小説作者の素質は極めて低級なるものゝ外ない。

제4. 지나 소설의 모방은 결국 성공의 가망이 없고, 또한 독자도 다수가 부인이나 서민으로 제한되었던 까닭에 한문으로 쓰기보다 언문으로 책을 써서 편리하게 하지 않으면 안 되었다. 언문인 탓일까, 사군자 중에서 책을 읽는 사람이 이해하지 못하고 이해하기에 부족한 것이 되었던 까닭에, 즉 언문소설 작가의 소질은 지극히 저급해 질 수밖에 없었다.

第五。朝鮮人は古來自國の歴史を等閑に付して居るが故に、小說の好材料卽ち多數朝鮮人の脈管を流るゝ生命の音律と共鳴する自國の劇的史實の貯藏がない。

제5. 조선인은 예부터 자국의 역사를 등한시했기 때문에 소설의 좋은 재료 즉 다수 조선인의 맥관(脈管)을 흐르는 생명의 음률과 공명하는 자국의 극적 사실의 저장이 없다.

第六。思想及信仰、風俗、法令等社會統制の內容形式に於て固着性顯著なる所の此の民族は、この狹き平板なる半島に嚙囓して、其の抱懷する人生觀や生活理想が極めて單調淺薄であつて、到底變化に富み深刻多感な小說を産出する素地を有せない。

以上六箇の原因によりて朝鮮の小說の不發達は情けなく憐むべきものであづた。

제6. 사상 및 신앙, 풍속, 법령 등 사회통제의 내용 및 형식에 있어서 고착성이 현저한 이 민족은, 이 좁고 평판(平板)한 반도에 살면서,

그 품고 있는 인생관이나 생활, 이상이 지극히 단조롭고 천박하여, 도저히 변화가 풍부하고 심각다감(深刻多感)한 소설을 산출하는 밑바탕을 가지지 못했다.

이상 여섯 가지의 원인으로 조선의 소설이 발달하지 못함은 한심하고 가엽게 여겨야 할 것이었다.

四. 朝鮮小說の分類
4. 조선소설의 분류

朝鮮古代小說の漢文で書かれたもの及諺文で書かれたものを合すると恐らく百種以上に達するであらう。其の全部の涉獵は中々困難である。殊に其の諺文の作物の讀破は朝鮮人にさへも非常に難事である。今其の內普通なるもので私の通讀したものに付て之を分類すると大凡次の十種になると思ふ。而して恐らく此以外に別種に屬する朝鮮古代小說はあるまいと思はれる。

조선고대소설이 한문으로 적혀진 것 및 언문으로 적혀진 것을 합하면 필시 100종 이상에 달할 것이다. 그 전부의 섭렵은 상당히 곤란하다. 특히 그 언문으로 적힌 작품을 독파한다는 것은 조선인에게 조차도 매우 어려운 일이다. 지금 그 중 일반적인 것으로 내가 통독한 것에 대해서 그것을 분류하면 대략 다음의 10종이 된다고 생각한다. 그러므로 필시 이것 이외에도 다른 부류에 속하는 조선고대소설은 없을 것으로 생각된다.

471

一

朝鮮の古代の史實及古英雄の傳記をおもしろく潤色して小説とした
もの。角干先生實記が新羅の金庾信を主人公として太宗、元曉等の史
蹟を織混せて作られ、金德齡傳が文錄役當年の陸軍の雄將の傳記を本
として書かれ、林慶業が仁祖の朝淸國に降伏せる當時の名將の事蹟を
極端に英雄譚化せる、蓋蘇文大戰記が唐太宗の軍を擊破せる高句麗の
大將の物語から出來、乙支文德傳が隋軍を破れる高句麗の大將軍の傳
記を潤色し、道術に長けた徐花潭が明宗朝の臣儒徐花潭を神仙化した
るが如きの類で、猶數多ある樣であるが、何れも原文は漢文で之を諺
文譯したものが行はれてゐる。

1

조선의 고대의 사실(史實) 및 옛날 영웅의 전기를 재미있게 윤색하
여 소설로 만든 것. 『각간선생실기(角干先生實記)』는 신라의 김유신
을 주인공으로 삼고, 태종과 원효 등의 사적을 곁들여서 만들어진
것이다. 『김덕령전(金德齡傳)』은 문록역(文錄役)[13]이 일어난 그 해 육
군의 웅장(雄將)의 전기를 책으로 적었다. 『임경업(林慶業)』은 인조조
청국에 항복한 당시 명장의 사적(事蹟)을 극단적으로 영웅화하였다,
『개소문대전기(蓋蘇文大戰記)』는 당태종의 군대를 격파시키는 고구
려 대장의 이야기로부터 만들어졌다. 『을지문덕전(乙支文德傳)』은
수나라 군대를 패배시킨 고구려 대장군의 전기를 윤색하고, 도술(道
術)에 뛰어난 『서화담(徐花潭)』이 명종조의 신유(臣儒) 서화담을 신선

---

13 임진왜란을 말한다.

화한 것과 같은 부류로 더욱 수가 많은 듯하지만 모두다 원문은 한문
이고 이것을 언문으로 번역한 것이 널리 출판되었다.

二

佛の功德物語を小說にして佛法弘布の爲にせりと思はるゝもの。比
類罕なる孝行によりて佛の加護を受け、一旦入水して死し再生して渤
海の王妃となつた沈靑傳、念佛の功德によりて死して返魂を得た王郎
返魂傳の如きものであるが、佛法衰微した李朝に至りても色々の小說
に於て勸善懲惡の意味で佛の善人救濟と佛の妙功德を描いたものが尠
くない。玉樓夢、九雲夢、謝氏南征記、淑香傳、翟成義、楊風雲等は
此に入るべきものである。

2

부처의 공덕이야기를 소설로 만들어 불법홍포(佛法弘布)를 위해
서 만들어졌다고 생각되는 것. 유례없는 효행으로 부처의 가호를 입
고, 한 번 입수하여 죽은 후 재생해서 발해의 왕비가 된『심청전』, 염
불의 공덕에 의해 죽은 후 혼을 돌려받은『왕랑반혼전(王郞返魂傳)』
과 같은 것이 있는데, 불법이 쇠미했던 이조에 이르러서도 여러 가
지 소설에서 권선징악의 의미로 부처의 선인구제(善人救濟)와 부처
의 묘공덕(妙功德)을 그린 것이 적지 않다.『옥루몽(玉樓夢)』,『구운몽
(九雲夢)』,『사씨남정기(謝氏南征記)』,『숙향전(淑香傳)』,『적성의(翟
成義)』,『양풍운(楊風雲)』 등은 이것에 들어갈 만한 것이다.

三

朝鮮人の理想的人生を描出したものである。卽ち兩班の家に生れ、貌秀で才高く、早く美人と相思の仲となり、久しからざるに科學に及第し、其の美人と婚し、後遂に大官に到る云ふのである。但し其間男側若く女側に多少の浮世の波蘭曲折存在して小說を構成する。春香傳、玉樓夢、淑香傳、其外尙十數種に上る。

3

조선인의 이상적 인생을 그려낸 것이다. 즉 양반 가문에서 태어나 용모가 수려하고 재주가 뛰어나고 일찍이 미인과 서로 연모하는 사이가 되어 얼마 되지 않아 과거에 급제하고 그 미인과 혼인하여 후에 마침내 대관에 오르는 것이다. 다만 그 동안 남자 측 혹은 여자 측에 얼마간 세상의 파란곡절이 존재하여 소설을 구성한다. 『춘향전』, 『옥루몽』, 『숙향전』, 그밖에 또한 10수종에 이른다.

四

專ら勸善懲惡の目的の下に書かれたもの。例へば人善の弟と人惡の兄があつて終に弟大富を成す朝鮮に於て最民衆的物語なる興夫傳、三世の積善の爲に家に餘慶を殘した彰義感善錄の如きである。爾他の小說に在りても種々の波瀾の中に畢竟此の意味を持たしめぬはない。是は朝鮮の如き國柄では當然の事である。

4

오직 권선징악의 목적하에 적혀진 것. 예를 들어 선한 동생과 악한 형이 있지만 마침내 동생은 큰 부자가 되는 조선에서 가장 민중적 이야기인 『흥부전(興夫傳)』과 3대에 선을 쌓아서 집에 조상의 은덕을 남긴 『창의감선록(彰義感善錄)』과 같은 것이다. 그밖에 소설에서도 여러 가지 파란 중에 필경 이와 같은 의미를 지니지 않으면 안 된다. 이것은 조선과 같은 나라의 특색으로는 당연한 일이다.

五

教訓小說ともいふべく、中に日本の心學道話の如く朱子學の學說を平易に小說體に書き綴つたものもある。此種の特色として作者の署名せるものの多い事を擧げなければならぬ。顯宗朝の鄭泰齊の書いた天君衍義、純祖朝の鄭琦の作なる天君本紀は、人の心を君に譬へ、性、情、欲等を夫々の人物で表し、心が欲情の爲に昏まされて亂れ、後飜然として省悟して本性力を得、惺々不憒の本態に回ることを描出してゐる。宣祖朝の林悌の書いた花史は、人格化し色々の花に託して國家の盛衰興亡を說いてゐる。

5

교훈소설이라고 할 수 있고, 그 중에는 일본의 『심학도화(心學道話)』와 같은 주자학의 학설을 평이하게 소설체로 적어서 엮은 것도 있다. 이 종류의 특색으로는 작자가 서명한 것이 많은 것을 들지 않을 수 없다. 현종조의 정태제(鄭泰齊)가 적은 『천군연의(天君衍義)』와 순조조의 정기화(鄭琦和)가 적은 『천군본기(天君本紀)』는 사람의 마음을 임금에 비유하여 성(性), 정(情), 욕(欲) 등을 각각의 인물로 나타내어 마음이 욕정 때문에 눈이 멀게 되고 흐트러져 나중에 불현듯이 잘못을 깨닫고 본성을 되찾아 총명한 본래의 모습으로 돌아오는 것을 그려내고 있다. 선조조의 임제(林悌)가 적은 『화사(花史)』는 의인화한 여러 가지 꽃에 의탁하여 국가의 흥망성쇠를 설명하고 있다.

六

支那の史實の特に一般的に知られてゐる所のものを潤色したもの。帷幄龜鑑は漢の張良の事蹟を小說とし、先漢演義は秦漢楚の興亡を述べ、華容道は關羽を物語り。姜維に大胆姜維あり。李白に李太白實記がある。

6

지나의 사실(史實) 중에서 특히 일반적으로 알려져 있는 것을 윤색한 것. 『유악구감(帷幄龜鑑)』은 한나라 장량(張良)의 사적을 소설로 하였으며 『선한연의(先漢演義)』는 진나라, 한나라, 초나라의 흥망을 서술하고 『화용도(華容道)』는 관우(關羽)를 이야기한다. 강유(姜維)를 다룬 『대담강유(大胆姜維)』가 있으며 이백(李白)을 다룬 『이태백실기(李太白實記)』가 있다.

七

朝鮮の社會生活の實際に於る感傷的事件を取來りて世相の實寫となせるもの。薔花紅蓮傳が後妻が先妻の子を極憎して遂に冤名の下に悲慘な最期を遂げしめ、雲英傳が哀れな宮女の戀を寫し、金孝曾傳が親の災厄を救つた孝子を描いた類である。

7

조선의 사회생활에서 실제로 있는 감상적 사건을 다루어 실제 세상을 묘사한 것. 『장화홍련전(薔花紅蓮傳)』은 후처가 전처의 자식을 지극히 미워하여 결국 전처의 자식에게 억울한 누명을 씌우지만 자신 또한 비참한 생의 최후를 맞이하게 된다. 『운영전(雲英傳)』은 가여운 궁녀의 사랑을 그리고 있으며, 『김효증전(金孝曾傳)』은 부모의 재액(災厄)을 구했던 효자를 그렸던 부류이다.

八

小說を假りて時相を諷刺し、又由りて以て作者の不平を吐露したもの。肅宗朝の金萬重の作と思はるゝ九雲夢が、政黨の爭劇烈で、滿朝の大官淸班何人も明日の吾身の安危を保證する能はざる時勢に在りて、富貴榮達の畢竟如露如幻又如夢、達人は少し此に執着すべきにあらずといふ意味を描出し、彼の從孫金春澤の作と傳ふる謝氏南征記が、肅宗王が張嬪に溺れて閔妃を廢したるを諷し、光海君朝の許筠の書いたかと思はるゝ洪吉童傳が、庶子逆待の國俗に反抗し、無名氏の諸馬武が李朝末の官場及料場の腐敗を痛刺し、鼠獄記が奸官汚吏の不正貪利を寫したるが如きである。

8

소설을 빌려서 시대상을 풍자하고 그리하여 작자의 불평을 토로한 것. 숙종조의 김만중(金萬重)의 저작이라고 생각되는 『구운몽(九雲夢)』은 정당의 싸움이 극렬하여 온 조정의 대관(大官)과 청반(淸班) 어떤 사람도 내일의 자기 몸의 안위를 보증할 수 없는 추세였는데,

그러한 의미에서 부귀영달이 필시 이슬과 같고 환상과 같고 또한 꿈과 같아 달인은 조금도 이에 집착하지 않아야 한다는 의미를 그려내고 있다. 그의 종손 김춘택(金春澤)의 저작이라고 전해지는『사씨남정기(謝氏南征記)』는 숙종왕이 장빈에게 빠져서 민비를 폐한 것을 풍자하였다. 광해군조의 허균(許筠)이 적었다고 생각되는『홍길동전(洪吉童傳)』은 서자가 나라의 풍속에 반항하는 것을 그리고 있다. 무명씨의『제마무(諸馬武)』는 이조 말의 관장(官場) 및 과장(科場)의 부패를 통렬하게 비판하고 있다.『서옥기(鼠獄記)』는 간관오리(奸官汚吏)가 부정하게 이익을 탐하는 것을 그리고 있다.

九

理想主義の小説とも謂ふべく、時代精神の産物であつて、一般的に理想として熱望しつゝある事柄の痛快なる實現を描出せるもの。林慶業傳、朴氏傳、申遺腹傳、江陵秋月の如き類で、何れも朝鮮の英雄が或は明國の爲に或は朝鮮の爲に淸人軍を擊破した英雄譚である。蓋し滿洲人が、朝鮮に向て最も恩惠の深かつた明朝を滅して、夷狄の朝廷を中華に建て、餘威に乘じて朝鮮をも征服したのは仁祖以來の朝鮮人の最痛恨事となす所で、力さへ能くせば國を賭しても明朝の爲に恩を報じ會稽の恥を雪がんと熱願してゐる。此の時代精神を最善く代表した者は孝宗王と宋時烈であつて、春秋大義が宋時烈の學說の重要部分を占めるのは此精神の發露に外ならない。爾後歷代の國王及儒者は皆此主義卽ち尊周主義である。

以上四種の小説が此の主義の下に書かれて、而かも其の痛快な實現を以て筋としてゐるは頗る興味がある。

9

이상주의의 소설이라고 부를 만하고 시대정신의 산물이며 일반적으로 이상으로 열망하고 있는 일의 통쾌한 현실을 그려낸 것.『임경업전(林慶業傳)』,『박씨전(朴氏傳)』,『신유복전(申遺腹傳)』,『강릉추월(江陵秋月)』과 같은 부류로 모두다 조선의 영웅이 어떤 것은 명나라를 위해서, 어떤 것은 조선을 위해서, 청나라군을 격파한 영웅담이다. 생각건대 만주인이 조선에서 가장 은혜가 깊었던 명조를 멸망시키고, 오랑캐의 조정을 중화에 세워 남아 있는 여력에 편승하여 조선을 정복한 것은 인조 이후 조선인이 가장 통한의 일로 삼는 것으로, 힘만 있었더라면 국운을 걸고서라도 명조를 위해서 은혜를 갚고 회계(會稽)에서의 치욕을 씻고자 열원 열망하였을 것이다. 이 시대정신을 가장 잘 대표한 자가 효종왕과 송시열(宋時烈)이며, 춘추대의(春秋大義)가 송시열의 학설에서 중요 부분을 차지한다는 것은 이러한 정신의 발로가 아닌가 하고 생각한다. 그 후 역대의 국왕 및 유학자는 모두 이러한 사상 즉 존주주의(尊周主義)이다.

이상의 네 종류의 소설이 이 사상 아래에 적혀져 있으며 게다가 그 통쾌한 실현을 줄거리로 하고 있음은 매우 흥미롭다.

十

一般低級民衆の好奇心及空想を滿足せしめんが爲の架空の英雄譚で、何れも神通妙術あらゆる危難に遭遇して安全を保ち、而かも其の中に道敎一派の種々の鬼神の噺も打混りて、朝鮮人が支那人同樣に空想の民で、如何なる超常識的事柄も之を信ずる民族性を有することを表明する所のものである。例へば洪將軍、黃將軍、蘇大成、田禹治、

金鈴傳、其他非常に多い。

是の如き十種に分類せらるべき朝鮮小説を各類に亙りて紹介せんことは今は不可能であるから、最民衆的な春香傳と、私の最好きな沈青傳と洪吉童傳の本の梗概を譯出する。

10

저급한 일반 민중의 호기심 및 공상을 만족시키기 위한 가공의 영웅담으로 모두 다 신통한 묘술로 온갖 위험을 만나도 안전을 지키고, 게다가 그 중에 도교 일파의 여러 가지 귀신 이야기도 섞여 있어 조선인이 지나인과 마찬가지로 공상을 즐기는 백성으로 어떠한 상식을 뛰어넘는 일도 이것을 믿는 민족성을 가지고 있다는 것을 표명하는 것이다. 예를 들어『홍장군(洪將軍)』,『황장군(黃將軍)』,『소대성(蘇大成)』,『전우치(田禹治)』,『김령전(金鈴傳)』, 그밖에 아주 많다.

이와 같이 10종류로 분류할 수 있는 조선 소설을 각 종류에 걸쳐서 소개하고자 하는 것은 지금은 불가능하기 때문에 가장 민중적인『춘향전(春香傳)』과 내가 가장 좋아하는『심청전(沈青傳)』그리고『홍길동전(洪吉童傳)』의 책의 대략적인 내용을 번역하고자 한다.

春香傳
『춘향전』

朝鮮人に最廣く聽かれ、又最長く飽かれず讀まるゝ小説は何と言つても春香傳である。春香傳は本と朝鮮のちよんがれ乃至義太夫とも謂ふべき唱夫の歌ぶ春香歌に始まつたもので、後好事の文人が之を漢文

に直し、今では水山先生なる者の作と稱する廣寒樓記と、近來の天才
的文章家荷亭呂圭亨の作れる戲曲春香傳と、兪詰鎭なる者の著した漢
文春香傳の三種あり、外に諺文にて綴つた獄中花及春香歌原本があ
る。是中荷亭の春香傳が最原文に忠實であり又文章も善い。日本人に
向ては此を推奬する.

　　조선인이 가장 널리 듣고, 또한 가장 오랫동안 질리지 않고 읽고
있는 소설은 누가 뭐라고 해도『춘향전(春香傳)』이다.『춘향전』은 책
과 조선의 촌가레(ちょんがれ)[14] 혹은 기다유(義太夫)[15]라고 할 수 있는
창부(唱夫, 광대)가 부르는 춘향가에서 시작된 것으로, 후에 호사가
문인이 이것을 한문으로 고쳐 지금은 수산(水山) 선생이라는 자의 저
작으로 일컬어지는『광한루기(廣寒樓記)』와 근래 천재적 문장가인
하정(荷亭) 여규형(呂圭亨)이 만든『희곡춘향전(戲曲春香傳)』, 유힐진
(兪詰鎭)이라는 자가 저술한『한문춘향전(漢文春香傳)』의 3종류가 있
고, 그밖에 언문으로 엮은『옥중화(獄中花)』및『춘향가원본(春香歌原
本)』이 있다. 이 중에서 하정의『춘향전』이 가장 원본에 충실하며 또
한 문장도 좋다. 일본인에게는 이것을 추천한다.[16]

　朝鮮の唱夫といふのは主に全羅道を故鄕として、歌ひ手一人長鼓擊

---

14 에도시대의 거리공연으로 승려들이 시주를 할 때 노래했다. 석장(錫杖)이나 방
　울을 흔들면서 비속한 문구를 빠르게 노래한다. 우카레부시(浮かれ節)와 나니
　와부시(浪花節)의 전신이라고 한다.
15 기다유부시(義太夫節). 조루리(淨瑠璃)의 유파 중 하나다. 이야기(物語)의 줄거
　리를 사미센(三味線)을 연주하면서 이야기하는 것으로 인형극과 연계하여 발
　달했다.
16 공연용 각본으로 만들어진 여규형의 한문본『춘향전』을 말한다.

手一人が一組になつて歌ひ步く商賣で、京城の大家で父母の誕生日や
回甲の賀宴や子弟の進士登榜文武料及第の祝宴に招いで纏頭を與へ、
慶尙道、全羅道、平安道あたりでは科擧及第者が歸鄕の際に其の一組
を傭ひて同行し、親類友人の宅を訪ひ步いて纏頭を貫ひてやり、遊街
の儀を鄕里まで延長することもある。唱夫は妓娼と並んで昔の賤業の
一つであつた。從て其の歌ふ歌も誰が作つたか傳來などは判然せぬ。
其の文學的價値の如きも俚耳に入り易きを主として取りたて、論ずる
程の事もない。但し春香歌の原作者が西廂記を觀て之に模した痕の顯
著なることは否むことが出來ぬ。私は春香傳は朝鮮の西廂記だと謂ひ
得べしと思ふ。

    조선의 창부(광대)라는 것은 주로 전라도를 고향으로 하고, 소리
꾼 한 사람과 장구꾼 한 사람이 한 조가 되어 노래하며 돌아다니는
장사꾼이다. 경성의 대갓집에서 부모의 생신이나 회갑축하연을 열
때나 자제(子弟)가 진사(進士)에 오르거나 문무과(文武料)에 급제하여
축하연을 열 때에 사례를 주고 부른다. 경상도, 전라도, 평안도 부근
에서는 과거급제자가 귀향할 때에 그 한 조를 고용해서 동행하고,
친척 친구의 집을 방문하여 사례를 받아서 주며, 이러한 유가(遊街)
의 의식을 고향까지 연장하는 경우도 있다. 창부는 기창(妓娼)과 더
불어 옛날의 천한 직업 중의 하나였다. 따라서 그 부르는 노래도 누
가 만들었는지와 전래 등은 분명하지 않다. 그 문학적 가치와 같은
것도 주로 평범한 사람이 이해하기 쉽게 만들었으므로 논할 정도의
가치도 없다. 다만 춘향가의 원작자가 『서상기(西廂記)』를 보고 이것
을 모방한 흔적이 현저한 것은 부정할 수 없다. 나는 『춘향전』은 조

선의『서상기』라고 생각한다.

春香傳は日本の語物に在りては比較すべきもののない程一般的な語物であるが、其の事實の元に就ては一定の説がない。或は單に架空な想像の物語だといひ、或は實際あつた話を潤色したものだともいふ。或學者は春香なる妓生は實際南原に在つて、其の一生が非常に悲慘であつた、後の人彼女を哀むのあまり、反對に彼女を借りて妓生の理想的生涯を描き出したのであるともいふ。今、春香傳の梗概を述べる。

今を距る二百三十年前、全羅南道の大郡南原の府使に李震元といふ人があつた。名門の裔で夙に文學に名あり、選ばれて本邑に莅み、一年ならざるに既に善政闔郡に溢れて、民に擊壤鼓腹の和樂が普かつた。府使に一人の兒があり兒名夢龍と曰ひ、慧敏夙達更に又丰姿俊朗所謂風流貴公子である。今年十六歳の春を迎へ、未だ冠婚は濟まないが文意臨池既に淮境著しく科學に應ずるも程近く府使夫婦の愛と誇とを鍾めて居る。　(朝鮮では十五歳までは科擧に應ずることを許されない。)

『춘향전』은 일본의 가타리모노(語物)[17]에서는 비교할 만한 것이 없을 정도로 일반적이지만, 그 사실의 기원에 대해서는 일정한 설이 없다. 어떤 것은 단순히 가공된 상상의 이야기라고 하고, 어떤 것은 실제로 있었던 이야기를 윤색한 것이라고도 한다. 어떤 학자는 춘향이라는 기생은 실제로 남원에 있었고 그 일생이 매우 비참했는데,

---

17 조루리(浄瑠璃), 나니와부시(浪花節) 등과 같이 이야기에 가락을 붙여서 이야기 형식으로 말하는 것.

후대 사람이 그녀를 몹시 가엾게 여긴 나머지, 반대로 그녀를 빌려서 기생의 이상적 생애를 그려낸 것이라고 한다. 『춘향전』의 대략적 내용을 말하겠다.

지금으로부터 230년 전, 전라남도의 큰 군(郡)인 남원의 부사에 이진원(李震元)이라는 사람이 있었다. 명문가의 후손으로 일찍부터 문학으로 이름을 날려 발탁되어 이 고을에 부임하였는데, 1년도 되지 않아서 이미 선정(善政)이 군 전체에 넘쳐났으니 백성에게는 격양고복(擊壤鼓腹)의 화락(和樂)이 널리 미치었다. 부사(府使)에게 자식이 한 명 있었는데 그 이름은 몽룡(夢龍)이라고 하였다. 슬기롭고 행동이 민첩하여 빨리 사물에 통달하였고, 또한 고귀한 모습은 이른바 풍류 귀공자였다. 올해 16세의 봄을 맞이하여 아직 관혼(冠婚)은 치르지 않았지만 문장과 글쓰기는 이미 진보한 경지에 이르러 과거 응시도 멀지 않았기에 부사 부부의 사랑과 자랑이 거듭되었다. (조선에서는 15세까지는 과거에 응시하는 것을 허락하지 않는다.)

時は三春、桃紅柳綠、夢龍は書に倦み、母の許を得て、新衣綠帶、瀟酒として心利きたる一僕を伴ひ、靑驢に跨り、紫鞍を勒へて、邑內の勝地廣寒樓に行樂した。此樓は歷史ある名樓で、西十里の平原開き、北東連山翠屛を繞らし、近く淸流激湍茂林脩竹を眺める。夢龍是樓に上りて、颯として來る萬里の春風に豪興を躍らす時、流を隔てゝ靑林の中に綠衣紅裳の嬋娟たる女兒、鞦韆を心行く儘に高く振りて春光を紅顏に浴びて居る。夢龍僕に尋ねて、其の府の退妓月梅の一人娘春香といひ、二八の齡未だ妓籍に上らず、深閨に在りて女工に勤むとはいへ、既に嬌名南原を壓し、恐らく大湖以南是の如き名花無からん

と謂はるといふを聞き、僕に命じて招き來らしめ、端なく廣寒樓上初心の才子佳人際會し、其夜春香の房を訪るべく約束した。

　때는 복사꽃 붉고 버들 푸른 3월, 몽룡은 책에 싫증이 나서 어머니의 허락을 받아 새로 지은 옷에 녹색 허리띠를 두르고 맑고 깨끗하게 하여 마음이 통하는 하인을 하나 거느리고 청려(靑驢)에 올라타 자주 빛 재갈을 묶어서 고을 내의 승지(勝地)인 광한루에서 재미있게 놀고 즐겼다. 이 누각은 역사가 있는 유명한 누각으로 서쪽으로 10리 평원이 펼쳐지고, 북동쪽으로 연이은 산이 병풍처럼 두르고, 가깝게는 맑은 냇물과 급하게 흐르는 여울과 무성한 수풀과 가늘고 길쭉한 대를 조망할 수 있다. 몽룡이 이 누각에 올라서 솨하고 불어오는 만리의 봄바람에 몹시 흥겨워하며 들떠 있을 때, 흐르는 물을 사이에 두고 푸른 숲 속에서 녹의홍상(綠衣紅裳)을 두른 곱고 아름다운 여자아이가 그네를 마음이 가는대로 높이 차올라 봄빛을 붉은 얼굴에 쬐고 있었다. 몽룡이 하인에게 물었더니, 그 부(府)의 퇴기 월매의 외동딸 춘향이라고 하였다. 이팔의 연령이지만 아직 기적(妓籍)에 오르지 않고, 규방에서 여공(女工)의 일을 하고 있지만 이미 교명(嬌名)은 남원에 자자할 정도이며, 필시 대호(大湖) 이남에서 이와 같이 이름난 꽃은 없을 것이라는 이야기를 듣고 하인에게 명하여 불러오도록 하였다. 상스럽게 광한루 위에서 초심(初心)의 재자가인(才子佳人)이 만나서 그날 밤 춘향의 방을 찾겠다는 약속을 했다.

　當時府使といへば大名と同格である。春香の母月梅も夢龍との關係は悅ばぬ譯はなく、夢龍は晝の從僕を案内として紗燈に道を照し、朧

485

月を踏みて春香の家を訪ふ。是時春香は極めて明確に其の人生觀を述
べて、妾不幸にして娼家に生れたが一人を守りて生死かしづくが婦の
道たるに差別はない、妾の心は霜松雪竹若し君の一時の興ならば妾は
斷じて命に從はず。と言つた。夢龍も悅びて必ず副室として百年の苦
樂を共にせんと堅く誓つた。此から夢龍は夜每春香の許に通つて日の
長く夜の短きを歎ずる。

　　당시 부사(府使)라고 하면 다이묘(大名)[18]와 동격이다. 춘향의 어머
니 월매(月梅)도 몽룡과의 관계를 기뻐하지 않을 까닭이 없었다. 몽
룡은 낮에 안내해 주었던 하인을 따라 사등(紗燈)에 길을 비추어 용
월(龍月)을 밟고서 춘향의 집을 방문했다. 이 때 춘향은 지극히 명확
하게 그 인생관을 말하였다. 소첩이 불행하게도 창가(娼家)에서 태어
났지만 한 사람을 지키고 생사를 거는 여인의 도리에 그 차별이 있을
수 없다는 것이다. 소첩의 마음은 서리 속 소나무요 눈 속의 대나무
라 하며 그대가 한 때의 재미라면 소첩은 결단코 명령을 따르지 않을
것이라고 했다. 몽룡도 기뻐하며 반드시 부실(副室)로서 백년의 고락
을 함께 하겠다고 굳게 맹세했다. 이때부터 몽룡은 매일 밤 춘향의
집에 다니며 낮이 길고 밤이 짧음을 한탄한다.

　府使は薄々夢龍の近頃の品行につき氣付いて心配してゐる中に、突
如京官に榮轉の命を拜し、夢龍も春香と生別の苦を嘗め、母親を護し
て南原を後に京城に向つた。春香は夢龍を郊外の驛亭まで見送り指環

---

18 지방의 호족 혹은 영주를 가리킨다. 넓은 토지를 가지고 있었다.

を拔いて復た逢ふまでのかたみとし、夢龍は、京城に着けば日ならず
婚禮を擧げて正室を迎へ、同時に父母の許を得て春香を副室に迎へん
と誓つた。(國俗士類は正室なければ妾を納るゝを許されない。)

부사는 어렴풋이 몽룡이 보여주는 근래의 품행에 대해서 알아차
리고 걱정하고 있었는데, 갑자기 서울의 관아로부터 영전(榮轉)의 명
을 받게 되어 몽룡도 춘향과 생이별의 아픔을 맛보며 어머니를 모시
고 남원을 뒤로한 체 경성으로 향했다. 춘향은 몽룡을 교외의 역정
(驛亭)까지 배웅하며 반지를 빼서 다시 만날 때까지의 정표로 삼고,
몽룡은 경성에 도착하면 가까운 시일 내에 혼례를 올려서 정실을 받
아들이고 동시에 부모의 허락을 얻어 춘향을 부실(副室)로 받아들이
겠다고 맹세했다.(나라의 풍속에 사류(士流)는 정실이 없으면 첩을
들이는 것이 허락되지 않는다.)

春香は母月梅に其の決心の程を打開け、夢龍の外は丈夫に見えず、
夢龍の神采風貌必ず久しく池中のものではないと告げ、其の翌日から
は化粧を廢し身裝も構はず、閨房に在りて女工に勤め、專ら夢龍から
の迎を待つてゐる。

춘향은 어머니 월매에게 그 결심의 정도를 털어놓으며 몽룡의 겉
모습은 건장하게 보이지 않지만 몽룡의 정신과 풍모는 반드시 뛰어
난 능력을 발휘하여 두각을 나타낼 것이라고 고하며, 그 다음날부터
화장을 폐하고 몸치장도 개의치 않고 규방에서 여공(女工)이 할 일을
하며 오직 몽룡이 데리러 오기를 기다렸다.

487

後任の南原府使は卞學道と稱し、地方官を歷任した老官僚で、天成
の好色人である。到任早々郡屬の妓簿を徵して、吏輩から色々其の品
定めを聞いて、特別の花もありさうでもないと舌打ちすると、刑吏の
一人、退妓梅月の一子春香郡中第一美色なるも未だ妓籍に上らず又前
府使の息夢龍と百年の契約を締し今守節居家男子を見ずと告げた。卞
府使急喝し妓女の守節とは古來聞かぬ所、急ぎ呼び來れと走卒を遣
し、否應なしに引立てゝ來た。春香は日比の思に焦悴れて双眉伸び
ず、而かもよく府使の脅言と甘辭に對して其の所信を述べる。女子に
二夫に見えよと强ひるは官吏に二君に事へよと强ひると同じではない
かと言放つと、府使激昂して嚴烈な杖を與へる。春香は一杖每に詩を
以て應じ、有名な十杖歌が出來た。

후임으로 온 남원부사는 변학도(卞學道)라고 하여 지방관을 역임
한 늙은 관료로 천성이 호색한이었다. 부임하자마자 군속(郡屬)의 기
부(妓簿)를 요구하고 서리들로부터 여러 가지 그 품평을 들었는데 특
별한 꽃도 있을 것 같지 않다고 혀를 차자, 한 형리(刑吏)가 퇴기 월
매[19]의 외동딸 춘향이 군에서 제일가는 미색임에도 아직 기적(妓籍)
에 오르지 않고, 또한 전(前) 부사의 자식 몽령과 백년의 계약을 맺어
지금 수절하고 집에서 기거하며 남자를 보지 않는다고 고하였다. 변
부사는 갑자기 소리치며 기녀의 수절이란 예로부터 들은 바 없으니,
서둘러 불러오라고 졸개를 보내어 응하지 않아도 끌고 오게 했다.
춘향은 하루하루 생각으로 초췌하여 양 눈썹이 펴지지 않으나, 부사

---

19 일본어 원문에는 매월(梅月)로 표시되어 있다. 다른 문장에서 춘향의 모를 월매
라고 표시하고 있는 것을 보면 오자인 듯하다.

의 협박과 감언에 대해서는 잘도 그 소신을 말하였다. 여자에게 이부(二夫)를 보라고 강요함은 관리에게 이군(二君)을 섬기라고 강요함과 같지 않은가 하고 단호히 말하자, 부사는 격앙하여 매우 심하게 곤장을 내리쳤다. 춘향은 한 대마다 시로써 응하였는데, 유명한「십장가(十杖歌)」가 만들어졌다.

一片妾心丹　一馬備一鞍　二八妾年輕　二夫誓不更　三從義至重　三生約與共　四肢任碎躪　四門任回徇　五倫一夫婦　五常寧改否　六合傳烈名　七去只固守　七縱不望宥　八字賦命薄　八亂交侵虐　九秋威霜雪　九泉明日月十生出九死　十杖歌未已

한 조각 소첩의 마음은 진심이고,
한 마리 말에는 안장 하나를 얹는다.
이팔청춘의 소첩은 나이는 어리지만,
두 남편에게 서약하여 늙지는 않으리라.
삼종(三從)[20]의 도리는 지극히 중요하니,
삼생(三生)[21]을 함께 하기로 약속했다.
사지가 찢어지고 짓밟힘을 당하고,
사방의 문[22]에 끌려 다님을 당한다.
오륜(五倫)에 한 부부가 되면,
오상(五常)을 어찌 바꾸랴.

----

20 아녀자의 법도를 이야기하는 것으로 출가 전에는 아버지를 따르고, 시집간 후에는 남편을 따르며, 남편이 죽은 후에는 자식을 따른다는 유교적 규범.
21 전생(前生), 현생(現生), 후생(後生)을 나타내는 불교용어.
22 마을을 출입하는 동서남북의 네 방향의 문.

육근(六根)[23]의 속된 마음을 씻어,

육합(六合)[24]에 열녀의 이름을 전한다.

칠거지악(七去之惡)을 그것만을 굳게 지키고,

칠종(七縱)[25]의 너그러움을 바라지 않는다.

팔자가 가벼운 생애를 주어서,

팔란[26]이 뒤섞여 침범하여 괴롭힌다.

구추(九秋)에 서리와 눈이 위엄을 부리고,

구천(九泉)을 해와 달이 밝힌다.

열 번째 인생은 아홉 번 죽음으로 벗어나고,

십장가는 아직 끝나지 않았다.

　府使愈益怒りて重枷を加へて獄に下した。夢龍は京に安頓してから春香との盟を忘れず、書窓の用工に寸惰なく、文才日に進み學殖月に増し、明春二月首尾よく文科に及第し、蚤歳登科の名京鄙に喧傳し父母の名を顯した。國王も特に眷寵を賜ふ所あつて、本人の願を聽かれて湖南の暗行御史を親援し、馬牌一枚鍮尺一個を賜うて證となした。暗行御史といふのは國王親行の代りをなすもの、　郡守以上惟命之聽くのが國法である。

---

23 감각이나 의식의 근본이 되는 여섯 가지의 인식 기관(안(眼), 이(耳), 비(鼻), 설(舌), 신(身), 의(意))을 나타내는 불교용어.

24 천지와 동서남북을 합하여 전 세계를 의미한다.

25 칠종칠금(七縱七擒): 마음대로 잡았다 놓아주었다 함을 이르는 말. 중국 촉나라의 제갈량이 맹획(孟獲)을 일곱 번이나 사로잡았다가 일곱 번 놓아주었다는 데서 유래한다.

26 삼재(三災)에 당한다는 여덟 가지의 어려움.

부사는 더욱더 화가 나서 칼을 무겁게 하여 옥으로 물러나게 했다. 몽룡은 서울에서 편안하게 지내면서도 춘향과의 맹세를 잊지 않고, 서창(書窓)에서 일을 게을리 하지 않아 문재(文才)는 날로 나아가고 학식(學殖)은 달로 늘어나 이듬해 봄 2월에 보기 좋게 문과에 급제하고 젊은 나이에 등과(登科)하여 이름을 경성에 알리고 부모의 이름 또한 드높였다. 국왕도 특히 권총(眷寵)을 하사하시고 본인의 바람을 들으셔서 호남의 암행어사를 친수(親授)하셨는데, 마패(馬牌) 한 장과 유척(鍮尺) 한 개를 받들어 증표로 삼았다. 암행어사라는 것은 국왕이 친행(親行)하는 것을 대신하는 것으로 군수로 하여금 상유(上諭)의 명으로써 이것을 듣게 하는 것이 국법이다.

夢龍は落魄の書生の服装をなして、道々民の聲に聽き、治績の感否を考へて、いつしか南原に近づいた。不圖田草を取る農夫の歌を聽くと

몽룡은 몰락한 서생의 복장을 하고 길을 가면서 백성의 목소리를 듣고 치적(治績)의 여부를 생각하였는데, 어느새 남원에 가까워졌다. 뜻밖에 논의 풀을 뜯는 농부의 노래를 들으니,

可憐南原春香女　守節經冬囚冷獄

남원의 춘향이 가련하다,
절개를 지키려고 냉옥(冷獄)에 잡혀서 겨울을 보내네.

と歌つてゐる。驚いて更に進むと一少年が

라고 노래하고 있다. 놀라서 더욱 길을 가다보니 한 소년이,

可憐邑中春香女 官威通納誓不屈 猛杖下囚又連杖 蘭摧玉碎杖殺

고을의 춘향이 가련하다,
관위로 관철하나 납서(納誓)는 꺾기지 않는다.
매서운 곤장이 수인에게 내려지네. 그리고 연이은 곤장,
난은 꺾기고 옥은 깨졌네, 곤장을 맞아 죽게 생겼네.

と歌ふを聽き、心腸寸斷して倒れて又起きた時、偶然、以前の府廳
の僕丁が春香の手紙を帶びて京の彼の詐に使に往くに逢ひ、瞞して其
の手紙を竊讀み、初めて安心し、翌日南原邑に乘込むだ。

라고 노래하는 것을 듣고, 심장이 끊어질 듯하여 쓰러졌다. 다시
일어났을 때, 이전 부청(府廳)에 있던 하인이 춘향의 편지를 가지고
서울의 그의 집으로 심부름을 가던 길이었는데 우연히 만난 것이었
다. 속여서 그 편지를 훔쳐보고 비로소 안심하고 다음날 남원읍으로
들어갔다.

其の夕方先づ月梅を訪るゝに、月梅は彼の襤しさに悲歎し、又斯か
る人の爲に守節して千萬の苦を嘗めつゝある吾女春香の薄命を泣き、
流石に昔を忘れず夕餐を饗し、相伴つて獄舍に春香を尋ねた。春香は
杖の痛み首枷の惱みに疲れて曇時眠り月梅が呼べども應へない。月梅
と夢龍は死せりと思つて慟哭する。春香は夢の續きと思つて夢龍の手

を握りて悲歎する。春香は夢龍の今日來たのは緣の淺からぬ印であ
る。明日は府使の誕生の大祝宴が催されて隣郡の郡守達も列席ずる。
宴會が濟しでから妾は官庭に引出して杖殺するといふ噂さである。願
くば君は妾の屍を收めて妾の房に三日置き、それから墓に葬り、君の
手で李妾成女と書いて墓標を立て給へ、と言つて泣き沈む。夢龍はか
にかくと元氣を付け明日の再會を約して去る。其の中に、御史の影の形
に隨ふが如く常に御史の身を保護し御史の命を奉ずる數十の驛卒共から
南原新府使が前府使とは打て變りて濁政を施しつゝある事實の報告が
頻々として到着する。御史な愈々府使罷黜の決心を堅めて明日を待つ。

　　그날 저녁 우선 월매를 찾으니, 월매는 그 보잘 것 없는 모습에 비
탄해 하며, 또한 이와 같은 사람을 위해서 수절하여 천만의 고통을
겪고 있는 자신의 딸 춘향의 박명함을 슬퍼하였지만, 역시나 옛날을
잊지 않고 저녁상을 대접하고 함께 옥사로 춘향을 찾았다. 춘향은
곤장의 아픔과 목에 찬 칼 때문에 고통스럽고 지쳐서 잠깐 잠들어 있
었기에 월매가 불러도 대답이 없다. 월매와 몽룡은 죽었다고 생각하
여 통곡한다. 춘향은 꿈이 이어진 것이라고 생각하고 몽룡의 손을
잡고 비탄해한다. 춘향은 몽룡이 오늘 온 것은 인연이 얕지 않다는
증거라고 생각한다. 내일은 부사 탄생의 대축연이 열리는데 인근 군
(郡)의 군수들도 참석한다. 연회가 끝나고 나서 소첩은 관정(官庭)에
끌려 나가 곤장을 맞고 죽임을 당한다는 소문이 있다. 바라건대 당
신은 소첩의 주검을 수습하여 소첩의 방에 3일 두고, 그 후에 묘에 묻
고 당신의 손으로 이첩성녀(李妾成女)라고 적은 묘표(墓標)를 세워 달
라고 말하고 쓰러져 운다. 몽룡은 아무튼 기운을 차려서 내일의 재

회를 약속하고 떠난다. 그러던 중에 어사의 그림자가 되어 항상 어사의 몸을 보호하고 어사의 명을 받드는 수십 명의 역졸에게서 남원의 신부사(新府使)가 전부사(前府使)와는 딴판으로 탁정(濁政)을 하고 있다는 사실의 보고가 빈번하게 도착한다. 어사는 마침내 부사를 파출(罷黜)할 결심을 굳히고 내일을 기다린다.

大郡府使の生長の祝宴は其勢を見せて宏大である。隣郡の郡守近方の勢家大門の人々も光榮として列席し、南原は固より隣郡の名妓まで選り勝つて席に侍して興を助ける。然るに何處の無遠慮な落魄書生か、矢庭に官庭に入込んで高聲に酒を請ふ。酒に醉ひて作り示した詩に、

큰 군의 부사 생신 축하연은 그 형세가 굉장하다. 이웃 군의 군수, 근방의 세도가 집안의 사람들도 광영(光榮)으로 참석하고, 남원은 물론이고 이웃 군의 명기(名技)까지 골라내어 자리에서 시중들게 하여 흥을 돋는다. 그런데 어디서 왔는지 알 수 없는 버릇없는 서생이 느닷없이 관정(官庭) 안으로 들어와서 큰소리로 술을 청한다. 술에 취해서 만들어 보인 시에는,

金樽美酒千人血 玉案佳肴萬姓膏
燭淚落時民淚落 歌聲高處怨聲高

화려한 술통의 맛좋은 술은 많은 이의 피고,
화려한 상의 맛좋은 안주는 많은 백성의 살이다.

촛농 떨어질 때 백성의 눈물도 떨어지고,
노래 소리 높은 곳에 원망 소리 높도다.

とある。府使始め群賓只事ならじと思ふ內に、府廳大門前より數十
人の聲にて落雷の如く御史出道と呼はる。果然暗行御史來れりとて府
使は輾び落る如く席を下りて階下に平伏し、隣郡郡守達は掛り合あり
ては大變と、疾風に捲かるゝ枯葉の如く、或は繁げる馬に鞭を加へて
走らんとし、或は驢に逆に乘りて驢顔を鞭ち驢躍りて地に落ち、樣々
の可笑事があつて歡樂場は變じて法廷となつた。

라고 적혀 있다. 부사를 비롯하여 군빈(郡賓)이 예삿일이 아니라
고 생각하던 차에 부청(府廳) 대문 앞에서 수십 명의 소리가 낙뢰와
같이 어사출도라고 소리친다. 과연 암행어사가 왔다고 하며 부사는
굴러 떨어지듯이 자리를 내려와 계단 아래에 넙죽 엎드리고, 이웃
군의 군수들은 큰일이라며 질풍에 소용돌이치는 마른 나뭇잎 같이,
어떤 이는 묶인 말에 채찍질하여 달리게 하고, 어떤 이는 당나귀를
거꾸로 타고 당나귀 얼굴을 채찍질하여 당나귀를 날뛰게 하여 땅에
떨어지고 가지가지의 웃을 만한 일을 만들며 환락장은 변하여 법정
이 되었다.

御史は直ちに封庫を命じ、獄囚の放免を命じ、府使は罪に服す。
春香を呼出して故らに遮陽を低く垂れて前後の事情を問ひ、汝の夫
は遠くに在り、汝の母は年老いた。汝の行は貞烈ではあるが孝道と言
はれない、考へ直して府使の命に從へば活命の方があると言ふと、春

香昂然として風俗を察して民の冤枉を正す御史の裁きが、暴官と同樣
ならば妾はたゞ卽死を待つ許りと答へてまた言はない。御史莞爾とし
て裏の中から春香のかたみの玉環を取出して吏をして彼女に渡さしめ
た。

　春香傳は此に終結する。夢龍は後大官に歷任し壽福を窮め、五人の
子女を得、其の內二人は副室との間に出來た男子であつた。

　　　어사는 바로 봉고(封庫)를 명하고, 옥인(獄人)의 방면(放免)을 명하
　며 부사의 죄는 벌로 다스렸다.

　　　춘향을 불러내어 일부러 차양(遮陽)을 낮게 늘어뜨리고 전후 사정
　을 물어 그대의 남편은 멀리 있고 그대의 어미는 나이를 먹었다. 그
　대의 행동은 정렬(貞烈)이기는 하지만 효도라고는 할 수 없다, 다시
　생각하여 부사의 명에 따르면 목숨을 구할 방법이 있다고 말하자,
　춘향은 의기양양하게 풍속을 살피고 백성의 억울함을 바로잡는 어
　사의 판결이 폭관과 마찬가지라면 소첩은 그냥 즉시 죽음을 기다릴
　뿐이라고 대답하고 다시금 말하지 않는다. 어사는 빙그레 웃으며 주
　머니 속에서 춘향의 증표인 옥가락지를 꺼내어서 아전으로 하여 그
　녀에게 건네게 했다.

　　　『춘향전』은 여기서 종결한다. 몽룡은 이후 대관(大官)을 역임하고
　수복(壽福)을 누리며 5명의 자녀를 얻었는데 그 가운데 2명은 부실
　(副室)과의 사이에서 생긴 남자였다.

沈靑傳 一名, 江上蓮
『심청전』일명, 강상련

私は朝鮮の小説の中で沈青傳が一番好きだ。それは事柄が如何にも純眞であつて快い許りでなく、非常に劇的場面に富み、西洋の歌劇らの名品に彷佛たる所のものがあるからである。亡友呂荷亭は嘗て之を八幕物の脚本にして京城の圓覺社に於て上場した。沈青傳は春香傳興夫傳と相並びて朝鮮人の最善ぶ小説の一つである。

나는 조선의 소설 중에서 『심청전(沈靑傳)』을 가장 좋아한다. 그것은 내용이 너무나도 순진하고 즐거울 뿐만 아니라 매우 극적인 장면이 풍부하고 서양의 가극의 명품을 방불케 하는 것이 있기 때문이다. 망우(亡友) 여하정(呂荷亭)은 일찍이 이를 8막(八幕)으로 각본을 만들고 경성의 원각사(圓覺社)에서 상장(上場)했다. 『심청전』은 『춘향전』·『흥부전』과 함께 조선인이 가장 좋아하는 소설의 하나이다.[27]

此の物語の製作時代は恐らく極めて古きものであらう。佛教の隆盛なりし新羅朝かも知れない。而して此の物語が佛の功德を禮讚し教法を普及せしむるに付て如何に大□る貢獻を與へたか想像するにあまりある。

이 이야기의 제작 시대는 아마 극히 옛날일 것이다. 불교가 융성했던 신라조일지도 모른다. 그리하여 이 이야기가 부처의 공덕을 예찬하고 교법(教法)을 보급시키는 데에 얼마나 커다란 공헌을 기여했는지 상상하고도 남음이 있다

---

27 여규형이 공연용 각본으로 만든 『잡극심청황후전』을 가리킨다.

時は新羅統一の前、併し既に黄海道が新羅の領となつた頃である、黄州の桃花洞といふ村に沈奉事(奉事は朝鮮語で座頭の意味)といふ一人の盲人があつた。門閥は士類に屬するが、中年に明を失ひ、終に仕官の途も絶え、妻なる郭氏を杖とも柱ともして寂しい生計を續けてゐる。郭氏はいたく女紅に勝れて刺繡裁縫に勤めて二人の口を糊してゐる。共に既に四十を越えたがまだ一子を得ず、世間の名利に思を斷つた奉事も益々身世の荒凉を感じてゐる。一日夫婦、またも話は此處に落ちた時、郡内の大利夢恩寺の羅漢は靈驗誠にあらたかで、殊に子を獲たき者之に願へば必ず感應ありと聞けばといふので、奉事は體が不自由なので郭氏代りて此に祈願を籠めることゝなり、其日より四十九日、日每に一度參詣して丹誠を籠めて祈願した。

시대는 신라가 통일하기 조금 전, 그러나 이미 황해도가 신라의 영토가 되었던 무렵이다. 황주(黃州)의 도화동(桃花洞)이라는 마을에 심봉사(봉사(奉事)는 조선어로 자토(座頭)[28]의 의미)라는 맹인 한 사람이 있었다. 문벌은 사류(士流)에 속하지만, 중년에 실명하여 결국 사관의 길도 끊어지고 아내인 곽씨를 지팡이로 기둥으로 삼고 가난한 생계를 이어가고 있었다. 곽씨는 옷감을 짜는 일에 상당히 뛰어나서 자수와 재봉을 하며 두 사람의 입에 풀칠을 하였다. 이미 함께 마흔을 넘겼지만 아직 자식을 하나도 얻지 못하였는데, 세간의 명리(名利)를 생각지 않던 봉사도 점점 신세의 황량함을 느꼈다. 하루는

---

28 일반적으로 맹인을 의미함. 그러나 자토는 시대에 따라 의미가 달라져서, 에도 시대에는 승려의 모습을 한 맹인이 비파(琵琶), 샤미센(三昧線) 등을 연주하거나, 이야기를 하거나 혹은 안마, 침술 등을 직업으로 삼았던 사람들의 총칭.

부부의 이야기가 다시금 자식 문제로 옮겨졌는데, 군내의 큰 사찰 몽은사의 나한(羅漢)은 참으로 영험하여 듣자하니 특히 아이를 얻고 싶은 자는 여기에 바라면 반드시 감응이 있다고 한다. 그리하여 몸이 불편한 봉사를 대신하여 곽씨 부인이 이곳에서 기원을 올렸다. 그날로부터 49일, 매일 한 번 찾아와서 정성을 다하여 기원하였다.

正月十日滿願の夜、夫婦の夢に一人の美少女が雲間より冉々として降り來て再拜して云ふ樣、妾は西王母の瑤池宮に事へる侍女で、董双成、許飛瓊等と十姉妹の一人であるが、昨日聖母の命で蟠桃一盤を玉皇上帝に奉りての歸るさ、途中の風景に見とれて時を遲れて回り、聖母の咎を蒙り、暫く人間に謫されることになつた、折も折、西方の羅漢が夫人の祈願の丹誠に感じて、特に一女を與へて其の門戶を廣大にせんと聖母に申出た、遂に聖母の命により夫人の胎を借りて夫人の子となる。と言託りて夫人の懷中に躍入りたと見て夢が覺めた。夫婦共に奇夢を語り合ひ淡い望を懷いてある中、果して郭氏は身ごもりて事なく月も重なつた。

정월 열흘 만원(滿願)의 밤, 부부의 꿈에 한 미소녀가 구름 사이에서 천천히 내려와서 재배(再拜)하고 말하기를, 소첩은 서왕모(西王母)의 요지궁(瑤池宮)에서 시중드는 시녀이다. 동쌍성(董雙成), 허비경(許飛瓊) 등과 열 자매 중의 한 명인데, 어제 성모(聖母)의 명으로 반도(蟠桃) 한 접시를 옥황상제에게 바치고 돌아올 때, 도중의 풍경에 넋을 잃고 그만 늦은 시간에 돌아왔는데 성모(聖母)가 책망하시어 잠시 인간이 되어 쫓겨나게 되었다. 마침 그때 서방(西方)의 나한(羅漢)이

부인의 기원의 단성(丹誠)에 감동하여 특별히 여자 아이를 주어서 그 문호를 광대하게 하고자 한다고 성모에게 신청했다. 결국 성모의 명에 의해 부인의 태반을 빌려서 부인의 자식이 될 것이라는 말을 마치고 부인의 품속에 뛰어 드는 것을 보고 꿈에서 깼다. 부부 모두 기이한 꿈을 서로 이야기하며 막연한 희망을 품고 있던 차에 과연 곽씨는 임신을 하고 무사히 몇 달이 지났다.

かくて安々と産れた女兒が卽ち沈靑で、夫婦の生活も俄に希望に滿ちたものとなつた。然るに薄運なる郭氏は産後の肥立勝れず、日に〈弱り行き、幾くもなく奉事の限なき悲歡の裡り別世した。郭氏の死んだ富座は、尙こゝかしこ仕事の錢の殘りがあつて奉事の飯にも沈靑の貫孔の禮にも事缺かなかつたが、暫くにして全く貯は絶え、それからは、奉事は覺束なく杖にすがり、沈靑を懷にして、近里に飯を乞ひ又乳を乞はねばならなくなつた。倂し人情尙篤きこの頃とて、人々奉事に同情して兎に角父も子も飢ゑず凍えずはや七度の春を迎へた。沈靑は容顔花の如く天成麗質輝く許りなるに、慧敏にして孝志厚く、父の乞食の苦を察して之に代らんと願つて、雨の日も雪の朝も紅葉の手に椀を持ちて飯を乞ひ廻る。沈靑は十五になつた。相變らず日々父の爲に飯を洞里に乞ひ、又親讓りの女工の才敏く縫仕事に幾許の錢を得、今は母の生時の、如く奉事を養つて行く事となつた。

이리하여 편안하게 태어난 여자 아이가 즉 심청으로 부부의 생활도 갑자기 희망으로 가득한 것이 되었다. 그런데 박운(薄運)한 곽씨는 산후 회복이 좋지 않아 나날이 약해져서 얼마 지나지 않아 봉사의 끝없는 비탄 속에서 별세했다. 곽씨가 죽더라도 당장은 이곳저곳에서 일한 돈이 남아 있어서 봉사의 밥값도 심청의 젖 값으로 사례하는 것도 부족하지 않았지만 얼마 지나지 않아서 모아둔 돈도 완전히 끊어졌다. 그때부터 봉사는 자신 없이 지팡이에 의지하며 심청을 가슴에 품고 가까운 이웃에 밥을 구걸하고 또한 젖을 구걸하지 않으면 안 되었다. 그러나 인정은 오히려 두터워 사람들은 봉사를 동정하여 어쨌든 아비도 자식도 굶지도 죽지도 않고 7번째 봄을 맞이한다. 심청은 얼굴이 꽃과 같고 천성으로 타고난 미모가 빛났는데 슬기롭고 행동이 민첩하며 효심도 두터워 아버지의 걸식 고통을 살피어 이를 대신하고자 바라며 비가 오는 날도 눈이 오는 날도 붉은 잎과 같은 손에 밥그릇을 들고 밥을 구걸하러 다닌다. 심청이 15살이 되었다. 여전히 매일 아버지를 위해서 마을에서 밥을 구걸하고 그리고 부모에게 물려받은 여공(女工)의 일에 재주가 좋아서 재봉일로 얼마간의 돈을 얻어 이제는 어머니가 살아있을 때와 같이 봉사를 부양하게 되었다.

一日沈青早く家を出でが日暮時に歸つて來ない。奉事は待ち倦みて杖にすがりて女の名を呼びながら溪川に沿うて迎へに出た。夜來の雨に溪流は俄に水嵩增し道は泥濘で滑る。あはやと叫ぶ間もなく奉事は溪川に滑り落ちて、水は肩よりも深く、僅に木の根を握りて沈沒を免れてゐる。此時夢恩寺に一長老があつて、僧臘旣に久しく、經禪共に高く、戒律亦嚴、附近に生佛の稱がある。是日僧堂の蒲團に宴坐して修禪し正に定に入つた。一羅漢が現はれて桃花洞外に溪川に落ちた人がある。此人孝女の父で、若し彼を救出せば米三百石の寄進を得られる。早く往いて救つてやれと告げた。長老驚いて急き溪川に往けば奉

事は正に九死に瀕してゐる。長老は矢庭に衣を脱いで川から抱き上げ、負うて奉事の家に連れ歸り、衣を着換へさせ房に臥さした。奉事は開かぬ目に熱戻を溢れしめて救命の恩を謝し、先きには吾等夫婦專山羅漢に祈願して女子を援けられ、今又老父の殆死を長老に救はる。悲恩重々報いんとするに山岳重く江海廣いと言つて合掌禮拜する。長老の日ふには、盛衰窮達は時節到來すれば始めて定まる。奉事の運はこれから更に尙一番の極衰極窮に逢つて、それから極盛極達が來る。付ては善緣の爲に供養米三百石施納と認めて謝意を表せ。然かすれば其米自ら生じ來る所があり、又其功德に依りて奉事の双目開くであらうと、春事は言ふが儘に認めて、長老は之を納めて寺に歸つた。程なく沈靑は、此日は特に四里先きの大家に大宴があつて、御馳走を澤山與へられ、頭にも載せ手にも携へて、はやく父を悅ばせんと笑みを含みて急ぎ足に家路に就き、房に入るや、いそ〳〵と今日の始終を語り、飢後の飯は旨かるべしとて、飯も菜も列べて薦める。奉事は女の孝志を悅びつゝも、溪川の事、夢恩寺長老の事、三百石施納の事の一部始終を物語る。沈靑は熱々聽いて或は駭き或は喜び、終に米三百石施納に至つて父を慰め、生佛長老の言は信ぜなければならぬ、畢竟此は妾の至誠から生れ出る外はないと語つて、翌朝昧爽に祠堂の戶を開けて參拜し、今の急を告げて祖靈の加護を乞うた。これから毎日祠堂に祈りては食を乞ひ針仕事をし、いつか果して米を得父の双目開くかと思ひ惱んでゐる。

　　하루는 심청이 일찍 집을 나섰는데 해가 지는 시간이 되어도 아직 돌아오지 않는다. 봉사는 기다림에 지쳐서 지팡이에 의존하여 딸의 이름을 부르면서 계천을 따라서 마중을 나갔다. 지난밤부터 내린 비로 계천은 갑자기 물이 불어올라 길이 질퍽거려 미끄러진다. 아야, 하고 소리치고 얼마 안 되어 봉사는 계천에 미끄러져 떨어졌다. 물은 어깨보다도 깊었지만 간신히 나무의 뿌리를 잡아서 침몰을 면하였다. 이 때 몽은사에 한 장로가 있었는데, 승납(僧臘)은 이미 오래되고 경선(經禪)이 모두 높으며 계율(戒律) 역시 엄하여 인근에서 생불(生佛)이라고 불렸다. 이 날 승당의 부들방석에서 연좌(宴座)하고 수선(修禪)하여 이제 막 선정(禪定)에 들어가던 참이었다. 한 나한이 나타나서 도화동 밖의 계천에 떨어진 사람이 있는데, 이 사람은 효녀의 아비로 혹시 그를 구출하면 쌀 3백석의 기진(寄進)을 얻을 수 있으니 얼른 가서 구하라고 알렸다. 장로는 놀라서 급히 계천에 가보니 봉사는 참으로 구사(九死)에 처해 있었다. 장로는 당장에 옷을 벗어서 계천에서 안아 올리고 업어서 봉사의 집에 데리고 돌아가서는 옷을 갈아입히고 방에 눕혔다. 봉사는 떠지지 않는 눈으로 뜨거운 눈물을 흘리며 목숨을 구해준 은혜에 감사하고 이전에 우리 부부가 존산나한(尊山羅漢)에게 기원하여 여자 아이를 얻게 되고 지금 또한 늙은이가 거의 죽어가는 것을 장로가 구해주었다며 비은(悲恩)에 거듭 보답하고자 하나 산악은 높고 강해(江海)는 넓다고 말하면서 합장 예배했다. 장로가 말하길, 융성과 쇠퇴와 가난함과 부귀함은 시절이 도래하면 비로소 정해진다. 봉사의 운은 이제부터 더욱더 가장 지극히 쇠퇴하고 지극히 가난함을 만나고 그런 후에 지극히 융성하고 지극히 부귀함이 온다. 그러므로 좋은 인연을 위해서 공양미 3백석의 시납(施納)을 적고 사의(謝意)를 표시하라 하였다. 그리하면 그 쌀이 저절로 생겨서 오는 곳이 있고, 또한 그 공덕에 의해서 봉사의 두 눈이 열리게 될 것이라고 하였다. 봉사는 말하는 대로 적고, 장로는 이를 받아들고 절로 돌아갔다. 머지않아 심청은 이 날은 특히 4리 떨어진 대갓집에 대연회가 있었기에 맛있는 음식을 많이 받아서 머리에도 이고 손에도 들고, 서둘러 아버지를 기쁘게 하고자 웃음을 머금고 빠른 걸음으로 집으로 돌아왔다. 방에 들어서자마자, 들뜬 마음으로 오늘의 자초지종을 말하고, 배고픈 후의 밥은 맛있는 법이라고 하며 밥과 반찬을 차려서 권한다. 봉사는 딸의 효성스러운 마음에 기뻐하면서도 계천에서의 일과 몽은사 장로와의 일, 3백 석 시납에 관한 일에 대해서 자초지종을 이야기했다. 심청은 열심히 듣고 한편으로는 놀라고 한편으로는 기뻐하며 결국에 쌀 3백석 시납에 이르러서는 아비를 위로한다. 생불인 장로의 말씀은 믿지 않으면 안 된다며 필경 이것은 자신의 지성(至誠)으로부터 만들어내는 것 외에는 방법이 없다고 말하고, 다음날 동틀 무렵 사당의 문을 열고 참배하며 지금의 급함을 고하고 선조의 혼령의 가호를 빌었다. 이때부터 매일 사당에 기원을 드리고 밥을 구걸하고 바느질일을 하며 과연 언제쯤 쌀을 얻어 아버지의 두 눈을 뜨게 할까하는 생각으로 고민하고 있다.

一日、隣家の老嫗貴嬢といふ者が來て私かに沈青に告げるには、此村に四五人の船頭が來て、頻りに三百石の米で十五六歳の美しい童女を買はんとしてゐる。年頃も丁度相當し、又夢恩寺施納の米の石數に相當してゐるがといふ。沈青は父親に聞えぬ樣物蔭に貴嬢を連れ行て詳細に問ひたゞすと、身を捨てる覺悟があれば話すと前置して語り出すに、朝鮮の互商支那南京と貿易をするに、船が印塘水にかゝると俄

に水逆捲いて難船する。美童美女を龍神に犠牲に供へると其の航海無
事にして贏利萬金である。今其の商船沖にかゝりて牲の童女を探して
ゐる。沈靑若し身に替へて奉事の明を復し、夢恩寺への約束を果さん
とならば妾媒介をしようといふ。沈靑一日の猶豫を請ひて終に決心
し、船頭に逢つて志を語り、船頭達も動されて、米三百石の外に米二
百石、錢二百兩、綿布五十匹を添へ與へて契約をした。これは沈靑の
去つてからの奉事の養育料である。船は來月三日に出發すると決まつ
た。沈靑は其の前後父に向てい樣には、これ迄は一生嫁せず父に侍養
せんと思つたが、此度不圖速い速い國の富豪から縹緻望みで婚姻を望
まれ、米三百石結納の外に、父の養にと米二百石、錢二百兩、綿布五
十匹を贈られた。これあれば兒はなくとも父の生活に不自由はなく、
又夢恩寺との善緣も結了する、兒の代りに父に侍つく婦人も來る筈で
ある。愈々明日は父に辭して遠方に赴かんとするとて、且つ泣き且つ
慰め、生別と死別を惜む多くの村人に送られて船に乘つた。

　하루는 이웃집의 노파 귀양(貴孃)이라는 자가 와서 은밀하게 심청
에게 고하기를, 이 마을에 4-5명의 선두(船頭)가 와서 끊임없이 3백
석의 쌀로 15-6살의 아름다운 동녀(童女)를 사겠다고 한다는 것이다.
나이 때도 딱 맞고 또한 몽은사 시납의 쌀의 석수(石數)에도 맞는 것
이다. 심청이 부친에게 들리지 않는 곳으로 귀양을 데리고 가서 상
세하게 캐묻자, 몸을 던질 각오가 있으면 말하겠다며 이야기를 꺼내
기 시작한다. 조선의 거상이 지나의 남경과 무역을 하는데, 배가 인
당수를 지나면 갑자기 물이 역으로 솟아서 난파한다는 것이다. 미동
미녀(美童美女)를 용신에게 희생으로 바치면 그 항해를 무사히 마치

고 이득이 만금(萬金)인지라, 지금 바다를 지나야 하는 그 상선이 제
물로 바칠 동녀를 찾고 있다는 것이다. 심청은 혹시라도 자신의 몸
으로 봉사가 빛을 다시 찾기를 바라며 몽은사와의 약속을 다하고자
자신을 소개해 달라고 한다. 심청은 하루의 말미를 부탁하고는 마침
내 결심하여 선두와 만나서 뜻을 말하였다. 이에 선두들도 감동하여
쌀 3백 석 외에 쌀 2백 석과 돈 2백 냥 그리고 면포 50필을 덧붙여서
계약했다. 이것은 심청이 떠나고 난 후의 봉사의 양육비이다. 배는
다음 달 3일에 출발한다고 결정 났다. 심청은 그 전후 사정을 아버지
에게 말하며, 지금까지 한 평생 시집가지 않고 아버지를 시중들고
보살피고자 생각했는데, 이번에 생각지도 못하게 먼 나라의 부호가
용모를 보고 혼인을 바라며 쌀 3백 석 납채 외에 아버지의 부양에 쓰
라고 쌀 2백 석과 돈 2백 냥 그리고 면포 50필을 보내왔다고 하였다.
이것이 있으면 자식이 없더라도 아버지의 생활에 불편함 없을 것이
고, 또한 몽은사와의 좋은 인연도 끝을 맺을 수 있을 것이며 자식 대
신으로 아버지를 시중드는 부인도 올 것이라 하였다. 드디어 내일은
아버지에게 하직하고 먼 곳으로 향하고자 한다고 하며, 한편으로 울
면서 한편으로 위로하며 생이별과 사별을 애석해하는 많은 마을 사
람들의 배웅을 받으며 배에 올랐다.

船行いて幾日にもならぬに愈々印塘水にかゝる。忽ち、天暗く地昏
く、怪風起りて逆浪捲き、檣傾き楫も利かず、既に人力を盡して策の
出づべき所がない。船主は祭壇を設けて牛を宰し鶏を殺して龍神に供
へ、沈青をして身を清め新衣に更へて船頭に立たしめ、舟人皆跪拝し
祭文を讀み、沈青を促して海に沈ましめる。沈青は遙に北を望んで父

を拝し、家に在りて着狎れた襦袢を船中に擲ちて、船歸國の際此處に これを以て我が魂を招き歸國の後此を我が先塋に葬れと告げ、一聲高 く十五歳の女兒沈青父の爲に天に祈り海に赴いて死すと呼はり、一躍し て水に入つた。忽ち波浪收まりて蹤なく、一路平安船は南京に進んだ。

항해하여 며칠도 되지 않아서 마침내 인당수를 지나게 되었다. 순 식간에 하늘이 어두워지고 땅이 어두워지더니, 괴이한 바람이 일어 나 반대방향으로 파도가 소용돌이치고 돛대가 기울고 키가 듣지 않 았다. 이미 인력을 다해서 별다른 방책이 나올 만한 곳이 없다. 선주 (船主)는 제단을 차리고 소를 잡고 닭을 죽여서 용신에게 바치고, 심 청으로 하여금 몸을 깨끗이 하게 하고 새 옷으로 갈아입게 하여 뱃머 리에 서게 했다. 선인(舟人) 모두 무릎 꿇고 절하며 제문을 읽고, 심청 을 재촉하여 바다에 빠지라고 하였다. 심청은 아득하게 북쪽을 바라 보며 아버지에게 절하고 집에 있을 때 입어서 익숙한 홑옷을 던지며 배가 귀국할 때 이곳에 [들러] 이것으로 나의 영혼을 불러와 귀국 후 이것을 나의 선영(先塋)에 묻어달라고 고하였다. 소리 한 번 크게 15 살 여자아이 심청은 아버지를 위해서 하늘에 기도하고 바다를 향하 여 죽는다고 소리치고 단숨에 뛰어 물에 들어갔다. 갑자기 흔적도 없이 파도가 잠잠해지고 배는 편안하게 남경으로 나아갔다.

印塘水の龍王は玉皇上帝西王母の申越で、孝女沈青を迎ふべく、其 女を遣して水底に待たしめ、忽ち儀を整へて彼女を輿して龍宮に迎へ た。沈青は此に前生を知り、又遠からずして王妃となるべきを告げら れた。龍王は行く限り沈青を待遇してから、十姉妹の董双成、許飛瓊

507

を陪坐せしめ、大蓮花に入り坐せしめ送りて印塘水の船路に泛ばし
め、諸々の臣下に命じて晝夜衛護して船の來過ぐるを待たしめた。

　かの商船は十分の商利を獲て勇ましく歸航に就き、印塘水にかゝり
て一同沈靑を憶ひて哀傷已まず、禮を具して其の靈を祭り、かたみの
襦袢を振りて魂を招いた。祭終れば忽ち見る一朶の大蓮花大さ輿輦の
如きが波に泛んで咲いてゐる。一同必ずや沈靑の魂であらうと、拾ひ
上げて船中の淨き一室に奉安し、程なく船は故國の港に着いた。船主
は色々の貨物は皆船員共に分與して己れは大蓮花のみを取り、屋敷の
中に一宇の祠を立てゝ、此を安置し、朝夕香花を供へて拜するに、日
を經るに從て芬香光彩益々鮮麗に今池中より咲き出でた樣である。

　　인당수의 용왕은 옥황상제 서왕모(西王母)의 말씀이 있어 효녀 심
　청을 맞이하기 위해 여자를 보내어 물밑에서 기다리게 하였다. 갑자
　기 차림을 가다듬고 그녀를 일으켜 용궁으로 맞이했다. 심청은 이때
　에 전생을 알게 되고, 또한 머지않아서 왕비가 될 것임을 들었다. 용
　왕은 마음에 찰 때까지 심청을 대우하고 나서 열 자매인 동쌍성(董双
　成)과 허비경(許飛瓊)을 배좌(陪坐)하게 하여 큰 연꽃에 들어가 앉게
　한 후 보냈다. 인당수의 선로에 띄워서 많은 신하에게 명하여 밤낮
　으로 위호(衛護)하며 배가 지나감을 기다리게 했다.

　　그 상선은 충분한 상리(商利)를 얻고 활기차게 귀항에 올랐는데,
　인당수에 이르러서는 모든 사람이 심청을 생각하며 비통함이 멈추
　지 않았다. 예를 갖추어서 그 혼령에 제사지내고 유품인 홑옷을 흔
　들어서 혼을 불렀다. 제사가 끝나자 갑자기 여련(輿輦)과 같이 큰 한
　송이 연꽃이 파도에 떠서 피어 있었다. 모든 사람이 필경 심청의 혼

일 것이라고 건져 올려서 배 안에 한 채의 건물을 세워서 안치하고 아침저녁으로 받들어 모시고 절하였다. 머지않아 배는 고국의 항구에 도착했다. 선주는 여러 가지 화물은 모두 선원들에게 나누어 주고 자신은 큰 연꽃만을 가지고 저택 안에 한 채의 사당을 세워서 이 것을 안치하고 아침저녁으로 향화(香花)를 바치고 절하니 날이 지남에 따라서 분향(芬香)의 광채가 점점 투명하고 예뻐져 방금 연못 속에서 피어난 듯하였다.

船主の家のある處は元は高句麗の領分であつたが、此頃は既に渤海領に歸した。渤海王は英明の君であるが、新に其の絶愛した王妃を喪ひ、思慕甚切、絶えて別婦を納れんとする心なく、たゞなき妃の容色を偲ぶべく、此世に在りて唯此ばかり其の人に似たる種々の花を集め其の色其の香を眺めて心遣りにせんとし、國中に令して奇花芳菰といふ程のものは獻上せしめて之を王庭に移植し王室に置いて朝夕の慰めにしてゐる。一日近侍の一人、近頃南京から還つた船主が世にも珍しき大蓮花を齎し歸つたことを申上げると、早速其の花求めよとありて、十萬貫の錢幣を賜ひ、七香寶車に大蓮花を載せ、伶人の鼓吹を先導として之を宮中に迎へた。實にも此の花殿裏に安置してより一層香色高く匂ひ輝き日夜光明の四方に徹する。王も始めて會心の花を得て喪妃の後幾月目かで破顔笑ふ至つた。

선주의 집이 있는 곳은 원래는 고구려의 영토였는데, 이 무렵은 이미 발해의 영토에 귀속되었다. 발해왕은 영명(英明)한 군주인데 매우 사랑하던 왕비를 잃고 사모하는 마음이 심히 깊어져 다른 부인을

얻고자 하는 마음이 조금도 없이 단지 죽은 왕비의 용색(容色)을 그
리워할 뿐이었다. 이 세상에서 오직 그것만을 꾀하고 그 사람과 같
은 갖가지 꽃을 모아서 그 색과 그 향을 바라보며 기분전환을 하고자
하여 나라 안에 명령하여 기화방파(奇花芳葩)라고 할 만한 정도의 것
은 헌상하게 하고 이를 왕궁의 정원에 이식하고 왕실에 놓고 아침저
녁의 위안으로 삼았다. 어느 날 가까이에서 모시고 있던 사람 중 한
명이 근래에 남경에서 돌아온 선주가 세상에서 보기 드문 큰 연꽃을
가지고 돌아왔다는 말씀을 올리자, 즉시 그 꽃을 구해오라고 하였
다. 10만 관(貫)의 전폐(錢幣)를 내리시고, 칠향보차(七香寶車)에 큰 연
꽃을 실어서 영인(伶人)을 부추겨 앞장서게 하고 이것을 궁 안으로
맞이했다. 이 꽃을 영전 뒤에 안치하고부터 참으로 향기와 색깔이
한층 더해지고 향기가 빛나서 밤낮으로 광명이 사방을 비추었다. 왕
도 비로소 마음이 흐뭇해지는 꽃을 얻어서 왕비를 잃고 난 후 수개월
만에 활짝 웃기에 이르렀다.

斯くて王は花に心を慰めて幾日か經る中、一日花の中に隱々として
聲あり、花瓣開きて二位の仙女現はれ、尙一位の仙女容顔輝く許りな
るが、眠れる如く覺むる如く花心に坐す。王驚き花に近づかんとすれ
ば花瓣自ら閉ぢる。翌日王齋戒沐浴して花に向ひ香を焚くと、二仙女
徐ろに下りて我等は玉皇上帝の命に依りて王妃を護して來た。今や務
を果して歸去ると言つて昇天し去つた。王は沈靑を便殿に迎へて藥を
與へ食を與へると漸くにして精神返り來て彼女生涯の始終を語るに至
つた。沈靑花心より降りると大蓮花は消えて迹もない。王は沈靑の孝
に感じ天緣を喜び、冊して王妃となし、渤海の上下學つて吾君の良配

を得たるを喜んだ。

　이리하여 왕이 꽃으로 마음을 달래면서 며칠이 지나던 중, 하루는 꽃 속에서 희미하게 목소리가 들리고 꽃잎이 저절로 열리며 이위(二位)의 선녀가 나타났다. 또한 일위(一位)의 선녀는 얼굴이 빛날 뿐 아니라 잠이 들어 있는 듯 깨어있는 듯이 꽃술에 앉아 있었다. 왕이 놀라서 꽃에 다가가려 하면 꽃잎은 저절로 닫혔다. 다음날 왕은 목욕재계하고 꽃을 향해서 향을 피우자, 두 선녀 서서히 물러나며 우리들은 옥황상제의 명을 받아서 왕비를 보호해 왔다. 이제는 임무를 다하였으니 돌아간다 하고 승천하여 떠나버렸다. 왕이 심청을 편전으로 맞이하여서 약을 주고 식사를 주었더니 점차 정신이 돌아와서 자신의 생애에 대하여 자초지종을 이야기하기에 이르렀다. 심청이 꽃술에서 내리니 큰 연꽃은 흔적도 없이 사라졌다. 왕은 심청의 효에 감동하고 하늘이 준 인연에 기뻐하며 왕비로 책봉했다. 발해의 상하(上下)가 흥분하여 자신의 군주가 좋은 배필을 얻었음을 기뻐했다.

　沈靑、春宮秋殿數多の侍者にかしづかれ人生の富貴を極むれども、一日として父奉事を思はぬ時はない。然るに黄海道桃花洞は新羅の領に入り、渤海と新羅との國交今圓滿ではない。沈王后は日夜妙案を考へて、一日王に白す、近き內に王妃の心願により王宮に於て三日間國內盲人供養の大宴會を催すことゝし、新羅に使者を遣して、渤海接壤の隣域黄海道の盲人をも同時に招くの許可を得ることゝせば、恐らく父奉事に逢ふ機會も得られるであらうと。國王早速之に同意し、幸に新羅王の快諾を得、渤海及黄海道に旨を傳へて盲人大供養宴の用意をする。

심청은 춘궁추전(春宮秋殿)에서 수많은 시자(侍者)의 시중을 받으며 인생의 부귀를 누렸지만 하루라도 아버지 봉사를 생각하지 않은 적이 없었다. 그런데 황해도 도화동은 신라의 영토에 들어있고, 발해와 신라의 국교는 지금 원만하지 않다. 심왕후는 낮밤으로 묘안을 생각하여 하루는 왕에게 말했다. 가까운 시일 내에 왕비의 바람으로 왕궁에서 3일 동안 나라 안의 맹인을 공양하는 대연회를 베풀도록 하고 신라에 사자를 보내어서 발해와 인접 지역인 황해도의 맹인도 같이 초대하는 허가를 얻을 수 있다면 필시 아버지 봉사를 만나는 기회도 얻을 수 있을 것이라고 하였다. 국왕은 즉시 이에 동의하였는데 다행히 신라왕의 흔쾌한 승낙도 얻어 발해 및 황해도에 취지를 전하고 맹인 대공양연회의 준비를 하였다.

沈奉事は娘に離れてから、村人の世話した後添の德孃といふ者は心根正しからぬ婦人で、忽ちにして奉事の錢布を使ひ果し、終には田地までも寶却せしめて逃亡し去り、復た孤影子然として村人の情に縋りて食を乞ひて露命を繋いでゐる。或時不圖沈靑の賣身の眞相を聞いて、顚驚哀傷の極、忽ち氣絶し、隣人の厚き介抱で漸く甦つたが、其後益々人生をはかなみ、念佛一向に命終を待つ許りである。

심봉사는 딸과 떨어진 후로 마을사람이 주선한 덕양(德孃)을 후처로 삼았는데 심성이 바르지 않은 부인이었다. 순식간에 봉사의 전포(錢布)를 다 써버리고 결국에는 논밭까지도 매각하고서 도망가 버렸다. 다시 쓸쓸하게 마을 사람의 정에 의지하여 식사를 구걸하고 이슬과 같은 목숨을 이어가고 있었다. 어느 날 생각지도 않게 심청의 매신(賣身)의 진상을 듣고 깜짝 놀라고 너무나 슬퍼서 갑자기 기절하였는데 이웃사람의 두터운 간호로 점차 되살아났다. 하지만 그 후 점점 더 인생을 비관하여 오로지 염불을 하면서 목숨이 다하기를 기다릴 뿐이었다.

渤海國王の盲人大供養の達しが桃花洞にも聞じると洞里の人達は勸めて奉事に此に赴かしめた。奉事は世話人に率ゐられて渤海國に向ひ日數重ねて都に着いた。渤海國の都は數多の盲人で大變の賑はひである。

발해국왕이 맹인을 공양한다는 안내가 도화동에도 들리자 마을 사람들은 권하여 봉사에게도 거기로 가게 했다. 봉사는 보살피는 사람의 안내를 받으며 발해국을 향해서 며칠 걸려서 수도에 도착했다. 발해국의 수도는 수많은 맹인으로 대단히 성황이었다.

愈々大供養の宴の當日、沈王后は都大路の九鳳樓に出駕し、簾を垂れて王宮へと赴く盲人達を一々察視する。

二日の間通る者も通る者もそれらしき者はない。三日目に至つて、奉事は同じく盲の一婦人に手を牽かれて、憂に沈む歩みも遲く、暫く見ぬ間に頭の雪いよ〳〵積み、とぼ〳〵と樓前を通る、王后急ぎ心利きたる黃門に令して其の姓名住地を問はしめ、小輿を備へて王宮に迎へ、更に詳細其の身の上を尋ねさすると、奉事は肌身を離さぬ夢恩寺の米三百石喜捨の領收書を出して示し、其の哀れな一生を詳しく語つた。王后はえ堪へず轉げる如く入來りて、奉事の手を握りて涙と共に聲高く、我父よ兒此に在り、と叫び、奉事は忘れかねた娘の聲に驚いて聲

する方に顔を向け目を睜ると、忽然として兩眼開きて、天地明かに、
輝く許りなる王后は我手を握りて熱涙を注いでゐる。

드디어 대공양의 연회 당일, 심왕후는 수도의 큰 길 구봉루(九鳳
樓)에 가마를 타고 나가 발을 내리고 왕궁으로 향하는 맹인들을 한
명 한 명 살피었다.

이틀 동안 지나가는 많은 사람 중에서 그럴 듯한 자는 없었다. 삼
일 째에 이르러 봉사는 같은 맹인인 한 부인의 손에 이끌려서 슬픔에
잠긴 걸음도 느리게 잠시 보지 못한 사이에 흰머리는 더욱더 늘어나
터벅터벅 누각 앞을 지나고 있었다. 왕후는 서둘러 믿을 만한 내시
에게 명하여 그 성명과 사는 곳을 물어보게 하였다. 작은 가마를 준
비하여 왕궁으로 맞이하고 다시 상세하게 그 신상을 물어보자 봉사
는 늘 몸에 지니고 있던 몽은사의 쌀 3백 석을 희사(喜捨)한 영수서를
내보이며 그 가엾은 일생을 자세히 이야기했다. 왕후는 참지 못하고
넘어질 듯이 들어와서는 봉사의 손을 부여잡고 눈물과 함께 큰 목소
리로 내 아버지 자식 여기에 있소 하고 소리쳤다. 봉사는 잊을 수 없
던 딸의 목소리에 놀라서 소리가 나는 쪽으로 얼굴을 돌려 눈을 크게
뜨자 홀연히 양 눈이 떠지고 천지가 밝아지며, 빛나는 듯한 왕후가
자신의 손을 부여잡고 뜨거운 눈물을 흘리고 있었다.

茲に沈靑傳は大團圓に達した。渤海王の王舅の優遇、奉事の天緣に
よりて得たる盲婦安氏との伉儷の睦しさ、王后の擧兒、國家泰平百姓
殷富等、あらゆる人間の幸福を窮めて父も子も是世を樂んだ。

여기에 『심청전』은 대단원에 이른다. 발해왕의 장인에 대한 후한 대접이 있었고, 봉사는 하늘의 인연으로 얻은 맹인 부인 안씨와 부부 금실도 좋았다. 왕후는 아이를 얻고 국가는 태평하며 백성은 풍요로운 등, 모든 인간이 행복을 누리고 아버지와 자식도 이 세상을 즐겁게 지냈다.

洪吉童傳
『홍길동전』

洪吉童傳は色々の意味に於て重要な朝鮮小說の一つである。此小說の作者に就ては李植の澤堂集散錄に許筠の作となしてゐる。筠は宣祖から光海君までの人であり、李植は光海君から仁祖朝の人であるから最も信を措くに足ると思はれる。澤堂曰く、許筠は詩文の才調は一代の冠冕ではあるが、性質幻奇を喜び、又輕薄にして往々無賴の輩を近づけた。同臭の人朴燁等と水滸傳を非常に愛讀し、同人同志互に水滸傳中の豪傑の別名をつけ之を呼び合つて以て快とした。

『홍길동전(洪吉童傳)』은 여러 가지 의미에서 중요한 조선소설의 하나이다. 이 소설의 작자에 대해서는 이식(李植)의 『택당집(澤堂集)』의 「산록(散錄)」에 허균(許筠)의 작품이라고 되어 있다. 균은 선조부터 광해군까지의 사람이고, 이식은 광해군부터 인조조까지의 사람이기 때문에 가장 믿을 수 있다고 생각된다. 택당이 말하기를 허균은 시문의 재조(才調)로 한 때 벼슬을 하기는 했지만, 성질이 환기(幻奇)를 좋아하고 그리고 경박하고 때때로 부랑배를 가깝게 사귀었으

515

며 같은 부류의 사람인 박엽(朴燁) 등과 『수호전(水滸傳)』을 매우 애
독하고 동인동지(同人同志)로 서로에게 『수호전』의 호걸의 별명을
붙이고 이를 서로 부르며 즐거워했다 한다.

其の極まるところ終に許筠は水滸傳に倣つて洪吉童傳を作り、又筠
の近づけた徐羊甲、沈友英等の輩は洪吉童を實際に行つて、亂暴狼藉
害毒を村里に流し、終に筠自身も亦誅戮に伏した云々と。徐羊甲は府
尹徐益の庶子で、沈友英も亦庶子、外に當時の名臣金長生、朴淳の庶
子も彼の仲間に入つた。果して洪吉童傳が許筠の作とすれば、現存朝
鮮小說の作者の知られたるものの中極めて古きものに屬する。澤堂集
に據つて本書が許筠の作たるを知らない多くの人も、本書を以て朝鮮
の庶子賤遇の國法に憤慨して作られたものだと稱してゐる。成程許筠
の近づけた無賴輩に名流の庶子が多かつた事實に攷へ合して、此を許
筠の作としても、彼が部下の好意を迎へんとする意思を含めて、當時
の慣習に反抗する考へを本書に表したとなして差支ない樣である。

그 추구하는 바 결국에 허균은 『수호전』을 모방하여 『홍길동전』
을 만들고, 또한 허균과 가깝게 지내던 서양갑(徐羊甲), 심우영(沈友
英) 등의 무리는 『홍길동전』을 실제로 행하여 난폭 낭자(狼藉) 해독
(害毒)을 촌리(村里)에 퍼트리고, 결국 허균 자신도 역시 주륙(誅戮)을
따랐다고 한다. 서양갑은 부윤(府尹) 서익(徐益)의 서자이고, 심우영
도 역시 서자, 그 외에 당시의 명신(名臣)인 김장생(金長生), 박순(朴淳)
의 서자도 그의 무리에 들어갔다. 정말로 『홍길동전』이 허균의 작품
이라고 한다면 현존하는 조선 소설의 작자가 알려져 있는 것 중에 매

우 오래된 것에 속한다. 『택당집』에 의거해서 본서가 허균의 작품임을 몰랐던 많은 사람들도 본서는 조선에서 서자를 천하게 대우하는 국법에 분개하여 만들어진 것이라고 말하고 있다. 과연 허균이 가깝게 지내던 부랑배 중에서 유명 인사의 서자가 많았던 사실에 비추어 보더라도 이것을 허균의 작품이라 생각할 수 있지만, 그가 부하의 호의를 얻고자 하는 마음을 포함해서 당시의 관습에 반항하는 생각을 본서에 나타냈다고 해도 무방할 듯하다.

そこで本書は二通の意味を以て書かれたことになる。其一は水滸傳を模して架空の英雄談的構想を發表して文士自ら快とした事、其二は庶子虐待の國法慣習に反抗の聲を揚げた事、是である。而して第一の洪吉童傳の英雄談的構想は勿論水滸傳の模倣が多いであらうが、外に朝鮮に昔から同種の物語があつたものと想像される所のものがある。それは朴趾源の燕巖集に載せてある許生員傳なるものが頗る洪吉童に類してゐる事である。恐らく燕巖は當時の口々相語りて以て快とする豪傑譚を書綴つたものであらうが、許生員が無人島を見付けて盜賊無賴の者共を糾合して之を開拓し、此に一王國を形作るといふ構想は、支那人朝鮮人の如きさうな事で、恐らく洪吉童傳も之を取つたものであらう。

그러하기에 본서는 두 가지 의미를 담아 적은 것이 된다. 그 하나는 『수호전』을 모방하여 가공의 영웅담적 구상을 발표하고 문사(文士)가 스스로 자신의 즐거움으로 삼은 사실, 또 하나는 서자를 학대하는 국법의 관습에 반항하는 목소리를 높였다는 사실 바로 그것이다. 그리하여 제1의 『홍길동전』의 영웅담적 구상은 물론 『수호전』
의 모방이 많을 테지만, 그 밖에 조선에서 예로부터 같은 종류의 이
야기가 있었던 것도 상상해 볼 수 있다. 그것은 박지원(朴趾源)의 『연
암집(燕巖集)』에 실려 있는 「허생원전(許生員傳)」과 같은 것이 매우 홍
길동과 비슷하다는 사실이다. 필시 연암은 당시 여러 사람이 서로
이야기하며 즐거움으로 삼은 호걸담을 적어서 엮은 것일 테지만,
허생원이 무인도를 발견하고 도적과 부랑배들을 규합하고 이것을
개척하여 여기에 하나의 왕국 형태를 만든다는 구상은 지나인과 조
선인에게 있을 법한 사실로 필시 『홍길동전』도 이것을 취한 것일
거다.

嫡庶の別を峻嚴にするは、朝鮮の六典に旣に、改嫁子孫は淸班を許
す勿れと規定して庶子出身の途を杜ぎ、後燕山君朝戊午の士禍を起し
た柳子光がたま〈庶子であつた爲に一層其の差別を嚴にせられた。此
の爲に幾多の英才が不遇に泣き、無數の不平不逞の徒を作つた。洪吉
童傳が朝鮮の此の社會的不公平に反抗したのは其の理なきではない。

적서 차별의 준엄함은 이미 조선의 육전에[서 볼 수 있다] 재혼한
자손은 청반(淸班)을 허락하지 말라는 규정이 있으며, [또한]서자출
신의 길을 막았다. 이후 연산군조에 무오사화(戊午士禍)를 일으킨 유
자광(柳子光)이 마침 서자였기에 한층 그 차별이 엄격하게 되었다.
이 때문에 숱한 영재가 부당한 대우에 울고 무수한 불평불령(不平不
逞)의 무리를 만들었다. 『홍길동전』이 조선의 이러한 사회적 불공평
에 반항한 것은 그럴만한 이유가 있었던 것이다.

今の洪吉童傳は諺文で書かれてゐる。許筠が作つた原文は漢文であらねばならぬ。澤堂も其を觀たものであらう。いつ頃原本が滅びたか徵ずべきものがない。

世宗の朝に洪某といふ大官があつた。洪家は名門で代々淸顯に歷任し、彼も旣に文官第一の譽といふ吏曹判書に上より名望朝野を傾けてゐる。

彼と正室との間に長男仁衡が生れ、侍婢春蟾との間に次子吉童が生れた。

지금의 『홍길동전』은 언문으로 적혀 있다. 허균이 쓴 원문은 한문이 아니면 안 된다. 택당도 그것을 본 것일 거다. 언제쯤 원본이 없어졌는가는 증거가 없다.

세종조에 홍모(洪某)라는 대관(大官)이 있었다. 홍가(洪家)는 명문으로 대대로 청현(淸顯)을 역임하고, 그도 이미 문관 제1의 명예인 이조판서에 올라서 명망이 조정과 재야를 한 쪽으로 기울게 했다.

그와 정실 사이에 장남 인형(仁衡)이 태어나고, 시비(侍婢)인 춘섬(春蟾)과의 사이에서 차남 길동이 태어났다.

仁衡は兩班の總領らしい上品な寬仁溫厚な秀才で、吉童は器量非凡到處風雲を捲起すが如き豪傑兒である。然るに婢の所生であるが故に、所謂淸門の班列に入ることが出來ないで、居常洪判書を父と呼び、仁衡を兄と呼ぶことさへ許されぬ、生付の日蔭者である。天賦の豊な吉童に取りては實に堪へ難い人生である。だんゝ齡進み文武の學の進むに從て彼の煩悶は益々苦しいものになつた。時折は彼は父なる

人に向ひ其の苦悶を訴へるけれども、典型的兩班たる彼の父は此を彼
の不心得となして嚴格に社會秩序の觀念を植ゑ着けんとする許りであ
る。生母春蟾に向て意中を吐露するけれども、賤種の階級に生れた彼
女は、唯だ淸班家の賤生は世間お前一人ではない、そんな大それた考
を持つものではないと誡めるだけである。是に於て吉童は、我家は到
底我の納れられるべき處ではない、尋常の徑路は我が立身の道ではな
い。我は此世の外に往いて仙佛の道を修業して以て塵世の功名富貴を
芥の如く眺めてやらうと決心した。

　　인형은 양반의 총령(總領)다운 고상한 품위를 지녔으며 관인온후
(寬仁溫厚)한 수재였다. 길동은 기량이 비범하고 도처에 풍운을 불러
일으키는 것과 같은 호걸이었다. 그런데 종이 낳은 자식이기에 소위
청문(淸文)의 반열에 들어갈 수는 없었다. 평소 홍판서를 아버지라고
부르고, 인형을 형이라고 부르는 것조차 허락받지 못하고 태어날 때
부터 그림자와 같은 존재였다. 천부(天賦)가 풍부한 길동으로서는 실
로 참기 어려운 인생이었다. 점점 나이가 들고 문무(文武)의 공부가
진척됨에 따라서 그의 번민은 더욱더 고통스러운 것이 되었다. 가끔
그는 아버지인 사람을 마주하고 그의 고민을 호소했지만, 전형적 양
반인 그의 아버지는 이것을 그의 잘못된 마음가짐이라고 하고 엄격
하게 사회질서의 관념을 심어 주려고만 했다. 생모인 춘섬을 향하여
의중을 토로했지만 천한 계급에서 태어난 그녀는 그냥 청반가의 천
생(賤生)은 세상에서 너 혼자가 아니니 그렇게 크게 벗어난 생각을
가지는 것이 아니라고 훈계할 뿐이었다. 이런 까닭으로 길동은 자신
의 집은 도저히 자신이 받아들여질 만한 곳이 아니고 심상(尋常)한

경로(徑路)는 자신의 입신의 길이 아니라고 생각했다. [그리하여]자신은 이 세상 밖으로 나가서 선불(仙佛)의 도를 닦고 진세(塵世)의 공명부귀를 티끌과 같이 바라봐 주겠다고 결심했다.

此頃洪判書には尙一人谷山郡の妓生上よりの初蘭といふ妾があつた。彼女は所出の兒を持たない爲に、春蟾に對して讓らねばならぬを日頃無念に思ひ、いかで吉童を亡き者にせんと肝膽を碎いてゐる。吉童の大器量と其の大不平とは自ら家中に知れて、夫人も兄も常に氣味惡く感じつゝあるを奇貨とし、初蘭は此兒を家に留めば終に家に仇をなさん、早く亡ふに若かずと說いて、夫人と兄とに黙認をなさしめ、一夜女劍俠をして吉童を刺さしめた。此頃は旣に吉童は獨學の劍技其神に達し難なく刺客を取押へて首を刎ね、直ちに父と母の室に往いて其となく別を告げ、飄然として江湖の客となつた。其の翌朝女劍俠の屍から初蘭の密謀露見して、初蘭も放逐せられた。

吉童は泉水の鯉魚の江河に逸出した如く足に任せて名山奇勝を探り歩く內に、慶尙道なる一深山の石門の奥深く迷込みて、此に窟宅する盗賊共を歸服せしめて其の首領となり、思ひも寄らぬ新生涯に入ることになつた。

이 무렵 홍판서에게는 또 한 사람 곡산군(谷山君)의 기생 출신인 초란(初蘭)이라는 첩이 있었다. 그녀는 자식이 없는 까닭에 춘섬에게 양보하지 않으면 안 되는 것을 평소에 원통하게 생각하고 어떻게 해서든 길동을 죽이고자 애썼다. 길동의 큰 기량과 그 큰 불평을 스스로 집 안에 알리어 부인도 형도 평소에 기분 나쁘게 생각하고 있음을 좋은 기회로 삼아, 초란은 이 아이를 집에 머물게 하면 결국에 집의 원수가 되게 하는 것이니 빨리 죽이는 것이 상책이라고 설득하여 부인과 형의 묵인하에 어느 날 밤 여자 검객으로 하여 길동을 찌르게 했다. 이 무렵 이미 길동은 독학으로 배운 검기(劍技)가 신의 경지에 달하여 어렵지 않게 자객을 붙잡아서 목을 베고 바로 아버지와 어머니의 방에 가서 아무 일 없는 듯이 이별을 고하고 표연(飄然)히 강호(江湖)의 객이 되었다. 그 이튿날 아침 여자 검객의 시체로부터 초란의 밀모(密謀)가 드러나고 초란도 추방되었다.

길동은 샘물의 잉어가 강하(江河)로 벗어난 듯이 발길 닿는 대로 명산기승(名山奇勝)을 찾아다니는 가운데에 경상도의 어느 깊은 산의 돌문 깊숙한 곳으로 헤매어 들어가서 이곳 동굴에서 사는 도적들을 복종하게 하고 그 수령이 되어 생각지도 못하게 새로운 생애를 맞이하게 되었다.

洪吉童の盜賊振は一方には才思煥發、一方には神出鬼沒、到底捕手共の手に合ふものではなかつた。併し彼は憲法として、地方官不義の財を奪ひ、不義にして富める奸民を襲ふが、決して良民國庫に屬する正財は秋毫も犯さず、又獲た財を以て咎なくして貧しき者共を救ひ、自ら活貧黨と稱した。しかし滔々として多く貪官汚吏なる朝鮮に在りては、吉童の仕事も東西南北に限なく多い。そこで大賊洪吉童の名は朝鮮八道に響きゆたり、地方官達は戰々兢々たる有樣である。

홍길동의 도적질은 한편으로는 재사환발(才思煥發)하고, 한편으로는 신출귀몰(神出鬼沒)하여 도저히 포수(捕手)들의 힘에 겨웠다. 그러나 그는 법으로서 지방관이 불의(不義)로 축적한 재물을 빼앗고 의롭지 못하게 부를 축적한 간민(奸民)을 습격하지만, 결코 양민 및 국고에 속한 정재(正財)는 추호도 범하지 않았다. 그리고 획득한 재물은 빠짐없이 가난한 자들을 돕는데 쓰고 스스로 활빈당(活貧黨)이라고 칭했다. 그러나 거침없이 많은 탐관오리가 있는 조선에서는 길동이 해야 할 일이 동서남북에 상관없이 많다. 그래서 대적(大賊) 홍길동이라는 이름은 조선팔도에 울려 퍼지고 지방관들은 전전긍긍하는 형편이었다.

洪吉童は神通益進みて今は分身術を悟り、七個の草人を作りて此に彼と同樣の表裳を着せ、咒を唱へると其の步行言語動作全く吉童と符合し、本物の吉童と合して八人の洪吉童が八道を荒し廻り、殆ど同日同時に大仕事をなして天下を騷がす。捕軍營將等も手の著けやうがない。國王も各道より來る報告に日夜軫念を惱ましてゐられる。一日臣下の一人洪吉童の身上を調査して、彼こそは洪判書の庶子家庭を脱して賊團に入れるものであると言上した。國王大に驚き、急ぎ父洪判書と長子兵曹佐郎仁衡を召來らしめ、子弟の暴逆無道を痛責し、汝等亦此責脱るべきにあらずと怒叱せられた。仁衡は冠を脱して罪を謝し、一死以て吉童を捉へて此の患を除かんと誓ひ、國王も思ふ所ありて仁衡を賊窟の所在地慶尙道監司に任じて、一年の猶豫を與へて必ず吉童を捉へしめた。

홍길동의 신통이 점점 발달하여 지금은 7개의 볏짚인형을 만드는 분신술을 터득하였다. [그리하여]이것에 그와 같은 의상을 입히

523

고 주술을 외우면 그 보행과 언어 그리고 동작이 완전히 길동과 일치하게 되는데, 진짜 길동과 합하여 8명의 홍길동이 팔도를 도적질을 하고 다니며, 거의 같은 날짜 같은 시간에 큰일을 일으키고 천하를 소란하게 하였다. 포군영(捕軍營)의 장군 등도 손을 쓸 수가 없었다. 국왕께서도 각 도(道)에서 오는 보고에 밤낮으로 진념(軫念)하시었다. 어느 한 신하가 홍길동의 신상을 조사하여 그야말로 홍판서의 서자로 가정을 떠나서 도적단에 들어갈 수 있는 자라고 말씀을 올렸다. 국왕은 크게 놀라며 급히 아버지 홍판서와 장자 병조좌랑 인형을 불러들여서 자제의 폭역무도(暴逆無道)를 통책(痛責)하고 그대들 또한 비난을 면치 못할 것이라고 화를 내시며 꾸짖었다. 인형은 관을 벗고 사죄하며, 죽음을 각오하고 길동을 잡아서 이 환란을 없애겠다고 맹세하니, 국왕도 생각하시는 바가 있어 인형을 도적 소굴의 소재지인 경상북도 감사(監司)로 임명하고 1년의 말미를 주고 반드시 길동을 잡도록 했다.

仁衡は任に就くや、直に悲痛な檄文を革して、吉道の無道により父判書が憂愁に沈みて久しく病床に臥し、國王も日夜軫衷安からず、淸門洪家の家運も今や岌々として危に瀕してゐる、吉童尙人心あらば潔く自首し出でゝ以て忠孝の大義を全うせよ云々と述べて各邑に貼した。出檄後仁衡は公務を廢して日夜戰々懼謹愼して待つて居ると、數日にして吉道飄然として來りて監司を見、潔く自首して以て父兄の厄を除かんと申出、尙彼の是の如き生涯に入るに至つたも畢竟同じ子にして父を父と呼び兄を兄と呼ぶを許されざる殘忍なる社會制度の致す所であると反抗した。監司仁衡は大に喜び、吉童を嚴縛して駕籠に乘

せ晝夜兼行京城に上り、國王も大に之を稱し、稀有の大盜朕自ら鞠問せんと引出さしめ給ふに、忽然と七人の吉童現れ出で、我こそ洪吉童なれと爭ふ。此に吉童雄辯を揮つて庶子虐待の不法を論じ、彼活貧黨の憲法を述べ、又彼の新通妙術到底國王の捕へ得べきに非ざるを公言し、尙彼自ら國を去るまで十年間の猶豫を與へられんことを請うた。述べ終ると眼前八人の吉童は化して草人となり吉童の行方を知らない。

인형은 감사로 취임하자마자 즉시 비통한 격문을 썼다. 길동의 무도(無道)로 아버지 판서가 근심에 잠기고 오랫동안 병상에 누워있으며 국왕도 밤낮으로 진충(軫衷)하여 마음이 평안하지 않고 청문 홍가의 가운(家運)도 당장이라도 급급하여 위험에 닥쳐 있다. 길동은 여전히 사람다운 마음이 있으면 미련 없이 자수하여 충효의 대의를 다하라 운운이라고 말하고 각 읍에 붙였다. 격문을 내건 후 인형이 공무를 폐하고 밤낮으로 전전공구(戰戰恐懼)하여 근신하며 기다리고 있자, 며칠이 지나서 길동이 표연히 와서 감사를 보고 미련 없이 자수하여 부모의 재액을 없애고자 한다며 자청하였다. 덧붙여 말하기를 그와 같은 생애에 들어서게 된 것도 필경 같은 자식으로서 아버지를 아버지라고 부르고 형을 형이라고 부르는 것이 허락되지 않는 잔인한 사회제도가 초래한 것이라고 반항했다. 감사 인형은 크게 기뻐하며 길동을 엄박(嚴縛)하여 가마에 태워서 밤낮을 가리지 않고 계속해서 경성으로 올라갔다. 국왕도 이것을 크게 칭찬하고 전례가 없는 대도적을 짐이 친히 국문(鞠問)하고자 한다며 끌어내도록 하였는데, 홀연히 7명의 길동이 나타나서 나야말로 홍길동이라고 다투었다. 여기서 길동이 웅변을 발휘해서 서자 학대의 불법을 논하고 그의 활

525

빈당의 법을 말하며 그리고 그의 신통묘술(新通妙術)이 도저히 국왕
이 잡을 수 없는 것임을 공언(公言)하였다. 덧붙여 말하기를 그는 스
스로 나라를 떠나기까지 10년간의 말미를 받고자 한다고 청하였다.
말이 끝나자 눈앞의 8명의 길동은 볏짚인형으로 변하고 [그 후] 길동
의 행방은 알지 못하였다.

國王激怒嚴しく逮捕を令すれども蹤迹なく、反つて一日京城の四大
門に筆太々と、我を特用して兵曹判書となされなば、自首することあ
るべし洪吉童、と署名した榜文が貼られた。朝廷閣臣集りて評議し更
に慶尙監司洪仁衡に逮捕の命を傳へたまふ。不日にして吉童復た衙門
に自首し來り、縛して京城に送り屆けると縛鎖自ら千切れて吉童は
飄々として雲に乘りて空に上つた。是に於て國王大臣策の施すべから
ざるを知つて遂に吉童逮捕の令を取消し、同時に兵曹判書に任ずる旨
各所に榜示した。賤種の出たるを以て士班に列するを得ざる吉童も、
兵曹判書に任ぜらるゝに至つて萬斛の鬱憤を霽らした。吉童是に於て
一夜父の邸を訪れて離國の別を告げ、更に王闕の後園に於て國王に咫
尺して同じく別辭を言上し、又重ねて嫡庶峻別の不法を痛言し、且つ
正租百石の借用を申込み其の快諾を得た。彼は賊窟に歸りて賊團を解
散し、彼に從往かんと願ふ者數千人を率ゐ漢江より船出して南京に向
つた。國王は約束を十倍にして千石の租を彼に賜ひ深夜漢江畔に送ら
しめた。

국왕은 크게 노하여 엄히 체포를 명령했지만 종적을 알 수 없었
다. 오히려 하루는 사대문에 큰 글씨로 "나를 특용(特用)하여 병조판

서로 삼는다면 자수하겠다. 홍길동." 이라고 서명한 방문(榜文)이 붙어 있었다. 조정에 각료와 신하들이 모여서 평의(評議)를 하고 더욱이 경상감사 홍인형에게 체포의 명을 전했다. 며칠 지나지 않아 길동은 다시금 아문(衙門)에 자수하러 왔기에 포박하여 경성으로 보내자 길동은 쇠사슬을 스스로 조각내고 표표(飄飄)히 구름을 타고 하늘로 날아갔다. 이런 까닭으로 국왕과 대신은 방책이 소용없음을 알고 결국 길동을 체포하는 명령을 취소하고 동시에 병조판서에 임명하는 취지를 곳곳에 방문을 붙여 널리 알렸다. 천한 종의 출신으로 사반(士班)에 들어갈 수 없는 길동도 병조판서에 임명되기에 이르러 만곡(萬斛)의 울분을 풀었다. 길동은 그리하여 어느 날 밤 아버지 댁을 방문하여 나라를 떠나는 이별을 고하고 더욱이 대궐 후원에서 국왕을 배알하여 마찬가지로 별사(別辭)를 말씀 올렸다. 그리고 거듭 적서준별(嫡庶峻別)의 불법을 통언(痛言)하고 게다가 정조(正租) 백석의 차용을 부탁하여 그 쾌락을 얻었다. 그는 도적소굴에 돌아가서 도적단을 해산하고 그를 따라가고자 원하는 자 수천 명을 거느리고 한강에서 배를 출항하여 남경(南京)으로 향했다. 국왕은 약속보다 열배의 천석의 쌀을 그에게 내려 심야에 한강 둔덕으로 보내게 했다.

南京に赴いて二大富豪の娘の狒々の爲に攫はれたるを救つて之を左右夫人となし、兩舅の援助を得、更に四方を探險して志を行ふべき地を求め、律島なる島國が天産豊に人物殷なるを窮めて、大船を浮べて部下を率ゐ、不意に此を襲ひ、數朔ならずして全島を平定し、自立して王となつた。兩舅を大臣として舊部下を其々官途に任じ、恩威並行して政清く民懷いた。

남경에 도착하여서는 비비(狒狒)[29]에게 납치된 두 대부호의 딸들을 구해내고는 이를 좌우부인으로 삼고, 두 장인의 원조를 얻어 더욱이 사방을 탐험하고 뜻을 행할 만한 땅을 찾았다. 율도라는 섬나라는 천산(天産)이 풍부하고 사람들 또한 번성하도록 노력하는 곳이었다. [이에]큰 배를 띄워서 부하를 이끌고 갑작스럽게 이곳을 습격하였는데, 몇 개월 지나지 않아서 모든 섬을 평정하고 스스로를 세워서 왕이 되었다. 두 장인을 대신(大臣)으로 하고 옛 부하를 각각 관리로 임명하니 은위(恩威)가 병행하고 정치는 깨끗하여 백성들이 따랐다.

律島國王洪吉童一日米一千石と種々の貢物と國書とを備へて大臣を國使として朝鮮に派遣し、國王の恩を謝し國交を締した。朝鮮國王は洪仁衡を以て答禮使となし、律島國王は力を盡して朝鮮國使を歡待した。答禮使は歸つて國王に律島國の國情を委細言上した。(完)

율도국왕(律島國王) 홍길동은 어느 날 천석과 여러 가지의 공물과 국서(國書)를 갖추어서 대신(大臣)을 국사(國使)로 조선에 파견하여 [일전의]국왕의 은혜에 감사하며 국교를 체결했다. [이에]조선국왕이 홍인형을 답례사(答禮使)로 삼자 율도국왕은 힘껏 조선의 국사를 환대했다. [이리하여]답례사가 돌아가서 국왕에게 율도국의 국정을 상세하게 말씀 올렸다. (끝)

---

29 일본에 전해오는 요괴(妖怪). 원숭이를 대형화한 듯한 크기의 모습을 하고 있으며 늙은 원숭이가 이 요괴가 된다고도 한다.